上

郝　岩 ◎ 著

上海遠東出版社

图书在版编目(CIP)数据

高大霞的火红年代/郝岩著. —上海：上海远东出版社,2020
ISBN 978 - 7 - 5476 - 1597 - 3

Ⅰ. ①高…　Ⅱ. ①郝…　Ⅲ. ①长篇小说－中国－当代
Ⅳ. ①I235.2

中国版本图书馆 CIP 数据核字(2020)第 072033 号

策　　划　徐婧华
责任编辑　徐婧华
封面设计　朴同设计
美术编辑　李　廉

高大霞的火红年代
郝　岩　著

出　　版　上海远东出版社
　　　　　　(200235　中国上海市钦州南路 81 号)
发　　行　上海人民出版社发行中心
印　　刷　上海锦佳印刷有限公司
开　　本　890×1240　1/32
印　　张　28.875
字　　数　1035,000
版　　次　2020 年 8 月第 1 版
印　　次　2020 年 8 月第 1 次印刷
ISBN 978 - 7 - 5476 - 1597 - 3/I・348
定　　价　118.00 元（全二册）

目　录

下册

第一章

方若愚怎么也不会想到,他一个在日本人眼皮子底下潜伏了二十多年的老牌特工,就因为一句话,栽在了千里之外的哈尔滨。

跟九月的大连相比,这个时候的哈尔滨已经寒意逼人。昨天晚上从火车站出来,方若愚就有点儿后悔,没多带件外衣。他来得不算匆忙,可因为是找了个周末的空档跑出来的,他一怕行李带多了万一碰见熟人没法解释,二怕在哈尔滨这边行动起来也不方便,所以只带了个公文包就轻装来了。在方若愚的潜意识里,这次的任务不麻烦,只要下午一点在约定的那个"赢天下"赌局门前接上头,拿到哈尔滨这边给的名单,再把从大连带来的通关证交给接头人,两个小时以后他就可以坐上回大连的火车了。时间允许的话,上车前他还能去火车站附近那个名声在外的圣索菲亚大教堂看看。昨天晚上一出火车站,他就发现大教堂顶着的那个"洋葱头",像极了大连尼古拉耶夫广场北边横滨正金银行大连支店的屋顶。两座建筑不光轮廓像,还都是绿色的。方若愚盘算好了,完成这趟任务,最多耽误一天的班。现在的大连警察署刚从日本人的关东州厅警察部交接过来,各个部门的关系还没理顺,没人会注意他一两天为什么没上班,即便有人问起来,随便找个伤风感冒、跑肚拉稀的借口也能遮过去。

自打日本天皇上个月宣布了无条件投降的诏书,东北的地面上再就鲜见日本人了,无论在大连还是远隔千里的哈尔滨,见得多的是苏联士兵。在他们眼里,现在的日本人已然与丧家之犬毫无区别,一头狮子根本不必畏惧拔掉了利齿的败犬。方若愚清楚地记得,苏联红军的铁流在长达四千多公里的战线上对日本关东军发动起雷霆一击的时候,关东军大将山田乙三还气定神闲地稳坐大连观看歌舞伎的演出。而当关东军司令部终于反应过来战况危急时,苏军的先头部队已经打到长春城下了。

昨晚下了火车,方若愚就住进了马迭尔旅馆。他知道有钱有势的达官贵人都爱住这里,这里吃的住的也确实不错。他在大连的公开身份就是个警察,平常的生活也不敢太过张扬,吃顿大米白面也得背着人,生怕让日本人盯上。昨晚一住进来,他就让服务生去外面饭店点了几样当地佳肴,尽情放肆了一下。那碗大马哈鱼籽松茸汤的口感实在一般,远没有自己在家做的海砺子羹汤好喝。考虑到这碗汤还挺老贵,方若愚没舍得倒掉,这会儿他一边翻看着苏联人办的报纸《情报》,偶尔端起那碗有些发腥的大马哈鱼籽松茸汤抿上一小口,就着《情报》上刊登的塔斯社新闻咽进肚里。

窗外传来一阵急促的刹车声,方若愚警觉地起身,透过薄纱窗帘向街道看去,一辆吉普车停在稍远的地方,四个刚下车的人仰头看着楼上正指指点点,商议着什么。带头的年轻人戴着一顶前进帽,神色冷峻地一挥手,四个人脚前脚后扑向马迭尔旅馆的大门口。方若愚顿时有一种不好的感觉,回身抓起公文包和衣架上的衣服,旋即朝门口急步跨去,身子带起的一阵疾风,令茶几上的报纸"哗哗"作响,飘散着落到地上。

方若愚一把推开房门,"咣当"一声闷响,房门把服务生推着的一辆餐车差点儿撞翻,四溅的汤汁让服务生惊叫了一声。方若愚下意识地朝后闪躲了一下,右手伸进上衣口袋里,同时弓着身子,好似待发的弩箭。

看看走廊上并无异样,方若愚微微放松了神经,朝服务生道了声抱歉,转身要走。

"王先生。"服务生一把拽住了方若愚的胳膊,另一只手扯了扯溅满菜汤和油渍的衬衣,目光炯炯地盯着方若愚,"昨晚给您送到房间的大马哈鱼籽松茸汤,口感还好吧?"

方若愚旋即反应过来,敷衍地回道:"好,好,血受。"顺手从兜里掏出钱来,塞到服务生手里,"买件挽霞子吧。"话没说完,便匆匆离去,随手带出的一把钥匙掉在地毯上,也全然不知。

"挽霞子?"服务生满头雾水,冲着方若愚的背影喊着,"谁是挽霞子?"

"挽霞子是大连话,就是衬衫。"接话的是从旁边房间出来的高大霞,她看着疾步而去的方若愚,有些好奇。在这里突然听到一句家乡话,她不由生出几分激动。

服务生问:"那血受是什么意思,谁受伤了吧?"

高大霞噗嗤一笑,关上房门走过来:"血受就是好吃,不是大连人,还真听不懂。唉,小兄弟,这附近能买到正宗的哈尔滨红肠吗?"

"出旅馆大门右拐,过两条街,有家'小白桦'红肠店,卖不上半天就光了,要买你可得赶紧点儿。"服务生想起什么,"小姐要退房?"

"我回来再退。"高大霞说。

服务生推着餐车走开,高大霞刚一迈步,脚下踩到什么,低头一看,是把串在圆环上的钥匙。这种钥匙,高大霞一看就知道配的是大连顺兴铁工厂造的锁头,这说明刚才那个人的家就在大连,能用上顺兴锁头的人家,一定过得不错。高大霞正想喊住服务生,让他把钥匙转给那个大连人,身后传来一阵急促的脚步声,跑上来的是那个戴前进帽的和他的三个手下,"前进帽"与高大霞擦身而过的时候,看了她一眼,径直冲进了方若愚的房间。高大霞朝走廊尽头看去,方若愚已经拐过走廊,推开一扇窗户跳了下去。高大霞正疑惑,"前进帽"已经带着人冲了出来,他紧跑几步,一把拽住服务生,急促地追问:"311的人呢?"

服务生颤巍巍地指了指窗外,"前进帽"循着指引看去,方若愚三腾两跃,轻巧地落了地,边跑边拦向一辆出租车。"前进帽"放开服务生,一把推开窗户,跃到阳台,其他三人也随着跃出窗去。他们的双脚刚落地,方若愚已经钻进了一辆出租车,绝尘而去。

"前进帽"的眼里闪过一丝恼火,一转头看见一辆汽车驶来,徐徐停在旅馆门口,司机和客人正下车拿行李。"前进帽"眼睛一亮,三步并作两步冲了上去:"借用一下!"

司机和客人还在愣神,"前进帽"已经坐进了车里,三个手下也利落地上车。司机还没明白怎么回事,汽车已经冲刺而出,没来得及关上的后备箱盖子随着颠簸上下打着拍子,伴着司机歇斯底里的叫喊:"站住!站住!"

坐在后排的方若愚回头张望,看见小汽车正咬在后头紧追不放,两车的距离正在不断缩小。方若愚四下张望,查看着路况,前方街道有一个拐弯口,在他的逼迫下,司机不断轰着油门提高车速,轮胎在地面上擦出刺耳的声响,打着旋儿飘过了街口。

两辆车在街道上风驰电掣,后车的后箱盖还在"啪嗒啪嗒"打着拍子,行人纷纷四下避闪。"前进帽"死死踩住油门,汽车轰鸣着如子弹一般飞射,终于超过了出租车。"前进帽"一打方向盘,汽车横拐过去挡住了去路。出租车司机脸色一白,慌忙踩住刹车,一阵尖锐的摩擦声,出租车猛然停在"前进帽"的车门前。

"前进帽"满脸恼火地跳下车,提枪在手,枪口对准了出租车里,他撞开侧门,可是,方若愚已经不在了。"前进帽"的枪口对准瑟瑟发抖的司机，从司机断断续续的讲述里，"前进帽"得知在一个拐弯路口时，方若愚逼着司机减速，跳车逃走了。

胡同深处，方若愚匆匆走来，一直留神着身后的动静。一拐弯，一个中年人迎面而过，两人撞了个满怀，方若愚手里的公文包落地，白花花的通关证散落满地。

"对不起，对不起……"中年人满脸愧疚地弯腰去拾东西。

方若愚眼底闪过一丝杀气："滚蛋！"

中年人直起身来刚要辩驳，一看到方若愚怒目圆睁，便脚底发软，匆忙逃窜而去了。

方若愚收起满地的通关证，塞进包里，疾步走开。巷道长得像是看不到尽头，小巷深处阴暗潮湿。云层遮蔽阳光后投下了鬼魅般的阴影，方若愚有如惊弓之鸟一般四下警惕。在这座城市里，他注定只能伴随阴影同行，谨慎，诡秘，行走在阳光照射不到的地方，悄无声息。这次来哈尔滨，方若愚揣着国民政府军统局交付给他的重要使命。那是五天前一个阴沉的午后，在大连东关街一个门可罗雀的茶馆里，"二姨夫"带来了戴笠局长的直接命令，指示他一方面通过职务之便，到哈尔滨送一批通关证件，保证军统的精锐人员顺利进入大连；另一方面，到哈尔滨拿到潜伏在大连的党国精英的最新名单。这两件事无一不与党国对大连的争夺战息息相关。实际上，同意苏联军管旅顺与大连两地，来换取苏军对东北地区关东军的军事打击，已是国民政府不得已的权宜之计。相比大势已去的日军，他们此刻更担心在暗处不断壮大的共产党。任由共产党在苏联的庇护下活跃在旅大地界上，等同于将党国的咽喉置于敌人的刀口之下。因此，扼制共产党在大连的行动，保障党国能在大连获取绝对的控制权，是方若愚当下最重要的使命。

两人在茶馆边秘密探讨这一切时，密集的苏军步兵队列正威风凛凛地穿街而过。牛皮军靴踏在地面上发出响亮的声响,令人无端感到心悸不已。实际上,从8月22日苏联红军空降兵分别在旅顺口土城子机场和大连周水子机场着陆的那一天起,抗战胜利的喜悦对方若愚而言就已经不再存在了,这意味着他还要继续在黑暗中潜行,完成党国托付给他的使命。

长长的胡同终于走到了尽头,远处警笛声呼啸而过,方若愚下意识捂紧了公文包,整理了神色,面无表情地混入了满街来往的人潮之中。

高大霞出了马迭尔旅馆的大门,才想起没拿钱就出来了,她回房间打开皮箱取钱时,目光落在皮箱夹层的档案袋上。两天前,牡丹江民主政府的政委赵志明找到她,给她下达了回到大连开展工作的任务。三年前,她参加的大连放火团烧毁了大连港码头的日军战机,受到关东军的全城通缉,无数同志在追捕中牺牲。高大霞在组织的安排下,辗转来到牡丹江,开了一家小饭店潜伏下来。三年来,她无时无刻不在牵挂着回到家乡,回到她战斗过的土地上。现如今,对日战争结束了,组织上终于要把她调往大连了。

今时今日的大连,各方势力犬牙交错,局势可谓暗流涌动。明面上,根据国民政府与苏联签订的《中苏友好同盟条约》,苏联红军对大连市实施军事管辖。但在暗处,国共双方的视线都聚焦于此,阴影下的战斗已经悄然展开,双方都在竭力争取率先获得对大连的控制权。连年的战争,全国的工业生产几近瘫痪,唯一的工业基础几乎皆聚集在东北地区,而作为整个东北地区出海口的大连,一旦封锁,进出不得,其战略地位不言而喻。可以说,未来倘使国共之间爆发全面战争,对东北工业的控制,将决定两党之间战争的胜负。在这一点上,双方的领袖皆有清晰的概念。因此,双方都在不遗余力地投入骨干力量,参与到这场没有硝烟的夺城之战中来。

高大霞穿过繁华的街道，街边店铺售卖的商品琳琅满目，来自世界各地的特色建筑和饮食习惯与东方"包子饺子面条子"的叫卖声融汇得并不突兀。

高大霞在打量着四下光景的时候，临街的一家俄国餐厅里，坐在窗前的一个年轻男人也在打量高大霞。

年轻男人坐在一张白净的餐桌后，脖子下围着一块雪白的餐布。他在等他的牛排。

餐厅里的客人不多，这让原本就宽敞的厅堂显得更为空旷，雕花的大理石拱门，更是营造出纵深的空间感。屋顶的天花板绘制的是一幅华丽的油彩画，三个背生羽翼、头顶光环的女人，目光如母亲般慈爱。那是沙俄时期著名圣画家鲁勃廖夫的代表作《三圣像》。

服务生端来了七分熟的牛排，年轻男人收回目光，优雅地拿起了刀叉，他不紧不慢地切下一块牛肉，正要往嘴里送，一只手臂的影子探进了他面前的盘子里。年轻男人手里喂牛排的动作微微一顿，下意识地扭头看向窗户，竟然是高大霞的一只手按在玻璃上。她正低着头跟脚下的地面较劲，原来她脚上的高跟鞋踩进了地砖里，她才慌乱地伸手支在窗户上。等她恼火地把鞋跟拔出来，一转头，正与窗里男人的目光相遇，男人张着嘴举着牛排，直愣愣地看着她。高大霞脸颊一红，男人却优雅地笑了一下，手腕反转，将叉子上的一块牛肉朝高大霞递了过来。高大霞感受到莫名的嘲讽，瞪了男人一眼，顾不上穿好高跟鞋，一跳一跳地走开。男人笑笑，这才将牛肉送进嘴里，慢条斯理地咀嚼着，抻头看着高大霞走远。

高大霞脸色羞红，加快了脚步。

年轻男人看着高大霞从窗户里消失，又笑了一下，便低头对付起盘子里的牛肉。一块牛肉刚切下来，门前的风铃叮当作响了起来，门廊内风风火火闯进来一个男人，正是马迭尔旅馆里那个"前进帽"。他呼哧带喘地过来，顾不上坐下身子，焦急地低声说道："傅哥，人跑了！"

被叫做傅哥的年轻男人愣了愣，有些不满地说："不是告诉过你嘛，我们一起去抓人，这儿离马迭尔又不远。"

"前进帽"摘下帽子挠了挠后脑勺："我寻思我们四个人够了，让你傅家庄同志安心吃个饭。"

"这下好了，我更不安心了。"傅家庄瞪了"前进帽"一眼。

"我们去的时候人都跑了，要是再来找你，黄花菜早就凉了。""前进帽"辩解，"这个'老姨夫'一定是准备拿到情报后，坐下午三点的火车返回大连。"

"先吃饭。"傅家庄把一块牛肉送进嘴里，另一手高举起来，要喊服务生。

"前进帽"忙按下傅家庄的手："这哪是人吃的玩意儿，还带着血丝，我可享受不起。"说着抓起桌子上的一块面包要吃。

"等等。"傅家庄一刀按在面包上。

"傅哥，你也太抠了吧？面包都不让吃。""前进帽"撇了撇嘴。

傅家庄指指碟子里的黄油："吃面包不抹黄油，就像吃中国菜忘了放盐。"

"前进帽"摆了摆手："我这个中国肚子，消受不起黄油。"抓起面包咬了一口，"傅哥，你别一天天光想着怎么享受。"

傅家庄低低一笑："列宁同志说过，不会享受就不会工作。"

"拉倒吧，列宁同志说的是，不会休息就不会工作。""前进帽"白了他一眼，嚼着面包含糊地回答。

"意思相近。"傅家庄耸耸肩，又起一块牛肉送进嘴里，"没问问旅馆的人，'老姨夫'什么尊容?"

"问了，他们也没留意，说是个四十来岁的男人，昨晚跟着一大帮下火车的人住进店里的。""前进帽"咽下面包，沉声说道。

"这个人行事倒很谨慎。"

"那……那他能来接头吗?大连那边抓到的'二姨夫'，交待的情报不会有问题吧?""前进帽"忧虑起来。

"应该不会。"傅家庄语气坚定。

"大连那边办事也不靠谱。""前进帽"低声抱怨着，"既然抓到了'二姨夫'，就该问明白'老姨夫'长什么样，咱们也好照葫芦画瓢，一抓一个准儿。对呀，我们可以让大连的同志再审一审呀!"

傅家庄幽幽叹了叹气:"没审出来，可能是另有原因吧，大连现在是'特殊解放区'，很多工作，还都要秘密进行。"

"那也不耽误审'二姨夫'呀。""前进帽"嘀咕。

"我刚才得到消息，今天早上，'二姨夫'自杀了，他可能是在保护'老姨夫'。"傅家庄神色严肃，"不过没事，只要'老姨夫'按时来接头，他就跑不了。"

"那倒是。""前进帽"缩了缩脑袋，"不过我还是担心……"

"不用担心。"傅家庄看着"前进帽"，"你想，大连到哈尔滨多远?快一千公里了。他千里迢迢跑来，拿不到这份国民党大连市党部的特务名单，他绝不会善罢甘休。"

"前进帽"张了张嘴，正要再说些什么。服务生走来，放下了一份牛排，上边沾着丝丝血迹。

"血味呼啦，你也能下去嘴。""前进帽"望着牛排撇了撇嘴。

傅家庄不为所动地切着牛排:"'二姨夫'的事，回头我到大连再查一查。"

"前进帽"一愣:"为个死了的'二姨夫',你要专门跑一趟大连?"

"来新任务了,东北局接到中央命令,派我去大连打个前站,跟苏联红军接洽,商议成立大连市委和民主政府。"傅家庄抬手看了看表,"下午就得走。"

"前进帽"笑了笑:"别说,你留过苏,上级派你去还挺对口。今天这个活儿,算是你在哈尔滨执行的最后一个任务了。"

傅家庄瞥了"前进帽"一眼:"对呀,你们都给我长点脸,干漂亮点,要不,我走了还上火闹心。"

"前进帽"拍了拍胸膛:"没问题,十拿九稳的事儿。"

"什么十拿九稳? 得十拿十稳!"傅家庄看了看时间,指针刚过12点,"一点接头,还有时间。"

"拉倒吧,这洋玩意我可享受不了,我去吃碗面条子吧。""前进帽"满脸写着抗拒,起身走开。傅家庄又叉起一块牛肉,优雅地送进嘴里。

街道旁,一线阳光照亮了牌匾上画着的一嘟噜红肠,牌匾下写着醒目的几个字:小白桦红肠店。小店廊下人头攒动,生意倒是一派红火。

高大霞朝红肠店走去,不大的店里,顾客一层一层往柜台前挤着,空气中混杂着汗味、香水味与红肠的味道。高大霞从钱包里掏出钱捏在手里,又把钱包揣回怀里,一个矮个子男人在人群里挤着,不时用眼角扫视着四周。

前头传来老板的吆喝:"后面的别排了,卖不上十个八个人了。"

后头的人不满地嚷嚷起来:"咋不早说? 俺们都吭哧瘪肚排半天啦!"

众人仍是不依不饶地往前挤,高大霞伸长了脖子往柜台里看:"掌柜的,我赶三点的火车,能照顾照顾吗?"

另一名顾客看了高大霞一眼:"俺家老婆怀孕,就想吃这一口!"

老板双手合十,满脸歉意:"后面的各位,对不住了……"

拥挤的人群中,矮个子男人在高大霞旁边挤蹭着,一只手在高大霞腰间摸了一把。

"干什么你?"高大霞感受到异样,回身大喊。

矮个子男人嘿嘿赔着笑,转身朝门外挤去。高大霞愣了愣,猛然意识到什么,按住了空空如也的腰包:"小偷!"

矮个子男人神色一急,两只手拼命扒开了人堆,冲出门去。

"别跑——"高大霞紧跟在后头钻出了小店,追出几步,干脆脱下了高跟鞋,一手撩起旗袍下摆,一手拎起鞋,撒腿飞奔:"站住,你个缺德玩意儿!"

小偷狂奔,高大霞赤脚追去,临街众人纷纷为之侧目。一路穿街过巷,不知追了多久,小偷的背影越来越远。高大霞提着高跟鞋追来,喘着粗气:"你别跑,把……把车票给我……钱,钱,钱我不要了。"

小偷却是没听见一般,闪身钻进了胡同。高大霞跑不动了,在街角站下,抹了把头上的汗水,扶着窗台呼哧带喘,"我饶不了你!"她声嘶力竭地大喊了一声,显然是虚张声势。

喊声在街道回响,很快就被"包子饺子面条子,韭菜盒子大碴子"的吆喝声淹没。

高大霞沮丧地支起身子,试图放下扎在一侧的裙摆,可手里还提着两只鞋,委实不得法。近处晃过来一个熟悉的身影,是傅家庄。他停在高大霞面前,手里提着两个纸袋,上下打量了面前这个狼狈的女人一眼,忍不住笑起来。

"笑什么？滚！"高大霞脸颊泛红，忍不住怒喝道。

傅家庄忍住笑走开。高大霞气冲冲地穿上鞋，看了看手里的毛票子，满面愁容。

穿过狭窄的楼梯，傅家庄提着纸袋上来，一重两轻地敲了敲房门。房门插销拉开，大门滑向一边。门里探出一个脑袋，是"前进帽"，他左右扫视了一眼，放傅家庄进屋，"前进帽"抽了抽鼻子："大葱猪肉馅包子。"

"馋猫鼻子尖。"傅家庄把纸袋放在桌上，"还有，正宗的苏联烤肉卷饼，快趁热吃啊。"

浓郁的香气在狭小的房间里弥散开来，窗边的五六个年轻人闻着味道不由得一阵恍惚。屋里门窗紧闭，窗帘只微微拉开了一条线，年轻人轮班朝着街道窥视，盯着街对面"赢天下"赌局门前的动静。

"赶上鳖瞅蛋了。"傅家庄撇了撇嘴，"没事吧？"

"没事儿。""前进帽"急不可待地撕开食盒，抓起一个包子咬了一口，吸吮着汤汁，"哥儿几个，快来趁热吃，一咬一包汤。"

傅家庄走到窗边，掀开窗帘一角，向街对面的赌局望去，牌桌前的赌徒吆喝声不绝于耳。

"傅哥，你也吃吧。"一名手下招呼傅家庄。

"前进帽"嘿嘿一笑，吸溜着满嘴的汤油："留过苏的肚子能跟咱一样式啊？得吃牛排，得面包抹黄油！"

"前进帽"话音未落，众人哄笑起来。

傅家庄回身继续观察着街道，蓦地看到走来的高大霞，落魄地四处张望着什么。傅家庄盯着这个女人，猜测着她的来历。

第二章

高大霞沮丧地走来，旗袍下摆一片褶皱，头发因为出汗，也打了绺儿。

不远处，"赢天下"赌局门前传来一阵阵吼叫："大、大、大！""小、小、小！"

高大霞循声看去，下意识地要绕开。走了没几步，忽然一怔，门口一张赌桌前，有一个熟悉的身影，她定睛一看，正是那个让自己恼怒了一路的小偷。

此时，小偷正死死盯住牌桌上的一个大碗，荷官把它按在了手下，众人的目光都汇聚在那里。荷官急速地晃动着桌上的大碗，骰子在碗里叮叮当当地碰撞，牵扯着人心。忽然间，荷官停住动作，意味深长地环视了众人一圈，小偷立时大喊起来："大、大、大！"

在众人恶狼般的目光盯视中，荷官猛地开碗，短暂的安静后，炸响的欢呼和沮丧，小偷懊恼地捶着牌桌，忽然感到脖领子像是被人从后面揪住了，让他整个身子偏离到一边。小偷恼火地回头，刚要开骂，忽然怔住了。是高大霞。

高大霞扯着小偷的衣领走到一旁，小偷拼命挣扎，突然感觉腰下有硬硬的东西一顶，高大霞低吼："再不老实，一枪嘣了你！"

小偷一下子怔住，目光下移，高大霞的衣服里，支楞起的是一杆硬硬的"枪"，小偷立时脸色煞白。

"还我钱包!"高大霞一脸杀气。

小偷苦着脸:"都输了……"

"我不管,你去给我赢回来!"

"我没有本钱呀,姐。"

高大霞气得哆嗦起来,衣服里的"枪"也跟着哆嗦。小偷吓得两腿发软,急忙说道:"姐,要不你要给我点本钱,我保证加倍赢回来还你。"

高大霞瞪着小偷:"你要赢不回来呢?"

小偷抖了个激灵:"你毙了我!"

高大霞怒视着小偷,目光停留在他脖子间的一团金光上,那是一串分量不轻的金链子。小偷刚要伸手去捂金链子,却被高大霞一把扯了下来,掉头便走。小偷慌张地追了上来:"别介呀,姐,这可是我家祖宗传下来的保命大金链子,要是没了,我祖奶奶能要了我的命!"

"不还钱,我今天就是你祖奶奶!"高大霞手上的"枪"一指,押着小偷朝牌桌走去。

"几个钱的事呀,至于动枪嘛,太不讲究了……"小偷哭丧着脸。

同一时刻,一场秘密的接头计划正在两条街外的茶点铺子悄然进行。与赌场前的喧嚣嘈杂不同,茶点铺子内平静祥和,一双纤细的手用报纸包裹起一根哈尔滨红肠,圈弯了盘在礼帽里,递给了一个年轻人。

"记住。"一个声音低沉的女人说,"门口 2 号赌桌玩的是'小人老虎枪',你把帽子放在桌上,要是有个大连口音的人坐到你右手拿走帽子,那就是接头的人。"

一张中年女人严肃的面孔在阳光下逐渐显露。一头烫过的乌发,一身利落的打扮,她叫麻苏苏。

年轻特务不时点头,余光却不时瞄向麻苏苏的身后,一个长相怪异的年轻男子正捧着大碗在喝面汤,脖子上挂着的女式挎包分外扎眼。

他叫甄精细。

"去吧。"麻苏苏吩咐道。

年轻人把礼帽扣在头上,起身走开。

喝着面汤的甄精细转过头来:"姐,再不喝面条子就泡囊囊了。"

麻苏苏看着年轻特务离去,从甄精细头上取下包来:"走。"

甄精细愣了愣,目光落在手里的面碗上:"还剩这老些哪,不能糟蹋好东西……"

麻苏苏像是没听见甄精细的不舍,自顾走开,甄精细无奈起身,看看面汤,又端起碗喝了两大口,这才放下碗追了出去。

牌桌前的热闹还在继续,叼着烟的荷官不失时机的动员着众人下注,脖子上金光灿灿的大金链子反射着光芒。小偷盯看着荷官的脖子,满脸沮丧。

高大霞朝小偷的后脑勺上拍了一把:"老溜号儿,你能赢回金链子吗?押呀,等菜哪?!"

小偷面色涨红,还在犹豫。

"再没人押,我就开啦。"荷官催促道。

"快呀,我还着急办事儿哪!"高大霞捅了小偷一把。

小偷脸都憋成了酱紫色,抿着嘴仍是犹豫不决。高大霞满心的闷火,一把抢过小偷手里的钱拍在桌上:"大!"

"小,准是小!"小偷低声争辩。

"小个屁!"高大霞反手就是一记手刀,"你都输儿回了,听我的,大!"

荷官用一个磨得锃亮的煤铲子铲走钱,众人便七嘴八舌地大喊起来:"大、大、大!""小、小、小!"

高大霞的情绪被点燃,也跟着喊"大、大、大"地疯魔起来。

"哗啦"一声,荷官开碗,有人率先爆出兴奋的一声:"大!"

高大霞尖叫一声,开心地欢呼起来,小偷也万般兴奋,两人不由击掌相对。

两人的兴奋,都被街道对面二楼窗帘后的傅家庄尽收眼底。

傅家庄看着楼下的赌局,脸上露出困惑的神色:"那小子在马迭尔旅馆出现过吗?"

"没有,他可能是帮手,在这等着配合吧。""前进帽"说。

傅家庄问:"在马迭尔旅馆就她一个女的?"

"这能差吗?在旅馆见过她的又不止我一个人。""前进帽"回头看着身后的几名手下,"这么漂亮的女人,谁过目能忘呀。"

"指定是她,错不了!""错不了!"身旁的年轻人异口同声地附和。

"前进帽"盯着高大霞:"当时她老镇定了,肯定是'老姨夫',没跑儿!"

牌桌上的赌局仍在继续。荷官再次扣下大碗:"押大押小,麻溜点儿啊。"

小偷看了看一旁的高大霞:"姐,这回大还是小?"

"大!"高大霞不假思索。

"大!"小偷豪气冲天地拍下钱。

荷官用煤铲子铲走钱,人群再度喧哗起来,小偷随着众人喊叫着:"大、大、大!"

荷官开碗,这回又是"大"。高大霞兴奋地一拳砸在桌子上,大碗都跟着晃动起来。

傅家庄看着此刻像打了鸡血似的高大霞,忍不住笑了。

"前进帽"看了看手表:"快一点钟了,接头的特务,该来了吧。"

"前进帽"的话音还未落,一名手下朝街道上一指:"哎,来啦,这个是!"

来的正是麻苏苏安排的那个年轻特务。他走向2号桌,找了视野好的地方,四下张望了一番,才摘下礼帽,端端正正地放在右手旁。

傅家庄松了口气。

"前进帽"说:"他的接头暗号都对,这是在等'老姨夫',抓人吧。"

傅家庄说:"再等等。"

"前进帽"说:"还等谁呀? 接头的就是那个女人,要不她跑这来干什么。"

傅家庄有些犹豫:"看她上不上2号桌吧。"

"她要是上了2号桌,就一定是'老姨夫'!""前进帽"回头吩咐两个手下先过去盯住现场。

在高大霞的指点下,几场赌局下来,小偷输少胜多,心情不错。可高大霞还是嫌慢,这样赌下去,不光赢不回火车票钱和马迭尔旅馆的住店钱,就是赢回来了,也要误了三点的火车。小偷献上殷勤:"有快的呀,姐,你今天财运旺,那咱上2号桌,小人老虎枪,那里赌得大。"

高大霞看向2号桌,那里的战况看上去不大激烈,她点了点头,随着小偷走向2号桌。

"果然是'老姨夫',行动吧!""前进帽"兴奋起来。

傅家庄按住"前进帽":"再等等!"

街对面,高大霞站到了年轻特务右手边,在与荷官说着什么,年轻特务的目光越过面前横空窜出来的高大霞,看到麻苏苏出现在不远处的羊汤摊位上,身后跟着甄精细,手里擎着一根冰棍,边吃边看着四下的热闹。

麻苏苏在背对着傅家庄视线的位置坐下,甄精细坐在一旁。麻苏苏观察着四周,目光落到"赢天下"门前的2号赌桌上。

"姐,咱又吃饭啊?"一旁的甄精细吸溜着冰棍。

麻苏苏冲小二一招手:"来碗羊汤。"

甄精细惊奇地看了麻苏苏一眼:"姐,我吃不下了,撑得慌。"

麻苏苏瞅了眼甄精细,也不言语。甄精细小心翼翼地说道:"姐,你忘了? 我都吃两回晌饭了……"

"吃你的,别废话。"麻苏苏不由分说把筷子拍在甄精细面前。

"姐,你咋对我这么好,一个晌午吃两顿饭……"甄精细嘿嘿笑起来。

"前进帽"按捺不住了,目光死死黏在高大霞和那个年轻特务身上:"傅哥,快行动吧,'老姨夫'肯定是她,错不了!"

"你不说'老姨夫'是男的,坐车跑了吗? 你们还追了半天。"傅家庄想再核实一下。

"前进帽"语气坚定地说:"那肯定是打马虎眼。"

傅家庄点头道:"有这个可能,我在苏联的时候,没少遇到过这种事,经常是两个特务一起出现,一主一次相互打掩护。"

"你是说逃走的那个是次,这个女人才是主?""前进帽"问。

傅家庄不语,还是盯望着赌场。小偷手里抓了几张牌,还在犹豫着打哪一张时,高大霞一言不发地观察着对手,果断从小偷手里抽出一张牌甩出,赢下了这一局,两人兴奋地击掌庆祝。

"冷静观察,分析对手,蓄势待发,果断出击!"傅家庄低声赞叹。

"评价这么高? 你是瞅见人家漂亮就思想动摇了吧。""前进帽"在一旁嘟囔。

"胡说什么? 注意阶级立场。"傅家庄扬了扬眉毛。

"前进帽"嘿嘿一笑,用肩膀撞了撞傅家庄:"你心眼子不正啊,傅哥,夸奖咱们也没用过这些狠词。"

"我是就事论事。这个女人道行不浅,一进场就眼观六路,耳听八方,身在赌局,心在接头,找了个帮手,就是为了一会儿好进退自如。"

"前进帽"连连点头:"可不,鬼心眼儿老鼻子多了,要不能在马迭尔旅馆骗过我们弟兄几个?"

"快动手吧!"手下忍不住催促。

"不行,必须等他们接完头再动手,一招不慎,我们就前功尽弃了。"傅家庄盯着街道。

"傅哥,我都让你说糊涂了,那她到底是不是'老姨夫'呀?""前进帽"茫然。

"她要接头就是。"傅家庄注视着街道。忽然,他的瞳孔微微缩了缩,神色凝重起来,杂乱的人堆里,缓缓走来了又一个戴着礼帽的人。礼帽遮住了方若愚的面孔。

傅家庄的目光又落在高大霞身上。

赌场上,小偷沮丧地把手里的牌甩在桌上。这一局他输了。一旁的高大霞给了小偷一巴掌:"血笨,滚一边去!"说着话,一肩膀撞开小偷,显然是准备亲自上阵。小偷哭丧着脸闪到一边。青年特务听到高大霞嘴里的"血笨",怔了怔,朝这边凑过来。

挽起旗袍下摆,一脚踩在凳子上的高大霞气势如虹,一如江湖女侠,她单手按着纸牌,嘴里念叨着:"小人老虎枪枪枪,今天不赢我不回家!"说着,猛然翻了一张"老虎",赢下了对家的"小人"。

荷官用铲子把钱推到高大霞面前:"厉害啊,老妹儿!"

高大霞手一挥:"别说没用的,发牌!"继而又朝对家大喊,"出牌呀,我还赶火车哪!"

青年特务轻声咳嗽了一声,碰了碰高大霞:"你是大连人吧?"

高大霞漫不经心地看了眼特务,点点头。

"他俩说话了!""前进帽"一捶窗沿儿,兴奋地大喊起来。

傅家庄点头:"收网!"

傅家庄的话音未落,"前进帽"已然冲出了房间。

街面上,方若愚朝着"赢天下"赌场匆匆走来。另一头的羊汤摊上,麻苏苏却嗅出了异常,觉察出人群中有几个年轻人神色紧张,他们的目光不时看向对面楼房的窗户,似乎是在等待什么人的指令。麻苏苏顺着他们的目光看去,果然看到窗边的窗帘微微掀开了一条缝隙,随即又悄然闭合。麻苏苏心底一惊,多年从事秘密活动的直觉让她预感大事不妙,从包里取出钱扔在饭桌上,起身要走。旁边甄精细满嘴挂着粉条:"姐,我没吃完,不能糟蹋好东西啊。"

"去火车站等我。"麻苏苏说着,从女式拎包里掏出一顶宽大的男式绒线帽,又把拎包塞给甄精细,匆匆离开。

甄精细看着麻苏苏的背影,低声嘀咕:"姐哪都好,就是老糟蹋好东西……"

人群中的麻苏苏利落地挽起头发,扣上了厚厚的绒线帽,闪进胡同。

赌场内,高大霞欢呼了一声,又与小偷击掌相庆。

"这下够了!"她兴奋地看着面前赢来的纸钱,已然堆起了一座小山。

一旁的小偷满脸欣喜,抓起钱便往兜里揣,高大霞急了:"你抢啊!"说着伏下身子压住钱,忽然看到桌上的礼帽,从钱堆里抽了两张票子扔给年轻特务,"帽子我买了!"

没等年轻特务抗拒,高大霞已然不由分说地抓过礼帽。

突然,枪声响起,呼啸的子弹扰乱了大街上的喧闹,旋即一片大乱。

高大霞手忙脚乱地往礼帽里抓着钱,小偷和众人上前哄抢,高大霞急得大喊起来:"我的钱,别抢呀!"说着狠狠瞪着小偷,"我毙了你!"

小偷像是想起高大霞有枪的事,抓了一把钱向后躲去。特务被汹涌的人潮冲散,拼命想朝高大霞挤过来,却难如愿。

枪声响起的一瞬间,傅家庄便知道行动已经暴露,他推开窗户鱼跃而出,踩着矮房跳了下来,身手矫健。

"前进帽"带着一干手下风风火火地扑向赌场,年轻特务掏枪反击,冲在前头的"前进帽"手下一个虎扑冲了上去,特务手里的枪滑落在地。一片混乱中,高大霞紧紧捂着满礼帽的纸票朝赌场深处退去。

"砰"一声,年轻特务一脚踹开了扑在他身上的人,一个翻滚抓起地上的手枪,一面开枪一面寻找高大霞。人群中的方若愚向赌场眺望了一眼,转身随着人流跑开。

街道尽头出现了苏联士兵的身影,尖利的口哨声划破了空气。

五大三粗的荷官跑进赌场,凶悍的脸上布满畏惧。年轻特务杀红了眼,提着手枪四下乱窜,却怎么也找不到高大霞的踪迹。傅家庄举枪冲了进来,特务一愣,撞开后窗匆忙逃跑。傅家庄跃上窗台,紧追而去。

小巷里,麻苏苏打了一个弹匣,把手枪藏在怀里,从巷口探出头来,却碰上"前进帽"带着人追来,麻苏苏闪身拐进巷子里。

街道上,苏联士兵成群结队地涌来,渐渐控制了局面。荷官缩在墙角瑟瑟发抖,一直躲在柜子后的高大霞攥着礼帽闪身跑开。

傅家庄在一条胡同里追上了年轻特务,本指望从他嘴里套出接头人"老姨夫"的身份,却让躲在暗处的麻苏苏先下了手,一枪结果了年轻特务的性命。人在眼皮子底下死了就够让傅家庄窝火的,让他更恼火的还有那块儿爷爷传下来的欧米茄手表也在行动中摔坏了,这可是他浑身上下最值钱的家当。

远处的麻苏苏干净利落地处理完自己人,收枪便走。傅家庄一路追出了胡同,却不见麻苏苏的人影,站在胡同口的老头惊慌地看着持枪的傅家庄,浑身不住地打着哆嗦。

"大叔,刚才那人长啥样?"傅家庄急促地问。

"一个女的。"老头颤着声指了指前面的街道。

傅家庄看着街道上穿梭的人流,知道要找到那个女人比登天还难,现在最好的办法,应该就是赶紧回到赌场,兴许能从那里找到一点有用的线索。

方若愚在街上兜了一圈,又朝赌场走来,迎面过来的是麻苏苏,两人打了个照面,麻苏苏机敏地拐上了街道。方若愚愣了愣,匆忙追了上去,可跟着拐了两条胡同,麻苏苏不见了。他正疑惑间,身后忽然传来微弱的呼吸声,一把手枪顶在方若愚的后腰上。

"为啥跟着我?"麻苏苏冷声问道。

"我看共产党在追你。"方若愚高举双手以示清白。

麻苏苏一怔:"你是谁?"

"'老姨夫'。"方若愚沉声回答。

两人核实了彼此的身份,都放下心来。对突然冒出来的高大霞,方若愚并不陌生,他清楚地记得,三年前关东州厅警察部抓捕放火团成员的悬赏令里,高大霞的头像便在里头。

"幸亏你认得她,否则,咱们的名单要是落在共产党手里,一百多号大连市党部的党国精英,都活不了啦。"麻苏苏一想到此,立即感到后怕。

"快把那份名单给我,我还要赶三点回大连的火车。"方若愚心里还惦记着,临上火车前,去"洋葱头"的圣索菲亚大教堂看一眼。

一听到方若愚说到名单,麻苏苏心下一惊,她在心里祷告,但愿藏在红肠里的那份名单还在赌场里。

麻苏苏和方若愚赶回赌场时,荷官和一个伙计正在收拾烂摊子。麻苏苏把方若愚关在了大门外,她不想让远道而来的"老姨夫"看到自己把事情搞砸了。

荷官开始见一个半老徐娘闯进来还不大高兴,直到一把闪着寒光的匕首抵住了荷官的脖子时,他才知道这个老女人来者不善。"姑奶奶,您老赌瘾再大,也不至于动刀子吧……"荷官颤着声说。

"有个女人,30 岁上下,拿着个礼帽,见过吧?"麻苏苏问。

荷官点头如捣蒜一般:"见过,那女人手气真壮,赢了一帽子的钱……"

麻苏苏神色一凛,手里的力道又加大了几分:"她人哪?"

荷官脖子上已然隐隐渗出了血丝来,声音越发地惊恐:"拿着帽子跑了……"

麻苏苏目光森冷,手里的刀子一划,一股鲜血喷到了墙上。躲在角落里的伙计吓得瑟瑟发抖,麻苏苏拎着手里还在淌血的匕首,又逼了过去。

赌场外,方若愚焦急地看表。大门缓缓滑开,麻苏苏出来,身上沾着若隐若现的血腥味。

"拿到了?"方若愚皱了皱眉头。

"人跑了,没猜错的话,她拿到名单,应该急着回大连。"麻苏苏低声说。

"那肯定是坐三点钟的车,正好,我也是这趟车。"

麻苏苏看了方若愚一眼:"看来,我得跟你上火车了。"

麻苏苏和方若愚离开没多久,傅家庄和"前进帽"也来了赌场。一进门,两人看到血腥的现场,立时愣住了。

"这个心狠手辣的女人!""前进帽"满脸愤恨。

"不光心狠手辣,还特别狡猾,她居然声东击西杀了个回马枪!妈的,本来以为这次行动天衣无缝,没想到让她给搅得稀巴烂!"傅家庄脸色阴沉,觉得窝囊,可他同时断定,这个女人拿到情报后,应该会坐三点的火车赶回大连。

"在火车上动手更好,她还没处跑了。""前进帽"说。

"火车上有苏联红军管辖,怕是不能直接动手。这个女人太狡猾了,只能智取,拿到她手里的名单,就是胜利。"傅家庄说。

"前进帽"心有戚戚地看了看地上的尸体:"这个女人狡猾凶残,在火车上你可得小心点。"

"没关系,我们已经知道了她的身份,她就是回到大连,也休想遁形。"傅家庄说。

高大霞匆忙回到马迭尔旅馆,用赢来的钱交了住宿费,剩下的钱再去买张火车票还有富余。有意思的是,她拿回的礼帽里,还有一根报纸包着的红肠,她本想扔下,可闻闻并没有异味,便又用报纸重新包好,塞进了皮箱里。简单收拾了一下,便赶往火车站去了。

站前空地上,甄精细依照麻苏苏的吩咐赶来汇合,他手里举着一支吃了一半的冰棍,脖子上还挂着麻苏苏的女式挎包。

步履匆忙的高大霞从他身旁擦肩而过,快步进了车站。买了车票,高大霞径直上了车。车厢的过道十分拥挤,她提着箱子艰难前行。找到座位后,高大霞艰难地举着皮箱要放到行李架上,邻座的一个中年男人绅士地起身帮忙。

"谢谢啊。"放好箱子,高大霞对着中年男人点头致意。

中年男人笑了笑,坐在高大霞对面,方桌上放着几个鼓鼓囊囊的纸袋子,装满了大列巴和红肠,还有一份报纸。高大霞轻声问:"买这么老多红肠?"

中年男人一笑:"来哈尔滨一趟,都得捎点红肠和大列巴。"他指了指窗外,"不少人都在买。"

高大霞朝车窗外看去,对面月台上,一个摊子前围了不少人,她犹豫着要不要去买,中年男人看透了她的心思:"要买就快去吧,时间应该来得及。"

高大霞感激地点头,起身要拿行李架上的皮箱,中年男人热情地帮忙拿下箱子。高大霞从里面拉出了包袱,又关上箱子,中年男人重新把箱子放回行李架,高大霞连声道着谢,挤下了车厢。

车站外,一辆出租车疾驰而来,停靠在站前,方若愚和麻苏苏下车,小跑着进了车站。

"姐——"甄精细眼前一亮,远远地大喊起来,追赶了几步,想起什么,回身掏钱冲着卖冰棍的小贩喊道:"再拿一根!"

候车厅里,通往月台的门前排起了长队,方若愚对麻苏苏扬了扬手里的皮包:"通关证怎么办?不能让我拿回去吧。"

"行李房有我们的人。"麻苏苏接过皮包,"你快买车票去,估计你的高大霞已经进站了。"

"怎么就成我的高大霞了……"方若愚不满地嘀咕了一声。

甄精细跑进候车厅,边吃着冰棍边四下里张望。回头时,看见麻苏苏站在检票口前,与他隔着二三十排长椅。甄精细兴奋地大喊起来:"姐——姐——"

甄精细的喊声被嘈杂的环境吞没,他看见麻苏苏和一个男人进了检票口,情急之下踩着一排排的长椅蹦跳着到了检票口前,二话不说便要往里闯。

"票!"检票员堵住了进站的小铁门。

眼看着麻苏苏的身影在蒸汽与人潮之间变得模糊不清,甄精细堆起一脸难看的哭相:"我姐不要我了……"

检票员一愣,旋即叹了叹气:"进去吧,别忘了上车补票啊。"

甄精细破涕为笑,抹了把眼泪,开心地跑进站去。在他身后,傅家庄匆匆赶来。

方若愚和麻苏苏走来,方若愚低声说:"还不知道怎么称呼你。"

"老姨。"麻苏苏说。

"老姨?"方若愚愣了愣,眼底闪过一丝困惑,"你比我大不了几岁吧……"

麻苏苏不屑地撇嘴:"'老姨'是我代号。"

方若愚乐了,麻苏苏一瞪眼:"笑啥?"

"我这个'老姨夫',总算见着'老姨'了。"方若愚揶揄道。

"看来,咱们俩还挺有缘。"麻苏苏意味深长地说道。

站台里,弥散的蒸汽阻隔了视线,一列火车缓缓停靠在月台上,临窗的旅客拉开了车窗,替车边的旅客接过行李箱。

方若愚和麻苏苏走来,方若愚问:"你要跟我到大连吧?"

麻苏苏说:"在火车上除掉她,拿回名单给你,我就回哈尔滨。"

方若愚面露难色:"你的人死了,得另派个人跟我回大连吧?"

"眼下顾不上这个,先找到高大霞再说。"

方若愚点头:"对,不除掉这个瘟神,我在大连也待不下去。"

麻苏苏打量着人满为患的车站,面露难色:"这一火车的人,不好找呀。"

方若愚突然站住脚步,闪身躲在一个柱子后面:"瘟神来了。"

麻苏苏循着方若愚的目光看去,高大霞正绕过月台,朝着另一个月台小跑而去。

"亏你还叫'老姨夫',让个老娘儿们吓成这个熊样儿。"麻苏苏不屑。

方若愚有些尴尬地摇头:"不是,她一看见我,非得大喊大叫不可,你还怎么动手?"

麻苏苏盯着高大霞的背影,眼底闪过一丝阴鸷:"红肠一定在她包袱里!"说着,从腰间抽出刀来,藏在袖子里,快步朝高大霞奔去。

第三章

月台上,白色的蒸汽罩着晃动的黑色人影,高大霞穿过层层白雾,费力往卖红肠的小摊前挤着。麻苏苏快步奔来,一个突然出现的人影拉住了她的脚步,是傅家庄。同麻苏苏一样,他的目光也死死落在高大霞身上。

麻苏苏心底升起无名的恼怒,正准备绕开傅家庄,甄精细一口一个姐地大叫着跑来,手里举着两根掉着水的冰棍,麻苏苏的挎包在他胸前一晃一晃地打着拍。

"姐,快吃,别化了。"甄精细把冰棍递到麻苏苏面前,咂了口自己手里的冰棍。

麻苏苏眼底闪过一丝恼怒:"叫你在外面等着,你跑进来干什么?"说罢,从甄精细脖子上扯走挎包。

甄精细小声说:"我怕冰棍化了……"

麻苏苏回头看了看高大霞。人群中,傅家庄正在向她逼近。麻苏苏将甄精细拉到一旁,对他低声耳语了几句,甄精细嘴里含着冰棍点头,一手接过麻苏苏塞过来的匕首,另一手还举着冰棍,麻苏苏恼火地抢过冰棍,反身甩在月台下。

弥散的蒸汽渐渐淡去,白雾后头走来脸色不快的麻苏苏。

"怎么回事?"方若愚问。

麻苏苏看向人群中的傅家庄:"在赌场外布局的家伙来了。"

方若愚愣了愣,旋即沉下脸来:"先把高大霞除掉,不能让她回大连。她不死,我回去就后患无穷!"

麻苏苏点头。

"刚才跟你说话的那个小子是谁?"方若愚问。

"我手下。"

方若愚冷笑:"看上去可不精细。"

"他就叫精细,甄精细。"

"他可真敢叫。"方若愚这回是真想笑。

红肠摊长长的队列里,傅家庄隔着七八个身位,紧盯着高大霞的动静。在傅家庄身后又几个身位,挤着左顾右盼的甄精细。他不时回头看向麻苏苏,在人群里左指右点,等着麻苏苏的确认。麻苏苏不停地摇头,甄精细继续茫然地点着,像一个孩子在玩家家。

"叫他愁死了。"方若愚不由扶额,"那个人分明在保护高大霞,你找这么个彪子去杀人,不是往枪口上撞嘛!"

甄精细又尝试了几次,终于指中了人群中的高大霞,麻苏苏点头。甄精细咧嘴一笑,专注地盯着高大霞的背影。高大霞正巧回过头来,与甄精细目光相对。甄精细笑得格外开心,露出一口白牙。高大霞也回应地笑了笑,又往前挤去。

摊主突然喊起来:"后面的人别排队了,没有红肠了。"

队伍突然乱了起来,众人都向前涌去,傅家庄和甄精细都挤向高大霞,两人看起来像是在较着劲。傅家庄历经千辛万苦挤到高大霞身后,胳膊肘拐在高大霞后腰上,高大霞"哎呀"一声,转头瞪了眼傅家庄,傅家庄下意识地赔着笑脸:"对不起啊……"

高大霞也不搭理他,反身向前挤去,冲小贩喊着:"大哥,剩下的红肠给我吧,我赶火车!"

另一名乘客回头看了一眼高大霞:"废话,谁不赶火车!"

哨声四起,人群中有人怕误了火车匆匆跑开,高大霞趁机往前挤了几个身位,甩开了傅家庄。甄精细凑近高大霞,从袖子里抽出匕首来,对着高大霞的后腰捅了过去。不曾想,前方人群中裂开一道缝隙,高大霞见缝插针挤到前面,甩在身后的包袱被她顺势一带,居然将甄精细捅过来的匕首正好带走。高大霞因为动作过猛,一下子扑在小贩的推车上,小推车跟着晃了晃。

"别挤了,别挤了,这三根都给你!"小贩扶稳了推车,把红肠塞进了高大霞的包袱里,高大霞又抓了两个大列巴塞进去,把捅进包袱的匕首压在了底下。

甄精细还没有从刚才的变故中缓过神来,高大霞已经扔下钱,拎着包袱挤出人群,朝火车跑去。傅家庄紧追过来,赶上了高大霞,似笑非笑地看着这个折腾了自己小半天的女人。高大霞也认出傅家庄来,几个钟头里,她已经与这个长相帅气的年轻男人碰面好几回了,这不应该是巧合,莫非他知道了自己的身份?高大霞在最短的时间里,把自己到达哈尔滨后见过的人经历的事回想了一遍,没找出任务纰漏。那他为什么要跟着自己呢?高大霞想不明白,想不明白就不想了,甩掉他是最好的办法。

列车员的哨声一声比一声急促，高大霞甩开步子跑去，傅家庄紧跟其后，甄精细也追了上来。

"这个笨蛋！"人群外的方若愚满脸恼怒，自顾走开。

上火的还有麻苏苏，她看着甄精细笨手笨脚地追赶高大霞，心底泛起一阵无力感。

哨声又起，悠长而尖锐，是火车开动前的最后一通哨声了。要绕过月台赶火车显然来不及了，高大霞估量着是不是可以跳下月台走个捷径。

"别走了，赶不上了。"傅家庄气喘吁吁地凑到她身边。

傅家庄的这句话，反倒让高大霞下定了决心，她瞟了眼傅家庄，不假思索地纵身跳下月台。傅家庄一愣，也跟着跳了下去。两个人迈着蛤蟆步，跨过铁轨朝月台另一头奔去。高大霞一不留神，被铁轨绊了一下，傅家庄一把扶住高大霞，却被她反手甩开："别碰我！"

傅家庄站稳身子："识相的，把东西给我。"

高大霞瞪了眼傅家庄："凭啥呀？美得你！"

说话间，铁道上出现了第三个人影，是甄精细。

高大霞到了月台另一头，把包袱放在月台上，伸手解开旗袍下摆，用力往上爬去。

一只胳膊出现在高大霞身边。傅家庄单手一撑月台，飞身而上，俯身要去拿高大霞的包袱，甄精细的动作比他快了一步，一把拽过包袱，却用力过猛，包袱脱手而出，落在刚爬上来的高大霞面前，高大霞一把抱紧包袱，瞪着傅家庄："怎么，还明抢啊！我可喊警察啦！"

傅家庄下意识看了看不远处的警察，两个警察正好奇地望向这边，像是随时在等候着求救人的呼救。

方若愚见高大霞爬上了月台，回身登上火车。麻苏苏犹豫了一下，也跟着上了火车。两个人挤在车门口，观察着月台上的情况。

高大霞抱着包袱，感谢着甄精细刚才的帮忙。甄精细眼睛一直盯着包袱，犹豫着说："我……我要红肠。"

"你也赶这趟火车吧？上车我给你。"高大霞指了指列车，忽然感觉自己好像是在原地倒退。三人各自对了对迷惑的眼神，同时反应过来，火车已经缓缓启动了。

"坏了！"高大霞撒腿追去，甄精细一愣神，也跟着跟去，傅家庄几步越过甄精细，一把拉住高大霞："你赶不上了！"

高大霞竭力挣扎着："松手！"

"你走不了啦！"傅家庄掏出兜里的手表，表盘上一道裂痕清晰可见，"刚才你把我的表碰坏了，得赔！"

"你讹谁啊？滚蛋！"高大霞又急又气，猛推了傅家庄一把。

本来就在月台边上的傅家庄身子一歪，控制不住，就势跳下了月台，手里的手表落在铁轨间。高大霞朝着火车飞跑而去。

车门里，麻苏苏探出头，冲着高大霞伸出手来："快点，快跑几步！"

高大霞气喘吁吁地跟在车门后头，两人之间的距离不断缩小。麻苏苏的手慢慢下移，目光落在高大霞怀里的包袱上，高大霞紧跑几步，一把抓住麻苏苏的手，麻苏苏一用力，把高大霞拽了上去。

"大姐，你心眼真好使！"高大霞喘着粗气，朝麻苏苏点头致谢。

站台上的甄精细跑来，一把抓住车门旁的抓手，跃上车来。他回头看去，傅家庄刚从铁道爬上月台，追赶着火车："等等我！"

高大霞满脸快意，望着车下的傅家庄大喊："想讹我？做梦去吧！"转头朝向列车员，"快关门！这个人太坏啦！"

列车员还在犹豫，高大霞一把拉上了车门。透过车窗，眼见着傅家庄还在徒劳地奔跑，一点点消失不见了。高大霞长出了一口气："真是块狗皮膏药!"

身后的麻苏苏露出笑意,看向躲在车厢里的方若愚,方若愚冲着高大霞的背影示意了一下,转身朝车厢深处走去。

高大霞的目光从窗外收回来,打量着麻苏苏和甄精细。

甄精细指着麻苏苏,乐呵呵地笑着说:"这是我姐。"

高大霞打量着麻苏苏:"你们姐俩……都是好人,要不是你们,我都上不了车。"

没等麻苏苏说话,甄精细抢着说:"这不上来了嘛,我看见我姐在车上等着你哪。"

高大霞不解,刚要问什么,麻苏苏抢过话去:"出门在外,都不容易,我就拉你一把,没啥。"

"一看大姐就是好人。"高大霞笑着,看看甄精细:"你们姐弟俩……岁数差不少,不是亲的吧?"

甄精细脸一板:"比亲的还亲!我姐对我可好了,今天让我吃了两顿晌饭!"

麻苏苏脸上闪过一丝尴尬:"年轻人,贪吃。"

"大姐心眼真好使,你们也上大连?"高大霞问。

甄精细愣了愣,转头看向麻苏苏,麻苏苏点头:"去做点儿小买卖。"

一旁的列车员不耐烦了:"别老堵在门口,赶紧找位儿坐着去!"

"对对,咱坐着说话,我在6号车厢。"高大霞说。

列车员一指:"往里走。"

高大霞朝里走了两步,又回过头来:"大姐,你在几号车厢?"

"我还没买票,一会儿就补。"麻苏苏说。

"我过去了啊。"高大霞走去。

麻苏苏看着高大霞走远,回身对甄精细低声呵斥:"笨死啦!"

甄精细缩了缩脑袋:"姐,咱真去大连啊?"

麻苏苏一扬巴掌:"你干的好事,不去咋办?废物点心,在这儿老实等着!"

甄精细满腹委屈,看着麻苏苏走开,她的身子随着车厢一起左右晃动。

火车驶出不远,面前的视野渐渐变得开阔起来。东北大地战事方休,铁路沿线仍是人烟稀少。不时有飞驰而过的军列,载的大都是苏联士兵。根据苏联与国民政府签订的铁路协定,苏联有权借助中国境内铁路运送军需而不接受海关检查,苏联管理人员甚至可以直接参与到铁路运输事务的管理与维护上来。高大霞乘坐的这趟列车上,就有一整队荷枪实弹的苏联士兵负责保卫事宜。

两节车厢的交汇处,方若愚正对麻苏苏低声发着脾气:"他还敢叫甄精细!就是个草包!"

麻苏苏不耐烦地摆了摆手,她不想听方若愚的抱怨:"行了,说正经事吧。"

方若愚激动起来:"他就是正经事,带着这么个人在身边,你什么事都别想干成!"

"他虽然遇事慢半拍,可是对我忠心。"麻苏苏说。

"干咱们这行的,哪个不是龙睁虎眼,别说慢半拍,就是眨巴两下眼跟不上,都能丢了性命!"方若愚铁青着脸,"你最好把他打发走,越早越好。"

"有这么个人打掩护,也不是坏事儿。"

方若愚听出麻苏苏语气里的坚定,他不愿意再为那个傻子费口舌了:"你看着办吧。我就一个要求,到大连之前,把高大霞除掉。"

"先拿回名单再说。"麻苏苏往走廊看了一眼,一名乘务员正走过来。

"我在9号软卧,有事你过去找我吧。"方若愚低声说完,在乘务员过来之前快步走开。

麻苏苏回来,见甄精细正好奇地望着车窗外的景色,一脸幸福。麻苏苏重重咳了一声,甄精细回过神来,见麻苏苏走开,急忙跟了上去,问道:"姐,咱坐火车不买票啊?"

"闭嘴!"麻苏苏咬着牙说。

"这样……不好吧?"甄精细面露难色。

麻苏苏忽然顿住了脚步,一回头,甄精细险些撞上她。

麻苏苏压着火气:"给我记住啊,车上有苏联士兵——"

甄精细急了:"那咱更得买票啊,大鼻子可不惯咱毛病!"

麻苏苏举手做打人状,甄精细急忙捂住自己的嘴。麻苏苏点了下甄精细的额头:"记住,看我眼色再动手。"

"好,我就爱看姐眼色,蓝瓦瓦的……"甄精细憨笑起来。

麻苏苏翻了翻白眼,转身走去。甄精细紧紧跟上,麻苏苏又想起什么,猛然站下,甄精细又险些撞上。

"刀还在吧?"麻苏苏问。

甄精细一下愣住了,浑身摸了摸,欲言又止。

麻苏苏眼里射出一缕冷光:"哪去了?"

甄精细犹豫着,指了指车厢,不敢说话。

"在哪?"麻苏苏厉声追问。

"在……在那个大姐的……包袱皮里……"甄精细小声说。

麻苏苏"蹭"地一下蹿出火来,死盯着甄精细,从牙缝里蹦出两个字:"蠢货!"

甄精细自知理亏道:"……刀没了,咋动手啊?咱又没有枪……"忽然一拍脑袋，两手做了个动作，"掐死她！"

麻苏苏气得咬牙切齿："我掐死你！"看着甄精细一脸的自责，麻苏苏无奈地转过身去，竭力平复着愤怒的情绪，阔步朝高大霞的车厢走去。

6号车厢里，高大霞正对邻座的中年男人讲述自己刚才在月台上买红肠的经历："要不是遇上位好心大姐拉我一把，我都上不了火车。"

中年男人看着高大霞怀里的包袱："我帮你放进皮箱里吧。"

高大霞摇头："不用，"她指了下中年男人放在一旁的报纸，"大哥，报纸不看的话，能给我用用吗？"

中年男人递过报纸，高大霞高兴地接了过去，从包袱里掏出红肠，一根根包了起来："这东西泛油，不包一下弄得哪儿都是。"

中年男人点头，看着高大霞把包好的红肠又塞进包袱里，轻声问："还要往皮箱里放吗？我拿给你。"说着话，起身要去拿行李架上高大霞的皮箱。

"不用了，搬上搬下怪麻烦的，要用的东西都在这。"高大霞拍了拍包袱。

火车剧烈晃动了一下，近处传来一阵水壶碰撞的叮当响。高大霞敏锐地听出那是军用水壶的声音。她转头打量着四下，不远处的卡座里，六七个苏联红军凑在一起说笑谈天。

麻苏苏一进到这节车厢，就看到了那几个苏联士兵，心里顿时生出一丝顾虑。一名苏联士兵注意到麻苏苏的目光，友好地朝她笑了笑，用俄语问了声好。麻苏苏也微微一笑，用纯正的俄语回复："你好，你们好。"

甄精细看着红军战士背后乌黑的枪管，脸色煞白，压低了声音说："姐，还能干吗？咱这不是找死吗？"

"闭嘴！"麻苏苏踩了甄精细一脚。

高大霞看见麻苏苏和甄精细过来，兴奋地起身朝两人招着手："大姐，我在这——"

麻苏苏前一秒还愁容满面，此时旋即展露出和善的微笑，冲着高大霞兴奋地招手，迎着高大霞亲热的目光走了过来。

"你俩几车厢呀？"待二人走近了，高大霞向麻苏苏问道。

"我俩在前面车厢，我兄弟说想你了，偏要过来看看你。"回头朝甄精细使了个眼色。

甄精细鸡啄米似地点头："对对对，想姐了，老想了。"

高大霞抿嘴一乐，指了指身旁的座位："先坐这吧，反正这里没人。"

一旁的中年男人起身，对高大霞指了指行李架："麻烦帮我照看下东西，我去抽袋烟。"

"抽吧抽吧。"高大霞忙不迭地点头。

麻苏苏看了眼放在茶几上的包袱，坐到高大霞对面："一看见你我就觉得咱姐妹俩投缘，坐一块儿说说话，这一道儿也能过得快点儿。"

高大霞笑笑，见甄精细还在一旁站着，连忙招呼道："坐呀。"

甄精细茫然地看向麻苏苏，麻苏苏点头，甄精细这才坐下。

高大霞打量着甄精细："你这兄弟一看就是老实人。"

麻苏苏摆摆手："老实又不当饭吃，该他干的事儿，一样儿都干不好，就一个字儿，彪子！"

"姐，你说错了，彪子是两个字……"甄精细小声嘀咕。

"彪！"麻苏苏眉毛一扬。

甄精细认真地点头："这回对了。"

高大霞捅了捅麻苏苏："别这么说，你兄弟挺精细的。"

甄精细愣了愣，一下开心起来："我就叫精细，叫甄精细。"

高大霞一怔，不可置信地望着甄精细："啊？你叫真精细？"

甄精细啄米似地点头。

"真精细,这名儿好听……"高大霞抿嘴一乐,想起什么,伸手在包袱里摸出一根报纸包着的红肠,"给你,我答应你的。"

甄精细兴奋地一把接过来,献宝似地递给麻苏苏:"姐。"

麻苏苏心下一阵窃喜,表面却表示了拒绝:"这哪儿行。"

"别客气了,就一根肠,值不了几个钱,拿着,拿着。"高大霞不由分说,把红肠塞到麻苏苏手里。

麻苏苏不动声色地收好红肠:"那……那我就不客气了。"转头看向甄精细,"精细,你先在这坐一会儿,我去看看咱的座儿。"说完,起身走去。

甄精细犹豫着,看着麻苏苏走去,有些害怕起来,他知道麻苏苏并没有买两人的车票,这要是让苏联人查出来,他可对付不了。甄精细起身要走,高大霞一把拉住了他:"精细,你姐叫你等着,没事儿,她丢不了。"

甄精细还是要走,高大霞低声吓唬他:"你姐可是个厉害人,你不听话,她能让你呛?"

甄精细果然老实了,乖乖坐下来。

麻苏苏拿着红肠,来找9号包厢里的方若愚,一进包厢,看见茶几上放着一堆零碎小吃和两瓶格瓦斯啤酒,冷笑了一下。

"为了和你见面方便,我才包了这个包厢。"方若愚解释。

麻苏苏撇了撇嘴:"打着我的旗号,你倒挺会享福。"

"东西到手了吗?"方若愚问。

麻苏苏扬了扬手里的报纸包,坐在茶几旁,扯着报纸。

"人怎么处置?"方若愚问。

"还没动,先看看名单在不在。"麻苏苏把红肠递给方若愚。

"在不在都不能让她到大连。"方若愚小心地掰开红肠的一头。

麻苏苏冷冷一笑:"依我看,这个高大霞也不精细。"

6号车厢里,高大霞正跟甄精细唠着家常:"精细,你多大了?"

"虚岁二十。"甄精细憨笑。

高大霞脸上闪过一丝兴奋:"二十? 属虎?"

甄精细点头:"姐咋知道?"

高大霞笑脸盈盈:"那你管我叫姐就对了,我有个弟弟也二十。"

甄精细心不在焉地点头,不时朝车厢门口张望,等着麻苏苏归来。

9号包厢里,麻苏苏和方若愚望着茶几上剥开的红肠,都是一脸扫兴。

"这根红肠,应该是在火车站上买的。"方若愚推断。

"那她还拿报纸包着,这不成心捣乱嘛!"麻苏苏恼怒,抓起茶几上的一瓶格瓦斯,咬开瓶盖,喝了一大口。

"这就是她的狡猾之处,肯定是为了蒙骗你。"方若愚叹了口气,"要是不打开看看,拿上就下车走了,咱们不就上当受骗了? 我说她鬼心眼子多,一肚子猴儿,你还不信。"

"我确实不信。"麻苏苏说。

方若愚激动起来:"不信你就上当了! 当年她在大连放火团,就是让日本人头痛的狠角色。有一回,在小日本戒备森严的眼皮子底下,她居然把雷管引线卷在煎饼里头带进码头,炸毁了一架军用飞机! 连日本关东军司令梅津美治郎,都亲自飞到大连,敦促我们关东州厅警察部尽快破案!"

麻苏苏愣了愣,捏起茶几上的一块红肠,送进嘴里,发狠地嚼了起来:"那我还真小瞧她了。"

"一定要杀了她,绝不能留下后患!"方若愚盯着麻苏苏。

麻苏苏咽下嘴里的红肠,灌了一口格瓦斯,放下瓶子:"拿到名单再杀人。"说完便起身,开门出去。

方若愚自语:"碰上这么个瘟神,倒血霉了!"

麻苏苏一回6号车厢,甄精细就高兴地起身朝她挥着手,像是与麻苏苏分别了很久,他扶着麻苏苏坐下,也不顾抽烟回来的中年男人对他的不屑,只顾兴奋地对麻苏苏说:"姐,这个姐有个弟弟,跟我一般大,也二十。"

麻苏苏佯装出惊喜的模样:"哟,这也太巧了!"

甄精细抽了抽鼻子,期待地看着麻苏苏,欲言又止。麻苏苏疑惑地看着他:"怎么了?"

甄精细又抽了一下鼻子:"姐吃肠了……"

麻苏苏咂了下嘴巴:"……我……刚才去找座儿,看见个孩子,直跟我要肠吃,我就给孩子了,小孩子嘛,都馋。"

甄精细咽了口唾液,眼底闪过一丝沮丧。

高大霞一笑:"大姐心眼儿就是好使。"又看了看甄精细,"我还有,我拿给你。"

麻苏苏朝高大霞的包袱看去,假装拦着:"那多不好意思……"

"没事儿,刚才要不是精细,我得叫那个臭无赖缠死。"说罢,高大霞要去拿茶几下的包袱,一抬头,整个人忽然僵住了。

过道上,走来了一个人,居然是傅家庄。他正挨个座位找着人,一转头,也看到了高大霞。四目相对,高大霞脸色阴沉,傅家庄则意味深长地笑起来,一如见到了亲人,迎着高大霞阔步走来,可一看见座位上的几个苏联士兵,他的脚步不由一顿。

麻苏苏不解高大霞的怔愣,扭过身一看,也是一惊。

"你咋上来了? 挺能耐呀……"甄精细没好气地说道。

傅家庄过来,看了眼高大霞,又看甄精细,手指在两人身上一划拉:"一伙的?"

甄精细连忙搂住麻苏苏的胳膊:"我俩一伙。"

麻苏苏看向傅家庄,笑着说:"你好。"

高大霞一拉麻苏苏:"别理他,沾包就赖,你都抖落不掉!"

傅家庄也不生气,优雅地微笑着,绅士地略一腰弯:"您好女士,我们又见面了。"

高大霞脸颊一红,气得转过头去。

傅家庄掏出车票,伸向中年男人,笑着问:"先生是一个人吧? 能换个座位吗?"

中年男人张了张嘴,刚要说话,高大霞插言:"大哥,别理他。"

男人看了看高大霞,又看向傅家庄,刚要拒绝,却见傅家庄撩开衣角,露出腰里的一截枪套,男人神色一凝,义正辞严的话被堵在了喉咙里。一旁的甄精细要说话,被麻苏苏踢了一脚。

傅家庄还是一脸微笑,把车票递到中年男人面前:"谢谢先生。"

高大霞还要阻拦,中年男人慌张地接过票,转身要走,却被傅家庄拦下:"你的票呢?"中年男人紧张地掏出自己的票,递给傅家庄,慌乱地从行李架上拉下行李箱,逃也似地跑开。

傅家庄像没事人一样,一屁股坐在高大霞面前。

"你到底想干什么?"高大霞瞪着他。

傅家庄露出手腕上的手表,朝高大霞晃了晃。

"好表。"麻苏苏奉承道。

"坏表。"甄精细义正辞严。

傅家庄一乐:"对,坏表,叫这位女士给撞坏了。"边说边看向高大霞。

高大霞激动起来："你血口喷人！"

"谁都会犯错，抵赖是最不明智的选择。"傅家庄擦了擦喷在脸上的口水。

高大霞被噎了一下："你……你爱咋咋地。"

"女士，你如果这样说话，那我就绅士不起来了。"傅家庄慢条斯理地摘下手表，递给高大霞。

高大霞冷笑："想讹我？你找错主儿了！"

"知错能改，善莫大焉。女士，还是不要抵赖的好。"傅家庄眼里闪出一道冷光。

"那你说我什么时候撞的？"高大霞反问。

"在站台上。"傅家庄看向甄精细，"这位小兄弟可以作证。"

甄精细下意识点头，忽然意识到什么，又连忙摇头。

傅家庄换上一副悲伤的表情，把手表展示给高大霞看："你看看，是不是不跑字了？我这表可是传家宝，我爷爷在九泉之下也闭不上眼哪！"

高大霞涨红了脸："闭不上就睁着，我管不着！"

傅家庄做出一个夸张的哭相："哎，你怎么这么说话？我爷爷都死了十几年了，你还不让他闭眼，他招你惹你了？"

高大霞气得嘴唇哆嗦："你这破表多少钱？我赔！"

傅家庄低头摩挲着表盘，有如是在摩挲女人的面庞："你赔得起吗？这是瑞士名表，欧米茄！"

"还咪咪嘎哪！"高大霞低吼。

傅家庄把表伸到高大霞面前："我这真是欧米茄，刚才这位大姐也说是好表了。"说着，看向麻苏苏。

麻苏苏讪笑着。

高大霞一把推开傅家庄伸到自己面前的手腕："等到了大连，我赔给你！"

"那我可得看着你，别让你跑了。"傅家庄往前凑了凑身子，盯着高大霞。

"你……"高大霞脸色羞红，别过了脸去。

麻苏苏沉着脸，心下飞速思忖起对策来。

最后一丝夕阳消失在山脊线后头，月光斜斜洒进包间车厢。9号包间门后传来一声闷响。方若愚恼火地一拍桌子："他分明是找了个冠冕堂皇的借口，盯死高大霞，不让你动手！"

"六个苏联士兵守在跟前就够受的，又多了这么个眼中钉。"麻苏苏叹气。

方若愚坐在阴影里，声音寒冷如冰："到大连之前有的是时间，我就不信他百密没有一疏，见招拆招吧。"

"我有一件事一直想不明白，既然这俩人都是共产党，为啥还要过不去。"麻苏苏不解。

方若愚想了想："应该是他们现在还不知道彼此的身份，要是捅破了这层窗户纸，他们联起手来可就麻烦了。"顿了顿，方若愚又说，"到大连之前，必须先拿名单，后杀人！"

第四章

傅家庄望着窗外的夜色出神，猛然间，他在窗户的倒影里看见高大霞一张凶神恶煞的面孔，正死死盯着自己。他回过头来，故作轻松地笑了笑。

"谁稀得跟你笑?"高大霞一脸厌恶,"我怎么也想不明白,你说你一个大男人,看着人模狗样的,怎么就能干出这么下三滥的事来。"

傅家庄揣着明白装糊涂:"我干什么下三滥的事了?"

甄精细伸头一瞅:"讹姐一个咪咪嘎……"

傅家庄低声恐吓:"你再瞎胡乱讲,我连你一块讹!"

"你敢!"甄精细一撸袖子,高大霞连忙拦住他:"别跟他说话,他真能干出来。"

傅家庄这才舒心一笑:"女士,我该怎么称呼您?"

高大霞瞪了他一眼,转过脸去。

甄精细朝车门口看去,麻苏苏正在跟列车员说着什么。

列车员拿着票夹子,疑惑地看着麻苏苏:"没见过你这样的,上了车还没想好补票补到哪一站。"

麻苏苏:"……大连吧。"

列车员皱了皱眉:"长春、沈阳、大连,这一会儿工夫你换了三个地方,到底到哪儿?"

"就大连。"麻苏苏说。

列车员撕下两张车票,又低头找钱,麻苏苏看到列车员身旁的小推车里有成袋的烧饼,伸手拿起一包:"这个我来一份。"

回到座位,麻苏苏对几个人让着纸袋里的烧饼,甄精细先拿了一个,高大霞摇头说不饿,麻苏苏又让着傅家庄:"大兄弟,你来一个吧?"

傅家庄笑笑:"那多不好意思。"

说话间,傅家庄伸手过来,要从纸袋子里拿烧饼,高大霞却一把推开麻苏苏的手:"人家都戴祖传的咪咪嘎手表,哪稀得吃这个。"

傅家庄脸一拉,瞪着高大霞:"别找事啊!"

麻苏苏拿出一个烧饼,递给傅家庄,安抚着高大霞:"百年修得同船渡,咱坐一趟火车,这也得是修了上百年的缘分。"

高大霞厉声道:"谁跟他有缘分?是他死皮赖脸偏要坐过来。"

"你不把我表撞坏了,我能坐过来吗?"傅家庄又亮出手表。

"那行,你坐在这里吧,我走!"高大霞呼地起身,傅家庄见状也站了起来。

"你还真是狗皮膏药,贴上就揭不下来了!"高大霞瞪着傅家庄。

傅家庄竖起大拇指:"比喻得很恰当。"

"你……我……"高大霞被气得语无伦次。

"行了,大妹子,坐下吧。"眼瞅着气氛不对,麻苏苏拉着高大霞坐下。

傅家庄也跟着坐下,依旧是饶有兴趣地看着高大霞,高大霞气得别过了头去。

麻苏苏嚼着烧饼,转移话题:"这火车上也没啥东西卖,光叫人干啃烧饼,要是有口菜就好了。"

"我有好东西。"傅家庄神秘一笑,从怀里摸出一个锡纸包,轻咬出一个小口,朝烧饼上挤着黄油,又把黄油仔细抹平,这才送进嘴里咬了一口。

高大霞好奇地看着。

傅家庄把黄油递给麻苏苏:"大姐也来点儿吧,好吃。"

高大霞碰了下麻苏苏:"不要,黄不拉几的猪大油,你看都坏了。"

傅家庄不屑地看着高大霞:"什么猪大油,这是黄油,不懂就闭上嘴。"又转向麻苏苏,"这也算是土洋结合了,来点吧。"

"谢谢。"麻苏苏笑着摇头,又咬了一口烧饼,"光顾着赶火车了,车站上有卖红肠的,也没来得及买。"

傅家庄下巴朝高大霞抬了抬："她买了。"

高大霞看着傅家庄,忽然展颜一笑："想吃啊?"

傅家庄一愣,笑着点头："行。"

"我可以给你一根。"高大霞说,"不过,你拿着肠就要离我远远的,能做到吗?"说着,伸手拎过茶几下的包袱。

麻苏苏连忙拦住高大霞："大兄弟跟你开玩笑,你还当真了。"

"他要是答应,我把包袱里的红肠都给他,让他滚得远远的!"

"一根肠就想换我一块欧米茄,你太异想天开了吧。"傅家庄说。

高大霞冷笑,从包里扯出报纸,拿出红肠掰了一半塞给甄精细："吃吧,小兄弟。"

甄精细眉开眼笑地接过来,张开嘴巴刚要一口咬下去,却被麻苏苏拉住了胳膊,甄精细委屈地说："姐,我想吃。"

高大霞犹豫了一下,把另一半递给了麻苏苏。

"谢谢。"麻苏苏接了过来。

甄精细咽了咽口水,又要动嘴,麻苏苏忽然踩了他一脚,甄精细痛得"啊"地叫了一声。

"我让他……省着点吃。"麻苏苏朝高大霞和傅家庄陪着笑,小心地咬了一小口,冲甄精细使了个眼色,把肠衣吐在了手里。

甄精细也跟着咬了一小口。麻苏苏佯装想起什么："哎呀,也没洗洗手。"起身,对甄精细说,"跟我去洗洗再吃,看你个脏爪子。"

"不用。"甄精细小口嚼着红肠。

麻苏苏拉下脸："洗!"

"挺干净的呀……"甄精细不情愿地起身,跟着麻苏苏去了水房。

麻苏苏夺下甄精细手里的红肠,掰碎了发现并无异常,这才允许甄精细吃起来,她盯着甄精细："她到底买了几根?"

"好像是两根。"甄精细大口嚼着红肠。

"不要好像,到底几根?"

"不是两根就是三根,反正最后她给包圆了。"

麻苏苏气不打一处来:"不管是几根,一会儿回去你就睡觉,躺到她座位底下去,想办法把她的包袱拿到手,拿出里面的红肠,有几根拿几根。"

甄精细愣了愣:"姐,你就那么想吃红肠啊?"

麻苏苏举起巴掌要打,可看到甄精细缩着脑袋闭着眼的样子也是可怜,还是放下手来,满腔怒气全然化作一声叹息。甄精细再睁开眼时,麻苏苏已经走开了,他把最后几块红肠塞进嘴里,大嚼着跟了上去。

车厢里,高大霞盯着傅家庄,傅家庄也以同样的眼神回敬,两人像是在较劲。

"你是谁?你到底要干什么?"高大霞终于忍不住,先问道。

"你心知肚明。"傅家庄眯起眼。

高大霞态度诚恳:"我到底怎么得罪你了?"

"你都知道,还用问吗?"傅家庄晃着手腕。

"你肯定有别的坏心眼!说不出来的坏心眼!"

傅家庄压低了声音:"是你有坏心眼。"

高大霞气得瞪眼:"猪八戒上墙头——你还倒打一耙啊!"

"要想相安无事,也容易。一道上你不跟我耍花招玩心眼儿就行,这样,我就会像海洋里的海胆,别看浑身长刺,但绝不会扎到你。"傅家庄淡淡地说道。

高大霞冷笑:"你管那玩意叫海胆,我们叫刺锅子,碰一下都扎手,死烦人!"

两人正你来我往拌着嘴,麻苏苏和甄精细回来了,高大霞立时站起身。

麻苏苏一愣:"干啥去呀,妹子?"

高大霞伸了个懒腰:"活动活动筋骨。"说罢,俯身去拿茶几下的包袱。

傅家庄不紧不慢地按住包袱:"活动筋骨,不必拿着包袱。"

高大霞瞪了傅家庄一眼,气冲冲地走开。

麻苏苏扫了一眼高大霞的包袱,从随身的挎包里掏出一团毛线,抽出毛衣织了起来。

"大兄弟,你原来就认识她吧?"麻苏苏有一搭没一搭地问。

"不认识。"傅家庄摇头。

"那你还讹人家。"一旁的甄精细说。

麻苏苏瞪了一眼甄精细:"瞎说,你看这位大兄弟文绉绉的,是那样式儿人吗?"

甄精细点头:"是。"

"你们也去大连?"傅家庄问。

"不知道。"甄精细说。

麻苏苏一敲甄精细:"你彪得都好不吃食了,不去大连咱能坐这个车吗?"说完,她把头又转向傅家庄,"我这个弟弟——"指了指自己的脑袋,歉意地笑笑,又织起毛活来。

傅家庄笑笑,伸到茶几下的腿抽动了一下,把高大霞的包袱碰到了地上。刚要俯身去捡,麻苏苏手疾眼快,抢先弯下腰来,挡住了傅家庄的视线,手伸进包袱去摸索,一把抓住了里面的红肠,少顷,才拎起包袱,傅家庄一把拿了过来,朝茶几下看了一眼,想要解开包袱。

"干什么你!"随着一声断喝,高大霞跨步上来,一把夺过傅家庄手里的包袱,"明抢啊?"

没等傅家庄解释,高大霞拎着包袱朝后面几个空座位走去。

傅家庄伸头看去,高大霞正向座位上的人问话。几个来回之后,高大霞又失望地回过身来,与傅家庄的视线交汇在一起,眉毛一皱,又向前走去。

甄精细望着高大霞的背影:"姐不跟咱一起坐了?"

"没事,一会儿就回来了。"傅家庄笑笑。

高大霞走了大半节车厢,也没如愿,前面过来一个列车员,高大霞向他求援,列车员摇头,高大霞失落。在傅家庄兴灾乐祸的注视下,高大霞还是沮丧地回来,挨着麻苏苏坐在外面,换麻苏苏坐在窗边。傅家庄满是玩味地看向高大霞,高大霞避开了他挑衅的目光,看到麻苏苏手里的毛活,找话说:"大姐,你这织的……是围脖吧?"

麻苏苏点头,从包里扯出来一截围脖,高大霞羡慕地接过来翻看着:"还是麻花针,大姐,你的手真巧。"

"你也挺巧,逢赌必赢。"傅家庄轻声说。

高大霞愣了愣,警觉地看向傅家庄。

"大兄弟说谁呢?"麻苏苏佯装好奇地问。

"没屁找嗝打,别理他。"高大霞说。

麻苏苏见高大霞一直抱着包袱,指了指茶几底下:"妹子,把包袱放这吧,老抱着多累呀。"见高大霞笑着不语,她又说,"你还能抱一宿啊,放这儿吧。"

"我放座儿底下吧。"高大霞弯下身子,将包袱放在脚边,想起什么:"对了大姐,你俩人过来了,怎么没见着行李呀?"

甄精细刚要开口,麻苏苏抢先道:"说起行李就来气,落在行李房了。"

"在行李房就丢不了,顶多再掏几个寄存费。"高大霞宽慰道。

"那不费事嘛。"麻苏苏叹了叹气。

甄精细像是憋得难受，直想要说话，麻苏苏按住他："行了，都怨姐，没多嘱咐你几句。"

"你不是哈尔滨人吗？怎么还要存行李？"傅家庄问。

麻苏苏又叹气："别提了，本来买的是昨天晚上的票，来晚了，火车开了，我懒得往家拿，就存到行李房了，寻思今天就不用再费事了，哪想到，这还更麻烦了，等到了大连，再找人取，找人送，你说他办的这叫什么事。"

"叫脱裤子放屁。"甄精细补充。

麻苏苏佯装生气："又接话！"

高大霞与傅家庄低笑起来，甄精细满心得意，也跟着笑起来。

麻苏苏瞪着甄精细："你就没用的疙瘩话多。行了，不早了，睡觉吧。"说着，朝座位底下丢了个眼神，"精细，这底下宽敞。"

"我坐着就能睡。"甄精细说。

麻苏苏瞪了甄精细一眼，甄精细下意识缩了缩脑袋："……行吧。"不情愿地拱着身子，钻进了座位底下。

"精细，这个给你当枕头。"高大霞拎过脚边的包袱递给甄精细。

傅家庄目光追着包袱，往下缩了缩身子。这个角度，傅家庄正好能看见甄精细的脑袋。甄精细正要解开包袱，抬头见傅家庄正盯着自己，心底一惊，忙拿开手，闭上了眼睛。

高大霞也闭上眼，眯了没一会儿，又缓缓睁开，却见傅家庄微眯着眼在看她。两人目光相对，傅家庄朝她笑了一下，高大霞厌恶地瞅了他一眼，别过头去。

火车在黑夜里穿行。一轮圆月高悬天际，柔和的月光映衬着黑色的群山，像是铺上了一层白色的天鹅绒。

月光洒进车厢,拉长了旅客的影子。麻苏苏还在织着毛线活,目光扫向傅家庄和高大霞,两人呼吸均匀平稳,看上去像是都睡着了。她轻轻敲了下座位底板,没有回应,再细听,座位下传来了打鼾的声音。

麻苏苏低头看去,甄精细的一条胳膊露在外面,她用脚轻轻碰了一下甄精细的手,甄精细全然没有反应。麻苏苏加大力道又碰了碰,甄精细咂了咂嘴,发出了猪一样的哼唧声响。麻苏苏心底生火,一脚踩在甄精细的手上,脚尖踩着甄精细的手指,缓缓使劲。睡梦中的甄精细下意识往外抽着手,麻苏苏一用力,甄精细"啊"地叫了一声,身子一起,只听"咣"地一声,甄精细的脑袋重重撞在座位底板上,喊声立时惊醒了不少人。

"怎么了?"高大霞迷糊着问。

傅家庄俯身朝座位底下看去。

麻苏苏佯装刚被吵醒,打着哈欠四下张望:"出什么事了?"

甄精细从座位下探出头,仰着脸,额头撞出了一个红印子:"姐,你踩我手了。"

高大霞俯身问:"你姐是睡毛愣了……要紧吗?"

甄精细看看手,摇头:"没事儿。"

"没事儿你还呼天喊地,一车人都好叫你喊醒了。"麻苏苏暗暗瞪了甄精细一眼。

高大霞看了看麻苏苏手里的线团:"大姐,别织了,睡一会儿吧。"

"嗯。"麻苏苏收起毛线。

明亮的车灯刺破了黑夜,火车钻出了群山,又穿过田野。

甄精细又睡着了,麻苏苏轻碰着他。这次甄精细很快睁开眼来,确定傅家庄睡了,这才放心地伸手去解反扣在底下的包袱扣。包袱系的扣太死,甄精细尝试了几回也不成功,他费劲地抬起脑袋,想把包袱翻过来。

傅家庄微微挪了挪身子,一条腿伸了过来,不偏不倚压在了包袱上。甄精细轻推了一下,傅家庄的另一条腿却跟着压了上来,甄精细急得直冒汗。他迟疑了一下,手指捏起傅家庄腿上的一根腿毛,使劲一拨,那条腿一抽搐,另一条腿抬起蹭了两下,似乎是不解决问题,居然一只脚退下另一只脚上的鞋子,又在腿上蹭了起来。

浓烈的味道骤然袭来,令甄精细猝不及防,只能强忍住呼吸。甄精细盯着面前的臭脚,万般沮丧,一只脚大拇脚趾顶破了袜子的顶端,还挑衅一般动了几动。甄精细别过脸去,那浓烈的味道却依然顽强地穷追猛打,甄精细忍了又忍,还是没有忍住,一个响亮的"阿嚏"喷了出来,头重重地撞在座位上,又发出惨痛的一声大叫——"啊!"

睡着的旅客又被吓起,高大霞和麻苏苏几乎同时从座位上弹了起来。

甄精细揉着额头,坐在傅家庄身旁。傅家庄俯身看着甄精细的脑袋:"哎哟,都起包了,真对不住……我这睡着了,也不知道怎么就把鞋脱了……"

甄精细带着哭音儿,一脸委屈:"不光呛鼻子,还辣眼……"

麻苏苏冷着脸:"看你娇贵的,熏不死人。"

"捂了一整天,味儿肯定不小……"傅家庄抽了抽鼻子,有些不好意思。

"哼,能顶人一个跟头。"高大霞冷哼一声。

傅家庄皱了皱眉:"你这不是糟蹋人吗?"

"还用我糟蹋?一车厢的人都熏醒了,赶上辣椒面了。"

"算了,谁的脚捂一天能是香味。"麻苏苏打着圆场,有意无意地揉了揉肚子,"这大半夜的,还有点饿了……"

"姐,我也饿了。"甄精细附和。

"你俩要不嫌弃,我这还有大列巴。"高大霞提起包袱。

"那多不好意思……"麻苏苏看着高大霞在解包袱。

甄精细却一把压住高大霞的手:"恶心!"

高大霞停了手:"也是,我想想都恶心,十天半月捂在鞋壳里,都能腌出咸鸭蛋了。"说着话,看向傅家庄。

"你能不能别胡说八道,谁十天半个月不洗脚了?"傅家庄板着脸。

"大妹子就是开个玩笑,别当真。"麻苏苏赔着笑。

"那行,你俩要不嫌弃将就吃吧。"高大霞说着,解开包袱,拿出红肠,抓起装大列巴的纸袋子时,一下愣住了,傅家庄也一下坐直了身子。

纸袋子下,是一把匕首。

甄精细咽了咽唾沫,下意识地伸手去拿匕首,却被高大霞抢先拿了起来,仔细审视着。

麻苏苏佯装惊喜:"这买个大列巴,还给送把刀,真划算呀。"

甄精细插嘴:"送啥刀呀,这是——"

麻苏苏抢过话:"这是人家切大列巴用的吧,哎呀,刀真不错,看着就厚实,耐用。"

高大霞翻过刀面看着:"这是把匕首……"

甄精细紧张起来,目光转向麻苏苏。

"看来,你见过匕首。"傅家庄冷眼观察着高大霞。

"当然。"高大霞不假思索地回答。

"还用过吧?"傅家庄意味深长地问。

高大霞立时顿住话头,她抬眼盯着傅家庄,面色阴沉:"当然用过,谁要是把我惹急眼了,我就再用一回!"她手里的刀尖一转,冲向傅家庄。

麻苏苏脸色一白:"大妹子,收起来吧,这东西可不能胡乱比划。"

高大霞看着傅家庄:"我要用它扩个刺锅子吃,能不错吧?"说着,一匕首扎向手里的面包。

傅家庄面无表情。高大霞切了一块面包,递给甄精细:"要是有臭脚么丫子味,就扔他脸上!"

甄精细犹犹豫豫接过面包,咬了一口,咀嚼了几下:"还行,能吃。"

车厢门口的阴影里,方若愚观察着,见高大霞又系上了包袱。麻苏苏朝方若愚看过来,摇了摇头。方若愚脸上闪过一丝沮丧。

火车穿入隧洞,黑暗覆盖了阴影。待月光再次洒进车厢时,方若愚已然不见了。

高大霞、傅家庄、甄精细都睡去了。黑暗中,麻苏苏微微睁开了一线眼帘,抱在胸前的一只手悄悄伸向高大霞怀里的包袱。她的手指探开包袱一条缝隙,伸进去探究了一阵儿,抓住包着红肠的报纸,轻轻往外拉扯着,报纸一头抻了出来。

列车一颠簸,高大霞动了动,麻苏苏急忙抽出手来。

高大霞迷迷糊糊睁开眼,低头看了眼包袱,又搂紧,闭上了眼睛。

麻苏苏观察着高大霞。不一会儿,鼾声又起,麻苏苏抱在怀里的手又伸向了包袱,终于把报纸拉出一大截,眼见着胜利在望,一名乘客走来,麻苏苏立时停下了动作。待到乘客过去,才小心翼翼扯出后半截,捅进袖子里,起身离开。

包厢里的方若愚一直没睡下,他从行李架上拿下箱子打开,从夹层里翻出两个纸包,想了想,又放进去一个,纸包里,是两片药剂。包厢外响起短促有节奏的敲门声,方若愚开门,麻苏苏闪进来,方若愚锁上房门,回头时,见麻苏苏已经坐在茶几旁打开报纸撕扯起肠衣来。

方若愚说:"早知道费这个劲,你就该直接把名单给我。"

"早知道尿炕还不睡觉了。要不是突然冒出来这个高大霞,我还见不到你呢!"麻苏苏撇撇嘴,"找着名单,我就在下一站下车。"

方若愚一愣:"你走了,高大霞怎么办?"

"你自己处理吧,一个虎了八叽的女人,还能上天?"

"会不会没在红肠里?"

"肯定在,错不了。"麻苏苏这么说着,可随着一根红肠被剥得支离破碎,她渴望见到的名单还是没出现。

方若愚说:"那就只有一个可能,高大霞把名单藏起来了,这几根红肠,是打马虎眼的。"

麻苏苏满脸疑惑:"她上车就拿了一个包袱,还能往哪儿藏? 红肠又不是个小东西。"

"这就是她狡猾之处。"方若愚沉吟,"也许她带上火车以后,藏到别处了。"

"她也没有机会呀。"麻苏苏思忖着。

方若愚眼露寒光:"这个女人,脚后跟都是心眼子,一肚子猴儿。不行的话,就来硬的。"

麻苏苏问:"怎么个硬法儿?"

方若愚看看车外:"天快亮了,下一站是大石桥,有 6 分钟的停车时间,你想办法把高大霞哄下车。"

"你要自己动手?"麻苏苏问。

方若愚从衣兜里掏出一块手帕:"那倒不用,大石桥车站有我们的人。"

火车从微光里穿出,四下弥漫起薄薄的晨雾,远远的地平线上渐渐出现了密集的民居。

麻苏苏回到座位上,高大霞还在昏睡。列车颠簸了一下,高大霞猛然睁开眼,低头见包袱还在怀里,松了口气。

"妹子,快到大石桥了,咱下去转转吧。"麻苏苏低声说。

高大霞打了个哈欠:"没啥好转悠的,除了人还是人。"

"就当活动活动腿脚,喘两口新鲜气儿。"

高大霞扭过身去,两个眼皮上下打着架:"你去吧,我眯一会儿,昨晚儿睡得不好。"

麻苏苏挤出笑来,应了高大霞,可心下却焦急起来。

列车缓缓进站,一辆车厢的车窗上,飘着一块手绢。车窗后的方若愚,观望着站台上的动静。晨光里,一个穿着工装的年轻男人眯着眼,看到了窗口飘着的手绢,弯腰拎起地上放着的扫帚。阳光在他的腰间刺目地一闪而过,是一把匕首。

傅家庄和甄精细还没有醒来,麻苏苏也闭着眼,像是睡着了,高大霞拎起包袱,想要拿下行李架上的皮箱,又怕惊醒了傅家庄,那样自己就走不成了,好在重要的物品都在自己包袱里,为了不打草惊蛇,皮箱只能舍弃了。高大霞蹑手蹑脚地离去,早把这一切尽收眼底的麻苏苏一阵窃喜,起身悄悄跟了上去。

车厢里,手提肩扛的乘客拥挤进来,一个胖子见熟睡的傅家庄旁边有空座位,放下东西便要坐,甄精细一下子醒来,伸手拦着:"有人!"

胖子愣了愣:"这不空着吗?"

"告诉你有人就有人,我姐的,我姐的!"甄精细大声嚷嚷着,指着一个又一个座位。

胖子不听,还是要落座。

"真有人!"甄精细急了,"不信你问他——"反身狠拍了傅家庄一巴掌,"醒醒!"

傅家庄一个激灵,猛然惊醒,瞪着甄精细:"你干什么——"他忽然意识到高大霞不见了,忽地起身,四下找寻着,"人哪?"

甄精细指着空座:"对呀,你告诉他,这里是不是有俩人?"

傅家庄朝车厢里扫视了一圈,又朝车窗外看去,站台上,一个熟悉的身影一闪,正是高大霞,她拎着包袱刚下火车,与上车的旅客挤撞在一起。傅家庄转身离去。

"你们咋回事呀,让我占四个人的座儿呀!"甄精细喊着,干脆抬脚搭在对面的长椅上,两条胳膊也支楞起来,把自己拉成了一个"大"字。

车厢里,大包小卷的旅客还在挤过来,阻挡着傅家庄的去路。他焦急地看向车窗,索性过去提起车窗,一跃而下。

高大霞慌里慌张地挤出人群,麻苏苏紧跟在后,眼见高大霞朝出站口跑去,麻苏苏掏出手绢,在半空甩了甩。站台上,扫地的年轻男人看过来,与麻苏苏对了对眼神,麻苏苏点点头,抬手在脖颈上划了一下。年轻男人不动声色地提着扫帚走去,进了一个小门。

麻苏苏转头追赶着高大霞:"大妹子!"

高大霞回头,一愣:"你跟着我干什么,快回去吧,大姐,我坐下一趟车。"

"你是躲那个男人吧?"麻苏苏小声说,"我也烦他,正好,我陪你坐下一趟车。"说着,一指年轻男人进去的那个小门,"那有个门,通候车室。"说着,拉起高大霞走去。

跳下车的傅家庄看到麻苏苏拉着高大霞跨过小门,急忙追去。

两人进了门里,麻苏苏说:"这下好了,总算甩开了那个无赖。"

"你下车了,精细怎么办?"高大霞问。

"没事儿,他到大连会等着我。"麻苏苏四下看看,见前面有个卫生间,"你等我一会儿,我去方便一下。"

高大霞点头,看着麻苏苏走开,见身旁有个长板凳,便移步坐了过去,包袱放在身边。

工装打扮的年轻男人悄然走来,袖子里的匕首闪着寒光。

在阳光的照射下,一道长长的影子朝高大霞逼来,年轻男人举起的匕首也被阳光拉长了许多。高大霞突然意识到不好,一回头,一把匕首已经向她扎来,高大霞慌乱地"啊"了一声,身子一歪跌坐在地上,躲过了匕首。

拐角处,麻苏苏悄悄观望着这边。

寒光闪烁,年轻男人挥动着匕首又向高大霞扎来。高大霞顺手抡起墙边的一把拖把潦草抵挡,一面爬起身大声呼救:"来人,来人哪!"

年轻男人又扑了上来,高大霞连连后退,一直退到墙角,年轻男人一匕首挥来,却被高大霞一手抓住手腕,两人陷入了短暂的僵持,男人的匕首一点点扎向高大霞的喉咙,一股寒意令高大霞禁不住颤栗起来,她使足气力将男人的手腕狠劲一掰,猛然抬起膝盖顶向男人裆部,男人痛得低叫一声,手里的匕首跌落在地。高大霞转身便跑,跑出不远又刹住脚步,回身抓起包袱,巨大的阴影忽然罩住了她。男人堵住了她的逃路,恶狠狠逼了上来,高大霞吓得哆嗦,向后退缩着。

角落里的麻苏苏决心快速结束这场缠斗,操起墙角的一根铁棍握在手里,掂了掂分量,眼看着高大霞一步步朝着自己这边退过来,她默默举起了铁棍。

年轻男人握着匕首,步步紧逼。

"你是谁? 我跟你无怨无仇,你为什么要杀我?"高大霞颤着声发问。

年轻男人一言不发,目露凶光。

高大霞心生寒意,脚底忽然一软,不知被什么东西绊了一下,一屁股坐在地上,包袱掉落在一旁。年轻男人冷冷一笑,举起匕首扑了上来,高大霞吓得闭上了眼睛。

空气中传来一阵清脆的碎裂声。高大霞睁眼,见年轻男人的身子撞在卫生间外的镜子上,又轰然落地。

赶过来的是傅家庄。

拐角处的麻苏苏深吸一口气,举着铁棒猛冲而来,砸向傅家庄,听到风声的傅家庄身子一闪,铁棒挥下,正砸在刚要爬起来的年轻男人头上,年轻男人身子一晃,惊愕地看着麻苏苏,仰面倒下。傅家庄挥向麻苏苏的拳头突然收住,否则,此时躺在地上的就又多了一个人。

麻苏苏大惊失色,看了眼年轻男人,又看向傅家庄,慌忙扔掉铁棒,佯装害怕,带着哭腔:"我……我杀人了……"

高大霞心有余悸地拎起包袱,扶住麻苏苏,麻苏苏喘着粗气:"吓死我了……"

一旁的傅家庄神色阴冷,抓住高大霞的胳膊:"走!"

"放开我,放开!"高大霞挣扎起来。

前面走廊传来杂乱的脚步声,傅家庄督促着:"快走!"

高大霞和麻苏苏朝小门跑去,傅家庄紧跟上两人。

第五章

火车缓缓启动,麻苏苏拉着高大霞手里的包袱,率先一步登上列车,在列车员的催促下,麻苏苏又把高大霞拉上车。傅家庄拉住车门把手准备跳上来,高大霞却堵在门口,往外推着傅家庄。借着两人推搡的时机,麻苏苏拎着高大霞的包袱,匆忙走开。

"疯了你!"傅家庄一用力,将高大霞推开,跃身上了车,列车员忙把车门关上。

傅家庄喘着粗气:"想丢下我,没门!"

火车嘶鸣着驶离站台。蒸汽四散,浓雾后钻出来两个气喘吁吁的特务,失望地看着火车远去。方若愚从车窗探出头来,挥舞着手绢。站台上的人挥手示意,方若愚比量着电话的动作,又比量了手枪,站台上的人会意地点头。

"姐,出啥事了?"甄精细望着走过来的高大霞和傅家庄。

"遇上一个坏蛋。"高大霞气呼呼地坐下。

甄精细一愣:"姐,你咋老招坏蛋?"

傅家庄坐到高大霞对面,盯着她问:"要杀你的是什么人?"

"跟你一样,坏人。"高大霞没好声气地说。

"你真不识好歹。"傅家庄强压下火气,"要不是我,你现在早成了那个人的刀下之鬼!"

"你俩都不是好人。"高大霞"哼"了一声,突然想起什么,呼地站起身:"我包袱呢?"

包厢里,麻苏苏和方若愚翻看着包袱里的物件,里面有一个档案袋。方若愚看了看封蜡处,拿出火柴,一点点揭开,抽出一张手写的材料。

"什么东西?"麻苏苏伸过头来。

"高大霞的组织关系。"方若愚看着档案,"这个女人,还真是女中豪杰。"

麻苏苏不以为意:"又长她威风,我就不信,我们两个加在一起,还斗不过这个二虎八道的女人。"

"你别小看她。她的情况,我在警察部的时候就知道一些。"方若愚放回材料,划着火柴将封蜡封好。

"找不着名单,总归是个心事。"麻苏苏停止了翻找,"包袱里没有红肠,她还能藏哪儿?"

"别费劲了,不留活口,一了百了最省事。"方若愚把档案放进包袱。

麻苏苏叹了口气:"那就听你的吧。"

方若愚从兜里掏出一个纸包打开,是两片药:"把这个哄着她吃了。"

麻苏苏苦笑:"我说吃人家就能吃?你当这是糖豆啊。"

方若愚推过茶几上的两瓶格瓦斯:"还有两个半钟头能到瓦房店,想办法让他们喝了,半小时后起效。"说着,拧开了瓶子,放进药片,药片在瓶子里冒起了翻腾的气泡。

"你姐哪去了?"车厢里,高大霞四下张望着,寻找着麻苏苏的身影。

"来了!"甄精细兴奋地叫道。

麻苏苏走来,手里拎着包袱。高大霞迎上前接过包袱:"大姐,你去哪儿了?"

"上了趟厕所。"麻苏苏坐下,"在车站上没去成,你不是遇上坏人了吗?我就着急忙慌跑出来了。"看了看傅家庄,"可亏了人家大兄弟,要不然……"

"我得谢谢你才是,你那铁棒子要是砸偏一点,我脑袋可就开瓢了。"傅家庄撇了撇嘴。

"我是打那个坏蛋。"麻苏苏讪讪道。

傅家庄耸耸肩,把头扭向了窗外,自语着:"总算快到大连了。"

高大霞也把目光投向窗外。

火车呼啸着穿过旷野。视线更远处,山海相连,辽阔的大海遥遥铺展开来。

"妹妹,你除了这个包袱,还有啥别的东西吧?"麻苏苏悄声问。

高大霞摇头,掰了块列巴吃起来。

麻苏苏低头看看手表,佯装想起什么:"哎哟,我还忘了,这包里还有点好东西,妹妹,你光吃列巴,太干了。"说着拿出一瓶格瓦斯来。

甄精细眼睛一亮:"格瓦斯!"

麻苏苏拧开瓶盖递给高大霞:"就着列巴喝。"

高大霞刚要接去,甄精细嚷起来:"姐,我渴。"

"你不是渴,是馋!"麻苏苏瞪了眼甄精细,转向高大霞,"哈尔滨有的是这东西,就是甜水。"

"也不能说是甜水。"傅家庄说,"这东西是用面包干发酵的,多多少少含点儿酒精,对酒精敏感的,喝多了也醉。"

"唬谁呀? 我就知道高粱米能造出酒来,还没听说面包也能。"高大霞举起瓶子看了看,又闻了闻。

麻苏苏和傅家庄都盯着她,甄精细也盯着,悄悄动了动喉咙。

高大霞把瓶子送到了嘴边,躲在暗处观察的方若愚攥紧了拳头。

瓶子里的液体慢慢滑向高大霞的嘴唇,正是将喝不喝的当口,她的目光与甄精细撞上,甄精细一劲儿在咽着嘴里的口水。高大霞把瓶子递给甄精细:"你喝吧。"

"别呀!"没等麻苏苏拦住高大霞,甄精细一把夺过瓶子塞进嘴里,咕咚咕咚灌了起来,麻苏苏还要阻拦,胳膊却被高大霞死死地拉住:"你就让他喝吧,就一瓶甜水。"

麻苏苏又急又气,眼睁睁看着甄精细把瓶子喝成了底朝上,最后还不舍地舔了舔瓶嘴,满意地打出了一个响亮的饱嗝。

方若愚气得两眼冒火,返身走开。他刚回到9号包厢,麻苏苏后脚就跟了进来。没等麻苏苏站稳,方若愚的恼怒就劈头盖脸砸了过来:"就这么点事,叫你办了个稀烂!"

"别废话了,一会儿没到站就得露馅,快把解药给我。"

"高大霞不死,她就是我们的毒药!"

麻苏苏不满:"高大霞高大霞,你叨咕了一道儿,跟她比起来,那份名单更重要!"

"所以才必须把她弄死,否则死的就不是我一个人!"

"甄精细要是死在车上,我们谁也别想溜之大吉,快把解药给我!"麻苏苏命令道。

方若愚背身而立,一动没动,显然他不想救这个把事情办砸了的笨蛋。

麻苏苏着急起来:"快点啊!"

方若愚无奈,从皮包夹层里翻出一个纸包扔在茶几上。

此时的甄精细已经眼神迷离,身子歪向了一边。

"真喝醉了?"高大霞拍着甄精细的脸,"这什么斯,酒劲还不小……"

傅家庄疑惑地看着甄精细:"不至于呀,就一瓶格瓦斯,他可能是酒精过敏。"

"醒醒,你醒醒呀精细……"高大霞晃着甄精细。

"他姐去哪儿了……"傅家庄四下张望。

麻苏苏匆匆跑来,拎着个瓶子:"个没出息样!"说话间,她扒开甄精细的嘴,往里灌着,"多喝点水,解酒。"

"管用吗?"高大霞问。

麻苏苏板着脸:"在家就这样,老是偷酒喝,一醉了我就给他灌点儿水,没事儿,一会儿就好了。"说话间,一瓶水便灌没了。

"我去接点。"高大霞拿起空瓶子。

"不用不用,够了。"麻苏苏摆着手,怀里的甄精细轻轻咳嗽起来。

"多灌点儿吧。"高大霞看了甄精细一眼,起身走开。

高大霞刚要进水房,一个熟悉的身影从厕所出来,高大霞一怔,嘟嚷了一句:"挽霞子……"下意识摸了摸衣兜,兜里一把硬硬的钥匙抵着她的指尖,"唉,挽霞子——"

高大霞的一声"挽霞子",让方若愚惊破了胆,他头也不回加快了脚步,朝包厢奔去。高大霞紧紧跟随,嘴里还在喊着:"唉,挽霞子,你站住!"

高大霞追赶着方若愚,她不知道的是,傅家庄也在追着她,而傅家庄身后,一直跟着的还有麻苏苏。高大霞跑过就餐车厢,不见了方若愚,再往前就是包厢了。高大霞犹豫了一下,轻推开一间包厢,躺在床上的一个妇人不满地望过来,高大霞连忙赔着不是小心关上门。她又推开另一个包厢的门,门里一对年轻男女正在拥吻,突然洞开的房门把他俩吓了一跳,高大霞忙摆着手退出:"亲吧,亲,亲,亲你们的。"

高大霞又敲了几个包厢,看着势头是不找到目标决不罢休了,一直站在9号包厢门口听着动静的方若愚心里发慌,躲在包厢里显然是不行了,唯一的办法只能是趁着她再骚扰别的客人时,自己见缝插针逃出这节包厢车。

高大霞又敲开一个包厢,里面的男人背对着门口,在看外面的光景,高大霞进屋:"问一下,你是住在马迭尔旅馆吧?"

男人回过头来,一脸茫然:"你谁啊?出去!"

"对不起啊,我认错人了。"高大霞赔着笑,讪讪回身,却见一个人影闪过门口,她跨出门来,却赶上傅家庄气喘吁吁过来:"你还真行啊,藏到包厢里来了。"

高大霞厌烦地说："不关你事！"看向远处，那个身影像极了方若愚，已经拐出了这节包厢车，闪身进了卫生间。

高大霞眼睛一亮，"挽霞子，你等一下！"抬脚要追，却被傅家庄堵住了去路。高大霞推开傅家庄，跑到卫生间门前，刚要敲门，门却推开，出来的人，并不是方若愚。

高大霞看着男人走开，把手里的钥匙揣进口袋里。

躲在水房里的麻苏苏看着高大霞和傅家庄走开，这才出来，敲开方若愚的包厢。

"见识了吧？就是块狗皮膏药！"方若愚心有余悸。

麻苏苏看向车窗外："再有一站就到大连了，留给我们的时间不多了。"

"幸亏我还备了一手。"方若愚解开上衣扣子，平复着急促的呼吸。

说话时，火车停靠在站台上，来来往往的人群中，一个年轻人身上一袭黑色长风衣，头上扣着一顶礼帽，正朝车上张望着。方若愚伸手探向窗外，手里抖着手绢，年轻人微微点头，捂紧了胸口，随着人潮挤上了火车。

方若愚回过头，对着麻苏苏露出得意的笑："送她上路的人来了。"

"黑衣礼帽"一进包厢，那副干练的神色就让方若愚和麻苏苏放下心来。

"黑衣礼帽"对麻苏苏说："'大姨'交待，到了大连之后，你就别走了。往后，你就是'老姨夫'的上线。"说完，看向方若愚。

方若愚脸上闪过一丝不悦。

"留在大连……这么大的事，'大姨'就没给个说法儿?"麻苏苏有些迟疑。

"黑衣礼帽"冷冷地说："你要问的说法儿，只有'大姨'自己知道。

作为下属,我只有无条件执行的义务,没有随便问原因的权利。"

麻苏苏点了点头,不再多问。

"'大姨'发话,你们俩顺顺当当到大连就行,不能暴露身份。其他的事,我来办。""黑衣礼帽"抬手看了看时间,"再过 17 分钟,火车要进隧道了,23 秒,杀一个人足够了。"

方若愚神色凝重地嘱咐道:"千万不能掉以轻心!"

麻苏苏补充道:"对,守着她的那个男人,老厉害啦!"

"那就让他俩在黄泉路上做个伴儿。""黑衣礼帽"掏出手枪,清脆的上膛声里透着自信。

甄精细悠悠转醒,迷迷糊糊地揉着眼睛,面前渐渐清晰显露的是高大霞的一张脸。

甄精细愣了愣,问:"我姐呢?"

"一会儿就回来了,跑不了。"高大霞说。

"你追的那个男人是谁?"傅家庄问。

甄精细左右看了看两人:"姐,刚才你追谁了?"

高大霞笑笑:"没谁,姐看花眼了。"

麻苏苏再回来时,手里端着半碗醋,递到甄精细面前:"喝了。"

甄精细抽了抽鼻子,摇头:"酸。"

"醋能不酸吗? 喝了,解酒。"

"你姐说得对,喝了吧。"高大霞劝着。

甄精细苦着脸伸手去接碗,没等他端稳,麻苏苏却松开手来,半碗醋掉在甄精细腿上,也溅了麻苏苏一身。麻苏苏满脸恼火:"笨死了你,洒我一身。这黏乎乎的……"

"快去洗洗吧。"高大霞推开两人,回手拿过茶几上的废报纸擦着座位,空气里飘着浓郁的醋酸味。傅家庄漫不经心地望着窗外。

"愁死了叫你……"麻苏苏嘟囔着,推搡着甄精细走开。

一双黑色皮鞋轻轻踩在地面上,悄无声息地走来,他头顶的礼帽挡着大半张脸,与麻苏苏和甄精细擦身而过。

水房里,甄精细在处理身上的黏湿。细碎的流水声中,麻苏苏看到"黑衣礼帽"离高大霞的座位越来越近。

"黑衣礼帽"放慢脚步,转头看向车窗外。

火车驶入山区,黑色的隧道在视野中渐渐浮现。

面前几个身位就是高大霞的座位,"黑衣礼帽"冷冷注视着目标,右手无声地探向大衣胸前。

火车嘶鸣,冲进了隧道。转瞬之间,车厢里漆黑一片。黑暗中,"黑衣礼帽"拔枪,上前两步,刚要射击,火车颠簸了一下,"黑衣礼帽"把住椅背,朝着面前的黑影骤然开枪,进射出膛的子弹枪花闪亮刺目,鬼火一般。

枪声炸响的瞬间,高大霞还在惊愕,傅家庄一把将高大霞拖下座位。子弹横飞,击碎了靠椅,里面的棉絮与碎块四下飘飞。

车厢大乱,尖叫声响起。

枪声又响,傅家庄盯住黑暗中闪烁的枪口,撸下腕上的手表甩了出去。只听"啊"的一声惨叫,枪声顿了顿,旋即又响,再接着就只剩扣动扳机的声音——枪手的弹匣打空了。

车厢突然见亮,火车冲出隧道。"黑衣礼帽"看向车座,除了椅背上几个枪眼,不见了高大霞和傅家庄的踪影。他拔出匕首,向座位下看去。突然,一只拳头迎面击来,砸出了一声闷响,"黑衣礼帽"踉跄着倒在身后的座位上,一个人影扑了过来,正是傅家庄。两人扭打在一起,"黑衣礼帽"手里的匕首胡乱挥舞起来。

车厢一片混乱,旅客四处逃窜,远远传来孩子的哭闹声。高大霞从车座间起身,操起旁边茶几上一瓶白酒,想要砸向"黑衣礼帽",但是两人扭打的身影纠缠在一起,她举着瓶子犹豫不决。刹那间,"黑衣礼帽"一个翻身,压制住了傅家庄,手里的匕首直直扎向他胸前。电光火石间,高大霞飞起一脚,正踢中"黑衣礼帽"的手腕。"黑衣礼帽"吃痛,匕首脱手而出。

麻苏苏和甄精细连忙向这边挤来,却被人墙隔在外面。麻苏苏见一旁的茶几上有把水果刀,操了起来,握在手上,挤了过来。

高大霞还举着瓶子,看准了时机猛砸下去,孰料"黑衣礼帽"突然将傅家庄的肩膀一扳,傅家庄身子转了过来,瓶子结结实实砸在了傅家庄头上。傅家庄身子晃了晃,惊愕地望着高大霞,被"黑衣礼帽"一拳打躺,栽倒在过道上。

"黑衣礼帽"摇晃着起身,眼神凶狠而狰狞,他俯身去捡地上的匕首,众人惊慌失措地散开。高大霞抢起包袱凌空向"黑衣礼帽"砸了过来,被对方一把打开。手无寸铁的高大霞惊慌地向后退着:"你是谁,为什么要杀我……"

"黑衣礼帽"吐了口满嘴的血沫子,高举起匕首,一步一步逼近高大霞。

一阵密集的枪栓拉动声传来,那几个苏联士兵终于醒过味儿来,可他们与"黑衣礼帽"间还隔着惊慌失措的一堆旅客,他们用俄语高呼着"不许动!"显然震慑不到"黑衣礼帽"。

高大霞的身后,麻苏苏也握着一把刀,藏在身体一侧,靠了上来。

前后夹击,高大霞命悬一线。傅家庄跟跄着爬起掏出手枪,眼见着"黑衣礼帽"已经举起了匕首,要扎向高大霞,傅家庄不假思索扣动了扳机。

与此同时,麻苏苏也举起了手里的水果刀。

一声枪响，"黑衣礼帽"身子一挺，摇摇晃晃扑向高大霞，手里的匕首落在一旁。

"不许动！"几名苏联士兵挤开了人群，冲了过来。

傅家庄狼狈地扶着座椅，从地上捡起手表，起身时，迎接他的是几个乌黑的枪口。

"折腾半天，'大姨'派来个草包，中看不中用！"包厢里，方若愚捶着茶几，刚刚失败的刺杀行动令他愤怒到了极点。

"还是想想补救的办法吧。"麻苏苏冷声说。

"现在还能有什么办法？他们在苏联人手里，那就是进了'保险箱'！"

"保险箱"里的滋味并不好受，高大霞和苏联人的对话，全部都得通过翻译来完成，好在她连说带比划了半天，苏联人对她不认识里间受审的傅家庄的说词，也将信将疑起来。

"我们就是碰巧坐在一块儿，这个人脸皮太厚，一道儿上都在跟我没话找话瞎嘞嘞，我都烦死了！"高大霞继续撇清着与傅家庄的关系。幸运的是，两个找来的证人也助了高大霞一臂之力。

里间受审的傅家庄却没有这么幸运，尽管他一再表白自己是惩治恶人的英雄，死板的苏联人还是一个劲儿地摇头："很抱歉，先生，这件事在没有调查清楚之前，你不能离开。"

"还要调查什么？"傅家庄感到车速慢了下来，他知道大连站要到了，他不能再耗在这里，他指着外间的高大霞，"你们去问她，我俩才是受害者，不应该受到这种待遇。"

苏联人笑了："那个女人说不认识你。"

傅家庄慌了，再看向外间，高大霞正收拾起散开的包袱，朝门口走去,傅家庄急了,大叫一声:"不能让她走!"奔向外间。

身旁的苏联士兵呵斥着按住傅家庄,傅家庄解释着:"我们真是一起的。"

苏联人摇头:"她说不认识你!"

"她胡说!我和她坐了一道儿火车,她怎么能不认识呢?"

苏联人旁边的翻译笑了:"坐了一道儿火车就叫认识?这火车上的人多了去了,都坐了一道儿。"

傅家庄直感百口莫辩:"我真认识她。"

"她叫什么?"翻译问。

傅家庄噎了一下,呆呆地张了张嘴,又看向外屋。

高大霞笑盈盈地朝傅家庄招了招手,款款走去。傅家庄奋力挣扎,腰间掉下一把手枪。苏联人大惊,掏出枪来对准了他的脑袋。

"我要见你们长官!"眼见情况危急,傅家庄只得做最后的努力。

列车进站,高大霞回来时,车厢已经空了大半截,急性子的旅客挤在车厢两头,只等着车门一开,好尽早下车。麻苏苏和甄精细也不见了人影,高大霞感觉这一路上的热闹像是一场梦。她踩着座位搬下行李架上的皮箱,把包袱放进去,拎起来走开。

列车已经停下,九号包厢里,方若愚穿上外套,看着车窗外的人流:"苏联人折腾半天,最后还是得放人,这个高大霞在大连喘一天气儿,我就得心惊肉跳一天。"

"我想办法处理吧。"麻苏苏自感说得不太有底气。

方若愚像是看透了她的心思,冷哼一声:"到大连了,你能怎么处理。"他想起什么,"你那个傻兄弟呢?"

"我让他先下车,在出站口等着。"

方若愚朝站台上张望,下了火车的人们,像潮水般向着一个方向涌动,方若愚眼睛忽然一亮,他看见了人群中的高大霞:"瘟神!"

麻苏苏顺着方若愚手指的方向看去,吃了一惊:"她还有个箱子!"

"怪不得我们找不到那根红肠,一定藏在箱子里!"方若愚语气笃定。

"狡猾的家伙,她别想走出站台!"麻苏苏咬牙切齿地一跺脚,转身匆匆离去。

与麻苏苏和方若愚相比,还被软禁在苏联人那里的傅家庄同样迫切想控制住高大霞。眼见着无法正常脱身,他只得让苏联士兵叫来他们的上级,掏出了身上带着的一份证明。这是中共中央东北局给苏联红军大连警备司令部开出的一份接洽函,有了这份证明,苏联人果然没有再难为傅家庄。

傅家庄一边跑向 6 号车厢,一边朝窗外张望。果然,没等他跑回去,站台上一个熟悉的身影便出现在他的视线里。傅家庄拉开车窗,双脚带着身子钻了出去。

高大霞拎着箱子只顾朝出站口挤去,她也怕苏联人因为心慈手软或者烦恶了油嘴滑舌的傅家庄把他给放了,他要是再纠缠起来,自己可真是要招架不住了。

后面的麻苏苏渐渐逼近了目标,藏在袖子里的匕首也早已经出鞘,而斜刺里杀出的傅家庄这时候已经不见了绅士气派,蛮横地拨开人群向前挤去,全然不顾四下里厌恶的呵斥。三道急促的轨迹在人潮里游移,隐隐向着同一个方向汇去。

人群中出现了第四道轨迹,是方若愚,看到麻苏苏正在向高大霞一点点靠近,他多少有了一些宽慰,"老姨"这是打算破釜沉舟了。倏地,傅家庄却进入了他的视线,有这个多事的年轻男人在场,"老姨"怕是难以得手了,自己这时候不能再袖手旁观了,否则以后遭罪的还是自己。

想明白了这一层,方若愚挤出人群,快步绕到一堆货物后,掏出手枪,拉动枪栓,瞄向了出站口。那里有铁栏杆竖起的一个狭窄通道,迫使出站的旅客都得排起队来鱼贯而出。

高大霞总算挨近了出站口,方若愚毫不犹豫扣动了扳机。在枪响的一瞬间,麻苏苏却冲了过来,子弹呼啸着,精准地击中了麻苏苏的胳膊。人群顿时大乱,旅客们蜂拥而出,竖起的铁栏杆已经成了摆设,紧跟上来的傅家庄回头张望着,满眼里只是惊慌的逃离者。一队警察跑来,傅家庄一指货堆:"凶手在那里!"

警察朝货堆方向奔去。方若愚脸色铁青,抽身离去。

众人裹挟着麻苏苏和高大霞出去,麻苏苏满肚子邪火,也不知是愤怒还是疼痛,浑身止不住地哆嗦起来。高大霞俯身扶住她,查看起伤势,麻苏苏伸出了匕首,本想对准高大霞的腹部捅下去,身后的一声断喝却让她不得不趁乱扔了匕首。

"你跑得挺快呀!"和话音一起赶过来的,是傅家庄。

"姐——"带着哭音跑来的,还有甄精细,他一看到麻苏苏流血的胳膊,急得哭起来,"姐,你死不了吧?"

傅家庄简单包扎起麻苏苏受伤的胳膊,问道:"谁开的枪,你看见了吗?"

"她后脑勺又不长眼睛,上哪儿看去。"高大霞瞪了眼傅家庄。

傅家庄看向高大霞:"她是替你挡的子弹吗?"

高大霞愣了愣:"不是替我就是替你。"

抹着眼泪的甄精细忽然大喊:"是替你俩!"

傅家庄和高大霞都一起愣住了,麻苏苏脸色一白,三人齐刷刷望向甄精细,眼神里各有不同的含义。

甄精细抽了抽鼻子:"是……指定是谁要杀你俩,我姐替你俩挡的枪子儿。"说着,又哭天喊地地抹起眼泪,"姐,没打到要命的地方吧?"

"没事儿,你别嚎了。"麻苏苏求着甄精细。

高大霞挽起麻苏苏:"快上医院吧,这离铁路医院近。"

"对,赶紧上医院。"傅家庄搭着手。

甄精细抽抽搭搭地抹着眼泪,麻苏苏不耐烦:"别哭了,死不了!"

甄精细哽咽着:"到底是谁干的呀……"

麻苏苏瞪着甄精细:"你!"

一辆出租车停靠在路旁,几个人上了车,跟在后面的方若愚也拦下一辆车,远远地跟着。到了医院门口,眼见着几个人进去了,方若愚钻出车子,找了个电话亭闪身进去。

手术室的门紧闭着,甄精细焦急地等在门口,傅家庄寸步不离高大霞,生怕她又找机会跑了。连高大霞上个厕所,他也跟到门口,高大霞火了:"怎么,你还想跟我一块儿进去啊?"

傅家庄点头:"行啊。"

甄精细过来推搡着傅家庄:"你还要不要脸? 管天管地,还管人家拉屎放屁?"

傅家庄笑笑:"我怕有人拉不出好屎,放不出好屁。"

"无赖!"高大霞又气又急,转身要走。

"等等。"傅家庄拦住高大霞,他四下看看,厕所门外的钉子上挂着一条晾衣绳,他过去解了下来,一头递给高大霞。

"你又出什么幺蛾子?"高大霞推脱,"你还怕我跑啊? 我箱子放这儿行不行?"说着,把皮箱放在一旁。

"别废话,不想让我跟进去,就自己绑在手腕上。"傅家庄慢悠悠地说。

高大霞看着傅家庄冰冷的目光,知道如果不按他说的话去做,他怕是真能跟进厕所里去，那还真是麻烦。高大霞伸过手去，任傅家庄将绳子绑在自己手腕上。

傅家庄低声自语："这要是换成个红绸子，中间再系上个大红花——"

"你还想入洞房吧？"高大霞打断他的胡言乱语。

"想得倒挺美，你没问问我答不答应？"傅家庄一脸冷漠。

"谁跟了你，下辈子都做恶梦！"高大霞气呼呼说完，转身进了厕所，晾衣绳在她身后一晃一晃。

"别耍心眼啊。"傅家庄将晾衣绳另一头缠在自己手上，扯了几下，厕所里传来高大霞的呵斥声："你混蛋！"

"我试试好不好用。"傅家庄大声说。

甄精细打量着傅家庄，一脸鄙夷。傅家庄脸色一板："看什么看，守着你姐去。"

甄精细咕哝着走开，傅家庄拎着晾衣绳，不时朝女厕所里探头窥视。一个女人走来，疑惑地看着傅家庄，傅家庄尴尬地说："没事儿，请进，请进。"

女人迟疑地进去。傅家庄又拉了拉晾衣绳，放下心来。

走廊尽头出现了方若愚的身影，他躲在拐角，看到傅家庄不时拉扯一根绳子，疑惑不解，再看向不远处，甄精细守在手术室外，目光也在盯着傅家庄。

方才进厕所的女人出来了，傅家庄问："请问，里面……还有人吧？"

女人摇了摇头，傅家庄大惊，拎起箱子冲进厕所，一进去便是一惊，晾衣绳一头绑在了自来水管上，临街的窗户大开着，傅家庄奔到窗前向外张望，巷道里安安静静，早已不见了高大霞的身影。傅家庄恨得咬牙切齿，一拳头砸在窗台上："狗东西，到底让你跑了！"

"嗯哼!"身后有人重重地咳嗽了一声,傅家庄转过了头去,愣住。

高大霞从一个蹲位出来,展了展衣服,朝外走去。

傅家庄松了口气,跟上高大霞出了厕所:"唉,你一肚子的鬼心眼儿都从哪儿学的?"说话间,他身子忽然一颤,被缠在手上的晾衣绳扯了个趔趄,忙回身解开。

高大霞坐到长椅上,傅家庄过来:"我知道你不能跑,箱子还在我手上,这里面可有你的好东西。"

高大霞瞥了傅家庄一眼:"好东西是我的,你眼红没用。识相的话,就离我远点儿。"高大霞面露凶相。

"你可别跟我要横啊,一路上你也看见我是怎么收拾那几个坏蛋的,我不想跟你个老娘们儿动手。"

高大霞伸手给了傅家庄一巴掌:"你说谁老娘儿们?你缠了我一道儿,你到底想干什么?大连也到了,你给个痛快话吧!"

傅家庄抬起手表,对着高大霞晃了晃,高大霞又是一巴掌:"少来!"

傅家庄收回手:"我就这么叫你讨厌?"

"你觉着呢?"

"你也太不知好赖了吧,这一路上要是没有我,你都死好几个来回了!"

"你也不怕风大闪了舌头。"

傅家庄叹了叹气:"唉,我这好心你还当驴肝肺了。要不是我,你的同伙不在大石桥干掉你,也在过隧道的时候把你毙了!"

"我跟他们无冤无仇,他们杀我干什么?"

"灭口!"傅家庄盯着高大霞。

高大霞眨了眨眼:"灭口?"

"废话!"

"灭口总得有个缘由吧？你编一个我听听。"

傅家庄撇撇嘴："我还用编？你干了什么你不知道？"

"我当然不知道，我高大——"高大霞意识到什么，顿了一下，"我这一道儿上除了碰到个死缠烂打的无赖，遇上的都是好人！"说着一指甄精细，"精细，还有他姐，都是好人，就碰上你一个混蛋！"

傅家庄无可奈何地摆手："好好好，等这个……精细他姐出来了，没什么事了，咱俩找个地方，我让你好好明白明白！"

"你要把我弄到哪儿？"高大霞逼问。

"弄到能让你说真话的地方！"傅家庄语气阴冷。

高大霞笑了起来："听兔子叫还不种地了，在大连街上，我高大——"又一顿，"我连小鬼子都没怕过，还怕你个刺锅子？"

傅家庄也跟着笑："让你现在嘴硬，等拿到证据，有你软的时候！"

手术室的门推开，护士推着病床上的麻苏苏出来，甄精细跨上前去："姐，咋样了？"

麻苏苏刚要说话，看到过来的傅家庄和高大霞。

"大姐，没事吧？"高大霞满脸焦急。

"没事，子弹取出来了，该处置的都处置了。"跟出来的大夫说。

"要住院吗？"傅家庄问。

"先留院观察一天吧。她受的是枪伤，一会儿警察署的人会过来，你们还得讲一下事情经过。"大夫说。

麻苏苏挣扎着想要起身："大夫，不用了……"

大夫不由分说地摇头："不行，这是规定。"

傅家庄安抚麻苏苏："就是问一问，大姐照实说就行。"

趁他们说话的时候，高大霞悄悄后退，拎起箱子疾步走开。

方若愚看着高大霞跑去的方向，绕道追去。

大夫转身进了门里,傅家庄回过头来,才发现高大霞已经跑了,径直朝着楼梯口追去。

麻苏苏一推甄精细:"快去,把箱子抢回来!"

高大霞拎着箱子仓皇跑来,方若愚紧跟在后,举枪正要扣动扳机,前面忽然冲出了傅家庄,方若愚连忙收枪,傅家庄追了过去。方若愚朝另一个方向匆匆而去,面前隐隐可以看见医院大门了,高大霞到了门前,外面的门帘一掀,一个扎着辫子的年轻姑娘闯了进来,迎面撞上了高大霞,把高大霞撞了一个跟头,箱子甩了出去。高大霞顾不得埋怨,爬起来去捡箱子,刚要再走,傅家庄一个箭步冲到跟前,抓住了高大霞的胳膊:"还跑!"

高大霞挣扎着起来:"放开我! 放开!"

路过的医生和患者循着动静聚集来,高大霞怒目圆睁:"你干什么? 放开我!"

众人不明就里,议论纷纷。人群里,方才撞倒高大霞的那个姑娘四下找着什么人,柱子后的方若愚轻声喊着:"大令!"

大令匆匆过去:"方先生……"

方若愚对大令低声说着什么,大令点头。

甄精细追来,方若愚忙背过身去。甄精细在人群外踮着脚看去,越过重重人头,见傅家庄拉着高大霞要走,高大霞朝大家哀求着:"大伙帮个忙啊,他是人贩子!"

众人的目光齐刷刷落在傅家庄身上,七嘴八舌喊着:"放开她!""快叫警察!""别叫他跑了!"

傅家庄急了:"她有癔病,我带她来医院看病!"

"你才有病!"高大霞转身哀求着众人,"我真不认识他,他真是人贩子!"

傅家庄犹豫了一下，忽然大声喊着："媳妇，你别瞎闹呀，听话媳妇！"

"谁是你媳妇？你胡说八道！"高大霞气得捶打着傅家庄。

众人哗然，傅家庄抓起高大霞的手，目光里满是深情厚谊："你岁数不大，就是长得老点儿，我可从来没嫌弃过你呀。媳妇，咱看大夫啊，别闹啦！"

四下一片叹息，有人劝着高大霞："这么好的男人，你就别作啦！"

"对呀，好好过日子吧！"

高大霞气得跺脚："我真不是他媳妇！真不是！他真是骗子！真是无赖！"转脸看到幸灾乐祸的傅家庄，气得一脚跺在傅家庄的脚背上，"我叫你无赖！"

傅家庄痛得惨叫一声，却还是没忘记演戏："你们看，她病得多厉害，我都愁死了！"说着一把抱住高大霞，"媳妇，你不嫌丢人现眼，我还怕出丑哪，求求你，别闹了！"

众人纷纷对傅家庄报以同情的目光，傅家庄对众人躬着腰致谢："大家散了吧，太丢人了，对不住啊。"

围观的人群同情地点头，准备散开。

高大霞急了，放声大喊："别走，都别走啊，他真是个人贩子！你们今天放了他，他明天就能去拐走你们家的媳妇和闺女！"

众人的脚步顿住，犹豫起来，高大霞趁热打铁："你们快叫警察，一问就清楚了！"

众人点头，傅家庄慌了，还想拉着高大霞走开，被高大霞猛掀了一把，众人围住傅家庄让他等警察过来。混乱中，高大霞钻出人群，跑出了医院。只是她不知道，虽然摆脱了傅家庄，甄精细和大令一直都尾随着她，两个人都想借机拿到高大霞手里的皮箱。

　　傅家庄从医院里突围出来,四下里早已不见了高大霞的身影,他只得暂时放下这个追随了一路的女人,转而联系大连的同志了。

　　傅家庄要去的隆兴茶庄位于沙河口区马栏子广场,因为此前他在铁路医院门前的电话亭打过电话接上了头,一进茶庄说上暗语,货柜后面的年轻人便迎上前来热情地握手:"傅先生,刚才我们通过电话,我叫高守平。"

　　傅家庄打量着高守平说:"我叫傅家庄,肯定比你虚长几岁,就叫傅哥吧。"

　　高守平一笑,说:"好,那我就这么叫了,这是我们的交通联络点,很安全。"说着话,把傅家庄带进了里间的茶室。刚进屋来,一个身着长衫留着分头的中年男人便热情地向傅家庄伸出手来:"你好,傅家庄同志,我是胶东抗盟总会大连分会的书记,李云光。"

　　傅家庄握手:"您好,李书记。"

　　李云光兴奋地说:"我们昨天已经接到中共中央东北局的电报,说组织从哈尔滨给我们派来了一位留苏特派员,以后,咱们就是并肩战斗的同志了。"说着话,李云光请傅家庄坐下,倒上沏好的一杯茶,"坐了一天一宿的火车,辛苦了,茶庄别的东西没有,好茶管够。傅家庄同志,在苏联喝不到咱中国的茶吧?"

　　傅家庄笑着说:"在苏联的时候,我可没少喝茶。"

　　"哦? 苏联也有茶? 不过,这世界上最好的茶还是在咱中国。"

　　"这我不否认,但是我们该向苏联老大哥学习的东西太多了,包括这茶。"傅家庄端起茶杯,杯里一片茶叶竖在茶水里,"虽然咱们产茶,但是人家比咱们更重视茶。他们专门为部队配发军茶和砂糖,所以,苏联老大哥喝茶,喜欢把茶水里放糖。"

　　李云光流露出惊奇的神色:"茶里面放糖,这还能喝吗?"

傅家庄细细品了一小口,微微一笑:"喝久了就习惯了,不那么喝还有点水土不服了。"

李云光回手招呼高守平:"小高,你去买点砂糖。"

傅家庄忙阻止:"不用不用,回国了嘛,就得这么喝。"他端起茶杯,目光落在满桌的标语条幅上,上面写着:"劳苦大众团结起来,永远跟着共产党走!""中国共产党万岁!""苏联红军万岁!"

李云光说:"这是小高带着几个年轻人写的。虽说抗战胜利了,但目前的形势不容乐观。大连这边,可是没有硝烟的战场啊。"

傅家庄点点头:"在来大连的火车上,我已经领教了一二。"

"碰到敌特了?"李光云问。

傅家庄说:"一个十分狡猾的敌特,还是个女的!"

"女特务?"高守平有些意外。

离别家乡三年,大连街上的一切变化不大,一条条老街道还是那么熟悉,一座座老建筑还是那么亲切。但是高大霞知道,今天的大连,又和三年前大不相同了,这个饱受过俄国人、日本人蹂躏的城市,总算回到大连人自己手里了。站在电车站的站台上,听着叮当作响的有轨电车的轰鸣声,高大霞觉得这美妙的旋律就是欢迎她这个出走了三年多的女儿回家呀。

不远处,一直跟着高大霞的大令和甄精细看见电车来了,这才前后脚过来,从后门上了电车。甄精细怕高大霞认出自己,掏出了半路买的一个口罩戴上。

电车,是大连人出行最便捷的交通工具。高大霞手里提着皮箱,知道人多的时候应该往车头的驾驶楼跟前挤,那里地方宽裕,是容纳皮箱的最好所在。果然,高大霞一踏上高高的踏板,司机就隔着好几个乘客招呼她往里走,高大霞挤过去刚要感谢人家,却一下子惊住了:"万德福? 你还活着!"

万德福抬头,也是一怔,转而也是一脸惊喜:"大霞? 我还以为你……"

"以为我牺牲了是不是?"高大霞打断了万德福。

行驶中的电车颠簸摇摆得厉害,却也不断令拥挤的乘客闪出大大小小的缝隙,给从后面上车的大令和甄精细制造出很多向高大霞靠近的机会。

万德福开着车,不时打量着站在一旁的高大霞:"大霞,你这身打扮,我都不敢认了。走了有三年吧?"

"三年两个月零八天。"高大霞幽幽说道。

"记这么清楚。"万德福一笑。

高大霞眼底泛起一阵潮意:"从逃出大连那天,我就扒拉着指头数日子,就想早一天回来。对了老万,你怎么还开起电车来了? 码头的小火车不开了?"

万德福叹了口气:"你反应快,跑到牡丹江去了,我稍一迟钝,就被小鬼子抓进了岭前大狱。我牙口硬,没让小鬼子审出个名堂来。后来,小鬼子装模作样把我送上了法庭,判了我十年徒刑,结果蹲了三年多,小鬼子就被打跑了,我这才被放出来没几天。本来想回去继续开码头的小火车,可一到码头,我就想起了放火团牺牲的同志们……"万德福哽咽起来,说不下去了,少顷,又说,"多亏在岭前大狱的时候,认识了一个狱友,是电车公司的小头头,人家帮忙给我弄到电车公司了。"

高大霞眼圈儿发红:"老万,你受苦了……"

万德福摆摆手:"受点儿苦算什么,比起那些牺牲的同志,我不还活着嘛。大霞,见着你,我太高兴了。"伸手抹着眼泪。

高大霞点头:"我也是。"

"上车的乘客,谁还没买票? 买票啊!"乘务员吆喝着。

"光说话了,我还没买票……"高大霞要往外挤。

万德福拉住高大霞:"哪能让你买,这不打我脸嘛。"说着要掏钱。

高大霞推开万德福的手:"好好开你的车。"朝外挤了出去。

人群里的甄精细慌忙转过脸去,高大霞从他身后过去。

大令挤到驾驶室前,一只手伸向了高大霞的皮箱,刚要拖走,万德福警觉,转头冲大令怒喝:"干什么你?"

大令慌忙抽回手去,万德福厉声呵斥:"滚开!"

大令垂着头,匆忙挤开,见高大霞回来,背着身挤向一旁。甄精细拉着牛皮吊环,两只胳膊死死挡着脸。

"怎么了?"高大霞回来,"吵吵把火的,几年不见,还是那个暴脾气。"

"没事儿,看好你箱子。"万德福说着,朝车厢里喊了一嗓子,"都看好自己的东西啊。"

大令尴尬,挤到了车后。电车缓缓靠站,人群涌下车去。看着空荡了许多的车厢,甄精细犹豫了一下,见路边停着一辆出租车,便随着人群下了车,钻进出租车里,不紧不慢跟在电车后头。

万德福开着车,一旁的高大霞一直看着他,眼里漫漫泛起了泪花。万德福听到了大霞的抽泣声,悄声问:"大霞,怎么了?"

"想起咱们放火团的同志一个个都不在了,我就……"高大霞情绪激动,捂住了嘴。

"是啊,他们没等到赶走小日本的这一天……"万德福幽幽叹了叹气,也红了眼圈,"所以说,咱们得好好活着,不光要替他们看到胜利,还要替他们看到老百姓都过上好日子。"

高大霞使劲儿点了点头，抹了把眼泪："对，咱们不光为自己活，更得替死去的同志们活。"

"嗯！"万德福用力点着头，擦去眼角的泪水。

电车在暮色中缓缓进站，霞光映红了远处高低起落的房檐，高大霞提起皮箱要下车，万德福说："你等等我吧，再跑回寺儿沟交个班，我送你回家。"

"不用，别看三年没回来，我闭着眼都能摸回家。你忙你的，回头到家里咱再唠。"高大霞朝车门口走去，万德福送下车，不舍地看着高大霞走去。大令从后门悄悄下车，跟上了高大霞。

一直跟着电车后面的一辆出租车上，下来的是甄精细，远远跟上了目标。

万德福上了车，目光还追随着走远了的高大霞。蓦地，视线中钻出了大令，万德福记想起这是刚才在车上就要偷皮箱的那个蟊贼。

第六章

隆兴茶庄内，一缕斜阳照进小屋，茶水升起的袅袅热气一点点隐没在空气中。

"本以为有了大连同志提供的情报，我们就能在哈尔滨抓住'老姨夫'，可是……"傅家庄叹了口气。

李云光吃惊："啊？'老姨夫'没抓到？"

傅家庄满脸自责："是我们轻敌了，对不起大连同志提供的情报。"

李云光脸上浮现出一丝复杂的神色:"这件事我们也有责任。如果能审出'老姨夫'的职业,尤其是体貌特征,对你们的抓捕行动会有更大帮助。"

"既然说到这了,李书记,我有个疑问。"傅家庄坐直了身子,"既然'二姨夫'都弃暗投明了,又为什么会中途自杀? 这可是两个相悖的选项。"

李云光叹了口气,随着他的讲述,傅家庄仿佛也随着李云光一同穿过迷雾,来到了抓捕"二姨夫"行动当天的现场。

那是一个阴沉晦暗的傍晚,李云光带着高守平和手下老关、小丁赶到东关街一幢二层小楼里抓捕"二姨夫"时,他正提着暖瓶往茶壶里倒水泡茶,被突然闯进来的几个人吓了一跳,滚烫的热水差点浇到脚面上。弄明白了几个人的来历,"二姨夫"虽然心里沮丧,表面上还是一团平和:"我在大连潜伏了六七年,日本人绞尽脑汁都没能奈我何,没想到,抗战胜利才几天,就这么轻而易举栽到了你们手里。"

李云光笑笑:"你应该庆幸,因为我们没有给你太多时间干坏事,你对人民的罪行,还够不上血债累累。"

"二姨夫"一愣,脸上浮现出怪异的笑:"这么说,我还有救?"

"这就要看你的表现了。"李云光和"二姨夫"面对面坐下。

"二姨夫"叹了口气:"小鬼子没打进中国之前,国共是死敌,现在,撵跑了小鬼子,国共又成了仇雠,你们既然找来了,我认输,但是想要劝降……"他摆了摆手。

李云光盯死"二姨夫":"你错了,我们并不是在劝降。我只是觉得,抗战期间,你在大连潜伏这么多年,于国家、于民族而言,即便没有功劳,也有苦劳,所以我们不希望你走到人民的对立面。你现在回头,还来得及。"

"二姨夫"沉默,少顷,点了点头:"你这几句话,倒是讲理。"

李云光心里一喜,知道自己的劝说见效了:"那我们好好谈谈吧。"

"李书记这心理战,打得漂亮。"傅家庄禁不住打断了李云光的讲述,高声称赞。

李云光摇摇头,嘴角泛起一丝苦笑:"如果真是漂亮,'二姨夫'就不会只交代出'老姨夫'在哈尔滨的接头地点和接头方式了。"

随着李云光的叙述,故事的后半部分又浮现在傅家庄眼前。

"让'老姨夫'带着如此重要的任务去哈尔滨,看来,这是个大人物呀。"李云光悠悠吐出一缕长烟。

"二姨夫"抿着嘴,不置可否。

"说吧,你这也是帮'老姨夫'找到了一个正确的出路。"李云光直视着"二姨夫"的眼睛。

"二姨夫"却看了一眼茶壶:"我闻到了茶香,火候刚刚好……"

李云光抬头,让站在"二姨夫"身后的老关沏上茶。老关拿起茶壶,却没找着茶杯。

"茶杯在下面。""二姨夫"指指角落里的一张桌子。

老关过去,从桌子下层拿出两个茶杯。

"二姨夫"对李云光说:"不好意思,我有喝茶的习惯——说是习惯,其实是毛病,一个优秀特工,是不应该有自己的习惯和爱好的。"

李云光笑了笑:"你对自己的要求倒是很高,不过,从今往后,你既然不必东躲西藏了,喝茶这个习惯,不改也罢。"李云光看着老关给两个杯子沏上茶,端起面前的茶杯,"回头,我请你喝上好的明前龙井。"

"二姨夫"也端起茶杯:"那我提前谢过。"

两人喝下碗里的茶。

"这应该是今年的新茶,不错。"李云光赞叹着,放下茶杯,"我们继续说'老姨夫'吧。"李云光的话音未落,"二姨夫"手里的茶杯落地,他死死掐住自己的喉咙,目光直愣愣地盯着李云光,含进嘴里的一口茶也流了出来,抽搐着倒在地上,带着剩下的那一半秘密咽了气。

"茶里有毒?"李云光的讲述让傅家庄从心底莫名发寒,能提前在茶里下毒,那个人应该就隐藏在抓捕现场的几个人之间。

李云光的眼里闪过一丝迷惑:"我也这么想过,可是,那茶,我也喝了呀。"

"那就是杯子有毒。"傅家庄沉吟道。

李云光轻轻揉着太阳穴:"他杯子里的茶,有股苦杏仁的味道。"

傅家庄迅速反应过来:"是氰化钾?"

李云光点了点头。

傅家庄轻声说:"那个拿茶杯的老关有问题吧?"

李云光摆了摆手:"事后我也暗中做了详细调查,老关和'二姨夫'没有任何交集,另外,让老关倒茶的人是我,茶杯又是'二姨夫'自家的。"

"那他是自杀?"话一出口,傅家庄又摇了摇头,"他要自杀,又何必交代前一半的情报,让我们到哈尔滨去抓'老姨夫'。"

"我也觉得蹊跷。"李云光说。

"看来,大连的斗争形势比我想得复杂。"傅家庄脸色凝重。

李云光点头:"是呀,现在大连虽然接受了苏联红军的军管,但是各种势力暗流涌动,蒋介石妄想独吞胜利果实,敌伪汉奸、维持会还想爬到人民头上,继续作威作福。这些敌人个个都以抗日英雄自居,打着维护地方治安的旗号在拉队伍,立山头。我们不能让他们的阴谋得逞,当务之急是赶紧与苏军打通关系,这也是东北局派你来的主要目的吧?"

"不错。"傅家庄掏出接洽函,"这是延安方面出具的接洽函,东北局这次派我过来,就是按照中央指示,尽快完成和苏联红军的接洽工作,抢在国民党之前,在大连尽早成立起党的组织。"

李云光看过接洽函,深以为然地点着头:"有了这个东西,把跟苏军的关系理顺了,我们的工作才好开展,要不然,名不正言不顺,阻力太大了。"

"党中央认为,大连有特殊的地理位置和特殊的政治地位,这两个特殊,让这个'特殊解放区'也令国民党眼红。"傅家庄清了清嗓子,沉声说,"东北局得到消息,在日本宣布投降前一天,国民政府的外交部长王世杰,在莫斯科和苏联签定了《中苏友好同盟条约》,条约规定,苏军在日本投降后三个星期内开始撤军,三个月撤退完毕。"

"我们要尽早和大连的苏军联系上,否则,就被老蒋下山摘了果子。"李云光轻轻敲着桌面。

"老蒋早就急了,上个月29日,他致电国防最高委员会代理秘书长陈诚,提出收复东北各省处理办法六条,委任杜聿明为东北保安司令,还委派他的大公子蒋经国为外交特派员,负责与苏联交涉。"傅家庄一脸焦急。

李云光把接洽函还给傅家庄:"老蒋倒是知人善用,蒋经国在苏联呆了十多年,对苏联人的行为方式了如指掌。傅家庄同志,你在苏联呆的年头也不少,否则上级也不会派你过来。上级指示,跟苏联人接洽的事,你全权负责。我倒要看看,是蒋公子的那张牌好用,还是你傅家庄这张牌好使。"

高守平进来,拎着暖瓶给茶壶加水,李云光说:"小高,以后你就配合傅特派员的工作吧。"

高守平兴奋地打了一个立正:"是!"

李云光想起了什么,把视线转向傅家庄:"刚才你说,来大连的路上,碰上了什么情况?"

傅家庄声音低沉:"在哈尔滨遇到一个女特务,她也是到大连,身上有一份潜伏在大连的国民党特务名单。"

李云光说:"以你的资历,降服一个女特务不应该是难事。名单一定拿到了吧?"

傅家庄尴尬地说:"说来惭愧,我跟了她一路,虽然险情不断,总算到了大连,本来以为可以瓮中捉鳖了,没想到……还是让她跑了。"

"怎么没在火车上动手? 那样她就没地方跑了。"高守平忍不住插嘴问。

"火车上也是苏军管制,哪能轻举妄动。"李云光说。

"我有个疑问。"傅家庄思考着,"在路上,居然还有人要杀她。"

李云光一愣:"会是什么人?"

"我怀疑,是国民党特务知道她的身份暴露了,要杀人灭口。"傅家庄说。

李云光笑了笑:"你和国民党特务都没有得手,那只能说明此人是个老狐狸。"

傅家庄说:"老倒是不老,可她比狐狸还狡猾。这个女人看上去爽快、热心肠,你怎么都不会想到她能是阴险的特务。"

李云光深以为然地点头:"是啊,听你这么一说,这个女特务确实狡猾。"

"傅哥都没对付了的特务,肯定不是一般人。"高守平说。

"再见到这个女人,我一定不会放过她。"傅家庄心里发着狠。

"放心吧,傅哥!"高守平一拍胸膛,"再狡猾的敌人,只要敢出来兴风作浪,我们就叫他有来无回!"

李云光看看手表:"傅家庄同志,让小高先带你去休息。你来之前,我和小高商量了一下，为了方便工作，也为了安全起见，你先暂时住到小高家里吧，他哥和他姐都是我们的同志，前几年被组织送到敌占区工作了。"

"家里就我和我嫂子两个人。她正好也能照顾咱们。"高守平说。

傅家庄面露难色："这……不太方便吧。"

"方便，快跟我走吧。"高守平拉着傅家庄要往外走。

"那……回头我另找房子。"傅家庄说。

高守平要反驳，李云光摆摆手："先落个脚，安顿下来再说。"

夜幕下的街道安安静静，高大霞拎着皮箱走来，嘴里哼唱着评戏《穆桂英挂帅》里的一段评戏唱词："穆桂英我家住在山东，穆柯大寨上有俺的门庭。穆天王他本是我的父……"

拐过一条街道，高大霞突然发现有个人影紧跟过来，他戴着的口罩遮住大半张脸。高大霞预感到一种不祥，故意提高了声音给自己壮胆："白龙太子造了反，我杨家领兵争刚强……"她越走越快，后面的人也加快了步伐，眼看着前面就上了马路，前方却闪出一个人影，看身形像个姑娘，她快步逼来，手里的匕首在月光下泛着森冷的光泽。高大霞前后张望，明白自己已然陷入了进退两难的境地。

大令骤起发难，挥起匕首直奔高大霞奔来。高大霞大喊着"救命"，拎起箱子朝后跑了几步，后面的甄精细逼了上来，高大霞进退维谷，抢起皮箱朝大令甩去，大令轻松闪过，皮箱带着风声砸向跑来的甄精细，箱子脱手飞了出去。倒地的甄精细愣了一下，爬起来伸手抓起皮箱，本想杀掉高大霞的大令见状，扔下高大霞扑向甄精细，嘴里喊着："给我！"

甄精细转身要跑，大令飞起一脚，踹倒甄精细，上前去抢皮箱，两人扭打在一起，斗得难解难分，高大霞倒俨然成了局外人。

街道上传来急促的奔跑声,三个黑影风风火火朝这里赶来,一马当先的是万德福,手里拎着一把长扳手,两个警察紧紧跟在后头。

"大霞!"万德福大喊。

警察吹响了警笛,缠斗中的甄精细和大令一惊,大令一使劲,抢走了箱子,甄精细只剩了个把手握在手里,无奈地转身跑开。高大霞冲上去,死死抱住箱子。大令挣扎不开,眼见着三个黑影跑到了眼前,只得松手跑开,朝马路跑去。

万德福拎着长扳手冲上前来,冲着远去的两个人影大吼:"别跑!"

警察追去。万德福拉起倒在地上的高大霞,急切地问:"大霞,你没事吧?"

高大霞心有余悸地喘着粗气,嘴上却依然豪迈:"我什么风浪没见过? 对付这两个蟊贼,不叫事儿。"

万德福苦笑:"你呀,死要面子的德性一点没改,我喜欢!"

两人相视一笑,都从对方的眼神里看出了一些久违的亲切。

马路边上,一大一小两个人影先后冲到了路灯下。甄精细一把扯下口罩,大口喘着粗气。大令的一对麻花辫被扯的散了架。甄精细缓过气来,回头怒视着大令:"臭蟊贼!"

大令一怔:"你才臭蟊贼!"举拳打来,甄精细还击,两人又撕扯在一起,直到看清跑来的警察,这才不舍地分头跑开。

高大霞整理着衣服,问万德福:"你怎么来了?"

万德福说:"在车上就有小偷盯上你箱子了,你下车以后,还有两个人跟着你,我能放心吗? 就喊了两个巡夜的警察。"万德福抱起断了把手的箱子,"也不知这里有啥宝贝,两个小偷都盯上了。"

"哪来的宝贝,都是我自己用的东西。"高大霞笑了笑,"快到家了,跟我回去坐一会儿吧。"

"我还上着班哪,这几天有空再去。"万德福盯看着高大霞。

高大霞感觉到了万德福热烈的目光,故意找着话:"小日本都赶跑了,大连街的治安怎么还这么不好。"

"能好吗? 苏联红军刚接手,大连街上不光有小日本,还有国民党。"

高大霞深出了一口气:"看来,革命形势还是相当严峻,组织上派我回来,确实很有必要呀!"

万德福上下打量着高大霞,眼里满是敬佩:"出去几年就是不一样,干部派头挺足。"

"这怎么说的,注意影响,我还是要和广大群众打成一片的。"高大霞认真地说。

"大霞,我没记错的话,你今年过三十了吧?"

"三十一啦,日子真是不抗过。"高大霞叹了口气。

"在外面这几年,没成个家?"万德福小心地问。

"光干革命斗小鬼子了,能活到胜利就不错了,哪还有心思成家。"高大霞低着头,双脚数着地上石砖的格子。

"回来就可以有这个心思了。"万德福说。

"也是,再没这个心思,我都好成尼姑了。"高大霞苦涩一笑,"就是老碰不上合适的。哎呀,别光说我,你呢? 你可是比我大十好几岁,你成家了?"

万德福摇头:"我都这个岁数了,不想考虑了。"

"这个岁数怎么了?"高大霞不乐意了,"干革命的人都年轻。老万,你可不能因为革命耽误了成家,我们的革命事业,还需要接班人哪。"

万德福嘿嘿一笑:"我和你一样,也是没碰到合适的。"

"那咱俩一样,往后都要把成家这个事,当成一项革命任务来完成。"高大霞笑起来。

万德福点头:"好,既然是革命任务,那咱们就得早点完成,不能拖革命的后腿!"

高大霞突然感到,自己刚才的话好像令万德福有了误解,她想要解释,万德福好像故意不给她这个机会,扭头躲开了高大霞的目光,局促地说:"你快到家了,前面路灯挺亮敞,我回去上班了。"没等高大霞说话,万德福就把怀里的皮箱塞给高大霞,转身跑开了。

高守平踩着自行车,一路上不时对后座上的傅家庄介绍着大连的情况,行至一段上坡路时,高守平蹬得有些吃力,傅家庄跳下车来,高守平也下车推起车子:"大连是丘陵地带,所以坡路多。"高守平擦着额头上的汗。

傅家庄吃惊地看着高守平:"不简单呀,小高,你还知道丘陵地带。"

高守平不好意思地笑了:"我也是听李书记说过才知道的,现学现卖吧。"

"知道学习就好。"傅家庄赞许地拍了下高守平,"小高,你参加革命是受你哥影响吧?"

"要说受影响,还是受我姐的更多一些。"

"怎么讲?"

"我姐以前是大连放火团的交通员,他们隔三差五就在码头放火烧鬼子的物资。"高守平脸上满是钦佩,"最大的一次,烧了三天三夜,那时候,老百姓不明就里,都把这解恨的大火叫'天火'。"

傅家庄点头:"大连放火团的事,我在苏联的时候就听说过,日本人觉得他们统治下的大连是铁板一块,称这里是'无风地带'。可是在四年多的时间里,大连的抗日放火团光是放火爆破就将近60次,让日本人损失了3 000多万日元的物资,按当时的物价折算,1日元能买6斤大米,3 000万日元,足够日本关东军两个师团一年的军费开支。他们烧过日军的油漆厂、码头军用仓库,还有石油、军粮等军用物资,沉重地打击了日军的侵略行径和嚣张气焰。"

"可惜的是,后来放火团里出了叛徒。"高守平语气沉痛。

"我知道。包括上海、沈阳、哈尔滨、大连等地的一百多名同志都被捕了。"傅家庄顿了顿,"那你姐……"

高守平眼圈发红:"三年前,我姐他们放了一场大火,日本人满城抓人,我姐跑了,再也没回来,也不知是死是活……"

傅家庄揽住高守平的肩头:"你姐也许接受了新的任务。我相信,她一定会回来的。"

"嗯,我也老这么觉得。"高守平眼圈发红。

"对了,你姐叫什么名字? 我想办法让外地的同志帮着打听一下。"

"叫高大霞。"高守平抹了抹眼泪。

傅家庄点头:"这个名字好,英姿飒爽,豪气万丈,巾帼不让须眉!"

月色下,灯火繁密,前面是一条热闹的商业街,熟悉的叫卖声让高大霞有一种想哭的亲切感。她放慢脚步,贪恋地环顾着四下的光景。

一个摊位前的小桌后,有一道目光早就注意到了走过来的高大霞,那是刚才还窝了一肚子火气的大令。这会儿她面前放着一盘刚煎好出锅的焖子,手里捏着的一枚铁丝叉子上,还挑着一块黄灿灿的美味。大令匆忙间把冒着热气的焖子划拉进嘴里,烫得嘴巴直嘘着热气。

朝这里走来的,还有推着自行车的高守平与傅家庄,两人相谈甚欢。

"小高,你今年多大了?"傅家庄问。

"二十,属虎。"

"巧了,我在车上遇到个小伙子,也二十,属虎。"甄精细的脸庞浮现在傅家庄眼前,"可惜的是,那小伙子脑子有点儿问题,还管我说的那个女特务叫姐。"

高守平听着不对味了:"傅哥,他的姐是女特务,我姐可是抗日英雄,这两个姐可不能搁一块儿来比。"

傅家庄笑了:"当然不能比了,那个女特务是我们的敌人,一枪嘣了都不解恨!"

高守平点头,朝着不远处指了指:"傅哥,前面拐进条街就是我家了,我去市场里买点东西,你等我一会儿啊。"高守平支起自行车,跑过去。

傅家庄看着四下的热闹,蓦地,他瞪大了眼睛,不远处,走过来的正是高大霞。

高大霞也看到了傅家庄。她怔愣了一下,转身就跑。

"站住!"傅家庄断喝一声,追了上去。

高大霞抱着皮箱,没跑出多远就被傅家庄拽住了胳膊,冷笑着说:"咱们还真是有缘分哈。"

高大霞竭力挣扎着,傅家庄攥得她手腕生疼:"你放手,放手!"

"今天你喊破嗓子,也休想再从我手里逃走!"傅家庄语气冰冷。

高大霞又急又气,扭头望向四周,指着傅家庄大喊:"来人哪,他抢我东西!"

听到喊声的路人和商贩围拢过来,旋即有人认出了高大霞:"哟,这不是大霞吗?""大霞,你回来了?"

高大霞兴奋地朝街坊邻居点着头,焦急地求着大家:"你们快帮帮我,这个人是坏蛋!"

人群哗然,立时有人抄起木棍逼了上来,傅家庄慌了:"你们都被她骗了,这个人阴险狡猾,心狠手辣,还杀过好几个人!"

"你胡说八道!"人群七嘴八舌,蜂拥着过来,有人上前推搡着傅家庄,有人的拳头已经落在了他的身上,正在傅家庄感到绝望之际,高守平提着一网兜海螺远远跑来。傅家庄从雨点般的拳头中看见高守平,高呼起来:"小高,小高!"

"别打呀,别打啦!"高守平挤了进来,拉扯开挥动着拳头的人们。

"小高,这就是我在火车上遇到的女特务!"傅家庄刚才虽然饱受了一通拳脚,还是牢牢抓着高大霞。

高守平一下子愣住了:"姐?"

高大霞惊喜地大叫:"守平?"

傅家庄呆愣一旁,看着两人相拥在一起。

麻苏苏虽然今天才到大连,可她一个电话便把大连这边的联络人找到了铁路医院的病房里。联络人年纪在 30 岁上下,说起话来,有着一份与他年纪不相称的老练。因为这是"大姨"派过来的人,麻苏苏的话里便带了几分抱怨。

"半路上接到'大姨'让我留在大连的命令,还真是有点猝不及防。"

联络人说:"'大姨'这也是无奈之举。因为'二姨夫'效忠党国了。"

病床上的麻苏苏一下坐直了身子:"'二姨夫'死了? 这是什么时候的事?"

"'老姨夫'去哈尔滨以后。"联络人回答。

麻苏苏明白过来:"难怪哈尔滨的接头失败了,原来是'二姨夫'变节了,没骨头的东西!"

联络人轻舒了一口气:"现在,大连被苏联人军管,共产党借着苏联这棵大树在乘凉,我们的境遇相当窘迫。这时候'大姨'调你来大连,是党国和'大姨'对你的信任。"

"可我对这里人生地不熟……"麻苏苏流露出为难的神色。

相比之下,麻苏苏还是希望回哈尔滨,她想让面前的这个联络人在"大姨"那里替自己说说好话,许诺回去之后绝对不会亏待了他。联络人不为所动地说:"'大姨'说,就因为你在大连人生地不熟,才方便开展工作。'大姨'在大连待得时间太长了,出门三步远就是熟人,这些熟人的一双双眼睛,常常让'大姨'感到如芒在背。"

麻苏苏犹豫了一下,试探着问:"你不会就是'大姨'吧?"

"你高抬我了。"联络人漫不经心地起身,"'大姨'就像是一个传说,没有人见过她的真面目,甚至连她的影子都捕捉不到。"

"在敌人面前,三步就是熟人,可见'大姨'无处不在;对我们来说,'大姨'也是杳如黄鹤,难觅其踪,实在是大隐之人啊!"麻苏苏语气里透着钦佩。

"'大姨'说了,你既然留下了,就得赶紧找个地方落脚。她让我尽快帮你找个热闹点的临街铺面,帮你开个洋货铺,以便掩人耳目。"

麻苏苏点头:"洋货铺好,里出外进人虽然多,却名正言顺,我们的人联络起来也方便。那就请小兄弟费心,帮我找个风水宝地吧。"

"听说,你从哈尔滨到大连这一路上,遇到了点儿麻烦?"联络人好奇地问,这与他刚才的沉稳相比,有些轻浮了。可见他刚才的老练也是装出来的。

麻苏苏愣了愣神,这个"大姨"还真是手眼通天,看来自己的每个行动她都清楚,麻苏苏叹了口气:"别提了,一路上险象环生。认识了一个猴精的男人,还有一个愚蠢的女人。可以肯定,猴精的男人是共产党,那个愚蠢得有点可爱的女人,'老姨夫'说是放火团的,还把她夸得神乎其神。"

"认识就是缘分,'大姨'让你利用好和他俩之间的这次偶然相识。"

"'大姨'的意思是……"麻苏苏轻声问。

"'大姨'说,优秀的特工应该是一个蜘蛛,善于在无形中结网,这个网就是人脉。同敌人交朋友,是最好的潜伏保护色。"

麻苏苏点头:"有道理,有道理。"

联络人递过来一份档案袋:"这个是'大姨'给你的。"

联络人走了没多久,甄精细回来了,听说折腾了半天也没有抢回高大霞手里的皮箱,麻苏苏气得给了甄精细一记耳光:"废物,这点事都干不好!"

甄精细满肚子憋屈:"姐,这回真不怪我,眼瞅着我就得手了,谁知道半路又杀出了个程咬金。"

"哪来的程咬金?"

甄精细激动起来:"是个小蟊贼,看中了姐……"

麻苏苏剜了甄精细一眼:"你还真打算认亲啊? 一口一个姐,叫得倒是顺嘴!"

甄精细缩了缩脑袋:"那……那我咋叫?"

"爱叫啥叫啥吧,我都叫你愁死了。"麻苏苏心生烦闷,翻过身去背对着甄精细。

甄精细垂着脑袋,好似一条犯了错误等待主人责罚的忠犬。安静了一会儿,他又激动起来:"对了,那个蟊贼,是个小姑娘!"

"小姑娘?"麻苏苏闷声说,"你连个小姑娘都打不过?"

甄精细涨红了脸颊:"不是,本来我都抢到姐的箱子了,结果警察来了,给冲了。"

麻苏苏挥了挥手,让甄精细退下,自己思忖着别的办法。

第七章

高大霞拉着高守平的手往家走，傅家庄推着自行车跟在后面，回想着一路上与这个叫高大霞的女人的种种纠缠，感觉像是做了一场梦。在那场梦里，自己和这个女人扮演的角色都是变形夸张的，为的是要蒙骗住对方。自己在她心里的表现能打多少分，傅家庄猜不出来，可她在自己这里，应该算是满分了。

"这三年里，我最放心不下的就是你，就怕你五马六混不着调。"高大霞打量着身旁高大的弟弟，觉得他的个子像是一夜间蹿起来的，"姐怎么也想不到，你都干上革命了……"

"天天看着你干，不用学也会了，再说还有咱爸。对了，咱爸半年前被组织安排到胶东去了。"

高大霞点头："大哥还没有信儿？"

高守平摇了摇头。

"那……嫂子还好吗？"高大霞问。

"挺好的，就是老骂大哥。"高守平低声说。

"骂大哥干什么？"高大霞疑惑。

"骂大哥是死是活也不给她个准信儿。"高守平叹气。

"嫂子就那样式儿人，刀子嘴豆腐心，这些年不都在家拉把着你嘛。"

高守平点头："这我知道。姐，你这几年去哪了？我和嫂子还以为……"

"以为我死了?"高大霞一笑,"你姐命大,死不了。这三年我一直在牡丹江,干得还是打鬼子的事。"

高守平恍然大悟:"怪不得你能在哈尔滨碰上傅哥。"

高大霞不解:"什么富哥穷哥的,你说的是谁?"

高守平忙回身,指着傅家庄说:"傅哥叫傅家庄,我都忘了介绍了。"

傅家庄尴尬地朝高大霞点了点头,想要说什么,高大霞已经抬脚走了,高守平尴尬地看看傅家庄,追上高大霞,低声问:"姐,你到底和傅哥怎么回事? 一见面就跟仇人似的,他怎么还把你当成国民党特务了?"

"他二虎八道呗。"高大霞站下,回身喊,"刺锅子,你过来!"

"姐,你怎么管人家叫刺锅子。"高守平拽了拽高大霞的袖口。

"不用你管!"高大霞甩开高守平,直勾勾地瞪着傅家庄。

"姐,傅哥是受咱们东北局指派,从哈尔滨调来工作的特派员。"高守平紧张地看向傅家庄的表情,生怕高大霞的态度惹得他心生不快。

傅家庄伸过手来:"你好,高大霞同志。"

高大霞站着没动,眯起眼睛打量着傅家庄:"富哥……嗯,有钱人,怪不得戴大咪咪嘎。"

高守平听着满头雾水:"怎么还扯出咪咪嘎来了? 都这时候了,哪还有咪咪嘎……"

傅家庄干咳了两声,亮出了腕上的手表,神情尴尬:"对不起啊,我总得找个理由缠住你。"

"缠住我干什么?"高大霞眉毛一扬。

傅家庄说:"根据情报,我们认为你身上有一份国民党特务在大连的潜伏名单。"

高大霞一惊:"怎么可能?"

"我们在哈尔滨那家赌场抓了个特务,他说名单给你了。"

高大霞指着傅家庄的鼻子:"你们长不长脑子,特务的话也能信?你赶快叫哈尔滨的战友审审他,他肯定是诳你!"

"他已经死了。"傅家庄心有不甘地叹着气,又向高大霞说了在哈尔滨抓捕"老姨夫"失败的经过。

"照你这么说,'老姨夫'跑了还是我瞎搅和的?"高大霞底气不足。

傅家庄情绪低落地说:"不是你还能是谁? 你住到马迭尔旅馆也就算了,邪性的是,你竟然还出现在接头的赌场门口,还是那个接头的时间。"

高大霞吃惊:"怎么,你们在马迭尔旅馆就盯上我了?"

"不是盯你,盯的是'老姨夫',他住 311 房间。"

"我挨着 311 呀,"高大霞明白过来,"你要抓的是……'挽霞子'?"

"怎么又跑出个'挽霞子'?"傅家庄疑惑。

"我看着那个人了,在火车上,你记不记得,我说看走眼了的那个。"高大霞掏出兜里的钥匙晃了晃,"这是他在旅馆里掉的,我还追着腚要还给人家。"

傅家庄吃惊:"他也在火车上?"

"这我不敢说,不是认错人了嘛。"高大霞收起钥匙,"不过,那个人如果是挽霞子,证明他也来大连啦! 对了,他就是大连人!"

傅家庄停住脚步,看着高大霞:"你怎么能确定他就是大连人?"

"这个,百分之一万错不了! '血受''挽霞子',不是大连人都说不好这两个词儿。"高大霞肯定地说。

"'挽霞子'我知道,是日本语衬衫的意思。那'血受'是什么?"傅家庄不解。

"'血受'就是好吃的意思。"高守平说,"不是地道的大连人,还真说不出'血受'这个词儿,也说不好。"

"可惜呀,'老姨夫'从我的眼皮底下溜走了。你们倒好,还怀疑上我了,真是外路精神。"高大霞抱怨。

傅家庄不满:"你还怨我们了? 你都快赶上穆桂英了,阵阵不落,你分明是逼着我们把对你的怀疑给坐实了。"

"你当我愿意啊,要不是我的钱包叫小偷偷了,手上的钱不够住店的,我还得买火车票,能去赌场碰大运啊? 也是老天爷饿不死瞎家雀儿,我还赢了。"高大霞越说越得意。

"怪不得当时就觉着你四六不着调……"傅家庄揶揄。

"你着调? 缠了我一路!"

傅家庄无奈:"行行行,就算我误会了。"

高大霞不依不饶:"不是算! 是你干事儿没数!"

傅家庄急了:"我怎么没数了?"

"你那叫有数? 缠着我让'老姨夫'跑了?"

"行了姐,你少说几句吧。"高守平打着圆场。

"我为什么要少说? 你都不知道这一路上我让他折腾成什么样儿了!"高大霞一脸委屈。

傅家庄不愿听了:"我折腾? 要是没有我,你早让特务杀了,都死好几个来回啦!"

"我又没暴露身份,他们杀我干什么? 少胡说八道!"高大霞不买账。

"姐呀,我求求你,傅哥可是上级派来的特派员!"高守平拉着高大霞走开。

"就这破水平还特派员,我当都比他强!"高大霞一把打开高守平的手,抬腿快步走去。

傅家庄看着高大霞的背影,同情地说,"小高啊,真想不到,你居然有这么个胡搅蛮缠的姐姐,我……我十二分同情你!"

高大霞一进家里的大院,就眼圈泛红。离家三年,这个院子无数次出现在她的梦里,每次醒来,泪水都打湿了枕头,要不是身后跟着傅家庄,她真能哭出声来。

"嫂子——"身后的高守平快走了两步,冲二楼扯着嗓子喊道。

"守平,咋这么晚才回来?你要让我急死啊!"随着一声嗔怪,屋里出来一个瘦削的女人,隔着厚重的夜色,她看见高守平身后站着两个人,"守平,你把谁带回来了?"女人一边问着,一边张望着下了楼。

"嫂子——"高大霞眼里滚着泪,颤着声叫道。

女人一下子惊住了,缓了缓,声音发着颤:"大霞?"

"是我,嫂子!"高大霞哽咽着扑了上去。

女人没有像高大霞期待的那样抱住她,倒是挥起巴掌给了高大霞一下:"你个没良心的,还知道回来!"

高大霞拥住女人:"嫂子,我没死,我回来看你了!"

女人抹着眼泪:"你死了,我也得把你从阎王殿里揪回来,我可不想给你们老高家当一辈子驴马!"

"我和我哥给你当一辈子驴马。"高大霞泣不成声。

女人怔住了,随即红了眼圈,很是委屈的样子:"别跟我提你哥,他早死了……"

高大霞心下一惊,放开女人,回头看看高守平,又看女人:"我哥……什么时候死的?"

"和他一起去山东家做买卖的顺子年初给家里写信,说他亲眼看见你哥中了小鬼子的流弹!"女人的哭声更响了。

高大霞不愿接受这个事实,攥住女人的手:"顺子也没说流弹要了我哥的命呀,嫂子,你别往坏处想!"

"我能不想吗?小日本都打跑了,你哥人不回来,信儿也没有!"女人越说越委屈。

高大霞语塞。女人抹着眼泪,想起姐弟俩身后还有一个人,这才克制着哭泣,看了眼傅家庄,悄声问高大霞:"这是你——"

"嫂子,这是我领导,傅大哥。"高守平连忙抢话,生怕女人说出什么不该说的话。

傅家庄上前,大方地伸出手:"嫂子,您好,叫我傅家庄吧。"

满脸是泪的嫂子抹了把脸,羞涩地说:"我叫刘曼丽,傅大哥好。"说着,伸手去握傅家庄的手。

高大霞听着不对味了,一把推开刘曼丽的手:"什么傅大哥,他没你大。"

刘曼丽涨红了脸:"我……我随守平叫。"

一路尾随而来的大令,躲在黑影里见几个人进了一楼的屋子,才转身离开。

进了房间,高大霞急忙打开皮箱,拎出包袱:"皮箱他们谁都没看见,指定不会在箱子里,你就搁这里找吧。"说着话,抖落开包袱。

"我在火车上都不知道你还有个皮箱……"傅家庄仔细翻看着包袱里的物品。

高守平拿起档案袋:"不会在这里吧?"

高大霞抢过档案袋,"别瞎说,没看这封着口嘛,这是我的组织关系。我在牡丹江的上级老赵,让我回来把这个交给大连组织。正好,给你吧。"说着,递给傅家庄。

傅家庄看了眼档案袋:"大连市委组织还没建立起来,现在交给谁都不如在你自己手上安全,这个你还是先自己保管着吧。"

"行吧。"高大霞收回档案,看到躺柜上有个合欢花图案的盒子,拿下来倒出里面的针头线脑,把档案袋装进去,塞到被子底下。

傅家庄放弃了寻找,看着高大霞:"你再想想,那个特务在赌场还跟什么人接触过。"

高大霞有些不好意思:"当时我光想着赢钱了……不过,以我这些年攒下来的对敌斗争经验来看,好人坏人,我这火眼金睛一搭眼儿,那肯定就八九不离十!"

"姐,你真厉害!"高守平低声说。

高大霞有些得意:"你姐干了这么些年革命,小鬼子都没斗过我,就他一个小特务,一蹶腚我都知道他拉什么羊粑粑蛋儿!"

"你发现什么问题了?"傅家庄追问。

"这个人横看竖看都有问题,贼眉鼠眼,东张西望,这哪是去赌钱的,分明就是踩点接头!"高大霞分析得理直气壮。

傅家庄提高了声音:"你既然怀疑他,就应该盯住他,看他把名单藏在哪里呀!"

"他也没接上头,能藏到哪? 指定还在他身上呗。"高大霞言之凿凿。

傅家庄失望:"我们搜过了,他身上确实没有,就说给你了。"

"他胡说!"高大霞激动起来。

"当时你为什么躲在赌场里?"傅家庄问。

"我以为是地痞流氓闹事,你们都走了,我就回旅馆拿行李交房钱赶火车了,一大堆事呢!"高大霞没好声气地说道。

"你再想想,特务有没有把什么东西塞到你包袱里、衣服兜里?"傅家庄启发着。

"我能让他近身吗?"高大霞感到自己受到了侮辱,"傅家庄,你可把我这个老革命看扁了,拿我当生瓜蛋子是不是?"

傅家庄无意与她争吵,直奔主题:"他确实没碰过你的皮箱?"

"皮箱我放在旅店里,他上哪碰去?"高大霞不耐烦了,一抬手把皮箱掀翻了,里面杂七杂八的东西散落一炕,一个报纸卷滚到炕角。

"要真像你说的那样,东西就还在赌场,明天我再问问哈尔滨那边。"傅家庄觉着还有一线希望。

"大霞,你也不去厨房给我搭把手,光在这儿扯闲篇,还真把自己当客人了?"刘曼丽推门进来,埋怨完高大霞,转头笑看着傅家庄,"今天的贵客,是人家傅大哥。"

高大霞咕哝着起身,朝外走去,高守平接过高大霞的活儿,往皮箱里收拾着东西,那个报纸卷安静地待在炕角。

高大霞洗好了脸,拿过脸盆架上的毛巾擦着,一回头,见刘曼丽撑着脑袋在向屋里张望:"傅大哥年纪不大,没成家吧?"

"这我上哪儿知道。"高大霞对着镜子,擦着脸上的水珠。

刘曼丽瞥了高大霞一眼:"外路精神,你鼻子底下不长嘴啊!"

高大霞从镜子里看着刘曼丽:"怎么,你还要给我牵红线?嫂子,这话你千万别说啊,我可抹不开面子。"

刘曼丽"哼"了一声:"你没动这个心思最好,我也觉得人家看不上你。"

高大霞听着不是滋味了:"怎么就是他看不上我?不能我看不上他啊?"

"行行行,是你看不上他,是人家配不上你!"刘曼丽撇了撇嘴,回味着什么,"这留过苏的人就是不一样,一看就知书达理。"

高大霞不屑:"你什么眼神,还知书达理,油嘴滑舌吧他,跟我哥比差老了。"

刘曼丽一拉脸："别提你哥,我老梦见他,问他话他也不说。"

高大霞沉默了一会,幽幽地叹了口气："嫂子,这些年多亏有你,支撑着这个家。"

"你知道就好。"刘曼丽说,"为这个家,我一天天地吃不好睡不好,你没回来的时候怕你死在外头,你回来了我这脑瓜子还是大。"

高大霞疑惑："你脑瓜子大……怎么,我活着回来还不好了?"

刘曼丽翻了个白眼："好不到哪去,谁家有你这么个奔四十的老姑娘能不愁。"

"谁奔四十了? 我才三十一!"高大霞不满。

"虚岁三十二还小啊? 我二十二就进你们高家门啦!"刘曼丽昂着头,像是故意要气高大霞。

高大霞发狠地攥着毛巾,干巴巴的毛巾在她手里拧成一团,挤出了几滴水珠来。

夜色深了一些,医院走廊里安安静静,甄精细打来了热水,送进麻苏苏床边："姐,你饿不饿? 我去饭店给你点个鸡蛋糕?"

麻苏苏摇摇头："我擦把身子,你去给我看着门,别叫旁人进来。"

甄精细把麻苏苏扶下床,出了病房,门神似地守在套间外面。

外屋的房门推开,闪进来一个戴着口罩的大夫。大夫扫了甄精细一眼,莫名皱了皱眉,二话不说便要进里间。

"不能进!"甄精细把手一横,拦在大夫身前。

大夫厌恶地看了甄精细一眼,甄精细从他的眼神里读出了恶意,警觉地伸手去摘大夫脸上的口罩。

"你干什么?"大夫一把推开甄精细,又要往屋里闯。

甄精细一把抓住对方的手,顺势将其反拧在地："你到底是谁?"一把扯下了大夫的口罩。

口罩下面露出方若愚的一张脸,他恼火地压低声音呵斥:"放开,我是来见你主子的!"

甄精细仍不松手:"你是谁?"

方若愚眉头紧锁:"这个你不用知道。"

甄精细手下加大了力度:"不让我知道我就不让你进去!"

方若愚吃痛,无可奈何地道:"我是……'老姨夫'。"

甄精细眨了眨眼,手上微微松开了力道:"'老姨夫'?"

方若愚按着被抓痛的肩头,狼狈地支起身:"快让我进去,你姐认识我。"

甄精细上下扫视了方若愚一眼,又一把按住了方若愚的胳膊:"你说你是'老姨夫'就'老姨夫'了?我还说我是'老姨夫'呢!"

有道是阎王好见,小鬼难缠。碰上这么个小鬼看门,方若愚心底着实叫苦不迭:"你……"

"我咋了,就你这损色,还'老姨夫',跟'老姨'配吗?你给我姐提鞋我都嫌你手指头粗!"

方若愚哭笑不得:"我真服了你,这不过就是个代号!"

"那也不能瞎代!"甄精细鄙夷地眯起眼睛,"反正我姐是'老姨',你就不能是'老姨夫'!"

"那你怎样才肯放我进去?"方若愚真是无可奈何。

甄精细认真说道:"你把暗号说出来。"

方若愚铁青着脸,强迫自己放缓语气:"今晚天色不好,不知道能不能下雨。行了吧,祖宗?"

甄精细满脸严肃:"不对,你说错了。"

方若愚不解:"怎么错了?"

"暗号是'早上下雨',不是晚上。"甄精细更正。

方若愚气得眼前一黑："你是真彪还是装彪？这都晚上了，能问早上吗？"

"那我不管，暗号说的就是早上，你说错了。"甄精细不依不饶。

"愚蠢！"方若愚顾不上压着嗓子，忍无可忍地提高了嗓门，"晚上和早上，这不得随机应变吗？你受没受过训练？"

"我彪，弄不明白。要不这样吧，你明天早上来，我让你进。"甄精细把门一堵，软硬不吃。

方若愚又气又急："早上早上，我看你就是早产出来的！"

"谁呀？"屋里传来麻苏苏的声音，屋门打开，麻苏苏露出脸来。

方若愚摘下口罩亮了一下，又戴上。麻苏苏反应过来："精细，你出去给我买块香胰子。"

甄精细不放心地看了眼方若愚："那他……"

麻苏苏不耐烦地挥了下手："赶紧去！"

甄精细应答着，瞅了眼方若愚，心不甘情不愿地离去。

方若愚进屋，恼火地摘下口罩："我求你了'老姨'，赶紧把这个活祖宗送走吧！"

麻苏苏摇了摇头："他就一根筋，忠心，用好了谁都比不上。"

方若愚黑着脸："我怕他耽误我们的大事。"

"大事有你有我，轮不上他。"

方若愚瞪着麻苏苏："你就护着他吧，早晚有吃亏的时候。"

麻苏苏心生烦闷，指尖按着跳动的太阳穴："行了，别老说他了，大连是你的地盘，高大霞的行李箱还没拿到？"

方若愚说："我的人还没回去。"

麻苏苏感到太阳穴越来越疼："高大霞要是找到了名单，你我可都成了党国的罪人。"

方若愚脸色也不好看:"所以,当务之急是除掉她,我有她家住址,晚上就送她上路,拿回箱子,一了百了。"

麻苏苏放下手,背身对着方若愚,冷声说道:"这件事我办,你把地址给我。"

"你要让那个二百五去?"方若愚问。

"你别管了。"麻苏苏扯过纸和笔,不由分说塞给了方若愚。

方若愚满脸不快,还是写给了麻苏苏。麻苏苏明白方若愚在担心什么,安抚道:"精细本来能得手,谁知道半道跑出来个小偷,把事搅了,还招来了警察。"她叹了口气,"高大霞也算是傻人有傻福。"

"她傻?"方若愚冷笑,"哼,你是被她蒙蔽了。"

"她能蒙蔽我?"麻苏苏一笑,"除了精细,我还没见有比她再笨的人。"

"这就是她的狡猾之处,大智若愚。"方若愚一字一板地说。

"太抬举她了。"麻苏苏不屑地撇嘴。

"忽视自己的对手,就是主动向阎王殿迈步。我提醒你,这个女人极其危险,一旦轻视她,你我就不会有太平日子过。"方若愚提醒道。

麻苏苏斜眼打量着方若愚:"你是让高大霞吓破了胆。"

方若愚笑了一声:"光我被她吓破了胆? 你不是也怕她活着吗?"

麻苏苏知道方若愚是讥讽自己,淡淡说道:"现在她得活着,我是她的救命恩人,她应该对我没有提防,我要利用好她这份信任,到共产党那里吃点红利。"

方若愚脸色阴沉下来,居高临下直视着面无表情的麻苏苏:"怪不得你不让杀高大霞,你是想吃红利呀。也行,那我离开大连。"

"你要临阵脱逃?"麻苏苏仰脸盯着方若愚。

方若愚深吸了一口气:"临阵脱逃这个词,永远和我方若愚不沾边!"

麻苏苏冷笑:"我可听说民国十六年清党的时候,你背叛了共产党……"

"胡说!"方若愚恼怒低吼,"当时我既是共产党又是国民党,委员长实行清党护国,只能二选一,我方某人毫不犹豫选择的是国民党!"

麻苏苏一笑,摆了摆手:"好了好了,我就这么随口一说,你还急眼了。"

"不是急眼,是我方某人忠心日月可鉴!"方若愚激动起来,"你怀疑我对党国的忠心,就是对我最大的侮辱!"

麻苏苏直视着方若愚:"我没有侮辱你,恰恰相反,是想倚重你,你却要离开大连。"

方若愚不再辩驳,慢慢坐下身来:"这些年,我一直在日本人眼皮子底下做事,睡觉都要睁着眼,就怕一闭眼,脑袋让小日本鬼子给揪了去。当初,戴局长说过,只要我坚持到抗战胜利,就把我调回大后方。"

"抗战胜利,调你到大后方睡个舒坦觉也是理所应当。"麻苏苏叹了叹气,"只可惜,'革命尚未成功',撵走了日本这个外鬼,还有共党这个家贼要除。方先生,大连不能没有你,党国需要你留下。"

"抗战时把我留在大连,也是这般说辞,结果我一直待到现在。"方若愚小声嘟囔。

麻苏苏神色严肃:"这回不一样了。党国和苏联签有协议,日本人投降三个月以后,苏联必须撤军完毕。"

"撤军完毕?"方若愚冷笑,"这都胜利多久了,满大街还不都是苏联士兵?"

麻苏苏坐直了身子,低声说道:"此一时彼一时,现在,我们是同盟国,更是胜利国,委员长已经是和杜鲁门、丘吉尔、斯大林平起平坐的世界四大巨头之一。前几天,国民政府中央执行委员会和国防最高委员会已经召开联席会议,决定在长春设立军委会委员长东北行营,委员长的决心由此可见一斑了吧?"

方若愚思忖着眼前的处境,沉默许久后,才悠悠说道:"既然党国需要,我方若愚绝无二话。"

麻苏苏脸上流露出满意的神色。

"但是,"方若愚话锋一转,"如果高大霞不死,我留下可能就得死,她在火车上追我的那个劲头,你是清楚的。"

麻苏苏神秘笑道:"高大霞想置你于死地,只怕不那么容易。说起来,你方先生也是在戴局长那里挂了号的英雄人物。这些年,戴局长一直没有忘记你,你来之前,我刚收到一份好东西,是戴局长托人转来的。"说着,麻苏苏从枕头下取出档案袋,"这是戴局长对你的任命。"

方若愚神色一凛,连忙起身,一个立正站直了身子。

麻苏苏从档案袋里抽出一份委任状,清了清嗓子,念道:"即日起,兹任方若愚为军统局陆军上校,此令。"

方若愚按捺住内心的激动,恭敬地接过委任状,再次立正:"多谢戴局长提拔!"

麻苏苏说:"这份委任状可是来之不易,是由国民政府主席蒋总裁和行政院长宋子文联合签发的,上面还盖有国民政府的大红印章。"

方若愚看着手里的委任状,周身微微颤抖起来。

"戴局长知道,这么些年你潜伏大连不易,直接把你从少校越级晋升为上校,不知道这要羡煞多少党国精英。"麻苏苏满怀期许地看着方若愚。

"戴局长的恩典,若愚没齿难忘。"方若愚毕恭毕敬地鞠躬。

麻苏苏脸上是一副公事公办的严肃表情:"戴局长口谕,放眼目前整个军统,除方若愚同志之外,找不出第二个在大连能如鱼得水之人,为此,戴局长希望你在大连继续战斗。"

"一定,一定。"方若愚连连点头。

"戴局长还表示,只要党国能抢在共产党之前夺下大连,还要给你加官晋爵。"麻苏苏意味深长地停顿了一会儿,"方先生,到那时候,你可就是方大将军了!"

"若愚一定不辜负戴局长期望,誓死效忠党国,效忠委员长,效忠戴局长!"方若愚双腿一并,行了一个大大的军礼。

麻苏苏直视着方若愚,沉声说道:"你不光要效忠党国、蒋委员长、戴局长,还要效忠'大姨'。"

"'大姨'?"方若愚愣了愣。

"这份委任状是'大姨'特地让我转交给你的。"麻苏苏看着方若愚手里的委任状,"你想想,我们在大连如履薄冰,'大姨'还能想着你的晋升,实属不易。"

方若愚上下打量着麻苏苏,眼里流露出复杂的神色:"没想到,你一来大连,就攀上了高枝。"

麻苏苏摇了摇头:"我见的不过是'大姨'的影子而已。"

方若愚一怔:"你说的是'二姨夫'?"

麻苏苏眼里闪过一丝阴鸷:"'二姨夫'不是玩意儿,你刚去哈尔滨,他就变节了。"

方若愚呆愣住,少顷,眼里隐隐闪烁着怒火:"原来,是他出卖了我!"

甄精细回来的时候,方若愚已经离开了,麻苏苏把方若愚写下的地址给了甄精细:"长点儿精神头儿哈,再干砸了,你丢脸,我跟着你丢人!"

"姐,这外面黑咕隆咚的,不能亮天去吗?"甄精细打着哈欠。

"害人的事能见光吗? 快去!"麻苏苏不耐烦了,厉声喝道。

夜沉如墨,街道上空空荡荡,方若愚穿过街角,拐进了一条小巷。巷道尽头是一方小院,方若愚在院门前站下,上下摸索了一阵,也没找到钥匙,不知丢到了哪里。就近转了不远,找到一截铁丝,回来对着锁眼捅了几下,锁头应声弹开。院子檐廊下横着一排花盆,方若愚从一个花盆下摸出钥匙,开门进了屋里。

屋子里陈设考究,檀木桌椅与雕花墙壁交相辉映,大抵可以看出房屋主人的品味。方若愚用熨斗熨平了国民政府委任状,目光落到挂在墙上的相框上。那是一张一个月前大连市民欢迎苏联红军进城的照片,场面欢腾而壮观。方若愚摘下相框,打开背后的别扣,拿下背板,露出里面一张不大的照片。照片上,一个十来岁模样的小姑娘冲着方若愚甜甜地笑着。方若愚对着照片端详了一会儿,放下照片,小心地把委任状铺到背面,整理好后又挂回墙上。

院子里传来开门声响,方若愚听了听,急忙朝外跑去。

门前,一个女人拎着个硕大的布袋吃力地跨进门坎,正要回身关院门,方若愚小跑着过来,接下布袋,嘴里埋怨着:"你个犟眼子,我跟你说多少回了,不用你往这送,我上班的时候上你那去拿就行了,你就是不听。"

女人要关院门,方若愚推着她:"太晚了,快回去吧。"

女人指指屋里,方若愚摆手:"不用收拾,挺干净的,快回去。"

女人要走,方若愚想起什么,叫了声:"翠玲。"

女人回头,方若愚从兜里掏出一把钥匙,塞到翠玲手里:"院门钥匙丢了,我换了把锁。"

翠玲点头,出了院门,朝坡上走去。方若愚看着翠玲走远了,才关上门回去。

第八章

小吃摊上,大令吸吮着面前一大盘海波螺,打发着时间。后面桌上的三个年轻人吆五喝六划了一阵拳,打起了大令的主意。摊主看出端倪,暗示大令早点儿离开,招来三个年轻人的一通呵斥。个子最高的一个,还端着酒杯坐在大令对面,老熟人一般伸手抓起一把波螺,刚要缩回手去,便被一只纤细的手捏住了手腕。大个儿疼得呻吟起来,手里的一把波螺又落回盘子里,大令面无表情地说:"想吃,自己买。"

另外两个人大笑起来,笑了一阵儿,被大个儿的惨叫打断,这才明白大个儿是真被面前这个女人收拾了。两个人起身要过来动手,大令猛地一掌,将大个儿掀翻在地。两个人转身要去操起身旁的木凳,大个儿拦着两人,示意快走。

"把账结了。"大令喊道。

三个人跑去,大令起身要追,摊主摆手:"算了算了……"

"不能算。"大令话音未落,人已经奔了出去。

三个人气喘吁吁跑进了一条胡同,却被前面一个瘦小的身影拦住了去路。

"回去把账结了。"大令说。

三个人面面相觑,小个子壮了壮胆,上前一步:"给你个脸啦,该你屁事!"

"你要找死,我们哥仨成全你!"另一个人也跨步上来。

早已经领教过大令厉害的大个儿四下看看,弯腰捡起地上的一块石头,也凑了上来。

大令看着三人,笑了。她太想出口恶气了,今天的几次任务都不顺,被方若愚骂了不说,还被一个傻子耍了,害得她不得不这么晚了还得出来为白天的事擦屁股。正在大令拉开架式准备好好出口闷气的时候,夜色中却传出一声噪叫:"小爷在此,尔等休得放肆!"

对峙着的四人都是一愣,黑暗中闪出一个男人,他昂首挺胸从大令身旁走过,立在三个青年人面前,掐腰呵斥:"朗朗乾坤,昭昭日月,天作孽,有可违,自作孽,不可活!天堂有路你不走,地狱无门自来投!"

这么一段戏文念白似的开场,着实令所有人不由得一阵恍惚。

"怪不得这么狂,还有帮手!"小个子打量着男人,神情鄙夷。

"谁是帮手?"男人不乐意了,"姑娘,不用怕,我是路见不平,拔刀相助!"

"滚一边去!"大令恼火地一把推开男人。四目交汇的瞬间,两人都怔住了。

来者竟是甄精细。

"是你!"甄精细也认出了大令。

大令上手一拳打来,甄精细趔趄了几步,扶住墙:"你敢打我!"扑了过来。

眼见着两人打在一起,拳脚功夫显然都不是泛泛之辈,三个年轻人看了一会儿,大个儿回过味儿来,拉着两人跑开。

甄精细急了,大吼一声"谁跑谁是孙子!"扔下大令,追了上去。

大令朝着甄精细的背影大喊:"臭蟊贼,别再让我看见你!"

"狗咬吕洞宾!"黑暗中传来甄精细的喊叫。

高大霞不愧是开过饭馆的厨娘,没用多大工夫,炕桌上就摆满了各式诱人的菜肴。

"太丰盛了,谢谢。"傅家庄感谢着高大霞和刘曼丽。

"也算不上丰盛,傅大哥,革命这些年你遭了不少罪,到这里就是到家了,想吃什么就和我说,大霞就会包海菜包子,别的拿不出手。"刘曼丽给傅家庄夹着菜。

高大霞看了刘曼丽一眼,把到了嘴边的不满又咽回去。

"傅大哥,喝点儿小酒?"刘曼丽热情地望着傅家庄。

"喝什么,都怪累的,吃完饭早点睡觉。"高大霞不快地回应。

"喝酒解乏,睡得踏实,我去拿。"刘曼丽全然不在意高大霞的反应。

傅家庄连忙拉住刘曼丽:"不喝了吧。"

刘曼丽一怔,低头看着傅家庄的手,脸颊绯红,傅家庄忙放开刘曼丽。刘曼丽收敛了心神,看向傅家庄:"你不喝,高大霞想喝,是吧?"转头看向高大霞。

高大霞不语,脱了鞋便要上炕。

"她馋酒,在你跟前不好意思说。"刘曼丽推了推高大霞,"大霞,拿酒去呀!"

高大霞张了张嘴,刘曼丽瞪了她一眼,高大霞无奈,朝外走去。

"守平,快和傅大哥吃吧,都这么晚了。"刘曼丽坐到炕上,又要给傅家庄夹菜。

傅家庄拦着:"嫂子,我自己来。"说着,从怀里摸出了一个锡纸袋,打开,是随身带着的黄油。

"怎么,这一桌子菜还赶不上你那猪大油好吃啊。"高大霞拎着酒瓶进来。

"哎呀,这可不行!"刘曼丽尖叫着,"坏东西不能吃,跑肚拉稀的滋味可不好受。大霞你也是,知道傅大哥好这口,就该燀点新鲜猪大油。"

傅家庄看看高大霞,对刘曼丽解释道:"嫂子,这是黄油,就这个色儿,没黄。"

"我说嘛,傅大哥这么讲究的人,哪能吃坏东西,高大霞,往后不准你埋汰傅大哥。人家傅大哥是见过大世面的人,不像你,眼窝子浅,傅大哥,你别挑俺家大霞啊。"刘曼丽回身拿过酒盅,放在傅家庄面前,"我虽然是头一回见到傅大哥,可不知咋着,老觉得有唠不完的话。"

高大霞用力把酒盅墩在桌上,刘曼丽吓了一跳,抬眼瞅了高大霞一眼,又说:"傅大哥在苏联待过,老毛子都能喝,傅大哥相辅相成酒量肯定也差不了。"她给傅家庄倒上酒,"大霞,再去添两个下酒菜。傅大哥是贵客,头一回来咱们家,这几个菜不够塞牙缝的,去吧,想做啥做啥,今天我给你放权。"

高大霞指指桌上的菜:"够了,喝两口就该睡觉了。"

刘曼丽不满:"够啥呀够,你就不懂事儿!"

傅家庄连忙阻止:"嫂子别客气,这已经很好了,这么些年,我在外面都是风餐露宿、热锅冷灶,还真没吃过几顿这么丰盛的晚餐。"

刘曼丽望着傅家庄:"傅大哥,往后你就把这儿当成自己家,想吃什么就说话。"

傅家庄笑着说:"到这里,我还真有一种如沐春风的感觉。"

"春什么风,我看你就是来打秋风的。"高大霞不情不愿地起身下炕,顺手端走了盛着一盘油水横流的猪蹄子。

"你干什么?"刘曼丽喊道。

"留着明天吃。"高大霞没好声气。

"明天再买明天的。"刘曼丽也没好声气。

"再买不得钱啊。"高大霞端着盘子出门而去。

"够了够了，吃不了。"傅家庄打着圆场。

"这个高大霞，一回来就跟吃了呛药似的。这就是岁数大了不嫁人的毛病！来，傅大哥，敬你一杯。"刘曼丽端起酒杯。

高守平面露难色："嫂子，你行吗？"

刘曼丽挥了挥手："我今天高兴，你别管。对了，守平，你好几年没见你姐了，去陪她说说话。去吧，别让你姐觉得你跟她不亲。"

高守平有些犹豫，刘曼丽一瞪眼："去呀，你这孩子，不知道心疼你姐啊！"

高守平不情愿地下炕去了，刘曼丽和傅家庄碰下一杯，又给傅家庄满上，有一搭、没一搭地问："傅大哥自己来大连，可苦了哈尔滨家里的媳妇和孩子了吧。"

傅家庄脸一红："我还……没结婚。"

"没结婚好，结早了都是拖累。"刘曼丽看着傅家庄，脸上泛着红润。

甄精细一路数着门牌号找来了，他站在刘曼丽家的院墙外张望了一圈，踩着一堆碎砖头爬上墙头，跳进院子，一回头，发觉身后的院门开着一条缝。

甄精细观察着四下，看到了厨房里的高大霞和高守平，再往旁边一间房子里张望，窗户上现出的居然是傅家庄的身影。甄精细惊住了，他怎么也想不明白，这两个吵闹了一路的冤家，怎么还凑到一起了？

厨房里，高大霞洗着黄瓜，手下使着狠劲儿，好似在与什么人置气，高守平劝着："姐，嫂子挤兑你，你别不高兴啊。"

高大霞搓洗着黄瓜："不会，她就那样式儿的，见了生人就人来疯。"

"除了挤兑你几句，她也没说什么。"

"还没说什么？明明是我做的一桌子菜，都成她做的了。"

高守平笑了："我看，也就嫂子能欺负住你。"

117

"那是我让着她，不稀得和她一样。"高大霞撇嘴。

"也是。"高守平看见地下的一网兜海螺："姐，海螺还忘煮了。"

"那得煮了，这东西可不能过夜。"高大霞放下黄瓜，提起地上的网兜，把海螺倒进盆里，看到案板上的蒜头，冲着屋外高喊，"嫂子，蒜头在哪？"

"在厨房呗，你慢慢找。"刘曼丽的声音传来。

高守平指指案板上的蒜头，又指指高大霞，却被高大霞打了一巴掌，又朝着屋外喊："嫂子，我找不着，你过来找吧，没有蒜头，拍不了黄瓜。"

"我都叫高大霞愁死了，离了我啥活都干不好，七仙女儿的裙子，拖拖拉拉。"屋里刘曼丽下了炕，冲着傅家庄一笑，"你坐着啊，傅大哥，我去去就来，咱俩有的是话唠扯。"

傅家庄点头，敷衍地一笑，等刘曼丽出去了，将杯子里的酒一饮而尽，又满了一杯。

甄精细藏在院中央水槽子后面的黑影里，肚子咕隆咕隆叫起来。

刘曼丽风风火火从屋里出来，急匆匆进了厨房，大声数落起来："没有蒜头，你还偏要拍黄瓜啊！"

高大霞把洗好的海螺倒进大锅里，盖上锅盖，高守平蹲在灶坑前拉着风箱，无奈地苦笑。

刘曼丽在炉台上下找着："我记着有个独头蒜呀，还能自己长腿儿跑了？"

"姐，你别叫嫂子着急了。"高守平看不下去了。

高大霞踢了高守平一脚，从兜里掏出蒜头来。

"高大霞！"刘曼丽一叉腰，"你又四六不着调！"

高大霞陪着笑："嫂子，你别光和傅家庄说话儿呀，咱俩也三年没见着了,你就不能和我说说话儿?"

刘曼丽一挥手:"我没空儿,傅大哥还等着我呢,老不回去人家该挑咱的理儿了。"说着转身要走。

高大霞一把拽住刘曼丽:"就几句。"说着,看向高守平,"你回去。"

高守平咕哝了一声,起身出去。

刘曼丽向屋外看了一眼:"有什么好说的,人家傅大哥好着急了!"

"你能别傅大哥傅大哥地叫吗?他又没你大。"

"这是礼数,我随守平叫。"

"什么礼数?他叫你嫂子,你叫他大哥,这不乱套吗?我听着别扭。"

"别扭你就忍着。"刘曼丽又看向屋外。

高大霞冷哼一声,一刀劈在案板子上,吓了刘曼丽一跳,惊呼着:"你抽什么疯?"

"嫂子,你对傅家庄,有点过分了。"高大霞沉着脸。

"过分?"刘曼丽抬高了调门,"高大霞,我真是好心赚了个驴肝肺呀,傅大哥可是你和守平的领导,我对你们领导好点儿还有错了?"

"错倒是没错,可就是有点儿……"

"高大霞,你肚子里有几条蛔虫我都知道。"刘曼丽不耐烦地打断,"老话说得好,寡妇门前是非多,我这还没到门前呢,在家门里就从你嘴里出来是非了。"

"嫂子,你不是寡妇!"高大霞更正。

"是不是我说了不算,你哥说了算。"刘曼丽朝天上一指。

高大霞说:"我哥的事会弄明白的。嫂子,傅家庄是我和守平的同志不假,可他到底是什么样的人,你不能光看外表呀。"

"废话,他穿着衣裳,我能看着里面?"刘曼丽没好气地说。

"你别跟我抬杠,这个人干革命是把好手,可其他事,他不靠谱。"

"不靠谱能当上特派员?"

"我和他坐了一道儿的火车,这个人油嘴滑舌,胡搅蛮缠!"

刘曼丽摆手:"人家胡搅蛮缠肯定也是分人,碰上我这么贤淑能干、知书达理的女人,他自然会敬上三分。"

高大霞还想再说什么,刘曼丽一抬手堵住了她的话:"快拍你的黄瓜吧。有那闲心先给自己操一操,再拖几年,连老姑娘都不是,直接成老尼姑了。"话没出完,刘曼丽的身影已经飘了出去。

高大霞气得涨红了脸,抢起刀,一刀背拍向菜板上的黄瓜。

黑暗中,甄精细见高大霞揣着盘子去了客房,悄悄起身摸向厨房。一进来,锅台上猪蹄子的香味就扑进鼻子,甄精细抓起猪蹄子就啃,啃了没几口,又掀开大锅。锅里是热气腾腾的海螺,甄精细拿起一个,烫得在两手间颠了颠,又扔回锅里。

傅家庄感觉今晚的酒喝得有些上头,伸手拦着刘曼丽不让她再倒了,刘曼丽碰了下身旁的高大霞:"大霞,你再陪傅大哥喝点儿。"

"不喝。"高大霞面无表情地吃着饭。

"那陪我喝。"刘曼丽倒了满满当当一大碗酒,放在高大霞面前,见傅家庄有些惊讶,刘曼丽说,"她能喝,喝酒赶上喝水了。傅大哥,你吃你的,别放筷子呀,来,吃菜。"说着,又要给傅家庄夹菜。

傅家庄忙拿起筷子:"我自己来。"夹了一口菜,"嫂子,你还是叫我名字吧。"

"那不行,我喜欢叫你傅大哥。"刘曼丽盯着傅家庄,"傅大哥长得……太周正了,浓眉大眼高鼻梁,两片嘴唇也是肉嘟嘟的不厚不薄,再配上你这黑漆漆、油亮亮的胡子茬,哎呀简直了……"下意识地抬起身子,伸手要来摸。

本来就被说得脸红脖子粗的傅家庄慌乱地向后躲着,看到刘曼丽的衣襟落进菜里,指着:"嫂子……"

刘曼丽低头:"傅大哥真是细心人。"坐回去,抓起抹布擦着衣襟,又抬头说,"原来,我最烦男人留胡子,脏了吧叽埋了咕汰,可傅大哥一留那真是不一样,哎呀,简直了……"

傅家庄尴尬地摸着自己的胡子,高大霞听不下去了,重重地咳嗽了两声。

高守平看看墙上的挂钟,对高大霞说:"姐,你们慢慢吃吧,我还得去茶庄印传单。"

"守平,我跟你去。"傅家庄说着,想要下地。

"不用,你就住在这里,这是李书记交代的任务。"高守平摁住傅家庄。

"对呀,炕都给你烧好了。"刘曼丽拉住傅家庄,"守平你去吧,傅大哥交给我了。"

高守平望向高大霞:"姐,我走了。"

高大霞看了眼已经有了些醉意的傅家庄和刘曼丽,随着高守平一道出了屋。高守平见高大霞还拉着脸,就劝道:"姐,你别老呛着傅哥,赶上仇人相见了。"

"我看不惯他那一身臭毛病。"

"你老欺负人家,人家可没少夸你。"

"他会夸我?"高大霞冷笑。

"可不,他说你是最厉害的……"高守平顿了顿,"女特务。"

高大霞急了:"女特务? 这能叫夸? 多难听啊!"

"他那时候还把你当坏人,这是夸你厉害呀。姐,你老这么对傅哥,往后我还怎么找人家教我革命本事呀。"

"他的本事,你姐都会,不用他教。"

"你别嘴硬了,人家可是在苏联学过大本事的人。要不,嫂子能对他这么好?"

"拉倒吧,嫂子今晚彪得不轻,我都看不过去眼儿了。"高大霞撇嘴。

"这些年嫂子一个人在家,肯定孤单,冷不丁儿来个人,她想多说说话,也正常。"

高大霞看着高守平,笑了起来:"臭小子,还挺替嫂子着想的。行了,快去吧。大连刚光复,街上不太平,你自己多长点精神头儿啊。"

高守平抱了一下高大霞,跑出了院子。高大霞关上院门,回身走了几步,想起锅里还煮着海螺,转身朝厨房走去。

甄精细今晚可算是赴了海螺宴,正吃在兴头上,外面传来脚步声,他忙盖上锅盖藏到碗柜后。高大霞进来,揭开大锅抽了抽鼻子,自语着:"还好,锅没熸干。"说着,拿过旁边的笊篱,将一锅海螺盛进瓷盆里,端着走了。

阴影下,甄精细悠长地打了个饱嗝。

高大霞把一盆海螺放在桌上,刘曼丽抓起一个递给傅家庄:"渤海湾的水凉,所以咱大连的海螺也肥,吃起来血受。"

傅家庄怔了下,扭头望着高大霞:"血受。"

高大霞板着脸,喝下一杯酒。

傅家庄接过刘曼丽递过来的海螺,发现是空的,刘曼丽疑惑,又拿起一个,还是空的,又拿起一个,还是空的。

"怎么回事?"刘曼丽看向高大霞。

高大霞拿起一个看看,还是空的:"不应该呀。"她自语着。

"你煮的海螺,你端上来的,空壳拿上来充数啊!"刘曼丽不满地对高大霞亮着手里的一个空壳,"你看,海螺腔都没挑出来,这都是刚吃完的。"

高大霞听着来气："一个破海螺，我还用偷着吃？"

"吃就吃吧，我又没说你，这么多哪。"刘曼丽在瓷盆里扒拉了几下，总算找到一个，挑出螺肉，送到傅家庄眼前。

傅家庄尴尬地接了过来，冲着高大霞端起酒杯："你那一大碗喝不了，倒给我点儿。"

刘曼丽劈手拦住："她能喝，你喝你的。"

高大霞赌气地端起碗来，略一犹豫，咕咚咕咚灌下了大半碗。

"看吧，就说她能喝。"刘曼丽一笑，"来，咱俩再喝点。"

"逞什么能，你又不会喝。"高大霞抢过刘曼丽的酒盅，"刺锅子，我跟你喝。"

刘曼丽皱眉："你给傅哥乱起啥外号？还刺锅子。"

"刺锅子好。鲜，有营养，你偷着乐吧。"高大霞看了眼傅家庄，把手里的酒喝下。

"好，你自己留着。"刘曼丽转向傅家庄，"傅大哥你别听她瞎扯，刺锅子肉是鲜溜儿，就是浑身长刺，黑不溜秋。"

"他本来也不白。"高大霞笑着。

"你知道傅大哥不白？"刘曼丽转头盯着着高大霞，这回换高大霞尴尬起来了。

"黑就黑吧！"傅家庄举杯，"带刺挺好，那些刺就像一把把匕首和钢刀，直扎敌人的心脏！"

"你看，人家自己还挺高兴。"高大霞端起面前的半碗酒，又喝了下去，喝完长出了一口气，挑衅似地盯着傅家庄。

傅家庄也来了胆量，端起面前的一碗酒，也喝了下去，末了把酒碗在桌子上一墩，迷迷瞪瞪地看着高大霞："下一步，我在大连的工作，还得多靠······你们。"

"看傅大哥说的,你人都睡到家里来了,还客气啥。"刘曼丽给两人斟酒,"想让高大霞和守平干什么,你吱个声就行,要是不好意思,就告诉我,我让他们去干。"

"嫂子,我们说工作上的事。"高大霞也隐隐有些上头了,"组织上把我从牡丹江调回来,也是因为我对大连的情况和人头都熟。以后,大连地面上、地面下的事,你还真得多向我求教。"

"求教你?"刘曼丽不屑,"你领导人家傅大哥啊?"

"我是说我对大连街熟!"高大霞加重了语气。

"就是地头蛇呗。"刘曼丽一针见血。

傅家庄低笑起来。

"怎么,还不服气啊?"高大霞一拍桌。

"没有没有。"傅家庄连忙摆手。

"没有就对了,强龙就是压不过地头蛇!"高大霞端起酒碗,又灌下了一碗。

傅家庄咽了咽唾沫,逼着自己喝下一碗。

刘曼丽给傅家庄倒着酒:"别说,傅大哥的酒量比守平和他哥都强,他俩顶多也就一瓶盖儿的量。"

"我哥的酒量是不行,那是因为他装了一肚子生意经,没地方搁酒了。"高大霞自顾自添着酒,举起碗,"他俩的酒,我喝。"

傅家庄晕晕乎乎地举起酒碗:"敬你哥!"

刘曼丽按住傅家庄的手:"不说他,说你,傅大哥怎么没成家呀?"

傅家庄推开刘曼丽的手:"这些年除了打小鬼子,就是在苏联学习。"

"你看看人家,心里装的全是大事。"刘曼丽啧声连连,瞥了高大霞一眼。

"成家也不耽误干大事!"高大霞嚷嚷起来,"这就是借口,是没有人看上他。"

傅家庄没来得及反驳,刘曼丽倒先激动起来:"那是傅大哥不想找,要是放出话去,聚在后腚的大姑娘不得跟苍蝇似的? 到时候赶都赶不走!"

"像你看见似的。"高大霞不屑。

"这还用看见?"刘曼丽眉毛朝天一扬,"人就在这摆着。人家是不稀找,你是找不着。"

"我……"高大霞压住火气,"对,我找不着,他能,他能招一腚苍蝇!"

"不会说话就闭上嘴。"刘曼丽剜了高大霞一眼,"傅大哥,你说说,想找个什么样的,大连街上我人头熟,给你找个好的。"

"不着急,不着急。"傅家庄尴尬地摆手。

"不急可不行,你岁数不小了,不能光革命不找媳妇。刚才大霞那句话说得对,革命不耽误成家,找个好媳妇,革命起来劲头更大。对吧,大霞?"

"你说得都对。"高大霞实在不想招惹刘曼丽了,自顾自喝着闷酒。

刘曼丽拍了下傅家庄:"傅大哥你看,大霞这是借酒消愁,这么大岁数,说不急是假的。"

"喝酒就喝酒,别老说没用的。"高大霞一指傅家庄的酒碗,"你老瞅着不喝,相面哪?"

"就是个酒蒙子。"刘曼丽叹气。

傅家庄打了个酒嗝,醉醺醺地端起了酒碗:"喝!"

高大霞更是不甘示弱,一碗酒下肚,张嘴唱起了评戏:"穆桂英我家住在山东,穆柯大寨上有俺的门庭。穆天王他本是我的父,穆龙、穆虎二位长兄。当初俺举家投大宋,我在那天门阵上立下头一功……"

傅家庄听得兴起,摇头晃脑打着节拍,还不忘叫上一声好。

"嫂子,拿酒!"一曲唱罢,高大霞把空酒瓶扔在炕上。

"拉倒吧,那么些酒,傅大哥没喝多少,全灌你肚里去了。"刘曼丽埋怨。

傅家庄嘿嘿笑着:"我,我没少喝……"

"刺锅子,这酒好喝吧?"高大霞豪放地过去揽住了傅家庄的肩膀。

"好,好喝。"傅家庄舌头打结,"血……血受!"

两人放声大笑起来。

"你说,你还能……能不能喝了?"高大霞大力拍着傅家庄。

傅家庄一拍桌子:"能!"

"算你是爷们儿!"高大霞一竖大拇指,大叫道。

傅家庄大着舌头:"你唱的是穆……穆桂英,爷们儿也给你来……来一段。"

刘曼丽兴奋起来:"你也来穆桂英? 好!"说着,拍起了巴掌。

高大霞推开傅家庄:"那你来杨宗宝!"

傅家庄抹了抹嘴,摇摇晃晃地站起身:"我来玛琳娜·伊万诺夫娜·茨维塔耶娃!"最后的"娃"字还加了个重音。

高大霞和刘曼丽面面相觑,刘曼丽的脸色一下子耷拉下来:"娃? 你有孩子了? 还跟好几个女人?"

傅家庄没听清刘曼丽说了什么,胡乱地点了点头,扶着墙站稳了身子,清了清嗓子,声音低沉,带着些醉意念道:"我想和你一起生活,在某个小镇,共享无尽的黄昏和绵绵不绝的钟声。"

他朗诵的是俄罗斯女诗人茨维塔耶娃的那首著名诗歌《我想和你

一起生活》,配合着大幅度的手势,倒真有几分俄国诗人的风采。

刘曼丽听着不明所以,眼圈渐渐泛起泪花来。

"什么破玩意儿,你想跟谁一起生活?臭不要脸,来,喝酒……"高大霞痴痴笑着,伸手拽倒傅家庄,端着一碗酒送到他嘴边。

傅家庄喝下酒,意犹未尽地挥了挥手:"还,还没完哪——"又声情并茂地念白起来,"在这个小镇的旅店里,古老时钟敲出的,微弱响声,像时间轻轻滴落。有时候,在黄昏,自顶楼某个房间传来笛声……"

"吹什么笛子,不好听!"高大霞摇头,"还是喝酒,喝……"

刘曼丽一把拽倒了高大霞:"喝什么喝?睡觉去!"

"我还要喝……"高大霞爬起身来。

"给你个脸啦!"刘曼丽厉声高喊。

四下里忽然变得安静了,高大霞立时老实了许多,乖巧地坐直了身子,对刘曼丽憨笑着。

刘曼丽架起高大霞,低声嘟囔:"喝稀饭尿多,喝酒话多,一点儿都没说错。"

傅家庄瘫软在炕上,嘴里还在继续念着诗。

刘曼丽架着高大霞,进了一肩挑的另一间屋,把她放在炕上,高大霞的一只胳膊还缠在刘曼丽脖子上,一张嘴,扑面而来的全是酒气:"嫂子,我知道你对守平好,你骂我,我不……不生气……"

"我不听醉话。"刘曼丽拿开高大霞的手,给她放倒,拉过被子盖上。

"不是醉话,是真话。"高大霞孩子似的踹着被子,"我没醉,我还能唱……唱曲儿,"她清了清嗓子,又唱,"南里反来往南战,那北里乱了是我去平……"唱了没几句。鼾声轻起。

刘曼丽又给她盖好被子,指着睡过去的高大霞:"高大霞呀,高大霞,你给我丢老人了!"

刘曼丽给高大霞挂上窗帘，摸着黑回到客房，傅家庄已经歪着身子睡过去了，刘曼丽收拾起炕上的桌子，从躺柜里抱出一床新被，轻手轻脚盖在傅家庄身上，嘴里犹自低声喃喃起来："傅大哥，我知道你没跟我唠够，都是高大霞搅和的，要不然，咱俩还能多说说话。行啊，往后有的是空儿，咱俩再唠啊。今晚，你先睡个好觉，这新被子，还是我给大霞准备的嫁妆哪，你先盖着吧，她一时半会儿用不上。"

刘曼丽关了灯，月光透过窗户照在傅家庄脸上，她静静打量着他年轻的脸庞，眼里现出忧郁的伤感，低声责问着傅家庄："你怎么能有孩子了？你不是说没结婚嘛?"

第九章

小院外，甄精细记不住迷迷糊糊睡了几觉，只看到头顶的月亮越升越高。恍惚间，他听到院门推开，像是有一个黑影飘进了院子。

来的是大令，她蹑手蹑脚到了高大霞的窗外，听了听里面的动静，绕到门前，闪身进去。借着微弱的月光，看到左右两个房间，左边屋里传出男人的鼾声。大令警觉，推开一线房门，借着月光凑上前看去，竟然是在医院里纠缠过高大霞的那个男人。大令满腹狐疑，蹑手蹑脚地退出小屋。

大令推开高大霞的房门，侧身进屋，炕上隐约躺着睡熟的高大霞。待到视线适应了屋里的黑暗，大令眯缝着眼睛，四下寻找起皮箱来，正在她全神贯注之际，响起一声低沉的告诫："别……动！"

这声低喊吓住了大令,她顺着声音看去,居然是炕上的人发出的一句梦话,高大霞又嘟囔了一句:"我给你……满……满上……"说着,翻了个身,又沉沉睡去。

大令松了一口气,又继续摸索着翻找。身后的房门洞开,甄精细钻进了屋里。他迈着螃蟹步,小心地探路,忽地撞到一把椅子,连忙俯身扶住。

大令被椅子声惊住,侧耳细细聆听了一阵,摸向火炕。扶稳了椅子的甄精细,见没有惊动高大霞,这才继续往前摸索。大令摸到了炕前,伸手划拉着炕角,一个硬硬的东西令她一喜,再细摸索起来,果然是那个断了把手的皮箱,旁边还有一个包袱。大令兴奋起来,抱起箱子和包袱便要走,刚一转身,想起什么,又在炕边放下箱子和包袱,掏出匕首,一手摸向炕上熟睡的高大霞,对准了胸口,高高举起匕首,正要痛下杀手的一瞬,大令突然怔住了。

黑暗中,忽然有一只凭空伸出的手,摸在了大令的头上,大令像被电击了一般僵住。

僵住的还有甄精细,他怔愣着,忽然打了一个悠长而舒缓的饱嗝。这饱嗝熏的大令泛起恶心,一时没忍住,响亮地打了个喷嚏,喷嚏声在安静的小屋里犹如一声惊雷,不光吓得甄精细一哆嗦,也让炕上的高大霞打了一个颤抖。甄精细和大令瞬间恍悟,房间里还有除自己之外的第三个人。

大令举在半空的匕首迟疑了一下,反向朝着身后扎来,黑暗中一股冷风袭来,甄精细机敏地一抽身,匕首裹着凉风从他面门前划过。大令一击不成,转过身又是一下,甄精细闪身躲过,一脚朝大令踢去,大令侧身闪开。甄精细一掌击在大令手腕上,大令吃痛,匕首脱手而出,碰在门上,发出一声响,把两人都吓得够呛,同时停住了动作。

炕上的高大霞没有反应,两人又缠斗起来。两人你来我往,斗得不可开交,甄精细飞起又是一脚,大令狼狈躲闪,身子失去平衡,下意识地一伸手,居然抓住了窗帘。窗帘"兹拉"一声脱落下来,如水的月光倾泻而下,屋子里瞬间亮堂了许多。

甄精细瞬间看清了大令的面目,一怔,又打了个嗝,低声骂道:"臭蟊贼?"

"你才臭蟊贼!"大令压着嗓子回骂。

借着月光,甄精细看到了炕上的箱子,伸手便要去抢。大令一把按住行李箱,径直抬脚端来。甄精细一闪,没留神撞翻了板凳。大令连忙扶住,甄精细趁机要去抱炕上的箱子,被大令反身扯走。争斗之中,甄精细撞到了墙边的立式花架,花架上,花瓶晃荡。两人吓得脸色惨白,同时上前扶住了花瓶。

身后传来一阵咳嗽声,两人同时看向炕上。高大霞醉醺醺地打了个酒嗝,迷迷糊糊地翻了个身。趁着大令分神,甄精细一步上前,抱起皮箱,大令一匕首扎来,甄精细下意识地用皮箱一挡,匕首从大令手里脱手飞出,只听"咣"地一声脆响,窗户玻璃应声而碎。大令还在愣神,甄精细上来就是一脚,大令连着跟跄了几步,终于撞倒了摇摇欲坠的花架。花架上的花瓶一阵晃悠,"叭"地一声摔碎在地。黑暗中,高大霞猛然惊醒,忽地坐起身来:"谁?"

甄精细和大令恼怒地注视着对方,僵立在原地一动不动。高大霞咂吧着嘴,突然笑了一下,又重重倒下身子。少顷,鼾声又起。

大令刚刚松下一口气,忽然察觉到异样,回身四望,屋子里已然不见了甄精细的身影。大令拎着包袱追出院子,街上已然不见了甄精细的身影。她跑出不远,见商铺外的电线杆上锁着一辆自行车,上前砸开车锁,跨上车子离去。

病房里,惨白的灯光照着敞开的空皮箱,麻苏苏冷冷盯着甄精细,甄精细眨巴着眼睛,一脸焦急:"不能没有呀。"说着要去扒拉麻苏苏已经翻捡了几遍的衣物。

"你说的那个姑娘,真是小偷?"麻苏苏冷着脸。

甄精细使劲点头:"肯定是!我都碰上她三回了,要不是我下手快,箱子早就叫她给抢走了!"

麻苏苏恼火地合上皮箱:"抢回来也是白废!"

甄精细正要辩解,一张嘴,又打了个悠长饱嗝。

麻苏苏警觉起来:"你在哪儿吃的饭?"

"在姐……"甄精细顿了顿,"在高大霞家。"又打了个饱嗝,从怀里掏出油纸包着的半个猪蹄子,"我还给姐捎了半拉猪蹄儿。"

麻苏苏瞟了眼甄精细手里的猪蹄子,自语道:"这么死心眼子的小偷,我还真没见过。"

"对呀,姐,真是个死心眼子的女小偷!白长个漂亮脸蛋儿了,人老凶了,还拿着刀,这哪是劫财呀,明明就是杀人!"

麻苏苏脸色变了又变:"我知道怎么回事了,肯定是'老姨夫'派去的人,他怕你杀不了高大霞,想去再保个险。"

"保啥险?就是去捣乱的!"甄精细激动起来,"怪不得我碰上她好几回,原来都是'老姨夫'使的坏,他就是成心跟咱们作对。"

麻苏苏疲倦地摆手:"行了,也许名单已经在'老姨夫'手里了。"

"姐,这事不能就这么完哪,得好好教训'老姨夫'。"甄精细满肚子怨气。

"你想怎么教训?"麻苏苏望着他。

甄精细抬高了嗓门:"不许他叫'老姨夫'!"

没来由的,方若愚打了个喷嚏,他掏出手帕擦了擦嘴角,盯视着面前的大令："就这么点破事儿,都能干砸了!"

"都怪那个小偷搅和……"大令心有不甘地说道。

"你见过这么死心眼子的小偷吗?"方若愚看向桌上的包袱。包袱敞开着,里面躺着高大霞在火车上切大列巴时用过的那把匕首。

"方先生,他真是小偷,我没撒谎。"大令态度恳切。

方若愚收回目光,叹了一口气:"你是没撒谎,那个人根本就不是小偷!"

大令一愣:"也是,我俩碰上三回,也太巧了。不过,他心眼儿倒是不坏……"

"他根本就没有心眼儿!"方若愚忿忿说道。

大令疑惑地看着方若愚,暗自揣测,他似乎是认识那个脑子里少根筋的小蟊贼。

"我知道怎么回事了。"方若愚冷声说道,"你没把高大霞杀了?"

"倒是……扎了几刀。"大令犹豫着说。

"死了没有?"方若愚追问。

"那个人捣乱,扎、扎偏了,要不然……"大令支支吾吾起来。

"很多事情干不成,就是因为内耗太多!"方若愚叹了口气,走进里屋,摸索了一阵,拿着把装了消音器的手枪出来,"你再去一趟,千万不能惊动了那个男人。"

"把他一块弄死得了。"大令恨恨说道。

"你能弄死高大霞,就是立功。"方若愚说,"那个男人是个练家子,你不是对手。"

大令还要反驳,方若愚不耐烦地打断她:"他的本事我领教过,别添乱子! 这回利落点,速战速决。"

大令收起枪走出来,方若愚指了指院子里的自行车:"骑车子去,不过,车子离高大霞家远点。"

大令说:"我顺了辆自行车,就在门口。"

方若愚不满:"跟你说了多少遍,咱们是军统的人,不是偷鸡摸狗的小蟊贼! 干完活儿,把车子还回去!"

送走大令之后,方若愚回屋,看见了包袱里的那把匕首,他抓过一张报纸,卷起匕首,塞进了柜子底下。

下半夜,高大霞起了个夜,回来迷迷瞪瞪躺到炕上时,只觉得有点儿不大对头,也没有追究,便又昏头涨脑睡过去了。

大令再进高大霞的房间,已经是熟门熟路了。因为上次逃走时扯下了窗帘,这回一进屋,便见月光下的炕上,被褥乱成了一团,大令提枪对着枕头的位置便是一通乱枪,炕上立时棉絮飞扬。打空了一个弹匣,大令上前查看。一掀被褥,想象中的血流成河并没有看见,炕上除开一排枪眼,竟是空空如也,大令愣住了。

"高……高大霞,你,你又要干什么……"另一间房里,传来一个男人的数落,大令响起方若愚不让她招惹那个男人的叮嘱,收起枪匆匆离去。

因为昨天晚上一直想着傅家庄有老婆有孩子的事,刘曼丽睡得不好,早晨醒来的时候,已经不早了。她下了楼准备做早饭,却见傅家庄的房间大敞着房门,走到门口朝里一看,刘曼丽惊得差点儿坐到地上。

炕上,睡着傅家庄,也躺着高大霞。

刘曼丽气得喘着粗气,声嘶力竭地放声大叫:"高——大——霞!"

混杂着愤怒与惊慌的吼声在院子里炸响,也震得熟睡中的傅家庄和高大霞忽地坐起了身子。两人都惊恐地呆望着对方,不由自主地"啊"了一声。高大霞抱着被子捂在胸前,傅家庄也下意识地争着被子。高大霞恼羞成怒,一脚踹开了傅家庄。傅家庄挨了一记踹,反而清醒过来,低头见自己穿得还算整齐,这才勉强平静下来。

两人惊魂未定,看向立在炕前的刘曼丽。

刘曼丽怒气难消,目光在两人脸上走了几个来回,忽然掩面而泣,转身朝外跑去。

高大霞回过神来,起身抬手朝着傅家庄甩下一记耳光:"你混蛋!"

傅家庄惊愕地捂着脸,看着高高在上的高大霞,不明就里地转身下地,环视了一眼房间,骤然清醒过来:"这……这是我的房间!"

高大霞一下子愣住了,原本凶猛的气势一下子弱了下去,脸上现出尴尬的神色,慌慌张张下地跑了出去。傅家庄捂着热辣辣的脸腮,看着高大霞躺过的枕头,流露出困惑的神色。

跑回自己房间的高大霞,看到炕上的一片狼藉,又惊得叫了起来,大喊着让傅家庄过去。傅家庄硬着头皮进屋,原本还想解释昨晚他什么也没干,可一看见摊在高大霞手里的一堆弹头,脸上的神色便从惊讶变为凝重,他捏起一个弹头看着:"这应该是特殊处理过的子弹,为的是降低从枪口射出时的初速度,降低声音,这种子弹的特点是弹头重火药少,射击时射程短,精确度低,所以必须近距离射杀才有威力。"

"你说什么哪,我都听不懂。"高大霞满脸茫然,"为杀我高大霞,耗费这么些子弹,他们怎么不拿机关枪来突突我。这些狗特务,是多想让我死呀!"她沉重地叹着气,眉宇之间居然莫名有一丝得意,"没想到,我高大霞在他们心里的分量这么重,看来,我一回来就让敌人吓破了胆!"

傅家庄还要说什么,窗外传来刘曼丽严厉的声音:"高大霞!你给我出来!"

高大霞站在嫂子面前,顿时觉得矮了三分,她前言不搭后语地解释着:"嫂子,你也知道,我昨晚喝多了,要不然,晚上闯进去坏蛋,我也不能不知道啊,箱子还被偷走了,你说就我这精神头,我要是不喝多,能出这事儿吗？嫂子,你千万别多想啊!"

"眼见为实,还能叫多想?"刘曼丽的火气还没消。

高大霞苦着脸:"我真是喝多了,昨晚就头疼,一直疼,走个道都分不清东南西北,晚上去趟厕所都是睁只眼闭只眼,没掉进茅坑里就不错了。"

"你咋不掉进去!"刘曼丽眉毛一扬。

"对呀,"高大霞点着头,"我宁可掉进茅坑也不进他的被窝。我都恨我自己,从厕所回来,我真是转向了,迷糊了,加上晚上没开灯,两眼一抹黑……"

"高大霞啊,高大霞,你可真会拿酒盖脸儿,这叫什么,酒后乱性,说的就是你!"刘曼丽指着高大霞的鼻子,义愤填膺。

高大霞垂着头:"嫂子,你怎么窝囊我都行,可别糟蹋人家傅家庄。"

"我能糟蹋着傅大哥吗?是你跑到人家炕上的,糟蹋不着人家!"

高大霞哭丧着脸:"嫂子,我是什么人你还不知道啊?你就给我留个脸吧……"

"事儿都做了,还要脸?"刘曼丽质问。

"嫂子,对不起啊。"傅家庄进屋,一脸愧疚。

"你对不起什么呀,这事不怨你,傅大哥,你别挑大霞,她也是……喝二乎了。"刘曼丽悄声问,"她没把你怎么着吧?"

傅家庄愣了一下,忙不迭地摇头:"没有,没有。那什么,高大霞,你出来一下。"他看了一眼高大霞,匆忙走开。

高大霞看了一眼刘曼丽,跟着傅家庄回到了自己的房间。

傅家庄把玩着一把匕首,说这是在炕上找到的:"看这刀锋和长长的血槽,这是把军用匕首,德国兵用的。"

高大霞说:"不能吧,德国鬼子还能跑那么老距远来杀我?会不会是守平从哪儿弄的?"

傅家庄摇头:"这应该是昨晚那位不速之客的东西,这把匕首是德军堑壕刀,我在苏联的时候见过,是一把典型的靴刀,全长25.5公分,刃长14.5公分,厚度0.4公分,宽度2.3公分,这种匕首,平时都是插在德军的长筒靴里面。"

"你是说德国鬼子败了,跑到大连来当小偷了? 不能吧。"高大霞将信将疑。

"当然不能。"傅家庄收起匕首,"我是说,使用这种匕首的人,绝对不是泛泛之流。"

"对呀,偷点什么也不至于这么下力气。"高大霞说。

"你查一下,还丢什么了。"傅家庄低声说。

"我查过了,就丢了个箱子,还有包袱,倒是没有值钱的东西。"高大霞揉着太阳穴,"就是觉得怎么还能追到家里来了,太奇怪了。"

傅家庄思忖着,又问:"对了,你在火车上那把匕首呢? 插在黑列巴上的。"

"在包袱里,包袱也偷走了。"高大霞皱眉,"不过,这把匕首……不太像。"

"这是两把匕首。"傅家庄解释道,"那把叫'KA-BAR',美国海军陆战队1942年才开始使用,应该比这个长5公分,刃长长出3.3公分。"

"对,那个长,更像是把刀,开始我还认错了。"高大霞说。

屋外传来一阵窸窸窣窣的响动,傅家庄做了一个嘘声的手势,猛地拉开房门,把站在门口的刘曼丽吓了一跳。

"嫂子,你怎么听起墙根儿来了?"高大霞不满。

"我……我这不想去做饭,问问傅大哥想吃什么嘛。"刘曼丽支支吾吾地说着,讪讪走开。走了没几步,又反身回来,抬眼望着傅家庄,目光里竟带着莫名的幽怨,不由叫傅家庄后背直冒冷汗,连忙回想自己昨天晚上有没有做了什么出格的事情。

"傅大哥,有个事……"刘曼丽颤着声问,傅家庄听着,心里也跟着发颤。

"你……你真有孩子了?"她小声问。

傅家庄和高大霞都是一愣。

"他连媳妇都没有,哪来的孩子?"高大霞纳闷。

"怎么没有? 他还有好几个媳妇!"刘曼丽语气笃定。

傅家庄脸一白:"嫂子,这可不能乱说。"

"对呀,嫂子,你这都是从哪儿听说的?"高大霞附和。

刘曼丽抽了抽鼻子,伸手一指傅家庄:"昨晚喝酒,他自己说的。"

"不可能。"傅家庄使劲摇头。

"你说了,不光说了两三个媳妇的名字,还说有个娃,你连说带比划,说跟哪个相好的在小镇子上一起过,住的是小旅馆,还一块儿吹笛子。"刘曼丽越说声音越小,样子委屈。

"我怎么没听着。"高大霞小声嘀咕。

"你能听着什么?"刘曼丽厉声,"喝得赶上死猪啦,要不晚上进来人都不知道?"

"行啊,傅家庄,三妻四妾呀,你可真有本事!"高大霞瞪着傅家庄。

傅家庄笑了:"我知道怎么回事了……我昨晚真是喝多了,肯定是朗诵诗歌了。是一位俄罗斯女诗人的诗,她叫玛琳娜·伊万诺夫娜·茨维塔耶娃。"

"对对,就是这一长拖拉名,两个什么娜,一个什么塔,还带了个娃。"刘曼丽点着头。

"这是一个人的名字。"傅家庄忍住笑,"是全名,我念的是她写的一首诗,'我想和你一起生活,在某个小镇,共享无尽的黄昏,和绵绵不绝的钟声',是这个吧?"

刘曼丽不语,少顷,脸上有了悦色:"我就说傅大哥不是陈世美,高大霞,你差点儿冤枉傅大哥!"

"是你说的,又往我身上赖。"高大霞嘀咕。

"反正你就是能招事,一回来家就不安生。"刘曼丽大声压住高大霞。

"这赖我吗?"高大霞反驳,"再说,没准儿还是冲着他来的。"

"贼惦记的人是你,傅大哥又没丢东西!"刘曼丽护着傅家庄。

"你就骂我有瘾!"一听刘曼丽这话,高大霞气得直跺脚。

傅家庄打断两人的争执:"昨晚的人,应该还是奔着名单来的。"

高大霞着急起来:"可咱们都找遍了,根本就没有啊!"

"对呀,那份名单到底在哪儿呀。"傅家庄像是对高大霞说,又像是自言自语。

出了昨晚的事情,傅家庄觉得无颜再住下去了,没等高大霞劝阻,刘曼丽反应强烈地拉住傅家庄的胳膊:"你别走!"

傅家庄抽了抽袖子,面露难色:"我怕牵连到你们!"

"我不怕!"刘曼丽挺直了腰板,好似革命女战士。

高大霞撇了撇嘴:"你住你的吧,昨晚特务是来杀我,又不是杀你的。"

"杀你干什么?"刘曼丽不信,"你还有傅大哥重要?"

高大霞无可奈何:"行,杀他吧,杀他,我不争。"

"我搬走,你们能安全一些。"傅家庄说。

高大霞看着傅家庄:"你搬走就能安全了?你死在外面,我们还得背黑锅。住吧,你的命也不归你自己。"

"对,你搬走我更不放心。"刘曼丽语重心长,"昨晚也赖我,看你喝多了,就没叫你上守平的屋里睡,守平住东屋,你要是去了,就啥事没有了。"说着,她意味深长地看了高大霞一眼。

高大霞警觉:"嫂子你别瞎寻思啊,我俩本来就啥事没有!"

"我也没说有啥事呀。"刘曼丽哼了一声,"再说能有啥事? 傅大哥可是留过苏的人,你想和人家有点啥事,人家乐不乐意还两说呢。"

"嫂子,谁不乐意?"进来的是高守平,他看着三人有些异样,问:"家里出啥事了吗?"

"我做饭去。"高大霞慌里慌张出去。

高守平满脸纳闷:"嫂子,到底出啥事了?"

"没事。"傅家庄干咳了两声,掩饰着。

"咋没事呀?"刘曼丽沉不住气,"你姐一回来,家里就招小偷啦!"

"招小偷?"高守平松了口气,"咱家有啥好偷的,小偷来了也得哭着走。"

院里的麻雀在枝头叽叽喳喳,高大霞在厨房刷锅做饭,刘曼丽在生火:"这脸多亏是丢在夜里,要是白天,都没地方搁了。"

高大霞切着土豆丝:"往后,我再不喝了。"

刘曼丽翻了翻白眼:"你要是能戒酒,我就能戒饭。"

高大霞停下手里的活儿,哀求地看着在拉风匣的刘曼丽:"嫂子,这个事你怎么呲我撸我损我都行,就是千万别跟守平说啊。"

"废话! 你不要脸,我还得给守平留个脸呢。"刘曼丽往灶坑里添着柴禾,"半夜偷摸爬到人家年轻小伙的大炕上,我都说不出嘴。"

"你能不能别说这么难听!"高大霞皱了皱眉,"根本就不是你说的那样!"

"行了行了,你跟我说得再天花乱坠都没用。"刘曼丽停下拉着的风匣,低脸看着高大霞,"我就问一句——你俩真的啥都没干?"

"嫂子!"

"好好好,我不问。"刘曼丽起身,"那你和嫂子说句实话,是不是相中傅大哥了?"

"又来了!"高大霞切着土豆丝,"我今天把话尬这儿,就是当一辈子尼姑,我都不找他。"

刘曼丽打量着高大霞,古怪地一笑:"那你就真是想男人了。"

"胡说!"高大霞脸颊一阵发热。

"好了,脸都红了,嫂子是过来人,明白。"刘曼丽笑得神秘莫测,"这事就交给我吧,肯定给你找个可心人。"她又一咧嘴,这次是一个舒心的笑,"昨晚的冷菜别给傅大哥吃了,做俩新的。"

第十章

方若愚准备上班时,大令蔫头搭脑地来了。方若愚知道又出了意外,可让他惊讶的是,高大霞居然和傅家庄睡到了一铺炕上,怔愣了半天,他朝地上狠狠啐了一口唾沫:"这对臭不要脸的狗男女!"

骑着自行车到了警察署,方若愚把后座绑着的大布袋子交给传达室老钱,让他帮着把翠玲洗好的衣服分发给大家,再盯一下谁这个月的洗衣裳钱还没交。

交待完翠玲的事,方若愚到档案室调出近期的案子,果然找到了"二姨夫"的卷宗,他回办公室处理完手头上的活儿,又到铁路医院去见麻苏苏。

"昨天晚上的人,是你派去的?"麻苏苏倚靠在病床上,看着方若愚,面无表情。

"我还没说你呢。"方若愚脸色阴沉,"要不是你那个精细笨,我这边就得手了。"

"你应该知道,我是你的上级,你行动之前,应该经过我允许。"

"在大连,我是地主!"

"地主也归我管。"麻苏苏起身,语气强硬,"擅自做主的行为,我希望你这是最后一次。"

方若愚叉开话题:"那个甄精细,不能留在这里,他只会惹乱子。"

麻苏苏在地上踱着步:"有他这样的笨蛋在,可以给你我打个掩护。"

"歪理邪说!"方若愚知道麻苏苏铁了心要留下甄精细,便不再坚持,嘴上却不服气地嘟囔了一句,算是给了自己一个台阶下。

麻苏苏也不想让方若愚太没有面子,解释道:"共产党就是打破脑袋,都不会想到威风八面的国民党军统里,会有精细这样的人。更何况,傅家庄和高大霞都认识他,他要是突然消失了,也说不通。"

麻苏苏说到高大霞,又勾起了方若愚的恼怒:"你就是千方百计想让高大霞活着。"

麻苏苏不耐烦了:"我再说一遍,不是我要让她活,是'大姨','大姨'!"

"不杀高大霞,'大姨'就是拿我的命不当命!"

"'大姨'不让杀,肯定有道理,要不然能让我们跟敌人交朋友吗?"

方若愚冷哼了一声:"与敌人交朋友的前提是,我知道敌人是敌人,而敌人不知道我是敌人,可高大霞早就知道我是她的敌人啦!"

麻苏苏拉下脸:"方先生,你我都是老同志,抗命的事做不得,我不想再重复这句话了。"

方若愚幽幽叹了口气:"我算是看出来了,'大姨'要把我当卒子了,随时打算把我像'二姨夫'那样推过界河。"

麻苏苏看了他一眼:"你冤枉'大姨'了。"

方若愚冷笑:"冤枉?'二姨夫'根本不是自杀,是被我们自己人给灭的口!"

麻苏苏一怔,回身盯着方若愚。

"我看过'二姨夫'的卷宗,'大姨'能骗得了共产党,骗不过我。"

"你看出什么来了?"麻苏苏追问。

方若愚说:"案卷上写得清清楚楚,'二姨夫'是服用氰化钾自杀身亡。可当时的情况是,'二姨夫'已经交代了我的哈尔滨之行,可说了一半就中毒而死。他要是有必死之心,就什么都不会说。"

麻苏苏低头沉思了一会,抬起头来:"那你更应该感谢'大姨'才是!"

"为什么?"方若愚不解。

"要是'二姨夫'全招了,你还能回大连了吗?"麻苏苏缓缓说道,"看来,'大姨'还真有本事,触角都伸到共产党内部了,要不,也保护不了你。"

"'大姨'不是保护我,是怕任务遭到破坏。"方若愚冷笑了一声,"二姨夫死了,你'老姨'来了。现在,轮到我这个'老姨夫'为你'老姨'牺牲的时候了。"

"这一堆姨冒出来,赶上绕口令了。"麻苏苏看着窗外,"方先生的嘴皮子还真利落。"

"我没工夫跟你瞎扯!"方若愚激动起来,"不杀高大霞,我危机四伏,没好日子过!"

"没那么玄乎。"麻苏苏平静地说,"我也请方先生放宽心,只要我'老姨'在大连一天,就绝不容许舍车保帅的事再发生。现在重中之重的事,是找到名单。你应该明白,咱们大连市党部刚成立,这些人就是我们的骨干,他们有个闪失,我们的工作还找谁去干?"

"有高大霞在,我的工作也没法干。"方若愚皱眉。

"找不着名单,那上面的人就随时会性命不保,包括你自己!"

"箱子里、包袱里都没有藏名单的红肠,那就证明红肠还在哈尔滨。"方若愚说。

"哈尔滨那边找了,没有。"麻苏苏说。

"名单要在高大霞手里,她早交给共产党了,你我还能在这儿瞎扯蛋?"方若愚脸色难看。

麻苏苏缓和了语气:"你说得没错,这说明现在共产党也没见着名单。"

"名单是颗炸弹,说不定什么时候就炸,只有除掉高大霞,才能一了百了。"方若愚不厌其烦地强调。

"即使退一步,可以杀高大霞,那也必须在找到红肠之后。"麻苏苏轻轻揉着太阳穴,"昨晚我想了半宿,还有一种更大的可能,也许,她根本就不知道名单在红肠里。"

两人对视着,从对方的眼里看到了相同的警觉,方若愚焦急地说:"那就继续上高大霞家里找呀,晚了,别让她把红肠剁吧剁吧下锅了!"

此时,刘曼丽在厨房的案板上,正切着从炕上找到的那根红肠。昨晚大令的子弹把炕上的被褥和枕头打得散了花,刘曼丽收拾大炕发现了炕角报纸包着的红肠时,红肠多少有了些异味。她想着做个东北的乱炖烩菜能去去那股捂包包的味道,便切了土豆芸豆炖进了锅里,眼看着那些菜快好了,她才把案板上切好的红肠推进热浪滚滚的铁锅里,翻炒起来。刘曼丽生怕红肠没有熟透,吃坏了谁的肚子,又多炒了一会儿,好在这盘实惠的大菜端上桌时,味道相当可口,吃不出一点异样。

刘曼丽挨着傅家庄坐下:"傅大哥,再喝点?"

"不喝了,一会儿我跟守平还出去办事。"傅家庄接过高守平递过来的筷子,发现刘曼丽的目光像是胶水一样黏在他的脸上,他不自在地说:"怎么了,嫂子。"

刘曼丽还是盯着傅家庄的脸:"我觉得,傅大哥哪里不太对劲儿。"

高大霞进来:"看什么呀,赶上鳖瞅蛋了。"

刘曼丽忽然惊喜地一拍桌子:"胡子没啦!"

"你吓我一跳!刮个胡子有什么大惊小怪的?"高大霞看了眼傅家庄,他原来有模有样的胡子确实没了,整个人清秀不少。高大霞却故意撇了撇嘴,"嘴上没毛,办事不牢,不如原来看着踏实。"

"你懂个屁。"刘曼丽瞪着高大霞,"留胡子的都是糙老爷们,人家傅大哥留过苏,念过大书,一看就是俊俏书生。"说着又看向傅家庄,"刚才我还纳闷,这才来咱家睡了一宿的觉,傅大哥咋就年轻了这么多,原来是胡子闹的,这一刮呀,比守平都显嫩。"

"那往后,他管守平叫哥。"高大霞没好气地说,一旁的高守平尴尬地笑着。

比高守平还要尴尬的是傅家庄,他吃饭前恋恋不舍地刮去留了多年的胡子,就是因为昨晚在饭桌上刘曼丽对他胡子的一通品评,让他恨不得有个地缝钻进去。没想到胡子消失了,刘曼丽又换了一套说辞。

"胡说,再年轻也是傅大哥,辈分不能乱。"刘曼丽嘴上呵斥着高大霞,脸上的笑意却越来越浓,她往傅家庄碗里夹着红肠,语气温柔:"昨晚光喝酒了,也没正经吃饭。傅大哥,快吃,别听大霞胡说八道,她昨晚喝迷糊了,现在还没醒酒,要不然深更半夜也不能——"

"嫂子!"高大霞不满地喊了一声,把刘曼丽的后半句话按了回去。她瞅了眼刘曼丽,夹起一片红肠塞进嘴里,发狠似地嚼着。

"怎么,还有红肠啊。"傅家庄尝试缓和尴尬的气氛,"我还以为在火车上都吃完了呢。"

刘曼丽忍不住,又数落起来:"你说你啊,高大霞,抠抠搜搜,昨天晚上没舍得拿出来是不是?"

高大霞没好声气:"对!"

傅家庄夹了一片红肠品咂着:"乱炖还挺好吃,原来在苏联的时候,都是配着列巴——"

"别一口一个苏联,这里是大连。"高大霞不满地打断傅家庄,"你要是觉得水土不服,就回苏联去,没人拦着你。"

傅家庄讪讪笑着,很不自在。

"高大霞,你又吃呛药了?"刘曼丽拍高大霞一巴掌,转脸又朝傅家庄陪着笑,"傅大哥,她说话就这样式儿,冲。别往心里去,快吃,肉乎乎的,好吃!"

"我自己来……"傅家庄夹起一口菜。

高大霞闷闷不乐地夹起红肠,刚要往嘴里送,忽然愣住了,红彤彤的肠肉里,一小块纸片冒了出来,高大霞拔出纸片一看,心跳忽然顿了半拍,她用筷子在盘子里扒拉着,刘曼丽一筷子敲在高大霞的手背上:"你这么扒拉,还让不让别人吃了!"

高大霞也不答话,从菜里夹出了一块纸片。

高守平凑近看了看,惊叫一声:"有字!"

傅家庄一怔,反应过来,与高大霞同时喊了起来:"是名单!"

桌面被清空了,湿漉漉黏糊糊的纸片在桌上排开,高大霞用清水小心洗刷着纸片,傅家庄辨认着上面的字迹,怎奈字迹太过模糊。

"叫汤水一泡,这钢笔字不大能看出来呀。"高守平神色沮丧。

"这还做了个乱炖,啥东西这么个炖法也得成糨糊?"高大霞没好气地抖着水珠。

刘曼丽自责地说:"都怨我,切的时候瞎摸糊眼也没看着,也应赖大霞,皮箱里有红肠你不知道啊。"

"对,确实怨我,怎么就没往红肠里头想!"高大霞懊悔。

"该想的不想,外路精神! 高大霞,你这是犯了多大的错呀,我都替你害臊!"刘曼丽点着高大霞的脑袋。

傅家庄抬手拦住刘曼丽,看着高大霞:"现在我想明白了,敌人在路上反反复复刺杀你,包括昨天晚上来的人,他们的目的都是一个,就是要拿回这份名单。"

刘曼丽松了一口气:"幸亏坏蛋是来拿名单的,这要是摸到我房间去,我还说不清了。"

"什么说不清?"傅家庄不解。

"名声呀!"刘曼丽激动起来,"这些年守平他哥不在家,我大门不出二门不迈,就怕招闲话,像昨晚似的,这猛然间深更半夜闯进来一个大男人——"

高守平打断刘曼丽:"嫂子你别打岔,我们谈正事呢!"

"我这也是正事,一辈子的名声呀!"刘曼丽大声说。

傅家庄放弃了辨认,揉了揉干涩的眼睛:"等晾干了,也许能好一些。"

"好些字认不出来了。"高守平满脸痛惜。

"认一个是一个,顺藤摸瓜的话,也许就能拽出一串儿。"傅家庄说。

高大霞洗净了最后一张纸片,怅然若失地端起水盆出去。傅家庄犹豫了一下,跟上去。

刘曼丽看着傅家庄的背影出了门,转头打了高守平一下:"不说明白,人家傅大哥怎么看我!"

高大霞在水槽子前洗刷脸盆,傅家庄过来:"我也是太多疑了,以为特务说把名单给你了,是说了假话。"

"他说的是名单,我拿的是他的礼帽。"高大霞转头看着傅家庄,"里面有根红肠,我也没多想,还是马虎大意了,是我的错。多亏你怀疑名单在我身上,死皮赖脸跟了一道儿,也算是保护了名单。"

"你这话说的,听着这么别扭?"傅家庄抓了抓后脑勺。

"别扭什么? 你要不是狗皮膏药粘着我,名单不早就落到特务手里了? 好赖话你都听不出来。"高大霞继续洗刷起来。

"那叫策略、谋略、战略战术。什么死皮赖脸、狗皮膏药,多难听。"傅家庄不服气地嘀咕。

"咱们商量工作,你老挑字眼儿干什么?"高大霞不满。

"行行行,都是你的理儿。"傅家庄无奈地摆手,"刚才说到哪儿了?"

"说你小心眼儿。"高大霞说。

"我是说,我们不知道名单在红肠里,可是特务知道。"傅家庄忍住性子。

高大霞一惊:"你是说,甄精细和他姐知道?"

傅家庄直视着高大霞的眼睛,沉默不语。

"从哈尔滨开始,我就被他们姐弟俩盯上了。"高大霞回想着麻苏苏和甄精细一路上的表现。

"这一道上,他们可忙得不轻。"傅家庄也想着。

"这两人,肯定是我在马迭尔旅馆遇到的那个'老姨夫'派来的。这样,趁他俩还在医院,我去摸一摸。他们要真是特务,肯定不会放过我。"高大霞端起盆走开。

"我也去。"傅家庄跟上来。

院门开了,进来一个黑布长衫的年轻人,他冲着东屋高喊:"守平!守平!"

"找守平啊?"高大霞打量着年轻人。

"老关!"高守平从屋里出来,对傅家庄和高大霞说,"自己人,来找我去送昨晚印好的传单。"转头又对老关做着介绍,"这是我姐,这是傅哥,都是革命老前辈。"

"你好,老关。"傅家庄点头,想起李云光说带人去抓"二姨夫"的时候,就是这个老关给"二姨夫"拿的茶杯。

"姐,傅哥,我是守平的同志。"老关冲两人点点头,一副和善的表情,"别看我岁数比守平大点儿,论参加革命的时间,可没有他长。"

"革命不分先后。"高大霞笑着说。

傅家庄看向高守平:"守平,送传单着急吗?"

"不急,中午前送去就行。"高守平说。

"那你跟我和你姐去办个事。"傅家庄说。

"执行任务吗?"高守平问。

傅家庄点头。一旁的老关连忙拽了拽高守平,又指着自己,高守平意会,对傅家庄说:"傅哥,让老关一块儿去吧,他很可靠。"

老关一脸渴望地看着傅家庄,傅家庄点点头,让他俩先去铁路医院门口等着。高守平高兴地捣了老关一拳头,老关开心地笑着,高守平去推出自行车,和老关说笑着出了院子。

傅家庄和高大霞进屋,傅家庄看了眼桌上的纸片,提醒刘曼丽说:"嫂子,这些纸片晾干以后,麻烦你先给收好。"

刘曼丽点头:"行,晾干了我就收起来。"

高大霞强调:"嫂子,这东西很重要,一点小纸片也不能弄丢了。"

刘曼丽冲着高大霞一瞪眼:"你当我是你啊,好好个事儿让你干得水裆尿裤。"

刘曼丽的数落让高大霞一直情绪不高,坐到电车上,又跟傅家庄做着检讨:"我还笑话那个甄精细傻,整了半天,自己也不精细。昨天你还和守平说,我是你见过的最厉害最有心眼儿的女特务,你真是看走了眼,以为我是装彪,其实,我是真彪。"

"行了,别老窝囊自己了,除了上火,没有意义。"傅家庄安抚着。

"本来是能一锅端的事,结果给一锅炖了。"高大霞越说越懊悔,眼里有了泪光,她怕傅家庄看出来,转头望向车窗外。

"我横想竖想,甄精细都不像个特务。"傅家庄故意挑起一个话题。

高大霞琢磨着:"他确实不精细,那个麻苏苏倒是头发梢都能竖起来,说她像特务,也不对吧,她在火车站上还替我挡了子弹呢。再说,他俩要是特务,在火车上对我动手多好,他们有的是空儿。"

"他们要真是特务,未必不想在火车上动手,只不过有我保护你,他们没机会下手。"

"是,就你那么个死缠烂打法,谁都下不了手。"高大霞表示了赞同。

傅家庄皱眉:"你说话……听着就叫人不舒服。"

"有什么不舒服的? 你就这么干了一道儿!"

傅家庄满脸无奈:"这是一种策略,不是很有效果嘛。"

高大霞白了他一眼:"你这个劲头,要是用在追女人身上,孩子早都满地跑了——对了,你真没成家?"

傅家庄知道她是想起早上刘曼丽提到的事了,不悦地说:"早上不都跟你和嫂子说过了嘛,又问。"

"老大姐关心一下你的生活,还有错?"高大霞干咳了一声,"到底有没有,给个准话儿。"

"我一直给的都是准话儿。光革命了,哪有时间成家?"

高大霞感同身受地点点头:"也是,一天到晚光想着怎么跟小鬼子做斗争了,个人的事儿,跟我一样,还真没有时间考虑。"

"也不能说一点儿没考虑。可咱们都是提着脑袋过日子,跟谁成家,万一哪天牺牲了,反倒害了对方。"

高大霞连连点头:"对对对,我就是这么想的,才拖到现在。这些年,为了感情上的事,我伤了好几个男同志的心呢,想想就觉得怪对不住人家的。"

"啊,你结过好几次婚?"傅家庄吃惊。

"你才结过好几次呢!"高大霞火了。

"那你说伤了好多男同志的心……"

"我是说好多男同志都看上我了,我没答应人家,人家能不难受吗?"高大霞盯着傅家庄,"你以为都像你啊,没心没肺!"

傅家庄上下打量起高大霞,神秘地笑了笑,高大霞感到莫名的嘲讽,气冲冲地问:"怎么,你还不信?"

"信,你说什么我都信。"傅家庄试图严肃起来,可眼角还是挂着笑意。

"看你这眼神,明明就是不信!"高大霞恼火。

"我属龙,你属虎,咱俩凑在一起,还真是不得安生。"傅家庄说着,便往旁边挪了挪。

"行啊,我属虎你还记得挺牢实。告诉你啊,傅家庄,现在大连斗争形势很严峻,我可是一心都想着干革命,没心思跟你扯那些'里根愣'。"高大霞一脸认真。

傅家庄又气又茫然:"谁跟你扯'里根愣'了? 你别倒打一耙。"

"你还嘴硬?"高大霞咄咄逼人,"你才来大连两天,多少革命正事大事你都没顾上,倒老忘不掉我属什么,这不叫扯'里根愣'叫什么?"

傅家庄一时语塞,嘴角张了又张,又不知说什么好,把脸一扭:"不跟你说了。"

高大霞却不算完,起身坐到了傅家庄的另一面:"你告诉我你属龙什么意思?龙虎斗不合适呗,傅家庄,你也算久经考验的老革命了,居然还相信封建迷信那一套!"

傅家庄突然感觉自己像是被街边流氓调戏的小姑娘,无力地争辩:"这又不是我说的。"

"话从你嘴里出来的,你还不承认?干了这么些年革命,受了这么些年党的唯物主义教育,你把马克思主义当啥了?都当菜饼子咽进肚子去了?"

高大霞的呼吸喷在傅家庄的脸颊上,他有些微微发痒。

"为了革命,我也不是不能做出牺牲。"高大霞紧紧盯着傅家庄,脸颊泛起一抹红晕。

傅家庄愣了愣:"你要做什么牺牲?"

高大霞欲言又止,看着傅家庄茫然地眨着眼,还是捅破了窗户纸:"你我都是从死人堆里爬出来的,曲里拐弯的话也不说了,你二十九,我三十一,大你两岁。"

"这个加减法我能算出来,怎么了?"傅家庄越听越糊涂,心底却升起不好的预感。

"你是不懂还是装不懂?"高大霞急了。

傅家庄怔愣了一会儿,明白了高大霞的意思,苦笑着说:"你这不是乱点鸳鸯谱嘛,你还是别说了。"

高大霞虽然也觉得尴尬,可话已经说到这个份儿上了,她要逼着自己把这台戏唱下去:"革命也得成家立业,傅家庄,我就问你,你觉得我咋样吧?"

傅家庄犹豫着,点了下头:"挺……挺好。"

高大霞暗自松了口气,虽然有几分窃喜,可脸上还是认真严肃:"既然你说挺好,那咱俩就向组织打个报告,把两个铺盖卷往一个铺炕上一铺。"

傅家庄紧张起来,脑袋晃得像是拨浪鼓:"不行不行,这坚决不行!"

"怎么?你还想大操大办?"高大霞望着傅家庄,语气温和,"那就依你,我出去好几年回来了,也应该热热闹闹办一办,让街坊四邻都知道知道。"

"知道什么?"傅家庄只觉得好气又好笑,"咱俩怎么可能……"他顿了顿,"求求你,别开玩笑了。"

高大霞脸一绷:"谁开玩笑了?傅家庄,你嫌我比你大是不是?我告诉你,大连女人不少,可像我高大霞这样的女英雄,一个巴掌就能巴拉过来,你现在不答应,往后你可别后悔。"

"放心吧,我不后悔。"傅家庄如释重负,舒了口气。

"怎么你就不后悔?"高大霞感到自己的自信心受到了严重打击,"咱俩一个未嫁一个未娶,满大街上哪儿去找这么合适的革命伴侣,你还有没有点儿数啊!"

傅家庄被逼得左右为难,赌气地说:"我有女朋友了。"

高大霞一下子愣住了:"刚才你还说没有……"

"我是说我没有媳妇。"傅家庄小声咕哝。

"之前你怎么不早说?浪费我的革命感情!"高大霞涨红了脸,给自己找着台阶下。

傅家庄还要反驳,高大霞抢先说:"你有了更好,这事挑明了,咱们往后也能一心一意干革命了,省得你胡思乱想。"

"谁胡思乱想了?"傅家庄感到不可理喻,他正盘算着要多解释两句,高大霞却起身站到了一旁,望向车窗外。

高守平满以为他和老关能先到铁路医院,可半路上老关尿急,高守平只得让他寻个地方方便。高守平不会料到,老关尿急是假,找个地方打电话是真。

要不是有任务,高大霞真想赶紧下车,免得再让自己难堪。

傅家庄看出高大霞的不快,在车上他不好再说什么,说多了也怕引起别人误会,那样只能更让高大霞不快。下了电车,傅家庄想跟高大霞做进一步解释,高大霞不买账,阴觉着脸:"你什么也不用说,就把我刚才说的话当屁放了就行。"

傅家庄怕伤了对方:"我真有女朋友了。再说,爱情也不能是强迫的事情。"

"谁强迫你了?"高大霞突然停步,傅家庄险些一头撞在她身上,"刺锅子,你还以为我真看好你了?我和你明说吧,我那么做,是想让你跟我唱一出假戏,断了我嫂子的念想。"

"我觉得嫂子有什么念想没毛病,你没有权力让她当一辈子寡妇。"傅家庄说。

"我哥是死是活,还没有准信儿。你一来她就想三想四,这就不对,我跟你说那些话,不过是想先把你这个坑儿占上。"

傅家庄急了:"我怎么就成坑了?"

"这不就打个比方嘛,你还挑上了?我是说让她死了那条心,免得我哥回来,让她丢人现眼。"高大霞振振有词。

"你这想法,可真……真奇葩!"傅家庄无语,走开。

"你的坑儿有人占了,我就放心了。我警告你啊,你要是敢把我刚才和你说的话传出去,小心我割了你的口条拌黄瓜!"高大霞跟上去,告诫道。

傅家庄忍不住低笑起来:"不说不说,我向斯大林同志保证……"

"这里不是苏联,是中国。"

"那我向毛主席保证。"傅家庄笑着举手,"一定把你说的话都烂到肚子里!"

"保证得挺溜道儿呀,看来,以前你是没少保证过。"高大霞说。

两人拌着嘴,到了铁路医院,在门口等了一会儿,高守平带着老关才来。高大霞数落了一顿高守平,老关站在一旁红着脸,高守平没有说破是老关误了事,高大霞买了点儿水果,让他们三个人在住院部外面等着,自己去见麻苏苏。

麻苏苏在窗前看着几个人朝住院部走来,对甄精细嘱咐了一通儿,让他走了。

高守平看着高大霞一个人朝病房走去,担心地问傅家庄:"我姐不会有危险吧?"

傅家庄说:"你太小看你姐了。"

高大霞来到病房,麻苏苏病恹恹斜躺在床上,一见高大霞,她惊讶地挣扎着起身:"大霞,你咋又来了?"

高大霞把手里的水果袋放在桌上:"姐,你为我挡了枪子儿,我过来看看你还不是应该的吗? 你怎么样了?"

"托妹妹的福,算我命大,既没伤筋,也没动骨。"麻苏苏说。

"这我知道。"高大霞坐到麻苏苏对面的椅子上,"昨天听大夫说你不要紧,我才偷着跑了,大姐你不怪我吧?"

"看你说的,我知道你是为躲那个男人。"

高大霞佯装紧张:"他没来吧?"

麻苏苏说:"你跑了,他就走了。人家对我不错,帮着送到医院,我想感激感激,还找不着人了。"

高大霞问:"怎么没看见精细?"

麻苏苏一笑:"这孩子疼我,知道我爱吃零嘴儿,出去给我买好吃的了。"

"你这个弟弟,真不错。唉,大姐,你和精细来大连干什么?"高大霞佯装随口一问。

麻苏苏说:"来找个营生干。我寻思小鬼子给撵跑了,大连街上肯定能空出不少店铺,我想开个洋货店。"

高大霞满脸钦佩:"那你可得倒腾点儿稀奇玩意儿,大连人眼光高,挑三拣四,可不好糊弄。"

又扯了会闲篇儿,高大霞看问不出什么了,起身要走,麻苏苏做出难舍的样子:"好妹妹,我还不知道你住哪儿,以后我上哪儿找你,我在大连可就你这么个好姊妹,咱可不能断了联系。"

高大霞说:"我明天再来,等你病好了,我领你去家里认认门。"

从病房出来,高大霞把傅家庄拉到一边,说自己在里面没看出什么问题。

"那个女人很精明,你没套套傻精细?"傅家庄问。

"他不在病房,我还是觉得哪能有甄精细那么彪乎乎的特务,他要真是,我看不出来,你还看不出来?"高大霞悄声说。

傅家庄一笑:"你这是给我戴高帽吗?"

高大霞白了他一眼:"我说的是真话。谁能骗得了你? 一肚子猴儿。"

傅家庄不理会高大霞的挖苦，自顾分析道："也许还有一种可能，麻苏苏和甄精细如果不是特务，那三番五次来找红肠的敌人，一定是认识你的潜伏特务，至少他们一直都在接受某个人的指令。"

高大霞问："能不能是马迭尔旅馆的那个挽霞子？"

傅家庄思忖着。

高大霞说："刚才没见着甄精细，我就留了个心眼儿，说明天还过来，到时候再套套他，他要是没毛病，麻苏苏就清白了。"

傅家庄点头，招呼一直在不远处等着的高守平和老关过来。四个人正想走，高大霞看见甄精细在水果摊前买苹果，她兴奋地示意了一下，自己走过去，叫了声："精细。"

甄精细一见高大霞，果然很高兴，伸手从袋子里摸出一个苹果让她快吃，高大霞接过苹果："嗯，三十里堡的小果光，甜、脆。"她盯着甄精细，"唉，精细，你这眼圈怎么发青啦？昨晚没睡好吧？"

甄精细抹了把眼睛："嗯，没咋睡，起来好几回，我姐老说胳膊痛。"

"没上街去逛逛，坐坐电车？"高大霞问。

甄精细张了张嘴，又收住话头："等我姐出院了，我跟她一块儿坐。"

"嗯，坐电车上我家串门去，知道我在哪儿住吧？"

甄精细摇了摇头："不知道。"

高大霞在考证甄精细的时候，接到麻苏苏电话赶到医院来的方若愚和大令，正在不远处紧盯着两人，方若愚生怕甄精细说出什么不该说的话："这个彪子，一个劲儿瞎说什么，可别露馅了！"

"露馅也不怕。反正高大霞也活不长。"大令戴上口罩和帽子，把散出的头发掖进帽子里。

其实方若愚是多虑了，甄精细要说的话，麻苏苏事先都教过他了。他在医院门前买苹果，其实是等着高大霞上钩，好让赶来的大令有时间除掉麻苏苏和方若愚的这个心头之患。甄精细看到方若愚的身影,知道麻苏苏交待给自己的任务就算完成了,他告别了高大霞,向医院走去。

傅家庄看着一脸失落的高大霞,猜出她没问出什么有价值的线索。傅家庄正要过去,却见一个戴着口罩的女人直愣愣朝高大霞奔过去,她的手上,分明还握着一把匕首,傅家庄大喝一声:"大霞,小心!"

大令被这一声叫喊吓得一惊,看了眼冲过来的傅家庄,挥刀刺向高大霞。刀锋呼啸着破开了空气,高大霞的身子重重地倒了下去,眼前的阳光,像耀眼的碎片一样四散开来。

方若愚见高大霞倒下,为之一振。

"大霞!"傅家庄掏枪奔来,高守平和老关紧跟在后。

大令看了眼倒在地上的高大霞,还要上前补刀,跑来的傅家庄扣动了扳机,大令撒腿就跑。傅家庄顾不上追赶大令,慌忙扶起高大霞:"大霞,高大霞!"

高守平和老关也围了上来,高守平哭天喊地地叫着:"姐,姐——"

"我没事儿。"高大霞狼狈地支起身子,指着大令逃跑的方向,焦急地喊着:"快追特务,去呀!"

三个人像是同时听到了发令枪,齐齐奔了出去。高大霞爬起身,也追去。

慌张奔逃的大令跑到一个交叉口,正犹豫逃向哪边,胡同深处,远远追来了高大霞,她一眼看见大令,旋即大喊:"特务在这!"

大令撒腿便跑,前面却闪出了老关,大令不知如何是好,老关看到远处跑来的高大霞,佯装挥拳打向大令,低声吼道:"快接招!"

大令反应过来,闪身躲开了老关的一拳,反身一脚将老关踢倒,径直跑去。老关捂着肚子瘫倒在地,一面卖力地高喊:"别跑!"

高大霞追了上来,越过了老关。老关连忙爬起,跟上她的脚步。

大令一口气跑出了胡同,消失在街道的人群里。

老关追上高大霞,四下张望着:"人呐?"

傅家庄和高守平跑来,四个人看着人来车往的街道,都是一脸沮丧。

"看清长什么样了吗?"傅家庄问。

高大霞摇头:"身量瞧着像个女人,岁数不大。"她转头看向老关,"是吧? 我看她跟你打了个照面。"

老关茫然地:"男女我倒是没看出来,个不高,戴个口罩,捂得挺严实……"

"问你她长什么样?"高大霞不耐烦地说。

老关犹豫着:"二十郎当,三十不到吧,应该跟我差不多,挺瘦,眼珠子不大,鼻梁塌塌着……"

高大霞恼火:"你说的那是猪八戒他二姨!"

"敌人这么想要你的命,还是怕你手里的那份名单暴露了。"傅家庄思忖着,少顷,看向高大霞,"那姐弟俩,还是有问题。"

"从哪儿能看出来?"高大霞问。

傅家庄摇摇头:"看不出来不代表没有问题,你想,除了他俩,这一道上我们也没有接触过别人吧?"

高大霞皱着眉头:"我一直想不通,敌人怎么知道我家在哪儿住,又是怎么知道我来医院的? 这是今天早晨咱们刚定的事呀。"

傅家庄突然一惊,意识到了什么事:"坏了! 赶快回家!"

第十一章

眼看到晌午了,刘曼丽惦记着做饭,高大霞是指望不上了,还得她自己去市场采购。刘曼丽看到晾在炕上的纸片已经干了,从柜子里找出装着高大霞档案的那个带合欢花图案的铁盒,把纸片装进去,塞到被垛下面。临走时,她从外头锁上了房门。

"曼丽,怎么大白天锁上门了?"一个在院子里晒衣服的妇女问。

"我去买点菜。"刘曼丽朝外走着,"赵姐,你帮我照看着点门啊。"

"行,你去吧。"赵姐点头。

刘曼丽出门不久,院子里便来了一个年轻人,径直奔向上了锁的那个房间,没费什么气力,就开了锁头推门而入。

一辆福特出租车在街头疾驰,高大霞坐在副驾驶位置,傅家庄跟高守平和老关挤在后面,傅家庄不时催着司机快点开,高守平悄声问:"傅哥,你是怕特务去家里吧?"

傅家庄示意高守平不要说话,一旁的老关面无表情。

年轻人没费太多气力,就在被子下面找到了合欢花图案的铁盒子,他刚打开盒子,外面闯进来一个人,是邻居赵姐。她看到刘曼丽上了锁的房门开了,还以为刘曼丽这么快就回来了,一见满屋的狼藉和陌生人,赵姐顿时大呼小叫起来,年轻人也慌了,追上慌里慌张往外跑的赵姐,一刀向她后胸口扎了下去。听到外面传来脚步声,年轻人匆忙抓起一件衣服,包住铁盒逃离了院子。

　　年轻人逃到院门口的时候,刘曼丽也回来了,因为惦记铁盒里的名单,她买了点菜就赶紧往家跑,进院子里,还差点跟年轻人撞了个满怀。一进院子,看到上了锁的房门大开,刘曼丽就有种不好的预感,快步跑进屋来,看到横尸在地的赵姐,刘曼丽吓得大叫着"杀人啦……",跑出了院子。

　　因为胡同太窄,宽大的福特出租车只能停在道口,几个人匆忙下车时,年轻人迎面走来,一眼看见了人群中的老关。老关朝他使了使眼色,年轻人慌张地跑去。

　　"抓坏蛋啊!"胡同里传来刘曼丽的嘶吼,看见傅家庄和高大霞迎面跑来,刘曼丽像是见了救星,哭诉着刚才看到的情形,傅家庄没听刘曼丽讲完,意识到凶手一定是刚才跑过去的那个年轻人,带着高守平回身追去,老关和高大霞也紧跟在后。

　　年轻人跑出不远,发觉身后有人追来,看到前面有一个年轻人蹬着自行车悠悠驶来,他紧跑几步,一把拽下了年轻人,拎起自行车调转方向翻身上车,狂踩着踏板,疾驶而去。

　　跌倒在地的年轻人爬起来大喊:"抓贼呀!"

　　跑在前面的高守平狂追出去。

　　傅家庄猛追了一阵,眼见着自行车越骑越远,只得放慢了速度,看着高守平追去。

　　刚才几个人坐过的福特出租车,正停在路边一家饭店门口等客,傅家庄喊着后面的高大霞和老关上了车,又追赶起来。汽车追出没多远,便看到在路上狂奔的高守平,借着汽车减速的档口,高守平跃上了汽车,指着前面,气喘吁吁地喊道:"过电车道!"

　　年轻人没命地蹬着自行车,回头发觉不见了高守平,终于松了口气,只是没等他这口长气呼出来,他又看到了身后疾驶而来的出租汽车,他一惊,自行车朝着一条小路奔去。

汽车无法通过窄路,只得绕行,忙于逃命的年轻人已然忘却了疲惫,打了鸡血一般奋力踩着脚蹬。高守平拉开车门,一跃而下,就地翻滚了几圈,朝小路追去。年轻人见状,慌忙朝着岸边一条土路冲去。

高守平爬上小山包,抄近路去堵年轻人。年轻人眼见无路可逃,弃车朝着悬崖小路跑去,高守平捡起一块儿鹅卵石,朝前面年轻人砸去,年轻人扑倒在地,高守平赶上,两人扭打在一起。

汽车追了上来,在小路前刹住,傅家庄、高大霞和老关跳车追来。不远处沙滩上,两个人影厮打在一起,铁盒落在地上,高守平俯身去抢,年轻人一脚踹倒高守平,抢过铁盒。

傅家庄跑来,堵住了年轻人的逃路,特务眼见逃跑无望,索性扯开了铁盒,扔向大海。霎时间,盒子里的纸片随风飘散,高大霞的档案也飞落而去。

众人大惊,高大霞顺着小路奔下悬崖,蹦跶着去捡满天飘飞的纸片。

傅家庄和高守平联手逼向年轻人,老关也跑来,朝年轻人使了个眼色,年轻人朝着老关跑来,想要突破冲出去,不料,刚一近身,老关一匕首扎在他的小腹上,年轻人瞪着老关,绝望地扑倒在地。

高守平呵斥:"老关,谁让你动刀子的!"

老关慌慌张张地举起匕首:"我……我一着急……"

傅家庄恼怒地看了眼老关,指着满天飞舞的纸片喊着:"快捡名单!"

几个人分头找寻着纸片,高大霞捡起地上的档案,拍着沾上的污物,傅家庄没好声气地嚷道:"快捡要紧的!"

"我这个也要紧!"高大霞瞪眼。

几个人沿着乱石滩前行,搜寻着四下散落的纸片,老关边捡边看,趁人不备,将一些纸片揣进了衣兜。

高守平朝海里张望,喊道:"海里也有!"说着,冲进海里,傅家庄也急忙下海,在翻滚的浪花里,抢抓着上下翻腾的碎纸片。

看着几个人上岸交出来的纸片,高大霞一脸沮丧:"都泡囊囊了……"

傅家庄辨认着纸片上的字迹,无奈地摇了摇头。

"都怨我,太大意了。"高大霞懊悔地抽泣起来。

回去的时候,老关走在最后,心事颇重。

费了一下午的气力,60个潜伏特务的名单里,只有6个人的资料是全的。傅家庄收起老关整理出的名单,带着高守平去见李云光,好赶紧安排行动。高大霞留在家里陪着受了惊吓的刘曼丽,高守平让老关去铁路医院,替自己把自行车骑来家。

老关到医院见了麻苏苏,把一张印满钢笔痕迹的白纸铺展开来:"记名字的时候,我特意下笔重了些,都透到底下的纸上了。已经暴露身份的同志,我已经让他们转移了。"老关轻描淡写地说。

麻苏苏满意地点头:"总算是亡羊补牢,救一个是一个吧。"

老关说:"名单里还有'老姨夫'。"

麻苏苏紧张起来:"高大霞他们看到了?"

老关摇头:"正好那个纸片在我手上,我给处理掉了。"

麻苏苏松了一口气:"你要盯紧傅家庄,看看他下一步有什么举动。"麻苏苏划着了一支火柴,点燃了那张白纸,"还有个事,得汇报给'大姨'。'老姨夫'老说,不除掉高大霞,是'大姨'拿他的命不当回事。"

"'老姨夫'冤枉'大姨'了。"老关说,"为了保护他,'大姨'连'二姨夫'都舍了。"

"'二姨夫'真不是自杀?"麻苏苏问。

"是我冒死除掉的。"老关说。

"在众目睽睽之下?"麻苏苏有点不信。

老关说:"'大姨'给我发来紧急指令的时候,就告诉我'二姨夫'有喝茶的习惯,让我在这上面做做文章。巧合的是,李云光那天偏偏让我给'二姨夫'倒茶。取茶杯的时候,我就悄悄下了药。"

"一个茶壶里倒出来的水,有人喝了,活着,有人喝了,却死了,那只能是茶杯有问题。"麻苏苏担心地问,"他们没有怀疑你?"

老关笑笑:"怀疑也没用,是他们让我倒的茶,杯子有问题,赖不到我头上。"

"也对。"麻苏苏点头。

"查不出个所以然来,'二姨夫'之死就成了无头案。"老关说。

麻苏苏点头:"你是'大姨'的得力干将,往后,可得多关照大姐。"

"严重了。"老关说,"对了'老姨',门头房给你找着了,原来是家杂货店,里面好多东西是现成的,还能用。"

"太好了。"麻苏苏眼睛一亮,"趁着在医院里养病,我列了个单子。你帮我进些货吧。"麻苏苏从抽屉里拿出单子:"你说的杂货店在哪里?"

"青泥洼街,那是一条商业街。"

高大霞盘腿坐在炕上,上下打量着面前穿戴一新的万德福,好似在打量一件商品。万德福不好意思地摸着刮得发青的下巴,尴尬笑着。

"这一身衣服是新买的吧?"高大霞问。

万德福不安地扯了扯衣服下摆,一身浅灰色丝绸布料的衣裳,倒显露出几分大户人家东家的模样。

刘曼丽嗑着瓜子进屋,一见万德福,打了个愣神:"哟,这不是万……万毛驴子吗?"

万德福的神色越发局促,指尖反复揉搓着衣角,半晌说不出话来。一旁的高大霞白了刘曼丽一眼:"嫂子,人家叫万德福!"

刘曼丽不以为意地撇撇嘴:"你和你哥不都管人家叫万毛驴子吗?还怨我啦?"

"没事儿,没事儿,有个名叫着就行。"万德福尴尬地咧着嘴。

高大霞伸手指着满桌大大小小的礼品盒:"老万,你来就来呗,还提搂什么东西呀。"

刘曼丽看了眼满桌子的东西,脸上有了笑意:"万毛……老万,一看就是讲究人,这好几年没见,你可挺显老,有五十了吧?"

万德福不自在地说:"四十三。"

"那可不像,五十我都往少说了。"刘曼丽说。

高大霞冲刘曼丽挥了挥手:"嫂子,你去忙吧,我跟老万说点儿事。"

"我不忙。"刘曼丽知道高大霞是想支开自己,故意装糊涂,"人家万……老万好几年没来咱们家,来了我不得陪陪啊?我转腔走了,回头你又该说我不懂事了。"说着话,刘曼丽也坐上了炕,从兜里掏出一把瓜子来,"老万,嗑瓜子。"

万德福毕恭毕敬接了过来:"谢谢嫂子。"

刘曼丽摆手:"可别叫我嫂子,你比我大那么老些。"

万德福脸上的笑容一下子僵住了,高大霞忙说:"老万随我叫吧。"

"随你……行吧,瞎胡乱叫吧。"刘曼丽又看了看桌上的礼盒,"置办这些东西,得花不少钱吧?"

"没多少,没多少。"万德福陪着笑。

刘曼丽也不多客气,意味深长地说:"要是办大事,确实不多。"

"嫂子,你说什么呐?"高大霞越听越不对味了。

"我说什么了?"刘曼丽冲着万德福一努嘴,"我说到他心坎儿上去了。"

万德福慌慌张张地低下头,像头一回进丈母娘家的小女婿。刘曼丽说:"大霞,你去烧壶水,给老万泡壶好茶。"

"不用,我不渴。"万德福抬起头来推辞着。

"喝不喝是你的事,我不能不懂待客之道。"刘曼丽又催高大霞,"还愣着干什么,去呀!"

高大霞不情愿地提着水壶出去,万德福跟着起身:"我帮你。"

刘曼丽说:"有你帮的时候,来,咱俩说说话。"她指着自己对面的一把椅子,让万德福坐过去。

万德福听话地坐下,又紧张地摆弄起衣角来。

"怎么,看上俺家大霞了?"刘曼丽不紧不慢地问。

万德福不语,只是尴尬地笑着。刘曼丽脸一拉:"怎么还扭扭捏捏上了,这可不像当年虎了八叽的万毛驴子。"

万德福收起了笑,对刘曼丽郑重地点了点头。

"这才像点儿样子。"刘曼丽说,"你瞅瞅你刚才那副模样,哪还有一点儿当年的本事?"

"那时候是跟小鬼子拼命,胆大。"万德福说。

"胆小也娶不着媳妇呀!"刘曼丽低声问:"老万,你这岁数,不应该没成过家吧?"

万德福流露出几分落魄的神色:"以前在山东成过家,后来媳妇得了痨病,走得早,我就来大连了。"

"那就是再没找呗?"刘曼丽问。

万德福涨红了脸:"光革命了,没那个闲心。"

刘曼丽噗嗤一笑:"大霞也爱这么说。"

万德福红着脸点头。

刘曼丽心下有了数："老万，咱们都是老熟人，说话也不用拐弯抹角。长嫂比母，这个家我做主，你这岁数跟俺家大霞的话……说实话，大霞有点儿吃亏。"

万德福涨红的脸庞泛起了白色，点着头说："我知道，知道。"

刘曼丽却话锋一转："不过她也不好找。过了二十都是老姑娘，她都三十多啦，上哪儿找？"

"大霞也是光革命，耽误了。"万德福闷声闷气地说。

刘曼丽笑起来："你看你俩，不愧是战友，找不着就说找不着，别老拿革命当挡箭牌。现在革命胜利了，就把耽误的事补回来。虽说你是岁数大点儿，不过大点儿可也行，岁数大知道疼人。"

万德福脸上露出喜色。

"那你现在靠什么养家糊口？"刘曼丽问。

"我开电车。"万德福连忙回答。

刘曼丽眼睛一亮："这活儿好呀！风吹不着雨淋不着，还不少挣。老万，往后，我坐电车，你可不能要我票了啊。"

万德福神色越发欣喜，刘曼丽的话里已经透露出了明确的信息，他拍了拍胸膛，下着保证："只要是我的班，没问题！"

"跟你开个玩笑，还当真啊？"刘曼丽笑得前仰后合，"车票才几个钱呐？老万，你爽快，我也给你句痛快话儿，这个事儿，我替大霞答应了！"

"嫂子，你替我答应什么了？"高大霞踩着刘曼丽的话进屋，手里提着刚烧开的一壶水。她看了看满脸兴奋的两个人，有些茫然。

万德福起身接过高大霞手里的水壶，沏上茶，两人说着分别三年里的事情。万德福嘱咐高大霞，一定要把她手里的档案保管好，那可是她的政治生命，刘曼丽插话："还得怎么保管？晚上睡觉都放在枕头底下，跟别人吹牛,就靠这个草稿了。"

高大霞急了:"什么草稿?这是我的革命档案,比我的命重要,这几年我干的事不比在放火团的时候少。"

"对对对,不容易。"万德福忙不迭地点头,"大霞,真有你的,没给咱放火团的同志们丢脸。"

"你也不差,当年打鬼子也是一把好手。"高大霞冲万德福竖起大拇指。

刘曼丽看不下去了:"行了,以后有你俩互相吹捧的时候,现在还是说说吃喝拉撒过日子吧。"

两人一时都不知说什么好,沉默了一会儿,高大霞有一搭没一搭地说:"现在老万可比原来体面多了,日子应该过得不错吧?"

"什么叫应该?"刘曼丽说,"老万实诚,一看就是个过日子的好手,你看人家穿得这身衣服,新蹭蹭的,嘎嘎亮。你俩过去都是放火团的,这叫什么?志同道合。你俩岁数也都不小了,搭伙过日子,能不错。"

"嫂子,我的事你别管。"高大霞示意刘曼丽别提这个尴尬的话题。

刘曼丽却来了劲:"你还认我是你嫂子,你的事我就不能撒手不管。咱妈走得早,不给你找个好男人,她老人家能闭上眼啊?"

"你瞎胡乱掺和,她也闭不上眼。"高大霞嘟囔。

刘曼丽生气:"你是不是嫌弃人家老万岁数大,还惦记傅大哥?"

万德福警觉起来:"傅大哥是谁?"

高大霞忙说:"老万,别听我嫂子瞎说,你先回去吧。"

"不是,我没弄明白……"万德福追问。

"回头我跟你说,走吧你。"高大霞不由分说地推着万德福往外走。

"老万,这可不怨我啊。"刘曼丽朝门外喊道。

高大霞和万德福出来走了一段路,万德福还在纠结刘曼丽刚才说的那个人："你嫂子说的那事儿，是真的吗？"

"真什么真，人家早有主了。"高大霞说。

万德福立时眉开眼笑："我就觉得你不是那样人，那个什么傅大哥，岁数得比我大不少吧？"

"人家二十九。"高大霞说。

万德福彻底放下心来："比你还小两岁，那还是小崽子。"

"你可别这么说，他的战斗经验，你三个老万绑在一起都不是个儿！"

万德福不服："他杀过小鬼子？"

"他在抗联好几年，能少杀小鬼子？人家还留过苏，还识文断字，来咱大连，就是为当大领导的。"高大霞如数家珍地念叨起傅家庄的闪光点来，没有留意一旁的万德福脸色正变得越来越低沉，"你说说，这样的人，能二五眼吗？"

"他的事儿，你知道的倒挺多。"万德福闷声闷气地说。

"能不多吗？我跟他一块儿从哈尔滨回来的，他还住在我家。"高大霞满脸不以为意，好像家里忽然住进一个大男人是再正常不过的事情了。

万德福却吓得"啊"了一声，高大霞看了万德福一眼："啊什么啊？他是还没找着住的地方，住在我家，正好也能带带守平。"

万德福多少放下点儿心，说到高守平，万德福印象深刻："守平有十六七了吧？"

"都二十啦。"高大霞说，"回来一见到他，我都吓一跳，成大老爷们儿了。"

万德福不由一阵恍惚："真快呀，都这么大了……"

二十岁的高守平已经有了心上人，是开电车的万春妮。姑娘长得漂亮,又有个扎眼的好工作,不少小伙子都为看她要坐这趟电车,隔三差五来骚扰万春妮的,是个叫刘有为的年轻人。万春妮一看见他就打怵,这个人太能讲了,南朝北国没有他不知道的事,一上车就喋喋不休,听得人恨不得捂住他唾沫星子直喷的一张小嘴。同车的师傅说这小子纯是腚眼插天线,万事通。今天刘有为赶来的时候,万春妮猛一看到他朝着电车跑来,吓得没等电车门关上,就开动了电车,从窗户上看到刘有为追着奔跑的狼狈相,万春妮笑得花枝乱颤。

车厢后头的售票员过来说:"这小子不光赖皮,还有韧劲,三天两头来堵你。春妮,你不会让你那个小高哥哥教训教训他啊?"

"我哥有的是正事要办,哪有空儿搭理他。"万春妮嘴上说着,心里盘算着有几天没见到高守平了,正想着心上人,却见前面的站台上,一个熟悉的身影站在自行车旁边,正眺望过来,居然真的就是高守平。

上了车的高守平顾不上和万春妮寒暄,就打听起她哪天休班,万春妮问什么事,高守平神秘地说要带她见高大霞。万春妮怔愣着,高大霞的英雄过往,高守平跟她说得太多了,万春妮有点打怵去见这个未曾谋面的这个准大姑姐,推脱着说她回去看一下。电车要开了,高守平说他还要赶着去办事,匆忙下了车,看着电车驶离站台,才跨上自行车离去。

高大霞和万德福唠着三年里各自的大事小情,走到了青泥洼街上。高大霞对这条老街太熟悉了,以前她开的老高家海麻线包子铺,就在这条街上,现在,那个铺子成了一家火勺店。见高大霞老是朝店里指指点点,火勺店门口一个壮实的中年汉子喊道:"大妹子,来俩火勺啊?有白糖的红糖的,还有原味的。"

万德福过去,要了两个刚出炉的火勺,回头见高大霞一直望着街对面挂着"宝地出租"牌子的店铺在出神。当年,这里和海麻线包子铺一样,都是他们放火团的交通站,现在,店铺的木门和窗户都已经斑驳不堪。见店铺的门开着,高大霞想要进去看看,走到门口,里面却出来一个穿着工装的小伙子,拦住了两人,说还没开张,不让进。

高大霞看到门口堆着的各种包装箱,问这里要做什么买卖,小伙子摇头说不知道。万德福看到一个包装考究的彩色盒子上画着收音机,惊讶地说:"还有戏匣子,这买卖不能小了。"

"等开张再来吧。"年轻人把两人关在了门外。

年轻人是来送货的,是麻苏苏让他把两个人赶走的,看着他们走远,甄精细低声问麻苏苏:"姐,你就那么怕她?"

麻苏苏说:"不是怕她,是她来得太突然,我一点儿准备都没有。"

"是啊。"甄精细打量着四下,"咱还没开门,连口热水都没烧。"

麻苏苏瞪了他一眼:"干你的活儿去!"

甄精细转身搬起货箱,想起什么,回身问麻苏苏:"刚才那个男的,是姐夫吧?"

"你去问问吧。"麻苏苏看着甄精细,没好声气地说。

"好嘞!"甄精细搁下箱子,抬腿便要走。

"回来!"麻苏苏一把拉住甄精细,差点儿把他扯倒。

第十二章

李云光布置下抓捕那六个特务的任务,见博家庄闷闷不乐,知道他是为没有拿到完整的名单还在自责,便劝道:"抓住这六个人,咱们就可以顺藤摸瓜,挖出其他人了。"

"高大霞同志让我代个话儿,说这件事她也有责任。"傅家庄说。

"这件事不能怪她,如果没有她,这六个特务的资料我们也怕是拿不到。"李云光坐下,"我从山东调过来的时候,高大霞同志已经去牡丹江了,不过,她的不少传奇故事,守平可没少跟我说起过。晚上我去趟瓦房店,明天中午回来,有空的话,我见见这位巾帼英雄。"

"论起对敌斗争经验,高大霞的确很丰富,有不少地方值得我学习。"傅家庄说。

"那,你们住在一起……"李云光意识到什么,忙说,"别误会,我是说安排你住到他们家里,也算机缘巧合了,不光守平能帮你打个下手,高大霞同志也能帮助你尽快熟悉大连的一些情况。"

"这倒是,不过,住在那里,还是给他们一家……添了不少麻烦。"傅家庄斟酌着用词。

"怎么,有什么别的问题吗?"李云光感觉到了什么。

傅家庄犹豫了一下,说:"那倒没有。"

"那你就先住着。"李云光放下心来,"现在大连的形势复杂,国民党大连市党部刚成立,他们就处心积虑想要得到苏军大连警备司令部的支持。我们得跟国民党抢时间,这可是一场看不见硝烟的夺城之战。"

晚上七点了,傅家庄和高守平还没有回来,高大霞坐在炕头缝着衣服,肚子发出一阵阵咕噜噜的叫声,看到炕桌上放着的一盘火腿,高大霞伸手拿了一块,还没送进嘴里,刘曼丽的指责声就先跑进了耳朵来:"干革命的还没吃,你下得去嘴啊?"

"我都饿半天了。"高大霞委屈地说。

"没心没肺的人才老惦记着吃。"刘曼丽白了她一眼,"你也不想想,傅大哥在外面忙东忙西,得多辛苦,就指着晚上回来吃一口热饭。"

高大霞不爱听:"你对刺锅子的关心过头了啊,这又是火腿又是黄油的,得花多少钱?"

"我这不是把你的同志当自家人嘛,能计较钱吗?"刘曼丽激动起来,"你做得差劲,我帮你找补找补,还有错了?你个没良心的。"

高大霞意味深长地看了她一眼:"我怕你真把他当成你的自家人了。"

刘曼丽愣了愣,旋即拍着炕桌抗议:"高大霞,我没想到,你一个闹革命的也会嚼舌头根子!"

"闹革命也得吃喝拉撒睡,油盐酱醋茶。"高大霞小声嘀咕。

院子里传来一阵脚步声,高大霞向窗外看了看,回身跳下炕,捅上鞋就往外跑。

"你把菜再热热!"刘曼丽跟在后头喊着。

"怎么样了?"高大霞迎着过来的傅家庄和高守平,焦急地问。

傅家庄说:"我们晚了一步,只抓到了两个特务,另外四个居然得到了撤离的消息。"

高大霞吃惊:"不应该呀,知道这个事情的,就咱们几个人,你、我、守平和我嫂子。"高大霞说。

"还有一个老关。"傅家庄说。

高大霞这才看向高守平:"你是怎么认识老关的?"

"高大霞!"刘曼丽从屋里出来,"这么急着见傅大哥,活儿都不干啦?"说着冲傅家庄热情一笑,"傅大哥,我今天给你在秋林公司买了一大块儿火腿,你快去尝尝怎么样,我去厨房给你和守平热热菜,一会儿咱饭桌上再唠。"说完,拉着高大霞要去厨房。

"嫂子,我们还有要事要研究。"高守平推着高大霞进了屋,说起跟老关结识的经过,"'八一五'光复前,我被关在关东州厅的岭前大狱里,老关也在里面,对我挺照顾。出来以后,他就经常跟着我印印传单,跑跑腿儿,干了不少零零八碎的活儿。"

傅家庄说:"以后,你还正常跟老关交往。"

"嗯。"高守平点头。

傅家庄起身往屋外走,高大霞说:"你等会儿,我还有别的事。守平,你出去。"

"又干什么……"高守平嘀咕着出去。

"还有事?"傅家庄看着高大霞。

"你还是搬走吧。"高大霞说。

"撵我走,总得给个理由吧?"傅家庄说。

"没有理由,你收拾收拾,明天就搬!"高大霞说。

"你别以为我愿意在这儿住,要不是李书记劝我,我今天就搬走了。"傅家庄气呼呼地往外走,门帘一挑,高守平闯了进来。

"姐,你干什么!"高守平拦住傅家庄,"傅哥,你别听我姐的!"

"不听我的听谁的?"高大霞一掐腰,"这个家我说了算!"

傅家庄推开高守平,走了出去。

"要搬走,也得李书记同意!"高守平朝着高大霞大叫。

"李书记当不了咱的家!"高大霞板着脸。

"那……那我告诉嫂子!"高守平转身跑出去。

"你回来!"高大霞最怕这个,跟着追了出去。

高守平找的救兵果然有效果,刘曼丽堵在傅家庄的门口,脸拉得老长:"说来就来,说走就走,你还真不如当初一天都不来住。"

高守平也跟着劝道:"傅哥,你走也得等李书记出差回来,要不然,我就得挨批评。"

傅家庄说:"这事不怪你,我跟李书记说。"

"你怎么说?"刘曼丽瞪着傅家庄,眼里泛起泪花来,"说我们一家子对你不好？把你赶走了？我们这可是革命家庭，不能背这个黑锅！"

傅家庄无奈："这是我自己想走的。"

"那行，你是觉得住在我们家不安生，老有坏蛋来，你既不想保护我们，又怕连累了自己！"刘曼丽绷不住情绪，鼻子一抽一抽的，眼泪跟着落下来，"我真是命苦啊，坏人来就来吧，杀了我才好呢，谁叫我遇上个不讲究的男人……"

傅家庄一时之间有些手足无措："嫂子，不是这么回事，你们……你们老把我当客人，我过意不去。"

"那往后，我们就把你当家里人。"刘曼丽抹着眼角的泪。

"咱家没这个人！"高大霞在刘曼丽身后喊了一声。

"高大霞，都是你闹的妖，你就这么想赶傅大哥走？"刘曼丽激动起来，"我今天把话撂在这，我刘曼丽是这个家的主心骨，要撵人也轮不到你！"

"嫂子，是人家自己想走，这能怨我吗？"高大霞看向傅家庄，"你说，是不是你自己要走的？"

傅家庄本来还犹豫是走是留，看到高大霞冷冰冰的目光，知道这是不走不行了。看不下去的高守平终于站出来说了实话，告诉刘曼丽，就是高大霞要轰走傅家庄。高大霞气得要打高守平，被刘曼丽劈手拦下："组织上安排傅大哥来家住，他要走，也得组织同意！"

刘曼丽的话，震住了高大霞，高守平趁机夺下傅家庄手里的行李袋，护宝似地抱在了怀里。高大霞跺了跺脚，气冲冲地摔门而出。她刚进屋，傅家庄也跟了进来。

"你还来干什么？还不嫌丢人啊？出去！"高大霞板着脸，指向门外。

傅家庄却回身关上门，脸上陪着笑："这个脸我愿意丢，但我要是夹着铺盖卷就这么走了,就不是丢脸那么简单了,丢的就是我整个人,还有组织对我的信任与重托。"

"少拿组织说事,你搬不搬和组织没一点儿关系!"

"还真有关系。"傅家庄说着,坐到炕沿上,"你想想,自从你回来以后,这个大院里出了多少事? 邻居赵姐被杀了,家里招了好几回贼,我要是拍拍屁股这么走了,确实就跟嫂子说的那样,太不讲究了。"

高大霞一摆手:"这个不用你操心,我高大霞也不是吓大的,革命这些年,抓几个蟊贼的本事我还有。"

"是几个蟊贼那么简单吗?"傅家庄摇摇头,"那可都是训练有素的特务。"

高大霞不屑:"小鬼子都奈何不了我,他国民党能比小鬼子还厉害?"

傅家庄还要辩驳,张了张嘴,还是忍住了,他说:"行,我搬。"

"明天我让守平帮你找房子。"高大霞像是生怕傅家庄反悔。

"不用,我找好了。"傅家庄神秘一笑。

"找好了?"高大霞疑惑,"你什么时候找的? 在哪儿?"

傅家庄朝着院子里遥遥一指:"赵姐叫特务害了,她那个房间空出来了,我搬过去就行。"

"那……那不还在这个院吗?"高大霞瞪着傅家庄,预感自己又要被耍了。

"高大霞,你也太霸道了吧?"傅家庄理直气壮地说,"这个院住的又不是你们一家,我怎么就不能住了?"

高大霞冷冷地哼了一声:"说一千道一万,你就是不想走。傅家庄,你跟我说实话,你是不是在心里惦记着我嫂子?"

傅家庄急了:"你说什么哪!"

"我说什么你不知道啊？你明睁眼露吃我嫂子那一套！"

傅家庄深吸了一口气,忍住肚子里的火气:"风凉话你尽管说,我火力旺,权当给我降温了。"

高大霞鄙夷地打量着傅家庄:"刺锅子,你怎么还没脸没皮了?"

"这么些年,我什么风浪没经历过?"傅家庄挺直了腰板,"就你这点儿空穴来风、捕风捉影的风言风语根本就影响不到我。革命嘛,不光要不怕砍头,还要不怕冤枉,我就一句话,清者自清,时间会给我一个清白!"

"就怕时间一长,生米煮成了熟饭……"高大霞压低声音,"刺锅子,我可把话撂在这儿了,我哥还没死,要是你敢——"

"你放心吧!"傅家庄堵住了高大霞剩下的话,"我傅家庄不敢保证这辈子不犯别的错误,但生活作风的错误,我决不会犯!"

高大霞盯着傅家庄的眼睛:"这可是你说的!"

"君子一言!"傅家掷地有声地表了态。

麻苏苏从方若愚嘴里听说了共产党抓人的事,她暗暗庆幸老关提早了一步,总算救出了四个人。方若愚却叹着气:"我们也是太想自保了,要是把名单丢了的事提前告诉给大姨,那两位市党部的同志,就不会遭此不测了。"

麻苏苏说:"要是高大霞他们没发现名单,同志们也就相安无事了。"

"现在不是出事了吗?"方若愚痛心,"你我有愧于党国呀!"

"要革命就要有牺牲。"麻苏苏劝慰着方若愚,"你也别太过自责,我们也做过补救措施。好在已经把损失降到了最低,要不然,真让共产党给一锅端了。"

"压在咱们肩上的挑子越来越重了。"方若愚一脸茫然。

麻苏苏神色肃然:"所以,你我以后更要精诚合作!"

"精诚合作是党国对每一名党员的基本要求。"方若愚盯着麻苏苏,"但是,你我想要安全潜伏,就必须把最大的隐患除掉。"

麻苏苏听出了方若愚的弦外之音:"你算放不下高大霞了,都好叫她累死了!"

"早除掉她,就不会有这些后患!"方若愚一捶墙壁。

"这个高大霞,其实对我一直不错。"麻苏苏犹豫着,"有没有这种可能,把她拉到我们这一边来?"

方若愚凝视着麻苏苏,像是不认识她一般:"你这简直是白日做梦!"

傅家庄虽说搬了家,可刘曼丽还是坚持饭要在一起吃,高大霞虽然嘴上表示着不满,心下也认这个账,毕竟他住到这里是组织上安排的事。

早饭刚吃完,老关就来了,高守平掩饰着复杂的心情,只跟老关说他还另有任务,便打发走了老关。老关从高守平的脸上,读出了跟以往不一样的内容,便躲到胡同口一个角落,静候着高守平出来。果然时候不长,高守平推着自行车出来了,身后还跟着傅家庄。高守平骑上车,傅家庄坐上后座,驶出了胡同口。老关闪出来,上了早就叫好的一辆出租车,远远跟在后面。

现今的苏联红军大连警备司令部,原来是日本殖民统治时期的大和旅馆。这座有着欧洲文艺复兴后期建筑风格的巴洛克式建筑,建于1914年,其主立面上的八根爱奥尼式扶壁柱和各处精美异常的雕花造型,尽显着巴洛克式建筑的装饰特点。可楼体周正的造型和横竖三段式的楼体分割,又与巴洛克式刻意追求"打破古典均衡"的宗旨相悖离。

而门前简约钢构的拱式雨搭造型,分明又是 20 世纪还在流行的新古典主义建筑风格。这种雨搭的装饰特点,与"满铁"早期建设的各个火车站,还有其他城市大和旅馆的雨搭装饰如出一辙,甚至成了各地大和旅馆的标志性装饰。

傅家庄站在这幢建筑面前,有一种恍惚感。如果不是门前的苏联士兵过来驱赶他,傅家庄还会定定地望着这个奇妙的建筑发上一会儿呆。坐在出租车里的老关看着傅家庄和苏联士兵交流了一番,士兵匆匆进去,在门岗拨着电话。傅家庄环顾着四下,看向老关坐着的出租车,老关下意识地藏到了车窗后。

苏联士兵回来,带着傅家庄和高守平进了司令部大门。来到接待室,一个漂亮的苏联女少尉迎上来:"你们好,我是联络处的少尉副官玛丝洛娃,实在抱歉,安德烈中校陪同大连警备司令雅曼诺夫少将去旅顺了。"

"那安德烈中校什么时候回来?"傅家庄问。

"明天早晨。"女上尉说。

接待室外,一个女保洁员在拖着地,直到傅家庄和女少尉谈完话,她才提起水桶走开。

傅家庄和高守平从司令部出来,傅家庄看到对面街道的出租车仍旧停在原地,便径直朝出租车走去。车里的老关慌乱起来,督促着司机:"快开车!"

出租车轰鸣着冲出去,傅家庄心下有种隐隐的不安。

万德福提着一兜子海鲜迈进院子,一见到在水槽子前洗衣服的刘曼丽,也有一种隐隐的不安,刘曼丽看着万德福患得患失的模样,不由笑起来,笑得万德福更没有底了,局促地说:"嫂子,大霞在家吗?"

刘曼丽甩着手上的水,不接万德福的话,定定地看着他:"老万,你这个人哪儿都好，就有一样毛病。"

万德福不安："嫂子，有啥毛病你直说，我保证改。"

刘曼丽摇摇头："其实，你这个毛病可大可小，就看你有心没心了。"

"有，肯定有，必须有。"万德福使劲儿点头。

刘曼丽看了眼万德福手上的海鲜："其实吧，女人的心思大多不在吃上。"

"哎呀，嫂子，你就别绕弯子了，快直说吧！"万德福着急，把海鲜放在水槽子旁。

刘曼丽忽然抿嘴一笑："算了，不说了。大霞老怪我没见过世面，你说我一天到晚在家伺候他们，大门不出二门不迈，要是有个戏匣子，我还能知道南朝北国天下事。"说着，刘曼丽又搓洗起衣服来。

万德福愣了愣，明白过来："嫂子，我这就去办。"话音未落，便转身走了。

高大霞买菜回来，听说万德福送完海鲜又去买收音机了，顿时觉得不对劲："平白无故送什么戏匣子，那东西多贵呀。"

"贵才说明人家拿咱们当回事。"刘曼丽躲避着高大霞的目光，"他开电车不少挣，反正也没地方花，我不让送人家还挺不高兴，说瞧不起他。打人不打脸，咱可不能干打人家脸的事。"

高大霞知道，这一准是刘曼丽画了圈让老万往里跳。想起在青泥洼街上那家没开张的店里见过收音机，高大霞猜测万德福十有八九是去那儿了。她转身往外走，刘曼丽追着喊她回来："你别管人家老万的事！"

初秋时节，是冷热无常的日子。小院里的大槐树不见飘下落叶，枝叶在阳光下蔫蔫地打着卷。傅家庄擦着额间的汗珠，一进房间就问刘曼丽："嫂子，大霞没在家呀？"

"跟万毛驴子去买戏匣子了。"刘曼丽从炕上下地,"说起来,其实也算是置办嫁妆。这女人呐,岁数一大就急着嫁男人咯。"

傅家庄吃惊:"大霞要结婚?"

刘曼丽一拍脑袋:"你看我这脑瓜子,忘和你提这个茬儿了。"

"对方是谁?"傅家庄问。

"高大霞原来的战友,万毛驴子。"

傅家庄想起高大霞在电车上跟自己提亲的事,禁不住说:"这也太快了……"

"不快,就昨天的事儿。傅大哥你放心吧,万毛驴子人不错,憨厚,一瞅就是个正经过日子的人。在放火团的时候,大霞跟万毛驴子就熟,人怎么样原先就知道。"刘曼丽给傅家庄倒了杯水,递过来,"姑娘大了不中留,留来留去成冤家。大霞这岁数,也该找个男人疼了,哪有像我这么彪的,在老高家当了这么些年寡妇,也没动这个心思。现在大霞回来了,我也得想想自己的事儿了。"

"他们去哪儿买收音机了?"傅家庄没接刘曼丽一直递过来的水杯,急着问。

第十三章

高大霞猜的没错,万德福确实是来麻苏苏新开张的良运洋行了。

"噼里啪啦"的爆竹响过之后,洋行就算开张了,甄精细高兴地说:"姐,往后你就是掌柜的,我就是管家,咱还得招几个干活的人吧?"

麻苏苏说："就咱俩。"

火勺店的店主过来，冲着麻苏苏抱拳恭喜："大姐，我姓王，往后咱就是街坊了，怎么称呼啊？"

甄精细把脸一板："凑啥近乎？滚蛋！"

"精细！"麻苏苏呵斥住甄精细，冲老王抱歉一笑："对不住啊，王掌柜，我这兄弟不懂事。"

"没事没事。"老王朝甄精细笑了笑，讪讪走开了。

麻苏苏回身瞪着甄精细："再给我惹事，你就滚蛋！"

甄精细一龇牙："我滚蛋，姐你就成光杆儿司令了，不行。"

"再贫！"麻苏苏扬起巴掌在甄精细面前虚扇了两下，抬头看见走过来的老关，忙支使甄精细去市场买些菜，自己回身进了店里。

老关刚跟进来，还没等说话，外面毛毛愣愣跑进来一个人。是万德福，他在门口就冲着麻苏苏喊道："掌柜的，我上回来，看见你家有戏匣子？多少钱啊？"万德福问着话，从兜里掏出一叠日本币来。

"戏匣子是什么东西？"麻苏苏不解。

万德福一指货架子上的收音机："就是那个。"

"哦，收音机啊。"麻苏苏看到万德福手里的日本币，为难地说："对不起，先生，我们不收这个。"

"为什么不收？"万德福不满，"虽说小日本被打跑了，可这日本币还好使啊。"

麻苏苏一脸歉意："先生，事儿是这么回事儿，可这日本币肯定不长远哪，哪怕您用的是朝鲜币、红军票，我都能收。对不起，先生，我这小店刚开张，麻烦您去银行换一下再来吧。"

"这叫什么事儿，那这个戏匣子给我留着啊。"万德福看了一眼老关，走出门去。

"你怎么突然跑来了?"麻苏苏问老关。

老关压低了声音说:"傅家庄今天去苏军警备司令部了,是去找苏联人交一份接洽函,想让苏联人承认他们在大连的地方组织。好在老天爷帮我们,司令部管这件事的人去旅顺了,傅家庄没办成。'大姨'说,现在是国共两党争夺大连的关键时刻,让我们无论如何劫下接洽函,只要重庆派来的大连市长一上任,共产党的接洽函就是废纸一张。"

"傅家庄什么时候再去?"麻苏苏问。

"明天。"老关交待完"大姨"的安排,就走了。

麻苏苏想着明天的行动,没有留意方若愚来了。他在铺子里转悠了一圈,啧啧赞叹:"这个地方不错,挺像一回事儿。"

"原来的货架、柜子都能用,省事了。"麻苏苏说。

方若愚从提包里掏出报纸包着的一样东西,搁在柜台上,神秘地朝麻苏苏努了下嘴。麻苏苏打开报纸,是一把手枪,外形小巧精致,枪口闪着森严的寒光。

麻苏苏拿起手枪打量着:"沃尔特 PPK,这可是阿道夫·希特勒喜欢用的手枪,在苏军逼近柏林的元首地下隐蔽部的最后时刻,他就是用 PPK 射穿了自己的脑袋。"麻苏苏举起手枪试了试。

"干咱们这行的,都喜欢这把枪的小巧,方便隐藏。"方若愚转过身,打量着店铺,"这个地方不错,是潜伏的风水宝地。"

"英雄所见略同。"麻苏苏擦拭着手枪。

"和大姐所见略同的不是我,是高大霞。"方若愚古怪地笑了笑。

"高大霞?"

方若愚说:"我调查过了,高大霞以前在你对面那个火勺铺开过海麻线包子铺,你这个洋货店先前明里是一家杂货店,实际上是大连放火团的秘密据点。"

"难怪昨天在这里遇上她了。"麻苏苏摆弄着手枪,"你对这里也不陌生呀。"

"当然不陌生。鬼子来抄放火团据点的时候,我这个关东州厅警察部警防课的课长配合过他们的抓捕行动。"

麻苏苏抬起头:"那高大霞对这条街应该很熟悉了。"

"不是一般的熟悉,她开包子铺是假,给放火团放哨是真。"

"她还真有心眼儿。"麻苏苏撇了撇嘴,走到墙角的花瓶前,把手枪塞了进去。"眼下,我们的当务之急是傅家庄。"麻苏苏回过身来,严肃地说道,"他到大连来,是以特派员的身份与苏联红军接洽的,他的主要任务是与苏联红军建立联系,成立大连市委——说白了,就是要和我们夺城。"

方若愚深吸了一口气:"共产党的速度够快的。"

"谁说不是呢? 我们的市党部,刚刚组建就受到重挫。"

方若愚恼怒:"苏联人真是出尔反尔,签《中苏友好同盟条约》时,说好了三个月内全部撤军,可现在东北真落到他们手里又舍不得了,推三阻四的,他们就是不想把东北的主权交给党国。"

麻苏苏冷哼了一声:"苏联如此拖延,无非就是想多搜刮点儿东北的地皮。苏联政府已经宣布了,曾服务于关东军的工矿企业及其他设施,都属于苏联的战利品,据可靠情报,鞍山钢铁厂的 9 座炼铁炉已经被他们拆去了 7 座。他们顺手牵羊抢点儿东西倒不可怕,可怕的是他们联起手来对付我们。苏联人如此拖延交还主权,分明是在等共产党有所作为!"

"代表中国的合法政府是我们,众目睽睽之下,苏联人也不敢太过分。"麻苏苏顿了顿,"不过,大连和旅顺就不好说了。"

"什么意思?"方若愚一怔。

"今年2月份,苏美英在雅尔塔开了一次会议,达成了一个密约,这个密约和大连、旅顺,还有中长铁路有关。"麻苏苏沉重地叹了叹气,"迫于斯大林的压力,罗斯福和丘吉尔在雅尔塔密约中答应过苏联人,让苏联享有对大连、旅顺及中长铁路的控制权,委员长对此极为震怒。"

"真是弱国无外交!"方若愚脸色难看,"这样一来,就意味着大连会成为'国中之国',意味着大连会成为共产党的庇护之所。"

麻苏苏点点头:"所以,大连要是被共产党抢走,我们要想再抢回来,比登天都难。"

方若愚一捶桌面:"重庆那面办点儿事情也是磨磨叽叽,派个市长过来有那么难吗?"

麻苏苏无可奈何地叹着气:"抗战刚刚胜利,党国面对的局面千头万绪。何况,我们的主力部队在南面,目前对东北鞭长莫及,心有余而力不足呀。"

方若愚语气阴冷:"他们鞭长莫及,我们这些过河的卒子就先发发威,来个虎口拔牙。"

麻苏苏递过来一杯热茶:"你准备怎么做?"

"想办法,毁掉傅家庄手里的接洽函。既然傅家庄身边有我们的眼线,就盯紧一点儿。抢到接洽函,高大霞也别留了。"方若愚接过茶杯,喝了一口,打量着四下,"怎么没看见你兄弟?"

"我让他去买点儿菜,还没回来。"

"大姐,我一直都想不明白,你这么精明能干,怎么会找个那么缺心眼儿的帮手。"

麻苏苏笑了:"哪儿是我找的,是他赖上的。"

方若愚不解。

麻苏苏说:"那是六年前的冬天吧,我收留的一个男人,勾搭上了我的小女佣,一个大雪天的晚上,我发现了这个事,就把他和那个小妖精一块儿赶走了,把他们俩用过的被褥、穿的衣裳,都扔到了外面。精细捡了那些东西,以为是我给他的,感激得不行,就留下来伺候起我来了,赶都赶不走。这孩子呀,空叫甄精细了,人一点儿也不精细,不过,不笨,教他点儿腿脚上的功夫,学得挺快。我整天对他也没个好声气,他也不记恨,就记得我救过他一条命,说那天晚上我要是不给他送棉被棉猴儿,他非冻死不可。”

方若愚冷笑:“你没跟他说实话,一直都骗他吧?”

麻苏苏说:“说了,他不信。他说咋回事他都亲眼看着了,说我是故意气他,逗他。还说打他骂他都是为他好,爹妈管教孩子都这样,要不咋有那么一句话,打是亲骂是爱哪。”

方若愚摇摇头:“这孩子,是彪得不轻。”

麻苏苏说的这段往事,甄精细在买菜回来的路上碰到高大霞时,讲出的是另一个版本:“我爹妈死得早,我一直在哈尔滨的街上捡破烂。6年前的冬天,那年的冬天可真冷啊,那天天上还飘着雪花,我在街上都快要冻死了。天擦黑的时候,我躲到我姐家门楼子底下,她心眼儿好,觉着我可怜,就回家翻箱倒柜给我找出新被子、新铺盖,还有一个新棉猴儿,让我过夜。为这个事,我姐的一个兄弟都跟她翻脸了,嫌她管闲事,不让她管,我姐不听,还是要管,那个男人就动手打了我姐。她的女佣也不让我姐管,为了我,我姐把他俩一块儿赶走了。”甄精细沉浸在旧事中,“我姐看我可怜,就让我留下来,管我吃管我住。”

两人说着话,到了洋行外,高大霞才知道甄精细说麻苏苏开的洋行,居然就是火勺店对面的这个铺子。高大霞打量着良运洋行崭新的门头,难免又触景生情起来。

屋里的方若愚看到窗外的高大霞,倒是一喜:“择日不如撞日,她自己送上门来啦!"说着,便要去拿花瓶里的手枪。

麻苏苏见状,连忙拦住:"你先躲起来。"

"我还躲什么,直接干死拉倒!"

"先把她诳进来再说!"麻苏苏拉开一扇柜门,强行把方若愚推了进去。

柜门合上的一瞬间,门前的风铃叮叮当当响了起来。

"大姐——"高大霞热情地打着招呼。

"哟,大霞!"麻苏苏佯装惊喜地迎上来,"妹妹,这是哪股风把你吹来了? 我这洋货铺前脚开门,你后脚就来了。太好了,大霞,我还怕你找不着这里,特意在医院给你留了地址。"

高大霞说:"我碰见精细了,才知道大姐在这开店,我正好来找个人。"

麻苏苏心下一颤,柜子里的方若愚也不由一惊。

高大霞朝店里张望,角落的立柜里,方若愚悄悄掀开了一线柜门,透过缝隙注视着高大霞,顺手从腰间抽出了匕首。

"看你说的,我初来乍到的,能认识谁呀?"麻苏苏心虚,试探着问,"你上我这儿找人可是找错了庙门。"

高大霞笑着摆摆手:"刚才,有没有谁来买戏匣子?"

"戏匣子,是收音机吧?"麻苏苏紧绷的神经放松下来:"有,来过这么个人。"

高大霞着急:"他买了?"

"我没卖。"麻苏苏摇头,"他拿的是日本钱,小鬼子都叫中国人赶跑了,我还能收他日本钱? 怎么了?"

高大霞松了口气:"那就好。"

"那个人,你认识?"麻苏苏问。

"认识，一个朋友，有两个钱不知道怎么嘚瑟好了。"

"那他再来，我还卖不卖给他了？"

"不卖！"高大霞语气坚定。

立柜深处，方若愚盯着高大霞的背影，犹如一只将要扑食的毒蛇，嘶嘶地伸出了自己的信子。

"这里当洋货店还真是不错……"高大霞拨弄着货架上的一个八音盒，上面一个穿着裙子的洋娃娃轻巧地转动起来，《胡桃夹子》欢快悦耳的曲子流淌而出。

"早就想来大连做生意了，提前备了些货。"麻苏苏指着货架上的东西，"喜欢啥，你随便拿。"

高大霞看着四下，眼里带了些伤感："原来这是家杂货铺，我也算是这里的半拉主人了。"

"是吗？"麻苏苏有些意外，"看来，这里装了妹妹的不少故事啊。"

方若愚推开柜子一条缝，麻苏苏和他目光相对，方若愚握紧了匕首，示意她引着高大霞往里面走。

高大霞转过头，墙上挂着的一张照片吸引了她。异国他乡的繁华街头，一个年轻的美国水手与一位美丽的护士紧紧拥吻在一起。高大霞盯着照片看了一会儿，脸颊泛起红晕来："这怎么还亲上嘴儿了？大姐，这张相片可不好，耍流氓伤风化，赶紧撕下来吧。"说着踮起脚来就要下手。

麻苏苏连忙拉住高大霞："可不能撕，这叫《胜利之吻》，是洋货铺的镇店之宝，好不容易才搞到手，贵贱我都不舍得卖，更别说撕了。"

"《胜利之吻》？"高大霞痴痴看着照片，想要挪开视线，却又隐隐有些不舍，"亲个嘴儿怎么还和胜利挂上钩了，当着满街人的面，洋人也不知道害臊，我看了都脸红。"

"大霞，这照片可是有来历的，二战结束的消息传到美国，一个美国水兵高兴得不得了，在广场上就亲了身边这位不认识的护士……"

"不认识就亲上了？不能吧？"高大霞满脸不可置信。

"我是这么听说的。"

"也别说，兴许真能这样。我知道小鬼子投降的时候，那个高兴劲儿呀，就连从来不笑的老赵都抱住了我。"高大霞意识到什么，忙着又做解释，"不过那也就是高兴，没亲嘴儿。"

"老赵是谁？"麻苏苏问。

"一个……朋友。"高大霞犹豫着说。

麻苏苏配合地点着头："当时肯定是高兴，中国人都高兴。"

方若愚见高大霞的注意力都在照片上，提着匕首钻出柜子，刚移步过来，窗外闪过几道人影，路过的行人好奇地向店铺里张望，方若愚连忙缩回身子，指了指百叶窗，拼命挥手示意。麻苏苏不动声色地走到窗边，拉下窗帘。屋子立时暗了下来，高大霞警觉："怎么了？"

"有点儿晃眼。"麻苏苏揉了揉眼睛。

外面的顾客进来，看着货架上的商品。高大霞发觉方若愚刚刚回去的那个立柜开了一条缝，过去用力把柜门按上。柜门闭合的瞬间，听见立柜后头传来咚的一声闷响，不知道是撞着了什么物什。柜子里的方若愚捂着额头，在心里骂了一声。

"这柜子原来好好的，怎么了这是？"高大霞上下打量着柜子。

麻苏苏忙说："没事儿，回头我找把锁给锁上。"

"不用，这有个插销。"高大霞用力按紧了柜门，一弯腰，把立柜下的插销给插上了。

"姐，咋这么暗呐？"甄精细钻进门来，没等麻苏苏回话，已经拉开了窗户上的百页。阳光奔涌而来，亮得麻苏苏有些刺目。

"关上!"麻苏苏厉声说道。

"别关了。"高大霞拦住甄精细,对麻苏苏说,"你这开的是洋货店,得往里招人,亮亮堂堂多好,街上走的人往里一看,啥都清清楚楚。"

门口,又有客人进来,麻苏苏推着高大霞往里走:"大霞,咱上里面看看。"

"里面有啥好看的?"甄精细拦着,"破破烂烂,还没收拾好。"

"没收拾也能看,大霞不是外人。"麻苏苏瞪了甄精细一眼,趁高大霞不备,拉起柜门下的插销。

柜门又拉开了一线,黑暗中闪出方若愚恼火的一张脸,他看看店里没了客人,钻出立柜。

高大霞停住脚步,货架上的一排雪花膏吸引她的注意。方若愚亮出匕首,从货架后闪身而出,悄无声息地逼近高大霞。

"大夫!"门口突然有人喊了一嗓子,把高大霞吓得一哆嗦,方若愚也吓得缩了回去。一个捂着腮帮子的男人风风火火地闯进来:"大夫,这卖牙痛粉吗?"

麻苏苏又急又气:"啥牙痛粉呀,这是洋货店,不卖那玩意儿!"

男人失望,龇牙咧嘴地转身走开了。高大霞的目光重新又落回货架上:"大姐,我拿两个雪花膏,给我嫂子一个。"说着从衣兜里掏钱。

方若愚推开柜门,看着外面,麻苏苏慌忙上前,挡住高大霞的视线:"给什么钱,自己家的东西。"

"那不行,你这是做买卖。"高大霞不由分说地掏出钱来。

方若愚钻出柜子,握紧了手上的匕首,深吸了一口气。以此刻他和高大霞的距离,只消一个呼吸,他手里的匕首便能要了高大霞的性命。正当他酝酿起周身的杀气准备出手时,一阵急促的敲窗声响起,方若愚连忙收住力气,蜷缩在货架后头,按兵不动。

高大霞循着声音望去,倏地一愣,窗户上,趴着傅家庄英俊的一张脸。

"刺锅子!"甄精细惊叫起来。

傅家庄进来,打量着店铺,赞叹不断:"没想到啊,居然是大姐开的店,琳琅满目,品种齐全。"

"老弟,你怎么找到这儿来了?"麻苏苏挤出一脸的惊喜。

"你来干什么?"高大霞一脸厌恶。

甄精细一步站到高大霞身前:"姐,你不用怕,这是咱们的地盘,他不敢乍翅!"

高大霞拽了拽甄精细:"精细,我和他没事了。"

甄精细愣住,看了看傅家庄,又看了看高大霞:"他不找你要咪咪嘎了?"

高大霞笑着摇头:"我俩是一伙儿的了。"

"一伙儿的?"甄精细满头雾水。

麻苏苏也佯装不解:"大霞,你这话是什么意思?"

柜子后的方若愚看着这一切,脸色越发难看。

"我俩都是共产党。"高大霞坦然承认,一旁的傅家庄愣了愣,责备地瞪着高大霞。

"你是共产党?"麻苏苏吃惊,她没有料到高大霞会如此坦率地说出自己的身份。

高大霞看了傅家庄一眼:"我俩在火车上有点儿误会,到了大连之后,疙瘩就解开了。"

"不用赔咪咪嘎了?"甄精细忍不住插嘴。

高大霞说:"都是一伙儿的了,不用赔,是吧,傅家庄同志?"

傅家庄还是有些生气,转过头去,货架后的方若愚连忙缩进了柜子里。

麻苏苏上下打量着高大霞，一时有些难以判断她的意图："大霞，你……你真是共产党？"麻苏苏犹豫着问。她的反应倒也不算出格，毕竟大连明面上仍是由苏军控制，而与苏联政府直接对接的是国民政府，共产党人在大连还远没有到可以公开表明身份的地步。

"这还能有假？共产党哪是随便说说的？"高大霞压低声音，故作神秘地说道，"这也就搁现在吧，苏联红军来了。要是搁小鬼子那时候，这就是我们党的机密，你要是坏人，去把我俩告了，还能得不少赏钱哪！"

麻苏苏责备地推了把高大霞："看妹妹说的，我哪是那种人？"

高大霞牵了牵嘴角："就是现在，要是国民党知道了我俩的身份，也想杀了我俩。"

甄精细悄悄看了麻苏苏一眼，又别过头去。

傅家庄见高大霞说话越发离谱，上前拽住她的胳膊，冲麻苏苏笑了笑："我找她有点儿事。"说着把高大霞拉到一边。

"干什么？"高大霞甩开傅家庄，"没看我和大姐说得正热闹嘛。"

傅家庄盯着高大霞的眼睛，压低声音问："你要嫁人？"

高大霞一怔，古怪地看了傅家庄一眼，心下暗自揣测着傅家庄的来意，冷冷一笑："怎么了？"

"是不是因为我拒绝了你，你面子上挂不住，就因爱生恨随便找了个人？我告诉你啊，高大霞，婚姻大事，绝对不能当儿戏！"傅家庄严厉地说道。

"刺锅子，你还把自己当香饽饽啦？可真能往自己脸上贴金，还因爱生恨，我爱谁了？恨谁了？我告诉你，人家老万比你革命还早俩月！"高大霞故意气傅家庄。

"这和革命早晚没关系，你不能说嫁就嫁。"傅家庄激动起来。

看到傅家庄这么激动，高大霞有些感动，看来他还不是个木头人。高大霞语气软下来："我的事你别管了。"她推开傅家庄，大声对麻苏苏说，"大姐的洋货店今天刚开张，我俩来了，得给你捧个人场。"高大霞打量着店铺，仿佛自己才是这家铺子的主人，"大姐，我们也没准备什么开张大礼，我就告诉告诉你这屋里有什么机关吧。"

麻苏苏一惊："啥机关？"

"高大霞，你别给人家瞎胡乱说！"傅家庄上前制止。

"怎么叫瞎胡乱说？这地方以前是我们放火团的秘密联络站，里里外外犄角旮旯有什么机关我最清楚。"高大霞看也不看傅家庄，"来，大姐，我一点点儿告诉你。"

立柜里的方若愚紧张起来，他推开柜门，看向麻苏苏，麻苏苏示意他躲到后屋去。

趁着高大霞的视线落在门边的一道白墙上，方若愚闪身而出。

高大霞指了指墙上一道黑色的印记："知道这道印子怎么回事吗？"

甄精细凑上前看了一眼："刺刀划的！"

高大霞眼睛一亮："行啊，精细，这都能看出来。"

麻苏苏脸色泛白，忙上前打圆场："哈尔滨原来也有小日本，扛着刺刀满街欺负中国人。"

甄精细全然没有明白麻苏苏的好意，又兴奋地指着墙角一块干透了的血渍："这一准是小日本的血！"

高大霞凑近看了看，倏地一笑："这是蚊子血。"

麻苏苏还在看第一道印痕："那这个刺刀印……"

"小日本搜查电台的时候刮的。"高大霞漫不经心地说。

"电台？"麻苏苏惊愕。

"鬼子搜到电台了？"甄精细紧张地问。

"哪能让他们搜到，"高大霞得意地笑着，几步走到一张桌子前，拍了拍桌面，"别小看这张桌子，里面的讲究可不少。当年，我们就在这里发报，小鬼子来了，愣是没发现。你们知道为什么吗？"

麻苏苏摇头："这不过就是张普通桌子，难道还有机关？"

高大霞的笑意越来越浓："当然有。"她提起一块桌板，桌板下显露出一个黑漆漆的洞口，尺寸大小刚好可以容下一部电台，"瞧，只要这么一推，电台就滑进抽屉里去了。"

甄精细不以为意地撇撇嘴："小鬼子也太笨了，拉开抽屉不就发现了吗？"

甄精细的问题问到了高大霞的得意处，她指了指抽屉内壁的一处隐蔽把手，"小鬼子不笨，是我们更聪明。这电台滑进抽屉里以后，只要一扭这个抽屉把手，里面的电台就给推进墙里了。"

麻苏苏看着这个精巧的机关，忍不住在心底敬佩他们的隐蔽手段。

高大霞洋洋自得："能把小鬼子耍得滴溜转，我们能是一般人吗？"

傅家庄意识到高大霞的话太密，密到有些不正常了："高大霞，走吧，人家还做生意。"

高大霞扣上桌板，冲麻苏苏笑笑："姐，以后有空咱们再聊。"

方若愚和麻苏苏都舒了一口气，可一旁的甄精细却不让："急啥呀姐，这里光藏电台，没藏过人啊？"

方若愚刚放下的一颗心，又悬到了嗓子眼。

"当然藏过！"高大霞在店门站住脚步，一下子又来了兴致。

麻苏苏暗自咬牙，心底翻起阵阵怒火。

甄精细凑到高大霞身边，满是渴望地看着她："姐，那你再讲讲，太好听啦！"

方若愚擦了擦额间的冷汗，在心里已经把甄精细五马分尸了好几个来回。

高大霞清了清嗓子，摆出了一副讲书人的语态，活灵活现地描述道："有一回，街上跑来个共产党，小鬼子大举出动，把青泥洼街搜了个遍，这里当然也跑不了。他们来来回回翻了个底朝天，可根本没想到的是，人就在朝着大街的这个柜子底下，拉开门就能看着。"说着，高大霞一把拉开了刚才方若愚还露过面的一个立柜。

麻苏苏顿时心跳加快，好在柜子里空空荡荡，麻苏苏松了口气："这要是放个喘气的大活人，还不得露馅儿了？"

"这你就不懂了。"高大霞伸手一推门后的一个按钮，木质墙壁无声地滑开，一道勉强可以挤下一人的小隔间显露出来，高大霞转头看了看目瞪口呆的甄精细，得意地捋了捋头发："这里还有个藏人的地方。"

麻苏苏眼角微微抽动："这上哪儿找去。"

"厉害吧？"高大霞笑得春风得意。

傅家庄听不下去了，无奈地扭过身去，目光看向别处。

"其他柜子里头还有机关哪！"高大霞越说越兴奋，快步走向了下一个柜子，"就这个，你们看！"她站在立柜旁侧，倏地一把拽开了柜门，开心地向众人展示着立柜里侧。

麻苏苏和甄精细都吃惊地瞪大了眼睛，因为这柜子里站着呆若木鸡的方若愚。

"老——"甄精细下意识脱口而出，方若愚吓得张大了嘴巴。

高大霞的视线被柜门挡着，看见麻苏苏和甄精细的夸张反应只觉得好笑："看把你俩吓的，没事儿，里头的洞，通到这后面。"说着，随手摔上了柜门，又是似曾相识的一声闷响。

方若愚捂住鼻子，五官疼得扭成了一团。

高大霞朝前走了几步，停下脚步，回身看着甄精细："你刚才说了个老……老什么?"

甄精细怔愣着,看向麻苏苏救援,麻苏苏干咳了两声,拖长了语调:"他是说……他是说,人藏在这里,小鬼子老……老也没发现?"

高大霞点了点头:"他们兴许也觉得,这柜子明睁眼露立在这,哪儿还敢藏人。"她得意地笑着,"可他们越这么想,咱就越这么干。"

"叫你讲的,我都紧张了。"麻苏苏擦了把额头的冷汗,"你们这胆儿,也太大了!"

"这就叫艺高人胆大!"高大霞自豪地一挥拳头。

麻苏苏引着高大霞往里走:"大霞,那里屋,有机关吗?"

高大霞说:"有啊!"

麻苏苏紧跟在后面:"在哪儿?"

"等一下。"高大霞回过身来,推开麻苏苏,阔步走向柜门。

麻苏苏的心又提到了嗓子眼,好在高大霞这回从柜门上揭下的是一张写着"已消毒"的泛黄纸片:"贴在这儿多碍眼。"高大霞说。

甄精细经受不住这样的大喘气,脚下有些发软。傅家庄注意到麻苏苏与甄精细的脸色都不大好看,上前拽了高大霞一把:"行了,咱们走吧。"

"大姐和精细都没听够,我不讲这不是穷拿把吗?"高大霞还没有尽兴,又朝角落里的花瓶走去,"这个花瓶,可是个藏东西的好地方。"

"藏啥?"甄精细问。

高大霞神秘地吐出一个字:"枪!"

麻苏苏心下大惊,方若愚送给她的那把枪,她刚才就放在花瓶里,麻苏苏言不由衷地掩饰着慌恐:"这哪能藏住枪呀,快,快进屋坐一会儿。"说着,上前推着高大霞离开。

高大霞一扭身:"大姐,你别不信,要是在这放把枪,遇到什么突发的危险,拔枪就能射击!"说着,便伸手朝花瓶里探去。

麻苏苏一把握住高大霞的手,后背已然被冷汗浸湿:"妹妹呀,你要再这么吓唬大姐,这洋行店我就没法开了,求求你,你可别说了。"说着,拉起高大霞的手往里走去。

立柜里,方若愚从门缝看着高大霞和傅家庄朝里屋走去,悄悄探出身子,踮着脚往门口跑去。孰料门外忽然闯进来一个人,店门猛地推开,重重撞在方若愚脸上,方若愚痛得惨叫一声,伸手一摸,摸了满手的鼻血。

几个人循声回过头来,见火勺店的老王提着一小袋火勺,满脸歉意地对着门边的人在道歉:"对不住对不住,怪我没长眼……"

方若愚气得直咬牙,强忍着疼痛要赶紧离开,老王却堵着方若愚不让走,一个劲儿说要给他处置一下。两人争执着的时候,高大霞走过来,看到是方若愚,吃惊地叫了一声:"挽霞子!"

方若愚顺手抄起柜台上的一包火柴,冲麻苏苏扬了扬:"老板,拿包洋火。"说着,掏出钱丢在柜台上就要走。

"挽霞子!"高大霞冲上前去,一把拉住方若愚。

方若愚脸上流露出疑惑的神色:"我不买挽霞子,我要洋火。"

高大霞直勾勾盯着方若愚的脸,冷笑了两声:"真能装!"

方若愚迎着着高大霞犀利的目光,神色淡定:"姑娘,你指定是认错人了。"

"你前两天是不是去了哈尔滨? 是不是住在马迭尔旅馆?"高大霞逼问道。

方若愚不假思索地摇头:"没有,我这有一两年没出过大连了。哈尔滨,十来年没去了。"

麻苏苏上前收钱:"谢谢先生,再来啊。"

方若愚点点头,转身要走,高大霞展身拦住方若愚,上上下下打量着他:"不会错,就是你!"

方若愚一笑:"像也说不定,咱全中国有五万万人,总会有长得像的。怎么,那个人跟你有什么事吗?"

"你别装了!"高大霞激动起来,"你就是挽霞子!"

方若愚拽了拽衣摆,露出不耐烦的神色:"你怎么老说挽霞子? 我今天也没穿挽霞子呀,倒是穿秋衣了。"说着打了个喷嚏,"哎呀,这天突然就凉了,二八月乱穿衣。"方若愚见傅家庄一直看着自己,便冲他点了个头:"小兄弟,你俩一起的? 她是不是……"他指了指自己的脑袋,"这儿有毛病?"

"你才有毛病!"高大霞喊道,"你就是在马迭尔旅馆逃跑的那个坏蛋!"

方若愚无奈地朝傅家庄摊了摊手:"你看,她到底说什么? 马迭尔驴迭尔,东一榔头西一棒槌,我一句都听不懂。"说着又转身看着高大霞,"我再耐心告诉你一遍,你说的人不是我,我也没去过哈尔滨!"

甄精细对突然发生的这一切有些茫然,看向一旁的麻苏苏,寻求一个答案。麻苏苏对他摇了摇头,眼下的局势还不算太坏,方若愚还应付得过来。要是自己贸然替方若愚辩解,反倒是可疑了。

高大霞见旁边袋子里装着木耳,抓了一把送到方若愚面前:"这个吃过吧?"

方若愚愣了愣:"吃过啊,木耳谁没吃过。"

高大霞一字一顿地说:"这东西好吃,血、受!"

方若愚一脸疑惑:"还行吧,得拿水发一下才能吃,说不上啥血受。"

高大霞眼睛一亮,兴奋地看向傅家庄:"听没听见? 他说血受了! 就这个腔这个调,一点都没差!"

方若愚不解："什么腔什么调?"

"血受!"高大霞激动起来,"你当时就这么说的,不是大连人,不会说这个词儿,你就是那个特务!"她过来推了傅家庄一把,"你木头人啊?戳这儿不动弹了,他就是在马迭尔旅馆跑了的特务,错不了,快抓人呀!"

方若愚像是恍然大悟:"噢,闹了半天,你就因为我说了个血受,就认准我是特务了?"

"还有挽霞子!"高大霞强调。

方若愚笑了:"挽霞子、血受,哪个大连人不这么说? 照你这么说,去过哈尔滨的大连人就都是特务呗? 真是病得不轻!"他扭头看了傅家庄一眼,"赶紧带她看病去吧!"说着便要出门去。

高大霞上前拉住方若愚的袖子:"不能走!"

方若愚脸上有些挂不住了,回身呵斥道:"我可是警察,你再这么无理取闹,我就把你送进岭前大狱!"说着,他从上衣口袋兜里抽出警察证,亮在高大霞眼前。

高大霞一把打开警察证:"你吓唬谁啊? 你个狗特务还狂起来了!这么有本事,怎么就不敢承认去过哈尔滨,住过马迭尔旅馆?"

方若愚厌恶地说:"我不跟你个彪子废话,滚蛋!"

"你不用装疯卖傻,我记得清清楚楚,当天你穿了件青色马褂!"

方若愚气极而笑:"这就更不贴铺衬了,我是警察,上班穿警服,平时穿西装,我从来就不穿什么马褂。"说完,他飞速眨了眨眼。

"眨眼了,你眨巴眼了!"高大霞兴奋起来,"刺锅子,看到没有,他眨巴眼了,他心虚,他撒谎,人一撒谎就爱眨巴眼!"

"你怎么不说我还喘气? 要是连眼都不眨巴了,我不成死人啦! 简直就是个疯娘们儿! 我和你说不清!"方若愚说着,摔门出去,高大霞还要追上去,一只手拽住了他。

"挽霞子,早晚有一天,我非扒下你的画皮不可!"高大霞冲着门外大喊。

甄精细满脸敬佩,从窗上望着方若愚远去的背影,悄声赞叹:"真能装呀!"

麻苏苏瞪了眼甄精细,走上前去:"大霞,兴许你真是认错人了。"

"我没有!"高大霞气得直跺脚。

方若愚走出很远,才回头张望,不见高大霞追来,他才长舒了一口气。一回身,差点撞到一个男人身上,正要发怒,对方却认出他来:"方先生?"

方若愚盯着对方,想不起来是谁。

"我是开电车的老万。"万德福忙自我介绍。

方若愚敷衍地"哦"了一声,疾步走开了。万德福望着方若愚的背影,嘀咕着:"还不认人了。"

第十四章

高大霞把马迭尔旅馆的事又在脑子里过了一遍,还是确认自己没有认错人。既然这个挽霞子掏出了警察证,那去警察署问问他前几天去没去过哈尔滨不就都清楚了?想到这里,她拉上傅家庄就走。出门走了不远,碰见了迎面赶来的万德福,高大霞给两人做了介绍,万德福握着傅家庄的手激动地说:"大霞跟我说过你好几次,能文能武,识文断字,老厉害了。"

傅家庄看着高大霞:"你当面都没这么夸过我,老万大哥这么一说,我还怪不好意思的。"

高大霞不耐烦:"别扯没用的了,赶紧上警察署。"

万德福问:"上警察署干什么?"

高大霞说:"刚才我们在洋货店见着个狗特务,他在警察署干活。"

万德福警觉:"你说的是方若愚方课长吧? 刚才我还跟他碰上了。"

高大霞问:"他长啥样?"

万德福说:"大高个,大眼睛,挺魁实,精神头挺足,挺和善。"

高大霞不爱听:"什么和善,那是笑面虎。"

"你认识这个人?"傅家庄问万德福。

万德福点点头:"他原来是关东州厅警察部的课长,光复后在警察署里当科长。"

高大霞打断:"那不跟小鬼子在的时候一样吗? 一看就不是个好人。走吧,先把他抓起来再说。"

傅家庄没听高大霞的:"老万大哥,你跟那个方若愚熟吗?"

万德福说:"谈不上熟。我跑那趟电车线正好经过警察署,里面不少警察都坐我们电车上下班。其他警察仗着身上那身皮,从来不买车票,就这个方若愚不一样,回回都买票,所以我们对他印象还不错。"

傅家庄点头:"照你这么说,他倒不像个坏人。"

高大霞说:"一张电车票才几个鼻硌子钱? 他买车票恰恰说明他狡猾,能装!"

万德福说:"装了这么些年,假的也是真的了,这可不容易。"

"老万,他上下班的时候,不穿警服吧?"高大霞问。

万德福摇头:"不穿。"

高大霞又问："那他是不是经常穿青色的大褂？"

"大褂……"万德福想着，摇摇头，"好像都是西装。"

"那就是说，他有时候也穿青色大褂。"高大霞启发着万德福。

万德福说："还真没见过他穿大褂。"

高大霞不满："老万，你是不是糊涂啊，中国男人哪有不穿大褂的？你过年过节还穿一回呢。你再好好想想，他不穿青色的，也肯定穿过别的色儿的大褂！"

从万德福嘴里介绍的方若愚，傅家庄觉得应该有可信度。原本他关心的是高大霞要嫁给万德福，可从两人的言谈举止间，他没找到这种迹象，这让他安心不少。

万德福向傅家庄告辞，说要去办事，高大霞拉住他："我嫂子让你去洋货铺买戏匣子？"

万德福犹豫了一下，摇头："不是，我自己想买。"

"得了吧，那玩意儿多贵呀！你买它干什么？烧包啊？我告诉你啊，不准听我嫂子的。"

万德福为难："不买，嫂子该不高兴了。"

高大霞急了："你管她高不高兴？老万，咱可是在放火团交过命的战友，我哥现在是死是活还不知道，你要是敢打我嫂子的主意，我可真跟你翻脸！"

万德福也急了："你说什么哪，高大霞，有你在我还打你嫂子的主意，我……我有病啊！"

高大霞："你就是有病，她念叨戏匣子你就去买，你病得不轻！"

骂走了万德福，高大霞急着去警察署。傅家庄批评高大霞办事太冒劲，高大霞一下猜出他是埋怨自己把两人的身份暴露给麻苏苏了，傅家庄没好声气地说："你还知道啊？"

"我当然知道，"高大霞觉得自己没错："就因为麻苏苏和甄精细值得怀疑，我才故意那么说，你想啊，麻苏苏要真是国民党特务，我不用说，她也早就知道了你我的身份。她要是个好人，就是知道了，也没有关系，没准儿还能发展成我们的同志呢。"

"可你提屋里那些机关暗道干什么?"傅家庄问。

高大霞说："还是那句话，他们要真是特务，那些机关暗道一个也瞒不住，他们想在那里干特务的事，就会在那些地方动心思。现在，那些地方都叫我给点出来了，他们害怕的话，就得跑。下一步，就看他们跑不跑，一跑就是有鬼!"

傅家庄点头："也对，你比我还往前多想了一步。"

"你走的是哪一步?"高大霞问。

"我让哈尔滨那边调查麻苏苏了。"傅家庄说。

高大霞在良运洋行不按常理出牌的一通搅和，确实让麻苏苏乱了分寸。高大霞和傅家庄一走，她就让甄精细赶紧收拾东西准备撤离。正手忙脚乱的时候，方若愚又回来，听说麻苏苏要跑，方若愚忍不住骂她愚蠢至极。麻苏苏甩下脸来："高大霞说了些什么，你也都听见了，这屋子里的一切她都一清二楚，我留在这儿也是什么都干不了。"

"糊涂!"方若愚厉声呵斥，"高大霞满肚子猴儿，她那是故意拿话试探你，她一点破了这里的秘密，你就搬走，这叫什么? 此地无银三百两! 不打自招!"

"你好好跟我姐说话!"一旁的甄精细激动起来。

"滚蛋!"方若愚一见他就气不打一处来。

"你再说!"甄精细一捋袖子。

"住手!"麻苏苏赶走了甄精细，觉得方若愚的话在理，"刚才，我是乱了方寸。"

"我早就说要把她除掉,你们就是不听,当断不断,必有后患,现在全应验了。"方若愚数落着。

麻苏苏不愿听了:"马后炮的话,说多了无益。当务之急,是要毁掉傅家庄手里的接洽函!"

"早把他俩处置了,接洽函的事也解决了。"方若愚抱怨。

"别埋怨了,我问你,刚才怎么把你在警察署当差的事都说出来了?"

"我不说,他们也能查出来。我没猜错的话,他们这会儿是去警察署调查我了。"

麻苏苏担忧:"警察署里应该有你的人吧?要不打个电话嘱咐一下?"

"不用。"方若愚说,"现在大连皆是苏联人说了算,不是他们共产党。"

"可苏联人和共产党已经成了一丘之貉。"

"虽说是一丘之貉,可到底还是两路种,终归差着一层。共产党想在警察署拿人,总得在苏联人面前摆个一二三四五出来吧?可现在,高大霞手里的一二三四五都是不靠谱的猜忌,翻不起大浪。"

麻苏苏摇摇头:"话不能这么说。你蒙他们一时,可终究不是长久之计,要不然,我还是请示一下戴局长,对你另做安排,以免对大连的工作造成不必要的损失。"

方若愚笑道:"没跟她硬碰硬之前,我还有点儿胆儿虚,怕她知道我的底牌。今天一交手,她也不过如此。是骡子是马,拉出来遛遛就都知道了。"

麻苏苏盯着方若愚:"小方,我还是提醒你,隐蔽战线不同于战场,最重要的还是自保。"

方若愚不以为意地耸了耸肩："高大霞一通瞎比划,你就手忙脚乱,这可不像'老姨'的做派。"

"我是担心你这个'老姨夫'。"

方若愚信心十足:"兵来将挡,水来土掩,只要我一口咬定没去过哈尔滨,高大霞闹不出花来。"

方若愚还是低估了高大霞。虽然傅家庄也反对高大霞去警察署调查他,可高大霞还是去了。临去前,她还回家找到了在马迭尔旅馆捡到的那把钥匙,天快黑了,才去警察署。看门的老钱听说她是方若愚的亲戚,有点儿不信:"八杆子打不着的亲戚吧。"

高大霞陪着笑:"怎么打不着,我们可是实在亲戚,没出五服的亲戚,我是他老姨。"

"老姨?"老钱上下打量着高大霞,"他能有你这个岁数的老姨?"

"我辈儿大,萝卜不大,长在辈上,说的就是我。"高大霞笑得更甜了。

老钱终于没架住高大霞的哄骗,拿出一本厚厚的登记簿查了一通,说确实没有方若愚最近出差的记录,"他都在班上。"老钱肯定地说。

"那我大外甥今天能不能回来了?"高大霞问。

老钱看了看天色:"都这时候了,估计是够呛。"

"他不回来我咋整啊?"高大霞做出一副楚楚可怜的模样,"这眼瞅着天都黑了,我总不能睡大街上吧?街上也不太平。大哥,他住哪儿,麻烦你告诉我个地址吧。"

老钱犹豫着,高大霞央求道:"你就帮个忙吧,大哥,我一个女人家,这也没个地方去,我大老远就扑着他来的。"

老钱架不住高大霞的磨叽,给她写了个地址,高大霞千恩万谢地接过地址出了警察署,却听到身后有人叫她。回头一看,居然是傅家庄。

他下午来警察署办事，特地调查了一下，问到的结果和高大霞掌握的一样。

高大霞还是不信，拿出老钱给的地址，让傅家庄陪着去趟方若愚家。

按照地址，两人很容易在黑石礁找到了方若愚家，看到院门紧锁，高大霞从兜里掏出钥匙，往锁眼里捣估了半天，也没把锁头打开。

"这不是人家的钥匙，当然打不开锁了，就算是，他要是特务，知道钥匙丢了，能不换锁吗？"傅家庄分析道。

高大霞理解的是傅家庄没有都想到的结果："这么说，你也觉得他是心虚才换的锁？他就是'老姨夫'呗？"

傅家庄叹了口气："我是说，你见的人根本不是他，人家当然没有换锁的必要了。"

"翻来覆去，你还有没有点原则立场了？"高大霞使劲推着院门，有些不甘。

傅家庄本以为这下高大霞应该死心了，不想她又有了新主意，让傅家庄翻墙进去再试试这是不是房间的钥匙。见傅家庄拒绝，她要自己爬墙。无奈之下，傅家庄只得照办，他看看四下无人，突然助跑了几步，三两下攀上了墙头，翻身跃了进去。

"猪大油没白吃。"高大霞啧啧赞叹看，扒着院门门缝朝里张望，见傅家庄拿着钥匙在房门上试了又试，还是无果。高大霞正焦急得不行，一只手在高大霞的肩头上拍了一下，吓得高大霞触电般弹起了身子。回过头来，面前站着的是一个女人。是翠玲。

翠玲瞪着一双平静如水的眼睛，探寻地盯着高大霞，等着她的一个解释。

"你干什么？"高大霞看着她的眼睛，心虚地问。

翠玲一言不发，还是静静地盯着高大霞。从墙头上跃下的傅家庄看见翠玲，一脸尴尬，手足无措。

"对不住啊，找错门了，是哪家呀，我这脑袋真是完了。"高大霞嘀咕着，示意傅家庄赶紧走。

两人匆匆离开，翠玲的目光送出他们老远。

"你太固执了，让我陪着你丢人现眼。"傅家庄埋怨着高大霞。

"他换锁了，更说明心里有鬼。"高大霞说得斩钉截铁，"反正知道他家地方了，明天再来堵他。"

"这么堵也堵不出个结果，我让哈尔滨的同志再去马迭乐旅馆调查一下吧。"傅家庄知道，没个确切的结果，高大霞不会算完。

吃完早饭，傅家庄和高守平要去苏联红军大连警备司令部送接洽函，高大霞说她要去看看麻苏苏那边的情况。傅家庄不放心她一个人去，叫带上刘曼丽。

高大霞说："你真磨叽，我这就是再去摸摸底，麻苏苏就算是个特务，也不能大白天就杀人吧？她是特务，不是杀手。嫂子去能干什么？又不是去打嘴仗。"

"关键时候，喊一嗓子也顶用。"傅家庄笑着，喊来了刘曼丽，"嫂子，上午有事吗？"

"干啥？让我跟你去执行啥任务吗？太好了，傅大哥，你早该培养培养我了。"刘曼丽异常兴奋。

浓妆艳抹的刘曼丽从楼上下来时，高大霞吓了一跳，她这哪是出任务，赶上去参加化妆舞会了，高大霞上前："嫂子，你怎么还描上眉、画上眼了？"

刘曼丽妖艳一笑："傅大哥冷不丁给我派个大任务，我不得倒饬倒饬啊。"说着从包里掏出口罩戴上。

"哎呀,不用。"高大霞抢下口罩,"本来街上没人看你,这么一倒饬……"打量着刘曼丽,从衣兜里掏出手绢递上,"求求你了,嫂子,快擦一擦吧。"

刘曼丽脖子一梗:"就不!"扭动着腰肢朝外走去。

院子外,傅家庄正和高守平低声说着事,看到扭着身子过来的刘曼丽,两人都一脸无奈。

"嫂子……"高守平咽了咽唾沫,不知道该怎么说。

"傅大哥,我还是跟着你吧。"刘曼丽央求着着傅家庄,"大霞事儿太多,跟她也折腾不出个花儿来。"

"又背地里说我坏话!"高大霞过来。

"说你坏话还用背地里?"刘曼丽翻了翻白眼。

傅家庄看看刘曼丽的装扮,又转头看向高大霞,苦笑着说:"就当是出奇制胜吧。"

第十五章

玛丝洛娃抱歉地看着傅家庄和高守平,说安德烈中校下午才能从旅顺口回来,傅家庄约定下午四点再过来。这一次,傅家庄没有发现有什么车辆或是什么人跟踪到苏军大连警备司令部,他稍稍放了点儿心,惦记起高大霞到良运洋行的情况来。

原来高大霞没少和刘曼丽一起来青泥洼街,这一次,两人却都觉得别扭。高大霞要进良运洋行,怕刘曼丽跟着搅局,让她在外面等着,刘曼丽不干了："你不执行任务要逛洋货店了？高大霞，我是你亲嫂子也不能给你护这个短，对不起傅大哥。不准逛，赶紧执行任务去！"

高大霞悄声说："上洋货店就是任务。"

"这个任务好啊，怪不得你不愿带我，哎，买东西组织上给钱吗？那咱买个戏匣子。"刘曼丽兴高采烈地说着，可一见高大霞拉着的脸，也觉得要个收音机有点过分，"也是哈，不好，戏匣子太贵。那就买个金镏子吧，给守平娶媳妇准备着，到时候就不用买了。"

"就你这觉悟，老想占便宜，革命队伍能要你啊？"高大霞朝火勺店一指，"你去买俩火勺，在这儿等着我就行。"

刘曼丽不满："高大霞，你是怕我给你丢人，还是怕我知道你有啥见不得人的事？"

高大霞脸一拉："你再胡说八道，就回家去！"

"高大霞，你敢这么跟我说话？我可是傅大哥派来的，不归你管！"

"你跟我执行任务，就得听我的！"

刘曼丽张了张嘴，压住了火气。

"我进去说几句话就出来。"高大霞转身朝良运洋行走去。

刘曼丽看向一旁的火勺店，过去上下打量起来。

"俺家的包子铺啥时改成火勺店了……"刘曼丽像是自言自语，实际上是说给忙着烙火勺的老王听。

老王果然警觉，看向刘曼丽："你是包子铺的掌柜？"

刘曼丽自豪地点头："我开海麻线包子铺的时候，一跺脚整条青泥洼街都乱颤，就是在全大连，我这店也是响当当的。小鬼子一听我的名号，都吓得直哆嗦！"

老王疑惑："昨天来了个姑娘，她说她是海麻线包子铺的掌柜。"

刘曼丽愣了愣，说道："她跟我一家子，家里的事都是我说了算。"

老王问："您也姓高？"

"我不用姓高，高家的事也是我做主！"刘曼丽神情高冷。

良运洋行里，麻苏苏正拿着几样新进的绸缎往身上比量，门口的风铃响起，她回头看见高大霞进来，先是一怔，随即做出一副高兴的表情："大霞来了！"

高大霞过来："昨天叫挽霞子……就是那个坏蛋，叫他给气糊涂了，也没跟大姐正经说说话。大姐，你说巧不巧，大连街这么大，我偏偏能在这里碰上他。"

"冤家路窄，一点儿都没说错。大霞，我看那个人不面善，你可得多提防着点儿。"麻苏苏低声说。

"干坏事的人能面善才怪。大姐放心，我不怕他，心虚的人是他！"

"嗯，你说得对。"麻苏苏连连点头。

高大霞看到桌上的绸缎，伸手摸了把："这滑溜溜的，赶上小月孩的脸蛋儿了。"

麻苏苏叹了口气："我带的几身衣裳，都在箱子里，不是叫精细给落到哈尔滨火车站行李房了嘛，"说着拉开抽屉，取过了一张小纸板，"你瞧，16 号，行李牌还在我这。昨天才叫朋友把行李取走，这几天就给我打邮便捎过来。"

"还挺费事。"高大霞不动声色地看了纸板一眼。

"没带来也挺好，我这不有借口买新的了吗？"麻苏苏笑着说，"这几块料子都是新进的，这一半天我还想找地方做几身旗袍呢。"

高大霞打量着麻苏苏："嗯，你穿旗袍好看，腰是腰，腚是腚。"

"我这腰都赶上水桶了，还是你穿旗袍好看——该凸凸，该凹凹，这细腰……"麻苏苏羡慕地打量起高大霞。

"我知道一家老裁缝店，旗袍做得可好啦。"高大霞摸着面料说。

麻苏苏两眼放光："在哪儿?"

"在寺儿沟电车站跟前,叫针脚裁缝,老师傅的手艺全大连数得着。"高大霞观察着麻苏苏的神色,"下午三点半,我在寺儿沟电车站等着你,咱俩一块儿去。"

"好。"麻苏苏兴奋地答应着,"我还给你买了块儿料子,你就便也做一件。"说着,翻出一块儿绸缎。

高大霞推辞:"这不合适。"

"咱姊妹俩还有什么合不合适的,你看看这块儿,中不中意。"麻苏苏拿过面镜子,把料子在高大霞身上比量着。

"嗯,好看……"高大霞看着镜子里的自己,"姐,这个我得给你钱。"

麻苏苏脸一拉:"不用。"

高大霞推开料子:"你不要钱,我就不要了。"

麻苏苏无奈:"你真是的,大霞,往后,我有个啥事还怎么再跟你张嘴……"说着,又把料子按在高大霞身上,"再好好看看。"

高大霞满意地看着镜子里的自己。

"好你个高大霞,撒谎吊猴儿!"随着门口的风铃声,刘曼丽气呼呼地闯进来,指着高大霞呵斥:"你自己个儿跑这臭美,把我一个人撂到大街上喝风灌土!"

麻苏苏恼火:"你谁啊? 跑这吵吵巴火!"

高大霞连忙说:"大姐,这是我嫂子。"

麻苏苏一愣,旋即露出一张笑脸来:"哟,你叫嫂子,我可得叫妹妹。"她笑脸盈盈地打量着刘曼丽,"多年轻呀,妹妹,我这真是有眼不识金香玉,对不住啊,妹妹。"

"行了,我不计较。"刘曼丽挥了挥手,转身打量起屋子里的货架来,"好东西不少呀,净是些洋玩意儿。"一抬头,看见了墙上的《胜利之吻》,

"怎么还挂了这么个玩意儿？臊不臊死个人……"刘曼丽嘀咕着，转脸看着别处，却还是不时回头偷看一眼。

麻苏苏跟在刘曼丽身后："妹妹，你看好什么，尽管说。"

刘曼丽眼睛一亮："这有戏匣子吗？"

"有，有，妹妹要是买，我多少钱进的，多少钱给你。"

刘曼丽兴奋："真的？"

"真的也不买，哪有那个闲钱？"高大霞过来，拉着刘曼丽朝外走，对麻苏苏说，"大姐，我走了啊，下午见。"

两人一出商铺，刘曼丽甩开高大霞的手。

"叫你在外面等着，你怎么进去了？"高大霞质问。

"你还有脸说？挣死八力把我拉出来，就怕我要戏匣子？你这还没嫁给万毛驴子，就替他当家啦？"刘曼丽数落。

高大霞说："你就欺负老万老实。"

刘曼丽说："欺负他怎么了？想娶高家的女人，不出点儿血不行！"

"这是我和老万的事，你别掺和。"高大霞往前走去。

刘曼丽跟上来："高大霞，我这可是给你争嫁妆，等过了门，你再想要个屁都没人搭理你！"说完，又要回去。

高大霞拉住刘曼丽："嫂子，我今天来是有任务，不是领你看西洋景的。"

刘曼丽一笑："拉倒吧，臭美也叫任务？你也就骗骗傅大哥，我眼里可不揉沙子。"

高大霞说："跟你说不明白。"

刘曼丽吃惊："怎么？那个女老板是坏蛋？我看也不像是个好东西，一步三晃，年轻时指不定勾引过多少男人。"

"你不走，我走。"高大霞走开。

"你站住!"刘曼丽一提手里装火勺的纸袋,"把火勺钱给人家!"

两人还在斗嘴,甄精细蹬着自行车过来,看见高大霞,亲热地打起招呼,两人客套了几句,高大霞问:"精细,你在哈尔滨火车站,落下什么东西了吗?"

"落了,落了个大皮箱。"甄精细说。

"怪不得你姐埋怨,说落在候车厅了,找都没法找。"高大霞有意说混了地点,看着甄精细的反应。

甄精细怔了一下:"我姐说落在候车厅?"

"对呀,她就这么说的。"高大霞很肯定。

甄精细脸一板:"不对,我落在行李房了。"

高大霞和刘曼丽回来,傅家庄已经在家里了。一回门,刘曼丽就告起状来:"她把我一个人扔在大街上,自己在店里又吃又喝,穿金戴银,半天不出来,有这样式儿执行任务的?"

傅家庄看着刘曼丽的妖艳妆容,安慰道:"大霞是好心,不让你进去,是怕万一有危险。"

"有啥危险? 就一个三节腰的老狐狸精,还能吃了我?"刘曼丽不服气。

高大霞端着饭菜进屋,夸张地叹了口气:"今天要不是有嫂子跟着,我都回不来家。"

刘曼丽把脸一板:"不用拣好听的说,往后,我只跟傅大哥执行任务,你想跟我搭伙,没门儿。"说罢,出了屋子。

傅家庄笑起来,高大霞问起和苏联人接洽的事。傅家庄叹了口气,说下午四点再过去。

"这都跑三趟了。"高大霞皱眉。

傅家庄说,"苏联人刚接收大连,忙得焦头烂额也正常。麻苏苏那里怎么样?"

高大霞说:"有个事你得让哈尔滨那边查一下,她说她的行李箱落在哈尔滨火车站行李房,昨天找人取走了,行李牌是 16 号。"

傅家庄点头:"行,这要是她编的瞎话,就说明有问题。"

"另外,我约了她下午三点半去寺儿沟的针眼裁缝店,她要做几身旗袍。"

傅家庄说:"下午有个更重要的事需要你。"

"什么事?"高大霞问。

傅家庄说:"上次我和守平去司令部时,好像被人盯上了,这次虽然没有发现有人跟踪,我还是不放心。"

高大霞说:"那就改个时间吧。"

"不能改。"傅家庄说,"李书记中午从瓦房店回来,我去跟他碰一下怎么办。"顿了顿,又说"要不,你跟我一块儿去吧,他老说要见见你。"

"我也想见他,组织关系老放在我手里也不是个事儿。"高大霞说,"见完我还得找老万办点儿事。"

傅家庄算了算时间:"要不你先办你的事。"

傅家庄的顾虑是对的,上午他和高守平与玛丝洛娃的谈话,都被在门外佯装拖地的吴姐听到了。趁着午休的时候,她来找麻苏苏商量对策。

"'大姨'动动嘴,咱得跑断腿。"麻苏苏喝着咖啡,"不让共产党跟苏联人接洽,不容易呀。"

吴姐压低声音:"现在是夺城的时候,能拖一天是一天,等苏联人把大连交给我们,共产党手里的接洽函就是一张废纸。"

麻苏苏放下咖啡:"放心吧,我带几个人,今天一定抢下傅家庄手里的接洽函。"

"人也除掉吧。"吴姐补充道。

麻苏苏点头:"顺道儿的事。"

对下午与苏联人接洽的事,李云光做了充分准备,以保证傅家庄顺利完成任务。接洽成功,就意味着共产党人在这次没有硝烟的夺城之战中赢得了胜利。

傅家庄虽然到大连的时间不长,但这几天里,他对这个历史不算长的城市却肃然起敬:"大连因为是整个东北的出海口,所以从来都是命运多舛。1879年,李鸿章给光绪皇帝的奏折中,就第一次出现了'大连湾'的概念,意在建议清廷经营此地。可清廷屡弱,无力坚守,甲午战败后,大连就如同一块肥肉,被各国列强争来抢去。闻一多先生当年深感丧土之痛,写出了《七子之歌》,旅大就是其中'一子'。"

"是呀,清政府被迫签订了《旅大租地条约》,大连被沙俄统治了7年。光绪三十一年,日俄战争结束,这里又沦为日本的殖民地。"李云光点上一支烟,深吸了一口,"大连的地理位置太过重要,要不然,几十年来,日本人也不会非要把大连这个地方抢到手,还要把大连当成日本本土,叫做关东州,建成所谓的'国中之国'。"

傅家庄点头:"国共两党都把东北棋局中的第一枚棋子落在大连,我们要尽快知道国民党在大连的行棋之人,所谓知己知彼。"

李云光打断:"对了,大连的特务头子,代号叫'大姨'。"

"大姨?是个女的?什么来头?"傅家庄问。

"是男是女还不能确定,我们按照名单抓到的特务说,他们也是才知道有这么个人。"

"大连的地理位置、战略位置如此重要,重庆方面不会派个草包来。"傅家庄神色凝重。

李云光抽了口烟,赞同地点了点头:"从目前掌握的情况看,小鬼子在大连的时候，并没有'大姨'这个代号的存在。自从大连'光复'之后，'大姨'才开始活动频繁。"

"也许早就在了，只是藏得够深，没有被日本人发现。"傅家庄说。

"果真如此的话，你我就遇到了一个劲敌。"李云光说。

"此前派'老姨夫'到哈尔滨拿名单的人，应该也是这个'大姨'。"傅家庄沉思着，"这么看，'大姨'在军统的地位不会低了。"

李云光掸了掸烟灰，目光有些迷离："当初'二姨夫'落网，宁可自杀，都没有交代关于'大姨'的半点儿消息。我们费尽周折，也只摸出了个'老姨夫'去了哈尔滨，看来，他们当时也是想丢卒保帅呀。"

"无论是以前就在，还是现在刚到，可以断定，这是一个老辣的对手。"傅家庄起身，"我们还是要尽快与苏联红军方面完成接洽任务，早一天得到他们的支持，我们在大连的脚跟就能早一天立稳。"

两人商量好接洽的具体方案，傅家庄特意喊着老关跟自己一起去，老关高兴地答应着，骑着车子带上傅家庄上路了。李云光从窗户上望着他俩离去，出了茶庄，叫上小丁等人跟在后面。

去苏军大连警备司令部的路有两条，傅家庄让老关抄小路走，这正符合老关的心思，别说傅家庄才到大连几天，就是个老大连人，在大大小小辐射状的街道上转几圈，也得晕头转向。

麻苏苏和甄精细躲在离警备司令部不远的一个楼道里，一直密切关注着下面的巷道。

"姐，他们能从这里走吗？"甄精细有些担心。

"闭嘴，就你废话多。"麻苏苏讨厌甄精细的猜测，可这个二货的预言有时候还真是精准。

"好好好，我不说。"甄精细向后站去。

"几个路口都安排好人了吗？"麻苏苏观察着远处的动静，问道。

甄精细半晌没有答话,麻苏苏气冲冲地转过头呵斥:"耳朵塞驴毛了?"

"你不是不让我说话吗?"甄精细一脸委屈。

"我是不让你说废话!"麻苏苏气得眼前发黑。

"都安排好了,姐,你就瞧好吧!"甄精细自信满满。

麻苏苏顺着甄精细指示的方位,看见巷道拐角处,一辆黄包车停在角落,四下有几个健壮的男人埋伏在阴影下。麻苏苏看看手表,带着甄精细匆匆下楼。

老关紧蹬了几下自行车踏板,按着车铃冲进前面的巷道,后座上的傅家庄警觉地看着四下。突然,一辆黄包车从斜刺里冲了出来。老关骤然刹车,车身一横,傅家庄被甩落下来,狼狈地翻滚在地。他刚要起身,两个特务从黑影里扑了上来,匕首破空而来,傅家庄就地翻滚着避开了刀锋,甩出一记扫堂腿,踢翻了一个特务。另一个特务扑了上来,缠斗中,傅家庄的上衣被扯开,一封信件甩了出来。特务一惊,连忙去抢,傅家庄抄起遗落在地上的匕首,反手一甩,刀尖没入了特务的大腿上,特务惨叫着倒下。不远处的两个特务冲上来支援,傅家庄拉开架式准备应战,倏地身子一晃朝前踉跄了一步,脑袋一阵剧痛。傅家庄伸手一抓,摸到了满手的鲜血,他艰难地回头看去,老关手里抄着一块砖头,冷冷地注视着他。

傅家庄瞪着老关,艰难地吐出两个字:"奸细!"

老关从一个特务手里拿过匕首,逼向傅家庄,声音如丝:"现在才知道,晚了。"

忽然,近处传来一声枪响,一个特务应声倒地,老关一惊,回头看去,李云光带着小丁等四五个人骑着自行车驶来,老关喊了声:"一个不留!"举刀扎向傅家庄,傅家庄躲避开刀锋,一把抓住老关的肘臂,刀尖近乎触及到傅家庄的眼睛,老关的神色越发凶狠。突然间,他眼睛一怔,脸颊痛苦地扭曲成了一团,抽搐着摔倒在一边,后胸插着一把短刀。傅家庄面前的视线豁然开朗起来,李云光上前扶起傅家庄:"怎么样了?"

傅家庄虚弱地摇了摇头:"死不了。"

巷道深处,拿着信封的一个特务飞速奔逃,小丁要去追赶,李云光喊道:"别追了,快送特派员上医院!"

傅家庄站直身子,朝一条岔道望去。恍惚中,他看见一个女人的身影在胡同口一闪而过。

李云光看到被傅家庄扎伤大腿的特务正想起身,过去一把将其揪住:"说,谁指使的你们?"

特务瞪着眼不说话,一只手摸到了地上的匕首。

"到底是谁?"李云光低吼起来。

"老,'老姨'……"特务说着,一匕首刺向李云光小腹,李云光身子一紧,瘫倒在地,特务还要补刀,小丁一枪要了他的性命。

街道偏僻处,麻苏苏撕开特务抢回来的信封,一脸失望,信封里,空无一物。

"姐,咱白忙乎了。"甄精细沮丧。

麻苏苏冷笑了一声:"还不到说这种话的时候。"

眼看着快到四点了,在警备司令部门口,高大霞对万德福和高守平说:"不等傅家庄了,咱们先进去。"

万德福焦急地说:"东西不是在他身上吗?咱们进去顶什么用?"

高大霞按住胸口,神秘地说:"在我这儿。"

"你看你,跟我还保上密了。"万德福埋怨。

两个苏联士兵带着三人办完手续,送到了接待室,玛丝洛娃见过高守平,让他们稍等一会儿,说安德烈中校还在楼上开会。

玛丝洛娃离开了,万德福说:"傅家庄岁数不大,想问题还挺周全,弄了个兵分两路。"

高大霞说:"也不知道他那边怎么样了。"

高守平说:"有李书记在暗地里保护,肯定没事。"

万德福点头:"你就放心吧,别看傅家庄岁数没我大,可经验不比我少。咱们安全到了苏军警备司令部,这事就算办成了。"

高守平说:"傅哥虚晃一枪,是拿他自己的命引开敌人,好让咱们完成任务。"

高大霞说:"他还想搂草捎带打个兔子。"

万德福疑惑:"打兔子?谁是兔子?"

"回头你就知道了。"高大霞看看墙上的表,已经比约定时间晚了20分钟,不满地嘟囔,"国民党税多,苏联人会多,这会得开到什么时候呀,守平,你去催一催,他们还能快点儿。"

高守平答应着,起身出去。万德福说他要上厕所,也离开了接待室。

高大霞百无聊赖地看着挂了一墙的苏联红军解放东北的照片,屋里的内门推开,一名身穿苏联军装的女人阔步进来,居然是吴姐。

"你好,我是安德烈中校的秘书,他还在楼上开会,出不来,他让我来取一下接洽函。"吴姐朗声问道。

高大霞愣了愣:"守平……高守平同志已经去找安德烈了。"

"你是说那个年轻人吗?"

"对,对,是他。"高大霞点着头。

"现在,安德烈中校正请高同志在介绍大连党组织的情况,高同志说接洽函在你这里,让我来取一下,安德烈中校等着要。"

高大霞迟疑着："要不然，还是我上去吧。"

吴姐礼貌地拒绝："对不起，安德烈中校只是让我来取接洽函。"

高大霞犹豫了许久，还是从怀里掏出接洽函，递给吴姐："麻烦你了。"

吴姐郑重接过接洽函，回身疾步从内门出去。

高大霞又等了一会儿，接待室的门推开，玛丝洛娃中尉陪着一名英俊魁梧的苏联军官走进门来，高守平紧随其后。

"姐，这位就是安德烈中校。"高守平又转向军官，"这是高大霞同志。"

安德烈操着不太熟的中文打招呼："您好，高大霞同志。"

"您好，安德烈同志。"高大霞与他握了握手，"您太客气了，开着会还过来见我们，回头我们那个特派员……博家庄同志还会来拜访您，一些具体的事情，你们商量，我们今天来，就是打个前站。"

"姐，快把接洽函交给安德烈同志吧。"高守平小声提醒。

高大霞一怔："他不是叫人拿走了吗？"指着内门，"人从那个门走的。"

高守平大惊，看向安德烈，屋里一片死寂。

"这位就是安德烈同志吧？"万德福风风火火地闯进门来，一见到安德烈，便热情地伸手过来。

安德烈没有搭理万德福，快步上前推开内门，里面陈设简单，一扇窗户敞开着。

万德福跟着高大霞等人一起过去，万德福茫然地追问："怎么了大霞？出什么事了？"

高大霞慌乱看着敞开的窗户，对安德烈大叫："肯定是跳窗跑了，你快让人找一找吧，这院里都有岗哨，肯定跑不出去！"

"对呀，院子里都有人把守。"万德福反应过来，连忙附和道。

高守平埋怨地看着高大霞："姐，你怎么回事啊？亏你还是老革命，怎么能犯这么低级的错误！"

"她穿着苏军制服，还说是你和安德烈叫来拿的，我就……"高大霞红了眼圈。

安德烈回过头来，盯着高大霞："你们真的带来了接洽函？"

"当然带了！"三人异口同声。

"没有接洽函能三番五次来找你吗？我们不能打自己的脸呀！"高大霞急得涨红了脸。

"我们确实有中共东北局的接洽函，不信你问她。"高守平指着一旁的玛丝洛娃。

"你见过接洽函吗？"安德烈用俄语问玛丝洛娃。

"没有，他们没有拿出来过。"玛丝洛娃摇了摇头。

安德烈怀疑地打量着三人："你们说的那个特派员为什么不来？"

"他是想来，可出了点儿别的事，我这就去把特派员找来。"高守平急着要走。

"不必了，"安德烈拦住了高守平，"我感觉你们没有诚意，难道还有什么事情比代表中共方面来跟我们接洽更重要吗？"说罢，转身朝门外走去，玛丝洛娃快速上前拉开房门。

"大鼻子你别走……"高大霞心急如焚，上前张开胳膊堵住了安德烈，话一出口，她立即自知失言，"对不起，我说吐噜嘴了……"高大霞慌乱地连鞠了几个躬。

安德烈已然失去了耐心："你们不光没有诚意，还不懂得什么叫尊重！"抬步又要走。

高大霞急了，一步退到门口，朝安德烈吼道："你们有诚意？你们懂尊重？要不是诓我们跑了三趟,能出这种事儿吗?"

门口的苏军士兵不明白发生了什么,拎过胸前的冲锋枪对准了高大霞。

万德福慌了,向安德烈求着情:"她不是这个意思,你们别动枪呀,安德烈同志,别这样啊!"

高大霞的眼里眨着泪光,盯视着安德烈:"是,我们多亏了苏联红军的帮忙,打跑了小日本,光复了大连,可你们也不能仗着办了件好事,就这么不拿我们当回事儿吧?我们都来好几趟了,不是这回才见到你吗?要是先前几回你都在,还能出这么大的叉头吗?"

"这个不是理由!"安德烈推开高大霞,想要出去,高大霞一个趔趄,险些跌倒。

安德烈的这个举动点燃了万德福的火气,他冲着安德烈大吼:"你干什么?有种冲我来,对一个女人动粗算什么男人?"

玛丝洛娃从腰间抽出配枪对准万德福:"你放尊重一点!"

安德烈朝楼上走去,高大霞上来,死死拽住安德烈的袖口:"你别走!"

苏联士兵上前拉住高大霞,高守平和万德福上来撕扯,场面一时混乱不堪。

安德烈理了理衣襟,冲苏联士兵下令:"放开她。"

苏军士兵刚放开手,高大霞便大喊道:"接洽函送到你们警备司令部来了,谁能知道你们这里还能出家贼?要论破坏中苏结盟的罪过,那也是你们看家不严!"

安德烈冷笑一声:"你这个帽子,太大了。"

"你嫌大?那就往小了说!"高大霞瞪着安德烈,"这个人既然顶着你的名号来的,那起码她干的勾当跟你扯不清!"

安德烈盯着高大霞："你想怎么办？"

"赶紧封锁司令部，找出骗走接洽函的特务！"

安德烈无奈地摇头："你想得太简单了，这里是司令部，不可以轻易戒严。抱歉，我帮不了你。"

眼见安德烈又要离开，高大霞高喊："这怎么是帮我呢？这是在帮你！"

"帮我？"安德烈停住脚步。

"当然是帮你。"高大霞立在安德烈身前，直直地盯视着他的眼睛，"这是帮你洗脱疑点，帮你们苏军警备司令部抓内奸！内奸不除，就是一颗定时炸弹，不定什么时候就爆炸了，一旦爆炸了，你们的将军不得拿你这个中校的脑袋问罪？"

安德烈不语，转头看向玛丝洛娃，玛丝洛娃轻轻点了一下头。

安德烈看着高大霞，出了口粗气："你的话有道理，不过，你想把司令部的人一个个叫来排查，这是不可能的。"

"这还用一个个查？你这里有花名册吧？"高大霞问。

安德烈点头。

高大霞又问："花名册上有照片吗？"

"当然。"安德烈反应过来。

高大霞说："你只要把花名册找来，我就能认出来。"

"好主意。"安德烈看向玛丝洛娃，"按照她说的方法办吧。"

苏军士兵解除了警戒状态，退在了一边。万德福和高守平也松了口气。

第十六章

　　傅家庄头上的伤势没有大碍,李云光接受了一个手术,还没有醒来。傅家庄安排小丁在医院留守,自己匆匆赶往苏军警备司令部。他到的时候,高大霞刚把玛丝洛娃拿来的花名册看完,没有吴姐。

　　傅家庄听高守平简单介绍完情况,向安德烈表明了自己的身份,恳请安德烈继续在警备司令部做进一步排查,安德烈表示爱莫能助。高大霞激动起来,指着安德烈说他在包庇那个特务,安德烈彻底火了:"把这个胡搅蛮缠的女人抓起来!"

　　"你不抓坏人,凭什么抓我?"高大霞咆哮起来。

　　万德福一拳击倒了一名上前抓人的苏联士兵。

　　"一起带走!"安德烈摔门而去。

　　万德福和高大霞还要挣扎,傅家庄安抚下两人,追到走廊向安德烈做着解释,安德烈态度冷漠:"在没有见到正式接洽函之前,我无法认同你的身份。"说完,他朝二楼走去。

　　傅家庄跟在安德烈身后,"安德烈同志,今天确实出了意外状况。"

　　"我当然知道是意外。"安德烈打断傅家庄的话,"你们出现屡屡意外,恰恰说明大连的形势很复杂,我不得不小心面对,不能轻易相信任何一个人。"

　　"你说得没错。"傅家庄说,"正因为大连形势复杂,我才被国民党特务盯上了,他们要阻止我来见你,要抢我的接洽函,我头上的伤,就是跟他们搏斗的时候留下的。"说着，一把扯下缠在头上的绷带，纱布上隐隐渗着血迹，"你看，这就是四点前我与国民党特务搏斗时留下的伤。"

安德烈看了看傅家庄头上的伤势，语气缓和了一些："对你的遭遇，我只能表示同情。可是，根据我了解到的情况，在日本人战败之前，大连并没有共产党的武装，当然，也没有国民党的武装。现在，日本人投降了，你们突然冒出来让我相信你们，我做不到，我要看到真凭实据。"

傅家庄点头："你说的很对，在日本人战败之前，我们共产党在大连没有武装，但是这并不等于我们没有斗争。安德烈同志，在中国的国土上，在中国国土的任何一个角落，中国人民从来没有停止过抵抗。可以说，抗战的胜利，是中国人民用鲜血和生命换来的结果。这一点，你不会否认吧？"

安德烈说："对中国人民的英勇抗战，我深怀敬意。正因为如此，我才不得不认真调查你们的身份。"

"调查我们可以，可你现在放过了我们共同的敌人！"傅家庄忍不住激动起来。

"你们说的敌人我没有看到，我只见到了你们在警备司令部里无理取闹。"安德烈一脸愤怒，"我不想听你说什么了，你如果还不离开，我就不客气啦！"

"安德烈同志！"傅家庄的语气比安德烈更为强硬，"你不帮助我们找到骗走接洽函的敌人，就是中了敌人的圈套！这正是他们想要得到的结果！"

安德烈脸涨得通红："我再重申一次，我们这里没有那个骗子！刚才我见到的那个女人，应该就是你们的同志，她也没有找到那个骗子，我怀疑她一直都在说谎！"

"不可能！安德烈同志，我可以负责任地告诉你，高大霞同志是我们党非常优秀的布尔什维克,她一直潜伏在大连最隐秘的战线上和日本侵略者战斗,她不可能说一句假话!"

"你说的是那个泼妇。"安德烈盯视着傅家庄,眼里透着嘲讽。

"泼妇?"傅家庄骤然上前,直视着安德烈的眼睛,"你说一个为了赶走日本侵略者不惜生命的人是泼妇?"

安德烈被傅家庄的气势压住,缓缓出了口气:"对不起,是我,我的用词不当。"

高守平跑来,说高大霞和万德福被关进了禁闭室,在傅家庄的要求下,安德烈答应再见一次高大霞,了解更多的线索。高大霞却不愿意配合,对傅家庄说:"我怀疑他和那个女特务是一伙的,要找,就找他们这里最大的官,找将军,找司令,他一个小小的中校,指甲盖儿大小的官,我不爱搭理!"

安德烈看向傅家庄:"看到了吧? 这样的女人,像是在隐蔽战线工作过的人吗?"

高大霞冷笑:"我高大霞在放火团烧天火的时候,你还不知道在哪儿刮旋风呢。"

这话让安德烈愣了许久:"你是大连放火团的成员?"

高大霞傲气地瞅了安德烈一眼,指了指坐在一旁的万德福,"不光我是,他也是!"

"那你一定知道维卡了?"安德烈问,神色忽然缓和了许多。

"当然知道,她是共产国际的人,专门来帮我们大连放火团的。"高大霞诧异地望着安德烈,"你认识她?"

安德烈点点头,眼底闪过一丝缅怀:"她是我的恋人。"

"她还好吗? 她在哪里?"高大霞急着问。

"她,两年前被日本人杀害了。"安德烈轻声说。

高大霞与万德福对视了一眼，长叹了一口气："她那么聪明、勇敢。"

"这一说还都是革命战友，安德烈同志，你看……"傅家庄露出如释重负的神色。

"带他俩走吧。"安德烈挥了挥手，朝外走去。

傅家庄跟着安德烈出来："安德烈同志，既然你已经相信了高大霞的身份，我们是不是可以正式接洽了？"

安德烈又摆出了一副公事公办的神情："不，我虽然相信了你们的身份，但是，没有接洽函，还是不行。"安德烈推开傅家庄，快步走开。

几个人从苏军大连警备司令部出来，高大霞对傅家庄做着检讨，傅家庄说："这不是你个人的问题，是我们都轻敌了，没想到敌人的触角会伸到这里，我们却只知道身边藏着内奸老关。"

"什么？老关是内奸？"一听这话，高守平满脸震惊。

傅家庄点头，高守平问："你是故意把老关引走，让我们来送接洽函？"

傅家庄眼底闪过一丝不甘："没想到，提防了老关，却在这里出了闪失。"

高大霞抽泣着说："我愿意接受组织上对我的处分！"

万德福也自责起来："我也有责任，尿尿尿，来的不是时候。"

"多说无益。"傅家庄叹了口气，"去医院看看李书记吧。"

众人赶到医院，病床上躺着虚弱的李云光，听说接洽函在苏军大连警备司令部被特务骗走了，李云光大为惊讶。从李云光嘴里，高大霞和万德福也头一次知道，大连的国民党特务头目叫"大姨"。尽管李云光不断强调敌人的阴险狡诈，高大霞仍然深陷在自责当中。今天行动的失败，固然有狡猾的敌人在其中作祟，但很大程度上，还是自身的一连串失误导致的。高大霞本想借这次任务在大连党组织面前露一把脸，没成想却狠狠丢了一次人。

告别了李云光,高大霞跟傅家庄和高守平一块儿回家。路上,傅家庄感叹:"没想到,敌人能布这么大一个局。螳螂捕蝉,黄雀在后,敌人比咱们多走了一步。"

"这指定都是'挽霞子'在背后捣的鬼!"高大霞咬牙切齿地说道。

"这件事不能靠猜,接洽函的事他根本就不知道。"傅家庄说。

"这还不简单,肯定是死老关告诉他的呗。他在警察署,黑爪子还不是想往哪儿伸就往哪儿伸? 在苏军大连警备司令部安插个把人,对他来说也不难。"

傅家庄看了高大霞一眼:"这些都是你猜出来的吧?"

"别管是不是猜的,有这个可能吧?"高大霞反问,"我才从哈尔滨回来,除了挽霞子没见过几个人,再有,就是麻苏苏和甄精细,咱们也去试过了,他俩没问题呀。"

傅家庄不认可高大霞的判断:"今天,我跟敌人交手的时候,好像还真看到麻苏苏了。"

缺了老关这根线,"大姨"让吴姐跟麻苏苏直接联系,这让麻苏苏有些不快:"又要从你那绕一道弯,看来'大姨'还是信不过我呀。"

"我也不过是个传声筒罢了,'大姨'的影儿都摸不着。"吴姐晃着手里的红酒杯,脸上泛起一丝困惑,"对了,今天去送接洽函的,是个叫高大霞的女人。"

"高大霞?"麻苏苏一愣,"你没弄错?"

"这能错吗? 大脸盘子,眼珠子挺老大,开始她还不想把接洽函给我。"

麻苏苏若有所思地低着头:"原来她跑到苏军大连警备司令部去了,我还一直怕她去裁缝店。"

"去裁缝店干什么?"吴姐疑惑。

"她约我下午三点半去做旗袍。"麻苏苏说完,警觉起来。

高大霞对傅家庄说起约麻苏苏做旗袍的事,傅家庄有些吃不准自己见的那个女人到底是不是麻苏苏了,莫非当时自己看走了眼?

高大霞说:"那就去裁缝店问问,下午三点半她要是去了,那就是你犯琉璃花眼,认错人了。"

路上,高大霞想起麻苏苏说过,她的行李落在哈尔滨火车站行李房的事,傅家庄说那边的同志回话了,确实有那件行李。

两个人来到位于寺儿沟电车站的那家针脚裁缝店的时候,麻苏苏刚对老裁缝交待过怎么说,老师傅看着麻苏苏递过来的三块绸缎和几张红军票,怯怯地不敢接:"这……太多了。"

麻苏苏直视着老师傅的眼睛:"这钱,不光买你的手艺,还买你的几句话。"

老师傅张了张嘴,还没来得及说话,外面响起敲门声,麻苏苏听出来了,来的果然是高大霞。她将手里的钱塞进老师傅手里,示意他去开门,转身进了里屋。

高大霞敲着门,过了半晌,门后才钻出了老师傅的身影:"有事啊?"

高大霞冲他笑了笑:"大叔,我原来在你这做过衣裳,还记得吧?"

老师傅尴尬地摇摇头:"我这儿,来得女客多。"

"没事儿,能进去说话吗?"

老师傅犹豫着,把高大霞与傅家庄请进来。

"大叔,我来打听个事。"高大霞扫视着四下。

"我成天在铺子里待着,大门不出二门不迈,能知道什么事。"老师傅声音有些发颤。

"今天下午三点半钟,有没有个女的来做旗袍?"高大霞问,"四十来岁,瘦高挑,长得挺好看。"

麻苏苏躲在里屋门后,听着外面的动静。门边是一排长长的立式衣架,被各色衣裳包裹起来。

老师傅似乎在努力回忆,额头上冒出了冷汗,他抬起胳膊下意识地擦了擦,看到手里握着的是麻苏苏刚才给他的红军票,忙揣进了兜里。高大霞和傅家庄对视了一眼,意识到面前的老师傅似乎在为什么事而慌乱。

"大叔,你没事吧?"傅家庄问。

"哦,哦,没什么。"老师傅摆了摆手,"你说的这个人,好像是有,记不大清楚了。"

"您再想想,别好像。"高大霞循循善诱。

老师傅眉头紧锁,似乎回忆得格外艰难:"一下午的,来了好几个大姑姐小媳妇。"

"那我能看看您下午收的活儿吗?"高大霞想起在良运洋行见过那几块绸缎。

老师傅犹豫了一下,点点头,向案板前走去。没等他过去,高大霞已经看见了案板上的那三块绸缎,她跨步上前,伸手拿起面料,对傅家庄说:"是她的,我在她洋行里见过。"

老师傅说:"那个女客自己要做两件旗袍,还有一块,说是要给她一个妹妹做,女客在铺子里等了半天,她那个妹妹也没来。"

"她是几点来的?"傅家庄问。

老师傅想了下:"三点多一点儿吧。"

"几点走的?"傅家庄又问。

"快五点了吧。"老师傅说。

里屋的麻苏苏轻出了一口气,脚下莫名发软,一回身,胳膊肘撞到了衣架。衣架歪倒向一旁,麻苏苏连忙伸手去扶,可还是慢了一步,倒下的衣架在安静的店铺里传出刺耳的声响。

"里面有人?"高大霞警觉地回头,傅家庄与高大霞对视了一眼,抬腿便要往里屋闯,老师傅慌乱起来,伸手拦着:"没人,没人。"

傅家庄朝里屋丢了个眼神:"那是什么声音。"

老师傅额间又冒出冷汗,想要转移话题:"你们,还有别的事吗?"

"还是看一下吧。"傅家庄话音刚落,一步上前,推开了里屋的房门。

"干什么呀,你!"老师傅急得声音都走了调。

傅家庄一只脚已经踏进房门,脚下却有一团黑影蹿了出来,一只棕色皮毛的家猫慢悠悠走了出来,眼睛眯成了一条线。

"你这人怎么回事? 看把我家老猫吓的!"老师傅急得面红耳赤,"它本来就胆儿小!"

"对不起,我以为进来了小偷。"傅家庄窘迫地收回了身子。

"我一天到晚在家,哪来的小偷!"老师傅重重关上房门,"该问的都问了,没事就走吧!"

"大叔,谢谢你啊,回头我做衣裳还过来。"高大霞陪着笑脸,拉着傅家庄离开。

两人刚一出门,身后的老师傅就把门带上。

"这老爷子,哪像个做买卖的,赶上吃枪药了。"高大霞回头看了眼紧闭的店门。

"是有点不大对劲儿。"傅家庄也回头看看店门。

两人朝电车站台走去,四下安安静静,远处隐隐传来宏大的钟声,在厚重的夜色中渐次晕染开。

"看来,确实是我看走眼了。"傅家庄说,"不过,那个身影,特别像她。"

"你那时晕乎乎的,看差了也正常。不过,网都结好了,到嘴边的鱼还是跑了,可惜呀。"高大霞叹着气。

"不怪网没结好,怪鱼的牙口太硬。"傅家庄神色凝重。

裁缝店老师傅慌张地看着麻苏苏,轻声问:"太太,这俩人,是干什么的?"

"知道的太多,对你没好处。"麻苏苏眼里含着寒光。

老师傅面露难色:"太太,你这活儿找别人做吧。"他把绸缎和钱递给麻苏苏,"我这小本买卖,不敢惹事啊。"

"你已经惹上了。"麻苏苏从挎包掏出一支手枪,轻轻摩挲起来,看着老师傅微笑地说。

夜色里,电车缓缓驶过大连街头,车上的两排把手有规律地来回摆动着,发出"吱呀吱呀"的声响。

"我还是觉着哪里不对劲。"傅家庄对坐在身旁的高大霞说。

"我也是,可又说不出来。"高大霞思忖着,突然眼睛一亮,"她要是去做旗袍,裁缝店里应该有她的尺码!"

两人在下一站匆匆下了车,拦了辆出租车又回到了裁缝店。傅家庄砸了半天门,里面却没有动静。高大霞正担心老师傅是不是被人灭了口,店门开了一条缝,现出老师傅的半张脸,一看到又是他俩,老师傅紧张地要关门,傅家庄猛力推门进去,老师傅靠在墙上慌乱地大喊:"干什么这是,我喊警察啦!"

傅家庄闯进了里屋,一把拉亮了电灯,屋子里瞬间亮如白昼。高大霞和老师傅跟了进来,屋子里,只有加工好的各色衣服,挂得琳琅满目。

"大叔,这屋里刚才是不是有人?"傅家庄问。

老师傅涨红了脸:"哪里来的人? 你们刚才不是进来看过了吗? 就一只老猫!"

门口，那只老猫慢悠悠地经过，乜了众人一眼，扬起脑袋又漫步走开。高大霞朝外走去，径直扑向案板，翻找着布料："大叔，刚才我们看过的布料在哪？"

"你们这么干，我还怎么做生意？"老师傅念叨着过来，从案板底下抽出一个包袱打开，里面，躺着那三块布料。

"大叔，来做旗袍的人，都得量个尺码吧，这个，为什么没量？"高大霞问。

"谁说没量？"老师傅从绸缎里翻出一张纸条。

数据当然是麻苏苏的，她也是在高大霞离开店铺后，让老师傅给量的。

空跑了一趟寺儿沟，两人坐着末班电车回来，一进街口，高大霞就看见自家院子门口闪着一团明亮的火光，在夜色里分外扎眼。两人疑惑地快步上前，见一个女人正蹲在地上烧纸，火光照亮了她哀怨的半边脸。

"哎，你怎么在这烧纸？"高大霞喝道。

女人像是没听见，自顾把最后的纸投进火堆里，高大霞俯身一看，惊住了，这个女人，自己分明在方若愚家门口见过："你到底谁啊？"高大霞厉声问道。

女人不语，一对平静如湖水的眼睛，盯着炽热的火苗把烧纸吞噬下去燃烧干净，才看向高大霞点了个头，起身匆匆走开。

高大霞茫然地看着翠玲远去的背影，莫名打了个寒噤。回屋后，女人的身影还浮现在眼前，高大霞刚对刘曼丽提了个话头儿，刘曼丽就说："两三年了，每年清明、鬼节、正月十五，她都来烧纸。"

"她烧给谁？"高大霞问。

"谁知道，又问不出来。"刘曼丽说。

"怎么问不出来?"高大霞不解。

"就你能,哑巴你问得出来?"刘曼丽讥笑。

时局一天一个变化,上午麻苏苏得到消息,蒋介石已经任命国民政府交通部次长沈怡出任大连市市长。这位新市长虽然还没有到大连赴任,却先期在沈阳和重庆成立了大连市政府办事处,方若愚听到这个消息很兴奋:"委座终于把目光落到大连了!"

"我早和你说过,委员长对大连不会置之不理。现在,市长都任命了,我们的好日子也快来了。"麻苏苏感到自己来大连这些日子总算有了些成果。

方若愚注意到麻苏苏情绪的变化:"大喜不能过望,得意不能忘形,毕竟这是在苏联军管的大连,我们还是藏在地洞里的老鼠,不敢见光亮啊。"

"等沈怡走马上任了,我们就会从怕猫的老鼠变成抓老鼠的猫。"麻苏苏不以为然。

"不要过于乐观。"方若愚耐心地说,"共产党有苏联撑腰,他们穿一条裤子用一个鼻孔喘气,你我还是要做好当老鼠的准备,就是晚上睡觉打呼噜,都别忘了那只不知藏在哪里的猫。况且,你信不信,以共产党耳目的灵通,他们一定也已经得知了沈怡即将上任的信息。"

"知道也不怕,"麻苏苏想起什么,"对了,现在想想,留着高大霞和傅家庄,也有好处。"

"怎么讲?"方若愚不解。

"他们三番五次试探过我了,在他们眼里,我现在应该是一身清白。好不容易拉上了关系,得好好利用利用。"

"他们身边不是有我们的人吗?"

"那个人死了,这根线我得续上。"麻苏苏知道方若愚说的人是老关。

"我应该恭喜'老姨'呀,知道放长线。"方若愚的语气说不清是赞赏还是嘲讽。

"不用放屁拉骚。"麻苏苏不满,"要不是为了党国大业,我才懒得招惹他们。'大姨'有令,当务之急,是阻止共产党和苏联人牵手,我们赶紧上位。"

"哪有那么容易?"方若愚说,"苏联和中共是兄弟,我们上位,也需要时间。"

"没有时间。"麻苏苏说,"现在,苏联方面正通过各种方式阻拦沈怡走马上任。'大姨'指示,为了配合市长上任,命令你我,利用一切的机会栽赃中共,让苏联对中共失去信心。这样,我们就可以渔翁得利。"

沈怡要来当大连市长的事,病床上的李云光是从傅家庄口里知道的:"看来,老蒋的目光一直在盯着大连,我们跟苏联的接洽工作,还是要想办法推进。"

傅家庄把削好的苹果递到李云光手里:"东北局已经把我们的事情汇报给延安了,上级会尽快安排人再送一张接洽函过来。"

李云光神色凝重:"我们要跟国民党抢时间哪,必须抢在沈怡来之前,与苏联红军接洽上,成立我们的党组织和人民政府。"想起什么,拉来床头柜抽屉,拿出一张相片,上面有几个男人,"去哈尔滨接头的那个'老姨夫',叫王明起。"李云光指着其中的一个中年人。

傅家庄接过照片,看到那个人乍一看还真与方若愚有几分相像。

第十七章

高大霞在厨房做着晌饭,听到刘曼丽在院子里喊了句:"你个死玩意儿,还知道回来呀?"

高大霞从窗户探出头,看见在水槽子前洗衣服的刘曼丽正追打着一个男人,等那个男人转过脸来,高大霞认出他是刘曼丽的弟弟,刘有为。对这个不着调的弟弟,刘曼丽干生气没有招儿,好高骛远,满嘴跑火车,说的就是他。要说有点儿好处,就是心眼儿不坏,哄人高兴是他的强项。每回来看刘曼丽,都把姐姐哄得团团转,临走时总能拿到十天半个月的零花钱。

挨了刘曼丽劈头盖脸的一顿骂,刘有为还是嬉皮笑脸:"我这不一天到晚在外面忙嘛,你是我亲姐,回来看看你还不应该?"刘有为说着,从挎包里一样样地拿出各种吃食,"这是四云楼的烧鸡,还有益昌凝的糕点,我排了半天队才买上的。"

"少来,有钱花你能回来看我?"刘曼丽狠狠瞪着刘有为,半是嗔怪,半是亲热。

"你看你,老是刀子嘴豆腐心,幸亏我心大,知道你是为我好。"刘有为撕下一只鸡腿塞进刘曼丽嘴里,"快吃,这鸡腿还热乎。"

"有为!"高大霞从厨房里出来。

刘有为回头,一怔:"哟,大霞姐,我,我昨天晚上还梦见你了,就寻思今天得过来看看,还真灵!姐,你这几年上哪儿发财了? 可把弟弟想毁了!"

高大霞上下打量着刘有为:"有为,几年没见,你这嘴跑哪儿开光了吧? 说话这么中听。"

"也就剩一张嘴会说两句人话了。"刘曼丽嚼着鸡腿,含糊不清地说,"老刘家造了什么孽呀,养了你这么个败家子儿。"

"我这个败家子儿也就败败家,没给小鬼子当汉奸,你就烧高香吧。"刘有为撕下个鸡翅膀,啃了起来。

刘曼丽一瞪眼:"你放屁,咱爹妈留个鞭炮厂子你都能给干丢了。"

刘有为说:"拉倒吧,那叫鞭炮厂啊? 就是个炮仗铺子,再说黄了能怨我吗? 那不是小鬼子给封的门,怕咱造炸药,造枪炮子弹吗?"

"别说那个,这些年给你找的活儿呐? 没有十个也有八个,哪一个你干上一个月了? 幸亏当年的高家包子铺攒下点儿钱,要不你喝风都找不着门儿!"

"别说那些没用的,"刘有为把刘曼丽拉到一边,高大霞知趣地回了厨房。

刘有为朝厨房看看,低声说:"人家高大霞也回来了,往后你怎么办? 总不能赖在这里不走吧?"

刘曼丽不爱听:"怎么是我赖? 我是老高家明媒正娶进门的媳妇。"

刘有为不屑:"拉倒吧,我姐夫早都死了,你现在就一高家的寡妇。姐,你还真准备一辈子在这里蹭吃蹭喝啊?"

"闭嘴,高家里里外外都是我操持,这叫蹭吃蹭喝? 你当我是你啊!"说着,朝楼上走去。

刘有为跟在后面:"好好好,你是高家的大功臣,那你也不能为了高家守一辈子寡呀。"

"狗嘴吐不出象牙,你怎么知道我要守一辈子寡。"

刘有为兴奋:"啊? 你都找好下家了? 快领我见见姐夫呀!"

"姐夫个鬼,你姐夫还不知道在哪儿刮旋风呢。"

刘有为失落:"那你可得小碎步紧倒饬了,等人老珠黄谁还要你。"

刘曼丽回头白了刘有为一眼:"你当我不急啊? 这几年怎么找? 高家就剩了我和守平,不得有个人洗洗涮涮烧水做饭啊,不管怎么守平叫我声嫂子,我能看着不管吗?"

刘有为脸一拉:"你对我都没这么上心。现在高大霞回来了,你该能光明正大想退路了。姐,你对高家可是劳苦功高,他们家的钱和房子怎么着都得分你一半吧。"

"除了这房子,家里没几个钱。"

刘有为不信:"当年高家的海麻线包子铺开得多火爆,能没有钱?"

"那时候挣的钱,都花几年了? 还经得起毛啊? 何况还有你,隔三差五回来刮巴!"

刘有为急了:"你才给我几个钱,不够塞牙缝的……"

刘曼丽也急了:"你牙缝多宽? 能跑汽车啊?"

刘有为陪着笑:"我也没瞎花呀,我不一直都想攒点儿钱,给咱老刘家娶个好媳妇嘛。"

刘曼丽进了屋子:"你少拿娶媳妇当幌子,你要早把我给你的钱攒起来娶媳妇,孩子都能自己打酱油了。"

刘有为跟进屋:"我这阵还真看上一个,是开电车的,人长得老漂亮了!"

刘曼丽兴奋起来:"你什么时候领来家给我看看,我得帮你把把关,五马六混的我可不答应。还有,她多大了? 家里几口人? 住哪儿? 兄弟姐妹几个?"

刘曼丽一连串的发问,刘有为实在难以招架。他也想弄明白刘曼丽提出的这些问题，只可惜那个开电车的姑娘从没正眼瞧过自己。刘有为生怕姐姐再追问下去自己只会更难堪，便转移了话题："高大霞咋回来了，在外面混不下去了？"

刘曼丽说："你当人家像你啊？这回人家是衣锦还乡，没准往后还真能当上个什么头头脑脑。"

刘有为不屑："她那点儿本事我还不知道，大字不识几个。"

"你倒识字了，顶什么用了？"

"你就老看不起我。"刘有为看到炕边放着三件包装好的男式衬衫，拿起来看着，"这挽霞子是给我买的吧，真是亲姐啊，一下买三件。"

刘曼丽说："美得你吧，还三件，你拿一件。"

刘有为不满："你还有脸说是我亲姐，给我一件，给守平两件。"

刘曼丽说："有一件是守平他领导的。"

刘有为说："守平行啊，都知道巴结领导了。"

刘曼丽说："人家是从哈尔滨来的大干部，留过苏，当过'抗联'，人年轻，长得也精神，还没结婚，姓傅，叫傅家庄。"

刘有为吃惊："姐，你背得挺溜呀，是不是看上人家了？"

"一个巴掌拍不响，他要是看不上我，也不能在家里住上就不走了。"

"行啊，姐，我刘有为还真有福，又找了个共产党的大官当姐夫。往后出门，我的腰杆可就硬了，谁再敢瞧不起我，我就叫傅姐夫毙了他……"刘有为越说越兴奋，说到傅家庄的姓氏上，又有点儿惋惜，"可惜这个姓不大好，傅姐夫，一说就听成副的了，老觉得还没扶正。"

刘曼丽低声呵斥："别胡说八道。这事你先放在肚子里，要是让高家姐弟俩知道了，他们心里该不舒服了。"

刘有为点头："也是，你住着高家吃着高家，心里却惦记着副姐夫，人家正牌肯定不高兴呀。"

刘曼丽琢磨着："守平倒是没什么,就是高大霞,老是不相信她哥死了,老想替她哥看着我。"

刘有为一拍桌子："这事不能含糊,姐,你可得早点儿把这事跟高大霞挑明了,要不不光耽误你和傅姐夫,也耽误我呀!"

刘曼丽疑惑："耽误你什么了?"

刘有为急了："看你这话说的,他不早一天扶正,我就不能正式当傅姐夫的小舅子,这不耽误我在外面做事啊?"

"怎么,你还要打着你姐夫的名义招摇撞骗? 那可不行!"刘曼丽斩钉截铁地说。

刘有为进了厨房,看到高大霞的饭已经快做好了,他卖着人情:"姐,快别忙乎了,你总算回来了,咱一大家子应该出去吃顿团圆饭。"

高大霞说："都做上了,还出去吃什么。"

"要吃,一定要吃好,姐,你好几年没吃上家乡大馆子做的菜了,得补上啊。"刘有为对跟进来的刘曼丽说,"姐,别忘了去群英楼点个他们家的拿手菜,盐爆双脆、海味全家福,杏乐天的海参肘子、扒通天鱼翅,山水楼的雪中鸳鸯、松鼠黄鱼,王麻子锅贴铺的红烧海参。对了,李鸿章他儿子开的那个登瀛楼也有几道好菜,都给大霞姐点上。"

刘曼丽冷眼看着刘有为："是给大霞吃还是给你吃? 嘚瑟样儿吧,从我这抠搜的钱,原来你都送给那些大馆子了,怪不得手里攒不下一个大子儿。"

高大霞说："有为行啊,攒了一肚子好下水。"

刘有为说："你回来了,我领着你挨家吃。"

刘曼丽说："你个白眼狼,光领她不领我啊? 你还拿我当你亲姐吗?"

刘有为忙说:"领、领、都领,守平也别落下。咱们挨家吃,吃到撑得走不动道儿为止。"

刘曼丽回过味来:"挨家吃,你掏钱啊?"

刘有为脖子一梗:"当然我掏!"

高大霞说:"行了,说说就是吃了。今天就在家吃,一会儿我再去买几个硬菜。"对刘曼丽说,"晌午傅家庄和守平都回来。"

刘曼丽说:"那你把万毛驴子也叫来。"

刘有为疑惑:"万毛驴子是谁?"

高大霞瞅了眼刘曼丽:"老叫人家万毛驴子……"

刘曼丽忙说:"老万、老万。"

刘有为还是糊涂:"哪儿又蹦出个老万?"

刘曼丽说:"高大霞给你找的姐夫,也是个干革命的。"

刘有为大度地说:"那得请,必须请。姐,这事你不对啊,老万都要成我姐夫了,你还叫人家万毛驴子。批评你啊,以后不准叫了。不是,今天得叫,叫我姐夫来,我跟他好好喝两杯。"

高大霞说:"算了吧。"

刘曼丽说:"不能算,叫老万来,这个家我说了算。"

刘有为嘲讽刘曼丽:"快别说你当家了,人家大霞姐是不稀得当。人家革命这么些年,立了多少大功,这荣归故里了,当不当这个家能咋地,往后整个大连都是大霞姐说了算。"

高大霞纠正道:"有为,这么说可不对,干革命不是为了当官发财,革命胜利了,革命政权就得握在人民手里,人民才是这个城市的主人。"

刘有为连连点头:"对对对,真是士别三日刮目相看,大霞姐站得高、看得远、说得好。大霞姐,那你这次回来……当什么官了?"

高大霞豪爽地说:"我不识多少字,管多了事怕耽误事,不过,虽说大连的事我不能都说了算,但只要你大霞姐说句话,在大连街上还管用。"

刘有为一拍巴掌:"这就行啊,姐,你不识字不要紧,不是有我吗?我认的字多,可以给你鞍前马后端茶倒水……"

高大霞看着刘有为:"就你?"

刘有为说:"昂,我不行吗?"

刘曼丽说:"大霞没说你不行,她大字不识几个,两眼一抹黑,得有你这么个人,你跟大霞干,是帮大霞,她心里有数。"

高大霞欲言又止。

刘有为埋怨道:"姐,你怎么这么说话,是大霞姐帮我,人家是革命功臣,帮谁谁不感恩戴德啊。就我这点儿事,她可以帮,也可以不帮。"

刘曼丽厉声道:"不帮不行。"

刘有为示意刘曼丽别说话,凑到高大霞身边说:"大霞姐,我老早就看出来你不一般,是成大事的人,不像我姐,就是一个住家过日子的老娘们儿,还爱酸鼻子酸脸。"

刘曼丽打了刘有为一巴掌:"说什么呐,你个白眼狼!巴结高大霞就拿我当垫脚石,我识字不比高大霞多?"

"我是说你没法跟大霞姐比,人家是……是光荣的无产阶级革命者,你原来不过是小业主家的女儿,念了几天书,嫁进高家,就成了光知道做饭洗衣裳的老娘们儿。"

"你再说我是老娘们儿!"刘曼丽又扬起巴掌。

刘有为说:"那就是小寡妇。"

高大霞喝道:"有为,别胡说八道啊,我哥没死!"

"没死他不回来?让我在这儿守活寡。"刘曼丽没好声气地说。

"嫂子,你急什么,咱爸也去了山东,他肯定能找着我哥。即便我哥真不在了,我不光头一个赞成你改嫁,还给你做媒人!"高大霞亲热地拥住了刘曼丽。

"你就哄着我给你们当老妈子吧。"刘曼丽佯装生气,扭了高大霞一把,督促她赶紧到街头电话厅给万德福打个电话,喊他来吃饭。

老万接到电话很高兴:"行啊,那咱这算是正式见亲家了吧? 我还怪紧张的。"

高大霞说:"就是吃个饭,你别瞎寻思。再说,你连小鬼子都不怕,还能叫我们家里人吓着啦?"

"那行,我收拾收拾就过去。"万德福听着高大霞在那头挂了电话,才把手里的话筒放回去。这么重要的时候,万德福决定去把早就看好的那个收音机买了。

麻苏苏喝着咖啡,从窗上看到雄赳赳走来的万德福,知道他这是上钩了,急忙拉开柜台下的抽屉,拿出一个精致的窃听器给甄精细,让他瞅空安进收音机里。甄精细信心满满地拍了拍胸膛:"姐,你就不用放心了,交给我,没有错不了的事!"

麻苏苏愣了愣,感觉这话似乎有些不对劲儿,可没等她想明白,万德福已经伴着叮叮当当的风铃声闯进来了。

"哟,先生又来啦? 今天这身打扮可真精神!"麻苏苏热情地迎了上去。

万德福腼腆地笑了笑,目光朝柜台里张望。见收音机还在,他松了口气,掏出一叠钱来:"这回是苏联红军券,没问题了吧?"

"没问题没问题。"麻苏苏笑脸盈盈地接过钱来,"精细,给先生搬一台收音机。"

甄精细应了一声,麻利地搬来一台没开封的收音机,万德福伸手去接,甄精细问:"不试试啊?"

"有问题吗?"万德福手上的动作顿了顿。

"一般没问题。"麻苏苏神色诚恳,"这东西是从苏联运来的,一路上难免磕了碰了,不过一般没多大事儿。你拿回家要是不好使,再搬回来,给你换一个。"

万德福说:"费那个事干什么? 在这试试不就知道了。"

麻苏苏嘴角勾起一抹笑:"那行,试试吧。"

甄精细俯身拆着皮箱包装,万德福仔细看着。不一会,甄精细从皮箱里搬出了一台棕色木纹的收音机,外漆在阳光下闪闪发亮。

"瞧着样子倒是挺结实。"万德福满意地打量着。

甄精细麻利地接上了电源,麻苏苏打开收音机,一阵沙沙的电流声传出,紧跟着,清晰悦耳的音乐流淌而出。

麻苏苏凑近音箱部位听了听,皱着眉头说:"好像有点儿杂音。"

万德福忙凑近,听了听,疑惑地:"好像没有啊。"

麻苏苏支起身,反手将柜台上的咖啡推到万德福胳膊旁,万德福一起身,麻苏苏碰翻了杯子,咖啡打湿了万德福的衣襟和长裤。麻苏苏故作惊讶,一迭声陪着不是,取过纸巾擦了擦,效果不大,麻苏苏要带着万德福去水房洗一下,万德福无奈,只得跟了过去。

麻苏苏和万德福刚一离开柜台,甄精细就操起螺丝刀,卸开了收音机的后盖。

水房里,麻苏苏用手绢沾着水给万德福擦拭着衣襟,万德福有些不自在:"我自己来吧。"

"不行不行,这都够不好意思的了,哪能再让先生自己动手。"麻苏苏使尽招数拖延着时间,好让甄精细把窃听器装进去。甄精细忙得一头汗水,还没有安好。

"行了行了,再这么擦,我衣裳都成麻袋片儿了。"万德福终于失去了耐心,推开麻苏苏迈步离开,麻苏苏跟在后面,大声喊着:"万先生真是个大好人呀!"

甄精细听到喊声,一抬头,见万德福走了过来,跟在身后的麻苏苏急得看向甄精细,甄精细焦急地摇头,麻苏苏喊着:"先生来店里两回了,也没好好看看还有啥需要的。"

万德福转头打量着货架上的商品:"别说,你这好东西倒还不少。"

麻苏苏忙说:"看好什么,价钱好商量。"

万德福又俯身在货架上看了一会儿,这才抬起头来,朝甄精细喊道:"小兄弟,好了吗?"

"快了快了。"涨红着脸的甄精细回应着,手里的动作粗暴起来。

麻苏苏热情地向万德福介绍着货架上的东西,万德福不听,径直朝柜台走过去。甄精细慌里慌张拧上了后盖的最后一颗螺丝,朝向眼前的万德福递上笑脸:"好了,不信你听。"甄精细转动着收音机旋钮,这次播送的内容是一条征婚启事:"某女,年方二十有三,法国留学,品貌秀丽、肤白体健、性情温和。诚征夫婿条件如下,一、面貌俊秀,中段身材,望之若庄严,亲之甚和蔼。二、学不在博而在有专长。三、高尚的人格。四、丰姿潇洒,身体壮健,精神饱满,服饰洁朴。五、对于女子情爱,专而不滥,诚而不欺……"

万德福仔细听了一会儿,不知是赞同这个女子的择夫标准,还是对收音机的音质感到满意。

麻苏苏看向甄精细,甄精细别过脸去,有些羞涩地点了点头。

"好,装起来吧。"万德福拍了拍皮箱。

甄精细看向麻苏苏,神色有些犹豫。麻苏苏推了他一把:"精细,想什么呐? 快给万先生装起来。"

没等甄精细动手,万德福自己抱起收音机,麻苏苏忙拿过皮箱,嘴里数落着甄精细:"要你干什么,还得人家万先生自己动手。"

甄精细这才上手帮忙,和万德福一起装好了收音机。

麻苏苏抽出一张纸票来:"万先生,我也怪不好意思的,少算您五块钱吧。"

"不用。"万德福提起皮箱要走。

"收着吧,要不然我过意不去。"麻苏苏不由分说便把钱塞到了万德福手里。

万德福抱着皮箱走出洋行,麻苏苏和甄精细跟在后面。

"也不知道这戏匣子里都装了些什么,不轻快呀!"万德福掂了掂皮箱的分量。

甄精细慌张起来,麻苏苏不动声色地微笑着:"看万先生说的,收音机里还能装什么? 当然都是好东西,你想啊,就这么个木匣子,又能说又能唱的,装的东西少了,还能值钱吗?"

"也是。"万德福笑了笑,走开了。

"有事就来啊,万先生。"麻苏苏热情地吆喝,见万德福走远了,回身问甄精细,"办好了?"

甄精细眨了眨眼,咽了口唾沫:"好了。"

麻苏苏折身回去,甄精细说:"姐,我饿了,我去吃个火勺,完后我去大菜市买点儿菜。"

麻苏苏扬了扬手,进了洋行。

甄精细匆匆走向火勺店,对忙着翻捡火勺的老王说:"来俩糖火勺。"

老王要往纸袋里装火勺,甄精细说:"我去你店里吃,有小咸鱼吗?"

"有,有。"老王把火勺放进纸袋,递给甄精细,甄精细交了钱,慌乱地进了店里。

"个熊样儿吧,还糖火勺就小咸鱼。"老王轻声嘟囔。

堂屋地中央,摆上了一桌子菜肴,高大霞往桌上摆着碗筷,刘曼丽朝院子里张望着:"你那个万毛……老万,怎么还没来?"

高大霞说:"他从班上过来,应该是快了。"

"那也该来了。"刘曼丽望着窗外,低声嘀咕,"也不知道这回他能不能懂点儿事儿。"

高大霞警觉:"懂什么事儿?"

刘曼丽眼睛一亮:"来了!"

窗外,万德福抱着皮箱跨进院子,高大霞心底一沉,手里的筷子扔在桌上。

一进屋,万德福就看出了高大霞的不满。刘曼丽一边埋怨着万德福不该买收音机,一边催促他快点搬出收音机来看看什么样。高大霞还想阻拦,刘有为已经抱出了收音机插上电,一阵忙乎,沙沙的声响过后,一段大开大合的唱腔喷涌而出:"大雪飘飘年除夕,奉母命到俺岳父家里借年去!"

"《王定保借当》!"刘曼丽兴奋地叫起来。

高大霞瞪着万德福:"告诉你不让你买,你就不听,我说话不好使,是吧?"

万德福陪着笑脸:"你和嫂子不是稀罕嘛。"

"我俩稀罕的东西多了去了,你都买啊!"

"买,都买。"万德福凑过脸,轻声问,"你还想要啥?"

"我啥也不要,把这个退回去!"高大霞态度强硬。

"拉完的屎还能坐回去啊,这能是老万一个大男人干的事吗?"刘曼丽高声道。

"你不用将老万的军,我嫌这东西吵。"高大霞说完,把万德福拉到一边,动员他退货。

刘有为碰了下恨不得拱进收音机里的刘曼丽:"看见没,心疼万毛驴子给你花钱呐。"

"买个戏匣子就叫花钱了?"刘曼丽提高了嗓门,"你高大霞从老万那还换不回个戏匣子啊?"

高大霞瞪了刘曼丽一眼,转头对万德福说:"老万你也是,我嫂子随嘴说一句你就当真。"

刘曼丽连忙大声否认:"我可没管老万要啊,这是人家的一片心意。"

高大霞低哼了一声:"那你自己听吧。"转身出去。

"一个戏匣子,多大个事,嫂子你听戏,我去给大霞打下手。"万德福说着,要追出去。

"别走。"刘曼丽喊住了万德福,叹了口气,"俺家大霞就这么个驴脾气,人不坏,她就是怕你花钱。不过想来也对,你俩往后成了家,省下的钱都是你俩自己个儿。可这戏匣子里放出声来,听的又不是我一个人,我总不能把你们的耳朵都给堵上吧?"

"是是是,"万德福一迭声地答应,"听个戏听个曲,挺好!"

刘曼丽脸上挂着神秘莫测的微笑:"一会儿吃饭,你就挨着大霞坐。"

万德福一愣,旋即反应过来:"行,我听嫂子安排。"

"老万大哥,"刘曼丽张了张嘴,噗嗤一笑,"瞧我这张嘴,真不会说话,吃了今天这顿饭,就不能叫你老万大哥了,应该叫妹夫。"

"那我得叫姐夫。"刘有为嬉皮笑脸地凑上来,"姐夫,往后我有事可就找你了。"

"一家人,好说,好说。"万德福一笑。

"吃完这顿饭,咱就真是一家人了,有些事我得弄明白。"刘曼丽摆出了一副大家长的姿态,"妹夫,你家里还有什么人?"

万德福愣了愣,似是准备说些什么,却又莫名有些犹豫。

"老万,来搭把手!"厨房里传来高大霞的喊声,万德福像得到大赦令,指了指外面,"嫂子,我先去了,咱回头再说。"

"这就是你的多情人,留给你的相思债……"伴着姚莉的一曲《卖相思》,万德福跑出了屋子,一抬头,看见傅家庄刚从外面回来。

"万大哥!"傅家庄热情地打了声招呼。

"回来啦。"万德福笑了笑,"快进屋歇会儿吧,我给大霞搭把手。"说着跑进了厨房。

"傅大哥,你回来了。"刘曼丽从屋里出来,身后跟着刘有为。

刘有为打量着傅家庄:"这是……傅姐夫?"

"别瞎叫。"刘曼丽脸色分明欢喜,却责怪地推了刘有为一把,"这是我弟,有为,我家原来的鞭炮厂都是他当家。"

傅家庄笑了笑:"了不起。你好,有为。"伸出手来。

刘有为一把握住傅家庄的手:"大哥好!大哥一看就一表人才,留过洋的人就是不一样,怪不得我姐一见我就夸你,哎呀,夸得我都不相信了。我这一见面才发现,她夸得远远不够呀,差老鼻子了!"说着回头看向刘曼丽,"姐,你不会夸人就别瞎夸,都把人家傅大哥给夸糟蹋了。"

傅家庄被这洋洋洒洒的一通吹捧闹得有些尴尬,讪讪地收回手来。

高大霞从厨房出来,朝着傅家庄问道:"怎么你自己回来了,守平呢?"

"上午没什么事,就给他放了个假。"傅家庄说。

"快进屋吧,就等你吃饭了。"刘曼丽往屋里让着傅家庄。

傅家庄说:"我跟大霞谈点儿工作。"

高大霞朝着老槐树下指了指:"这边说。"

刘有为看着走开的傅家庄,轻声对刘曼丽说:"这人当我姐夫行,我同意。"

傅家庄跟高大霞说的是李云光告诉他的调查结果。

"'老姨夫'是挽霞子吧?"没等傅家庄说完,高大霞就抢话道,"肯定错不了,把人给抓起来了吗?"

傅家庄说:"那个人叫王明起。"

"王明起?"高大霞不以为意地撇了撇嘴,"假名,登记的肯定是假名,干坏事还能用他方若愚的真名? 他又不彪不傻。"

傅家庄从怀里掏出一张照片来:"根据哈尔滨同志的调查,还有我们这边掌握的情况,那个王明起也在这张合照里。你认一下,里面有没有老姨夫。"

"我高大霞大字不识几个,就是眼神好,只要和我打过照面的人,都刻在脑子里,他方若愚跑不了。"高大霞瞅了眼傅家庄手里的照片,指着一个人说,"这不在这嘛!"

傅家庄看了一下,又看高大霞:"你确定?"

"当然确定,指定是他,错不了。"高大霞斩钉截铁。

傅家庄苦笑了一下:"这个人,打眼一看,确实是像方若愚。可是,像不等于是。他是大连汽船株式会社的工人,经过调查,他那儿天确实去过哈尔滨,也确实在马迭尔旅馆住过,和你打过照面的那个人,应该就是他。"

高大霞又看看照片,含糊地说:"刚才,我没看仔细。那什么,这个王明起住在哪儿? 我去看看。"

"他住在桃源街连胜巷三十九号,已经死了。"

"死了?"高大霞吃惊,"他死得真是时候,你不觉得这里有猫腻儿吗?"

"我们调查了,他前天在哈尔滨搞破坏,抓捕的时候,叫车撞死了。"

"这么巧?"高大霞冷哼一声,"别是方若愚叫哈尔滨的特务给灭口了。"

傅家庄收起照片:"这件事,到此为止,方若愚的嫌疑,可以排除了。"见高大霞还要辩解,傅家庄不由分说打断了她,"大霞,要相信组织!"说完,走到水槽子前,拧开水龙头洗着手。

"傅大哥,守平没说回来吃晌饭吗?"刘曼丽拿着毛巾过来。

傅家庄摇摇头:"没说。"

厨房里传来万德福的声音:"没事儿,还能饿着他嘛,那么大个人了。"

"真是的,上哪儿也不说一声儿。"刘曼丽嘟囔着。

万德福大声说:"都大小伙子了,还不兴人家有点秘密?说不定,找媳妇去了。"

"他还真跟我说过,看上个姑娘。"傅家庄说。

"啊,守平真找媳妇了?"刘曼丽给傅家庄递上毛巾,"这个臭小子,白侍候他这么些年了,也不告诉我。大霞,守平跟你说了么?"她问还站在槐树下想着心事的高大霞,见她没有反应,又问了一遍。

高大霞回过神来:"他倒是跟我说过一嘴。"想起什么,对厨房里的万德福说,"对了,老万,那姑娘也是开电车的。"

高大霞的话音刚落,厨房门口挤出来万德福和刘有为,他俩几乎异口同声地问道:"叫什么?"

好像是要配合两人的问题,院门口,高守平回来了,他身后跟着的,还有万春妮。

高守平说不清是不是错觉,明明上一刻还分外热闹的小院,在他俩进来的一瞬间,忽然变得格外安静,或者说是死寂。

院子里每个人的表情都很值得玩味,刘有为的吃惊僵在脸上,高大霞的喜悦藏在内心,刘曼丽倒是惊喜万分,可见大家都不说话,一时也有些不大敢张嘴。最意外的还是万德福,他盯视着万春妮,张大了嘴巴,表情与其说是惊喜不如说是惊恐。本来还挂着笑意要跟大家打招呼的万春妮一见万德福,更是惊讶。

高守平见状,小声提醒万春妮:"那是万大哥,他在放火团的时候我就认识。"

万春妮回过神来,瞪了高守平一眼:"什么万大哥,他是我爸!"

此话一出,院子里的人都愣住了。还是刘曼丽更像这个家的主人,招呼大家进了屋,万春妮和万德福在后面,万春妮悄声问:"爸,你怎么来了?"

万德福小声说:"我跟大霞早就认识,你跟守平的事,怎么不早跟我说?"

刘曼丽干咳了两声,打破沉闷,安排起饭桌上的座位来:"傅大哥,你官最大,你坐上座。"说着,把傅家庄按到了座位上。

傅家庄挣扎着要站起身:"自己家吃饭,哪有论这个的?"

高大霞看了万德福一眼,挨着傅家庄坐下了,刘曼丽急了:"大霞,你急着坐什么? 老万,你挨着傅大哥坐。"见高大霞没起身,刘曼丽上前拉着高大霞,"起来呀,傅大哥和老万是客!"

万德福忙说:"我坐哪儿都行。"

"不行,你别坏了我们家规矩。高大霞,起来! 我还得说几遍?"

高大霞嘀咕着站起身,把万德福拉了过来坐下。

刘有为盯着万春妮,目光满是难以掩饰的失落。万春妮不经意间注意到刘有为的眼神,慌乱地别过脸去。

刘曼丽全然没有在意刘有为的异样,大大咧咧地挥了挥手:"大霞,你挨着老万坐,春妮,你挨着大霞坐,以后啊,你得管大霞叫大姑姐啦。"

这话让万德福和高大霞感到别扭,两人对了个眼色,又闪开。

万春妮局促地挨着高大霞坐下,又转头招呼高守平,孰料一旁的刘有为竟厚起脸皮,抢先一步挤到了万春妮身边。

"你瞎坐什么? 起来,倒给守平。"刘曼丽瞪着弟弟。

"吃个饭,坐哪儿不一样? 就这么坐吧。"刘有为决心无赖到底。

高守平无奈,只得坐在刘有为旁边,万春妮朝高守平投来了幽怨的一瞥。

刘有为给万春妮擦了擦筷子:"春妮,咱们也算老相识了,我叫刘有为,你叫我有为就行。"

万春妮扭过头,不理刘有为。

"行了,咱家人都齐了。"刘曼丽满意地拍了拍巴掌,"大霞,酒呢? 该上酒了吧?"

高大霞心头五味杂陈,摆了摆手:"今天别喝了。"

刘曼丽刚要反驳,傅家庄出言附和道:"那就别喝了,我下午还办事,红头涨脸不好看。"

"是啊,我还得出车,吃两口就得赶回去上班。"万德福说。

刘曼丽扫兴地坐下:"那就动筷吃吧。"

刘有为殷勤地给万春妮夹着菜:"春妮,别客气,跟到自己家一样。"

"这可不就是自己家嘛?"刘曼丽笑脸盈盈地打量着万春妮,"春妮真俊,比老万可是强多了,要是不叫一声爸,哪能想到是你老万的闺女。"她有意拖长了语调,目光看向高大霞,"大霞,你可赚着了,连闺女都有了。"

高守平皱了皱眉:"嫂子,怎么成闺女了? 差辈了。"

刘曼丽笑起来,眼见着高大霞脸色阴沉,忙收住笑,站起身子,清了清嗓说:"从今天开始,我呢,就是这个家的家长了。我得立个规矩,这一家子得吃喝拉撒,从今往后,大霞、守平,还有刘有为,每月都要给家里交伙食费。"

刘有为第一个跳出来反对:"我隔三差五来一趟,怎么,来看看你还得交钱? 这是动物园看猴啊,一次两分钱?"

"你说谁是猴?"刘曼丽瞪着刘有为。

刘有为气势一下子弱下来:"我就打个比方。"他忽然一指傅家庄,"那他交不交?"

"他交。"高大霞说,"共产党不白吃老百姓。"

傅家庄也跟着点头:"交,我应该交。"

刘曼丽不干了:"傅大哥的我来交。"

"那不行。"傅家庄说,"嫂子,你要不让我交,我再不来吃了。"

刘曼丽犹豫了一下:"那……那行吧。"说着坐下,转头看向万春妮和万德福,万德福在她的注视下局促不安地捏着筷子。

"你俩就麻烦了。"刘曼丽慢悠悠地说道,"你说是春妮嫁守平呢,还是老万娶大霞? 这事得说清楚。"

话没说完,高守平和万春妮都惊住了,高守平一脸茫然:"嫂子,你说什么呐?"

高大霞连忙干咳了两声:"嫂子是说,你娶了春妮,我和老万,都高兴,咱这不都是一家人了嘛。"

一阵桌椅拖曳声,万德福慌张地站起身子,脸色苍白:"我,我得上班了。"话没说完,便朝外走去。

高大霞也急忙起身,随着万德福的脚步出了屋子。

高守平满头雾水地望着两人离去的背影,问刘曼丽:"嫂子,到底怎么回事啊?"

高大霞在院外追上万德福:"老万,到底怎么回事,春妮不是你亲生的吧?"

万德福红着脸:"是亲闺女。"

"你有老婆孩子,你怎么不早说?"高大霞有些生气。

"有孩子是真的。"万德福不敢与高大霞对视,"不过,我没老婆。"

高大霞冷笑一声:"没老婆孩子是从石磕里蹦出来的?"

万德福叹了口气:"春妮三岁的时候,她娘就走了,一直是她奶奶带着,今年年初才上电车公司上班。大霞,这个事儿怨我,一直想跟你说,又怕你嫌弃,我就一拖再拖。哪知道她会和守平处上,这刚才把我臊的,地上有个缝我都能钻进去。"

高大霞脸色缓和了一些:"你有闺女的事,应该早跟我说,也不至于今天咱俩都弄个大红脸。"

"我不是不想说,是怕说了你就不理我了。本来我就比你大不老少,再有个这么大的闺女,一说不得把你吓跑了?"万德福哭丧着脸。

"那这事能瞒住啊?"高大霞哭笑不得,"不过你还别说,咱俩放火团那么些年,还真没听说你有孩子。我记得当年就有好几个人搓合咱俩,你还老躲躲闪闪,闹了半天,根儿在这儿。"

"在放火团咱们干的都是掉脑袋的事,不都怕连累家人嘛。"万德福说。

"你就是一个糊涂蛋。"高大霞点着万德福的脑袋,"你把我高大霞看扁了不说,也把自己看低了。我高大霞是不是那样式儿的人,你不知道?"

万德福看到了希望:"照这么说,咱俩的事儿还有戏?"

"有个屁!"高大霞一瞪眼,"这辈分都乱套了,你说能有戏吗?"

万德福苦笑着:"辈分是一个事儿,不过,"他顿了顿,"我觉着你也没看上我。"

高大霞欲言又止,万德福直视着高大霞:"你看上的,是傅家庄吧?"

"别胡说八道!"高大霞不假思索地反驳,心下却莫名一惊。

"我没胡说。"万德福神色淡然,"安德烈把你抓了,傅家庄是真急呀,再说了,你俩年龄也相当。"

"越说越不着调了。"听着万德福的话,高大霞别过脸去。

万德福跟着站过去:"你没看上他就好,咱俩的事还能接着来。"

"来什么来? 这种事你能跟春妮争呀?"高大霞拉下脸,"老万,你可别让我把你看扁了。"

"我们俩认识多少年了? 她一个孩子家家,还不应该让着我?"

高大霞诧异地看着万德福:"这是让的事吗?"说着转身回去,走了几步,又顿住脚步,回身说,"老万,你去把戏匣子拿走,赶紧退回去。"

"退什么退,咱俩的事还没拉倒。"

高大霞急得直跺脚:"你别这样好不好? 咱俩现在就够难看的了,你再弄个戏匣子摆在我家,你得臊死我呀? 再说本来我也没想要你的戏匣子。"

"那就送给嫂子,她稀罕。"万德福赌起气来,转头便走。

"别走呀!"高大霞又无奈地追上去。

院子里,高守平和万春妮从屋里出来,脸色都不大好看。刘曼丽跟在后面,一张脸更是拉得老长:"这吃得也太少了,我忙乎大半天,不好吃是不是?"

"挺好的,嫂子,我吃了不少。"万春妮心不在焉地笑了笑。

"春妮,下午我请你看电影吧?"刘有为从屋里追出来,笑嘻嘻地跑到万春妮面前。

"我还有事。"万春妮说完,就往外走。

"明天呢?"刘有为不依不饶地追上去。

"哥,你干什么!"高守平拦在万春妮身前,瞪着刘有为。

刘有为像没事人似的:"我是说,咱仨下午去看电影。"

万春妮逃也似地跑开,高守平追上去,刘有为也要跟过去,刘曼丽一把拽住了他:"你瞎凑什么热闹?"

刘有为挣扎了两下,失望地看着万春妮和高守平跑出院子,气呼呼地回了屋。

高守平追上万春妮,还没来得及张嘴,万春妮带着哭腔说:"守平,咱俩还是分了吧。"

高守平脸色一白:"这件事我还没问我姐呢。"

"这还用问吗? 嫂子说得多明白。"万春妮眉眼里尽是失落。

高守平激动起来:"即使是真的,那也没关系!"

"能没关系吗?"万春妮抽泣起来,"我管大霞姐叫娘? 你管我爸叫姐夫?"

高守平一时语塞,少顷,发狠地说:"反正我们不能分手。"

万春妮幽幽叹了口气:"咱俩不分手,我爸和大霞姐就得分手。我爸多苦啊,一个人这么些年,好不容易找了个人,我再跟他抢,我做不来!"

"春妮!"高大霞风风火火地跑过来。

万春妮脸上闪过一丝尴尬,叫了声:"姐。"

高守平焦急地问:"姐,你跟万叔儿真有那事儿?"

"别瞎寻思。"高大霞挥了下手,"嫂子那张嘴你又不是不知道,人好嘴碎,一天到晚满嘴跑火车。她也是好意,替我着急,就瞎胡乱撮合我和老万。"

高守平面露喜色:"真的?"

万春妮半信半疑地看着高大霞:"姐,你别骗我们。"

"这有啥好骗的? 我和你爸认识多少年了,要真想有那个心思,还轮得到你们两个孩崽子?"高大霞伸手在万春妮脑门上一点,笑起来。

饭桌上,只剩下了刘曼丽和刘有为。

"这顿饭吃得有意思。"刘有为忽地一笑,眼底却毫无笑意,"闺女看中弟弟,老爸相中姐姐,唉,你说春妮要是嫁了守平,老万娶了高大霞,守平该叫老万爸呢还是姐夫?"

"不用你操心。"刘曼丽没好气地说。

刘有为夹了一筷子青菜,咂了咂嘴:"其实,这事儿也简单。"他把筷子拍在餐桌上,"要是我娶了春妮,一切都迎刃而解了。"

"那你也得管高大霞叫妈!"刘曼丽瞪着刘有为。

刘有为给自己斟了一盅酒:"她又不是我亲姐,改口叫小妈也可以呀。"

"你就这么缺妈叫?"刘有为的混账话,让刘曼丽越来越气。

"这不是形势所迫嘛?"刘有为把玩着酒盅,"再说,高大霞嫁出去了,这个家你就能称王称霸了,不挺好吗?"

"那也不行,你管高大霞叫妈了,我管她什么?"

"咱俩各论各的,你爱叫什么叫什么。"说话间,刘有为打了个酒嗝。

"我可没你那么二皮脸。"刘曼丽说。

"谁敢说你二皮脸?"高大霞进屋。

"你!"刘曼丽拉着脸,"这顿饭吃得稀烂。你说你啊,高大霞,老万有春妮这么大个姑娘,你能不知道?"

"我要知道还能自己臊自己?"高大霞拿起地上的皮箱,要收起收音机。刘曼丽急了,上前一把按住收音机,"你干什么?"

"给老万送回去。"高大霞冷声说。

刘曼丽一下愣住了:"你要悔亲?"

高大霞说:"我这个当姐的,不能抢了守平和春妮的好事。"

刘曼丽说:"那不行,要悔也得守平悔。你比守平大,你先嫁他后娶,不能乱了顺序。"

"顺序乱了不怕,就怕乱了辈分。"说话间,高大霞不由分说抱起收音机。

刘曼丽死死护住皮箱:"戏匣子的钱,我给老万。"

傅家庄进屋,看到高大霞手里的收音机,问道:"老万在哪儿买的?"

"麻苏苏的洋货店。"高大霞说。

傅家庄警觉起来:"那麻苏苏应该知道收音机是送给你的吧?"

"肯定知道。"高大霞点头,忽然意识到了什么,"怎么,你担心她……"

傅家庄上前,仔细查看起收音机来,看到后盖,脸色一沉:"螺丝上有新茬口。"

高大霞一愣,刘曼丽问:"咋着,给咱戏匣子用的是旧螺丝?"

方若愚一到洋行,麻苏苏就邀功似地把窃听器安到收音机里的事说了,不料,方若愚想都没想,就送给她两个字:"愚蠢!"

麻苏苏迎头挨了一盆冷水,当即脸色难看地说:"老关出了事,我们总得找个办法知道共产党成天要干什么吧?这还有错了?"

"那就安监听器?"方若愚气冲冲地反问,"这里离高大霞家至少有一公里,能听到什么?"

麻苏苏说:"我看了说明书,上面说了,理论上,一公里地都能听到。

要想听得再真切些也简单，可以挨着她家找个房子，装上监听器。"

方若愚无奈地说："监听器接在交流电上，收音机一打开，电波就会相互干扰，只怕还没等到说话的时候，他们就已经发现里面的窃听器了！"

麻苏苏怔愣，脸色渐渐变得惨白，她懊恼地自责道："我也是太着急，没想到这一层。要不然，我找个什么借口，去高大霞家把收音机要回来。"

方若愚长叹一口气："既然已经安上了，先听一听再说吧。"

麻苏苏连忙点头，打开柜子暗板，取出监听器来。两人凑近了耳朵，监听器那头，一阵沙沙的电流声传了出来。

傅家庄拿螺丝刀拆卸着收音机的后盖，高大霞和刘曼丽紧张地看着，刘有为好奇地探头过来："好好的收音机，干什么给拆了？"

"怕坏蛋在里面安炸弹！"刘曼丽紧张兮兮地回答。

刘有为一愣："啊？坏蛋胆儿都这么大了？"

傅家庄小心翼翼掀开后盖，众人的视线同时朝里面看去，里面除了规格不一的零件，并无其他。

"炸弹长这样式儿啊？"刘曼丽怯怯地问。

"别瞎说，哪有炸弹。"高大霞瞅了眼刘曼丽。

刘曼丽给了高大霞一巴掌："没炸弹，你一惊一乍！"

良运洋行里，麻苏苏和方若愚头抵在监听器前听了一会儿，除了机器本身的电流声之外，再没有其他的声音。

"信号这么不好？"麻苏苏看着方若愚，"理论上不应该呀。"

"理论上的事大多是异想天开，一马平川的空地，再远都没有问题。这到高大霞家，隔着多少房子？"

麻苏苏点头："也是，理论大多时候不靠谱。"

"不过,不应该一点儿动静也没有呀?"方若愚自言自语,"起码应该会有些杂音才对。"他调试着机器,脸颊近乎触及到了麻苏苏的嘴唇。麻苏苏的气息扑到方若愚脸上,他浑然不觉。麻苏苏注视着方若愚的侧脸,心里泛起浪花,不觉间嘴唇凑近了方若愚的耳朵。方若愚低头拨弄着电线,无意间躲开了麻苏苏伸过来的嘴巴。

"不对。"方若愚突然直起身来,闪了麻苏苏一下。

"怎么了?"麻苏苏慌忙收敛了心神。

"纵使监听器离高大霞家距离过远,但只要机器在运转,总不至于一点儿声音都没有吧,哪怕有点儿杂音……"方若愚盯着监听器。

麻苏苏低头凑到监听器前听着。

"你干什么!"一个女人急促的声音突然从里面蹿出来,吓得麻苏苏一激灵,下意识地直起身子。

"有啦有啦!"方若愚兴奋。

"这多清楚呀,你刚才还说听不到。"麻苏苏委屈。

方若愚疑惑:"不应该呀,这么老距远哪……"

"这动静都出来了,还有什么应不应该的。"麻苏苏理直气壮,话里显然还没忘刚才方若愚骂她愚蠢的事。她欣赏地看着监听器,"苏联大鼻子的东西就是好,不服都不行呀。"

"你到底行不行呀?"里面的女声像是在配合着麻苏苏的话。

麻苏苏疑惑:"这不是高大霞的声儿……"

方若愚示意麻苏苏别说话。

女人说:"祖宗,能不能快点,磨磨蹭蹭要血命了,能叫人急出猴疮来。"

男人说:"催什么催,烦死了。"

女人说:"我烦? 对,我是烦,要不你能站那么老距远? 怎么,还得我下地请你啊,还拿把上了……快点儿!"

"大白天整这个事……像什么……"男人不情愿的声音。

"你说像什么?晚上你上了炕就烀猪头,不知道你是真累了还是装彪卖傻,偷懒耍滑!"女人抱怨道。

麻苏苏听出内容,瞟看方若愚。方若愚涨红着脸,掩饰地说:"不对,这也太清楚了……"

男人又说:"我是不是装彪卖傻,偷懒耍滑,你不清楚?天天忙得跟狗似的,早上起得比鸡还早,晚上不得早点儿睡啊。谁像你,有的是穷精神。"

女人火了:"现在说我穷精神了?刚结婚的时候你怎么不说?一天要八遍!"

麻苏苏笑起来,方若愚尴尬:"这……这什么乱七八糟的……串台了吧。"

麻苏苏笑得更厉害了,方若愚要扭动调试钮,被麻苏苏按住,她强忍着笑:"我还没听说窃听器能串台。莫非这个收音机,没送到高大霞那里?"

方若愚不解:"那姓万的能送给谁?"

麻苏苏说:"不好好听一听,怎么能知道送给谁了。"

方若愚尴尬,走到一旁。

"你话真多,快点儿吧,一会儿好有人来买火勺了。"男人不耐烦地说。

里面传出了女人的呻吟声。

麻苏苏吃惊,方若愚指着外面:"这怎么……"

女人的呻吟声越发放肆,方若愚尴尬得左右不是。门呼地推开,两人吓了一跳,见闯进来的是甄精细,这才松了一口气。

甄精细看着慌乱的两人,焦急地问:"怎么了,姐?"

方若愚和麻苏苏都呆愣着,监听器里的呻吟声像是放大了许多倍,伴着的还有床铺的嘎吱声。

"荒唐!"方若愚推开堵在门口的甄精细,朝外走去。

"姐,这是什么动静?"甄精细奔到监听器前,疑惑地问。

麻苏苏关上监听器,死死盯着甄精细,甄精细预感到麻苏苏知道了一切,心虚地低下头,像个做错了事的孩子,双手拨弄着衣角。

麻苏苏沉默了许久,忽地咧嘴一笑:"你得多彪啊,精细,能这么干?"

甄精细哆哆嗦嗦地埋着头:"姐,我没干。"

麻苏苏脸一板:"还犟嘴?出门前,特地问你是不是办妥当了,你怎么说的?还学会撒谎了是吗?"

甄精细刚要辩解,麻苏苏一指他:"没安进收音机里,你就告诉我,还安到火勺店里人家睡觉的屋里去了,看把你能的!"

"我没有。"甄精细声音里隐隐带了哭腔。

麻苏苏一拍桌子:"还说没有?你没安,窃听器自己长腿跑去了?再不承认,你就给我滚蛋!"

甄精细吓得"扑通"一声跪在了地上,急得哭起来:"姐,我笨,我刚想安进去,你和那个万什么玩意儿就出来了。"甄精细哭得鼻涕横流,举手扇着自己耳光:"我再不敢了,姐。"

麻苏苏拦住甄精细,微微叹了叹气:"这回的事你给我长个记性,再干擅自做主的事,姐可真不留你了。"

甄精细委屈地点头:"嗯。"

麻苏苏扶起甄精细:"记恨姐吗?"

甄精细使劲摇着头:"我的命都是姐的,姐打我骂我都是为我好。"

"看你说的,像姐多不讲理似的。"麻苏苏语气诚恳,"姐这回生气,是因为你撒谎,干的事不敢承认。"麻苏苏掏出钱,"行了,去把东西拆回来吧。"

甄精细欲言又止:"嗯。"

麻苏苏把钱塞给甄精细:"馋什么,自己去买。"

甄精细摇头:"我都惹祸了,不能要。"

麻苏苏还是把钱塞给甄精细,扶他起来:"去吧,把方先生叫进来,我有话跟他说。"

"谢谢姐。"甄精细抽泣着出去了。

方若愚进来,还没等说什么,麻苏苏就抢先说:"精细这回也算干了件歪打正着的好事,要真安上还麻烦了。"

方若愚不屑:"这回算是瞎猫撞上了死耗子。不过,还是那句话,高大霞不死,我就难安心。"

"现在能安心了。"麻苏苏倒了杯水,递给方若愚,"为了撇清你的嫌疑,'大姨'下了大本钱,在马迭尔旅馆给你找了个替身。现在,这个替身死了。以后,你就可以高枕无忧了。"

"听你的意思,共产党还派人去马迭尔旅馆调查过?"

"他们的调查从未停止,为保全你,不得不牺牲一个兄弟。"麻苏苏神色肃然。

方若愚摆了摆手:"不必在我这里买好。你我都清楚,舍车保帅是因为帅比车重要。所谓为我牺牲的兄弟,不过是因为对党国而言,我比那位兄弟更有价值罢了。"

麻苏苏沉默了片刻,点头:"你这样说,也对。"

"那个屈死鬼,是大连人吗?"方若愚问。

"是,住在桃源街连胜巷三十九号。"麻苏苏说。

甄精细出来,看到火勺店的门开了,一脸疲惫的老王出来,端着盛着火勺的大簸箕,头发支楞着。

老王女人跟出来,看了一眼老王:"你看你这头发支楞的,赶上拱鸡窝了。"

老王没好气地说:"你说得真对。"

老王女人给了老王一巴掌:"放屁!"

甄精细过去:"大白天关店门,有你们这么开店的吗?"

老王说:"累了,歇歇。"

"再给我两火勺,还要一盘小咸鱼。"甄精细说完,进了店里。

老王女人轻声嘀咕:"吃了两回晌饭,也不怕撑着。"

"管他呐,彪吃彪喝,说的就是他,帮我把炉子捅开,我腰疼。"老王理直气壮地吩咐女人。

第十八章

电车还没进站,万德福就发现高大霞站在站台上,等她上了车,就把一卷钱塞给万德福,说是收音机的钱,万德福急了:"你这不是骂我吗?"说着便要把钱往回塞,高大霞摆了摆手朝车厢后走去,生怕万德福追过来。万德福无奈,想着等下一站到桃源街停车时,再到后面找高大霞。不想车到了桃源街站,刚一停车,高大霞却下车走了。

找到傅家庄说的连胜巷 39 号,天色已经擦黑了,看见门上挂着一把锁头,高大霞敲开旁边一户人家的房门,问这里住的人是不是叫王明起。在厨房里做饭的一个女人说是,不过三天前搬走了,高大霞又问王明起是哪里人,女人说是大连当地人,在日本人的一个什么商会干活,再问什么,女人都不知道,高大霞谢过女人,悻悻地走了。

傅家庄回来的时候,碰上来家里送钱的万德福,从他嘴里得知高大霞在桃源街下了电车,傅家庄立即猜出她这是去那个王明起家了。傅家庄隐隐有种不祥之感,骑着自行车要去找高大霞,万德福也要跟着去,说多个人总会踏实些,傅家庄便带上万德福去了。

傅家庄的担心应验了,方若愚在麻苏苏那里听说了王明起的事,也想着落实一下心里才踏实,便带着大令也来了。两个人刚走到连胜巷的路口,便看见一个黑乎乎的人影从坡上下来,方若愚当即认出是冤家高大霞。黑暗中,方若愚低声冷笑:"她来找死,今晚就成全她。"

大令意会,抽出匕首便要上前,被方若愚一把拽住:"把她交给我,这次我要亲自动手。"他从大令手里接过匕首来,"你去找个平板车,把尸首拉到海边儿。"

"咱们就管杀,怎么还管埋了?"大令不解。

方若愚摩挲着匕首的刀锋:"她能找到这里,说明共产党已经起了疑心,尸首不能留在这里。"

大令敬佩地说:"还是先生想得周到。"

"所谓周到,就是要比别人多往前想几步而已,你快去吧。"方若愚督促。

大令转身跑开。方若愚扫视四下,看见一户人家的院墙上搭着麻布包,便上前扯下一个,又在旁边有户挂着"宝宅出让"牌子的门口捡起一截木棍,这才躲到一根电线杆子的阴影里。眼见着高大霞从坡上下来,从电线杆子前过去,方若愚快步上前,举起棍子,挥了下去。

借着月光,方若愚把高大霞扛进"宝宅出让"的一间房子里,重重扔在地上,碰倒了一个衣架,方若愚正准备拿下套在高大霞头上的麻布包,听见院子里传来一声断喝:"谁啊?"

方若愚吓得一哆嗦,刚才在外面捡木棍的时候,他就注意到院门没有关上,还以为是房子出让,主人不上心了,扛了高大霞进来时,他才发现院里还有个套院,想必这里原来住的是一个大户人家。

"里面的人出来,要不我喊警察啦!"窗外的人又大叫起来。

"喊什么喊,来了!"方若愚应着声,手忙脚乱地把高大霞拖到了杂物后面,这才出去。

院子里站着一个高个子中年男人,身后的一男一女显然是夫妻,正在看对面的房子。高个子男人打量着走出来的方若愚,警惕地问:"你谁啊?谁让你进来的?"

"不是,我走到这,看见院门开着,门上又写着卖房,我就进来看看。"方若愚不紧不慢地说着,脑海里飞速编织着谎言,"这才刚看了一间房,你们就来了。怎么,兄弟,你是房主啊?"

"废话,我不是房主能领人来看房吗?"高个子男人转头对身后的夫妻说,"先看这一间吧。"说着走来。

方若愚慌了,忙说:"先看那一间一样,省着他们还得过来。"说着,推着男人向对面走去,嘴里盛赞道,"这房子真不错,还有个套院,我就喜欢带套院的房子。"

房主推开方若愚,走到门前带上门,扣上了门鼻。方若愚松了口气,他刚才琢磨好了,如果房主多事真迈进屋里发现了高大霞,那房主和那对看房夫妻只能陪着高大霞一起见阎王了。

"这种带跨院的房子,全大连街也找不出几套。你们两家盯上了,算是有眼光,在你们之前,还有好几个人盯着呢,我都不愿再领人来看了。"房主炫耀着,指指点点介绍起来。

傅家庄带着万德福找到了连胜巷 39 号,从邻居那里得知,天刚擦黑时,确实有个女人来打听过王明起,听描述,就知道来的人一定是高大霞。傅家庄心里一阵发慌,和万德福顺着来路分头去找高大霞。

方若愚离开不久,高大霞苏醒过来,微弱的光亮透过麻布包渗到眼前,高大霞意识到头上被什么东西罩住了。她挣扎着坐起身子,试图挣脱绑在手上的麻绳,奈何麻绳捆得太过结实,几番挣扎未果,高大霞已然是气喘吁吁了。挣扎之中,高大霞兜里的手绢掉落在地,她浑然不觉。缓了缓,她贴着墙壁站起来,循着一线月光找到了窗户的位置,又伸脚一点点探着路,等脚下踩实了,才战战兢兢地向前迈出一小步。摸索了一阵,她的脚尖触到了拐角,她沮丧的发现,那不过是另一面墙。

套院里,房主在滔滔不绝地介绍着院子,方若愚心不在焉地听着,目光不时向外面张望。

"我爷爷在黑龙江开过木材厂,老宅子里用的木料,都是他千挑万选出来的,你听听这动静。"房主伸手敲着柱子,"再瞧这上头,还有雕花,请的都是给'盛京'皇宫里干过活的师傅。"

方若愚凑上前来,他想尽快结束房主的介绍,把他们打发走:"可惜这是晚上,看不大清楚。二位,要不然,咱明天约个时间,一块儿再来看看?"

房主不满:"明天我还得跑趟奉天,谈个买卖。"

"要不然,等你忙完了,回来再看也行。"方若愚陪着笑。

"别磨叽了,来都来了,一块儿看了吧。"房主不耐烦地挥了挥手,"还不知道你们能不能要呢,我哪有闲工夫老陪着你们?"

小个子男人干咳了两声:"那再看看别的屋子吧。"

一行人又朝屋外走去,方若愚只能随他们一起去了。

屋子里,高大霞看到前面有一丝光亮,像是从门外照进来的,她向着光线涌来的地方缓缓移步,终于移到了门前,推了一下,却发觉房门纹丝不动。高大霞试着用肩膀撞去,一下,二下,三下,四下……房门晃动着,始终没有敞开,但外面的门鼻却在撞击中一点点变得松动。高大霞铆足了力气,一下子撞了过去。这一下可是劲道十足,房门应声洞开,高大霞一下扑倒在门外,摔了个七荤八素。过了半晌,高大霞才缓过劲来,艰难地爬起身子,辨别了一下方向,摇摇晃晃地向前走去。

套院里,房主带着那对夫妇走向另一间房,方若愚悄悄躲开房主的视线,鬼头鬼脑地朝院外走去,走到了月亮门前。

"站住!"身后传来房主的一声断喝。

方若愚一怔,连忙顿住了脚步,与他一墙之隔的位置,高大霞浑身僵硬地待在了原地。房主的喊声也吓住了高大霞,她紧紧贴墙而立,一动不敢动。

"你要再瞎胡乱走,别说我不客气!"房主瞪着方若愚。

高大霞竖起耳朵听着动静,待墙后的脚步声渐渐远去了,她才慌乱地朝着反方向挪去,一不留神,被地上的杂物绊了一下,重重扑倒在地。

方若愚老实走回了队伍里,跟着房主进了屋里。

"你自己说的算了,瞎胡乱蹿。"房主阴沉着脸,数落道。

方若愚赔着笑:"我想看看外面的,哎呀,看哪儿不一样,这不都是你的房子嘛。"

"告诉你先看里面,再看外面,你就是不听,你到底要干什么?"房主盯着方若愚。

"我就是随便看看,好了,听你的,听你的!"方若愚语气谦恭。

傅家庄和万德福找了两条街道,还是不见高大霞的踪影,万德福自责地说:"我要是跟着大霞一块儿来就好了。"

万德福的话,让傅家庄心底的不安加重起来:"都怨我,跟她说'老姨夫'住在桃源街连胜巷的时候,就该想到她会到这里来核实。"

万德福看着傅家庄:"这回找到大霞,我想给你俩做个媒人。"

"现在哪有心思说这个。"傅家庄说。

"今天我跟她的事,你也看到了,彻底拉倒了。"万德福说。

傅家庄犹豫了一下,问:"你是觉得跟春妮不好交代吗?"

"也不光因为辈分的事。"万德福苦涩一笑,"我能看出来,大霞心里喜欢的人,是你。"

傅家庄拍了拍万德福的肩膀:"老万,你和大霞才是经过生死考验的战友。"

"没错,是经过生死考验的战友。可我还是太糊涂了,错把战友当成了媳妇。"万德福讪讪地摇了摇头。

"先不说这些了,咱俩分头找吧,在坡下面的胡同口汇合。"傅家庄指着高坡下的道口。

"好。"万德福朝一个胡同跑去。

傅家庄推着自行车焦急地四下张望,突然眼睛一亮,下坡处有一抹熟悉的身影,傅家庄兴奋地喊了一声:"高大霞!"

傅家庄跨上自行车,车子如离弦之箭,朝着人影冲了过去。眼见这人影越来越近,傅家庄激动地高喊:"大霞!"

人影回过头来,却是一张陌生的脸庞。傅家庄愣住了,笑容凝在了脸上。

向院门口挪动着步子的高大霞,隐约听见傅家庄的呼喊,支起耳朵仔细听着,却没有了下文。

庭院深处,房主带着方若愚和那对夫妇走出了房门。房主舔了舔发干的嘴唇,嘶哑地说:"里面差不多就这样了。"

"挺好,挺好,外面我刚才看过了,比里面还好。"方若愚急促地说道。

"那就不用看了?"房主试探着问。

"不用看了,这房子我买了。"方若愚大手一挥,转头朝院外走去。房主欣喜,连忙跟上了方若愚的脚步。

身后的妇人上前拉住房主的胳膊:"我们还没看完呢。"

房主指了指方若愚,面露难色:"人家都要了。"

"那也得讲究个先来后到吧?"小个子男人脸上挂着不快。

"对呀,我先来的。"方若愚回身,对夫妻俩说,"外面我看完了,里面也看了。这房子,我要了。"说着看向房主,"你从奉天回来咱就办个手续,怎么样?"

小个子男人不满:"那不行,房主是我约来的,你这算怎么回事? 说好听点儿是自己进来的,说难听点儿,还不知道你进来是要干什么呢!"

方若愚心底一颤,拉着脸怒斥:"你怎么说话呢? 我能干什么? 不为看房子,我大晚上进来干什么?"

小个子男人毫不示弱:"谁知道你干什么,看你鬼鬼祟祟满哪儿撒么,压根儿就不像买房子的人!"

庭院外的高大霞终于摸到了门口。院门闩着,高大霞的双手被牢牢捆住了,只得费事地用头顶着门栓。身后的小院里隐隐传来什么人的争吵声,高大霞心底紧张起来,手脚莫名发软,顶着的门闩升起又落下,高大霞的头顶在门上,绝望地抽泣起来。

傅家庄更大的喊声又传来了,高大霞这回听得真真切切,激动地浑身颤栗,张了张嘴,想向那个声音呼救,奈何嘴里被塞了一团麻布,只能发出意义不明的咕哝声,又继续用头顶着门栓。

胡同里的万德福听见了傅家庄的呐喊,也效仿起来。

两个人的呼喊声不时传来,给了高大霞更大的动力,不知失败了多少回，门闩终于顶开，高大霞用脚勾开院门，通往自由之门，终于洞开。

高大霞兴奋地迈过门槛，却一脚踩空，从台阶上扑倒在地，身子翻滚了几下，撞到了对面墙上。她的手胡乱在地上摸索着，摸到一堆鹅卵石，忍着刺痛爬起身，向着坡下仓惶奔去。

套院里，方若愚气冲冲往外院走来，房主陪着笑脸跟在后头："大哥，别跟他们一般见识，我一搭眼，就知道他们买不起这房子。"

方若愚到了外院，忽地顿住了脚步，身后的房主险些撞在他身上。苍白的月光下，院门大开，关着高大霞的那间屋子也敞着门。方若愚脸色一沉，冲进屋去，房主一愣，也紧随其后跟了进去。

屋子里，不见了高大霞的踪影。方若愚眼前一黑，满腔的怒火近乎喷薄而出，他转身出屋朝院门跑去，身后传来房主的一声怒喝："妈的，耍老子玩儿呐！"

高大霞绊绊磕磕地跑着，没跑多远就被脚下的坑洼和石子绊倒，面前的黑暗像是没有尽头，幸亏还有傅家庄和万德福的呼喊给了她希望。高大霞竖起耳朵仔细聆听着声音的方位，循着声音摸索而去。

方若愚跑出院门，四下寻找着高大霞的踪迹，听到傅家庄和万德福的呼喊声，脚下一顿，脸色变得格外难看。他摸了摸腰后的匕首，循着呼喊声的方向跑去。没跑出多远，便看到不远处闪动着一个人影，正是跌跌撞撞的高大霞。她跑得太猛，撞到栏杆上，大半个身子差点冲了出去。

方若愚冷笑一声，抽出匕首，奔了过去，两人之间的距离越来越近。前方出现了一条岔道口，高大霞身形一闪，消失在岔口那头。方若愚加快了脚步追了上去。

黑暗中，万德福沿着巷道穿行，忽然看见拐角的人影，疑惑地喊道："是大霞吗？"

方若愚听到喊声,立时收住了脚步,几乎就在几步开外,万德福欣喜地奔向了不远处的高大霞。

正在方若愚失望之际,夜色中忽然传来一声闷响,大令推着的一辆平板车,借着地势从高处直冲而下,将万德福撞出栏杆外,万德福的身子在半空划过一道弧线,重重摔落在高台之下的地面上。

坡顶,大令居高临下审视着战果,眼里寒冷如霜。

坡下,傅家庄的身影出现,眼看着万德福的身子飞落,惊慌地大喊一声:"老万!"

大令冷着脸,掏出匕首准备拼个鱼死网破,被方若愚低声喝住:"走!"

大令心有不甘看了看不远处的高大霞,随着方若愚消失在浓厚的夜色中。

惊慌的高大霞才回过味来,试探地喊着:"老万,万德福,傅家庄,你在哪儿啊?"

傅家庄跑来,冲向血泊中的万德福,大喊着:"老万,老万!"

被麻布罩着的高大霞驻足,摸索着过来。

一阵碎步响起,一条长长的影子扑了过来,停在万德福身上。傅家庄抬起头,被麻布罩着的高大霞站到近前,傅家庄喊了声:"大霞!"起身迎了上去。

高大霞也奔了过来,傅家庄一把扶住高大霞,扯下她头上的麻布包:"大霞……"揪出了高大霞嘴里的抹布。

摔得鼻青脸肿的高大霞一把抱住傅家庄,失声痛哭起来。

傅家庄拍着高大霞的后背安抚着:"好了,好了,没事了,没事了。"

高大霞哭着,看到了地上的万德福,慌忙推开傅家庄,奔了过去:"老万,老万你醒醒啊,老万……"高大霞哭喊着。

万德福突然动了动,虚弱地说:"疼死我了……"

第十九章

夜色深沉,青泥洼街上卷过阵阵冷风。

一线昏黄的灯光里,麻苏苏躺在床上,回味起白天她和方若愚贴在监听器前,监听火勺店夫妻调情的情形。她坐起身来,下地拉开隐蔽柜门,拿出监听器看着,她多少有些后悔,不该让甄精细去火勺店把这玩意儿拆回来。

医院里,打着石膏的万德福有气无力地躺在病床上,傅家庄和高大霞围在床边,高大霞的眼睛红通通的,今天晚上大概是她几年来流泪最多的时候了。

"没事儿,养个十天八天就好了。"万德福咧着嘴强作欢颜。

高大霞抹着眼角的泪花:"得了吧,伤筋动骨得一百天。"

"能躺一百天多好啊,不用干活了。"万德福拍了拍石膏,自嘲地笑起来。

"老万,你看没看清撞你的是什么人?"傅家庄问道。

万德福摇了摇头:"黑灯瞎火的,哪能看清。再说,当时我光看大霞了,也没留意到冲过来的平板车。唉,是我大意了。"

"看来,敌人也是有备而去。"傅家庄思忖着。

"肯定是方若愚干的!"高大霞断言。

傅家庄没反驳高大霞,问了她去连胜巷 39 号了解到的一些情况,又问了她被偷袭绑架的经过,说明天会去找房主再了解一下情况。高大霞不耐烦地打断了他,一口咬定就是方若愚干的。

傅家庄说:"你既没看见他,又没听见他说话,光猜不行,要有证据。"

"证据就是他想杀了我,这还不够?"高大霞忍不住喊起来。

万德福与傅家庄对视了一眼,无可奈何,只剩下了苦笑。

方若愚疲惫地回到家,翠玲要给他收拾饭,方若愚摆摆手,让她回去,自己躺到了长条沙发上。

翠玲取过叠得整整齐齐的睡衣放在方若愚身旁,拉灭电灯,小心地合上房门离开。

方若愚睡着了,迷迷糊糊觉得门又轻轻开了,一个黑影缓缓进来。黑影越伸越长,折射在墙上,一点点朝着方若愚逼近。黑暗中,方若愚猛然睁眼,手里的枪对准黑影,低声吼道:"别动!"

"是我。"黑影轻声说道,声音莫名熟悉。

方若愚愣了愣:"大姐?"拉亮了沙发旁边的台灯。

麻苏苏站在沙发前,嘴角挂着似有似无的微笑。

"你怎么来了?"方若愚收起枪,坐起来。

"我来的多是时候呀,有个年轻女人才刚走。"刚才在院门口,麻苏苏看到翠玲出去,她的话里不由带了几分嘲讽,既嘲讽了方若愚,也嘲讽了自己。

方若愚面色平静:"那是我雇的一个保姆,就住在坡上,有空就过来帮衬我一把。"

"是个利落的女人。除了做保姆,还做别的吧?"麻苏苏打量着屋子,话里有话。

"有时候做点儿饭。"方若愚发觉麻苏苏的话里莫名带着酸味,"你问这个做什么?"

麻苏苏笑了笑:"一个大男人自己生活,确实不方便,我赞成你找个帮手,可你不是有大令吗? 那不是现成的帮手?"

"那是工作上的帮手,我怎么可以假公济私?"方若愚拿起茶壶,给麻苏苏倒了一杯白开水,"再说,也不方便,大令还是个孩子。"

"是啊,大令是小了点。"麻苏苏笑得意味深长。

方若愚感到一阵不适,避开了麻苏苏的目光:"这么晚跑来,有什么急事吗?"

"也不是太急,就是想过来看看方先生,唠唠嗑。"

"你怎么进的院子?"

"翻墙进来的,碰倒了个花盆你都没听见。"麻苏苏坐到方若愚对面的椅子上,"这可不像'老姨夫'的做派,你'老姨夫'向来是风还没吹草就动了。"

"我睡过去了。"方若愚打了个哈欠。

麻苏苏看见沙发上叠得整整齐齐的睡衣:"看来,方先生是那位保姆的老主顾了。"

方若愚不耐烦地挥了挥手:"还是说正事吧。"

麻苏苏笑了笑:"'大姨'下午得到密报,共产党从胶东派来一帮唱歌跳舞的,说是成立了个什么东北青年文工团,后天就到大连了。"

方若愚冷笑了两声:"共产党向来擅打舆论战,想当年,国军把他们围在井冈山那样的弹丸之地,眼瞅着他们就要作鸟兽散了,可仅凭一篇《星星之火可以燎原》的文章,就提振了共党的信心,发展壮大起来了。后来,委座调派数十万大军围剿,后追前堵,好不容易把他们撵到了不毛之地的陕北。本以为斩草除根指日可待,可共产党竟然喊出'抗日救国',就这么简单的四个字,一下就动摇了东北军的军心。更可恨的是那张学良，突然施出兵谏，威逼委座，终酿大祸，几年抗日下来，共产党竟然有了和党国分庭抗礼的资本。"

麻苏苏点着头，露出了赞许的神色："不愧是党国干将，看问题果然入木三分。不瞒你说，'大姨'也这么认为，在她看来，共产党是要借文工团唱歌跳舞来宣传他们那一套奇谈怪论，挑起老百姓跟咱们作对。"

"吃一堑，长一智，这回，我们绝不能在大连给他们发声的机会。"方若愚攥紧了拳头。

"当然不能。'大姨'的意思是……"

"制造爆炸事件？"方若愚不紧不慢地插话道。

"行啊，小方，你都能猜到'大姨'心里想的事了。"麻苏苏很是敬佩。

"我能想到的事，共产党肯定也能想到。"方若愚表情平淡。

"共产党可能想到我们要破坏，但是万万想不到，在这帮唱歌跳舞的人里，有我们的眼线。"麻苏苏把玩着水杯，露出了一抹冷笑。

方若愚点点头："这是好事。"

"我刚进来的时候，发现你的脸色不大好。"麻苏苏关切地望着方若愚。

方若愚下意识地摸了把脸："没有吧，灯晃的。"

"不对，"麻苏苏盯着方若愚的脸看了看，"还是不大对劲。别瞒我了，说吧，是不是有什么事？"

方若愚犹豫了一下，说："今天晚上，我差点儿栽在高大霞手里。"

"高大霞？"麻苏苏一愣，"你在哪儿碰上她的？"

方若愚张了张嘴，欲言又止。麻苏苏脸上的表情渐渐凝重起来："你说实话。"

没等方若愚把晚上的事讲完，麻苏苏就听不下去了："你怎么能自己动手？你可是'老姨夫'，不容任何闪失，这种脏活儿应该让手下去干！"

方若愚说："她没看见我，我把她头捂上了。"

"那也不行，高大霞本来就属狗皮膏药，粘上去就揭不下来。"麻苏苏紧张起来，"她和傅家庄不会就这么完事的。"

麻苏苏猜的没错，傅家庄和高大霞安排好万德福，高大霞就要去方若愚家里一探究竟，傅家庄拗不过她，便往隆兴茶庄打了个电话，正好高守平还在，傅家庄给了他地址，让他去看看。放下电话，傅家庄想起来了，提议回去找找房东，看看能不能问出有价值的线索。

傅家庄骑上自行车，载着高大霞找到了要卖的房子，门上挂着锁头，好在"宝宅出让"的牌子上，还写着房主的联系地址，也不太远，隔着一条街，两人便赶过去。

他们还是去晚了，房主几分钟之前刚被人杀了。

"一定是方若愚干的！"高大霞咬着牙根说。

"是不是他，等守平去看看就知道了。"傅家庄拉着高大霞离开了现场。

浓云遮蔽了月光。高守平躲在方若愚家的窗户下，看到方若愚正在床前铺被子，等他转过脸的时候，高守平愣住了。

高守平赶回来，高大霞和傅家庄还在等着他，听说案发的时候方若愚还在家里，高大霞并没有泄气，断言人不是他杀的，也是他指使特务去干的。

"这只是你的推断。"傅家庄说。

"是推断不假，可我这推断也都是有根有据。你们想啊，我去那个王明起家是为谁的事？是他方若愚啊！王明起要是假的，他方若愚就有问题，他能不害怕吗？在那个地方见到我，他能不杀我吗？今晚要不是叫房东给冲了，我早成屈死鬼了。"想起今天晚上的惊心动魄，高大霞仍是心有余悸，一气之下放出狠话，"不信我的话，你们就等他杀了我的时候再信吧！"

高守平劝着："姐，这个方若愚，不是你想的那样人，他还是我和嫂子的救命恩人。"

高大霞一下子愣住了："你别胡说八道！"

"姐，你还记得吗？三年前，你们放火团在码头放的最后一把大火。"高守平说。

"这能忘吗？那把天火，烧了小日本十几个车皮的军马草料，还有一架飞机，两车皮零部件，把小日本气坏了，满大连街抓我们。那天晚上我来家带了三个大饼子就跑了。"

"对，就是那天晚上。"高守平点着头，说起了那段亲历的往事。

那是一个血红色的夜晚，大连港的火光映红了夜空，好像整个大连都将被这团红光吞噬，隔着很远都能感受到火焰灼热的气浪。愤怒至极的日军全员出动，满大连搜捕放火团成员，但凡与放火团成员有过牵连，或是有参与嫌疑的人员，都被日军逮捕了。那个夜晚，枪声在城市里此起彼伏，放火团在大连获得了一场巨大的胜利，也遭受了巨大的损失。

日本宪兵和警察赶到高大霞家时，她已经跑了，高守平和刘曼丽藏到了澡堂子里，他俩听着杂乱的脚步声越来越近，知道藏在这里不过就是寻求一个短暂的安慰罢了。果然，澡堂子的门被拉开，一个穿警察服的瘦长男人进来了，是方若愚。他拉亮灯绳，便看到浴帘后瑟瑟发抖的两个人，刘曼丽惊恐的眼神，让方若愚断定这是个无辜的女人，半大小子的高守平，也绝不会是天火事件的参与者。方若愚又把浴帘拉上，拽灭了灯绳，转身走了。

澡堂子外,有人问方若愚里面有没有高大霞的家人,方若愚说:"来晚了一步,都跟着跑了。"

"当天晚上,嫂子就带着我搬到她娘家了,直到光复,我们才回来。"高守平说。

"方若愚还有中国人的良心,没跟日本人同流合污,难得。"傅家庄沉吟道。

高大霞沉默,过了半晌,她才悠悠叹了口气:"那时候,是个中国人都恨小日本,他方若愚也是在给自己积德。"

"不管怎么说,要是没有他,我和嫂子都活不到今天。"高守平神色肃然。

"能顶着那么大的风险救下你们,确实不容易。"傅家庄的话发自内心。

高大霞不认可傅家庄的话:"蒋介石也打过小日本,现在不也跟咱们作对?"

傅家庄说:"看问题得以历史的眼光来看,此一时彼一时。"

"对呀,蒋介石能此一时彼一时,他方若愚就不能了?何况蒋光头还是他的主子,主子叫他往东他敢往西?"高大霞据理力争。

傅家庄一时语塞。高大霞命令高守平:"方若愚的事,你不准告诉嫂子!"

"那咱也不应该忘了人家。"高守平争辩。

高大霞说:"他救过你和嫂子,应该感谢,这笔账先给他记着,早晚还给他。可他要是国民党的大特务,谁知道他还会做多少坏事?你说,咱能放了他吗?"

高守平欲言又止,末了,还是无奈地叹了叹气:"行吧,听你的,不跟嫂子说。"

这一宿,高大霞是睁着眼过来的,昨晚的事情历历在目,她怎么都觉得绑架自己的人,就是方若愚。天一亮,她就督促傅家庄一块儿去那个房子看看,两人简单吃了口饭,就去了。一到那条街道上,便见院门口围了不少居民,院子里,还有不少警察。两人向院子里张望,看见方若愚也在里面,正跟一个警察说着什么。高大霞要往里进,被警察拦住,傅家庄朝里喊着:"方先生!"

方若愚循声回头,一看是傅家庄,身后还站着高大霞,心跳立即加速。

傅家庄打着招呼:"方先生,我们见过,在青泥洼街的良运洋行,还记得吧?"

方若愚过来,朝傅家庄笑着:"记得,记得。"

"笑面虎!"高大霞喝道。

方若愚看了眼高大霞,苦笑着摇了摇头,转向傅家庄:"先生怎么称呼?"

"傅家庄。"傅家庄看向小院,"方先生在这儿办案?"

"我也是刚过来,听说昨晚出了个命案,可能跟这个房子有关,二位怎么来了?"方若愚问。

高大霞一听就来气,指着方若愚说:"你不用装糊涂,怎么回事你心里最清楚!"

方若愚一怔,身后的几名警察面面相觑。

"看来,我们还真有不少误会。"方若愚脸色一板,换上了一副公事公办的神色,"我还有事,失陪。"

"你别走!"高大霞一急,又要往里闯,被傅家庄拉住了。

方若愚对下属使了个眼色,下属们意会,朝四下的群众挥着手:"别看了,都走吧。"

　　看见傅家庄拉着高大霞随着人群散去,方若愚进了昨晚绑架高大霞的房间,发现角落里高大霞掉的手绢,他弯腰刚要去捡,发现地上多出了两道人影,是从窗户投进来的,方若愚用余光望去,倏地一愣。窗户外,傅家庄和高大霞立在那里。

　　方若愚不动声色地捡起手绢,展开看了看,心下一惊,手绢里包着一张纸条,上面写的正是自己家的地址。方若愚迅速思考着对策,一回头,与傅家庄的目光相对,做出了一副惊讶的神色,"哟,二位没走啊,怎么这么关心我们警察办案呀?"

　　"方先生是发现了什么重要线索吧?"傅家庄说。

　　方若愚点点头,扬了扬手绢:"失陪啊。"朝外走去。

　　门口站着警察,方若愚故意大声说:"这是屋里发现的,奇怪的是,这手绢里包的,还是我家地址。"

　　"不会是你的仇家吧?"警察问。

　　"当警察的,谁还没有几个仇家?"方若愚叹了口气,"查查看吧,有结果告诉我。"

　　高大霞和傅家庄都没有想到,方若愚会主动交出那个写着他家地址的纸条,两个人回了家,还在分析这个事。

　　"兴许昨天晚上的凶手,就是个打劫的?"傅家庄说。

　　高大霞听着气不打一处来:"刺锅子,你动动脑子好不好,打劫的把钱抢走就行了,还用费劲把力把我打昏,再扛到房子里去? 他吃饱了撑的?"

　　刘曼丽点头:"这倒是,高大霞这身子可不轻快,赶上多半扇老母猪啦。"

　　高大霞不满:"你真能比!"

　　刘曼丽说:"本来就是嘛……"

高大霞不耐烦："得得得，我们说正事，你别插话。"

刘曼丽不满："你们说的是方先生，我得多听听，别冤枉了人家。"

傅家庄猜测："那个坏蛋也许不光想打劫，还想再——"

高大霞插嘴："再干什么？等我醒了跟我聊聊天，喝一壶？"

"肯定是劫财劫……劫色嘛。"傅家庄有些难为情。

"劫谁的色？劫高大霞的？"刘曼丽看了眼高大霞，"不能。"

高大霞急了："怎么就不能了？我就这么磕碜？"

刘曼丽忙点头："能能能，坏蛋要是能劫你的色，他得多大岁数？"

高大霞火了："刘曼丽，你想劫你劫，我不跟你争！"气呼呼朝外走去。

刘曼丽一脸委屈："你看你，这还急上眼了……"

麻苏苏也对方若愚交出了那张纸条不解："你这不是不打自招吗？"

"我能不交吗？方若愚说，"那两个瘟神在窗外盯着我，我要是藏起来，那就是我心里有鬼！"

"那你现在就是搬起石头砸了自己的脚。"麻苏苏给方若愚递过来一杯咖啡。

"该砸也得砸。"方若愚接过咖啡，"你想，我就是不交地址，到时候一样得露馅，还不如我先下手为强，起码堵住了他们的嘴。"

"警察署没有追究你？"麻苏苏问。

"例行公事问了问，也问不出什么来。"方若愚喝了口咖啡。

"你也是，既然知道有证物掉在房子里，还等到今天早上才去处理？"

"这个事应该问你自己。"方若愚盯着麻苏苏。

麻苏苏一愣："问我什么？"

"要不是你背着我去杀了房主，警察会忽然跑到那个房子里去吗？"

麻苏苏冷笑了两声:"'老姨夫',你不感谢我也就罢了,反倒还指责起我来了?"

"什么意思?"

"昨天晚上,傅家庄和高大霞去找房东了。"麻苏苏冷声说道。

方若愚心底一惊:"房东说了?"

"他们本事再大,也不能让死人开口。"麻苏苏神色淡然,好似是在谈论今天的天气。

第二十章

中午的阳光穿过窗台斜照在病房里,病床上的万德福一口吞下一个包子,满足地看着高大霞,含糊不清地说:"总算咱又吃上你包的海麻线包子了。"

高大霞整理着床头柜上的杂物,说:"回大连以后就一直在忙,东一头西一头,今天正好在市场上看到有海麻线,就多买了点儿。"

"对哈,你都回来这么长时间了,怎么还不给你安排职务?"

高大霞轻叹了口气:"等跟苏联人办好接洽函的事,成立起市委,就能安排我的事了。"

"那啥时能办好?不能干等着呀。"万德福焦急。

高大霞说:"这个事你就别操心了,有我和傅家庄就行了。"

"我不能不着急嘛!"万德福坐直了身子,"你们热火朝天干革命,我躺在病床上,啥事干不了!"

高大霞看了眼万德福打着石膏的绑腿:"你先养好病,事儿还不有的是。对了,守平说,等春妮下班了,他俩一块来看看你。我可有言在先啊,你不准在他俩跟前甩脸色!"

万德福沉着脸:"你怎么还让他俩走动?"

高大霞"嗨"了一声:"看你这话说的,咱俩成不了,还不让他俩成啊?"

"我还是那句话,小的得让着老的。"万德福语气生硬。

高大霞笑了:"你多老我不管,反正我还年轻。"

"行,你年轻,我老,他们得让着我!"万德福大声嚷嚷。

高大霞哭笑不得,伸手虚扇了万德福一掌:"叫你万毛驴子一点儿都没错,这种事儿有亲爹跟亲闺女抢的吗?"

话音方落,房门推开,跑进来的万春妮带着哭腔扑来:"爸——"

万春妮梨花带雨哭着,抚摸着万德福的残腿,跟进来的高守平也抹起眼泪。

"没事儿,我这不都能吃包子了嘛?死不了。"万德福拍了拍女儿的手背,目光有意无意地从高大霞脸上扫过。

"怎么受的伤?"万春妮上下检查着万德福的石膏,满眼的心疼。

"摔了一跤,没事儿,躺儿天就好了。"万德福语气平静,"守平,你事儿也挺多,来看一眼就行了,跟你姐走吧,春妮在这陪我就行。"

"万叔儿,你要快点儿好起来,春妮一听你受伤了,腿都吓软了。"高守平声音哽咽。

"春妮孝顺,就怕我有个三长两短。"万德福拉长了语调,"孝顺"两字的咬字格外清晰。

"自己闺女,哪有不孝顺亲爹的?"高大霞剜了他一眼,"不过,春妮,你也老大不小了,什么事自己得有个主意,不用听别人的。"

高守平不解:"姐,你说什么呐?"

万春妮擦了擦眼角,茫然地看看万德福,又看高大霞:"姐,我听我爸的,我也听你的。"

"老万你听听,现在这辈儿都乱套了。"高大霞敲着桌子,"叫我姐,叫你爸,你自己再好好琢磨琢磨。守平,咱们走。"

高守平看了看万春妮,脸上露出一丝难色:"姐,我刚来。"

"老万刚才就困了,想睡觉。"高大霞瞪了眼万德福,拉着高守平朝外走,万春妮叮嘱了万德福几句,也跟出来。

高大霞把万春妮和高守平叫到走廊窗前,吩咐道:"你俩好好处着就行,别人要是说什么,不用理会。"

万春妮点头:"我知道。"

高守平说:"放心吧,姐,我们的爱情坚如磐石,谁都不能把我俩分开。"

万春妮羞涩:"你小点儿声!"

高大霞说:"小声干什么,年轻人谈恋爱,就要红红火火,大大方方,要不然,等岁数大了,非后悔死不可。"

高守平笑了:"还是我姐开明。姐,我怎么觉得你都没谈过恋爱?"

万春妮瞪了一眼高守平,被高大霞看见了:"没事儿,守平说得对,我确实没正经八百谈过一次恋爱,现在岁数大了,后悔死了。所以,我不希望你俩将来也后悔。"

万春妮拉着高大霞的胳膊:"姐,你现在也不老,快找一个谈还赶趟儿。"

高大霞笑着说:"我也想快,可惜快不起来,有时候也想,要不找个人嫁了得了,可又不甘心。"

万春妮说:"姐,这种事情可千万不能将就。这可是一辈子的事呀,太长了,非痛苦死不可。"

高大霞点头:"对,我不将就。春妮、守平,你俩一定要好好的,别人说什么都别听,"对万春妮说,"包括你爸。"

万春妮怔愣:"你说我爸不同意? 不可能。"

高守平也说:"对呀,根本就不可能。姐,你别诬陷人家万大哥,不对,万大叔。"

高大霞笑起来,看着面前两个单纯的年轻人,高大霞由衷地羡慕他们美好的爱情。想来自己活了一把岁数,革命的火焰倒是时刻照耀着她,可爱情的烈火却从不曾在她身旁降临,也许这就是自己的命数吧。高大霞打定主意,无论万德福如何阻挠,她一定要让两个年轻人拥有本就该属于他们的幸福。

高大霞还是想简单了,万德福对两个年轻人的事,坚决反对。哪怕是万春妮在自己面前哭鼻子抹泪,万德福还是硬着心肠表态:"你哭破大天也没用,这个事,我说不行就不行!"

万春妮抽泣着:"大霞姐都说了,这件事我可以不听你的!"

"她那是要牺牲自己的幸福,成全你和守平!"万德福敲着床头。

"你不用骗我,大霞姐根本就没找着她的幸福,怎么就成全我和守平了? 守平她嫂子在饭桌上说的那些不着四六的话,就你自己当真!"

万德福吼道:"那本来就是真的!"

"我不信,我不信!"万春妮哭声更大了。

李云光的伤势已然稳定下来,可以勉强下地行走了。对于近期连续遭遇的几场袭击,他和傅家庄都感到压抑、无助,隐藏在暗处的敌人一再发起进攻,而他们对于敌人的了解仍然十分有限。那个代号"大姨"的国民党特务,有如鬼魅一般,至今穿行在大连街头,很可能随时制造出意想不到的危险。想到这一层,傅家庄感到一阵不寒而栗:"我老有一种说不出的奇怪感觉,出拳的时候,要么是慢半拍,要么又总觉得是打在棉花上……"

李云光点头:"这就是'大姨'不一般的地方吧。这个人无处不在,我们就很被动。不过,只要我们动起来,'大姨'就得出招,一出招,自然也就容易露出马脚。"李云光宽慰道。

傅家庄回过神来,点了点头:"对,草蛇灰线,伏脉千里。"

高守平扶着李云光坐下,李云光从抽屉里拿出一张报纸,递给傅家庄,一张占据了大半个版面的《白毛女》海报跃入眼帘。海报上,身穿素衣的喜儿张开双臂望向远方,迎接着鲜红硕大的红太阳,上面还有一行醒目的宣传语:旧社会把人逼成鬼,新社会把鬼变成人。

李云光说:"组织上这次从胶东挑选了一批文艺骨干到大连,组建东北青年文工团,就是要发动大连群众,宣传革命道理。"

傅家庄眼睛一亮:"太好了,有了文工团,咱们发动群众、动员群众的工作就可以事半功倍了,《白毛女》一演,肯定轰动。"

高守平激动地拿过报纸看着:"这个剧我在胶东根据地学习的时候看过,当时看得大家热血沸腾,恨不能马上就把天下所有的恶霸地主、汉奸走狗都消灭光,让全中国的劳苦大众都过上幸福的日子!"

李云光满意地笑道:"看来,傅家庄同志提议由你和你姐负责文工团的保卫工作,是找对人了。"

高守平流露出兴奋的神色:"边工作边看戏,这也太幸福了吧。"

傅家庄却毫无喜色:"别光顾着高兴,文工团的保卫工作可不好干,台上锣鼓喧天,咱们可不能走神。现在各种势力搅杂,个个都是狼子野心。以前是我们在暗处,敌人在明处。现在反过来了,我们在明处,敌人在暗处,万万不可大意。"

高守平收敛了笑意，郑重地拍了拍胸膛："只要我们瞪大眼睛，竖起耳朵，保证万无一失。"

"你俩回去再跟高大霞研究一下，文工团的事，就拜托诸位了！"李云光指了下高守平手里的报纸，"拿回家给你姐看看，她也好早点儿进入工作状态。"

高大霞一看到《白毛女》的海报，就兴奋地说："这个剧我知道，是讲白毛仙姑的事儿。"

高守平纠正："人家不叫白毛仙姑，叫《白毛女》，歌剧。"

高大霞一本正经地点头："革剧，就是革、命、剧，你当姐不知道啊。"

高守平又纠正："瞎说，这个剧是唱着演的，所以叫歌剧。"

见高大霞尴尬，傅家庄忙说："你姐说的也没错，穷人跟地主做斗争，翻身做主得解放的剧，当然也是革命剧。苏联就有不少这样的剧，这些剧包括舞台剧，也包括电影，比如纪录影片《全歼德寇于莫斯科城下》，到现在我都记得里面的主题曲《莫斯科保卫者之歌》，"傅家庄清清嗓子，用俄语唱起来，"我们向敌人猛力进攻，战士大跨步往前冲，我们身背后就是首都，莫斯科比一切都贵重……"

刘曼丽鼓掌："傅大哥，你唱得太好了，带劲儿！"

高大霞不屑："带什么劲儿，叽里呱啦的，一句都听不懂。"

傅家庄忙说："俄语歌唱习惯了，这样，我用咱们的话唱唱……"

高大霞一摆手："别唱了，再唱也是苏联的歌。"

刘曼丽推了高大霞一把："傅大哥，别听他的，你唱你的，我爱听。"

高大霞瞪了一眼傅家庄，傅家庄噤声，高大霞指着上面的宣传语问："这写的什么？"

高守平一字一板念道："旧社会把人逼成鬼，新社会把鬼变成人。"

高大霞轻声重复着："旧社会把人逼成鬼，新社会把鬼变成人……

说得真好,现在我都想看了。"

刘曼丽说:"我也想看。"

高守平说:"嫂子,到时候我和我姐,还有傅大哥去执行任务,我请你看。"

刘曼丽一惊:"啊? 你们也上台唱?"

高守平苦笑:"唱什么呀,我们是要保护文工团,让他们顺顺利利完成演出任务。"

刘曼丽放下心来:"我说嘛,就高大霞那个破锣嗓,一唱不得把听戏的都给吓跑了?"

高大霞不满:"不损我两句你就吃不下饭。等我完成这次任务,好好唱给你听听。"

刘曼丽忙说:"你饶了我吧,我还想多活几年。"

高大霞脸一绷:"我还不稀唱了,给钱也不唱。"

刘曼丽说:"你姐就这样式儿,越不让干越逞能。她要真能唱戏挣钱,还用包海麻线包子?"

高大霞一拍桌子:"这能我还逞定啦,我现在就唱给你听!"清了清嗓子,刚要唱,被高守平拦下:"姐,你不听傅哥给你分配任务了?"

高大霞泄气,对傅家庄说:"说吧。"

麻苏苏说起东北青年文工团提前来大连的事,有一肚子抱怨:"聪明一世的'大姨'竟然中了共产党的圈套,以为是明天来,谁知道人家已经偷摸到了。"麻苏苏从抽屉里拿出报纸,"估计是怕我们半路截杀吧,这共产党也太小心了。你看看,连报纸海报都出来了,打了我们一个措手不及。"

麻苏苏接下来的话,方若愚全然没有听进去,他的目光被报纸上《白毛女》的海报牢牢抓住了,眼底闪过一丝落魄。

"小方,你怎么了?"麻苏苏察觉到方若愚的异样,"一张海报,让你的脸都变色了,不至于吓成这样吧?"

方若愚收敛了心神,干咳两声:"我是睹物思情。"

麻苏苏问:"你睹到了什么? 又思出了什么?"

"说来就话长。"方若愚语气低沉,"八年前,我在南京街头看了一场演出,是《松花江上》,当时看得我激情澎湃,恨不得立刻冲上前线和小鬼子刀对刀,枪对枪。趁着这股子热气儿,我向戴局长请战,当时,他还是军特处的处长,我说我要上东北和日本人决一死战。不想,刀没对上刀,枪没对上枪,戴局长把我派到大连潜伏起来了。"

麻苏苏释然:"这是戴局长对你的保护和厚爱,怕你真去了战场丢了性命。"

方若愚看着报纸:"记得唱《松花江上》的,也是这么一些年轻人,真是血气方刚呀。"

麻苏苏的脸色忽变:"小方,你说的话有立场问题,《松花江上》唱的是我们中国人对小鬼子的仇恨,这《白毛女》唱的是什么? 是对党国的不满。"

方若愚掩饰道:"我就这么随口一说,大姐上纲上线了。"

麻苏苏的神色毫无缓和,目光落在方若愚手里的报纸上,冷声说道:"看来,唱歌跳舞的确能蛊惑人心,连我们'老姨夫'都有失去理智的时候。所以说,这个文工团不能留,尤其这个白毛女,没有她,这出大戏就没法儿唱,我们要制造一起爆炸行动,第一个死的人,就应该是这个姑娘!"

方若愚脸上闪过一丝慌乱,险些没拿稳手里的报纸。

宏济大舞台门前的海报,跟报纸上一样,傅家庄带着高大霞和高守平进了剧场,见演员们正在舞台上排练,一见舞台上的喜儿,高大霞就叫起来:"白毛仙姑!"

高守平提醒高大霞小点儿声,三个人找了个位置坐下。刚看了一会儿,一个穿着黄世仁戏装的中年男人过来,自我介绍他是文工团的团长,叫邢可凡,"李云光副政委来过电话了,欢迎三位首长亲自来指导我们工作。"邢团长说着,热情地伸出手来。

傅家庄握住邢团长软绵绵的手,上下打量着他:"你演的是地主?"

邢团长笑着点头:"对,黄世仁,剧团里人手不够,一个人得顶好几个人用。"

傅家庄朝台上丢了个眼神:"喜儿演得不错。"

邢团长顺着傅家庄的目光看去:"她叫袁飞燕,悟性好,人聪明,又漂亮,是我们文工团的台柱子。"

高大霞认真地说:"观众会喜欢这部戏的。"

"谢谢首长鼓励。"邢团长对高大霞头致谢,"我们知道还有距离,不少地方还需要打磨提高。"

傅家庄说:"不光要提高演出的水平,还要提高大家的政治觉悟,要明白演出对发动群众和宣传革命道理的重要意义。"

邢团长一击掌:"首长说的太对了,这些都是我们团年轻人缺乏的教育,业务学习的时候,我经常给他们讲抗战英雄的故事,让他们把这些故事记在脑子里,转化成演出的动力。只有这样,像《白毛女》这样的革命歌剧,才能演出精气神来。"

傅家庄说:"不光要演出革命英雄主义,革命的浪漫主义也不能少。"

邢团长惊讶:"哎呀呀,没想到首长这么懂艺术。"

傅家庄笑笑:"看得多了……"

高大霞看到舞台上的表演停下来了,对邢团长说:"还没看够呐,怎么不演了? 就这么点儿?"

高守平说:"人家是排练,不是正式演出。"

傅家庄让邢团长去忙,他带着高大霞和高守平到了二楼,俯视着全场,担心地说:"这要是呼啦啦涌进来好几百号人,单凭我们几个人,就是个个都三头六臂也看管不过来。"

高大霞说:"要不,我们找苏联红军帮帮忙?"

傅家庄摇了摇头:"还没有正式接洽上,他们不可能管这个事。"

邢团长带着大家又排练了一会儿,老觉着喜儿不在状态,特别是白毛女身上的硬气,总也出不来,袁飞燕说她也苦恼这一点。邢团长看到二楼在忙乎的傅家庄,指给袁飞燕看:"那可是真正的大英雄,在东北抗联打过日本鬼子,他身上就有那股子硬气!"

袁飞燕很兴奋,让邢团长赶紧带她去见见傅家庄。其他团员也纷纷要听傅家庄讲讲英雄故事,邢团长索性去请傅家庄给大家做个英模报告,傅家庄推辞不过,答应了。

掌声中,邢团长把傅家庄请上了台,带头鼓掌道:"咱们团的青年演员,大多没有经过战争洗礼,今天,就请首长给我们讲讲在战场上冲锋陷阵打击敌人的英雄事迹,大家欢迎!"

傅家庄难为情地摆了摆手:"我哪有什么英雄事迹,再说,面对你们这么多见识广的文艺人,我岂敢班门弄斧。"

高守平忍不住说:"傅特派员,你就别客气了,你不光在战场上跟小鬼子拼过刺刀,还去过苏联,这哪是一般英雄。"

"首长留过苏?"袁飞燕惊讶地问。

"岂止留过,傅特派员还在莫斯科东方劳动者共产主义大学学习过呐!"高守平满脸的得意,仿佛自己也成了留苏归来的战斗英雄了。

"守平，你别跟着起哄。"傅家庄喊住高守平。

邢团长却高兴地拍起巴掌："守平同志的提议很好，大家都想听，是不是？"

袁飞燕带头高喊："是！"众人纷纷应和。

傅家庄神色肃然："我自己，真是没有什么好说的，盛情难却，我就说说我们抗联真正的大英雄杨靖宇、赵尚志、赵一曼同志的故事吧。"

方若愚特地来到宏济大舞台，在门口夹在人群中端详了半天《白毛女》的海报。趁着门卫老鲍不注意，溜进了剧场，从侧门门缝里看到台上宣讲的傅家庄，方若愚有些不安。他又看向观众席里的演职人员，发现袁飞燕正在认真聆听着傅家庄的演讲，方若愚的眼圈泛红。

"今天，就先讲这些了。"傅家庄清了清发干的嗓子，朝邢团长点头示意，"我就不耽误大家排练了。"

邢团长也被傅家庄的故事感染了，起身动容地说："同志们，刚才首长给我们上了一堂生动感人，催人奋进的政治课，既有革命理论，又有革命实践。我们一定要拿出百倍、千倍、万倍的努力，演好《白毛女》，用我们的实际行动告慰革命先辈，用我们成功的演出，唤醒更多的劳苦大众觉悟起来，投身到革命战争的洪流中去！"

袁飞燕带头鼓起掌来，一位中年女人端来一杯水，递给傅家庄："首长辛苦，快喝点儿水。"

傅家庄接了过来："谢谢。"

邢团长介绍道："这是我们的道具组组长，金青，金大姐。"

金青眼神里满是崇拜："首长，你讲得太好了，没想到年纪轻轻，不但参加过抗联，还留过苏，太了不起了！我们要向你学习呀！"

大家正在寒暄，袁飞燕挤上来，不由分说递过了日记本和钢笔："首长，给我签个字吧。"

傅家庄一愣，对袁飞燕笑了笑："不用了吧。"

"不行，必须签。"袁飞燕脖子一梗，一副不罢休的神色，"我这个日记本上，已经有九十九位抗日英雄给我签过名字了，加上您，正好是一百位。今天，我坚决不能放过您！"

"袁飞燕，你怎么说话呢！"邢团长呵斥。

"没关系，她这是幽默。"傅家庄笑着接过日记本，几笔写下了自己的名字，"写得不好，别见笑。"

袁飞燕接过日记本看了看，一字一顿地念道："傅、家、庄。嗯，字确实一般，不如我。"

小姑娘的快言快语让傅家庄尴尬起来，邢团长张嘴又要教训袁飞燕，却被傅家庄拦住："喜儿同志说的是真话，我接受批评。"

袁飞燕像是有些生气，眼底闪着狡黠的光："傅家庄同志，我的名字叫袁、飞、燕！"她一字一顿地说道。

众人的注意力都在傅家庄身上，方若愚悄悄混入后台，隔着厚厚的帷幕，可以清晰地看见袁飞燕。她和傅家庄聊得很投机，不时开心地笑起来。

傅家庄做报告的时候，高大霞就出去了。多年前虽然来宏济大舞台看过几回戏，可对这里的布局还是谈不上有多熟悉，现在自己要负责这里的工作了，高大霞的使命感陡增。她穿过走廊来到舞台旁侧，好奇地打量着假山道具，没留神脚下，一下子绊倒在假山上，发出一声巨响。响声惊动了方若愚，他一回头，看见是高大霞，立即脑袋一大。

响声也惊动了舞台上的人，众人围拢过来，方若愚慌忙躲到了另一堆假山后，看见众人七手八脚搬开道具，露出了狼狈的高大霞。

"没事儿，都是假的，飘轻飘轻，砸不坏。"高大霞自嘲地起身，发觉面前站着的是袁飞燕，眼睛倏地一亮，"你演的喜儿真好，唱得也好，嗓门儿真脆生,赶上百灵鸟啦。"

"谢谢大姐。"袁飞燕连忙上前搀住高大霞,"快坐下,看看有没有伤到哪里。"

"不用不用。"高大霞摆着手,细细打量起袁飞燕的脸蛋来,眼底流露出一丝困惑的神色,"喜儿,你叫什么名?"

"姐,她叫袁飞燕。"高守平答道。

"飞燕,这名儿这么耳熟……"高大霞琢磨着。

袁飞燕说:"姐是想起赵飞燕了吧?"

高大霞恍然:"对对对,赵飞燕,我看过赵飞燕的皮影儿戏,怪不得耳熟呢。赵飞燕,你忙你的,我没事……"

袁飞燕尴尬:"我姓袁。"

高大霞忙说:"袁好,别姓方就行。"

袁飞燕疑惑:"姓方怎么了?"

高大霞挥了下手:"有个坏蛋,他姓方。"说完,熟稔地牵起袁飞燕的双手:"飞燕,你家是哪儿的?"

"山东蓬莱。"袁飞燕说。

高大霞兴奋起来:"我老家也是蓬莱。"她凑近瞧着袁飞燕的眉宇,"我瞅着飞燕姑娘,眉眼还真像一个人。你在大连有没有什么亲戚?"

袁飞燕迟疑了一下,摇了摇头。

傅家庄过来:"大霞,咱们别耽误人家排练了,过两天就要正式演出了,我们走吧。"

邢团长凑上前来:"我送送三位首长吧。"

众人相送之际,帷幕后头的方若愚匆匆闪身离开。

"三位首长明天上午再来吧,有彩排。"邢团长说道。

"踩排? 踩什么?"高大霞怔愣着。

邢团长忍住笑,解释道:"彩排就是先试着演一遍,看看有没有需要再改进的地方,你们可以带着亲朋好友来看看,就算帮我们压场子了。"

"太好了!"高大霞眼睛一亮,"明天看了,等正式演的时候,还能再看一遍。"

"姐,你怎么光想着看戏?"高守平嗔怪道。

邢团长把三个人带到前厅,身后传来一声断喝:"唉,你干什么的?"

几个人回头看去,一道黑影消失在走廊深处,门卫老鲍大喊着追去,傅家庄叫了一声"有情况",一马当先冲了出去,高守平紧随其后。高大霞感觉那个背影似曾相识,和邢团长也追了上去。

拐过廊角,黑影冲进了卫生间。傅家庄拉住高守平,掏枪进去。卫生间里空空荡荡,一列隔间大门紧闭。傅家庄小心地推开一个蹲坑的门,里面没人,又推开下一个,还是没人。剩下最里面的一个蹲坑了,里面传出窸窸窣窣的响声,所有的人都盯着门。傅家庄的枪口对准蹲坑门,示意后面的人闪到一边,屏住呼吸逼了上去。

里面,男人沉重的喘息声清晰可闻。傅家庄侧身对着蹲坑,低声喝道:"里面的人听着,我手里有枪,我数三个数,把两手放在脑后,自己出来!"

喘息声越来越重,傅家庄神色一冷,起脚踹开隔间门,里面传出一声惊叫,傅家庄举枪顶住了男人的脑门。

所有人愣住了。里头的人惊慌失措地高举着双手,裤子掉了下去,露着一条花裤衩。是扮演杨白劳的演员。

邢团长一愣,探头一看,回头呵斥门卫老鲍:"净瞎叫唤,你看看这是谁?"

老鲍凑上前来看了看,皱着眉头摇了摇头:"刚才不是他。"

窗户"吱哑"响了一下,开了一条缝,傅家庄过去,一把推开窗户,探头望去。窗外是一条小巷,巷子里,空空荡荡。

高守平盯着老鲍:"大叔,你再想想,那个人长什么样?"

老鲍回忆着:"五十来岁吧,大高个儿,穿着黑衣裳,挺规整一个人。"

高大霞问:"是不是不胖不瘦?两个眼有点奓拉?"

老鲍眼睛一亮:"对对对,有点奓拉!贼眉鼠眼!一看就不是好人!"

"身板溜直,脸挺黑,还有点招风耳!"听闻师傅的描述越来越接近心中的答案,高大霞激动起来。

"太对啦!黑不溜秋!两个耳朵直乎扇!"听了高大霞的描述,老鲍也两眼放光。

邢团长问:"是不是肚子还挺大?"

老鲍一拍手:"对!"

"对个屁,你说的那是猪八戒!"邢团长恼火。

老鲍指指高大霞:"这个小媳妇说的……是挺像嘛。"

傅家庄疑惑地看向高大霞:"你看着了?"

高大霞使劲点头:"没错,就是他!"

傅家庄:"谁啊?"

高大霞:"方若愚呗!"

袁飞燕一惊。

三个人离开宏济大舞台,高大霞还是认定那个人是方若愚,他对文工团一定有所企图。傅家庄说:"这些年,老百姓被小鬼子欺压得喘不过气来,这突然光复了,自然要宣泄宣泄情绪,看看演出,凑凑热闹,就是个不错的选择。"

高守平说:"方若愚好奇,扒门跳窗偷看彩排,也不是什么过分的事儿。"

高大霞急了:"要是偷看个彩排,他还用跑?而且是一头扎进厕所里,你看他选的这个地方,一是心虚,二他就是个苍蝇,哪儿臭往哪儿钻!"

傅家庄说:"他这不是打憷和你碰面嘛。"

高大霞火了:"刺锅子,你屁股到底坐在哪边?我看你连阶级立场都没有了!"

傅家庄笑了:"我革命这么多年,你高大霞是第一个敢这么说我的。"

"说你怎么了?我看你就是被胜利冲昏了头脑,好赖不知,香臭不分。"

傅家庄:"不是我香臭不分,是你神经过敏。"

高大霞瞅了眼夹在中间为难的高守平:"守平,你评评理,到底我俩谁对。"

高守平不语,高大霞举手要打他,被傅家庄拦住:"不管怎么说,有一样你的判断没有错,特务肯定是盯上《白毛女》的首演了。"

三个人回到家,刘曼丽发现高大霞对傅家庄爱搭不理,劝傅家庄别跟她一般见识:"人家老万,多好个人呀,革命的年头不比她短,她不也对人家横挑鼻子竖挑眼的。"

傅家庄打着哈欠,说:"大霞是觉得守平和春妮不好办。"

刘曼丽说:"那有什么?亏她高大霞还信共产主义,满脑子里装的都是封建思想。你们组织应该出个头,逼着高大霞和万德福把婚结了,省得高大霞一天到晚还想三想四,耍弄人家万德福。"

傅家庄说:"嫂子,我们组织提倡的是自由恋爱,不能拉郎配。"

刘曼丽说:"该拉还得拉,有时候,就这招管用。"

后面的彩排，袁飞燕总是不在状态，邢团长喊了好几次重来，金青过来打圆场，演穆仁智的杨欢提议休息一会儿。

邢团长挥手一指所有人："这都大半天了，一遍完整的都没上，你们还有脸休息？"

众人沉默，金青轻声说："下午不是出了点叉头吗？"

邢团长过来，低声问袁飞燕："你一直都练得好好的，今天怎么了？"

袁飞燕张了张嘴，欲言又止。

一天的彩排结束了，晚上，袁飞燕找了理由请假出来，到了方若愚家，打量着屋子里的陈设，袁飞燕轻声叹息："上次来这个家，我还在上女子高中。一转眼，这么些年了。"

方若愚看着袁飞燕，眼里泛着泪光，袁飞燕拉住方若愚的双手，故意逗他："行了呀，我的老爹爹，哭起来还没完了，女大十八变，你的姑娘是不是越变越好看了？"

方若愚哽咽着说："我记得，把你从山东老家送到天津中西女子学校去念书，那是民国二十八年六月三日。一转眼，六年多了，我再没有这么近距离地见过你。"

袁飞燕警觉："什么叫没有近距离地见过？ 莫不是这六年当中，你远远见过我？"

方若愚自知失言，摇摇头："没有，没有，六年里这是头一回，头一回。"

袁飞燕掏出那张印有《白毛女》演出的海报，郑重地递到方若愚面前："爸，你没有看今天的报纸吗？ 这上面有我，我现在是东北青年文工团的演员，这是我们要演的歌剧《白毛女》，后天就正式演出。"说着，掏出了一张门票来，"爸，对不起了，我们在大连的首场演出一票难求，只能委屈你明天去看正式彩排了。您放心,彩排和正式演出一样,您一定要去看看你家姑娘演的喜儿!人家可是伟大的女一号!"

方若愚看了一眼报纸,放到一旁:"燕儿,你什么时候学起演戏来了?"

看到方若愚的冷淡反应,袁飞燕有一些失落:"爸,您好像一点儿都不高兴。"

方若愚又问:"我问你什么时候学的戏?"

袁飞燕说:"念书的时候,我就参加学校社团的演出了。毕业之后,跟同学一起到了北平一家戏曲团,后来去了延安鲁艺,再后来就到了东北青年文工团。"

方若愚叹了口气:"早知道要做戏子,就犯不着跑到天津去念那么些年的书了。"

袁飞燕不可置信地盯视着方若愚:"爸,你这是赤裸裸的歧视,我现在可是一名光荣的革命文艺战士!"

方若愚不屑地摇了摇头,袁飞燕忽地起身,郑重说道:"方若愚同志,你是不知道我们宣传工作的力量有多大。毛主席都说了,我们的工作,是整个革命机器的一个组成部分,我们的演出,是作为团结人民、教育人民、打击敌人、消灭敌人的有力武器,是帮助人民同心同德地和敌人作斗争的法宝!"

方若愚将袁飞燕拉回沙发上,苦口婆心地说:"燕儿,这些不过是共产党的说辞。你也是念过书的人,怎么就这么容易被他们利用啦?"

"爸,你这么说是十分错误的。"袁飞燕反驳,"我知道你原来在日本人的警察部里做事,那是因为生活所迫,我不说什么。可现在日本人早就投降了,你不能再糊涂下去了。你一定要觉醒起来,和我一起,站在无产阶级和人民大众的立场上来!"

方若愚沉默了一会儿,转移了话题,"燕儿,你妈走得早,爷爷奶奶也不在了,爸最惦记的人就是你,现在咱们父女相见,应该是老天爷最好的安排。我只希望你能平平安安,早点儿成个家,有个好归宿。"

袁飞燕也缓和了神色,柔声说道:"我申请到东北青年文工团,就是因为你在大连,就是因为这里已经解放了,咱们可以在这里建起一个没有炮火、没有硝烟,一个只属于咱们父女俩的家呀。"

方若愚摇头:"你想得太简单了,大连的形势很复杂,我们还是要找一个更安全的地方。"

袁飞燕愣了愣,疑惑地注视着方若愚:"爸,你是说大连还不安全?"

"能安全得了吗?"方若愚伸手指着窗外,"原来这里俄国人占着,后来日本人给抢了去,现在苏联人又来了,反正就是咱们中国人自己说了不算。"

"爸,你怎么能拿苏联红军跟日本鬼子比呢?"袁飞燕满脸吃惊,"苏联红军是暂时军管大连,等天下太平了,就还给咱们了。"

"还给谁?"方若愚冷声反问,"还给共产党还是国民党? 照法理说,国民党代表着国家,应该还给国民党,可苏联是共产党的老大哥。"

袁飞燕抢话道:"那肯定要给共产党呀!"

"这不就结了。"方若愚说,"国民党也好,共产党也罢,都想要大连,不知道背后较了多少劲儿,也不知道下一步谁能占上风。"

"这还用说? 肯定是共产党占上风! 只有共产党才代表人民!"袁飞燕朗声回答,声音明亮。

"人民?"方若愚摇着头苦笑,"历朝历代,哪件事人民说了算了。"

"不对,毛主席说过,群众是真正的英雄,人民才是上帝,谁惹怒了人民,谁一定会垮台!"袁飞燕坚定地说道。

方若愚悠悠长叹了一口气:"看来,你受共产党的蛊惑还不浅呀。"

"爸,你在日本人的魔爪下喘息的时间太久了,对共产党根本不了解。回头我拿一些共产党的书籍给你好好学习。"

方若愚欲言又止,无力地挥了挥手,"算了,不说政治上的事了,说说你们文工团吧。"

袁飞燕想到白天的事:"对了爸,你认识一个叫高大霞的人吗?"

"她把你怎么了?"方若愚警惕起来,急切地反问道。

袁飞燕茫然地摇头:"倒没怎么着我。可她一说起你来,恨得咬牙切齿。对了爸,你今天去宏济大舞台看我们排练了吗?"

方若愚心下一惊,表面上仍是不动声色:"没有,我都不知道你来大连了。"

"那就奇怪了,高大霞偏说在剧院看到一个人是你。"

"她胡说八道。"方若愚斩钉截铁地说。

袁飞燕看着方若愚:"她为什么这么恨你?"

方若愚干咳了两声,躲开了袁飞燕的目光:"就因为我过去给日本人当过差。"

"就为这件事?"袁飞燕半信半疑。

"还有一件事,说起来更可笑。"方若愚叹了口气,"高大霞在哈尔滨的什么旅馆里遇到一个国民党特务,说模样长得像我,非要一口咬定那个人就是我。"

"那到底是不是你?"袁飞燕追问。

"能是吗? 她就脑瓜子进水啦!"方若愚起身,"为这个事,他们调查过好几回了,结果都是高大霞无中生有,可她还是咬着驴屎蛋不放。怎么,她难为你了?"

"那倒没有。"袁飞燕摇摇头,"她不知道我们的关系。"

方若愚眼里闪过一丝落魄:"幸亏当年让你随了你妈的姓。当时就是觉得我在关东州厅给日本人做事，不光彩。"

袁飞燕说："爸，我知道你没有和日本人同流合污。"

"那不过就是份差事。何况，在关东州厅里，我也算是有骨气有良心的警察，暗地里帮过的中国人不计其数。"方若愚幽幽叹了口气，"如果我没记错，我好像还帮过高大霞他家。对了，当时搜到她们家的时候，有个女人，还有个半大小子。"

按照麻苏苏的要求，方若愚第二天上班前还是给她送来了炸药。麻苏苏看着摆在桌上的两个砖头大小的纸包，脸色阴沉："方先生，你这不是在唬弄我吗？这么大的东西怎么往剧场里带？不是明睁眼露等着暴露吗？"

"那我就没办法了，我能耐有限，只能做这么大。"方若愚不以为意。

麻苏苏脸色变得越发难看："我老听高大霞说，当年她在放火团的时候，做的炸药都是肥皂盒大小。这都过去好几年了，技术早该进步了，你倒好，给我鼓捣出个大砖头。"

方若愚冷哼了一声："那你就找高大霞，让她给你做。"

"你——"麻苏苏神色愠怒，少顷，还是压下了怒火，低声问道："小方啊，你是怎么了？一大早哪来这么大的火气？"

方若愚不语，提起公文包离开了良运洋行。

饭桌上，傅家庄看高大霞还拉着个脸，知道她还为昨天的事耿耿于怀，便劝道："凡事都有度，你的心思不能都放在方若愚身上。"

"他就是狗特务，我的心思不往他身上放还往你身上放？"高大霞没好气地说。

傅家庄说："对方若愚的调查已经有了定论，你的精力现在要放在文工团上。"

高守平说："姐，今天《白毛女》彩排，傅哥怕敌人搞破坏。"

高大霞不语，放下碗筷朝外走，走到门口，想起没看见刘曼丽，回身问高守平："嫂子怎么还不来吃饭？"

从昨天得知要和傅家庄一起去看今天的彩排，刘曼丽就为穿什么衣服去伤透了脑筋。眼看着要出发了，她总算选定了服装，袅袅地从楼上下来，见到高守平便问："守平，嫂子这身行吧？"

高守平看了一眼："行，好看。"

刘曼丽说："我这是头一回跟傅大哥去看戏，得给他长点儿脸。"

"我和我姐也去，我再叫上春妮。"高守平话没说完，跑开了。

"跟你姐一样，没个眼力见儿！"刘曼丽朝着高守平的背影喊道。

宏济大舞台前，人来车往，方若愚坐在剧场对面的一个咖啡馆窗前，观望着剧场门口的动静，手指不安地敲着桌面。想到正式演出时这里即将发生的爆炸，他的内心涌上一阵强烈的负罪感。

一辆出租车驶来，车上下来的，是傅家庄和高大霞，还有刘曼丽。

方若愚隐隐有些不满，以傅家庄的经验，他们应该想到国民党特务会对这次的演出有所行动呀，可他们的安保工作，实在太薄弱了！

第二十一章

傅家庄对高大霞交待了几句，到剧院后面去了。刘曼丽站在《白毛女》的大幅海报前，瞧着画里身形婀娜的喜儿啧啧称奇："这姑娘真俊哪，可惜了啦，是少白头。"

高大霞忍不住笑道："什么呀,人家是叫地主老财害的,跑到深山老林里吃不着咸盐,头发才白的。"

"啊? 吃不着咸盐头发就白了?"刘曼丽伸手抚摸着自己的头发,"以后做饭可得多放点儿盐,我年纪轻轻的,可不想顶着一头白毛。大霞,这事儿可不能当耳旁风啊。"

高大霞敷衍地点着头,目光朝街对面的咖啡馆望过去。

咖啡馆里的方若愚下意识地向后缩着身子。

《三大纪律八项注意》的歌声隐隐从剧院飘传来,刘曼丽好奇地向着大门里张望,伸手拽了拽高大霞:"快进去吧,里面都唱歌了。"

高大霞侧耳听了听:"还没开始呢,他们这是拉拉嗓子。"

"不会不让进吧?"刘曼丽看到门卫坐在那儿看报纸。

"谁不让进? 这文工团里,我咳嗽一声就好使。"说完,高大霞趾高气扬地朝门口走去,刘曼丽紧跟在后。老鲍还在看着报纸,高大霞从他旁边走过时,有意踏出了重重的脚步声,可老鲍似乎全然不觉。高大霞大声咳嗽了一声,老鲍茫然抬起头,朝高大霞点了点头,又低头看起了报纸。

"老鲍同志,这大白天你光低头看报纸,不干活了?"高大霞表情严肃。

"怎么不干,这不在岗位上吗?"老鲍说。

高大霞提高了声音:"你脑瓜顶上长眼,当自己是二郎神啊? 我进来这么大半天你都没管,我就差拿大喇叭喊了! 这要是搞破坏的国民党特务进来了,宏济大舞台还不得给炸飞了?"

老鲍敷衍地点了下头:"行吧,我注意点儿。"

"下不为例啊。"高大霞转身朝剧院走去。

刘曼丽跟在她身后:"行啊,高大霞,派头挺足呀。"

没走出两步,高大霞忽地又站住了,回头断喝一声:"老鲍!"

"啊?"老鲍又从报纸上抬起头。

"生人进来,你怎么也不问一声?"高大霞朝刘曼丽努努嘴。

老鲍疑惑:"这不跟你一块儿的吗?"

高大霞被噎了一下:"这……这要是国民党特务浑水摸鱼跟进来呢?"

刘曼丽琢磨过味来,伸手在高大霞腰间一掐:"你才国民党特务哪!"

老鲍无奈地望向刘曼丽:"你谁啊?"

"国民党特务!"刘曼丽没好声气地回答,一手勾住高大霞胳膊,"跟她一伙的!"

老鲍看向高大霞,高大霞一下闹了个大红脸,拉着刘曼丽匆匆走开。

刘曼丽一把打开高大霞的手:"我知道你能,都六亲不认了!"

高大霞压低声音:"我这不是检查工作嘛,这团里的大事小情,我都得操心。"

"那你就拿我杀鸡给猴看呐?"刘曼丽给了高大霞一巴掌。

《三大纪律八项注意》的歌声在剧场里回荡,舞台上,一众合唱的演员跟前,身着白色衬衫的杨欢担任指挥,大开大合的手势显得气度非凡。

高大霞和刘曼丽在前排找了位置坐下。演员们唱得热血沸腾,杨欢的指挥也越发慷慨激昂。高大霞跟着轻轻哼唱起来,刘曼丽撑着脑袋,对指挥娴熟的杨欢看得入了迷,她戳了戳高大霞的胳膊,朝台上的杨欢丢了个眼神儿,轻声问道:"比划那个,也是剧团的?"

高大霞点了点头,不耽误陶醉地跟着低唱,刘曼丽盯着杨欢,越看越觉得满心欢喜,悄声问:"他叫什么名字?"

"穆仁智。"高大霞在唱词缓口的时候,忙着答道。

舞台上的杨欢不经意地回头,与刘曼丽的目光相撞,两人各自愣了愣,又匆匆别开了目光。气势恢宏的合唱渐渐进入尾声,杨欢的指挥越发有力。最后一个尾音结束之际,杨欢以一个漂亮的握拳,干净利落地结束了演唱。

刘曼丽带头鼓起掌来。若是在旧时代,家世显赫的小姐都是要给台上的俊俏小生丢手绢的,可惜她刘曼丽算不得什么大小姐,手绢用得还没有麻布勤快。如此想来刘曼丽不由一阵沮丧。

"大霞同志来啦!"旁边响起热情的招呼,邢团长从侧门过来,"傅特派员呢?"

高大霞说:"他在外面看看周围的地形,不能让敌人有机可乘。"

"还是傅特派员想得周到。"邢团长低声赞叹,看向刘曼丽,"这位是?"

"我叫刘曼丽。"刘曼丽热情地起身,"我让傅大哥在外面忙,他一会儿就来了。"

如此气势高昂的自白,令邢团长更加疑惑:"那您是?"

"我嫂子。"高大霞说,"跟着我过来看看。"

刘曼丽像是被噎了一下,不满地瞅了一眼高大霞。

高大霞把邢团长拉到一边,低声交谈着保卫工作。刘曼丽百无聊赖,转到幕后好奇地四下张望,一个熟悉的身影过来,是杨欢。他脸上的妆化了一半,成了一张颇具喜感的阴阳脸。看到刘曼丽,杨欢热情地打着招呼:"你好。"

刘曼丽眼睛一亮,高兴地点头,看着杨欢的脸,又艰难地憋着笑。杨欢怔愣着,不明所以地望着刘曼丽,一时也不知该说些什么。

气氛莫名地沉闷。

"穆仁智!"高大霞大踏步过来,"今天指挥得不错,很有气势嘛!"

"大霞姐过奖了。"杨欢的目光看向刘曼丽,"这位妹妹是?"

高大霞看了一眼刘曼丽,笑着说:"什么妹妹?叫姐。"

"姐?"杨欢夸张地一惊,上下打量着刘曼丽,"大霞姐,你开玩笑吧,这姐长得也太年轻了,我哪敢随便乱叫。"说着,向刘曼丽伸出手去,"你好,我叫杨欢。"

刘曼丽愣了一下:"你不是姓穆吗?"

"穆?"杨欢一怔,反应过来,笑了两声,"穆仁智对吧?这是我在剧里面的名字,地主管家。"杨欢指了指自己的半张白脸,"所以才得画成这样。"

"这么帅的小伙子演地主管家,不应该。"刘曼丽一脸惋惜。

杨欢开心地笑起来,一口白牙闪闪发亮:"还是这位漂亮姐姐火眼金睛,一看我就不像坏蛋,我应该演大春,是吧?大霞姐,你得替我说句公道话呀,要不然团长不让我演。"

刘曼丽命令道:"大霞,你让小穆演个别的。"

高大霞清了清嗓子:"杨欢同志,我得批评你几句,咱们演剧是宣传革命道理,大春得有人演,穆仁智也得有人演,只是革命分工不同嘛,演坏蛋又不是真坏蛋。"

"那就让小穆和大春换一换。"刘曼丽转头看着杨欢,"她的家我当。"

"嫂子,你别瞎掺和!"高大霞皱眉。

刘曼丽拽住高大霞的胳膊:"我从不跟你张口,这个事就这么定了!"转头对杨欢说,"小穆,往后你就是大春了!"

"你别瞎掺和!"高大霞气冲冲地一甩手,快步走开了。

"你站住,我说话不好使咋着?"刘曼丽要去追高大霞,被杨欢一把拉住:"不用了,嫂子,我还演小穆吧,我化妆去了。"说完,匆匆跑去。

刘曼丽半是不平,半是惋惜地看着杨欢的背影消失在幕后,失落地转身走开。

演出开始了,高大霞和刘曼丽端坐在第一排,屏息凝神注视着舞台上的演出。方若愚怕跟高大霞撞上引起不快,在二楼找了个位置,静静地看着台上。大幕拉开,喜儿步履轻盈地出来开口唱起《北风吹》时,方若愚的两眼瞬间模糊起来。

高守平来得晚了,早晨从家里出来,他去电车公司宿舍找万春妮,知道她临时调了班,不能来看彩排了。赶到剧场后,他和傅家庄带着人里里外外检查了个遍,坐下看演出时,剧情已经进行到黄世仁和穆仁智逼着杨白劳签下卖喜儿的卖身契。已经入戏的高大霞和刘曼丽气得紧握拳头哆嗦起来。

穆仁智慢悠悠抖着手里的卖身契,满脸狞笑地逼向杨白劳:"老杨,你别糊涂了,少东家一会儿生了气,可不是好玩的。这卖身契,你是签还是不签?"

台上的杨白劳进退两难,犹豫不决。高大霞猛然起身,放声高呼道:"不能签!"

刘曼丽也激动地站起来大喊:"不能签!"

台下的观众情绪激动地附和起来。

舞台上,杨欢脸上闪过一丝慌乱,他稳了稳神,又继续念着他的台词:"老杨,你必须签!"

"不准你欺负人!"高大霞放声大喊了一句,气势汹汹冲上台去,一把推倒了杨欢,举起拳头就打。

刘曼丽见状,也跟着上了台,直奔黄世仁而去。

杨欢彻底慌了，一边躲闪一边对高大霞喊着："姐呀，别打我呀！"

高大霞和刘曼丽将台上搅得乱成一片，杨白劳气冲冲拉开高大霞："你们干什么！"

刘曼丽怒喝："你还帮他，你个熊货！"

袁飞燕气得跺脚："这是演戏，不是真的！"

高大霞一下子愣住了，回身望着台下，这才猛然醒过味儿来。

后台化妆间，演黄世仁的邢团长和演穆仁智的杨欢都在补妆，高大霞站在一旁涨红着脸道歉："都怪我，脑子发昏，以为是真的。"

邢团长无奈地叹着气："你们那是入戏太深，这剧在延安演出的时候，还有战士当场动枪哪，差点儿把演黄世仁的陈强同志一枪给毙了。"

"也是大家演得太好了，我才当的真。"高大霞深深鞠躬，"对不起，真对不起。"

"算了，能让你们激动起来，从另一个侧面说明我们演员演得好。"邢团长看了一眼高大霞，"这也算是对我们的一种褒奖吧。"

"兴亏这是彩排，要是明天首演来这么一出，那可就是演出事故了。"傅家庄看看高大霞和刘曼丽，"大霞，你和嫂子还是先回去吧。"

"我还没看完哪！"刘曼丽激动起来，高大霞也有些不情愿。

"特派员，让她们看吧。"袁飞燕过来，看着高大霞，"没有投入的观众，我们演起来也没有情绪。"

"对，飞燕说得对，有钱没钱，还得有人给捧场。"高大霞附和道。

傅家庄看向袁飞燕："对不起，喜儿同志。"

袁飞燕盯着傅家庄，目光灼热："我还是喜欢你叫我的名字，袁、飞、燕。"

"袁飞燕，记下了。"傅家庄淡淡地说道。

虽然经历了一番波折，演出还是圆满结束了，台下掌声热烈，方若愚悄悄退了场。

等观众散尽,邢团长正在给演员们做演出总结,老鲍慌里慌张地跑进来,身后跟着安德烈和玛丝洛娃,傅家庄急忙上前迎接:"安德烈同志,你们怎么来了,欢迎,欢迎!"

安德烈阴沉着脸,打量着剧场,傅家庄心下升起不好的预感。

玛丝洛娃走上前来:"我们代表苏联红军大连警备司令部正式通知你们,你们明天的演出,没有经过同意,属于非法集会,必须取消!"

傅家庄和高大霞把安德烈请到团长办公室,做起争取工作,安德烈还是态度强硬,不肯松口,高大霞火了,冲着安德烈嚷起来:"这不就是唱个戏,让老百姓乐呵乐呵吗? 怎么,看着老百姓乐呵,你还难受了?"

安德烈说:"我代表苏军大连警备司令部做出这个决定,是为维护大连的秩序负责。"

"维护大连的秩序?"高大霞冷笑,"你们把自己干的事说得太好听了。安德烈,你别忘了,苏军警备司令部里的那个特务到现在还没抓到,你们先把自己的事维护好了再说吧!"

安德烈眼里闪过一丝尴尬:"我们的事,还在调查。"

"你一句调查,就把自己的过错一推六二五了? 就因为你们那里藏了个特务,我们的接洽函丢了,我还被你们关进了禁闭室,他,"高大霞一指傅家庄,"差点死在国民党特务手里!"

"大霞,不说那些了。"傅家庄拦着高大霞。

"必须说!"高大霞不顾傅家庄的阻拦,反而抬高了语调,目光如剑刺向安德烈,"在你们司令部里出了这么大的事,你们应该担多大的责任,你们有多大的过错,你安德烈说过吗? 起码,道个歉、赔个礼总应该吧?"

安德烈脸色憋成了酱紫色,半晌,轻声说:"我表示遗憾。"

"遗憾管什么用？你得道歉！"高大霞厉声说道。

"高大霞同志，请你放尊重一些！"一旁的玛斯洛娃看不下去了。

"想要尊重，你们尊重过我们吗？"高大霞瞪着玛丝洛娃。

"对不起。"安德烈推开玛丝洛娃，"这件事我们确实有责任，我们会调查下去，一定会给你们一个满意的答复。但这件事，"安德烈指了指办公桌上的演出海报，"这件事情，你们应该报备。"

"抱被？"高大霞满头雾水地望向傅家庄，"抱被干什么？这戏里也没有被子戏！"

"就是先告诉他们一声。"傅家庄悄声解释。

"抱被抱褥子的，那就是走个过场，我们保证不出事不就完了吗？"高大霞不以为然。

安德烈直视着高大霞："你们凭什么保证？"

高大霞不假思索地反问："给你们抱个被子就能保证了？"

安德烈无语，不如该如何回答高大霞这跑偏的质疑。

"马临险崖收缰晚，船到江心补漏迟。"高大霞朗声说道，"说一千道一万，不管抱被子还是抱枕头，小心肯定无大错，该加的小心，不用你说，我们也知道加。"

傅家庄从怀里掏出早就做好的预案，请他看过后，安德烈的脸色缓和了一些："明天的演出，如果出现任何问题，我们概不负责。"

高大霞说："你要是不放心，就过来看看，这戏，保准能把你看得哗哗掉眼泪。"

安德烈笑了笑，不置可否。

高大霞急了："你还别不信，这戏要是不好看，毛主席能看好几遍？"

"你是说，毛泽东主席看过这部戏？"安德烈忽然来了兴趣。

傅家庄回身盯了一眼高大霞，不让她说下去，高大霞却不理会，继续说道:"当然了,毛主席看了没有十遍,也有八遍!"

安德烈说:"毛泽东主席那么繁忙,能在百忙中抽出时间看这部戏,我一定要看。"

送走安德烈和玛丝洛娃,傅家庄责备高大霞多事,如果苏联人来看戏出了问题,后果难以预料。高大霞却认为,安德烈来不来,国民党特务都不会善罢甘休,借着演出的事情让安德烈认清敌人的嘴脸,未必不好。

"如果他有个三长两短,我们跟苏联人接洽的事还怎么推进?"傅家庄吼道。

高大霞一时语塞,沉默了半晌,小声说道:"我就让让他,谁知道他还,真要看。"

"废话! 连毛主席都看了十遍的戏,他能不想看吗?"

"啊? 毛主席真看了十遍?"高大霞吃惊。

"这不是你说的吗?"傅家庄哭笑不得。

高大霞满脸委屈:"我那不是为了说这个剧好,叫安德烈能答应让咱们演嘛。要不,我现在去找安德烈,明天不让他来了。"

"我真是怕了你,"傅家庄无奈地摇头,"你已经把他的胃口吊足了,他还能不来吗?"

"那怎么办?"高大霞没了主意。

傅家庄向李云光汇报了这件事,说不行的话,由他出面拒绝安德烈,李云光摇摇头:"请苏联人来,这是一把双刃剑。虽然有危险,却也给我们提供了一个好机会,如果演出成功,平安无事,我们还可以取得苏联人的信任和支持。"

麻苏苏把一张宏济大舞台的地形图铺在桌子上,几个地方用红笔做了标注,她抬头对方若愚说:"你是老大连,对这里的情况比我熟悉,叫你过来,就是看看明天这个计划,还有没有需要完善的地方。"

方若愚干咳了两声:"明天去看戏的,都是老百姓,制造这么大的爆炸事件,不妥。"

麻苏苏奇怪地看着方若愚:"我没听错吧? 你一个堂堂的军统'老姨夫',居然替老百姓操起心来了? 也就我知道你的底细,要换成别人,一定会怀疑你通共。"

方若愚愠怒:"难道替老百姓操心的只有共产党? 大姐,国父孙中山先生提出的三民主义是什么? 民族、民生、民权,要是我们连为老百姓操心的心都没有,还配做一名合格的国民党党员吗?"

麻苏苏淡淡说道:"方先生不必上纲上线,我的意思是说,你太仁慈了。"

方若愚直视着麻苏苏:"对老百姓不怕仁慈。只有仁慈,才能得民心得天下。大姐要明白,我们明天真这么一炸,炸死的可不光是多少人,更是全城老百姓的民心哪!"

麻苏苏冷笑了一声:"我只知道炸弹一响,苏联人就会对共产党失去信心,这样一来,我们就有机会取得他们的信任。小方,咱们的高调都是唱给外人听的,对我,就不必了,我们对共产党只有斩尽杀绝。"

方若愚冷着脸,一只手按在地图上:"杀共产党我不反对,但是要炸死无辜的看戏百姓,我不同意!"

麻苏苏拉下脸来,语气变得森冷而低沉:"你可以不同意,但这是'大姨'的命令,我们必须执行!"

方若愚心里藏着事情,场面上便弱了气势,他低声说:"可以跟'大姨'说一下嘛,取消计划也来得及。"

"你的意见还是保留吧。"麻苏苏研究着地图,"要革命就要有牺牲,在革命尚未成功之前，我们必须要有铁石心肠！"

方若愚看着面前的地图，稳住情绪："我不同意还有一个原因，如此兴师动众搞一次爆炸，只炸死炸伤几个愚昧的平头百姓，我觉得意义不大。"

麻苏苏不耐烦地摆了摆手："你不必坚持，'大姨'也是接到上峰的命令，这次行动的意义不在于炸死多少人，而是要让苏联人对大连共产党的能力丧失信心。"

"可万一行动失败，苏联人知道是我们所为，那我们就是搬起石头在砸自己的脚！"

"就是不想砸了我们的脚，这次行动才要周密计划，确保万无一失。"麻苏苏冷声说道。

方若愚张了张嘴，反驳的话还没来得及出口，甄精细推门进来，让麻苏苏出去接个电话，麻苏苏让甄精细留下，自己出去了。甄精细看见地图旁的《白毛女》海报，好奇地拿起来看着，自言自语道："这姑娘好看，不对，不是姑娘，都一脑袋白毛了，白成这样，得有个七老八十了。"

"少在这儿胡说八道！"方若愚一把夺过了报纸，吓了甄精细一跳，大声嚷嚷起来："哎，你干啥，我说这个老太太管你屁事！"

方若愚恼火，抽出匕首抵住了甄精细的喉咙："你再随嘴胡嘞嘞，我干死你！"

甄精细吓得一动不动，不知道自己怎么就得罪了方若愚，幸亏麻苏苏循声闯了进来，慌张地问："怎么回事？"拉开了涨红着脸的方若愚。

甄精细恨恨地说："我就说报纸上的姑娘是个白毛，有七老八十了，他就翻脸了。"

"你再说一遍试试！"方若愚怒吼。

"你看你看，又急眼了！"甄精细连忙躲到麻苏苏身后。

麻苏苏把甄精细推出门，回头看着方若愚："'老姨夫'，你跟我的意见相左，就拿我手下人撒气，这可有点小家子气了。"

方若愚不语，收起了报纸。

麻苏苏出了口长气，淡淡地说道："刚才'二姨'来电话，说拿到个重要情报。你不是说只炸死炸伤几个老百姓意义不大吗？这回来了一条大鱼，苏军警备司令部的安德烈中校，明天去看《白毛女》首演。"

"既然苏联人去了，我认为再制造爆炸事件根本没有必要，不如直接对安德烈行刺，一样能抹黑共产党。"方若愚说出这个理由，自己都觉得缺少说服力。

麻苏苏笑了，果然觉得方若愚的想法幼稚："安德烈是共产党请去的，这黑你往哪儿抹？"

"那爆炸也是一样，共产党不可能自己拆自己的招，苏联人也会明白这是我们干的。"方若愚觉得这个理由还算说得过去。

麻苏苏点着头说："不错，他们会怀疑到我们头上，可他们没有证据。只要一爆炸，死的就不会是安德烈一个人，不明真相的老百姓会闹事，他们会给苏联人施压，苏联人找不到我们，只能拿共产党算账了。光杀一个安德烈，会有这样事半功倍的效果吗？"

方若愚张了张嘴，一时不知道如何反驳。

"行刺不过一声枪响，不热闹。要是在连天的爆炸声里，再把台上的演员、台下的观众一起炸上天，那该是一件多么激动人心的事情呀！"麻苏苏幻想着爆炸成功的那一刻，不由低声笑了出来。这笑声有如毒蛇嘶鸣，令方若愚不寒而栗。

离开良运洋行，方若愚在回警察署的路上，一直想着如何让袁飞燕躲避开明天的灾难。到了警察署门口，一个人影突然横在他面前，吓得他一哆嗦，居然是高大霞。

方若愚哀求地说："姑奶奶呀,你又要干什么?"

高大霞悄声说："你不是想杀了我吗? 我把人送到你跟前了,来呀,你有枪有刀,杀我个女人不用费多大事。"

方若愚苦笑："我为什么要杀你? 咱俩远日无怨,近日无仇。"

高大霞说："不用说这么好听。在胡同里,在老房子里,你干过什么你都知道。"

方若愚佯装听不懂："什么胡同? 什么老房子? 你越说我越糊涂了……"

"你是装糊涂! 你怕我揭你的老底,怕我把你披着的一身特务皮剥下来! 你现在一定恨我恨得牙根痒痒,恨不得把我千刀万剐,抽筋剥皮下油锅!"

方若愚做出无辜的样子："你把我想成什么人了? 我费那个劲儿,咱俩得有多大仇呀。高大霞,你确实是认错人了。"

高大霞冷笑："你是人? 你明明就是鬼,还要天天装成人,方若愚,你累不累呀?"

"高大霞,你要是还长着个脑袋,就想一想,如果我真是特务,还敢穿着这身衣服在警察署里待下去吗?"

"那可说不好,坏人又不把'坏'字写在脸上。"

"看来,你是非要把我方若愚给逼成窦娥呀。"

高大霞掏出门票："你先去看看你们是怎么把喜儿逼成白毛女的吧!"

方若愚接过门票看了眼,佯装兴奋："哟,这个演出……我从报纸上看见了,听说这票买不着。"

高大霞说："就因为买不着,我才给你送过来。这个剧好啊,说的是'旧社会把人逼成鬼,新社会把鬼变成人',你应该看看,不过,你看也变不成人。我来给你送张票,是方便你进去干坏事!"

方若愚笑了:"高大霞,你这个人……我真是不知道说什么好,明明是好心眼,却偏偏不往好处说。谢谢,谢谢,哎,这得多少钱,我给你钱。"说着,掏出钱包,"多少钱?"

高大霞一把将钱包夹层里的钱抓了过去:"够了。"转身就走。

方若愚看了看票面,追出几步:"唉,你要的也太多了吧?"

高大霞回头:"多出来的是跑腿钱,还有通风报信的钱。"

方若愚苦笑:"你呀,真能说笑。"

高大霞回来,盯着方若愚问:"你能笑得出来吗?"

下班后,方若愚又到了良运洋行,他把高大霞送来的票放在麻苏苏面前时,麻苏苏愣了半天,狐疑地看着方若愚:"真是她给你的票?"

方若愚点了点头:"所以说,明天的行动必须取消!"

"这个高大霞,她唱的是哪一出呀,我都叫她弄糊涂了。"麻苏苏揉着太阳穴,百思不得其解。

"我说她神道儿,你一直不信,这个疯娘们儿做事从来都不按常理出牌!"

麻苏苏想了想:"要不,明天的行动你还是别去了。"

方若愚见麻苏苏还是不肯取消计划,便说:"我去不去不要紧,关键是共产党正等着瓮中捉鳖、关门打狗!"

麻苏苏拉下了脸来:"这话让你说的,谁是鳖? 谁是狗?"

"你就别挑字眼了,我就是说那么个意思。不取消行动,我们就是白白去送死!"

麻苏苏权衡着利弊,沉声说道:"我们不去,高大霞倒会认为是你给国民党通风报信。"

"她爱怎么想我不管。"方若愚现在只想说服麻苏苏取消计划,高大霞那头暂时顾不上了。

麻苏苏拿起桌上一簇鲜花，放在鼻子下闻了闻，轻声说道："听'二姨'说，苏联人去看《白毛女》，会有鲜花陪伴。"

方若愚不耐烦地挥手："外国人就爱搞虚头巴脑的事，这鲜花跟明天的行动有关系吗？"

麻苏苏摘下一片花瓣，缓缓说："抗战时期，军统局抓过一个日本特务。这个特务供述，当年，日本人为刺杀斯大林，制定过一个'鲜花行动'，就是把炸药放在鲜花里。虽然那次行动失败了，但是失败不能掩盖炸弹的设计精巧。据说，戴局长听到这个办法就特别感兴趣，还特意安排人研究过这种鲜花炸弹。"

方若愚愣了愣："怎么，明天我们也要照此办理？"

麻苏苏摆弄着花瓣，像是小女孩得到了心爱的玩具："你做的那个炸弹比砖头还大，太招风了，还是花瓣精巧。"她一点点揉碎了手里的花瓣，"放心吧，鲜花的事，不用你管。"

麻苏苏的鲜花计划，真把方若愚难住了，面对着翠玲给他做好的可口饭菜，他也难以下咽："上是国，下是家，把我这个党夹在中间，翠玲，我，我两难呀！"方若愚看着面前的翠玲，眼里泛着泪光。

翠玲掏出手绢替他擦着眼角的泪水，像是听懂了他的话。

"自古以来，英雄都是舍家为国取大忠，可是，这样的英雄我做不来，六亲不认的事，我更干不出来。翠玲你说，小鬼子被撵跑了，剩下的都是自己家里的事了，哥俩有什么事不能坐下来好好商量，非要舞枪弄棍打个头破血流？"方若愚摇着翠玲的胳膊，像是想要一个答案。"其实我也明白，无非都是想当中国这个家。他们挣来抢去，让我们这些小人物如何是好？一边是党国，需要尽忠，一边是女儿，需要尽责。"

方若愚抽泣起来，翠玲抚摸着他的肩头，像安慰一个无助的孩子。

方若愚忍住了哭泣,叹了口气:"算了,和你说这些干什么,你也听不见说不出的。可不和你说,我又能和谁说呢? 要是谁都不说,我得给憋死了。"他挥了挥手,让翠玲回去。

翠玲起身,满是心事地离开了。

第二十二章

傍晚,一场淅淅沥沥的小雨渐渐停住,风中满是潮湿的雨水气息。花店外,各色时令鲜花沾着晶莹的水珠。一辆军用吉普车驶来,水珠在引擎轰鸣中微微颤动着。车门打开,玛丝洛娃率先跳下车来,替后座的安德烈拉开了车门。

花店里,麻苏苏看着安德烈走来,示意了一下男掌柜,男掌柜定了定神,迎出门去。

安德烈过来,对着怒放的鲜花深吸了一口气,露出陶醉的神色:"你好,刘掌柜,下午我请司令部的人在你这里订了百合花,请问准备好了吗?"

"好了,我这就拿给您。"刘掌柜回身进去,脚底有些发软。

安德烈饶有趣味地打量着眼前的鲜花,目光被一簇簇怒放的白色康乃馨所吸引。

刘掌柜进来,麻苏苏拿起一捧已然捆扎妥当的百合花递过来。刘掌柜战战兢兢地接过,冷汗沿着额角不住流淌。麻苏苏拿过桌上的一块抹布,抬手要给刘掌柜擦汗,刘掌柜本能地躲闪,麻苏苏轻咳了一声,刘掌柜立即不敢动了,麻苏苏给刘掌柜擦了几把脸,另一只手摘捡着沾在刘掌柜脸上的细碎枝叶,打量了一番,轻声说:"去吧。"

刘掌柜深吸了两口气,稳住情绪,捧着百合出去,麻苏苏透过玻璃窗朝外窥视。

安德烈看见刘掌柜捧着盛开的百合出来,上前去接,刘掌柜有些犹豫。

玻璃窗后的麻苏苏心头一紧。

安德烈怔愣了一下,旋即明白过来,低声笑了笑:"刘掌柜,鲜花的钱,警备司令部月底会和你一起结算。"

"我知道,知道。"刘掌柜沉重地喘着粗气,将花递了过去。

安德烈接过鲜花,低头嗅了嗅,露出一抹微笑,转身朝汽车走去。

窗后的麻苏苏松了口气,敲了敲窗户玻璃,刘掌柜回头看看,正要回屋,身后突然传来安德烈的喊声:"刘掌柜,等一下。"

刘掌柜心下一惊,刚刚放松的神经瞬间紧绷,心脏狂跳。屋里的麻苏苏也紧张起来。

"掌柜的,能麻烦一下吗?"安德烈回来,盯视着刘掌柜。

"什么事?"刘掌柜咽了口唾沫,平复着自己的慌恐。

安德烈指了指康乃馨,笑着说:"我还是觉得,送白色的康乃馨,更合适一些。"

刘掌柜一怔,下意识地看向身后的玻璃窗。窗后,面色阴沉的麻苏苏摇了摇头。

安德烈的目光从康乃馨上抬起,把手里的百合花递给刘掌柜。

"这、这都差不离,都是白色的。"刘掌柜低声说道。

安德烈摇了摇头:"虽然这两种鲜花都是白色,但是百合花代表的是百年好合,更像是送给结婚的新人,白色康乃馨,代表纯洁的友谊,苏中友谊,所以,还是要这个吧。"

刘掌柜不知如何是好,一副为难的样子,安德烈说:"这样吧,刘掌柜,回头我跟办公室的人说一下,这束康乃馨,我们也会付给你钱的,麻烦你帮我打个漂亮的包装。"说着,安德烈把百合花放下。

刘掌柜张了张嘴,不知说什么,安德烈疑惑:"刘掌柜,我说的话你没有听明白吗? 这等于你又做了一桩生意,我这束百合花你还可以卖给别人,多划算,难道你不高兴吗?"

刘掌柜茫然地点着头:"高兴,高兴。"

窗户里,麻苏苏眼里流露出焦灼的神色。

刘掌柜慌乱地扎着白色康乃馨,安德烈催促:"请快一点儿,我还要去马克西姆西餐厅吃个晚饭。这个美妙的夜晚,我不想饿着肚子。"

刘掌柜扎好鲜花,递给安德烈。

"谢谢你,刘掌柜。"安德烈接过花束,转身要走。

"等等。"刘掌柜喊道。

安德烈回过身来:"还有什么事?"

刘掌柜伸手拿起那束百合花:"这个,你也拿走吧。"

"刚才我说过,百合花你可以卖给别人,钱算我的。再说,如果我捧去两束鲜花,别人会以为我是个花匠。"安德烈笑了笑,转身上了汽车。

刘掌柜望着驶去的汽车,一脸绝望。

身后,麻苏苏冷着脸出来,刘掌柜慌忙抱起那束百合,颤颤巍巍地递给麻苏苏:"这,这可不赖我。"

"赶紧的,给我包一份和大鼻子一样的康乃馨!"麻苏苏拿过那束百合,低声说道:"你要是把这件事说出去,你的老婆孩子会有什么结果,你应该想到。"

刘掌柜恐慌地点着头。

吉普车停在马克西姆餐厅金碧辉煌的门廊前,安德烈和玛丝洛娃在临窗的桌前就餐。

车水马龙的街头,一辆福特出租车钻出车流,缓缓停靠在安德烈的吉普车旁,恰好挡住了安德烈和玛丝洛娃的视线。出租车里坐的是麻苏苏。她的手里,捧着一束一模一样的白色康乃馨。司机朝餐厅门前张望着,小声问:"太太,您接的人还没出来吗?"

"师傅,能麻烦你进去帮我找一下我丈夫吗?"麻苏苏说着,递过一张钞票,"他叫李闯,瘦高个儿,留着八字胡,麻烦你了。"

司机接过钱,下车朝餐厅走去。麻苏苏急忙下车,朝旁边的吉普车里看了一眼,那束白色康乃馨躺在后座位上。

宏济大舞台门前霓虹闪烁,大幅的《白毛女》海报被染成了五颜六色。高大霞警惕地观察着入场的观众,在人群中寻找着一个人的脸。心底的直觉告诉她,方若愚一定会来,今晚他必然会是剧场里最大的危险分子。

高大霞的苦心果然没有白费,一见方若愚出现在台阶下,她便激动地迎上去:"门上挂块肉,不信招不来狗。"

"你这人说话,总这么难听!"方若愚从兜里掏出门票,"我不来,票就作废了,可惜了你的一片心意。"他看看四下,"人还真不老少呀。"

"戏台下开铺子,人少了你也不能乐意呀。"高大霞拽着方若愚的衣袖,将他拉到了门卫室。

"哎呀,你太客气了,我进剧场里坐着等开演就行。"方若愚感谢着高大霞的好心。

"炸弹带来了吧?"高大霞板着脸问。

方若愚愣了愣,严肃地说:"可不能拿这事儿开玩笑!"

"姐,你怎么在这?"门口闪出高守平,看了一眼方若愚,怔愣着。

"守平,他带着炸弹!"高大霞一指方若愚。

高守平一时有些不知所措。方若愚涨红了脸,大声驳斥:"高大霞,你怎么瞪着眼血口喷人!我是来看戏的,我带炸弹干什么?再说,我上哪儿弄炸弹去?"

"你还愣着干什么?"高大霞让高守平:"赶紧搜!"

"姐……"高守平犹豫。

"高大霞,你来真的!"方若愚急了。

"怎么,急眼了?"高大霞反唇相讥。

方若愚被噎了一下,像是气到极致,浑身止不住地颤抖起来。半晌,他深吸了一口气,压住怒火,一字一顿地说道:"好,我让你搜。"

高守平低声对高大霞说:"不能随便搜身。"

"熊货!你不搜,我搜!"高大霞推开高守平,挽起袖口。

方若愚挑衅似的上前一步,伸开了双臂。高守平无奈地拉住了高大霞,上手搜了一遍,并未发现异样,尴尬地说:"对不起啊,方先生。"

"没事。"方若愚整理着衣服,笑呵呵地说。

高大霞瞪着方若愚:"要看戏就老老实实看,别想歪的邪的!"

方若愚无奈地摇摇头:"高小姐真是刀子嘴豆腐心,要是没有你这张票,我还来不了,谢谢你啊。"他扬了扬手里的票,扬长而去。

高守平和高大霞跟出来,高守平疑惑地问:"姐,你怎么还给他送票?你到底什么意思?"

傅家庄从剧场侧门出来,看到方若愚进去的背影,走过来说,没想到方若愚还真来了。

"还是我姐给的票。"高守平哀求地说,"姐,咱今天要保证的是剧场安全,其他的,先别管了行不行?"

高大霞刚要反驳,傅家庄低声附和:"守平说的是,咱们精力有限,不能再分神了。"他看看手表，"安德烈还没来，我有点儿担心，别是在路上出什么事儿了。"

演职人员在后台忙着做演出前的准备，已经换上黄世仁妆扮的邢团长冲着金青在发火："这大幕就要开演啦，假山还没送来，你找谁干的活儿？"

金青哭丧着脸："我也上火呀，从中午就一直催，说马上就送过来。"

"马上马上，这都几个马上了？"邢团长瞪着眼。

"我再去催催！"金青慌乱地跑去。

吃完饭的安德烈和玛丝洛娃出来，开车驶去，麻苏苏才让司机发动了汽车，奔向宏济大舞台。路上经过邮电局，麻苏苏下车往文工团打了个电话，找的人是杨欢。谜面在这一刻被揭开，文工团里原来也隐藏着一枚国民党大连党部的棋子。在这个波云诡谲的夜晚，这枚棋子被麻苏苏唤醒了。

宏济大舞台的后院大门洞开，金青指挥着人手正从车上往下卸假山。安德烈开着车来了，傅家庄和高大霞迎出去，一见玛丝洛娃手里捧着的鲜花，高大霞啧啧称道："你们真是讲究，来看个戏还送花。"说着，接了过去。

一行人鱼贯走入剧院，高大霞走在最后，催促金青赶紧把假山搬进去，金青为难地说人手不够，高大霞要帮忙，杨欢跑过来，推走了高大霞，自嘲地说："这穆仁智啊，就应该多接受点人民的改造。"杨欢说笑着，看向后院门口，麻苏苏抱着鲜花，从门口闪过。

杨欢吆喝着工人们赶紧干活，趁人不备溜了出去，与麻苏苏碰了个眼神，接过鲜花放进了假山里。

离开后院，麻苏苏绕了个弯，走回剧院前门，看见门口的甄精细正在朝剧场里张望。麻苏苏咳嗽一声，甄精细回过神来，告诉麻苏苏他看见上回跟自己抢高大霞皮箱的那个女小偷了。麻苏苏说那是自己人，甄精细很吃惊。

大令是麻苏苏调过来的，越过方若愚调动他的人，也是无奈之举。麻苏苏感觉方若愚这几天的表现过于诡异，在如此重大的行动上，她不得不确保每一个行动人员的绝对忠诚。

傅家庄引着安德烈和玛丝洛娃走进剧场，安德烈打量着四下："这个剧场，看来有些历史了。"

高大霞说："可不，快有40年了，这里来过好些名角，盖叫天、金少山、周信芳、蓉丽娟，好些人都在这儿唱过戏。"

玛丝洛娃说："《白毛女》的名字很特别，让我联想到柴可夫斯基的芭蕾舞剧《天鹅湖》，奥杰塔公主被恶魔变成了一只白天鹅。"

高大霞疑惑："人能变成大白鹅？你们那个净瞎编。"

安德烈笑着看向傅家庄，傅家庄说："大霞，《天鹅湖》可是闻名全世界的经典舞剧。"

高大霞撇撇嘴："光跳舞不说不唱，能比《白毛女》好看？"

安德烈说："那是个美丽浪漫的爱情故事，有机会我请你们欣赏。"

几个人说着话，走到一处方桌前，傅家庄请安德烈和玛丝洛娃落座。

这是一个居高临下的席位，独立于其他观众席，前排有青绿色的盆栽分隔空间，算是喧闹场所中的一处僻静之地。

高大霞把抱在怀里的鲜花放在桌上，看到前排的位置居然还空着。那是她给方若愚留的位置，这时候方若愚不见了，她隐隐有些不安，顾不上跟安德烈说一声，便匆匆离开了坐席。

麻苏苏和甄精细随着观众进来，看到伸着脖子在四下找人的高大霞，躲是躲不开了，麻苏苏只得上前打了个招呼。高大霞看到两人有点儿吃惊,她知道今晚的演出票难以搞到,看来麻苏苏还真是有些能耐。两人客套了一下,高大霞想起自己约麻苏苏去做旗袍的事,她刚提了个话头儿,麻苏苏就说:"对呀,你不说我都忘了。"对那件事的说辞,麻苏苏早有了准备,"你说下午三点半在寺儿沟电车站等我,我去等了你半天也没等到,我就自己找到那家针脚裁缝店。我还在店里给你留了块儿料子呐。真让你说着了,那个老师傅的手艺的确好。唉,大霞,那天下午咱约的是三点半吧? 是不是我把时间记错了?"

"你没记错,是我家里临时有点儿事,走不开。"高大霞放下心来,对麻苏苏的戒备减轻了几分,"你看,叫你等了半天,我都不好意思了。"

"没事儿,你没去我不也把旗袍做了嘛? 老师傅活儿多,还得过几天才能取,到时候咱俩一起去,正好你把那块儿料子做了。"

"哪能用你的料子?"

"行了,这事儿别争了。"麻苏苏故作神秘地看看四下,低声说,"你今天是有任务吧? 怎么没见着傅先生?"

"姐,你们有啥任务啊?"甄精细忍不住问高大霞。

"瞎问什么?"麻苏苏一瞪甄精细,"大霞办的事不能随便说。"

"没事儿。"高大霞不以为意地说,"我们来抓搞破坏的国民党特务。"

甄精细神色有些慌乱,麻苏苏也佯装害怕,低声说:"看你说的,还怪吓人的,小日本都给打跑了,还哪来的国民党特务?"

"大姐,你不革命不知道。"高大霞说,"鬼子没打走的时候,国民党特务在大连当缩头乌龟。鬼子一跑,那些特务又像鸭巴子似的,脖子伸得老长。"

"扯出来能给剁了?"甄精细一边问,一边下意识地摸着自己的脖子。

"说得怪瘆人的,我这都一身鸡皮疙瘩了。"麻苏苏打了个寒噤。

高大霞急着找方若愚,推着麻苏苏说:"你们快找位置坐吧,快开演了。"说完,匆忙走开。

甄精细拉了把麻苏苏,悄声说:"姐,他们知道了。"

"闭嘴!"麻苏苏低声呵斥。

甄精细强压下惊惧,走了几步,还是忍不住重复道:"姐,他们真知道了!"

麻苏苏咬着牙根:"我叫你闭嘴!"

两人找到座位坐下,甄精细还是不安心。比甄精细不安心的还有麻苏苏,她一直朝舞台上观望,一直到侧幕一角露出杨欢的脑袋,对着台下的观众像是打招呼般地笑着,麻苏苏才放下心来,"我出去一下。"麻苏苏起身,让甄精细留下。

甄精细一脸焦急:"我也想方便。"

"忍着!"麻苏苏剜了甄精细一眼,侧身出去。

麻苏苏出来,看见杨欢站在前面的水房门口,脚下放着一个木桶。麻苏苏过去,杨欢漫不经心地用脚踢了下木桶,吹着口哨走开了。

麻苏苏过去,看看四下无人,揭开了木桶盖子,看到了自己带来的鲜花。大令疾步过来,从厕所里闪出一个人,吓了她一跳,居然是方若愚。大令愣住,尴尬地叫了一声:"方先生?"

"谁让你来的?"方若愚脸色阴沉。

大令迟疑着,吐出两个字:"'老姨'。"

方若愚低声呵斥:"你是我的人,怎么听'老姨'的直接调遣? 她交给你的是什么任务?"

大令为难,看向方若愚身后,方若愚回身,看见麻苏苏过来,恼怒地上前质问:"麻苏苏,你太不讲究了!"

麻苏苏示意大令提着木桶走开,她看着方若愚,平静地说:"我是为你好,高大霞把你看死了,你就别掺和行动了。今天能把高大霞拖住,你就算立功。"说罢,转身要走。

"什么时候动手?"方若愚一把拉住麻苏苏的胳膊。

"安心看你的戏吧,什么都别管。"麻苏苏推开方若愚的手,离去。

方若愚看着麻苏苏进了剧场,心下一阵焦虑。犹豫了片刻,匆匆朝着后台走去。

后台化妆间内,袁飞燕和杨欢在对着唱词,邢团长推门而入,朝众人拍了拍巴掌:"行了,大家都往前凑一凑。还有 20 分钟开演,我说个重要的事。"他清了清嗓子,"今天的演出,特别特别重要,苏联人也光临了现场,因此咱们这场演出,不光是一次隆重的首演,还肩负着,咳咳咳……"话没说完,大约是因为太过激动,邢团长剧烈咳嗽起来。

杨欢连忙去拿杯子,袁飞燕拿过暖瓶,摇了摇,发觉暖瓶是空的。

"我去打点水。"袁飞燕提起暖瓶朝外走去,还没到水房,一个黑影从假山后闪出,吓了袁飞燕一跳,定睛一看,是父亲方若愚。

方若愚今晚的任务只有一个,就是保护女儿的安全。他想不出麻苏苏的炸弹会安放在什么地方,会在什么时候引爆,他能做到的就是说服女儿,带她远离这是非之地。

方若愚不由分说,把袁飞燕推进了事先看好的一个杂物间,在门外观察了一下,自己也闪身进去,带上了房门。

"爸,马上就要开演了,你这是干什么?"袁飞燕焦急地质问。

方若愚夺下袁飞燕手里的暖瓶,随手放在身旁的桌子上,急促地说道:"你不能上场。"

"为什么?"袁飞燕一下愣住了。

"回头再说。你等着,我去给你找身衣服,换下来跟我走!"方若愚转身要出门。

袁飞燕拽住方若愚的胳膊："爸,戏比天大,我要是走了,今天的戏就演不成啦!"

"不还有 B 角吗? 我懂这个。"

"别人有 B 角,喜儿没有。爸,我一定要演,今天的任务特别重要!"袁飞燕激动起来。

"就因为特别重要,才不能演!"

"为什么? 你总得给我个理由吧!"眼见方若愚态度坚决,袁飞燕快急哭了。

方若愚欲言又止,缓了缓,只是急切地说道："别问了,你知道我不能害你就行!"

"不让我演就是害我!"袁飞燕一把推开了方若愚,伸手要去拉房门。

"燕儿,你真不能去!"方若愚拽住袁飞燕,满脸的祈求之色。

"爸,我这时候走了,就是逃兵!"袁飞燕说完,又要去开门。

方若愚咬了咬牙,从口袋里掏出手绢,猛然捂住了袁飞燕的嘴。袁飞燕挣扎了几下,身子发软,瘫倒在方若愚怀里。

第二十三章

化妆间里,邢团长郑重地看着大家："该说的话我都说了,总之吧,今天的演出意义十分重大,但是,我还是希望你们不要有任何压力,正常演出。预祝各位，演出顺利！"

众人纷纷表态，热情响应，邢团长满意地点着头，四下环顾，突然神色一凝："袁飞燕怎么还没回来？现烧一壶水也该回来了。"

众人面面相觑起来。

"我去找找。"杨欢站起身要走。

"你别去，赶紧候场，别关键时候掉链子。"邢团长看向金青，"赶紧叫道具组的人去找，第一个上场的就是喜儿！"

第一遍开演铃声响起，观众席上，四下的灯光渐次暗了下来，周遭渐渐笼罩在一片黑暗中。高大霞摸着黑回来，见前面方若愚的座位还是空着，越加不安，她刚要转身再出去，却见方若愚躬着身子回来，他朝高大霞挥了挥手，又对傅家庄点头示意，做足了礼数，这才回过身坐到位子上。

安德烈看向高大霞和傅家庄，问道："他是你们的朋友吧？"

"冤家！"高大霞没好声气地说。

安德烈疑惑，傅家庄说："只是认识而已。"

方若愚一坐下，就看见舞台一侧摆放的花篮，脑海里迅速回想起麻苏苏向他提到过的鲜花炸弹，浑身像是被刺扎了一下，朦胧的思绪瞬间如醍醐灌顶一般清晰起来。顾名思义，那不就是用鲜花伪装起来的炸弹吗？从安置那枚鲜花炸弹的位置来看，应该是在演出之后苏联人上台的时候才会引爆，既然喜儿没了，那这场演出一会儿也就顺理成章应该取消了，炸弹炸不炸他就管不了那么多了。想到这里，方若愚心安了一些，他侧身向后看了看，麻苏苏稳稳地坐在座位上，和所有观众一样，在等待着一场好戏的大幕拉开。

后台已然乱成了一锅粥，第二遍演出铃声即将敲响，该找的地方都找遍了，还是寻觅不到袁飞燕的踪迹。邢团长脸上的绝望神色越来越浓,不得已,只好叫出了傅家庄和高大霞,说出实情,高大霞不假思索地断定是方若愚搞的鬼。没等傅家庄阻拦,她就回去把方若愚拉了出来。

"你把喜儿弄哪了?"高大霞厉声问道。

"什么喜儿?"方若愚做出一副恍然大悟的神态,"白毛女吗?还没演哪,一会儿才能出来。"

"少给我装!说,你把喜儿弄哪儿去了?是不是杀了?"高大霞逼问。

方若愚立时涨红了脸:"高大霞,你怎么瞪着眼胡说八道?我是来看戏的,喜儿哪儿去了我怎么知道?我一直坐在剧场里,等着看戏。"

"你撒谎!"高大霞气冲冲地打断了他,"从你进到剧场,就一直没在座位上!"

"我上了个厕所,时间长了点儿,怎么,这也不行?"方若愚忿忿地瞪着她。

高大霞冷笑了两声:"你根本没上厕所,是去干见不得人的坏事,把喜儿杀啦!"

方若愚火了:"你再血口喷人,我可不客气啦!"

"你怎么不客气?"

方若愚一时语塞:"我,我,我不看了还不行吗?"说完,转身要走。

高大霞张开双臂,拦在方若愚身前:"喜儿没找到之前,你哪儿也不能去!"

"高大霞,你怎么还要起泼来了?我告诉你啊,我可是警察!"方若愚向后退着身子。

"对,你是汉奸警察,你是国民党的特务警察!"高大霞逼上前来,目光如炬。

傅家庄拦下两人,让大家再上后台和仓库找找,方若愚担心他们会找出袁飞燕的下落,说自己可以帮帮忙,毕竟他是警察,找人比他们在行。傅家庄和高守平不让他参与,高大霞却反对,说人藏在哪儿,他一找一个准儿。

众人四散开来,方若愚找到哪里,高大霞跟到哪里,高守平找到杂物间,见上面挂着锁头,让邢团长找人开门,方若愚紧张起来,高大霞看出他的异样,让赶来的金青赶紧开门。

门开了,里面不见袁飞燕,却见到了袁飞燕拿去打开水的暖瓶。傅家庄让大家仔细搜查后台,方若愚这回真的紧张起来。

演出的时间到了,大幕还是没有拉开,台下的观众开始骚动起来,傅家庄问邢团长有没有别人可以演喜儿,金青说她可以试试,喜儿的唱段她都会。邢团长打量着金青粗壮的身材,还是一咬牙答应了:"就当是老喜儿吧,咱就对不住黄世仁吧。"

傅家庄回到席位上,安德烈的脸色不大好看,一旁的玛丝洛娃抱怨道:"我厌恶不守时的人。"

傅家庄忙尴尬地说:"出了点儿意外,马上开演。"

傅家庄话音刚落,音乐声响起,舞台上的灯光暗了下来,剧场里的躁动也平息了。

麻苏苏一直提着的心,总算是放下来了。刚才邢团长来叫走傅家庄和高大霞,她就感觉一定是出了什么意外,她担心演出如果取消,那么自己精心准备的爆炸事件就泡了汤。共产党和苏联人肯定是想把这次首演搞得漂漂亮亮,那问题还能出在哪里?随着舞台大幕徐徐拉开,麻苏苏的脸上终于浮出淡淡的笑意。

"北风那个吹,雪花那个飘,雪花那个飘飘年来到……"伴着清脆的歌声,台上的喜儿悠悠地转过身来,居然正是袁飞燕。

找到袁飞燕的人,是高大霞,她是在废弃的假山里找到的。傅家庄令人把昏迷的袁飞燕抬到通风处,做了些紧急救治。高大霞叫人拿来一碗凉水,喝了一大口,"噗"地喷向袁飞燕脸上,少顷,袁飞燕悠悠转醒,目光游离地看着众人,视线与方若愚相撞的一瞬间,她的眼里闪过一丝迷茫。

方若愚转身要走,被高大霞拉住,回头问袁飞燕:"是不是他害的你?"

袁飞燕摇摇头,挣扎着要站起来,邢团长忙搀住她,低声问:"飞燕,还能演吗?"

袁飞燕脸色苍白地点了点头:"能。"

第一幕演下来,袁飞燕刚进后台就软软地倒在金青怀里,面色惨白。

"飞燕,能坚持吗?"邢团长满脸焦急。

袁飞燕艰难地点头。金青连忙递上水杯:"快喝口水。"

邢团长招呼:"快给飞燕补补妆!"

化妆师跑来,给袁飞燕补妆。袁飞燕神色木然,意识像是游离向了不知深处的远方。

邢团长按住袁飞燕,语气一声急过一声:"飞燕,什么也别想,好好演戏,戏比天大,戏比天大!"

袁飞燕稳住了心绪,缓缓点了点头。

演出正常推进,方若愚内心的惶恐越来越浓烈。电闪雷鸣中,白发披肩的喜儿在假山上奔跑,唱起了《恨是高山仇是海》:"恨似高山仇似海,路断星灭我等待,冤魂不散我人不死,雷暴雨翻天我又来,闪电哪快撕开黑云头,响雷啊你劈开天河口!"伴着逼真的声效,舞台上每一声惊雷都让方若愚心里一颤。

黑暗中,麻苏苏伸手点了点前排的大令,起身朝外走去,大令跟着出了侧门。麻苏苏疾步走到一个角落,掀开木桶盖子,拿出鲜花定好时间,指了指桶里的一身茶水生衣服,把一张纸条递给大令。

电闪雷鸣中,一头白发的喜儿在控诉黄世仁,凄声唱道:"大河的流水你要记清,我的冤仇要你作证。喜儿怎么变成这模样?为什么问你,你不做声?"

观众的注意力都在舞台上,麻苏苏不动声色地回到座位。换上茶水生服装的大令提着木桶挨桌给客人倒水,她来到方若愚面前,将倒上水的茶杯推了推,脚下踩了踩方若愚的脚尖,方若愚一抬头,吃惊地看着大令。大令指了指杯子,方若愚循着指引看去,杯下,压着一张字条,方若愚打开,一行字迹跃入眼帘:调换木桶里的鲜花!

方若愚的心里一沉,最害怕的事情还是要来了。他低头看向身旁的木桶,电闪雷鸣中,几枝娇艳欲滴的鲜花从桶里怒放而出。

大令提着暖瓶穿过翠绿的盆栽,到了安德烈落座的桌前,她不动声色地为安德烈的水杯里续着茶水,眼睛盯着桌上的那束白色康乃馨。大令双手一颤,滚烫的茶水溢出杯子,她轻叫了一声,桌上的鲜花被她反手扫落在地,落到了盆栽围档外面。

"不小点儿心呀!"黑暗中,高大霞低声呵斥着,急忙收拾着桌上的水迹。

安德烈摆了摆手,目光看向桌后:"我的鲜花……"

"我来。"大令回身推了推前面的方若愚,"先生,麻烦帮忙捡一下花。"

方若愚回头,作出一副茫然的神色,大令指了指下面:"先生,麻烦捡一下,谢谢。"

方若愚神色迟疑,高大霞隔着桌子不耐烦地低声呵斥:"方若愚,把花捡起来呀!"

在高大霞的监视下,方若愚回头俯身捡起一束康乃馨,直起身子递过去。高大霞一把夺过花束,冷声呵斥:"老实看戏!"

安德烈对方若愚点点头:"谢谢。"

方桌边,大令提着暖瓶悄然走开。

后面的麻苏苏松了口气,一直紧握着的拳头放松开来。

舞台上,演出到了尾声,台上的演员带着观众一起振臂高喊着"毛主席万岁"!"共产党万岁"!场内的气氛达到了沸点。随着剧场灯光亮起,演出结束,演员们一次次向观众鞠躬谢幕,观众掌声热烈,还是不肯离去。傅家庄示意高大霞捧起桌上的鲜花,他引着安德烈向台上走去,高大霞看向方若愚,他推着旁边的观众往场外走,眼睛一直盯着台上的袁飞燕。高大霞扭头去看麻苏苏,本来严肃的麻苏苏立即换了一副面孔,兴奋地冲她挥着手,一个劲儿竖着大拇指,显然在夸赞这是一场精彩的演出。

在持续不断的掌声中,几个人登上舞台,人群中的杨欢往后退着身子,安德烈和演员一一握手,向杨欢伸来时,安德烈故意板着脸说:"你是个坏蛋。"

杨欢一怔,旋即自嘲地笑了笑,安德烈也笑了,又伸手向扮演黄世仁的邢团长握手,笑着说:"你也是坏蛋。"

杨欢向后退着身子,把身后的演员往前推,自己躲到了最边上。

台下的麻苏苏和方若愚都随着观众往门口挤去,两人的目光都紧盯着台上。

安德烈到了袁飞燕面前,高大霞忙递过鲜花,安德烈送上鲜花,又给了袁飞燕一个热情的拥抱。袁飞燕礼貌地推开安德烈,将花束献给了傅家庄。傅家庄摆手,袁飞燕便又献给玛丝洛娃,她也是笑着拒绝。

高大霞看不下去:"就一捧花,这个不要那个不要的,难道里面还装了炸弹?"

傅家庄低声咳嗽着,示意高大霞注意措辞。高大霞不以为意地耸耸肩膀:"想当年,为了炸死鬼子,我就把炸弹藏在花里面。"

袁飞燕紧张起来,看着手里的花不知所措。

安德烈见状,优雅地一笑,轻声说道:"放心吧,美丽勇敢的喜儿同志,这束鲜花是我亲自挑选的,绝对安全。"

邢团长过来,挥手招呼着大伙:"来,来,大伙儿都过来照张相,庆祝咱们演出成功!"

众人围拢上来,摆起队形。人群后,杨欢悄悄向后靠去,肩膀被一只有力的手掌按住了。一回头,杨白劳往前推着他:"好歹你是算主演,哪有往后靠的道理?"

"对呀,杨欢得上前面。"众人附和起来。

杨欢连连摆手:"我是狗腿子,得溜边儿。"说着,还是快步退向了舞台旁侧。

安德烈微笑着站在袁飞燕身旁,袁飞燕把鲜花靠近傅家庄一侧,傅家庄示意她把花放在安德烈那边,袁飞燕不情愿地照办了。

挤到剧场门口的麻苏苏露出一抹满意的笑容,拉着甄精细离开。方若愚站在侧门,看着剧场,又看向自己刚才坐着的位置,那附近的观众已经散尽。

"好,都看我啊,五、四、三、二——"摄影师大声喊着倒计时。

剧院外的麻苏苏和甄精细出来,换下茶水服的大令悄然跟上。三人随着观众正往外挤,剧院里突然传来巨大的爆炸声,震得整个建筑都哆嗦了起来。惊叫的观众潮水般涌向大门,麻苏苏被观众冲撞裹挟着,到了街上。

剧场里,硝烟四起,浓厚的烟幕遮蔽了视线。爆炸的地方,正是方若愚的位置。

高守平和邢团长指挥着演员从后台撤离，傅家庄和安德烈查看着爆炸情况，方才他们坐过的地方桌椅被炸得粉碎，白色康乃馨的花瓣被熏得焦黑，四下散落。

"对不起，安德烈同志，让你们受惊了。"傅家庄低声说道。

安德烈摆了摆手："好在没有人员受伤，对这场爆炸，你怎么看？"

傅家庄捡起几片乌黑的康乃馨花片："显然是有预谋的破坏，一定是国民党特务所为。他们应该是把炸弹藏在了鲜花里。"

安德烈愣住："莫非我带来的鲜花里有炸弹？可是，爆炸的鲜花是在台下……"安德烈明白过来，"有两束康乃馨……"

傅家庄点点头："如果您手里的鲜花有问题，那我们刚才就一起在台上去见马克思了。"

安德烈和玛丝洛娃对视了一眼，感到后怕。

傅家庄说："我在苏联的时候就听说过，当年日本人针对斯大林同志，曾策划过一次鲜花行动。"

安德烈接着说："当时，日本军部特务机关长坂本中一少将想在莫斯科红场列宁墓前刺杀斯大林同志，可惧于苏联内卫部队的防患，工于心计的坂本中一竟然谋划出了一个不失巧妙的恶毒计划，那就是把列宁墓水晶棺前的鲜花变成炸弹，他们把花蕊和花茎都做成了炸弹。依照惯例，斯大林同志在'五一国际劳动节'上午 10 点会准时出现在那里。爆炸时间就定在斯大林同志出现以后。"安德烈声音沉重。

"后来呢？"一旁的玛丝洛娃紧张起来。

"肯定是行动失败了，要不然就不会有伟大的斯大林元帅指挥我们参加伟大的卫国战争了。"安德烈耸了耸肩膀。

"后来，日本人的阴谋破产了。"傅家庄补充道，"这多亏潜伏在日军内部的特工冒险传递出的情报,才使这场惊天劫难没有发生。"

爆炸发生的那一刻,方若愚被纷乱逃难的人群堵在剧场门口。等人员散开,他悄悄返回,正朝剧场里张望,耳边传来一声断喝:"挽霞子!"

冲过来的是高大霞,她二话不说,拽着方若愚不肯撒手,大喊着让傅家庄过来。

"哎呀,你放手,我是警察,我跑不了。"方若愚争辩着,被高大霞拉到了爆炸地点。

"傅家庄,我早告诉过你,挽霞子有阴谋,你就是不信,这回信了吧!"

方若愚恼怒,高声喝道:"一派胡言!"

"你喝什么?"高大霞喝道,"你就坐在这里,不是你放的炸弹能是谁?"

方若愚整理着衣领,尽力克制住情绪:"我坐在这里不假,我的票是谁给的? 是你! 这个位置你早就给我安排好了,我要是凶手,你就是幕后指使者!"

此言一出,众人都是一惊,高大霞急了,朝方若愚大喊:"你血口喷人!"

傅家庄看着方若愚,问道:"方先生,你坐在这里时,看见有人把花放在这里了吗?"

"我光顾着看戏,怎么会注意别的事?"方若愚满脸委屈,"要是知道有炸弹,你借我十个胆,我也不敢坐在这里呀!"

"我们的鲜花掉在地上,是这位先生捡起来的。"玛丝洛娃提醒道。

"对,花是我捡起来的。"方若愚做出一副恍然大悟的神色,惊慌地问,"怎么,花里面有炸弹?"

玛丝洛娃说："你捡起来的花没有，你没有捡起来的有。"

"什么？"方若愚不解，"我都叫你说糊涂了。"

"你是揣着明白装糊涂！"高大霞按捺不住，从傅家庄身后跳出来，"开始的时候，你一定是想捡有炸弹的花，后来你害怕了，才没敢调包！说，你是什么时候把炸弹带进来的？"

"我带什么呀，我进来的时候，你不还让他搜我身了嘛。"方若愚指了下高守平，佯装想起什么，眼睛一亮，"我知道了，要是鲜花有问题，一定是那个女服务生干的！"

众人一怔，都想起大令提着暖瓶来倒茶水时的情形。

"那个假服务生，可能是想把两束康乃馨调包。"傅家庄分析。

安德烈点了点头："对，他们早就盯上我了，连选择的鲜花，都是一样的白色康乃馨。"他看向方若愚，"先生。你捡花的时候，地上是不是还有另外一束鲜花？"

方若愚假装回想着："黑咕隆咚的，哪能看清楚，我就是回身看见地上有束花，就捡起来给你们了。"

安德烈盯看着方若愚："请回去吧，先生。"

方若愚朝安德烈点点头，匆匆离开。

"他不能走！"高大霞要去追回方若愚，被傅家庄拉住，"大霞，你冷静点儿，如果炸弹是他放的，他拿上来的就不会是正常的鲜花了。"傅家庄说。

"傅家庄同志分析的有道理。"安德烈说。

"那他也是跟特务一伙的，要不然，特务不会让他捡花！"

"更正一下，是你请挽先生捡的。"安德烈说道。

"如果挽先生有问题。"玛丝洛娃补充道，"那么他捡起来的应该是炸弹鲜花，可他没有那样做。"

"他,他是怕暴露自己!"高大霞磕巴起来。

"如果爆炸,我们都要死掉,他没有必要害怕暴露。"玛丝洛娃说。

高大霞一时无法辩驳。

"演出前,是不是发生过什么事情?"安德烈问道。

傅家庄犹豫了一会儿,还是点了点头:"具体情况等我们调查清楚,再跟您说。"

安德烈叹了口气:"那我们先回去了。谢谢高大霞同志,让我欣赏到了一场精彩绝伦的中国歌剧。"

高大霞不语,还沉浸在刚才的事情里。

傅家庄和安德烈往外走去,傅家庄说:"大连不能再这么乱下去了,当务之急,需要我们有自己的武装力量,以维护地方治安。"

安德烈说:"按照我国和国民政府签订的《中苏友好同盟条约》规定,旅大由苏军管制,任何其他方军队不得进入,一经发现,会被苏军予以缴械扣留。因此,我们绝不会给予国民政府以口舌。不过,你们共产党还不能在大连成立正式的军队。"安德烈顿了顿,话锋一转,"我有一个办法,可能是个暂缓之计。"

傅家庄忙说:"请讲。"

安德烈说:"金州距离大连不过30公里,却不在大连的管辖范围之内,你们可以把现在的武装力量放到那里,改叫警察或是治安队,这样,就没有问题了。"

傅家庄眼睛一亮:"好,这个建议好! 我会立即向上级汇报。还有,我们还是希望尽快成立大连市委,建立民主政府,这样,有些工作也能迅速开展起来。"

"我个人同意你们的想法,但是,中苏条约的原则必须遵循。现在,旅顺和大连还是苏联红军军管,在我们没有看到你们送来的正式交接文件之前,我们不会允许任何人、任何党派,在大连开展大张旗鼓的活动。"安德烈叹了口气,"现在代表中国的是国民政府,我们不想在外交上给蒋介石以口实。所以,请你们理解。"

送走安德烈,傅家庄回身,见高大霞跟了出来,他说:"安德烈还是向着我们的。"

高大霞没接傅家庄的话,说:"咱俩得去找找袁飞燕,我觉得,她一定隐瞒了什么事情。"

两人到文工团宿舍见到袁飞燕,问起演出前谁把她打昏的事,袁飞燕支吾了半天,说是这几天排练太累,她自己晕倒的。

傅家庄和高大霞对视了一眼,疑惑地追问:"不是叫人打昏的?"

袁飞燕摇了摇头,一口咬定是累的。

高大霞说:"再累也不能躺到假山里吧。"

袁飞燕说:"我当时想靠一会儿,迷迷糊糊就过去了。"

傅家庄问:"那你拿的暖瓶,怎么在杂物间?"

"我原来想去杂物间休息一会儿。"袁飞燕装做努力回忆的样子,"里面空气不好,我就出来了,暖瓶就落在那里了吧。"

"杂物间的门,是你锁的?"傅家庄追问。

"这个,我记不住了。"袁飞燕揉着太阳穴,"当时脑子昏昏沉沉的。"

高大霞还要问下去,被傅家庄拦住了,他让袁飞燕回去休息。在两人回来的路上,高大霞认定袁飞燕没有说实话,傅家庄说:"她要是不想说,我们也问不出来。"

高大霞突然说,她觉得袁飞燕像一个人。傅家庄知道她准是要说像方若愚,便没有接她的话,高大霞自顾说了出来,果然是方若愚。见傅家庄不认可,高大霞自语:"是椽子就得出头,是脓包就得往外鼓,我就不信他能一直藏住狐狸尾巴。"

麻苏苏回到洋行不久，方若愚就来了，他想从麻苏苏这里探听到下一步将如何对付文工团。两人一见面，麻苏苏劈头盖脸指责方若愚拿错了鲜花，才导致今晚的行动功亏一篑。

"里面黑灯瞎火的，我能看清楚吗？再说，事先你为什么不把行动方案跟我说清楚。"方若愚以攻为守，理直气壮地埋怨道。

"你还怨着我了？"麻苏苏一脸质疑。

"我不是怨你，之前我再三问你怎么安排的，你都没说使的是调包计。再说，高大霞就坐在我后面，死盯着我，我放个屁都不敢。"方若愚不耐烦地敲着桌子，"这个高大霞简直就是跳到脚背上的癞蛤蟆，不咬人膈应人！"

"听说演出前喜儿被人打昏了，是你干的？"麻苏苏话锋一转，冷声问道。

方若愚佯装吃惊："我打昏她干什么？"

"真不是你？"

"这么大的功，要是我的话我能不领吗？"方若愚顿了顿，"咱们忙活一顿，不就是想把他们的演出给搅黄了吗？是我干的，我都得让你跟'大姨'要嘉奖！"

麻苏苏见方若愚说得肯定，不再追究："今天真是够窝囊的，打蛇没打到七寸，反倒被苏联人和共产党抓了尾巴，实在是得不偿失。"

"搞这么大动静，我们能全身而退就不错了。"方若愚安慰道。

"我担心共产党会借此栽赃陷害我们。"麻苏苏沉吟道。

方若愚笑了："这怎么还是栽赃陷害？本来就是我们所为嘛。"

麻苏苏被噎住，定定地看着方若愚，猜不透眼前的"老姨夫"怎么还能笑得出来。

第二十四章

今晚,方若愚注定要把骗子这个角色演到底了。应付完麻苏苏那边的逼问,方若愚刚进家门,迎接他的就是袁飞燕的质问:"你一定事先知道剧场会发生爆炸,对不对?"

"我怎么会知道?"方若愚装出无辜的样子。

"你要是不知道,不会拦着不让我演出,不会见我不答应,就把我给弄昏了。你这么干,就是想阻止演出,阻止爆炸发生!"

袁飞燕说得句句在理,让方若愚一时无法反驳,他掩饰地拿起一个苹果削着皮:"照你这么说,那炸弹还是我安的哪,我这不是自己找麻烦嘛。"方若愚干笑了两声,把削好的苹果递给袁飞燕,"快吃吧,三十里堡的小果光,酸甜儿。"

"如果喜儿换了别人演,今天晚上的爆炸就会造成流血事件,是不是?"袁飞燕没接苹果,还是追着刚才的话题不放。

"别瞎猜了,吃苹果。"方若愚把苹果塞到袁飞燕手里。

"爸,你跟我说实话,你是不是国民党特务?"袁飞燕直视着方若愚。

方若愚不自在地笑了笑:"你也太高看你爸了。是,爆炸这个事儿哪,事先警察署预料过,可能会有。所以,我就担心嘛,才不想让你去演。"

"你怎么知道会发生爆炸?"袁飞燕问。

方若愚叹了叹气:"现在的大连,共产党和国民党都在争,这叫夺

344

城,就看苏联人向着谁了。共产党弄这么个演出,国民党能让他们消停吗?出个爆炸事件,死几个人,那就是大事了,要是再死个苏联大官,就更了不得啦!我当了这么些年警察,这点儿事一分析就出来了。可是,共产党和国民党怎么斗法咱们管不着,我这个当爹的,不能让自己家姑娘去当牺牲品吧?我想方设法阻止你去送命,这不应该吗?"

"你既然猜到了国民党特务会搞破坏,为什么不说出来?"袁飞燕清澈的眼神里,写满了不可置信。

"我怎么说?"方若愚苦涩一笑,"你想想,要是不爆炸,人家好说我造谣惑众了。要是爆炸了,却找不到凶手,人家就要怀疑到我头上。"

袁飞燕脸色的疑惑缓和了一些:"你怕万一是真的,才不让我演的?"

方若愚点点头:"宁可信其有,不可信其无。我不能拿我亲生闺女的命去赌!"说话间,他忧虑地叹息道,"燕儿啊,从这个事儿上看,大连街得多乱呀,咱们不能再跟着趟浑水了,所以,你那个文工团,还是辞了吧。"

袁飞燕脸色一变:"那不行,当演员是我一辈子的追求。"

"那你可以上别处去当,上海、香港,机会比大连多的是。当个电影明星,我也可以接受,虽然我从心里看不起这个行当。"

"我哪儿也不去,就在文工团!"袁飞燕猛地站起身来,"我绝不当逃兵!"

方若愚一见袁飞燕这般坚决,立时急了:"今晚的事还不是教训吗?你想一想,要是今天你抱着的是那束装了炸弹的鲜花,后果会是什么?"

袁飞燕面无惧色,直视着方若愚的眼睛,朗声说道:"要是能让大家认清国民党的无耻嘴脸,我就是死了,也光荣!"

屋子里安静下来,父女二人陷入了长久的沉默。方若愚呆呆地望着女儿，内心的忧虑与失落混在一起，汇成一片说不清道不明的闷气，沉沉地堵在了胸口，正如这漆黑淤积的夜。

　　傅家庄把高大霞送回家，自己去见了李云光，说到晚上的爆炸事件，傅家庄深感自责。李云光得知没有人员伤亡，松了口气，说通过这次的事，让苏联人认清国民党特务的嘴脸，也有积极的一面。李云光说起刚收到东北局的一个消息，经过潜伏在重庆军统本部的同志调查，确认了"大姨"是国民党在大连的一号人物。这和之前他们掌握的特务口供完全一致，至于其他的情况，还是一概不知。

　　傅家庄忧心忡忡："这恰恰说明这个'大姨'不简单呀。"

　　临走时，傅家庄问起高大霞的工作安排，李云光想了想，提出一个方案。

　　傅家庄回去，刚对高大霞说组织上要给她安排工作的话题，高大霞就迫不及待地表态："我肚子里没多少墨水，不用给我安排太大的官，差不多就行。"

　　傅家庄说："你不是喜欢看戏吗？这段时间在文工团里也做了不少工作，我和李书记研究了一下，东北青年文工团的宣传工作也不少，暂时派你到文工团工作。"

　　还没等高大霞表态，端着宵夜进来的刘曼丽一口给否定了："这可不行，高大霞那个破锣嗓子能登台唱戏啊？一嗓子吼出去，观众还不都得退票？"说着，她将一份酸黄瓜放在傅家庄面前。

　　高守平抽了抽鼻子："嫂子，坏了，这酸味都冲鼻子。"

　　"冲鼻子就对了。"刘曼丽看向傅家庄，"我听说，苏联人就好这口，我特意去买了点儿。傅大哥，你快尝尝。"

　　高大霞埋怨："嫂子，你别打岔，这谈正事儿哪。"

刘曼丽不满："我也是正事，就你那破锣嗓子能唱戏啊？这点自知之明都没有？"

高大霞提高了嗓门："我唱什么戏呀我？我是去当官，管着唱戏的！"

刘曼丽嗓门更大："那更不行了，文工团那些人我可是见着了，个个都一肚子墨水，就你，连自己个儿的名都写不全，能管得住人家？快别丢人现眼了，傅大哥，我觉得你们这个安排不周全。"

高大霞哀求道："嫂子，这是我们组织里的事，你别跟着掺和好不好。"

刘曼丽脸一拉："你现在嫌我掺和了？要不是拉扯守平，我干革命不会比你晚！"

高大霞顿时气弱了："嫂子，这是两码事儿。"

"什么两码事儿，就是一码事儿！你能革命，是因为我把这个家替你担起来了。要是没有我，你就是有革命的心思，也没有革命的命。"

傅家庄打岔："嫂子，这酸黄瓜不错，要是能有根哈尔滨红肠配着吃……"

刘曼丽忙说："有，红肠我也给你买了。"她点了下高大霞，转身出去。

高大霞看着傅家庄："刺锅子，你还挺会当好人。把我嫂子支走，有什么话你直说。"

傅家庄说："你去文工团工作，是组织对你的信任。长征以后，毛主席有一句话，说长征是宣言书，长征是宣传队，长征是播种机……"

高大霞疑惑："文工团还有种地的活儿？"

"不是，我们是让你去文工团作宣传鼓动工作，是希望你利用好文工团这个阵地，发动群众，宣传革命。"傅家庄说。

高大霞点头："这倒是个好事,不过……刚才嫂子说得也对,我大字不识一巴掌,就怕那些文化人不听我的。"

傅家庄说:"这不怕,你有与敌人斗争的丰富经历,这些经历当故事讲出来,就是很好的革命教材。"

高大霞有点儿不相信:"这也行?"

傅家庄说:"当然行。你想想,现在党在大连还没有成立市委,也没有建立民主政府,组织上能提前想到你,把你派回来工作,这说明什么?说明党组织对你的充分信任呀。"

高大霞来了劲头:"放心吧,完成这个任务,对我高大霞来说,就俩字,手拿把掐。"

傅家庄说:"这可是重要任务,不能含糊。"

高大霞说:"我这怎么叫含糊,我这叫心里有数。对了,我去总得讲究个名正言顺吧? 组织上就没给我个名号?"

傅家庄说:"暂时就叫指导员吧。"

高大霞点头:"这个名号不错,就是叫员不好,当官不带长,放屁都不响。"

虽然文工团的人对高大霞已经算是很熟悉了,可当她以指导员的身份首次亮相时,还是惊住了所有人。傅家庄的推介是从威名远播的放火团讲起的。

"同志们,大家一定都听说过大连放火团的故事吧,当年,他们在鬼子的工厂、码头、仓库神出鬼没,点起一把把大火,让小鬼子闻风丧胆,老百姓管放火团的人叫'火神爷'!"看着议论纷纷的众人,傅家庄清了清嗓子,高声说道,"我们从投降的日军档案中统计发现,几年下来,大连放火团放火将近 60 次,给日军造成的损失有多少? 3 000 万日元!

3 000万日元啊,同志们!"他握紧拳头用力一挥,语气中含着万钧之力,"3 000万日元相当于个什么概念呢?我给大家算一算,小鬼子在的时候,一日元能买三公斤大米。这3 000万日元能买多少粮食呢?9 000万公斤!而小鬼子的关东军,甲种师团28 200人,乙种师团24 400人,丙种师团15 500人,丁种师团11 000人,同志们可以想一想,这9 000万公斤粮食够多少个师团吃喝拉撒多长时间!"

袁飞燕激动地站起来:"傅家庄同志,能具体讲几个精彩故事吗?"

大家鼓起掌来,傅家庄笑着压了压手势,示意台下安静。

"很抱歉呀,同志们,放火团的故事我讲不来,要讲也得你们的指导员高大霞同志讲。"他把身后的高大霞推到众人面前,"因为,高大霞同志就是放火团的重要成员!"

袁飞燕一怔,笑容顿时凝在了脸上。

"大家鼓掌欢迎,有请我们老百姓心目中的火神爷高大霞同志!"傅家庄带头鼓起掌来。

高大霞置身如潮的掌声里,有些局促不安,在傅家庄的鼓励下,她腼腆地笑道:"那我就讲一讲,刚才傅特派员说得都挺好,只是有一点点我得更正一下,火神爷说的是男的,我高大霞是个女的,要叫,也得叫火神娘娘!"

众人哄笑,掌声不息,这让高大霞有了不少自信:"既然同志们这么热烈,巴掌都鼓红了鼓疼了,那我高大霞就不能端着不放了,我呢,给大家讲讲烧飞机的故事。"

人群中传来杨欢惊讶的询问:"还烧过飞机?"

高大霞得意一笑:"这事儿说起来话长了,那是五年前的事儿了,我记得是正月十五,那天特别冷,看飞机的小鬼子怕冷,进屋烤火去了,我们几个人就偷偷把放在包子里的引火装置,安在了飞机肚子上,就在我们准备离开的时候，小鬼子回来了，封锁了现场。"她略一停顿，神色骤然严肃凝重起来，待众人也随着高大霞的反应紧张起来时，她恶作剧般地笑了笑，"可他们没抓到我们。"

众人舒了一口气。

"知道我们是怎么跑的吗？"高大霞一脸神秘，"其实也凑巧，因为那天闹元宵，来了秧歌队，我呢，脑瓜子一转，就钻进了秧歌队，扭着大秧歌就出了码头。"

众人想象着那一刻的场景，赞叹不已，掌声四起。

高大霞目光探向远方，目光里闪烁着光亮，仿佛火焰燃烧的那一天重回眼前："那把大火烧了多少架飞机？我告诉你们……"她伸出一个巴掌，"六架……"感觉不对，又竖起另一只手的手指头，"整整六架呀！"

台下惊叹声一片。

"这六架飞机要是不烧，到了战场上，那得有多大的威力，得炸死炸伤我们多少同志、多少老百姓啊！"高大霞越说越激动。

"好！"一声清脆的呐喊声传来，袁飞燕起身鼓起掌来，众人也是一片叫好声。高大霞望着激动的人群，过往岁月在这一刻恍若再度浮现，她的眼里不由泛起一阵潮意。

"团长！"老鲍匆匆忙忙跑进来，"苏联人来了。"

傅家庄起身拍了拍巴掌："同志们，以后高大霞同志在团里工作，和你们朝夕相处，大家还想听她的故事，可以让高大霞同志天天给你们讲。"

在众人的掌声中，高大霞走下舞台，和傅家庄向门口走去，迎接安德烈。

傅家庄悄声问高大霞："我怎么记得你们烧的是三架飞机？"

高大霞白了他一眼："瞎较什么真儿，原来不还烧过三架嘛。"

傅家庄笑笑："那也不能都算到这一回呀。"

高大霞在傅家庄后腰掐了一把："闭嘴，你不说谁知道？"

安德烈走进门口，他的怀里抱着一束火红的玫瑰花，看到迎面走过来的傅家庄和高大霞，他紧走几步，和两人热烈握手，高大霞热情地说："来就来吧，怎么又带着鲜花，我今天上任，又不是上台唱戏。"

安德烈有些尴尬："上次演出的鲜花，是我代表警备司令部送的，这一次代表我个人。"他的目光越过高大霞，望向了人群后的袁飞燕，"昨天的演出，非常成功，让我回味无穷啊。这娇艳的鲜花，我要送给美丽的喜儿同志。"

众人望向袁飞燕，安德烈大步走向袁飞燕，献上鲜花："喜儿同志，请收下我的心意。"

袁飞燕下意识朝后躲了躲，安德烈问："不喜欢吗？"

"不是，昨天说是鲜花里有炸弹……"袁飞燕脸色泛白。

安德烈恍然大悟："鲜花里藏炸弹的是敌人，我送你的玫瑰花里，只有一颗跳动的心。请收下吧，喜儿同志。"

傅家庄介绍："她叫袁飞燕。"

"飞燕？"安德烈眼睛一亮，"多么形象的名字，袁小姐就像一只美丽的燕子飞来，只有燕子飞来，鲜花才能盛开得这么芬芳、漂亮。"他再次递上了手里的鲜花。

袁飞燕避开了那团火红的花束，看向邢团长和傅家庄，一时之间有些不知所措。

邢团长说："飞燕，快收下吧，这可是安德烈同志的一片心意，说明你演的喜儿很成功，说明咱们文工团的演出很成功！"

安德烈认真地点头："是的，非常成功，这束鲜花，请飞燕同志代表文工团，一定收下。"

袁飞燕迟疑着接过鲜花,轻声道了声谢。

安德烈优雅地俯身,做了一个邀请的手势:"飞燕同志,如果你愿意的话,我想我们可以去咖啡馆或是公园,一起探讨一下,歌剧艺术。"

袁飞燕脸上现出一丝为难:"对不起,我今天还要排练。"

"我可以等到排练结束。"安德烈说。

高大霞看出袁飞燕的为难,上前把袁飞燕护在了身后:"安德烈同志,我们刚刚才排上练,还不知道能排到什么时候。"

"那,好吧。"安德烈遗憾地耸了耸肩膀,从怀里掏出一张纸片,递给袁飞燕,"飞燕,这是我的电话,有时间的话,你可以随时联系我。"

袁飞燕接过纸片,避开了安德烈目光中那股扑面而来的灼热。

一番不痛不痒的寒暄后,安德烈告辞,在傅家庄的相送下离开了剧场。傅家庄问起安德烈回去对鲜花店的调查情况,得知那家花店已经关张了,安德烈没有找到那位刘掌柜。"太可怕了,如果我直接拿走预订的百合花,国民党特务的阴谋就得逞了。"安德烈感到后怕,"幸运的是,我看到那束百合花有几枝不新鲜,才换了康乃馨。更重要的是,我感觉康乃馨的寓意贴切。"

"是啊。"傅家庄赞许地点着头,"白色康乃馨,代表了中苏两国纯洁的友谊。不过,大连街上有不少鲜花店,特务怎么知道你一定去那家花店买花?"

"我们司令部用的鲜花,一直在那里预订。爆炸事件之后,那个掌柜的就逃走了。这说明高大霞原来说过的话没错,我们警备司令部里,确实有潜伏的国民党特务。"

傅家庄说:"据我们掌握的情报,策划这起爆炸的,是代号叫'大姨'的军统特务。很显然,他们此举就是想嫁祸中共,从而离间我们之间的关系,实现他们夺城的阴谋。"

"他们的计划不会得逞,"安德烈神情严肃,"我今天过来,还有一件要紧的事告诉你们。"

傅家庄紧张起来,安德烈说:"为体现对贵党的友好,我们慎重决定,从即日起,取缔国民党大连市党部。"

傅家庄一怔,旋即现出一丝惊喜,他激动地握住了安德列的一双大手。

国民党大连市党部被取缔的消息,并没有让方若愚和麻苏苏太感意外,麻苏苏说:"这一次爆炸事件,应该就是导火索,倘若我们的爆炸成功,现在难看的就是共产党。"她长叹了一口气,"还是我们计划不周,才让共产党搅了局。"

"这个党部真是命短,才成立一个月,就夭折了。"方若愚放下手里的咖啡,沉声说道,"党部在大连的存在,就好比青天白日旗在大连的天空飘扬。现在被取缔了,意味着苏军警备司令部的天平已经公开向中共倾斜了。"

麻苏苏看了方若愚一眼:"这也没有什么奇怪的,他们本来就是狼狈为奸,我们都心知肚明。"

"狼狈为奸那是暗地里的事,可现在他们登堂入室,摆到桌面了。"

"别说摆到桌面,就是撕开脸面,我们也不怕!"麻苏苏冷笑两声,眼里现出一丝不屑,"要知道,代表中国的唯一合法政府是我们国民政府,不是陕北山沟沟里的泥腿子!"

方若愚幽幽叹气:"政治上的事,哪有这么简单。"

"政治是委员长考虑的事,像你我这样的马前卒,只管水来土掩,兵来将挡。"麻苏苏冷声说道,一如行将上阵搏杀的武士。

方若愚脸上现出一丝难色:"苏联人取缔了我们的党部,下一步我们更得夹紧尾巴行事了。"

"打铁还要自身硬,只要我们精诚团结,灭掉共党,自然苦尽甘来。"麻苏苏话音未落,外面传来滚滚雷声,沉闷的声音像是在昭示着又一轮的较量已经拉开了大幕。

高大霞在文工团的演讲效果显著,原本不大瞧得上她的团员们,甚至都有了崇拜之感。就连高傲的袁飞燕,都拿了请傅家庄签过名的小本子,来找高大霞签名了。高大霞推脱不过,歪歪扭扭地写下了高、大二字,后面却画出了一朵云彩。见袁飞燕疑惑,高大霞解释道:"霞,彩霞嘛,霞字写起来太麻烦,我怕耽误你们彩排,画个简单的彩霞。"

众人笑起来,杨欢点头称:"画得好,好看,这叫个性。"他递上本子,"大霞姐,给我也画一个吧。"

高大霞接过本子:"就画这最后一个了哈,赶紧排练。"

谁都没想到,随后的排练,让高大霞把自己排成了一个笑话。

舞台上,喜儿刚把那段"卖豆腐赚下了几个钱,爹爹称回来二斤面"唱完,高大霞就喊了停,袁飞燕、杨白劳都满脸疑惑:"跑调儿了?没有呀……"

高大霞登上舞台:"调儿倒是没跑,我就是听着这词不大对味儿。"

袁飞燕不解:"怎么不对味儿了?唱词我们早就背得滚瓜烂熟了,没问题呀。"

杨白劳附和:"一直都是这么唱的,没错呀。"

高大霞摆手:"我不是说你们唱错了,我是觉得唱词有问题。"

众人惊讶。

高大霞说:"杨白劳是个穷卖豆腐的,卖豆腐能卖几个钱?就是卖了几个钱,家里还有一屁股饥荒,他能舍得买白面来家包饺子?包饺子得有馅吧？大过年的,吃回饺子得放肉吧？他能买得起吗？都说年好过穷日子难熬,他能不知道这个道理?"

众人面面相觑,袁飞燕试探着问:"那依你的意思——"

高大霞说:"他买不起白面,顶多买二斤苞米面!"

众人议论起来,杨欢问:"苞米面是什么面?"

金青说:"就是玉米面。"

袁飞燕疑惑:"玉米面能包饺子?"

"你看你们,一听说话就是没有生活,没有生活怎么能演好戏？演出来也假,老百姓也不信。苞米面散,没有白面有筋道,怎么可能包出饺子来？一下锅那不成苞米糊糊了？充其量就能蒸锅包子。"高大霞越说越兴奋,"同志们,你们说,咱们这个戏,是演给谁看的?"

杨欢举手:"在大连演,当然是演给大连的老百姓看了。"

高大霞点头:"对,既然是演给大连老百姓看的,就得让他们信服。"

袁飞燕问:"指导员,你到底想说什么?"

"词儿。"高大霞果断地说,"这词儿吧,乍一听挺顺溜,过年嘛,谁家不吃顿饺子,可这是谁家？杨白劳家呀！都穷得叮当响,都要喝卤水自杀了,哪儿还吃得起饺子!"

杨欢惊讶:"怎么,不让吃饺子了?"

袁飞燕惊愣:"不吃饺子吃什么?"

"吃海麻线包子!"高大霞一锤定音。

"海麻线包子?"袁飞燕忍不住笑起来。

众人也跟着大笑,笑着笑着,看到高大霞一脸的严肃,众人这才忍住笑。

笑声没了,高大霞这才接着说:"'靠山吃山,靠海吃海',这话咱们都听说过吧？大连什么最多？当然是海物了,去海边捞点儿海麻线或者海芥菜,里面要是能再剁上点肉肥膘子,那就美到天上啦!"

袁飞燕争辩:"怎么过年就不能吃顿饺子? 又不是天天吃,一年就一回嘛。"

高大霞:"一回也不行! 小日本盯得死死的,谁家吃大米白面,谁就是经济犯,抓起来就得投进旅顺大狱!"

袁飞燕无奈:"那你说怎么办? 还能改词?"

高大霞一拍巴掌:"对,改词儿!"

袁飞燕无奈:"那依你的意思,这一段唱词怎么改?"

高大霞说:"我刚才在台底下坐着的时候,还真替你们想好了。你们想想,杨白劳卖豆腐得先有本钱买豆子吧,他肯定买不起,大冬天的,海边的海砺子最肥,所以说,他去海边礁石上刨点海蛎子最划算,还不用本钱。"

杨欢问:"海砺子是什么东西?"

大春说:"就是生蚝,长在海边礁石上。"

"这段这么改,先是杨白劳的,"高大霞清了清嗓子,仿照起杨白劳浑厚的男声唱道,"卖海砺子挣下了几个钱,集上称回来二斤苞米面,怕叫东家看见了,揣在怀里头四五天。"

众人发蒙,有人忍不住偷笑。

高大霞唱完了杨白劳,又捏起嗓子换成喜儿接着唱:"卖海砺子赚下了几个钱,爹爹称回来二斤苞米面,带回家蒸锅海麻线包子,欢欢喜喜过个年,哎,过呀过个年。"

众人大笑,令高大霞不知所措。

邢团长跑过来,看大家笑得前仰后合,不解地问:"干什么这是? 疯了?"

众人笑得更欢了。

邢团长恼火地大吼一声："不排练在这瞎胡闹,还有没有组织性纪律性啦!"

袁飞燕忍住笑："团长,有人让我们改喜儿和杨白劳的唱词儿。"

邢团长一愣："谁这么不知道天高地厚? 连延安鲁艺的大戏都敢改? 还有没有点数儿了? 还要不要脸了?"

众人看向高大霞,邢团长明白过来,立即换了一副笑脸："哎呀呀,真没看出来,咱们指导员还有这么深厚的文学功底。"

"团长,你听听改得好不好啊?"袁飞燕收住笑,清了清嗓子,唱道,"卖海蛎子赚下了几个钱,爹爹称回来二斤苞米面,带回家蒸锅海麻线包子,欢欢喜喜过个年,哎,过呀过个年……"

众人又大笑起来,邢团长尴尬地看向高大霞："这……这个倒是接地气多了……"

高大霞平静地说："那就拍板定了,按这么练。"

邢团长急了："别介呀!"

高大霞表情严肃："老邢,我这也是按照大连老百姓的实际生活改的,延安的唱词再好,拿到大连也会水土不服,南方吃米北方吃面,一个地方一个口味儿,到什么山就得唱什么歌,我觉得改一下很有必要。你刚才也听了,很好是吧? 杨白劳和喜儿到了大连,就应该吃海麻线包子!"

众人又大笑起来,袁飞燕笑弯了腰。

邢团长感觉自己不好直接驳了高大霞的情面,偷偷找来了傅家庄。傅家庄听完前因后果和高大霞版的新词,也笑得难以自已。等他笑够了,邢团长为高大霞打起圆场："大霞同志也是为戏好,是好意。"

"好意?"傅家庄强忍住笑,"这幸亏演的是《白毛女》,要是演《天鹅湖》,她非给改成大白鹅不可。"

邢团长为难地："找你来，我也是没办法，按高大霞同志这么个改法，咱们这《白毛女》就没法演了。"

傅家庄说："这件事交给我吧。"

邢团长提醒傅家庄："特派员，你可千万别训大霞同志，指导员到团里工作，一时插不上手，一旦闲下来容易觉得受冷落。"

傅家庄赞许地看着邢团长："老邢，你还挺体贴人呀。我和她说，让她干干宣传上的事，这个她拿手。另外，我觉得团里的后勤工作可以交给她，像团里的伙食……"

邢团长眼睛一亮，抢过话去："对呀，她原来当过老板娘，团里的食堂可以交给她！"

高大霞听说傅家庄来文工团了，急忙来邢团长办公室见他，邢团长找了个借口离开了。高大霞关上门，便沾沾自喜地说起改戏词的事，还连唱带比划地来了一遍，完事装模作样地征求傅家庄的意见。其实她是想等着傅家庄表扬自己一番："怎么样，我改得挺好吧?"

傅家庄笑笑，和颜悦色地看着高大霞："演戏的事儿，交给老邢去管就行了。"

高大霞以为傅家庄是怕自己累着，诚恳地说："我是指导员，应该替老邢多操点儿心，唱词这么改，我也是为了戏好。"

"是，我知道你是为戏好，可这个事儿，你不是不懂吗?"傅家庄不得不把话挑明了。

"怎么不懂?"高大霞激动起来，"我一生下来就看评戏皮影戏山东吕剧，大了还唱过《穆桂英挂帅》《劈山救母》《西厢记》《陈州放粮》，不信我给你唱一个。"她张嘴就唱，"听说那老包要出京，忙坏了东宫和西宫。东宫娘娘烙大饼，西宫娘娘剥大葱。"

"行了行了。"傅家庄哭笑不得，"我知道你会唱，可文工团都是专业演员,你再能唱,还能唱过人家?"

高大霞不服气:"我要是打小就唱,保证比他们唱得好。"

傅家庄换上了一副严肃的神色,语气也变得郑重:"大霞,组织上派你来文工团,不是为唱戏,是要完成比唱戏更重要的任务,就像请安德烈来看戏的事,你处理得就很好,为我们更好开展工作打下了不错的基础。"

"安德烈是奔着袁飞燕来的,人家袁飞燕没看上他。"高大霞神秘地说。

傅家庄摆了下手:"这种事我们不评判。"

"袁飞燕看上你了。"高大霞一本正经。

"别乱说。"傅家庄脸色一白,谨慎地看了看四下。

高大霞轻声说:"她看你的眼神,都不一样。"

傅家庄避开了高大霞的目光:"有什么不一样的,是你多想了。"

"我还用多想? 袁飞燕看你的眼神,跟刘曼丽一模一样。"

"越说越没边了。"傅家庄干咳了两声,"别跑题,说正事。"

"这说了半天不都是正事吗?"高大霞小声说。

傅家庄说:"我想往你肩膀上再压压担子,多交给你点儿工作。"

"好啊!"高大霞眼睛一亮,"就宣传这点事,我真是吃不饱,快给我再压点儿担子吧!"

傅家庄说:"刚才我和老邢商量了一下,想把文工团的后勤工作交给你。"

"这不手拿把掐嘛,说具体点儿。"高大霞催促。

傅家庄说:"其实,文工团跟住家过日子也差不多,除了排练、演出、开会,吃喝拉撒一样不少。"

"对呀,我看团里年轻人多,在大连也没个家,连个正经吃饭的地方都没有，我还打算……"

"办个食堂？"傅家庄咧嘴一笑，"咱们想到一块儿去了。"

"谁跟你想到一块儿去了？"高大霞白了傅家庄一眼，"我是想办个饭店，不光让大家有个吃饭的地方，还能给团里挣点儿钱。"

傅家庄惊喜："这就更好了，比我想的还多迈出一步。不过，上哪儿开饭店？"

高大霞说："剧院大门旁边那个小饭店，原来是宏济大舞台的一个仓库，租给外人了，我看那个小店也没个正形，买卖干得蔫头耷脑，要不是剧院押着租金，人家早就不干了。咱把剩下的租金退给人家，直接就能开伙，里面还有现成的厨子和一个跑堂的伙计，留下来也能用。"

傅家庄赞叹："大霞，你真不愧是买卖人，太有头脑啦！"

高大霞得意地一笑："我开饭店，那就是小菜一碟。"

开饭店对高大霞确实不是难事，她留下原来店里的厨子老贾和伙计小江，琢磨着把采购的事交给刘有为，这也算是为他姐解决了一个愁事。

刘曼丽果然很满意："你总算办了回明白事，我们老刘家世世辈辈开炮仗铺，有为也当过掌柜，他去给你搭把手、支个腿，肯定行。"

刘有为眨巴着小眼睛："支什么腿呀，在炮仗铺我里里外外可都是一把手！"

"怎么？ 觉得屈才了？"高大霞从杂物间里收拾出开包子铺时的家当，往平板车上装着。

刘有为"嘿嘿"笑着，上前帮忙："姐呀，光支腿的话，多少有点大材小用。"

"既然这样，那我就再找别人商量商量。"高大霞推开刘有为。

刘曼丽急了："别介呀，大霞，有为说话嘴边没个把门儿的，你也不是不知道。"瞪着刘有为,"你能不能跟大霞好好表个态?"

刘有为为难:"其实吧,去也行……"

高大霞一摆手:"勉强就算了,人我有的是。"

"不是那个意思,"刘有为犹豫地问,"姐,你能出多少工钱?"

刘曼丽忙说:"大霞,有为说得也没错,亲兄弟也得明算账呀。"

刘有为连头:"对呀,姐,我也不能喝西北风吧?"

"算了,我雇不起你。"高大霞绑着车上的家什。

刘有为拉住高大霞的胳膊:"姐,看把你急的,话我没说完哪。我要是答应你了,算不算革命?"

高大霞犹豫了下:"也算吧。"

"怎么叫也算? 到底算还是不算。"刘有为打理着车上的杂物。

高大霞表情认真:"我和你说,有为,革命是不能讲条件的。"

刘有为忙点头:"不讲不讲。姐,这事,我应下了。往后有你这棵大树罩着,我刘有为就算是有依靠了。"

刘曼丽不爱听了:"你个白眼狼,原来没依靠? 谁管你吃管你穿!"

刘有为脸一绷:"姐,你别插话。大霞姐给了我饭碗,当了我的领路人,往后就是我的主心骨、定心丸。"

高大霞说:"既然我是定心丸,那我也得给你打个预防针。"

刘有为说:"打,打,该打就打,你想打哪儿? 随便。"

高大霞说:"我呢,在文工团抓宣传,你呢,得好好配合,帮我把饭馆管好。"

刘有为一拍胸脯:"我管事儿,你就放心吧。"

高大霞说:"有为,你千万别把这个事儿小看了。现在我们是把小鬼子打跑了,可是,眼下的大连还是不太平。"

刘有为连忙点头:"我知道,有不少国民党特务。放心吧,姐,我后脑勺上都长眼,遇到什么蹊跷事,保证及时跟你汇报。不过,姐,你都是文工团的领导了,我去管饭店,是不是也得给个一官半职呀。"

高大霞想了想:"这么着,给你个经理,行吧?"

刘有为眉开眼笑:"行,太行啦!那我这就算跟着你革命了!"拉起平板车,朝外走去。

高大霞追赶:"唉,我还没绑结实哪!"

高大霞话音未落,平板车上的东西撒了一地。

有道是几家欢喜几家愁,世上有春风得意的成功者,自然也有失魂落魄的伤心人。杨欢此刻的心情大抵如此。海边公园的长椅上,麻苏苏和杨欢并肩而坐,眺望着远方的海面。杨欢的神色忧伤莫名,他清晰地感受到,袁飞燕正在离他越来越远。

"想不到,安德烈还是个情种。"麻苏苏低笑了两声,"见上没两面就喜欢上喜儿了,他是真把自己当大春了。"

杨欢脸上挂着怨气:"他看袁飞燕的时候,俩眼珠子都快掉下来了。不过,袁飞燕对那个傅家庄有意思,看他时,那眼神能把男人的骨头给化了。"

"你和袁飞燕天天在一起,现成的近水楼台,可以通过袁飞燕来搭桥拉拢安德烈。"麻苏苏为想到这个主意有点儿兴奋。

杨欢沮丧地摇摇头:"我不是袁飞燕的菜,她对我一直冷冰冰的,爱搭不理。"

"冷冰冰不怕,她冷你就热,热劲儿一上来,再冷的冰都能捂化了。"麻苏苏微笑地看着杨欢,手搭在杨欢的大腿上。

杨欢有些不自在,心跳不由地加速起来。

只要回家来,高大霞的事都会成为袁飞燕和方若愚谈话的中心人物。得知高大霞到文工团任职的消息,方若愚心头一紧,这个可恶的女人,不仅缠上了自己,现在又缠上了女儿。

袁飞燕感受不到父亲的担忧,说起高大霞在文工团改词的事儿,更像讲一个好玩的笑话,为了让方若愚高兴,袁飞燕还高度还原了高大霞版白毛女和杨白劳的唱段。没等唱完,她自己就笑得直不起腰。可方若愚却板着脸,没有一丝笑意。

"爸,你觉得不好笑吗?"袁飞燕好不容易收住了笑。

方若愚冷声道:"她干的荒唐事儿多了,改个戏算什么。"

袁飞燕说:"她都成了一个笑话,自己还一点儿都没有觉得难堪。"

方若愚神色一凛:"你要是还继续留在文工团,她让你难堪的时候会越来越多!"

袁飞燕不解:"她能把我怎么着?"

"燕儿,听爸的话,有高大霞在,你不会有好日子过,离开文工团吧。"

"爸,你为什么这么说? 你和高大霞,到底有什么过节儿?"袁飞燕的困惑越来越浓。

"我不是早跟你说了吗? 她就是疑神疑鬼,咱们犯不着跟她制气,惹不起还躲不起嘛。"方若愚不耐烦地敲着桌面。

"为什么要躲?"袁飞燕理直气壮地反问,"文工团是演戏的地方,我是堂堂正正的女一号,剧团里的台柱子,还怕她一个外行?"

方若愚被噎了一下,顿了半晌,无奈地叹气道:"燕儿,你听爸的吧,咱们真是得罪不起高大霞!"

袁飞燕久久注视着方若愚,像是不认识他一般。

第二十五章

文工团饭店开业了,喜庆的鞭炮响过之后,一身东家模样打扮的刘有为请进文工团的男男女女,高大霞和傅家庄却在门口朝街道上张望,他们在等安德烈。一辆出租车驶过来,两人还在疑惑,车上下来的却是袁飞燕,手里提着一盒生日蛋糕,高大霞笑盈盈地接过蛋糕:"包子铺开张吃蛋糕,咱这可是狗长犄角,整洋事儿啊! 飞燕,以后你想吃什么,就跟姐说,姐给你开小灶!"

"这可不行。"傅家庄故作严肃地说道。

"怎么不行?"高大霞眉毛一扬,"我花自己的钱给飞燕开小灶。"

"不是花谁的钱,飞燕同志演的是穷人家的喜儿,你要是把她吃胖了,那还是喜儿吗?"傅家庄绷着脸,眼里却已然现出了几分笑意。

"穷人家就不能有胖子了?"高大霞反驳道。

"那是虚胖!"傅家庄终于忍不住,放声笑起来。袁飞燕脸颊一红,被高大霞看在眼里。

三个人刚进店里,安德烈来了,手里还是捧着一束怒放的鲜花,看到袁飞燕就热情地打招呼。袁飞燕应着,生怕他再把鲜花送到自己手里。可这次,安德烈的花是献给高大霞的:"祝贺开张大吉。"安德烈郑重地说。

"太漂亮啦!"高大霞眉开眼笑地接过了花来,安排安德烈赶紧坐下,安德烈毫无悬念地坐到了袁飞燕身旁,袁飞燕往旁侧挪了挪身子。

高大霞和刘有为端上热腾腾的饭菜,还有一大盆刚出锅的海麻线包子。袁飞燕吃了一个包子,起身告辞,安德烈有些失落,情绪也低落了不少。傅家庄以为他是因为袁飞燕提前离席,不料,安德烈却说是另有原因。在傅家庄的一再追问下,安德烈透露了一个消息,原日军关东州警备司令部中将石田元三,一直藏匿在大连,没有投降缴械,他们搜寻了很久,也没有结果。司令部为此很是头痛。

麻苏苏从吴姐那里,也得知了苏联人在找石田元三的消息。最近,傅家庄和高大霞跟安德烈走得近,麻苏苏担心这个功劳被共产党抢了去。她找来方若愚一说这个事,方若愚说他知道石田元三,此人在日据时期便名声在外,是个十分凶残的军国主义分子。

"他躲藏起来拒不投降,可能有两个原因,一是怕死,怕投降了被苏联人砍头,二是怕败,还在琢磨伺机东山再起。"方若愚分析道。

"依你看,石田元三属于哪种情况?"麻苏苏问。

方若愚说:"后者的可能性更大一些,此人手上沾满了中国人的鲜血,他必须受到惩罚。"

麻苏苏赞同方若愚的观点:"血债必须血偿,所有的战争罪犯,理应受到惩罚。但这个人现在不能落到苏联人手里,在他临死之前,得给我们当枪用一回。"

"怎么用?"方若愚一脸疑惑。

麻苏苏说:"日本人虽然投降了,可冈村宁次都有被委员长招安的可能,这个石田元三,也可以为我们所用。"

"委员长这么干,我理解不了。"方若愚摇摇头,"那些在抗战中牺牲的百万将士,怕也理解不了。"

"此一时彼一时。"麻苏苏说,"现在的形势在变,朋友在变,敌人也在变。你我都明白,现在,党国最大的敌人已经不是投降的日本人,而是妄图抢走党国天下的共产党。"

"那也不能与虎谋皮,认贼作父。"方若愚激动起来,他曾直面日寇血淋淋的屠杀,自知所谓利益关系的转变与两个民族之间的血海深仇断然不可画上等号。

麻苏苏劝解道:"小方呀,你我革命这些年,自然要比常人更明白胜者为王、败者为寇的道理。我们要成为胜者,就必须忍辱,只有忍辱才能负重。更何况,这不过是针对共产党和苏联而采取的借力打力、借刀杀人的权宜之计罢了。"

麻苏苏的话,占据了所谓"党国大计"的制高点,这让方若愚纵使有满心的愤怒,也百口莫辩了。麻苏苏拿出一张大连地形图铺在桌上:"小方,你在关东州厅警察部当差多年,对日本人的行事方式,还有可能藏身的地方,应该有所了解吧。"

方若愚不语,俯身看了看地图,拿过笔在寺儿沟一带画了一个圆圈:"这里,神社后面是山,叫穷汉岭,遇到危险,容易躲藏。这边呢,是红房子,住满了全国各地来为日本人扛活的民工,虽说人多,但是人也杂,容易躲藏。"

麻苏苏赞叹地看着方若愚:"不愧是'老姨夫',简直就是大连的活地图。"

方若愚又在圆圈里标注了几个地方:"把这几个点守住,抓他就容易多了。尤其是这里有家海味小馆日料店,厨师以前在大和宾馆干过,寿司做得极为正宗。"

同样的一张地图,傅家庄也展示给安德烈看了。在高大霞的建议下,他们也把石田元三的藏身地圈在了寺儿沟一带,理由与方若愚给出的答案几乎一致。安德烈要派兵去搜查,被高大霞否定了:"你们苏联人个个都高鼻梁抠抠眼儿,一去就露馅儿了,石田元三是只老狐狸,一见这阵势早就躲起来了。这个任务,还是交给我们吧。"

高大霞的后一句话,让傅家庄的脑袋轰地一响,他原来的设想是最多配合安德烈他们寻找石田元三,找到找不到都不用担责任受埋怨,高大霞这一揽,却把自己逼到了绝路上。办好了固然皆大欢喜,办砸了的后果却是难以料到。

安德烈有了高大霞的请命,借坡下驴便把事情交给了傅家庄,临走时还留下一张石田元三的照片。送走安德烈,傅家庄一回饭店就对高大霞发起火来,高大霞却不以为然:"放心吧,我手拿把掐。"

"你又手拿把掐!"傅家庄气得眼前直冒火星。

"我答应是我心里有数,我不让安德烈掺和,也是有原因的。"高大霞给自己倒上一杯酒,在傅家庄猜疑的目光里喝下,一墩酒杯,清了清嗓子说道,"我在放火团的时候,就听说小鬼子在寺儿沟山上藏了一批军火,可这批军火到底藏在哪里,没人知道。"

"为什么?"傅家庄半信半疑地看着她。

高大霞悄声说:"因为去挖山洞埋藏军火的劳工,都被小鬼子活埋了。"

傅家庄不由打了个寒噤。

"石田元三是小日本大官,他藏身的地方能没有武器吗? 咱们现在最需要的是什么? 不也是武器吗?"高大霞盯着傅家庄,"难道你想让安德烈把这些武器都弄走?"

傅家庄愣住了,敬佩地看了高大霞一会儿,给两人的杯子都斟满酒,举起杯子:"干!"

高大霞展颜一笑,一饮而尽。

刘有为进来,见状一愣,嘀咕了一句:"这怎么,还喝上交杯酒了?"

"有为,我们谈工作哪,你出去。"见刘有为一脸的暧昧,高大霞支走了他。

"行,我给你俩望风。"刘有为懂事地缩了回去。

"寺儿沟那么大,我们上哪儿找人?"傅家庄想到了难题所在。

高大霞却不以为然:"老鼠洞再深,都得出来找食吃,等到晚上饭点儿的时候,我们再去。"

"寺儿沟一带的饭馆也不少吧?"

"这你就不如我了。"高大霞信心满满,"你想呀,石田元三在关东州厅是大名鼎鼎的人物,过去整天都是吃香的喝辣的,现在让他天天清汤寡水,他能受得了?"

暮色四合,华灯初上。电车轰隆着行驶而来,徐徐停靠在寺儿沟站台。傅家庄安排人蹲守在附近的大小饭店门外,大家人手一张石田元三的翻拍照片,高大霞和高守平带人把守着几个路口,辨认着过往的路人。

一个穿着长袍的男人疾步走来,与高大霞擦肩而过。她见那个男人的长袍拖到脚面,心下闪过一丝警觉。高大霞急走几步,到了男人后身,一脚踩住拖地的长袍,男人猝不及防之下被晃了一个跟头,脚上的一只布鞋掉在地上,他回身怒斥道:"八——"男人突然收住后面的话,瞪了高大霞一眼,提起长袍过去穿上了鞋。高大霞注意到,男人光着的脚上,大脚趾和其他脚趾分开得很明显,像是常年穿木屐行走留下的症状。

"对不起啊。"高大霞道着歉,发现这个人不像石田元三。

长袍男人匆忙离去,高大霞犹豫了一下,还是悄悄尾随在后面。前方不远处,长袍男人站在一户人家外,回身看了看,见没有什么异常,转身进去了。高大霞跟过去,在门口抽了抽鼻子,意识到这里是一家没有挂招牌的小饭店。

这个小饭店,就是方若愚说的海鲜小馆。日本人投降后,这家日料馆子便摘了外面的牌子,平常只做些熟客的生意。

长袍男人一进来,就被坐在角落里的方若愚注意到了,他面前摆着几样精致的日料和一壶清酒,日料吃了大半,酒也所剩不多,应该是来了些时候了。

柜台后的老板看到长袍男人,熟稔地迎了上来,"您来啦。"

长袍男人点点头,老板随即把一份纸包递给男人。方若愚扫视了一眼长袍,目光停留在长袍的布鞋上。只见布鞋上落着些许香灰,方若愚心下立即有了判断。

男人付钱接过外卖,转身朝外走去。

方若愚起身过去结账,问老板:"刚才来的人,是你老主顾吧。"

老板点点头:"常来点两份外卖。"

方若愚低头,在长袍男人刚才站过的位置发现了些许灰色的土渣。他蹲下身去,伸出手指点了一点儿灰尘,放到鼻子下边嗅了嗅,起身问道:"离这最近的寺庙是天德寺吧?"

"对,是小日本修的,现在没什么香火了。"老板答道。

方若愚从饭馆出来,戴上礼帽,疾步向天德寺方向走去。走了不远,看见前面有一个熟悉的身影尾随在长袍男人身后,方若愚不由惊愕,他认出那是高大霞。方若愚认定,高大霞十之八九也是去天德寺找人的,他必须抢在他们之前赶到那里,带走石田元三。

漆黑的巷子里,长袍男人在前,高大霞在后,两人若即若离。男人似乎感觉到了什么,不时放缓脚步,蹲下身子佯装提鞋,又猛然回头看去,却见身后空空荡荡,并没有什么人跟随,男人这才起身继续朝前走去。高大霞从树后闪出,又继续尾随。

高大霞拐进一条胡同,不见了长袍男人。高大霞一惊,紧跑到胡同口,看见旁边胡同有个人影闪过,便追了过去。

一辆黄包车停在破败的天德寺门前,方若愚跳下车,在车夫奇怪的目光注视中走向院子。院门虚掩,方若愚拔出手枪,子弹上膛,小心翼翼推门进去。

院子里一片寂静,晚风扫起庭院里堆积的落叶。方若愚举步踏上台阶,脚下的枯叶发出沉闷的声响,他轻轻推开沉重的寺门,低沉的吱嘎声让四下的气氛更加阴森,墙上的一盏豆灯被风吹得晃动起来,摇摇欲灭。方若愚还没有适应里面的光亮,一缕寒光骤然从佛像后劈砍而下——那是一柄打磨精良的日式指挥刀,方若愚侧身闪开,没来得及举枪射击,黑暗中的第二刀已然卷着疾风飞掠而来。方若愚就地下蹲躲过刀锋,长刀几乎贴着他的头皮挥过,斩断了带起的一撮头发。在第三刀劈向他脑门的刹那,方若愚骤然暴起,森冷的枪口直直顶上了袭击者的脑袋,四下里立时变得安静下来。

外面,高大霞撞摸到了天德寺院门前。她刚迈步进了院门,一把枪顶在了高大霞的腰上,黑暗中传来一声嘶哑的低喝:"别动!"

高大霞慢慢举起手来,正要回头,身后的命令声更加急促:"别动!"

高大霞还在迟疑,却被长袍男人推着朝寺里走去,高大霞观察着周遭的地形,盘算着逃跑的路线,忽见窗户上映出两个打斗的身影。

方若愚与持刀人影的对峙被院子里的声音打破,人影反手一刀撞开了方若愚的手枪,刀锋旋即又挥出一道弧线劈砍而来,方若愚狼狈地翻滚躲过,对着人影低声吼道:"石田元三!"

人影猛然怔住了,手里的长刀顿在了半空。方若愚再次举枪对准了他,冷声说道:"别逼我开枪!"

"要开你早就开了!"石田元三低声说着,凌厉的攻势再度逼了上来,只是连续挥刀不中,他的气力已然衰竭。方若愚趁势飞起一脚,踢中石田元三的手腕,长刀打着旋儿飞了出去,摔落在佛像后。

"八嘎!"石田元三怒喝一声,挥拳又朝方若愚砸来。没有了长刀的威胁,方若愚从容了许多,三拳两脚过后,他冰冷的枪口便抵住了石田元三的眉心。

窗后的打斗停下了,高大霞好奇后头的战况,身后的长袍男人也在发着愣,一时不知该进还是退。高大霞抓住机会,抬起胳膊肘用力向身后击去,长袍男人痛得一声惨叫,跌坐在地上。高大霞回身朝院门飞奔而去,拉开院门。长袍男人忍痛举枪,扣动了扳机,枪声划破夜空,高大霞闷哼一声,扑倒在地。寺院外传来傅家庄的一声大喊:"大霞!"

高大霞扑倒在台阶上,一时之间难辨生死。

高守平冲进来,大喊着:"姐!"

长袍男人举枪对准高守平,还没等他枪膛里的子弹射出,傅家庄已经一枪将其击毙。

寺里的灯火熄灭了。

傅家庄警惕地扫视着黑暗的寺庙,焦急地喝着:"大霞,大霞你怎么样了?"

高守平带着哭腔高喊:"姐……"

"嚎什么?我没死。"黑暗中传来高大霞低沉的呵斥,她捂着渗血的额头爬起来,指着寺庙里,"快,人在里面,这个不是。"

傅家庄和高守平冲进了寺庙,里面已经空无一人了。

傅家庄回来,给高大霞处理着额头上的伤口,一旁的刘曼丽插不上手,很是着急:"我来吧,针线活我拿手。"

"包扎伤口可不是缝缝补补。"傅家庄清理好伤口,包扎起来。

刘曼丽拉起高大霞的手,担心地说:"刚才吓我一跳,我还以为你脑瓜子中了一枪呢。"

高大霞苦着脸:"脑瓜子中一枪,我还能活啊? 就是磕到台阶上了,顶多留个疤,叫我说都不用包。"话音刚落,她又痛得"哎哟"叫了一声。

高守平埋怨:"你也是,发现目标不赶紧叫我和傅哥,倒自己跟去了,幸亏傅哥说你可能去天德寺了,我们才追了过去。"

高大霞白了高守平一眼:"我倒想叫你俩,可那个坏蛋能等吗?"

傅家庄缠好了绷带,问道:"你之前说,寺庙里有两个人?"

"对呀,"高大霞说,"窗户上有两个人影,厮打在一起。他俩肯定不是一伙的。"

"姐,你看没看见那个人长什么样啊?"高守平问。

傅家庄说:"你姐在院子里,哪能看得见?"

"我看见了。"高大霞说。

高守平苦笑:"你不会又说是方若愚吧?"

高大霞激动地一拍大腿:"就是他!"

方若愚猛然打了个寒噤,不由裹紧了身上的大衣。暮色苍茫,远处传来隐约的海浪声,一盏油灯照亮了狭小破败的木屋,墙上挂着盘根错节的渔网,渔网下坐着惊疑不定的石田元三。方若愚看着他,忽然发觉,在石田元三头顶纠结缠绕的渔网,大概也恰如他此刻的心境。

"你们是重庆方面的人?"石田元三低声问,他的中文居然出奇地纯正。

方若愚冷着脸,坐在阴影里不置可否。

"石田先生果然精明。"门口传来一个带着笑意的声音,声音的主人摘下头上的围巾,露出麻苏苏的一张笑脸。她坐在石田元三面前,轻声说,"作为败军之将,东躲西藏的滋味一定很不好受吧?"

石田元三冷冷打量着麻苏苏:"你们想干什么?"

方若愚说:"放心,我们抓你不是把你缉拿归案,更不是要杀你。相反,我们要救你。刚才在寺庙里,要是我晚去一步,你现在已经在共产党的手里了。"

"我不相信你们会平白无故救我。"石田元三警觉地看了看方若愚,又看向麻苏苏,"你们一定是另有所求。"

麻苏苏还是笑意荡漾:"石田先生,你又说对了,天下没有白吃的午餐,我们救你,当然有我们的目的。"

石田元三冷笑:"中国人又要窝里斗了。"

石田元三话里的讥讽之意,令方若愚感到一阵难堪,国共两党之间的貌合神离,连这个昔日的敌人都看得一清二楚。

"这是我们的家事,不用你操心。"方若愚冷冷地说道。

石田元三意味深长地注视着方若愚:"一山不容二虎,你们不可能允许共产党跟你们抢地盘。"

"既然石田先生看懂了形势,那我们的合作应该很愉快。"麻苏苏含笑说道。

石田元三坐直了身子:"说说你们能给我的好处吧。"

麻苏苏收起脸上的笑意:"虽然大连现在被苏联人军管,但是早晚还是会被国民政府接收。一旦我们接管了大连,你将被特赦。"

石田元三摇摇头:"我等不了那么久,还是开一个近一点儿的条件吧。"

麻苏苏压低声音,笑意又回到了脸上,只是这回淡然的微笑里像是藏着尖刺："你可以放开胆子在大连制造混乱,越乱越好。"

石田元三一怔："你让我制造混乱,然后嫁祸给共产党?"

"都被你看穿了,石田先生果然不是凡人。"麻苏苏轻声赞叹。

石田元三说："你们想过没有,共产党从来不干杀人越货的事情,我即便制造出混乱,你以为苏联人会相信是共产党干的吗?"

"这个你不用操心。"麻苏苏脸一板,"现在在大连居住的日本侨民超过了25万人,如果石田先生能大义灭亲,"她意味深长地顿了顿,"那就再好不过了。"

石田元三下意识要站起身来："你,你让我杀日本侨民?"

麻苏苏严肃地说道："只有斩杀日本侨民,所有人才会相信是共产党所为。你应该知道,共产党和你们日本人在东北可是有着不共戴天之仇。他们的抗联在冰天雪地里几乎被你们关东军赶尽杀绝,杨靖宇、赵尚志、赵一曼这些人,都死在你们手里,共产党对你们,一直都是恨之入骨!"她直视着石田元三的眼睛,"石田先生不想自己有意外吧?"

"你威胁我?"石田元三怒不可遏地盯视着麻苏苏。

"不错,我就是在威胁你。"麻苏苏面色寒冷如霜,"如果你不答应,我马上把你送到苏军警备司令部,他们会把你押送到西伯利亚监狱,等待你的会是盟军对你的无情审判!我想,站到法庭上去接受审判,一定是石田先生不愿意亲历的人生之旅吧?"

石田元三涨红了脸："那是对真正帝国军人的羞辱!"

麻苏苏这才满意地点了点头,又恢复了波澜不惊的微笑："所以,你只能服从我的命令。"

石田元三沉默了,半晌,他颓然地坐下,眼里渐渐被灰色的冷意覆盖,恍如一只发条用尽的木偶。

第二十六章

从高大霞的描述里,傅家庄竭力在脑海中复盘起天德寺遇袭的种种细节,他希望从中找到更多的蛛丝马迹。但这复盘的过程,并不是特别顺利。

"照你说的来看,石田应该是被人给劫持走了。"傅家庄推断道。

"不劫持能动枪吗?动枪的那个人,就是方若愚!"高大霞一口咬死。

高守平不同意高大霞的推论:"先不说是不是方若愚,石田能乖乖跟着走了,就不算是劫持。"

"臭小子闭嘴,你懂个屁!"高大霞捣了高守平一拳头。

"守平怀疑的不是没有道理,石田元三能跟着去,一定不会是劫持这么简单。他现在是惊弓之鸟,也想得到保护。而敌人既然抢先一步找到了石田,接下来一定会有所行动。"傅家庄思忖着,一阵强烈的不安忽然浮上心头。

傅家庄的担心当天晚上就应验了,一夜之间,石田原三在日本侨民区制造了11起杀人案,案发现场还留下了以共产党人口吻印发的宣传单。天一放亮,街上报童的吆喝声就把城市唤醒了:"看报看报!重大新闻,'昔日抗联勇士来连复仇,日本侨民区昨晚遇袭'!"

"完全是无中生有的诽谤!"傅家庄拿着报纸去向安德烈申诉时,还被气得浑身哆嗦。

早上才被苏军大连警备司令雅曼诺夫少将痛骂了一顿的安德烈，不想听傅家庄的解释，他拍着手里的传单吼道："你跟我说这些都没用，一个晚上，发生了11起日本侨民被杀事件，谁干的？这些留在现场的传单上说得很清楚，抗联英雄以血还血，以牙还牙！"

"这就是国民党特务的阴谋！"傅家庄激动地喊道，"安德烈同志，你应该了解我们，我们一向反对暗杀，这种惨无人道的行径，绝对不是我们所为！"

"现在大连街上都在议论这件事，特别是日本侨民，更是人心惶惶。傅家庄先生，你要知道，大连有25万日本侨民，如果他们因为恐惧而聚众对抗的话，将会引起社会动荡，进而引发国际事件。这个责任，我们承担不起！"安德烈的面孔扭曲，青筋暴突。

傅家庄稳住情绪，沉声说道："安德烈同志，请再给我们一点儿时间，我们一定尽快找出幕后黑手！"

"只怕时间来不及了。"安德烈脸色阴沉，"今天早晨我们得到消息，国民政府委任的大连市市长沈怡，明天到达沈阳。这就意味着，他随时都有可能来大连赴任。"

傅家庄心下一惊，最害怕的事情还是发生了，敌人的反击来得比他预想的还要迅速。

傅家庄从苏军大连警备司令部回来，李云光已经在隆兴茶庄等候他许久了。

"沈怡人在沈阳，他何时到大连来赴任，就要看苏联人的态度了。"李云光面色凝重。

傅家庄："安德烈已经表了态，他会帮助我们尽量拖延时间。不过，国民党眼下毕竟是合法政府，他们也不能拖延太久，所以，得再催一催东北局方面，我们的接洽函得赶紧到啊！"

"不必等接洽函了。"李云光从桌上拿起一份电报,"胶东党组织派来的联络员,已经亲自带着接洽函从烟台上路了,这一两天就能到大连。"

让李云光意外的是,傅家庄并没有表现出应有的惊喜。

傅家庄说:"联络员带着接洽函能来,当然是再好不过的事。不过,现在更令安德烈上火的事,还是石田元三。我们在他跟前打过保票,能找到石田,可是,国民党抢了先机,安德烈也受到苏军大连警备司令部的指责,说不应该把宝押在我们身上,他现在很被动。"

李云光叹了口气:"这件事,高大霞不该在安德烈面前拍胸脯。"

傅家庄说:"高大霞的推断没有错,是我们晚了一步。"

李云光说:"现在,石田元三更是一只受惊的兔子,要找到他,更难了。"

傅家庄张了张嘴,还是把涌到嘴边的辩解咽了回去。桌面的报纸上,昨晚血案的照片赫然展现在头版,虽然照片是黑白的,可傅家庄觉得,照片上的血液正在缓缓流淌,那血色,刺目猩红。

宏济大舞台门前,《白毛女》的海报被换下,取而代之的海报上面是两个陕北农民打扮的青年男女,站在一望无际的原野上勤恳劳作,"兄妹开荒"四个大字格外醒目,旁边写着主演杨欢、袁飞燕。

海报下,刘曼丽正驻足欣赏,忽然看见杨欢从剧院出来,不由眼睛一亮:"小穆!"

杨欢怔愣了一下,心里有些不快,脸上还是展露出一个和善的微笑:"哟,大姐。"

"又演新戏了?"刘曼丽笑盈盈地看了一眼海报,"这回好,演男主角,我让大霞办的。"

杨欢无可奈何地笑笑:"谢谢大姐。"

"中午来饭店,我给你做好吃的,庆祝庆祝。"

"大姐开饭店了?"杨欢吃惊。

"高大霞的饭店,我说了算。"刘曼丽自豪地一拍胸脯,"你想吃什么?"

杨欢反应过来:"噢,大姐说的是团里的饭店吧?"

刘曼丽正不知道如何解释,金青从剧院门里出来:"杨欢,快进去吧,该排练了。"

杨欢朝刘曼丽点点头:"大姐,我去了啊。"

"中午过去啊!"刘曼丽冲着杨欢的背影高喊,直到看不见人了,才回身又看向《兄妹开荒》的海报。一个男人过来,也站到海报前面看着,挡住了刘曼丽的视线。她从侧面见男人有些眼熟,走近再看,刘曼丽惊喜地瞪大了眼睛:"哎哟妈呀,你不是那个谁吗?"

男人回头,居然是方若愚,他打量着刘曼丽,显然没认出来。

"你不认识我了?"刘曼丽激动地上前,眼里竟泛上了泪光,"三年前,小鬼子到我们家抓高大霞,你救过我和她弟呀!"

方若愚心里一紧,当年一个女人和一个半大小子躲在澡堂子浴帘后瑟瑟发抖的情形他还记得,可女人和半大小子的模样,实在是想不起来了。不过,既然人家当事人认准了救她的人是自己,方若愚也就不必生疑了。他点头轻声"哦"着,猜测起这个女人和高大霞的关系,设想着和她相认后会带来的一系列后果。

刘曼丽激动地抓住方若愚的胳膊:"恩人呀,我可算是找着你了!走,咱上我们家饭店边吃边唠,吃完唠完,你想看戏,咱再来,文工团咱也说了算,这里我小姑子高大霞当家。"刘曼丽指了下《兄妹开荒》的海报,这是刚排的新戏,可好看了,我在里面听了半天,我小姑子让他们先演给我看看。唉,看戏这个活儿也不轻快,我出来透透气,你看,这一透见着恩人了。"

方若愚笑笑:"那你可是先睹为快。"

"快走吧,方先生,咱边吃边唠。"刘曼丽拉着方若愚就走。

方若愚假意有些不情愿:"那就麻烦高太太了。"

"别高太太了,"刘曼丽说,"我男人早死了,你就叫我刘小姐吧。"

方若愚忙说:"对不起。"

刘曼丽说:"没事儿。那一回你不光救了我,还救了我小叔子,他现在可当上大官了!"

一桌子的好菜摆在方若愚面前,令他局促不安,面对刘曼丽的盛情,更叫他有些招架不住。他有些后悔跟着刘曼丽来了,一是因为中午他还约了袁飞燕去吃西餐,二是铺了这么大的排场,要是让高大霞知道了,又不知道要跟自己纠缠出什么新花样了。不过,倘若来这里坐上一会儿,能通过这位刘小姐遏制住高大霞对自己肆无忌惮的骚扰,也算是值得了。

上完最后一道菜,刘有为把刘曼丽叫到一旁,叮嘱道:"这顿饭你可得交钱啊,要不然我没法儿向高大霞报账。"

"让高大霞交。"刘曼丽推开刘有为,笑吟吟地坐回去,"我弟弟还要上菜。"

方若愚忙摆手:"够了够了,这都吃不了,太浪费了。"

"自己家的馆子,吃个饭不算事儿。"刘曼丽给方若愚倒着酒,"要是没有你方先生,我和守平现在要么就在天堂伺候王母娘娘,要么就在地狱伺候阎王爷。"

"别这么说,都是中国人,能帮一把是一把。"方若愚端起杯子喝着茶水。

"这可不是帮一把，是两条命呀！"刘曼丽示意方若愚吃菜，"这要是让小鬼子知道了，你方先生的命都难保。这大恩大德，我们怎么报答都应该。往后，您就把这里当家，想吃什么，尽管开口。"刘曼丽回头喊着刘有为，"有为，往后方先生来吃饭，账都记在高大霞头上啊。"

"不用不用，"方若愚说，"这毕竟是文工团的饭店，那样不好。"

刘曼丽说："是文工团的不假，可这里说的算的，是高大霞。有我在，她高大霞就得听我的。没有你方先生，她老高家就得断了根，这个恩情，她得记一辈子！这个账，她高大霞必须认！"

"言重了，言重了。"方若愚摆着手，哀求地看着刘曼丽，"我也没有别的奢望，只求高大霞能放我一马，我就心满意足了。"

刘曼丽一愣："方先生这是什么意思？"

方若愚苦笑了一声，借着这个话头，把高大霞与自己那点儿掰扯不清的恩恩怨怨简短地说了一遍，末了又遗憾地长叹了一口气："我不怨高大霞，虽说我没干什么伤天害理对不起祖宗的事，但是当年，我毕竟还是在日本人手底下做过事。"

"话不能这么说。"刘曼丽满脸的愤慨之色，"当年，谁见了小鬼子敢不陪笑脸？难道陪笑脸的中国人都是坏蛋？"

方若愚自责地说："与高大霞相比，我确实是少了些中国人的骨气。"说着，喝下面前的一杯酒。

"你别这么说。"刘曼丽给方若愚倒上酒，"要不是你给日本人做事，也救不下我和守平，咱们当时又不认识，你能平白无故救下我们，就指定还救过旁人。她高大霞要是因为你给日本人当过差就认定你是坏人，我头一个都不答应！"

方若愚叹了口气："要是老宫活着就好了，还能替我说句公道话。"

刘曼丽一愣："老宫是谁？"

"还记得去你家搜查的时候,死了一个人吗?"

"记得记得。"刘曼丽回想起来了,在那个燃烧的夜晚,日本宪兵在得到了一无所获的报告后,在院子里气急败坏就地处死了一个警察,"小鬼子二话不说,一枪就把他给崩了!"

方若愚轻叹了一口气:"没找到你们家高大霞,小鬼子自然恼羞成怒,就认定老宫放走了人,就把他……"他顿住了话头,眼里现出一丝悲伤。

"小鬼子不是人哪!"刘曼丽红了眼圈。

"最可怜的,是他留下个苦命的媳妇儿,听不见也说不出的。"方若愚摇摇头,又喝下一杯酒。

"怪不得有个哑巴女人老是上我们院门口烧纸。"刘曼丽说着,起身给方若愚倒上酒。

"挽霞子?"随着一声叫喊,高大霞出现在门口。她风风火火地冲过来,横眉打量着方若愚,"行呀你,都钻到文工团饭店来了。你想干什么?"

方若愚慌张地站起身,求救地看向刘曼丽。

"大霞,你瞪眼扒皮干什么?"刘曼丽气冲冲地拍桌而起,"方先生是我请来的恩人,人家姓方,什么挽霞子,还大裤衩子哪!"

高大霞意识到,方若愚救过刘曼丽和高守平的事一定是露出来了,她还佯装不知情,强硬地质问刘曼丽:"你请他干什么? 他就是狗特务! 狗汉奸!"

"胡说八道!"刘曼丽的嗓门比高大霞还大,"方先生是我和守平的救命恩人!"

话音刚落,高守平扛着一大捆宣传单进来,刘曼丽兴奋地朝高守平招着手:"守平,认不认识? 方先生,在咱家救过咱俩的命!"

高守平一怔,下意识看向高大霞,一时没反应过来面前的阵势。

方若愚打量高守平,亲切地说:"几年不见,都长成大人了。"

"你别套近乎!"高大霞硬着头皮说道,"嫂子,你认错人了!"

"这能认错吗?"刘曼丽瞪着高守平,"守平,你说救咱俩命的是不是这位方先生?"

高守平支支吾吾,半晌说不出话来。刘曼丽立时火上心头:"守平,你可不能白眼狼啊,方先生当年可是提着脑袋救的咱们,人家自家兄弟还搭上一条命,就死在咱院子里!"

高守平看向高大霞,脸上现出一丝难色。

"你看她干什么?"刘曼丽气得涨红了脸,"当年她烧完天火脚底抹油跑了,给她背黑锅的可是咱俩! 怎么,你要忘恩负义啊?"

方若愚尴尬地干咳了两声:"过去好几年了,忘了也正常。我,我还有别的事。"说着要走。

"方先生,你不用走。"刘曼丽拉住方若愚,"高大霞,你脑袋是不是叫驴踢了? 你今天跟方先生过不去,就是跟我过不去!"

方若愚一脸委屈望向高大霞:"高小姐,你真是错怪我了!"

"少跟我装糊涂。"高大霞瞪着方若愚,"你自己是人是鬼,你心里清楚!"

"方先生豁上命救下我和守平,你说他是人是鬼?"刘曼丽上前,打了高守平一巴掌,"守平,你说话!"

高守平看向高大霞,轻声说:"姐,真是他救了我跟嫂子。"

"一码归一码!"高大霞一手指着方若愚,"你要还是个男人,就给我句实话,在马迭尔旅馆逃跑的那个特务到底是不是你? 在桃源街想杀我的那个人是不是也是你? 还有,《白毛女》爆炸的事,是不是你干的!"

方若愚苦着脸:"高大霞呀,你真是冤枉死我了,我怕了还不行吗?"

说罢一拱手,转头朝外走去。

"你别走,你说清楚!"高大霞去拦方若愚。

"你干什么?给你个脸啦!"刘曼丽一把拽住高大霞,转头对方若愚赔着笑脸,"方先生,对不住啊,大霞这是脑瓜子进水叫驴踢了,你千万别跟她计较!"

方若愚朝刘曼丽摆了摆手,跑出了门。

"挽霞子,你跑了就是心虚!"高大霞在刘曼丽手里挣扎着,"守平,把他追回来!"

高守平没动弹,刘有为倒是从厨房追了出来:"别走,饭钱还没给呢!"说着,冲了出去,拉住了方若愚。

"好你个挽霞子!还敢吃白食!"高大霞挣脱开刘曼丽,也追出去。

"我给钱,给钱!"方若愚慌乱地掏出钱包。

"高大霞,我和守平两条命还不顶你一顿饭钱啊!"刘曼丽过来,拦着方若愚,不让拿钱。

"这是公家饭店,不是我的!"高大霞说着,从方若愚的钱包里抽走十块钱,转身回去。

方若愚慌张地跑开。

刘曼丽气呼呼地跟着回到饭店,冲着高大霞喊道:"一顿饭十块钱,你咋不上街明抢去?方先生救了我和守平,还救出罪过来了!你把钱给我,我还给方先生!"

高大霞说:"不行,这是饭店的钱,不是我高大霞的。"

"守平,你说这钱该不该还方先生?"刘曼丽瞪着高守平。

高守平支吾,刘曼丽一拍桌子:"你也是白眼狼啊?你们都财迷心窍了,谁的钱都挣!"

高大霞说:"嫂子,一会儿文工团的人该来吃饭了,有事咱们回家再说，你先回去吧。"

刘曼丽头一扬："我不回，我晌午约了人在这儿吃饭，饭钱就从方先生的十块钱里出。"

高大霞问："你约了谁？"

刘曼丽说："不用你管！"

马克西姆餐厅里，服务生端着餐盘在流光闪烁的墙垣之间穿行。二层的一间包厢内，袁飞燕正低头认真地切着盘子里的牛肉，一抬头，见方若愚闷闷地盯着自己，她说："爸，你老看我干什么？牛肉一凉，口感就不好了。"

方若愚无声地笑了笑，目光平静安详。在这充斥着血雨腥风的城市里，女儿是他心底最大的平安喜乐。他多么想跟女儿畅所欲言，不必在乎两党之争，也没有阴谋诡计。可是，这些关于政治的话题不能碰，一碰他和女儿就有争执。女儿愿说文工团的事，他也注意到了，在台上演穆仁智的那个小伙子，应该是想追求女儿。

袁飞燕噗嗤一笑："那是他演穿帮了，穆仁智喜欢喜儿，别说大春不答应，黄世仁也不能干，能要了穆仁智的小命。"

"别打岔。"方若愚说，"我觉得那小伙子不错。你岁数不小了，也该上点儿心了。"

袁飞燕忽地神秘一笑："放心吧，我已经有目标了。"

"谁？"方若愚着急地问，"我认识吗？"

"不认识吧。"袁飞燕摇摇头，脸上现出一丝甜蜜的微笑，"是位老革命，叫傅家庄。"

方若愚一怔，心下有如惊雷划过，他低声喝道："不行！"

"怎么不行？"袁飞燕惊讶地看着方若愚，"人家留过苏，还杀过小鬼子,是我敬佩的人!"

方若愚意识到自己的失态,压低了声音说:"这种人不能过日子。你找的是要过一辈子的丈夫,不是抗日英雄。"

袁飞燕问:"爸,你怎么就知道人家不是铁血柔情的好丈夫?"

方若愚认真地说:"我在关东州厅当差这些年,什么人没见过?那些抗日英雄,哪个不是置生死于度外的豪气男儿,可他们的妻儿哪有一天不为他们提心吊胆担惊受怕? 我不希望你未来的日子也这么过。"

"既然你也夸赞他们是豪气男儿,就说明这样的人了不起!"袁飞燕激动起来,"再说我们已经赶跑了日本鬼子,现在的大连属于人民,这里马上就要变成共产党领导下的一个崭新城市!"

方若愚无奈:"燕儿,共产党的毒你中得太深了,大连姓共还是姓国,不出十天半月,自然就能见分晓了。"

袁飞燕一怔:"爸,你说什么呐? 苏联人对共产党可比对国民党有信心。上次《白毛女》的爆炸案,就是国民党特务一手炮制的,他们的狼子野心谁不清楚?"

方若愚欲言又止,把涌到嘴边的辩解压了下去,政治上的事,哪里是三言两语可以和一个涉世未深的小姑娘说得清楚的? 他低声问道:"你跟那个傅家庄,到什么程度了?"

袁飞燕低头切着鹅肝,没好声气地说道:"我单相思。"

气氛变得有些沉闷,方若愚意识到自己触碰到了女儿的痛处,便不再说下去了。他想起剧场门外的海报,问道:"你们怎么还排起《兄妹开荒》来了?"

"那是部秧歌剧,在延安演出的时候,可受欢迎了。"袁飞燕脸上有了些暖意。

方若愚不以为意地撇了撇嘴:"泥腿子的粗鄙东西,也能搬到舞台上去,荒唐。"

袁飞燕猛地拍下刀叉:"爸,你要再这么诋毁我们的革命剧,我就走啦!"

方若愚连忙好言安慰:"好好,我不说了,你吃,趁热吃。"

袁飞燕气呼呼地嚼着鹅肝,方若愚推过菜单,柔声问道:"还想吃儿什么?"

袁飞燕不语,低头切着盘子里的鹅肝。

楼下临窗的位子上,傅家庄握着刀叉也在对付盘子里的一块儿鹅肝,他切下一小块美食送进嘴里,小心地咀嚼着。正当他尽情享受着味蕾带来的身心欢愉,意识到窗户上映出一个熟悉的人影。转头一看,傅家庄愣住了,趴在窗上的一张大脸不是别人,正是他此刻最不想见到的高大霞。

落座的高大霞瞅了眼盘子里还挂着血丝的牛排,没好声气地问:"我家伙食不好呗,出来打牙祭。"

"不是。"傅家庄尴尬地陪着笑,"我就是出来解解馋。"

"解馋你也找个正经馆子。你看这牛肉,血哧呼啦能吃吗?"高大霞回身要喊服务生。

傅家庄连忙拦住:"挺好的。"

"好什么好,你玻璃花眼啊?这还淌血水哪!"高大霞叹了叹气,"这都能吃得下,往后给你做饭倒是省火了。"

傅家庄笑道:"味道真的不错,你来一块吧,我请客。"

高大霞直直伸出手来:"把钱给我就行,全当你请了。"

傅家庄说:"这是两回事。"

"都是钱的事,一回事。"

"你都好掉进钱眼儿里了,还哪像个老布尔什维克。"

高大霞没好气地白了傅家庄一眼:"你当要钱是给我啊? 我是给守平印传单,多散发一些,好找石田元三。刚才他还跟我上小食堂拿了十块钱。"

傅家庄说:"印传单找石田元三是个好办法,可是,你拿小食堂的钱不对。"

"也不能算小食堂的钱,是打土豪的钱。"

傅家庄疑惑地望着高大霞:"打谁的土豪?"

"挽霞子。"高大霞神秘一笑。

二楼包厢里,方若愚打了个寒噤,他疑心刚才自己受了高大霞的惊吓出了一身冷汗后,出来是不是着凉了。

"那个高大霞,再没找你啥事儿吧?"方若愚轻声问。

袁飞燕摇摇头。

方若愚说:"你可千万不能让她知道我们是父女。"

袁飞燕说:"我觉得她知道是好事,还能收敛一点。"

方若愚说:"你是真不了解她,就连我救过她亲弟、亲嫂子,她都不领情。"

"这人看上去挺通情达理的呀,怎么会就因为你在关东州厅干过警察,就不依不饶?"袁飞燕盯着方若愚,"爸,你真没干过别的坏事吗?"

"什么叫别的坏事?"方若愚脸一绷,"伤天害理的坏事我就从没干过!"

"那我们就不用怕她。"袁飞燕淡淡说道,"你老躲着,倒像是心虚了。"

"我是多一事不如少一事,不稀得搭理她而已。"方若愚看女儿快吃完了,让她慢慢吃,自己先走了。

袁飞燕知道父亲这是怕别人撞见两人一起吃饭,引出别的麻烦,便没有多说什么，看着父亲下楼去了。她不会料到，父亲一下楼，便看见了高大霞和傅家庄。方若愚刚想溜出门去，身后却传来高大霞催命似的呼叫声："挽霞子！"

方若愚讪讪地过来，看到傅家庄，装出惊喜的神色："傅先生，幸会。"

高大霞打量着方若愚，冷笑一声："你挺能吃啊，屁大的工夫儿，吃了两顿。"

"高小姐玩笑了。"方若愚回道，"刚才在你们饭店没吃上两口，你就下了逐客令。"

"你还挺有钱，来下洋馆子。"

"你和傅先生不也来了？"方若愚礼貌地笑笑，又看向桌上的餐盘，"这小牛肉是五分熟吧。"

"看来方先生是这里的常客。"傅家庄露出一副知音难觅的神色。

方若愚说："我刚才也吃的这个。"

"你个小破科长，挣的是有数的钱，一天到晚往洋馆子跑，一定是有不少经费吧？"高大霞意味深长地问道。

方若愚不解："什么经费？"

"还给我装！"高大霞一拍桌，四下的客人不由将目光汇聚过来。

方若愚低声说："小牛肉是这里最便宜的佳肴，一个月来吃一回，我还吃得起。"

袁飞燕正从楼梯上下来，骤然看见父亲在跟傅家庄和高大霞说着什么，顿觉不安起来。

高大霞盯着方若愚，凑近他耳边："我看你不是来吃饭，是来安炸弹的吧。告诉我，刚才你坐在哪里？"

傅家庄看了眼高大霞，不让她再说下去。有了傅家庄撑腰，方若愚脸上现出一丝愠色,冷冷抛下一句"欺人太甚",扭头走开。

"别走!"高大霞要去拽住他,却被傅家庄拉住,"行了,无凭无据,你这么说人家确实不合适。"他拉着高大霞刚要坐下,却看到站在楼梯上的袁飞燕,抬手打着招呼:"飞燕!"

"飞燕,你怎么在这儿?"高大霞看着袁飞燕过来,问道。

袁飞燕说:"我来吃个饭,真巧,你们也在?"

"怎么没去咱们饭店吃? 吃不惯?"高大霞问。

袁飞燕不好意思地笑了笑:"想吃点儿清淡的。"

"想吃清淡的你说话呀,跑这儿来吃,多花冤枉钱哪。"高大霞看向窗外,见方若愚走远,高大霞回头问,"飞燕,你来跟谁吃饭?"

袁飞燕迟疑着,不语。

高大霞意识到有问题,追着问:"飞燕,你说话呀,到底跟谁吃的饭?"

傅家庄拉了把高大霞,不让她再问下去,可高大霞却认真起来:"这有什么,飞燕,你跟谁来的? 是不是方……"

"飞燕!"身后传来一声招呼,打断了高大霞的询问,过来的人是文工团的大春,一见傅家庄和高大霞,便客套地打着招呼,"领导好。"又转头对袁飞燕说,"快走吧,下午还有排练,晚了老邢又该骂人了。"

袁飞燕朝两人点点头,跟着大春走了。

"袁飞燕这脸拉得,都快掉到脚面上了,至于嘛。"高大霞望着袁飞燕的背影,不满地抱怨。

傅家庄说:"你赶上审犯人了,人家能高兴嘛。"

高大霞看了傅家庄一眼:"我觉着她是看见咱俩在一起才不高兴的。"

"你想太多了。"傅家庄坐下。

高大霞看着袁飞燕和大春推门出去,低声喃喃道:"刚才我还以为她是跟挽霞子一起。"

傅家庄匆匆吃完了饭,说要去印刷厂找高守平再多印一些传单,让石田元三无处可藏。

石田元三坐在海边的木船上,看着海浪卷起又回落,怅然若失。甄精细看着麻苏苏缓步走过去,自己在不远处的礁石缝里捡起波螺来。

石田元三回头看到麻苏苏过来,大声说道:"我已经把大连搅得天昏地暗了,你是不是也该兑现你的承诺?"

麻苏苏笑笑:"兑现承诺没有问题,不过,还有一个附加条件。"

石田元三瞪着麻苏苏:"你言而无信!"

麻苏苏笑吟吟地看着石田元三:"你还让我说话吗?"

石田元三冷笑着摇了摇头:"对国民党,我太了解了,出尔反尔,卸磨杀驴,这都是你们的拿手好戏。今天,我又一次领教到啦!"

麻苏苏收起笑意,冷声说道:"看来,你对我们有误解。"

"误解?"石田元三笑起来,"不论是历史的教训还是眼前的事实,都告诉我一个结果,我信了你们,就是愚蠢至极!"

麻苏苏平静地说道:"石田先生的话言重了,你还记得你想让我为你做什么吗?"

"我需要见到你们国民政府盖上印章的特赦令!"

麻苏苏摇头,不紧不慢地说道:"你太着急了,连听我说一下附加条件都不肯,这不好。"

石田元三起身,直视着麻苏苏:"如果是过分的条件,你就不必说了。"

麻苏苏冷笑了一声:"以你现在的处境,这个附加出的条件不算过分。"

石田元三眼里的怒火喷薄,旋即又被他压制住了。

"我在哈尔滨的时候,得到过一个情报。"麻苏苏沉声说道,"你们战败后,身在旅顺的陆海军最高指挥官小林海军中将,在旅顺土城子机场,向欧战中攻进柏林的苏军中将伊万诺夫低头弯腰交出中将佩刀的时候,隐瞒了由你管辖的那部分武器。现在,既然你要拿着特赦令走了,那些武器应该是带不走的。"

"怎么,你是想让我把武器交给你们?"石田元三冷笑。

麻苏苏脸上又现出笑意:"看看,我们的确是心有灵犀呀。"

石田元三喉咙里发出一阵低鸣,他克制着自己的愤怒:"对不起,你我原来谈定的条件里,没有涉及武器的事。再者,我也没有武器。"

麻苏苏直视着石田元三:"在我们中国,管石田先生这种死不认账的态度,叫要无赖。"

"要无赖的是你们!"石田元三低吼道,"如果你们不给我特赦令,那我只有选择自首,或许苏联红军和共产党还会认为我是在将功补过!"

麻苏苏摇了摇头,眼里现出一丝惋惜:"石田先生,我们的合作需要诚信,也需要时间,而你,这两样东西都没有交给我们。"

"那你们交给我了吗?"石田元三冷声反问。

麻苏苏四下环视了一圈,海边空旷,远处的甄精细听不见这里的争吵,专心趴在礁石上捡着波螺,手里已经捧了大半把。

麻苏苏叹了口气:"看来,石田先生是不想答应我们的附加条件了。刚才,我不过是跟你开了个玩笑。你要的东西,我已经带来了。"说着伸手掏向了包里。

石田元三一怔,旋即有些尴尬:"对不起,我刚才失礼了……"石田元三的话还没有说完,发现麻苏苏从包里掏出来的是一把手枪,乌黑的枪口已经对准了自己,石田元三惊恐地后退着:"你,你不能背信弃义!"

"你要的特赦令,我一时还拿不到。"麻苏苏惋惜地摇着头,"本来,还想请石田先生再宽限我几天,想不到,你居然说出这么多让我伤心的话来,太不理智了。"

石田元三连忙高喊:"我是一时气话,你别当真,请你相信我……"

麻苏苏微笑着说:"我相信你的最好办法,就是让你永远闭嘴。"

千钧一发之际,石田元三骤然抬脚,扬起一片沙子,直扑麻苏苏面门。麻苏苏瞬间扣响手枪,却被迎面扑来的沙子干扰,射偏了方向,石田元三趁机奔逃而去。

礁石上的甄精细听到枪声,高喊了一声:"姐!"跳下礁石,飞奔过来。

麻苏苏捂着眼,狼狈地嘶声高喊:"快追,杀了他!"

甄精细拔腿追去,麻苏苏恼怒地揉着眼睛,低声骂道:"奶奶的,小鬼子!"

远处,石田元三狂奔,甄精细在后紧追不舍。

海边,年轻的苏联军官正搂着白色长裙的苏联姑娘,一个温柔的吻正要落在姑娘的唇上,石田元三奔逃而来,一把推起军官身后的自行车,朝着石板路上飞奔而去。

姑娘大惊,指着跑去的石田元三乌里哇啦大叫大喊。

苏联军官回头,脸色一白,追赶上去,嘴里也是一声紧似一声的叫喊。

石田元三推着自行车上了石板路,跨上车子飞驰而去。军官气喘吁吁追了上来,眼见着目标越来越小,他气急败坏地吐出一串俄语,应该不会有一句是好话。

小路上,一名邮差骑着自行车慢悠悠地过来,苏联军官冲过去,二话不说抓下了邮差,翻身骑上了自行车,邮差回身拉住苏联军官:"干什么你?"

苏联军官一把推开邮差,扶起自行车调头,邮差扑上来:"还我车子!"拉扯着苏联军官,车子倒地,两人狼狈地撕扯在一起。忽然间,甄精细从他们身边飞掠而过,一把扶起自行车,跳上车子疾驶而去。缠斗中的两人回过味儿来时,甄精细已经不见了人影。

公园窄路上,甄精细紧追着石田元三。石田元三注意到逐渐逼近的甄精细,心下一阵慌乱,加快了蹬车的频率。甄精细眼看着距离太远,掉头朝近道包抄而去。小路上,石田元三不见了身后的追赶,稍微松了口气。可刚骑了不远,高坡斜径里,一辆自行车气势凌厉破风而来,有如一匹重装铁骑,石田元三想要躲闪,已经来不及了,自行车从高坡飞起,合着甄精细的一声呐喊,径直砸向石田元三。半空中的甄精细弃了车子,扑向石田元三。

两人缠斗中,甄精细抓起地上一根木棒砸过去,石田元三一躲,木棒砸在石田元三左胳膊上,断成两截。石田元三惨叫一声,捂住了胳膊。甄精细抽出匕首,向石田元三刺去。石田元三连滚带爬慌乱躲避,脚下一绊倒在地上,甄精细凶狠地扑了上来,一刀猛然扎下,石田元三脑袋一躲,匕首扎进了木栈道里。甄精细弯腰拔刀,石田元三整个身子如一颗炮弹一般撞了上来。甄精细躲闪不及,硬生生扛下了这一击,身子却撞断栏杆,翻滚着坠下了高坡。石田元三咬着牙支起身子,冷冷看着甄精细滚下山坡,这才扶着胳膊转身跑开。

第二十七章

起风了,风中传来麻苏苏呼喊甄精细的声音,方才溅进了泥沙的眼睛这会儿又模糊起来,她使劲眨着眼,想让磨出的泪水冲刷掉眼里的异物。

护栏旁的山坡下,一只沾满尘土的手高举起来:"姐,我在这儿!"

麻苏苏循声望去,看见满头血污的甄精细摇摇晃晃地爬上来,一瘸一拐地过来。麻苏苏迎上去,焦急地问:"怎么样了?"

甄精细看到麻苏苏发红的两眼里流出眼泪,咧开一个难看的笑,脸上的伤口疼得他龇牙咧嘴:"姐,你不用心疼我,我没事。"

"我问的是小鬼子!"麻苏苏抹了把眼泪。

甄精细更加感动,他觉得大姐明明是看到自己摔成这样难过了,还不肯承认,姐的自尊心太强,他不能说破,他知道怎么回事就行了。只是姐对他这么好,自己却没把事情办明白,他觉得愧疚,难过地说:"跑,跑了。"

麻苏苏气上心头,她恼火地揉着眼睛,却越揉越难受,手上的动作也越发急躁起来。甄精细战战兢兢凑上前去,盯看着麻苏苏布满血丝的两眼,关切地说:"姐,别搓了,还是上医院看看吧。"

"我有心思去吗?"麻苏苏低声喝道,"叫你办个事儿都办不好,还能眼睁睁叫他跑了!"

"这老家伙太滑头了!"甄精细咬牙切齿,"姐,你估摸他这回能藏哪儿呀？我要抓着,非整死他不可!"

麻苏苏看了甄精细一眼:"看你摔得这个样儿吧,赶上狗吃屎了。"

甄精细这回得意地笑了:"小鬼子伤得比我厉害,我一棒子下去,他不死,胳膊也得断两截。"说着,他眼睛一亮,"姐,咱上医院找找吧,他一定能去看大夫!"

"你都能想到他去医院,他还敢去啊?行了,找个能打电话的地方。"麻苏苏使劲眨着眼睛,泪水又出来了。

甄精细点着头:"也是,小鬼子心眼子多,不敢去。"

麻苏苏知道,石田元三此刻必然如同惊弓之鸟一般仓皇逃窜,双方已经撕破了脸皮,走投无路之下,他能去的地方大概只有一处了。想到这儿,麻苏苏害怕起来,急忙带着甄精细找到电话,让苏军大连警备司令部里的吴姐做好应对措施。

电车公司的调度室里,聚满了各个线路交班的司机和乘务员,万春妮把印有石田元三模样的传单分发给大家。高守平扬着手里的传单,拜托各位师傅们留神帮忙找到这个人。一位师傅看着上面的石田元三,说他这几天下午四五点钟的时候,还真在车上见过,"有一回,他提着个食盒上车,那天车上人多,把食盒挤坏了,露出里面的寿司,大家一下子就知道他是日本人了,当时就把他赶下车了。后来,我还见过他一两回,一上车,就钻到角落里,护着手上的食盒。"

万春妮说:"他应该是给谁送饭。"

高守平问清了师傅跑的线路,想把这个重要的线索打电话告诉李云光,以安排人手在沿途各站蹲坑守候进行抓捕,可是隆兴茶庄的电话却总是接不通。他把电话打到文工团,找高大霞去司机说的那一站帮着盯一下,万春妮说她先过去等着高大霞。

车水马龙的街道上,一辆黄包车跑来,车上坐着来医院复查的万德福,他下了车一瘸一拐地朝医院走去,看见布告栏前站上了不少人。万德福好奇地凑上前观看,上面是通缉石田元三的告示。

下午诊室的人不多,万德福进去时,大夫正在给躺在床上的一个男人治疗,拉了半截的布帘挡,只露出病人的两条腿。大夫给病人查看着伤势,问了几句有关病情的话,病人都不语,后面的万德福自语:"这是个哑巴吧。"

大夫在帘子后忙乎了一阵,手上突然一用力,病人痛得惨叫一声,猛然坐起,随口蹦出一句响亮的日语:"混蛋!"

大夫怔住了,直勾勾对着病人盯了片刻,旋即回过味儿来,面带愠色地大骂:"小日本?滚!滚!"

病人起身,晃了晃胳膊,忽然发觉手臂能自如摆动了。他脸上露出一丝喜色,朝着大夫深深鞠了一躬,抓起搭在椅子上的灰色长风衣,从万德福身边跑去。万德福突然反应过来,这个人分明就是门口布告上通缉的石田元三。

万德福拖着瘸腿冲出来,看到套上风衣的石田元三跑到了走廊尽头,他便抄近路奔向大门口。

石田元三有如惊弓之鸟疾步而来,拐过走廊,见门口跑进来一个矮个儿女人,戴着口罩,径直迎着石田元三走来。两人越走越近,石田元三从女人眼里看到一股杀气,正犹豫间,女人的衣袖里亮出匕首,骤然刺来,石田元三惊慌之下侧身闪开,第二刺紧跟着又刺来,石田元三狼狈逃窜,周围的人惊叫着躲闪开去。

来的女人是吴姐,看到石田元三已经逃窜而去,她从腰后掏出短枪射击,在扣动扳机的一瞬间,忽然被受到惊吓的病人撞了一下,子弹射偏。枪声引得医院大乱,惊叫声此起彼伏。

混乱中,吴姐几次举枪,都被奔逃的病人挡住视线。石田元三无路可逃,看到有人正上电梯,顺势冲了过去。在电梯关上的一瞬间,石田元三闯了进去。子弹呼啸而来,打在合上的电梯门上。吴姐追到电梯门前,电梯已经上行。

吴姐提枪朝楼梯跑去,中途换上新弹匣,几乎与前往上一层的电梯同时抵达。电梯门缓缓拉开,吴姐的枪口对准了电梯门里,里面的人惊慌失措抱头下蹲,吴姐警惕地扫视了一圈,并不见石田元三的踪迹。

"都出来!"吴姐厉声喝道。

众人瑟瑟发抖鱼贯而出,电梯间里空空荡荡,吴姐持枪小心迈进,仰头刚向上看去,电光火石间,一只脚飞向吴姐面门,她侧身闪开。石田元三一跃下来,两人在狭窄的电梯间里缠斗起来。近身肉搏下吴姐的手枪失去了用武之地,被石田元三反手打落在地。电梯门缓缓闭合,又慢悠悠地朝下滑去了。

一楼走廊里,万德福逆着奔逃的人群跑来,顺手从窗边抄起了一把工人维修窗台的锤子,正四下找着目标。电梯门开,石田元三重重一拳打倒吴姐,仓皇地奔逃而出,万德福挥起锤子迎了上去。

石田元三到底是职业军人,毫不费力就躲过了万德福的攻势,抬起胳膊一肘将他击倒,疾跑而去。

万德福挣扎着支起身子,吴姐跑来,跃过万德福,举枪对着石田的背影连续开火,追出了大门。

大门外,已然不见了石田元三的踪影。吴姐懊丧地收了手枪,疾步离去。万德福追出来时,外面已经平静如常。

医院内的遭遇战草草落幕时,高大霞这头儿却有了意外的进展。

电车叮当作响,穿过熙攘的街道。高大霞赶到车站,看到万春妮已经等了一段时间了。两人一边说着话,一边观察着上下车的乘客。高大霞问起她跟高守平的进展,万春妮说还是卡在她爸那里,她爸老觉得高大霞对他挺好，这说明高大霞对他还是有意。高大霞笑骂着万德福是个糊涂蛋，给个笑脸当爱情，给个棒槌能引针。

万春妮没笑："这些年我爸也不容易，姐，我真觉得你俩挺般配。"

高大霞说："你都一个劲儿叫我姐，能般配吗？"

万春妮忙说："怨我，我以后改口就行了。"

"改什么呀？"高大霞白了万春妮一眼，"我和你爸都是党员，不迷信那些东西。说一千道一万，还是我俩凑合不到一块儿。当初有这个想法，也是觉着找不着合适的，你爸也行。"

"那你现在找着了？"万春妮好奇。

"那倒没有，我就是觉着要真跟了你爸，也就是凑合，所以答应了。后来知道了你跟守平的事，我特别高兴，总算可以光明正大跟你爸分手了。"高大霞苦涩一笑，"你说我这人，也挺可恨，是不是？"

万春妮注视着高大霞："姐，你要是没看上我爸，就是没有我跟守平的事，我也不赞成你嫁给他。跟一个不是真心爱着的人在一起，会痛苦一辈子。想一想，我都害怕。"

高大霞咧嘴一笑："哎呀，春妮，你小小年轻，居然想得比我都明白。春妮，你太了不起了！守平娶了你，真是高家老辈儿人积了大德！"

万春妮脸上泛起一丝羞红："可是守平老说对不起你。"

"守平那是瞎琢磨。春妮，有大姐给你俩撑腰，你就大大方方和守平来往，你爸那边有我。"高大霞亲昵地抱住了万春妮的肩头。

"姐！"万春妮紧张地轻叫了一声，不再说话，高大霞顺着她的目光看去，一个穿灰色长风衣的男人走来。他虽然戴了一顶宽檐帽，还是露出了大半张脸，看过无数遍通缉令的高大霞确认，他就是石田元三。

躲在乘客身后的石田元三警觉地看着四下，高大霞装出随意的样子继续和万春妮说着闲话，可万春妮难以控制自己的慌乱，手心里冷汗漉漉,脑袋僵硬地不敢动一下,身体更是不争气地抖动不已。高大霞怕再这样下去,引起石田元三的注意,便让万春妮赶紧离开,去旁边找个隐蔽处等着高守平带人过来,万春妮点点头,慌张地离开了。

电车来了,石田元三看了下四周,警觉地随着人流在后门上了车,挤了个角落站下。高大霞上车,在他不远处站定。

李云光和傅家庄谈兴正浓,两人都忽略了茶庄的电话已经一下午都没有响过一下了。小丁拿来一份刚接收的电报,李云光看后兴奋地交给傅家庄:"延安方面给我们的接洽函,已经到了山东,这两天风大,船一开,胶东的同志就能把接洽函送来。"

傅家庄看过电报也很兴奋:"这几天我们还得抓紧时间,找到石田元三,给苏联人一个交待。大话说出去了不兑现,我们都难看。"

李云光说:"你回头还是要嘱咐一下高大霞,有些过头话,以后要谨慎出口。"

外面传来一阵急促的脚步声,高守平风风火火闯进来,说石田元三有消息了,李云光了解完情况,拿起电话要找人,才发现话筒里有一个部件松动了。

电车到站的时候,在座位上闭目养神的石田元三没有反应,但是在关门的一瞬间,他却突然起身,从后门冲下了电车。高大霞匆匆从中门下车,一落地从余光看到石田元三正朝她望过来。高大霞径直走开,在石田元三的注视下,拐过马路才站下。

看到高大霞不见了,石田元三才匆匆走开,进了一条胡同。在跟踪与反跟踪这件事上,高大霞已然是驾轻就熟了,警觉的石田元三并没有察觉到此时高大霞已经重新又跟上了他。

石田元三在胡同里走了不远,停在一处院落门前,观察了一番,这才轻扣了几下院门。不一会儿，院门拉开一条缝，他闪身进云。高大霞从一户门洞里探出身来，悄然到了院门外，从门缝里向里张望。

院子里悄无声息，院子中央用水泥垒起的水槽子里，堆放了许多饭盒。高大霞正疑惑，屋门打开，石田元三换上了一身绸布衣裳出来，倒像个正经买卖人。在他身后，一个胳膊上戴着套袖的女人追出来，一边抹着眼泪一边相送。石田元三不满地低声呵斥了两声，女人泪眼婆娑地深鞠了一躬。石田元三叹了口气，神色肃然地走向院门。高大霞连忙躲开。

石田元三出来，疾步而去。女人站在门廊下目送，直到石田元三的背影远去，这才回身进了院子。高大霞记下了院子的位置，匆匆去追赶石田元三。

高大霞没有想到，石田元三去了苏军大连警备司令部。

一辆吉普车驶来，开车的是安德烈。他一眼认出了路边躲躲走走的高大霞，顺着高大霞的视线，安德烈看到一个穿长衫的男人正在和门口的警卫交涉什么事情。他没有注意到的是，此时司令部二楼走廊的窗后，窗帘已经被人掀开，眼里满是杀气的吴姐正探身朝门口张望，手里的长枪在选择最佳角度实施射杀。

安德烈在门口停车下来，警卫对石田元三说着什么，石田元三看见安德烈走来，眼睛一亮奔了过去，用俄语朗声高喊："你好，我是石田元三，我要见你们的最高长官！"

窗后的吴姐看到两人在说着什么，知道留给她犹豫的时间不多了，可门口的石柱半挡着石田元三的身子。吴姐懊恼地看着两人要走进司令部，她正飞速思考着对策，门口忽然炸开了一声枪响，石田原三身子僵硬地一挺，呆滞地盯着安德烈，骤然扑倒在地。

吴姐顺着枪声望去，见一辆合着窗帘的出租车疾驶而去。

安德烈愕然地看着地上的石田元三,上前探了探他的呼吸,恼火地大叫了一声。

高大霞跑过来,看到已经咽气的石田元三,也是一脸惊讶。安德烈以为这一枪是高大霞开的,斥责她敢在这里撒野,高大霞说是跟踪过来的,杀石田元三的只能是国民党特务,目的就是要灭口。

听了高大霞的讲述,安德烈陷入了沉思。

高大霞说:"石田死了,把秘密也带走了,你们警备司令部的内奸也不好抓了。"

安德烈脸上现出一丝窘迫:"上次接洽函的事情,是出现在警备司令部。可这一次,石田元三还没有进来,就遭到了枪击,你也知道,子弹是从后面射击的。"

"这不是理由。"高大霞说,"特务早就猜到石田会来这儿,早就让藏在这儿的特务埋伏在外面了。安德烈,你赶紧封门吧,现在谁不在警备司令部,谁就有嫌疑。"

吴姐是在接受完排查后才离开的警备司令部,到良运洋行来见麻苏苏。为了找到嫌疑人,司令部折腾了半天,最后还是一无所获,开枪射杀石田元三的根本就不是他们内部的人。

"不是你杀的,那还能是谁?'大姨'另找了人?"麻苏苏疑惑地问。

吴姐说:"这我哪儿知道,我还以为是你派的人。"

两人又分析了一通,也没有找到一个明确的指向,麻苏苏挥了下手:"管他谁派的,反正人死了,把功记在你头上,能向'大姨'申请嘉奖就行。"

吴姐摇头:"还是算了吧。"

麻苏苏说:"这可是天上掉下来的馅饼,砸在你脑袋上。"

"你向总部申请嘉奖,冒领也就冒领了,可要向'大姨'申请,我不敢要。"吴姐不安地说,"'大姨'无处不在,知道了我是冒领功劳,砸在我脑袋上的就不是馅饼了,是铁饼!"

麻苏苏想想也是,来大连有些时日了,她从未见过'大姨'本尊,想来在这样一位神秘莫测的上峰手下做事,万事还是谨慎为妙。

高大霞回来和傅家庄谈起石田元三被枪杀的事,傅家庄也认为他应该是去警备司令部自首,高大霞懊悔:"早知道这样,我就不用跟踪半天了,问问明白指使他干坏事的人是谁多好。"

"后悔也晚了,用你的话说,要知道尿炕,还不睡觉了。"傅家庄叹了口气,"最遗憾的是,石田一死,他们藏的那些武器就石沉大海了。"

高大霞一怔,想起石田元三去胡同里见过的那个女人。

傅家庄跟着高大霞找到胡同里的那户人家,天已经黑了下来,傅家庄从门缝里看见那个日本女人在往平板车的筐子里装着饭盒,那应该最少是十几人的分量。装好后,又在上面盖上被褥,这才换了一身中国妇人的装束,推着平板车出来,傅家庄和高大霞悄悄跟在后面。

出了胡同,又走了不远,女人上了一道山坡,四下的建筑与灯火渐次隐去,树木与杂草从黑暗中钻了出来。女人费劲地拉着平板车,额间渐渐渗出了汗水。

傅家庄和高大霞远远跟着,借助一路的树丛隐蔽着身形。不知走了多久,周遭的林子变得越发茂密,甚至遮蔽了月光。前方黑暗中传来两声野猫的长叫声,平板车顿住了脚步。傅家庄拉住高大霞,躲在了树后。

女人擦着额头的汗水,四下观察了一下,见没有什么异样,冲着山上也回应了两声野猫长叫。少顷,山路上跑下来三个黑影,黑暗中传来一声日语问候:"辛苦了,石田太太!"

　　三个黑影拉起平板车,女人跟在后面,一行人朝着一片黑乎乎的乱石走去,到了山腰,三个黑影搬下车上的筐子,女人伸手帮忙,被黑影拒绝,三个黑影并排朝女人鞠起躬。女人轻声嘱咐了两句,拉着平板车返回山下。

　　傅家庄和高大霞看着女人从眼前过去,这才小心翼翼地出来,弓着身前行朝坡上追去,远远看见三个黑影抱着筐子钻进一片小树林。高大霞脚底一绊,险些摔倒,下意识地一把扶住树干,树叶立时哗哗作响,前面的三个黑影顿住了脚步,警觉地放下手里的筐子,掏出了怀里的手枪,向着小树林逼了过来。傅家庄和高大霞藏在一块石头后,紧张地听着石头前的动静。傅家庄摸出手枪,高大霞随手抓起了一块石头,两人屏息凝神地听着近处的脚步声。三个黑影一点点向着石头靠近,他们的身影被月光拉得长长的,一点点延伸过来。

　　蓦地,一只野猫蹿了出去,吓得三条黑影一激灵。黑暗中传来几声责骂,三人返身回去。傅家庄和高大霞松了一口气。

　　三条黑影又搬起筐子,绕到一处矮丛林后,停在一块长满苔蔓的巨石跟前。前面的人影在巨石上轻轻敲击了三下,巨石发出一阵闷响,缓缓滑向了一边。三人抱着筐子依次进了石门,石门旋即闭合。

　　"这些王八蛋,可真能找地方。"高大霞小声咕哝。

　　"走吧。"傅家庄记下了山洞的位置,拉着高大霞离开了。

　　两人直接来到隆兴茶庄,李云光听完两人的汇报,兴奋得难以自抑:"太好了,你们可是立了大功呀!"

　　"还不是高兴的时候。"高大霞说,"我约摸山洞里的小鬼子还不知道石田出事了。"

　　傅家庄不解:"为什么这么说?"

　　高大霞说:"做那么些人的饭,起码得小半天,她大门不出,不可能知道石田死了,再说,要是知道了,她还能一点儿不难受?毕竟是她男人。"

"有道理。"傅家庄点着头,"咱们趁山洞里的日本人还什么也不知道,赶紧下手吧,最好在天亮之前,把他们一锅端了!"

"好!"李云光重重拍了一下桌面。

高大霞兴奋地起身:"我也要参加!"

傅家庄不禁莞尔:"你已经立下头功了,剩下的功劳,让给别人吧。"

高大霞还要争取,李云光:"你回家睡个好觉,养精蓄锐,明天还有一个重要任务。"

"什么任务?"高大霞问。

"接洽函明天就到大连了。"李云光难掩兴奋。

傅家庄和高大霞激动起来。李云光把接头方式给了傅家庄,让他拿到接洽函后,直接送给安德烈。

夜色深沉,隆兴茶庄里却是灯火通明。李云光调集了足够的人手,准备对山林里的日军残余做雷霆一击。高守平看到离行动时间还早,众人的精神也都有些亢奋,根本无法安静地休息,便缠着傅家庄让他讲讲抗联的战斗故事,同样亢奋的傅家庄却说更想用歌声表达此时的心情,李云光说:"那你唱首带劲儿的,给大家鼓鼓士气。"

傅家庄看着面前一张张兴奋的脸庞,低声唱起雄壮有力的《莫斯科保卫者之歌》:"我们向敌人猛力进攻,战士大跨步往前冲,我们身背后就是首都,莫斯科比一切都贵重,我们在战斗中最顽强,最英勇,因为有莫斯科在心中,防守牢不可破,城市岿然不动……"

第二十八章

因为心里揣着事，这一夜，高大霞基本没怎么睡过，院子里有一点儿响动，她便以为是傅家庄和高守平执行任务回来了，赶紧爬起来捻开窗帘向外张望。天蒙蒙亮的时候，她刚打了个盹儿，院子里传来重重的脚步声，她一骨碌爬起来，拉开窗帘一看，这回回来的真是她惦记了一夜的两个男人，高大霞拉开窗户喊着两人，没等他们走过来，她就急切地追问起来，傅家庄和高守平对视了一眼，高守平抢着低声说："没费一枪一弹，全解决啦。姐，你是没看见，那山洞里，那家伙，一山洞的枪炮子弹，都嘎嘎新呀！"

高大霞高兴地说："那咱们在金州的队伍就能鸟枪换炮啦！"

"岂止是鸟枪换炮，还富余了两火车皮的武装，将来会派上大用场！"傅家庄笑道。

"小鬼子这回帮咱们办了件大好事！"高大霞说笑着，下了地，让他俩抓紧时间眯一会儿，中午还得去码头接从烟台来送接洽函的同志。

晴日高悬，甄精细捧着一碗还冒着热气的三鲜焖子回到良运洋行。走到门口，一位头发花白的老女人恰好低头出来，两人差点儿撞上，甄精细不满地朝着老女人的背影嘟囔："走路不看道儿啊？差点儿撞飞我的三鲜焖子！"

老女人也不回头，只是扬了扬手，算是道歉了。甄精细进了屋子，发现麻苏苏不在，他端着三鲜焖子到了卧室门外，轻轻敲了敲门："姐，你醒没醒啊？"见屋里没有动静，甄精细说："姐，我进来了，你别怪我，我是不放心。"

甄精细进屋，却不见麻苏苏的人影，想起刚才从洋行出去的那个老女人，他有些慌乱起来："姐，你在哪儿？咱这儿怎么进来生人了。"

方若愚从家里出来，在门口也碰上个生人，还声音低沉地喊了他一声"老姨夫"。喊完，那个人就往前走了，从装束和步态上看，方若愚看出这是位老女人，他心里一紧，莫非神龙见首不见尾的"大姨"找上门来了？

方若愚慌乱地跟上去，刚要开口，老女人却回过头来，方若愚惊愕住了，这居然是乔装改扮的麻苏苏。见方若愚还没回过神儿来，麻苏苏刻意哑着嗓子说："至于嘛，我就倒饬了几下。想不到，目光毒辣的'老姨夫'，也没能认出我的装扮。"。

方若愚苦笑："这大早上的，你吓我一跳。"

麻苏苏的声音恢复了正常："我不扮上，不敢去码头接人哪。"

接洽函今天从烟台过来的消息，是"大姨"昨晚让吴姐来告诉麻苏苏的。吴姐说胶东那边也有他们的人，只是那边得到消息的时候，送接洽函的人已经上了船，那边是鞭长莫及了。"大姨"做了两个预案，一是麻苏苏和方若愚带人去码头堵截，二是吴姐在苏军大连警备司令部守株待兔。如果第一个方案成功，吴姐也就省事了。

方若愚听说要他和麻苏苏一块儿去码头抢接洽函，不由担心起来："傅家庄他们肯定得去，咱俩一露面，那不是昭然若揭吗？我还是觉着，我们多派些人，在苏军大连警备司令部门口张网以待就行了。"

麻苏苏摇头："那要是失手，我们就没有一点儿回旋余地了。"

"你这么一倒饬，他们不注意的话，看不出来，可我，你不是也想把我倒饬成老头吧？我这大个头儿再怎么倒饬，也矮不了多少，怎么看都扎眼。这要是让高大霞认出来，可就弄巧成拙了！"方若愚越说越激动。

麻苏苏低笑着说："谁让你倒饬成老头了？你就光明正大地去，本色出演。"

方若愚脸上闪过一丝愠色："我这是去找病！"

麻苏苏说："'大姨'和'二姨'都觉得这是最好的办法，我也这么认为。"

"你们这是三个老娘们儿合起伙来害我！"

"那是你小肚鸡肠了，放心吧，我们不会把堂堂的党国军统局陆军上校就这么拱手出卖了。"

方若愚还是担心这个方案不稳妥，麻苏苏称这也是没有办法的办法，"大姨"虽然拿到了接头方式，但来送接洽函的人长什么样，是男是女，他们都无从知道。唯一的办法，就是借用警察署的力量，在轮船靠岸前，他们向警察署打一个举报电话，说船上有人携带炸药，这样方若愚就可以光明正大借着去执行公务的名义，找到来送接洽函的人了。

方若愚虽然心有不满，还是按照麻苏苏的指令去上班了。临近中午，果然接到了所谓的举报电话，他匆忙带着人赶到了大连港码头，在接站人群外的麻苏苏看见方若愚来了，便让大令先潜进出站大厅，等着配合方若愚。她怕大令被人认出来，把自己脖子上的围巾给了大令。大令接过，匆匆跑去。

傅家庄和高大霞见一队警察跑来，领队的人还是方若愚，都觉得奇怪。傅家庄上前跟方若愚打了招呼，得知他们是来搜查船上的炸弹，大为吃惊。高大霞看着警察进了码头，担心出什么意外。傅家庄觉着有道理，让高大霞和小丁在这里等着，自己和高守平从院墙外翻进了码头。

出站大厅在二楼,准出不准进,大令找了关天,发现二楼有个窗户开着,要想上去还有些困难,她搬过旁边货堆的几样杂物垫在窗下,解下麻苏苏刚才给的围巾,把一头甩到了窗户下钉着的一截挂钩上,后退几步,又迅疾向前助跑,一脚踏上杂物堆,伸手拉住围巾,把住窗沿,猛然一蹿,拱身进了窗里。

窗里居然是一间男厕所,一个年轻人正在小便池前小解,窗户上突然蹿进来的人影,吓得小伙子大瞪着两眼怔愣住,手上的活计也骤然顿住,愣了半晌,才想起应该大喊一声。只是这喊声还没等从喉咙里出来,大令已经一拳向他击来,小伙子闷哼了一声,提在手里的裤子眼看要滑落下去,大令眼疾手快,一把替他拉住裤腰,提了上去。大令扶着年轻人躺坐在墙角,这才看清是一张年轻的面孔,脸上不觉泛起一丝羞红。

靠上码头的船上,已经开始下客了,旅客们提着大包小卷涌出来。人群中,一个穿着长衫的男人走在边上,右手拿着一份《新生时报》,左手提着黑色的皮箱,看到出口前列队的警察,男人有些吃惊。

"对不起,各位,我们接到紧急通知,要对所有下船人员进行检查,请大家配合一下。"方若愚的话刚落下,人群骚动起来,各种抗议声、埋怨声虽然不绝,却也不得不十人一组排着队接受检查。

大令悄然从男厕所里闪出,被方若愚看到,大令顺着他的目光,看到一个警察正在翻看长衫男人的皮箱,未见什么异常,又要搜查身上,长衫男人警惕地推开警察的手:"凭什么搜身?我抗议!"

警察掏出腰间的警棍,指着长衫男人说:"抗议无效!"

长衫男人恼怒地后退了两步:"你们,你们这是法西斯!"

方若愚不耐烦地挥了挥手,两名警察一左一右逼了上去,扭住了长衫男人的胳膊,一名警察从他的袖口里翻出了一封信。

"你们无权动我的东西!"长衫男人愤怒地咆哮着,抢过警察手里的信封,揣进兜里。

大厅外,傅家庄和高守平也找到二楼敞开的窗户下,看到挂钩下垂着的一条长围巾,傅家庄也踩着窗下的杂物堆跃上窗台,跳进男厕所,被大令打昏的小伙子倚坐在墙角,缓缓睁开眼,一个人影突然落地,他吓得打了个哆嗦,忙又闭上了眼,佯装还在昏迷状态。

傅家庄看了一眼倒在角落的年轻人,回身探出身子,拉上高守平,把那条围巾也摘了下来,塞给高守平:"留着吧,质地不错。"

高守平把围巾缠到脖子上,看到地上的小伙子:"这是谁? 怎么了?"

傅家庄上前,试了试鼻息:"应该没事儿,快走。"

两人推门离开,小伙子睁开眼,走在后面的傅家庄回头,正好与他目光相遇。小伙子慌忙伸手去抓旁边的一把拖把,傅家庄一脚踹来,小伙子一屁股坐回地上。

在方若愚的示意下,大令混入了下船的队伍里,她靠近收拾着皮箱的长衫男人,悄悄说了句接头暗语,长衫男人领会,提起皮箱和旁边的《新生时报》,跟着大令走开。

从厕所出来的傅家庄和高守平寻找着目标,傅家庄猛然看见拿着《新生时报》的长衫男人跟着什么人进了卫生间,他叫住不远处的高守平,回身朝厕所奔去。方若愚看着两人的背影,焦灼不安,生怕里面的大令来不及抽身离开。

被大令和傅家庄依次打晕的年轻人又苏醒过来,刚要起身,门忽地开了,两个人影闪了进来。年轻人吓得连忙又坐回去,紧紧闭上了眼睛。

大令回手关门,拉上插销,长衫男人觉出不对劲,刚要开口,大令抽出匕首,一道寒光在长衫男人脖子前划过,一股鲜血飞溅而出,喷在角落里的年轻人脸上,年轻人吓得一激灵,更不敢动了。长衫男人抽搐着栽倒在地,鲜血汩汩喷涌。大令俯身从长衫男人兜里找出那封信,外面忽然传来急促的砸门声,大令慌乱。转瞬间,大门被踹开,傅家庄与高守平冲进门来,扑到窗前,却见一道矫健的身影翻出码头高墙,不见了。

高守平要跳窗去追,身后传来一声呻吟,傅家庄回头,地上的长衫男人正虚弱地望向他,傅家庄急忙上前:"老唐同志,我们来晚了……"

老唐的手伸向腰间,指尖微微动了动,垂了下去。傅家庄循着老唐的指引,从他腰间翻出一封带血的信件。

角落里传来一阵窸窸窣窣的动静,那个装晕的年轻人正满脸惊恐地看着两人,慌张地说不出话来。高守平厉声问道:"谁杀了他?"

"一个……姑娘。"年轻人嗫嚅着回答。

外面传来一阵杂乱的脚步声,傅家庄拎起老唐的皮箱,和高守平朝老唐行了一个注目礼,回身跳下窗户。

方若愚带着人闯进来,那个倒霉的年轻人终于能提着裤子站起身来了,方若愚指着地上老唐的尸体,厉声朝他喝道:"你杀的人!"

年轻人慌了,带着哭音慌张地摇头,方若愚一挥手,让手下将他带走。

"不是我,真不是我,我就撒了泡尿……"年轻人委屈地嚎哭着,还是被警察拖走了。

看到大令逃出来,麻苏苏跟着她到了码头外一偏僻之处,可当她打开信封时,却发现里面除了一张白纸,什么都没有。麻苏苏气急败坏,抬手给了大令一记耳光,嘴里挤出两个字:"废物!"

大令被打得一个趔趄,还是站稳了身子,麻苏苏又要挥手,忍了忍,强压下火气,顺手抓下了头上的假发套,狠狠摔在地上,疾步走开了。

大令捂住红肿的面颊,默默跟了上去。麻苏苏平复了一下情绪,脚步放慢,大令快步跟了上来,麻苏苏舒了口气,低声道:"没事儿,我们还有后手。"

出站口,高大霞和小丁焦急地四下张望,见傅家庄和高守平跑来,连忙迎了上去,得知刚才发生的一切,高大霞气愤地说:"肯定是挽霞子捣的鬼,他一来,我就知道没好事。"

傅家庄让小丁进站,以家属的身份把老唐的遗体领走,又把手里的皮箱递给高大霞,让她赶紧去隆兴茶行,把这里的情况跟李云光汇报一下,他跟高守平马上去见安德烈。"兵贵神速,咱们要跟国民党特务抢时间。"

傅家庄和高守平赶到苏军大连警备司令部时,玛丝洛娃已经带着人在门口等候他们了,这个阵势,让接到麻苏苏电话的吴姐也没有料到。眼看着苏联士兵护着傅家庄和高守平走进接待室,吴姐知道自己虽然没有力挽狂澜的那份本事,也要最后一搏。

玛丝洛娃去请安德烈下楼了,傅家庄看见高守平满脸的污渍,让他赶紧去洗一把。高守平犹豫着去不去,怕又出意外,傅家庄说:"去吧,干净整洁也是对别人的一种尊重。"

高守平推门去了。傅家庄坐在桌边检查着那份带血的接洽函,门口进来一个年轻女人,手里端着茶杯走来,傅家庄伸手去接茶杯,女人手里的热茶突然泼向傅家庄,另一只手伸过来要抢接洽函。傅家庄侧身闪过,热茶划出一道漂亮的弧线,可手里的接洽函却没有拿住,飞了出去,悠悠飘落。女人一刀挥来,傅家庄身子后仰,连人带椅子翻了过去。

女人急忙弯腰去抢接洽函,傅家庄一脚踢开女人的胳膊,旋即又扑上前去,挡在女人身前。两人挥动拳脚带起的风吹起了接洽函,女人伸手要去抓,被傅家庄一掌推开。

门外,高守平甩着水渍走来,发现接待室大门紧锁。高守平附耳听去,忽地脸色一变,屋内正隐隐传来激烈的打斗声,"来人,来人哪!"高守平放声高呼。

安德烈和玛丝洛娃正朝接待室赶来,高守平的呼声惊动了他们。安德烈一马当先疾跑而来,大声问道:"还有谁在里面?"

接待室里,傅家庄和女人的激战仍在继续,门口突然传来枪声,屋门被一脚踹开,安德烈闯了进来,举枪大喊:"不要动!"他认出了在司令部工作的女人,一惊。

女人咬了咬牙,转身冲向窗前。跃起的身子刚撞向窗户,安德烈手里的枪响了,女人的身子带着崩飞的玻璃,飞了出去,轰然坠地,带出院子里的一阵尖叫。

终于铲除了司令部里潜伏的国民党特务,安德烈很高兴,他长出了一口气:"不愉快的事不说了,让我看看你们历经磨难送来的接洽函吧。"

傅家庄郑重地交出接洽函,安德烈看完后抬头,却发现傅家庄的眼里闪动着难掩的失落,他这才知道,送这份接洽函的胶东特派员,已经牺牲了。

"我们应该如何进行下面的交接工作呢?"安德烈问道。

傅家庄说:"交接一定是繁琐的,但是,历史的经验和教训一再告诉我们,枪杆子里面出政权,所以,我个人认为,我们的交接首先应该从枪杆子开始。"

安德烈为难地说:"国民政府是被国际承认的合法政府,如果我们让你们在大连成立军队的话,只怕会引起不必要的外交事件,更何况,军管大连的是我们苏联红军。"

傅家庄点点头："我理解你的想法，根据我们上级指示，我们要在大连开展的第一步工作，是立即成立中共大连市委。"

安德烈表示赞同："这样就先行一步完成了接洽，我们也有了一个拒绝国民政府进入大连的理由。"

傅家庄说："我们可以不在大连派驻军队，但是我们准备以维持社会治安为理由，先把日本人留下的警察署接收过来。目前的大连处于无政府状态，老百姓把警察署和派出所叫成了'小衙门'，如果我们接收了警察署，就等于实质性地掌握了武装。"

这是一个颇具可行性的建议，安德烈低头思忖起来。

接待室隔壁，吴姐一直将脑袋贴在一块掏空的墙上，偷听着旁边屋里的谈话。

说到接收警察署的具体设想，傅家庄表示："目前，大连有大大小小的派出所 416 个。我们请示过中共东北局，上级认为大连市委成立后的第一项工作，就是把警察署改编成公安总局。安德烈同志，我们需要你们的同意和支持。"

安德烈点点头："我会把你说的情况，尽快汇报给雅曼诺夫少将，我们最大的愿望，是希望警察署移交之后，你们能够确保大连的平安。"

"这一点请你们放心。"傅家庄说，"扎根群众是我们党的法宝，我们一定会保证这座城市的安宁、祥和。"

吴姐脸色发白，将一幅苏联红场的油画挂到掏空的墙壁上。

今天的事，让麻苏苏和吴姐上了不少火，两人在良运洋行里碰面，难免借酒消愁。吴姐难过的不仅是接洽函没到手，还把手下一个姐妹的性命搭上了，麻苏苏安慰她："这不能怪你，共产党虽说不是三头六臂，可要起花招来也是防不胜防。原来你那里还有个人手可以帮忙，现在成了光杆司令，再找个人吧。"

吴姐问:"有好手吗?"

麻苏苏想了想,说:"倒是有一个。"

傅家庄回到隆兴茶庄,高大霞已经走了,小丁说李云光也出去办事了。傅家庄看见桌上放着老唐带来的皮箱,上面有一张折好的白纸,另一张是草纸。小丁说两张纸是在皮箱夹层里发现的,白纸上密密麻麻写着在胶东牺牲的大连籍同志的名单和他们家人的联系方式。傅家庄拿起纸来看,一个熟悉的名字跳入眼帘:高金柱。而另一张草纸,正是高金柱生前留下的,上面写着他来山东后,查找到大儿子高守泰已经在三年前死了,他是去蓬莱做买卖时,半路中了日本鬼子的流弹。高金柱把这个秘密守了大半年没告诉家里,应该是怕刘曼丽和高大霞、高守平兄妹难过吧。

傅家庄看完高金柱留下的信,问小丁高大霞是否知道这一切,小丁说两张纸是高大霞走了以后才发现的。

"她回家了吗?"傅家庄问。

小丁说:"可能是去买衣服了吧,她嘀咕了句'挽霞子'。"

傅家庄知道,她一准儿又是找方若愚算账去了。

确实,高大霞就是来找方若愚了。她在警察署门岗一露面,门卫老钱就认出了她:"哟,这不是方科长他老姨吗?"

高大霞皮笑肉不笑地龇了龇牙:"我大外甥在吗?"

"在,刚出警回来,我给他打个电话。"老钱拿起电话,不忘说着方若愚的好,"方科长心眼儿好,可关照我们了。"

高大霞不屑:"那是他手腕高。"

"那肯定的,要不然,能在日本人手底下吃上饭?"老钱拨着电话。

高大霞问:"他和日本人走得挺近吧?"

老钱停止了动作:"这话怎么说吧,捧日本人的饭碗,面上总不敢惹事吧？背地里，谁不恨小日本——喂，方科长，你家来亲戚了。"

话筒那头传来方若愚茫然的询问："什么亲戚？"

"你老姨。"老钱大声喊着，朝高大霞笑着。

话筒那头沉默了半晌，旋即传来一句漠然的回应："就说我不在。"

"你不在哪儿呀？"高大霞凑到话筒边，大声问。

电话里传来了一阵剧烈的咳嗽声，半晌，方若愚才恨恨问道："高大霞，你又想干什么？"

"老姨来看看大外甥，不犯毛病吧？"高大霞说。

"有话你就说，我听着。"

高大霞四下望了望："我嗓门可大，你要不怕丢人，我可就扯着嗓门说了。"

"你，你！"方若愚像是被噎了一下，说话也不利索起来。少顷，他克制住了情绪，低声道："好吧，我出来。"

方若愚挂上电话，犹豫了一下，拉开抽屉，拿出手枪。

高大霞正跟老钱唠着嗑，方若愚出来了，他重重咳嗽了一声，引起高大霞的注意后，快步走开。高大霞神秘一笑，告别了老钱，去追赶方若愚。两人到了街道拐角的僻静处，方若愚顿住脚步，四下张望了一圈，厌恶地看着高大霞："想说什么直说，我还有事。"

高大霞问："我们山东家来的人，是你杀的吧？"

方若愚冷笑了一声："众目睽睽之下，很多人都看见了，是一个年轻姑娘杀的。"

"那是你派去的。"高大霞恨得咬着牙根。

方若愚像是对这个说法早有预料，他蔑视地看着高大霞："欲加之罪，何患无辞，随你怎么说吧。不过，我当时在不在杀人现场，你可以去问问傅家庄，对了，还有你弟弟高守平。"

高大霞说："你做个扣儿,把屎盆子扣在别人头上,这事不难。"

"随你怎么说吧,我不想跟你争执,没有意思。"方若愚看向别处。

"那是因为你心里有鬼,不敢跟我对质!"高大霞又移步站到他面前。

方若愚冷笑:"你要有证据,最好直接报案,让警察署的人抓我进大狱。"

"依你的罪过,投上几回大狱都够了!"高大霞低声喝道。

方若愚继续冷笑道:"你要真有这个本事,就让警察抓我吧,这比你死缠烂打有用。"

方若愚的态度,激怒了高大霞:"挽霞子,别以为我不知道,从寺儿沟寺院劫走石田元三的人就是你,你和小鬼子狼狈为奸,不光穿一条裤子,还一个鼻孔喘气!"

"你闭嘴!"与侵略者狼狈为奸,这是方若愚最为不齿的事。高大霞那番话,激怒了方若愚。

看到方若愚被气成这样,高大霞高兴了:"急了,你急眼了,你这是让我点到死穴上了!"

方若愚眼里喷火:"高大霞,你怎么冤枉我都行,但是你不能冤枉我是汉奸,你冤枉我是汉奸,还不如杀了我!"

"我不杀你,我得让你看看,看看大连怎么回到人民的怀抱,看看共产党怎么解放全中国!"高大霞朗声说道,"到时候,我就把你这个狗汉奸交给人民,让人民公审你,让人民的汪洋大海淹死你!"

方若愚像是被点燃了的炸药桶,涨红了脸怒吼道:"我现在先灭了你!"话音未落,他掏出枪来,枪口抵在高大霞头上。

高大霞挑衅地一笑:"你敢吗?"

"你看老子敢不敢!"方若愚凶狠地推上了子弹,"妈的,跟你在阳间说不通理,老子就陪你到阴曹地府找阎王去评理!"

"住手!"身后传来一声高呼,一辆出租车还没停稳,傅家庄就跳下车奔了过来。

方若愚脸上的愠色褪去一些,手里的枪也放下了。

高大霞斜眼蔑视着方若愚,冷声说道:"想杀我的坏蛋太多了,不差你一个。"

傅家庄把方若愚推开:"方科长,你回去吧,我找高大霞还有别的事。"

方若愚发着狠:"你要不来,我今天真把她送到阎王爷那里!"

傅家庄说:"杀人是要偿命的。"

"偿命就偿命!"方若愚又激动起来,"我宁可出口恶气,也不做冤死鬼。就是因为高大霞老说我是汉奸,才把我逼急了!请傅先生转告高大霞,别欺人太甚,兔子急了,也咬人!"

傅家庄拉着高大霞离开了警察署,高大霞对傅家庄刚才不向着自己的事耿耿于怀:"你这是敌我不分,屁股坐到敌人一边了。"

傅家庄说:"这件事是你多疑,老唐的死的确跟方若愚无关,当时我和守平都在现场。"

"你们光看见表面,背地里他使了多少阴招谁知道?我要不揭开他的老底,他能拿枪顶着我?"高大霞激动起来,嗓门也不觉提高了。

"你给他扣了顶汉奸帽子,人家能不急吗?一个人的名声可比命重要。"

傅家庄叫了辆出租车,载着两人在家门前的胡同下来,走了一段路,傅家庄几次张嘴要说什么,都憋回去了。高大霞觉出异样,追问他到底有什么事,傅家庄说出守了一路的秘密。

高大霞脸上的泪水缓缓流淌,大哥高守泰的死,她一直都不愿相信,现在,不光大哥死了的消息得到确认,多年未见的父亲居然也牺牲了。傅家庄想要安慰她,却不知如何开口,只能看着高大霞悲痛伤心,泪流满面。

身后传来自行车的响铃声,高守平骑着车子驶来,脖子上的围巾在风中翻飞,这是傅家庄从码头接站大厅窗台下扯下来的那条围巾。

"姐,傅哥。"高守平溜着自行车到了两人面前,看到泪眼婆娑的高大霞,愣住了。高大霞看到弟弟,越加控制不住自己的泪水,"呜呜"哭起来。高守平慌了,傅家庄将他拉到一旁,说了他父亲和他哥的事情,高守平惊呆了,半晌,他的泪水伴着呜咽倾泻而出。

高大霞不愿让傅家庄看到自己更多的失态,更不愿让他看到刘曼丽得知噩耗后的痛苦,她打发走傅家庄,要自己去面对苦命的刘曼丽。

正如高大霞的预料,刘曼丽得知突如其来的噩耗,果然哭得让她揪心,高大霞劝她想开些,人死不能复生,刘曼丽摇着头说:"给你哥的眼泪,早就流干了。我是哭我自己,嫁错了人。"

高大霞替大哥抱不平:"他人都不在了,你还这么说。当年嫁过来的时候,你不也高高兴兴的嘛。"

"那时候我是高高兴兴。"刘曼丽抹着眼泪,"我爸妈走得早,嫁了你哥,觉得总算有了个依靠,有人帮着我拉扯有为了。可好日子没过上几年,咱爸就带着你闹革命,你哥也没法在大连做买卖了,跑到了烟台去,丢下我,拉把着守平天天提心吊胆,这日子还有个过吗?"刘曼丽越说越伤心,又哭起来。

"我哥在外面也不容易,兵荒马乱的,想往家写信也怕捎不回来呀。"高大霞递上手绢,替哥哥做着解释。

刘曼丽接过手绢擦着眼泪,声音嘶哑:"要不是咱爸牺牲前,把你哥的事弄明白了,你还不信。这些年,我为你们高家流的眼泪,没有一口井也有一眼泉了。他个缺德鬼,也不托个梦给我。"刘曼丽哭得越发伤心。

高大霞听出来了,嫂子说恨哥哥其实是假,这么些年来,她分明是无时无刻不在挂念着杳无音讯的丈夫。

"嫂子,我替我哥跟你说声对不起。"高大霞拥住了刘曼丽。

刘曼丽哽咽着:"我对不起你哥,也没给他留个一儿半女。"

"你别这么说,嫂子,等守平和春妮结婚了,让他俩多生几个孩子,过继给你。"高大霞抹着刘曼丽脸上的眼泪,"嫂子,我哥不在了,你还得好好活,你活得越好,我哥会越高兴。这些年,我们高家亏欠你太多,尤其是我。"

刘曼丽委屈地说:"我早就说过你哥不在了,你就是不信。"

"我对不起你。"高大霞打了自己一个耳光,又要打时,被刘曼丽拉住了手。

"大霞,我也多盼着他没死呀,他在,咱这个家就像个家样儿了。"

高大霞说:"嫂子,只要你愿意,这个家永远是你的家。"

"嫂子,往后,我养活你。"一直站在屋外的高守平进来,抽泣着说。

刘曼丽看着姐弟俩,抹着满眼的泪水,强作欢颜说:"都别哭了,只要你们不撵我走,我还把这儿当成自己家。"

三个人拥在一起,又"呜呜呜"地哭起来。

第二十九章

麻苏苏来找方若愚,是告诉他共产党要接管警察署。这个消息,对方若愚无疑是沉重一击,"沈怡呢?他不是要来大连赴任市长吗?怎么还不来?"方若愚低声咆哮着,"把警察署拱手送给共产党,你知道这意味着什么?意味着把枪杆子送给了我们的敌人!"

"小方,你冷静些。"麻苏苏按住方若愚。

方若愚一把甩开麻苏苏:"我冷静得了吗?有了枪杆子,共产党就会上演他们'星星之火,可以燎原'的拿手好戏。到那时候,你我就会死无葬身之地!"

麻苏苏不以为然:"没那么严重吧。"

"比这严重!"方若愚厉声道,"你不要忘了呀,大姐,他们当初在井冈山的弹丸之地为匪,现在不是已经成为了我们的心腹大患吗?"

"没那么悬乎,"麻苏苏摆摆手说,"他们再能,不还是被我们打得屁滚尿流,穿着草鞋啃着树根爬雪山过草地了嘛。"

方若愚苦笑,在大连潜伏多年,他亲眼见证了不可一世的日军是如何走向没落的,深知强大与弱小的关系会随着时间的推移而发生转变。

"大姐呀,大姐,打蛇不死,后患无穷!"方若愚急切地说道,"他们跑了两万五千里,留下的可都是精英,要不然,他们那两三万人能发展到现在的百万人马?"

相较方若愚,麻苏苏更像是一名纯粹的理想主义者。对于方若愚的担忧,麻苏苏有着自己的自信:"军国大事自有委员长谋略,你我的任务就是精诚团结,报效党国。"

"我也想报效党国,可共产党给我们机会吗?"方若愚脸上平添了几分怒容,"今天,高大霞还堵到警察署去跟我示威。我一气之下,差点儿崩了她!"

麻苏苏一惊:"怎么闹到这个地步了?小方,这可不像你的行事风格。"

"我也不想。"方若愚涨红了脸,"她骂我是小日本的汉奸!"

"骂一声你就动枪了?"麻苏苏喝道,"莽撞,你都莽撞到愚蠢的地步了!"

"这不是莽撞,更不是愚蠢。"方若愚大声反驳,"我再对她一味退缩,她更没完没了,蹬鼻子上脸!"

麻苏苏琢磨着方若愚的话,点了点头,"也有道理。"

"理儿是这么个理儿,可只能麻木她一时,却不能根除她对我的怀疑。"方若愚急促地说道,"你想想,共党与苏联人刚握上手,高大霞就敢明目张胆上门兴师问罪。这要是共党接管了警察署,随便找个理由,就能把我送进旅顺大狱!"

"没到那个地步。"麻苏苏安抚着方若愚,"再说,国共现在还没撕破脸,我们现在代表的还是合法政府,即便暴露,他们能奈我何?"

方若愚瞪着麻苏苏:"我们还要等着暴露?"

"只要我们好好合计,就暴露不了。"

方若愚怒道:"有高大霞在那搓豁子扬沙子,不暴露都难!"

"上次,你俩在良运洋行唇枪舌剑的时候,我觉得你铁齿钢牙,没落半点儿下风,恰恰相反,还要胜她几筹,现在怎么反倒让她牵着鼻子走了。"麻苏苏对这个事想不明白。

方若愚叹了口气:"那是因为这个女人从来都不按套路出牌。""跟她斗,连个规律都摸不着,东一榔头西一棒槌,防不胜防。"

麻苏苏目光一冷:"为什么总想着防,就不能先下手为强?"

方若愚怔住:"你要杀了她?"旋即又着急起来,"不行,绝对不行!"

"怎么又不行了? 你不是一直想除掉她吗?"麻苏苏有些摸不着头脑。

"此一时彼一时。先前想除掉她,是没几个人知道她怀疑我,现在她破马张飞到处嗷嗷我是特务,突然除掉她,共产党第一个怀疑的人就是我,这反倒把我特务的身份坐实了。"

麻苏苏心生烦闷:"左也不是右也不是,那你到底想怎么办?"

方若愚迟疑了片刻,小心地注视着麻苏苏的神情:"我思来想去,还是觉得走为上策,离开大连。"

"不行!"麻苏苏一口回绝,"'大姨'需要你,我更需要你。"

方若愚脸上泛起一丝苦笑:"大姐,我何尝愿意离开这里?大连依山傍海,冬暖夏凉,我喜欢还来不及哪。可我如果留下,于革命百害而无一利,我不能因为个人的原因,给党国在大连的事业造成重大损失!"

麻苏苏看方若愚去意已决,不想和他再为这件事争得伤了和气,低声道:"那我向'大姨'请示一下吧。"

"那就麻烦大姐了。"方若愚陪着笑。

送走麻苏苏,方若愚的心情好了一些,看着空荡荡的白墙,突然想写几个许久没有练笔的大字了,他翻出宣纸铺在桌上,找了块墨锭研起墨来。今晚升起的好心情,倒不是因为麻苏苏答应会去"大姨"那里为他离开大连的事说情,其实方若愚十分清楚,这件事麻苏苏绝对不会去说的,且不讲她根本就没有见过"大姨"本尊。即便"大姨"有这个想法,麻苏苏也会横挡竖拦,她不会轻易放走一个她赏识的志同道合的伙伴,否则,她就不会大半夜跑来了。而自己所以提出离开大连,也是要敲打敲打麻苏苏,一则让她别逼自己太紧,不管是公事还是私情,二是要让麻苏苏明白,因为有高大霞的监视,有些行动他确实不便参与。由于脑子里一直想着高大霞的事,下意识间,落笔之处居然现出一个大大的"霞"字。注视着这个遒劲有力的大字,方若愚有些怔愣,想来高大霞对他生活的影响已经根深蒂固了。他厌恶地揭起宣纸,刚要团起来扔掉,手里的动作又停了下来,他盯着这个正楷大字琢磨着,又小心地铺平了宣纸,提笔在后面又续上了三个字。不一会儿,宣纸上赫然呈现出四个正楷大字:霞思天想。

夜深了,刘有为送走高大霞和高守平,看他们下了楼梯,才回到刘曼丽的房间,一进门就悄声说:"姐,你老公公不在了,就没给个说法?"

"人都没了,还要什么说法。"刘曼丽疲惫地倚靠在被垛上。

刘有为一脸焦急,"我亲姐呀,你那精神头儿都长得不是地方,就是因为人死了才得要说法。你老公公咋死的,打日本人死的,那叫牺牲,属于烈士。所以你跟我,顺理成章咱们就属于烈属啦!"

刘曼丽凄然一笑:"烈属?我是他儿媳妇,当然算得上。你跟着凑什么热闹。"

"这怎么叫凑热闹,你是烈属,我就是烈属他弟!"刘有为正色道,"有了这个荣誉,往后,我出门也就高人一等,腰板绝不比她高大霞软!"

刘曼丽恼怒:"你还要不要脸了,这事儿也抢!"

"亲姐呀,你真是糊涂!咱家开的那个炮仗铺虽然不大,也是个买卖吧?忙的时候还雇过伙计。这在共产党眼里,就是剥削阶级,划在他们要打倒的那一拨里头。可你要是成了烈属,就不一样了,这和共产党就是一家人呀,他们还能去翻咱家过去的小肠吗?"

刘有为满脸怒其不争,刘曼丽听来却气不打一处来,她忽地直起身子,瞪着刘有为:"你还有脸说,咱爸一辈子攒的那点儿家底,都让你给败光了,没被别人剥削就不错了。"

"我明白了,姐,你肯定是跟你弟我藏心眼儿了。"刘有为目光炯炯地盯着刘曼丽。

"我藏什么心眼儿?"刘曼丽瞪着刘有为。

刘有为小声说:"你不让我当烈属,就是怕我沾你的光。"

刘曼丽脸一板:"你别胡说八道啊,死的是你姐夫,我没看出你有半点儿难受。即便你不心疼你姐夫，总得心疼心疼你这个苦命的姐姐吧？"

"姐夫死的事咱不早料到了吗？该难受的我都难受过了，还陪着你好一顿哭鼻子掉泪。"

"拉倒吧，你那两滴猫尿还叫眼泪！"刘曼丽又倚在被垛上。

"现在翻老皇历还有用吗？我掉不掉眼泪能怎么了？姐夫没有亲不亲的，只有姐是亲的。"

刘曼丽瞪着眼："你这叫人话吗？"

"我说的是大实话。"刘有为意味深长地笑了笑，"姐，你现在这岁数，得赶快再嫁呀，再嫁一定要找个干革命的大官。到时候，我这个小舅子也跟着沾沾光。现在高大霞已经不敢指望了，咱俩得赶紧另外找个靠山。这样一来，咱俩既是烈士家属又是革命家属，两头都占！"

刘曼丽斜眼打量着他："听这话，你都把人给我找好了。"

"这还用找？"刘有为朝背后院里伸手一指，"那屋里不就有现成的嘛！"

傅家庄盘腿坐在炕上缝着衬衫扣子，门外响起敲门声，没等傅家庄回应，高大霞就端着一盆热水进来了："快烫烫脚，解解乏。"

傅家庄抬起一双赤脚晃了晃："我洗过了。"

"我这是烫萝卜丝的水，去臭味。"高大霞不由分说，拉过桌底放着的木盆，把一盆升腾着热气的热水倒进去，"快下来洗，凉了就差劲儿了。"

傅家庄不得不蹭到炕沿，将脚伸进了木盆，烫得他龇牙咧嘴。

高大霞看到炕上缝了一半的衬衫扣子，拿过来坐到对面的椅子上，缝了起来，可她的心思显然不在手上，不时抬头探究地看向傅家庄。

傅家庄隐隐有种不安，高大霞突如其来的善意背后必然藏着些什么心思。果不其然,寒暄了没两句,高大霞便提起了刘曼丽:"我对不起嫂子呀,老是不愿相信我哥不在了,一看见她跟哪个男人多说两句话,就不自在。"

"你是太敏感了。"傅家庄宽慰道,"嫂子怎么样了?"

"还行吧,她早知道是这个结果,是我对不起她,老也不信她说我哥不在了的话。我嫂子这些年也不容易,我想帮他物色个好男人。"高大霞看着傅家庄。

傅家庄避开高大霞的目光,"有好的,我也可以帮忙。"

高大霞咳嗽一声,把傅家庄的目光重又召唤回来:"有一个省事儿的办法。"

傅家庄意识到高大霞话中所指,脸色一沉:"这个事儿,别谈了。"

高大霞呼地起身:"我嫂子有什么不好? 刀子嘴豆腐心,心眼儿好。平时话多了点儿,也不算什么毛病,热情,你们男人都喜欢。"

"不要再说了,我不同意!"傅家庄态度决绝,从木盆里抽出双脚。

"有什么不能同意的?"高大霞抓着衬衫过来,"你也不是没看出来,我嫂子早就喜欢你了。"

傅家庄抬脚往炕里坐着,委屈地说:"那也得看我喜不喜欢她,爱情不是烧火棍子一头热的事。"

高大霞坐到炕沿:"那你告诉我,你喜欢什么样的? 怎么样才能两头都热?"

"我,我上回都跟你说过了,我有女朋友。"傅家庄退到炕角,像个受气的孩子。

高大霞盯着傅家庄:"你撒谎,你根本没有。"

"你怎么知道我没有。"傅家庄的底气明显不足。

"你有的话,身边总得有张照片吧? 来,拿给我看看。"高大霞想拿开缝好扣子的衬衫，没发现针线居然被她缝到了自己衣襟上。

"你怎么缝的？"傅家庄一脸无奈。

"这活儿干的，光说话了。"高大霞用力一扯，衬衫撕了一个口子。

傅家庄张了张嘴，还没等说话，高大霞却喝道："忍住，明天我给你买件新的，过门时候穿。"

"你想过门想疯了。"傅家庄哭笑不得，俯身过来拆解起高大霞缝到衣襟上的衬衫。

门响了一下，进来的是刘曼丽，她一声"傅哥"刚出口，看见正撕扯着高大霞衣襟的傅家庄便愣住了，缓了下神，她下意识地喊着"哎呀妈呀"，扭头要走。

"嫂子！"高大霞叫住了刘曼丽，扯了扯手上的衬衫，"这衣服让我缝的，缝到自己身上了。"

刘曼丽伸头看看，明白了怎么一回事，这才松了口气，她责怪地看着傅家庄："傅大哥，再有什么缝缝补补的活儿，你和我说，大霞粗手粗脚的，针线这种细活儿干不好。"

傅家庄尴尬地说："我自己能干。"

"能干也不行，好男人拿枪不拿针。"刘曼丽拿过衬衫，"大霞，我想跟傅大哥说几句话。"

傅家庄脸上现出一丝慌乱，恳求地望向高大霞。高大霞有些犹豫，刘曼丽却直言道："大霞，我让你先出去，这怎么还听不明白了？"

高大霞无可奈何地看了傅家庄一眼，朝外走去。

傅家庄在心底长叹了一口气。

门外，高大霞听着屋里的动静，只听傅家庄低声问："嫂子，有什么事儿吗？"

一阵沉默，屋里才响起了刘曼丽略带沙哑的叹息："家里的两根顶梁柱说没就没了,我和大霞、守平都难过。"

黑暗中,高大霞眼里一热,她擦了擦眼泪,转身走开了。

房间里,傅家庄看着抹着眼泪的刘曼丽,心里也不好受:"嫂子,你别担心,你家大哥虽然不在了,还有大霞、守平,也有我,都是你的依靠,你有什么事尽管说,我们都会竭尽全力去帮你。"

刘曼丽摇了摇头:"我有手有脚,自己能行,"刘曼丽看着傅家庄,迟疑地问,"傅大哥,我现在能算是革命烈属吗?"

傅家庄肯定地说:"算啊,当然算了。"

刘曼丽深吸了一口气,坚定了语气:"那我不能光顶着革命烈属的名声,我得干点儿事,这样才能让我那个死鬼男人放心。"

傅家庄问:"嫂子,你想干什么?"

"我想跟你……干革命。"刘曼丽迟疑地说完,探询地看着傅家庄。

刘曼丽与傅家庄的谈话,牵动着高大霞的心,让她一宿又没睡好。一大早,听到院子里有响动,她扒开窗帘一看,傅家庄已经出了门。答案只能向刘曼丽要了,可饭桌上的刘曼丽却不肯说,这更让高大霞慌了神。

好在还有刘有为,他对昨晚的事情也格外上心,见高大霞不在跟前,他打着哈欠一坐到饭桌上,就悄声问刘曼丽:"昨晚你和傅家庄说了?"

"说了。"刘曼丽表情平静,"他说这个事得跟领导汇报一下。"

刘有为不解:"你俩好,他跟领导汇报什么? 领导管得也太宽了。"

刘曼丽白了刘有为一眼:"想什么呐? 我说的是跟着傅大哥干革命的事。再说,他想跟我好,也得跟组织汇报,这是纪律。"

刘有为显得比当事人还着急起来:"你让他快点儿说。"

刘曼丽迟疑道:"用不用让大霞催催他?"

刘有为一瞪眼："你彪啊,好东西都是自己吃独食,高大霞能给你说这个?"

刘曼丽打了刘有为一拳头："别瞎说,大霞有万毛驴子。"

高大霞进来,没来由地打了个喷嚏,姐弟俩忙噤了声,高大霞冲刘有为说:"有为,快点儿吃啊,一会儿咱俩得去趟大菜市。今天中午给文工团改善伙食,庆贺咱们和苏联红军接洽成功了。"

高大霞把文工团饭店的活儿忙完,让刘有为盯着点儿,说团里今天排新节目,她作为指导员得去把把关。新节目是秧歌剧《夫妻识字》,一进剧场,高大霞就看见舞台上的袁飞燕边扭着秧歌边唱歌:"黑格隆冬天上出呀么出星星,黑板上写字放呀么放光明。"

高大霞皱着眉走到前排,坐在邢团长旁边,邢团长跟她点了个头,继续专注地看着台上。高大霞听了一会儿,还是觉得有个问题不能不说,她捅了下邢团长,低声问:"刚才飞燕唱'黑板上写字放呀么放光明',黑板上拿什么写字?"

邢团长说:"白粉笔呀,怎么了?"

高大霞问:"白粉笔带亮儿吗?"

邢团长笑笑:"白粉笔带什么亮儿。"

"对呀,白粉笔不带亮儿,怎么能'放光明'?"高大霞抓住了理儿,说话的底气也足了,"看来,往后我不能把精神头都用在饭店上了,这么一天到晚做饭买菜刷盘子,他们还真当我是厨子了,在这瞪眼瞎唱!"

邢团长试探着问:"那依你的意思……"

高大霞说:"应该是'黑板上写字掉渣渣'!"

邢团长苦笑:"这就是打了个比方。"说着,他轻声唱起来,"黑板上写字掉呀么掉渣渣'……啊不对,"邢团长意识到自己被高大霞带进了沟里,忙重新唱道,"'黑板上写字放呀么放光明'。这叫比喻。"

高大霞不耐烦:"比什么鱼呀,还比虾哪。"她刚要说下去,一抬头,见万德福和万春妮从剧场侧门进来了。

"老万!"高大霞兴奋地挥着手,迎过去。

"姐。"万春妮甜甜地叫了一声。

万德福不满:"叫姨。"

"别听你爸的,就叫姐。"高大霞亲昵地拉过万春妮,见万德福还是一脸的愁容,以为他还在纠结称呼上的事儿。万春妮忙说,刚才坐电车来的路上,她爸就一直长吁短叹,说再不能开电车了,高大霞宽慰万德福:"你不开了春妮不是还开着嘛,想坐就去坐。"

万德福摇摇头,哑声叹道:"坐车和开车,到底是两回事儿呀。"

为了哄万德福高兴,高大霞带着父女俩去剧场看排练。一见邢团长,就给他介绍起万德福来,说正好可以让大家接受一下政治教育,邢团长有些勉强,见高大霞一再坚持,便组织起人员,在舞台下整齐地坐好了。

舞台上,高大霞高声说道:"在座的很多人,没有经过炮火洗礼,没有经过生死考验,以为在戏里拿着把木头手枪演英雄,自己就是真英雄了。同志们,英雄不是演出来的,是从阎王殿杀出来的,是从鬼门关里闯出来的!"她指了指台下坐着的万德福,"这位万德福同志,在放火团的时候就和我并肩战斗,立过无数功劳,这样的英雄,才是你们学习的榜样! 下面,就请万德福同志上台,给我们讲一讲他和我并肩战斗的英雄故事。大家欢迎!"

在众人的掌声中,万德福紧张地起身,走向舞台。袁飞燕碰了下坐在旁边的万春妮,敬佩地说:"你爸真了不起!"

万春妮自豪地点了点头。

万德福站在台中央,局促不安地给大家鞠了一躬,颤着声音说:"我笨嘴笨舌的,也不知道讲什么好。"他红着脸看向高大霞。

"就讲烧鬼子飞机的英雄故事!"高大霞投来鼓励的目光。

万德福为难地说:"那好吧。"

万德福的讲述从磕磕巴巴开始,可他和放火团一道经历的许多往事毕竟难忘,一旦引出一个开端,便像拧开水管的水龙头,汩汩而出的都是沉甸甸的实货,他初登台时的紧张慌恐也就不复存在了。说到那一把叫满城百姓震惊的天火,他的声音都不由发起颤来:"大火烧得那个旺呀,把晴天都烧成了阴天!"

坐在侧幕的高大霞听出了毛病,小声提醒:"把晚上烧成了白天。"

高大霞的提醒打乱了万德福的讲述,他忙对着高大霞解释:"你说的是晚上,我说的是白天……"话一出口,他反应过来台下还有众人盯着自己,他的更正会让高大霞难堪,便又对着大家说明起来,"大霞说的也没错,白天晚上都烧,大火烧起来不得有浓烟呀,浓烟那个大呀,把太阳光都遮住了。"

万德福的一通解释,让大家更加糊涂,纷纷窃窃私语起来,高大霞赶紧拍了几下巴掌,让众人安静下来,叫万德福往下接着讲。

万德福清了清嗓子,顺着被打断的话继续说道:"这把大火,烧得真是解气,老百姓把大火叫天火,那小鬼子被烧得晕头转向,上蹿下跳,他们到处抓人,可就是抓不住我们。同志们,我们一把火就烧掉了鬼子的3架飞机!"他举起三根手指使劲地晃了晃,"别看就3架,可要是这3架飞机飞上天,我们前线的战士指不定要牺牲多少人哪!"

台下又响起此起彼伏的窃窃私语,上次高大霞做报告时,可说烧的是6架飞机。

"万德福同志,请您确认一下,到底是几架飞机?"袁飞燕站起来,大声问道。

众人哄笑，有人起哄，喊着"6架,6架。"

万德福疑惑起来，看向高大霞，高大霞涨红着脸，朝台下喊道："安静，安静！袁飞燕，你坐下！"

众人忍住了笑，可袁飞燕非但不坐下，还是咄咄逼人地直视着万德福，追问道："万德福同志，您还没说到底是几架呐。"

万德福尴尬地咳嗽起来，他意识到高大霞此前必定是在这群娃娃们面前夸过海口了，他茫然地看向高大霞，低声问道："大霞，几架呀？"

万德福的声音通过话筒清晰地扩了出去，众人笑得更欢了。笑声让万德福不知所措，更让高大霞的脸色急得一阵红一阵白，她慌张地走上前台，指着台下的众人数落："你们这些同志呀，有必要这么较真吗，火着那么大，谁能看清楚到底几架？"

高大霞的窘迫，被众人真真切切地看在了眼里，笑声再一次轰响。

谁都没有想到，原本好好的一场报告，让几架飞机搅了个稀烂。邢团长一个劲儿向高大霞和万德福赔着情，还是难以消除高大霞的火气："那个袁飞燕不知抽哪根筋了，专门挑头跟我作对。"

邢团长和着稀泥："年轻人爱较真儿，你千万别往心里去。"

万德福附和："邢团长说的是，大霞，别为这点儿小事气坏了身子。"

"本来晌午还要给他们改善伙食，哼，喝西北风去吧！"高大霞气呼呼朝外走去。

万德福一瘸一拐跟在后面："大霞，这就是你不对了，再有意见，也不能饿着他们呀！"

剧场里，演员们还在拿几架飞机的事儿开心，大春逗着杨欢："你想说几架？"

杨欢伸出一巴掌："6架！"

众人哄笑。

"别笑啦!"万春妮急了,朝着众人吼道,"虽然我爹和大霞姐说的数没对上,但是这并不妨碍他们是抗日英雄!飞机,他们的确烧过,鬼子也的确打过!"

杨欢戏谑:"牛皮也的确吹过。"

"你们太过分啦!"袁飞燕大声责备大家,回头见万春妮气呼呼走了,急忙追了出去。

"对不起,我替他们给你道歉。"袁飞燕在剧院门口追上万春妮,真诚地鞠了一躬,愧疚地说:"我刚才向你父亲提问,确实是想知道……"

"我看过你演的喜儿。"万春妮打断袁飞燕的话。

袁飞燕高兴地笑了:"谢谢你,我叫袁飞燕,以后有空就来找我吧。"说着,她伸出手来。

万春妮握住袁飞燕的手,笑了。

袁飞燕听说万春妮会开电车,有些吃惊:"女孩子开电车肯定英姿飒爽,很威风,不过……"

万春妮问:"不过什么?"

袁飞燕说:"可惜了你的音色,你说话的声音太有磁性了,是块儿唱歌的好材料。"

万春妮羞涩地说:"我哪儿会唱……"

袁飞燕说:"你要是愿意,休班可以来找我,我教你唱歌。"

万春妮高兴地点着头,一个劲儿谢着袁飞燕。

麻苏苏在海边找了半天,才发现方若愚在一艘废弃的渔船后朝她招手,她深一脚浅一脚踩着沙滩过去:"怎么找了这么个地方见面。"

"这是我碰海的福地。"方若愚看着过来的麻苏苏,"'大姨'同意我离开大连了?"

麻苏苏摇了摇头："不同意。"

这个结果,方若愚早就料到了,他说："'大姨'是想把我当成过河的卒子,随手抛掉吧。"

"你多虑了。在'大姨'眼里,你是大连这盘棋局的关键棋子,不能缺。"麻苏苏看向海面,不敢与方若愚的目光相对。

方若愚笑笑:"这种话就不要说了,地球离了谁都照样转。"

"'大姨'一再强调,党国在大连的大业,离不开你方先生。"

方若愚知道麻苏苏这是在拉大旗做虎皮,故意说:"我要面见大姨,她人在哪儿?"

麻苏苏两手一摊:"我哪儿知道? 我连大姨的影子也没见过。"

方若愚阴沉着脸说:"'大姨'不应允我离开大连,那么我的另一个要求,'大姨'想必也是没有答应了。"

麻苏苏摇摇头:"'大姨'还是不让除掉高大霞。"

方若愚脸上升起一丝愠色:"'大姨'肯定是觉得我已经暴露了,想把我推出来当靶子,吸引高大霞的火力。"

"小方,你想多了。"麻苏苏捡起一块鹅卵石,在手里把玩着。

"大姐,你不必安慰我,革命这么些年,为大局牺牲自己的道理,我懂。"方若愚看向海面尽头悠悠流动的卷云,轻声说。

"走吧。"麻苏苏看了看手里的鹅卵石,奋力朝海里扔去,鹅卵石划出一道曲线,落在海边,没有像麻苏苏预期的那样落进海里,激出一堆浪花。

"你先回去吧,我再待一会儿。"方若愚脱着外衣。

麻苏苏疑惑:"你要干什么?"

"燥得慌,下海拔个凉。"方若愚从一旁的包里拿出水镜,穿着短裤朝大海走去,在麻苏苏惊诧的目光里,方若愚戴上水镜,一头扎进冰冷的海水里。

今天碰海的收获,都摆在晚餐的桌子上,袁飞燕回家一看到满桌子的时令海鲜,顾不上洗手就欢天喜地坐到桌前大快朵颐起来。方若愚坐在一旁看着女儿的吃相,满脸满足,女儿此时的表现,应该是对他下午碰海成果的最大首肯。

吃了一会儿,袁飞燕讲起高大霞今天在文工团的糗事,本以为父亲也会为几架飞机的插曲开怀一笑,不料,方若愚却埋怨文工团的人不应该这么嘲讽高大霞:"对抗日英雄,谁都没有资格对他们有一丝一毫的亵渎。"

袁飞燕点头,轻声说:"爸,是我们错了,我知道你暗地里也支持过抗日分子。"

"那都是过去的事了。"方若愚不想再提这么沉重的话题,"说说你们团吧,那个杨欢不错,挺精神。"

袁飞燕知道父亲又要撮合她和杨欢的事,就说自己暂时不想考虑个人问题,不料,方若愚却说:"那你怎么还考虑过傅家庄。"

袁飞燕脸上闪过一丝红晕:"我是考虑过人家,可人家没考虑我。"

方若愚看出女儿的失落,心里却松了口气。女儿的一厢情愿,至少说明她现在还没有深陷进共产党的阵营里。

1945年11月7日,注定是载入中国公安史的重要日子,从大连市警察总局成立,同月又改称为大连市公安总局,这意味着中国共产党有了自己领导的中国第一支城市人民警察队伍,山东军区滨海三分区司令员赵东斌出任局长,大连市委书记韩光亲自兼任政委,李云光担任副政委。从市委开会回来的李云光还宣布,傅家庄担任公安总局综合处处长,高守平任机要科长。

傅家庄笑着说:"以后,我们就要改口管你叫李副政委了。"

李云光摆摆手:"革命不分职务高低,不过是一个称呼,一份责任而已。"

一旁的高守平低声道:"李副政委,这个机要科长,我干不了。"

李云光佯装生气,问道:"怎么?嫌官小了?"

"不是不是。"高守平连忙摇头,"我参加革命可不是为了当官发财。主要是我没喝过多少墨水,机要科这么重要的岗位,我怕干不好。"

"越怕干不好越要干中学,学中干,争取干好。"李云光说,"机要科的重要性不言而喻,除了要有文化,更要能保守机密,这个人选组织上也是考虑再三,才让你来挑这个担子。"

傅家庄重重拍了拍高守平肩膀:"守平,给你这个舞台,就是要好好磨砺你,将来为建设这个城市、这个国家,做更大贡献。这是组织对你的信任和重托,你千万不能辜负啊!"

高守平一个立正,站直了身子:"我一定不给组织丢脸!"

三人对视了一眼,放声笑起来。

"李副政委,高大霞怎么安排?"傅家庄问道。

李云光说:"她的组织材料不是还在她手上吗?"

傅家庄点头:"对,她回大连的时候想交给组织,我跟你商量过,我们的组织还不健全,先让她自己保管。"

"我知道这件事。"李云光沉吟道,"还有几份材料,应该是牡丹江方面提供给我们,可我们催要了两次,都还没有回音。"

"那怎么办?"傅家庄和高守平异口同声地问。

李云光说:"等牡丹江的材料一到,就会给她安排新的工作。目前,还是先让她在文工团干着吧。那里也是我们党发动群众、宣传革命的重要阵地。"

傅家庄说："除了文工团，是不是还可以让她再负责一些更重要的工作？"

李云光迟疑道："这个，等牡丹江那边的政审材料来了再说吧。"

傅家庄知道，有些组织程序必须要走，谁也不能搞特殊，想来高大霞也能够理解。说到下一步如何推进工作，李云光认为目前警察署里面的人三教九流，尽快开展甄别工作是当务之急。当前局势复杂，关键部门的关键岗位，一定要放可靠的人。

傅家庄为难："可现在我们的人手不够。"

李云光说："人手再不够，必要的程序不能省略，该有的原则和纪律还要遵守。"

傅家庄认为，接收来的伪警察不可能完全放心使用，既然这样，可以考虑吸收一些放心的同志进来，他特别提到了刘曼丽。这个提议引起了李云光的兴趣，毕竟将烈士家属进行妥善安置，也是对革命烈士在天之灵的一份交代。何况刘曼丽不光有文化，还积极要求进步。李云光说，等正式组建起公安总局之后，他要亲自见见刘曼丽。

听说李云光要见自己，刘曼丽兴奋得不知如何是好，饭桌上的高大霞没听到组织上对自己有所安排，难免脸上挂不住，自己好歹也是堂堂正正的老革命，是尸山血海里爬出来的战士，怎么临了还没人搭理了？高大霞越想越憋屈，放下筷子离席。傅家庄见状，也跟了出去，说到外调材料没回来的事，高大霞来气了："干什么非要等牡丹江的材料，我手里的档案是废纸啊？"

傅家庄耐心解释："还是得两份材料说上话。等忙完公安总局成立的事，你把你的材料给李副政委看看。"

自己的事情暂时解决不了，高大霞提出应该把万德福安置好，傅家庄为难地说："老万的事还真研究过，只是，他拖着一条残腿……"

高大霞火了:"残腿怎么了? 老万的残腿可是为救我瘸的,就是不说救我的事,他当年在放火团那也算是功臣!"

傅家庄为难,这些事情他当然清楚,可万德福毕竟拖着一条残腿,如果说安排,也只能让他去做点儿后勤上的事,高大霞一锤定音:"那就让老万去!"

万德福听到这个消息,没有高大霞预期的那般高兴,他倒是怕自己的一瘸一拐,给组织丢脸,傅家庄说:"老万,组织有你这样的英雄,是组织的光荣。对你的任命,是组织的决定,你执行就完了,别婆婆妈妈。"

万德福红了眼圈:"我这个瘸子,净给组织添麻烦。"

高大霞玩笑着说:"你别嫌官小就行。"

万德福叹了口气:"想想那些牺牲的同志,能活着就是福了,官大官小还叫事儿嘛。"

高大霞点头:"这是实话。那什么,你去了以后,还得帮我干一件事。"

万德福问:"什么事?"

高大霞说:"帮我盯住方若愚。"

"行,"万德福一口应下,"方若愚是好人还是坏蛋,我验一验就知道了。"

傅家庄无奈,他现在才明白,高大霞这么想让万德福去大连市公安总局,这原来也是原因之一。

"大霞,组织上怎么安排的你?"万德福问。

高大霞不语。万德福看向傅家庄,傅家庄说:"放心吧,组织上会尽快安排的。"

万德福预感到什么,要拉着高大霞去找李云光要说法儿:"谁要是说大霞有问题,我头一个不答应!"

高大霞佯装生气："你个死老万,我能有什么问题,别瞎说。放心吧,组织上给我安排的官,肯定比你大,到时候,你可别红眼!"

第三十章

一大早,大连市公安总局门前便人头攒动,一张大幅公告上边,赫然写着《大连市政府布告 政字第壹号》。一个斯斯文文的年轻人朗声念着公告上的内容:"三、废除苛捐杂税,免除附加及各种劳役!"

话音未落,人群中爆发出一片掌声。

年轻人继续念道:"四、保护私人企业,奖励工商业,开展自由贸易,禁止囤积居奇,操纵物价,一切交易,须公买公卖,不得扰乱市场。五、建设公安部队,整理警察,维持社会秩序,巩固和平!"

麻苏苏看着手上《人民呼声》报刊登的公告,脸色阴沉如霜:"仗着苏联人撑腰,就无视堂堂的国民政府,这是什么? 这是另立中央,这是明目张胆地胡闹!"麻苏苏越骂越生气,恼怒地撕了手里的报纸。

在收拾房间的甄精细看到麻苏苏在撕报纸,连忙问道:"姐,你跟谁生气哪,告诉我,我收拾他!"

"还有谁? 共产党。"麻苏苏咬着牙道。

甄精细顿时泄气:"姐,咱不稀理他们,你不说共产党都是土包子吗?"

麻苏苏神情复杂:"他们已经今非昔比了,抓着枪杆子走上前台了!"

走上台的李云光，伸手按下众人热烈的掌声，朗声说道："诸位，大连的历史在今天要翻开新的一页了。因为，自此之后，警察不再是骑在人民脖子上的官老爷，而是躬身为民的公仆。在这里，我代表中共大连市委向大连的市民郑重承诺，在大连，只有人民当家作主的公安局，没有压迫人民的警察署！"

台下，傅家庄、万德福、高守平兴奋地鼓起掌来，一群旧警察机械地拍着巴掌，不安地揣测着李云光此言的含义，其中的方若愚更是五味杂陈。

李云光说道："我可以负责任地告诉诸位，我们接收的不仅仅是警察署的房子，也不仅仅是枪支弹药，我们还要接收你们。"他的目光从警察们的脸上一一扫过，"当然，我们知道，你们在日本统治时期就在这里供职，你们当中，有的犯过错，有的犯过罪，有的甚至手上还沾染过抗日志士的鲜血。"

人群中的旧警察慌乱起来，有的窃窃私语，有的低下了头。

李云光咳嗽一声，台下安静下来，他又说道："当然，我们共产党人本着实事求是和治病救人的原则，是会给诸位出路和活路的。有过者，留用；有罪者，视轻重处理。"他的目光停留在方若愚脸上，"但是，有一点我必须强调，那就是你们必须向组织如实交代自己的过往，只有说清了过去，才能迎来崭新的明天！"

大连市公安总局的成立大会一结束，方若愚就来找麻苏苏了，麻苏苏有些替他担心："警察署刚换了天，你就往外跑，可别引起傅家庄他们的怀疑。"

方若愚端起麻苏苏递过来的咖啡，喝了一口："现在老警察都人心惶惶，我要是没事人一样，反倒不对了。"

麻苏苏想起早上从报纸上看到的布告："对了，报纸上说，卖进口货品的商户,都要到公安局重新登记,办个什么进口商品资质证,你帮我办一个吧。"

方若愚放下咖啡杯:"审批的手续很严格,你最好找傅家庄办。"

麻苏苏想想,点点头,笑道:"现在我们居然得让共产党帮忙了。"

"共产党天生长着反骨。"方若愚沉声说道,"虽说抗战胜利后,毛泽东装模作样地到重庆和蒋委员长谈判,在桌面上签订了一份什么《双十协定》,其实私下,他们一直在厉兵秣马,随时准备与党国分庭抗礼。"

麻苏苏不由冷笑:"凭着几把三八大盖就想打天下?白日做梦。"

"大姐此言差矣。"方若愚坐直了身子,"共产党不光手里有枪炮,脑子里还有智慧了。"

麻苏苏看了方若愚一眼:"说说看。"

方若愚说:"抗战一结束,委员长就电报相邀毛泽东谈判,本以为毛泽东不敢来,将他一军。结果,被反将了不说,人家还利用谈判之机,书赠柳亚子《沁园春·雪》,两人一唱一和,无形中,大得人心。"

"我知道。"麻苏苏点点头,"你说的是那个'弯弓射大雕',这个毛泽东也真是狂妄,竟敢狂呼'数风流人物,还看今朝',有委员长在,他这个土包子风流不起来。"

方若愚摇摇头:"如果你以为他穿得土吃得土住得土,就断定他土,那就错了。我们在东北是合法的政府,所以叫东北保安司令部。你再看看共产党的部队,他们自知理亏,所以不敢挂正式的番号,只能挂东北人民自治军这个名头,这个名头可不简单,何为人民自治军?一旦党国和苏联交涉,苏联会说,这是东北人民的自发组织,他们无权限制。可背后呢,共产党给苏联支阴招,不让党国从地方百姓中进行部队改编,不许党国进行警力补充,而他们却可以利用'东北人民自治军'的旗号大肆补充兵员。从国共两党给各自武装起的名字来看,党国就先输一招。"他满是忧虑地叹了口气,"将来,一旦共产党在东北的实力足以和国军抗衡了,东北人民自治军的名字肯定还要改!而这一天,只怕为时不远。"

麻苏苏脸色凝重起来:"共产党果然有一套。"

"他们不光在政治上有一套,在军事上的实力更不可小觑。我听说,林彪到了东北,那可是位悍将,当年在平型关,打破了日本不可战胜的神话。还记得,委员长曾连发三封电报嘉奖,称其'歼寇如麻','毙敌遍野','忠勇之气,益害敌胆'。"

麻苏苏冷笑:"林彪是厉害,可别忘了,我们的东北保安司令长官杜聿明将军也不是白给的,林彪在平型关歼灭的不过是板垣师团第21旅的辎重部队罢了,我们杜将军在昆仑关重创的可是整个板垣师团,他们第十二旅团的旅团长中村正雄都被杜将军的手下击毙了。"

方若愚感慨:"林彪和杜聿明都是黄埔毕业,同样大胜板垣师团,没想到呀,他们这对老同学竟在东北成了敌人,也算棋逢对手,将遇良才。他们都是委员长的学生,如今却,唉!真应了曹植的七步诗,本是同根生,相煎何太急。"

麻苏苏不满地看着方若愚:"小方,立场,注意你的立场!"

方若愚笑笑:"不过是几句实话。"

"实话可以说,但是立场必须站对。现在的形势就是你死我活。"麻苏苏冷声说道,"共产党在大连,是接收了警察署拿起了枪杆子,可他们得意忘形得还太早,不要忘了,他们有苏联人撑腰,我们却有你这样的尖刀插在他们的心脏上!"

方若愚苦笑:"他们要清算了。现在公安局说了算的是傅家庄、高守平,这几个人哪个和高大霞不沾亲带故?他们能扛住高大霞在背后嚼我的舌头?你可别忘了,谎言说多了,假的就成真的了,何况我本来就是真的。"

麻苏苏脸上现出厌恶的神色："这个高大霞还真是癞蛤蟆,不咬人膈应人。"

"岂止一个高大霞。"方若愚疲倦地揉着太阳穴,"现在公安局去了个瘸子,估计是高大霞安排的,处处盯着我,看我就像看仇人似的。"他无奈地叹气,"这公安局,我是真没法待下去了,再待几天,我的脑袋怕是就得搬家了。"

麻苏苏摆了摆手:"你不用担心,'大姨'说了,只要她在,你就安全,即便高大霞把你置于死地,'大姨'也有办法让你绝地重生。"

方若愚早已听厌了这一套说辞:"'大姨'要是有办法,不早用上了,你不用宽我的心。"

麻苏苏神秘一笑:"'大姨'说,她高大霞能捕风捉影,我们为什么就不能无中生有?"

方若愚一怔:"什么意思?"

麻苏苏笑道:"高大霞马上就要泥菩萨过河,自身难保了。"

今天的高大霞很是风光,一身束腰的列宁装穿在身上,让站上舞台的她看上去分外精神:"现在告诉大家一个好消息。"高大霞眉飞色舞地说道,"警察署已经改叫大连市公安总局了,往后的大连,就是我们共产党说了算啦!"

观众席上响起掌声,高大霞很满意,颇有派头地用手压下了掌声:"往后,大家有什么事都可以向我汇报,随时随地啊。"

"为什么都要向你汇报?"观众席里,袁飞燕又站了起来。

杨欢连忙拽了一把袁飞燕,示意她坐下,袁飞燕不理杨欢,继续顶撞着高大霞:"共产党把警察署改叫大连市公安总局,我们举双手赞成,但是,大连不是共产党说了算,而是人民说了算,共产党是为人民服务的政党,当家作主的应该是广大人民!"

高大霞一时语塞,知道袁飞燕说的有道理,忙点头说:"对,你说的对,我刚才说的不准确。"

袁飞燕却不依不饶:"还有,在文工团里凭什么是你高大霞说了算?你又不是团长。"

此话一出,台下立时有人跟着起哄:"就是,凭什么你说了算?""你懂多少业务?"

高大霞慌了,邢团长见状,连忙冲上舞台:"吵什么吵? 我是团长,高大霞同志是指导员,她当然有权力管着文工团!"

袁飞燕厉声说:"她根本不懂业务,就是瞎指挥!"

人群又乱哄哄地议论起来,邢团长见状,赶忙以抓紧时间排练为由,匆匆结束了今天的早会。

方若愚从良运洋行回来,看见傅家庄办公室的门虚掩着,屋里传来李云光的声音:"东北的战略意义太过重大,作为我们国家最富庶的重工业区,东北具有丰富的战略资源。只要我们拿下东北,就等于拿到了半壁江山,中国革命就等于胜利了一半。中央高瞻远瞩,认准了东北是纵横捭阖的好地方。现在,原本已派往山东军区的林彪同志,已经就任东北人民自治军总司令,党的七大选出的 13 名政治局委员,派往东北的多达 4 名,44 名中央委员,到东北的就有 10 名。现在真可谓厉兵秣马,大战在即呀。"

听着李云光的时势分析,方若愚深感焦虑,正想转身走开,屋里又响起傅家庄激动的声音:"中央都开始行动了,我们也得马上行动起来。接收了警察署,就意味着我们站到了台前。现在的公安局里鱼龙混杂,我们得知道谁可用,谁不可用。我的想法是,先从甄别开始。"

李云光说:"好,高大霞不是一直怀疑方若愚有问题吗? 那就先从他开始。"

听到自己的名字,方若愚一惊,还想听下去,身后传来一阵拖沓的脚步声,他回头看去,见万德福一瘸一拐地正从走廊尽头拐过来,胳膊下夹着一摞报纸,手里端着一个瓷盆。

方若愚迎过去,佯装恰好碰上,热情地打着招呼:"老万,你到了公安局,往后咱就是同事了。我还记得你在大连放火团的事迹,了不起,太了不起了!"

万德福撇撇嘴:"什么了不起,现在都成瘸子了。"

"我刚才没好意思问。"方若愚打量着万德福的腿,"怎么弄的这是?"

"叫国民党狗特务害的,没事,这都好了。"万德福拍着残腿。

方若愚夸张地叹着气:"可惜,太可惜了,这帮国民党狗特务,太狠了!现在好了,警察署归共产党管了,他们再也猖狂不起来了。老万,咱们可是老熟人,有什么需要我跑跑颠颠的,你尽管开口,我责无旁贷!"

万德福连连摆手:"别这么说,你是这里的老人,我哪敢支使你方先生。"

方若愚神色黯淡下去:"老万,我是什么身份我自己知道,小日本时期的旧警察,我得夹着尾巴做人哪,不仰仗你这根红苗正的共产党,我还能有个好嘛!"他一拱手,"老万,你可千万得照顾照顾我呀!"

万德福笑笑:"你方先生是好人,这我知道。"

"谢谢,谢谢,有你这句话,我就踏实多了。"方若愚看了看瓷盆,里面有苹果、胡萝卜,个个挂着水珠,显然是刚洗过的。

"来个苹果,还有胡萝卜,又甜又脆。"万德福朝方若愚递过瓷盆。

方若愚犹豫了一下:"行,我来根胡萝卜。"

"拿根粗的。"

"好,这个粗。"方若愚接过胡萝卜,朝万德福笑笑,朝自己办公室走去。

万德福也一摇一晃地往前走了。

商讨完甄别工作的开展步骤,李云光提到市物资公司向市委打了报告,想从公安局要一个保卫科长过去,他说:"物资公司太重要了,不光负责全城老百姓的吃喝拉撒,还要负责储存一些重要的战略物资,这个人不好找啊。"

傅家庄说:"这么关键的地方确实扎眼,很容易被敌人盯上,咱们选派去的这个保卫科长,不光要业务能力强,更要有很高的政治觉悟。"他想了想,推荐了一个人,高大霞。

见李云光半天不表态,傅家庄说出自己的推荐理由:"在放火团的时候,高大霞就经常参与放火行动,她对各类仓库的情况都熟悉。"

李云光点点头,答应就高大霞目前的情况,找时间和傅家庄一起向市委做个汇报。傅家庄心里一热,忙向李云光道谢。李云光说这也是对高大霞的政治生命负责,要谢也应该谢他傅家庄自己,这么上心高大霞的事。

两人正说着话,万德福敲门进来,送上报纸,又把瓷盆里的苹果和胡萝卜拿给两人。李云光拿了根胡萝卜,咬了一口,笑称傅家庄推荐的总务科长称职,拿他们当小白兔养了。傅家庄和万德福都笑起来,万德福想起报纸里有一封信是给李云光的,便抽出来,递了过去。

李云光接过信封看了看,上面没有邮局的印戳,也没有寄件人的地址,万德福说是一个孩子送来的。李云光好奇地撕开信封,抽出信来看了几眼,抬头看向傅家庄,说这是一封举报信,举报高大霞是汉奸,在牡丹江的时候,和日本特高课来往密切。

傅家庄大惊，一把夺过李云光手里的信，匆匆看起来。

万德福更是难以置信，张口大骂这是有人诬陷，上前便要抢傅家庄手里的信。

李云光拦下了万德福，劝他冷静点儿。

"我能冷静吗？"万德福怒喝道，"高大霞是真革命还是假革命，别人不知道，我万德福能不知道吗？想当年，大霞冒死放火烧码头烧飞机，立了多少大功劳呀。再说了，高大霞要是假革命，小鬼子能四处抓他？"

"老万说的有道理。"傅家庄说。

李云光沉吟道："老万说的事情，我信。可是，这信上说她后来变节投降了。"

"这都是放屁！"万德福又要去抢傅家庄手里的信，傅家庄按住万德福，对李云光说出自己的疑惑："前不久，是高大霞发现了石田元三藏的那两车皮武器。现在，这批武器可是我们东北人民自治军的重要装备。她要真是特务，能这么干吗？"

对傅家庄的分析，万德福连称有道理，可李云光脸上的神色却丝毫没有缓和之意："在这件事上，高大霞立功了。可是，如果这是她的漂白之举呢？"

万德福实在听不下去了，朝着李云光大吼起来："姓李的，你就是想把屎盆子往高大霞头上扣！"

"老万，你闭嘴！"傅家庄喝道，"这不是李副政委的意思，是信上说的。"

"你们是相信信上说的，还是相信我这个活着的见证人说的？"万德福朝傅家庄和李云光吼着，趁傅家庄愣神的瞬间，万德福一把夺走他手里的举报信，等傅家庄过来争抢时，举报信已经在万德福手里变成了碎片。"好了，现在没有诬告信了！"

李云光惊愕地瞪着万德福:"你,无组织无原则!简直是胡闹!"

万德福重重地一拍胸脯:"胡闹也比你们胡扯强!我万德福用这条命给高大霞做证明,她要是特务,我就跟她是一伙的!"

屋子里安静下来,只剩万德福沉重的喘息声。

"你们给我听好了,你们要是信了这封诬告信,我就把状告到延安,告到毛主席那儿去!"万德福怒气冲冲地吼完,晃晃悠悠地转过身,头也不回地冲出了门。

李云光恼火地一拍桌子:"这个老万,太过分啦!"

"毕竟,他和高大霞并肩战斗了好几年,是一起从死人堆里爬出来的战友。"傅家庄蹲下,捡着撕碎了的举报信。

"这也不是目无组织、目无领导的借口。"李云光的气难消。

傅家庄起身,看着李云光:"李副政委,那你认为这是检举还是诬告?"

李云光沉声道:"这要等调查了之后才能知道。"

"我认为这就是诬告。"傅家庄看了看手里的纸片,"因为一封匿名信,就说高大霞是假革命,站不住脚。这些年,无论是在大连放火团还是在牡丹江潜伏期间,她都像一把尖刀,插在敌人的心脏上!"

李云光抬手制止了傅家庄的慷慨陈词:"她在牡丹江潜伏的事,我们都不清楚,不能妄下结论。"

"那她在放火团的事有人证啊,老万就在眼前。"

"谁能保证老万说的就是真的?即使大连的事他能证明,牡丹江那边的事他能证明吗?信上可说了,高大霞那时候与特高课的人交往甚密!"

傅家庄还要说什么,李云光制止:"傅处长,你应该清楚,现在的大连,看上去我们是掌管了公安局,可国民党绝对不会善罢甘休。现在是暗流涌动,我们的工作,不定在什么地方就能遇到险滩。高大霞的事,我们也不是搁置起来不管,一切要等调查清楚以后再说嘛。"

"那得到什么时候?这种无限期的调查,对当事人绝对是一种度日如年的煎熬。"傅家庄越说越激动。

李云光叹了口气:"傅家庄同志,我看你应该好好研究研究党史了。"

"我们现在说的是高大霞,这和党史没有关系。"

"有关系!"李云光厉声说道,"从我党成立那天起,叛徒就层出不穷。向忠发怎么样?那可是中共六届一中全会当选的总书记,党的一把手,革命口号喊得震天响,被捕后就迅速变节!还有张国焘、陈公博、周佛海,他们的资历不可谓不老吧?都是一大的代表,可最后呢?当汉奸的当汉奸,当叛徒的当叛徒!"

傅家庄感到一阵寒意,一封来路不明的举报信,竟然使李云光如此动怒、上纲上线,他有些接受不了:"把高大霞和那些人相比,你这是对自己同志的污辱,是不负责任!"傅家庄低声吼道。

"恰恰相反,我这是对党负责。"李云光大力挥下了手臂,"傅家庄同志,你冷静地想想,我们建党二十多年,尽管出了无数汉奸叛徒,但是我们的党为什么还能够强大起来壮大起来?原因就是我们无时无刻不在纯洁队伍!"

傅家庄张了张嘴,欲言又止。

"傅处长,以往我们都是在地下潜伏,现在,我们浮上了水面,国民党却潜了下去,敌在暗我在明,新形势下如何斗争,我们都还缺乏经验,所以,我们对国民党反动派不能有丝毫的大意。"李云光正色道,"军统特务经过专门培训,其中不少人还拜美国人为师。今天我们要是大意了,明天我们就得吃大亏!高大霞要是真革命,她就能够经得起各种考验,百炼成钢!"

"黑格隆冬天上出呀出星星,黑板上写字掉呀掉渣渣……"走廊上,高大霞拎着包,脖子上围着麻苏苏送给大令刺杀时掉了的围巾,哼唱着自己改了词的《夫妻识字》走来,迎面看见气呼呼走来的万德福。她紧迎上去,万德福抬头看见她,却转身走开,高大霞追过去,从背后给了他一巴掌:"你个死老万,看见我躲什么? 还拉拉个脸,嫌官小啊?"

万德福阴沉着脸,不说话。

高大霞警觉起来:"老万,你脸色可不大好,是哪儿不舒服,还是谁让你闹心了?"

万德福的眼里渐渐泛起泪光,哽咽着说:"不是我闹心,是有人闹你!"

高大霞一笑:"谁闹我? 挽霞子呗? 那正常,你看你这点儿出息,还能叫他给气着了。"

"不是,"万德福四下看看,压低声音,"李副政委接到一封匿名信,有人诬告你是假革命!"

高大霞愣了愣,突然笑起来,万德福急得推了高大霞一把:"你彪啊,还笑得出来,我说的是真事!"

高大霞脸上还是挂着笑:"我要是假革命,那方若愚就是真革命了,简直是笑话!"

"大霞,你别不当真,这可不是小事!"万德福急得直跺脚。

高大霞收住笑:"行吧,我知道了,那诬告信肯定就是挽霞子写的。"

办公室里,傅家庄还在和李云光争执着,李云光劝他不能感情用事,傅家庄不爱听这句话:"我们是不能感情用事,但是,我们更不能对自己的同志冷漠无情!"

"这不是冷漠无情,这是对党的事业负责,对高大霞同志的政治清白负责！"

"我的清白我自己负责。"高大霞推门进来，万德福跟在后面。

相比争执中的两个人，高大霞更为平静："我就不信，坏蛋能把白的说成黑的，能把我高大霞这个忠良陷害成坏蛋。"她说着话，一屁股坐到椅子上，仰头审看着面前的两个人："文工团的人当面跟我叫板，公安局这里有人背后朝我使绊子，还真把我高大霞当软柿子捏了。"

李云光表情冷淡："你要相信组织，我们不会冤枉一个好人，更不会放过一个坏人。"

"那我到底算是好人还是坏人？"高大霞笑着反问。

万德福插嘴道："谁要说你是坏人，我第一个反对！"

高大霞喝道："老万，不关你事！"

"高大霞同志，"李云光正色道，"一名优秀的共产党员之所以优秀，是因为他要经过千锤百炼，真正的共产党员不光要担得起荣誉，更要忍得住屈辱！"

"你这是站着说话不腰疼。"万德福嚷嚷起来，"大霞提着脑袋和小鬼子干，是不是千锤百炼？"

"老万，你别在这捣乱！"高大霞厉声喝道。

"我这不是捣乱，我这是在讲事实摆道理！"万德福越发激动起来，"我就纳闷了，自己同志的话不信，坏蛋写封匿名信就当真了，你们这么干，就是糊涂蛋！"

李云光气得脸色通红："万德福，你再胡搅蛮缠，我，我关你禁闭！"

万德福毫无惧色地向前踏了一步："你关哪儿！"

李云光抓起电话要喊人，高大霞慌了，忙按住李云光的手："李副政委，老万是瞎掺和，我愿意接受组织调查。"

万德福还要和李云光理论，被傅家庄拦下："李副政委，既然等不来牡丹江那边的材料,我建议,还是我们自己派人过去进行外调吧。"

"真金不怕火炼,你们叫人去查吧,管够儿查。"高大霞沉声道。

傅家庄看向高大霞:"大霞,你赶紧把手里的组织关系材料送过来。"

"我都带来了。"高大霞从怀里翻出档案袋,"老万,你不用生气,这都是正常的组织程序,我懂。"她拍了拍档案袋,"有这个宝贝在,我还怕谁诬陷? 放心吧,老万,我经得起考验!"

办公室外,方若愚在听着屋里的动静。

李云光拿过档案,发现上面的封蜡已经开了,他脸上闪过一丝疑虑:"这怎么回事?"

傅家庄解释道:"我和大霞刚从哈尔滨回来的时候,特务上家里翻找名单,把档案偷走了,追回来的时候,就这样了。"

"对呀,你看档案袋都脏了。"高大霞指着几处污渍,"拿回来我也没擦干净。"

傅家庄说:"大霞一直想把档案交给组织,我也跟你提过这个事,你说大连市委没建立起来,让她先自己保管。"

"这个我知道。"李云光提起线头,缠着绕绳要打开档案袋,桌边的电话响起。

电话是安德烈打来的,让傅家庄和李云光立即去一趟苏军大连警备司令部,说是有要事相商。

李云光放下档案袋,说回来再看,他让高大霞先回去,说组织上一定会给她一个交待。

傅家庄不放心,要找高守平把她送回去。

"送什么送,多大点儿事,我就当是叫苍蝇蹬了一脚。"高大霞没事儿人似地说笑着,拉着万德福走了。出了门,万德福还要说刚才的事,高大霞不爱听,拉着他去高守平办公室,说有别的事跟他说。

方若愚从办公室的门缝里看到傅家庄和李云光出来,朝楼梯口走去,方若愚推门出来。

悠长的走廊里,高大霞和万德福走来,高大霞指着旁边的几个房间说,这原来都是小鬼子特高课的办公室:"老万,记不记得,有一回咱们还来偷过情报。"

"能不记得吗?"万德福打量着四下,"那回我在外面放风,你装成来送饭的厨子,把情报偷出来了。"

高大霞轻声叹了口气:"都像是眼前的事儿,现在回想起来都后怕。"

"当年咱们把脑袋别在裤腰里干革命,现在还被怀疑成了特务,这不得窝囊死人嘛。"万德福想起刚才的事,又不由得生起气来。

"哎呀,不算个事儿。"高大霞安慰着,"我档案都交上去了,一查什么都明白了。"

高大霞让高守平找了个没人的房间,她和万德福进去,看着万德福在前面一摇一晃的样子,高大霞红了眼圈,万德福笑着说:"没事儿,就是难看点儿,不耽误革命。"

"怎么不耽误,起码不好看。"高大霞抹着眼泪。

"你不嫌弃就行。"

高大霞听出万德福是话里有话,便顺着他的意思把话挑明了:"老万,我今天过来,一是给组织交档案,二是为春妮和守平。"

"你又说他俩。"万德福最不想听的就是高大霞拿春妮和守平说事儿。

高大霞没理万德福,继续说:"我正式告诉你,咱俩根本不可能。"

"就非得让着他俩?"万德福质问。

高大霞认真地说:"有没有他俩,咱俩都不合适。"

两人的目光对峙着,各自怀着各自的倔强。半响,万德福叹了口气,僵硬的气氛算是缓和下来了。

万德福说:"你要说因为我是个瘸子,不想跟我,我没有二话。"

高大霞说:"你没瘸的时候我就说过不行。何况,你还是为了救我才瘸的。我要是现在答应跟你,那还真是因为你瘸了,我得报答你。老万,你愿意这样吗?"

"既然跟我瘸不瘸无关,还有什么原因?"万德福反问,"咱俩是革命同志,一起经历过生死考验呀。"

"怎么和你说呢?"高大霞斟酌着词句,"脚是好脚,鞋也是好鞋,看着都挺般配,就是穿进去不舒服,兴许是我的脚形不好,老万,你明白了吗?"

"不明白!"万德福气恼地昂着头。

"不明白就不明白吧。"高大霞别过脸去,"你知道咱俩这事儿成不了就行。"

"我就不信你是块石头,捂不热。"万德福急切地说道,"反正我不能撒手。"

高大霞神色一冷:"老万,你要再纠缠这事儿,咱俩连战友都做不成了,你愿意这样吗?"

万德福欲言又止,呆呆地看着高大霞。两人相视沉默着,空气中静得可以听见彼此的呼吸声。半响,高大霞清了清嗓子,迟疑着说:"其实吧,我嫂子那人挺不错的。"

万德福警觉起来:"你要干什么?"

高大霞忽地露出了一抹古怪的微笑。

高大霞的火红年代

下

郝岩 ◎ 著

上海远东出版社

第三十一章

方若愚闪身进了傅家庄的办公室,回身锁上房门,直奔到办公桌前,看到那份高大霞的档案袋。这份档案,他在从哈尔滨回大连的列车上,已经见过一次,当时没有把它销毁,想不到现在居然成了陷害高大霞的一把利刃。方若愚把档案揣进怀里,刚走到门口要出去,走廊里却传来一阵脚步声,伴着高守平的声音:"傅处长和李副政委出去办事了,放在他桌上就行。"

外面传来开锁的声响,方若愚慌张回身,踮着脚尖疾步奔向办公桌后,把高大霞的材料扔回桌上,急忙蹲下了身子。几乎与此同时,房门开了,高守平和一个女机要员进来,朝着桌子走来,两人在办公桌上翻找着什么,高守平从桌边拿起一份文件:"在这儿。"递给女机要员,两人又朝外走去。

方若愚从桌缝看着两人走到门口,高守平刚要关门,回头看了一眼,又返回身来,径直朝着办公桌走来。方若愚设想着马上要暴露的各种情形,心脏狂跳起来。高守平站在桌边,拿起的却是要滑落到地上的高大霞的档案,他看了看,犹豫再三,还是放下了,转身走去,带上了房门。

方若愚惊出一身冷汗,直到脚步声远去,他才起身,抓起高大霞的档案又揣进怀里,在门口确认走廊里没有异常声响,这才拉开一条门缝,闪身出去,关上了房门。

回到自己的办公室,方若愚反锁了房门,打开档案袋,从里面抽出材料。他细细审视了一遍,目光停留在有些模糊的印章上,他拿起从万德福那里拿回来的胡萝卜,比量了一下印章大小,胡萝卜显然是小了一圈。方若愚想了想,抄起电话给麻苏苏打过去,没等麻苏苏跟他客套完一句话,他就急促地说:"你不是要办进口商品资质证吗?马上过来。再给我捎根品相好点的新鲜胡萝卜,直径不小于五厘米。"

麻苏苏知道,商品资质证书并不是什么要紧事,"老姨夫"这么着急找他,一定另有任务。

高大霞做了半天万德福的工作,老万还是不肯接受刘曼丽:"你不跟我我也认了,你嫂子,还是找别人吧。"

高大霞还是不肯放弃:"刘曼丽人真的挺好,除了嘴不饶人,其实这也不算是毛病,一天到晚闷葫芦,那日子更没法过。你们俩要是成了,咱就都成一家人了,多好。"

"快拉倒吧!"万德福看着高大霞,"原来你不答应,借口是怕辈分乱了,让春妮和守平为难。你嫂子进来,辈分不一样乱了套?"

"那不一样,我嫂子是外姓,嫁了你,她就从守平的嫂子变成了丈母娘,大不了我委屈点儿,在你和刘曼丽跟前降了一辈。"高大霞认真地说道。

万德福抱拳给高大霞作着揖:"我求求你,这个事儿到此为止,往后也别提了。"

高大霞以为她这一通搅和总算有了成效,提醒道:"既然这个事儿不提了,那春妮和守平的事儿,你也不能在中间横挑竖挡了。"

万德福眉头一皱:"这不行。"

"怎么就不行了?"高大霞掐着腰,"老万,咱俩认识这么多年了,我总觉得你通情达理,不是个小心眼儿的人,没想到,你为自己的小九九儿,还和亲闺女算起小账来了!"

"我反对他俩在一起,和我的小九九儿没关系。"万德福别过脸去。

"那总得有个理由吧? 来,你说说,你的理由是什么?"高大霞把万德福的脸掰过来。

万德福看着高大霞:"你觉得我是为和你在一起,才反对守平和春妮的事,对不对?"

"不对吗?"

"不对。"万德福摇摇头,"我反对他们来往,是为春妮好。"

高大霞茫然:"你这个当爹的都不遂女儿的心意,能说是为她好?"

万德福犹豫着,声音有些怯意:"守平干的是革命工作,光荣是光荣,可是,太危险,我不想我的女儿将来……"

高大霞理解了万德福话里的含义,脸上现出一丝愠色:"万德福,你这不是在咒守平吗?"

万德福忙说:"我只是说万一。"

"万一也不行!"高大霞有点儿恼了,"照你这套歪理,干革命的都不能成家,都得打光棍都得当寡妇?"

"我、我,我为了女儿,是自私了点儿。"万德福结巴起来。

两人都沉默了,万德福知道刚才的话伤了高大霞,幽幽叹了口气:"春妮她娘死的时候,我答应过她,要让春妮过上安稳的日子。"

高大霞不语,万德福接着说:"这些年,我常常想,要是春妮她娘嫁的不是我,或许就死不了了。"万德福眼圈泛红,"这些年,我常梦见她,一辈子都忘不了她临死时说的话,她让我护好春妮,不让春妮遭一点儿罪。"万德福抹着眼泪,"为了春妮,我就得对不住守平了。"

"这个事儿,我怕你管不住春妮。"高大霞气呼呼地说完,朝外走去。万德福闷闷不乐地跟在后面。

高大霞感觉刚才的话可能说重了，便放慢了脚步回身等着万德福，看见他走路的样子，高大霞有些难过："你腿脚不灵便，有什么事就让守平帮你干。"

万德福不接高大霞的话茬儿，还纠结着刚才的问题："咱俩的事儿，你再考虑考虑。"

"你怎么这么磨叨，给个老娘们儿都不换。"高大霞的火气又升腾起来，扔下万德福自己走了。来一趟公安局不容易，她还得去看一个老熟人。

对方若愚来说，做一份逼真的假档案不是难事，难的是他已经篡改完了高大霞的材料，麻苏苏的胡萝卜还没来。方若愚焦急地一遍遍从窗户里朝公安局大门口张望，总算是看到麻苏苏从一辆疾驶而来的出租车上下来，跑进了门岗，她在门卫处登了记，急三火四朝办公楼走来。

方若愚估摸着麻苏苏上了楼，出去将她引进办公室，慌乱地插上门销。

麻苏苏从包里拿出胡萝卜："干什么这么着急忙慌的？这可不像你小方办的事。"

方若愚接过胡萝卜看了看，拿起刻刀利落地切出了一道水平面，麻苏苏看到高大霞的档案材料，随即明白过来："怎么，你要用胡萝卜刻印？这东西水分太大，容易看出来。"

"就是要让他们看出来，这样高大霞才说不清楚。"方若愚专注地刻着印章，"对了，有个事我咬不住，高大霞是从牡丹江回来的，共产党管牡丹江的组织应该叫什么？"

"满洲省委呀。"麻苏苏不假思索地回答。

方若愚摇头："叫满洲省委肯定不对，七八年前，我就掌握过一份共产党的文件,他们把满洲省委分成了北满、南满、吉东三个省委和哈尔滨一个特委。"

"我想想啊。"麻苏苏思忖着,"牡丹江肯定不归南满和哈尔滨特委。"

"那就剩北满和吉东了。"

"吉东。"麻苏苏迟疑道,"应该是吉东。"

"那应该刻中国共产党吉东省委员会。"

"不是北满? 我有点儿咬不准了。"

"就刻吉东吧。"方若愚拍了板。

"怎么这么急?"

方若愚全神贯注地刻着字:"我是从傅家庄办公室偷出来的这份材料,他和李云光去苏军大连警备司令部开会了,得抢在他们回来之前弄好。"

"那赶紧刻你的。"麻苏苏拿起高大霞的材料看着,"这份材料我们在火车上见过呀。"

"对,就这个。"

"当时给毁掉就好了,不至于有这个麻烦。"

"当时更应该毁掉的是高大霞!"方若愚忿忿地刻完了最后一个字,"现在倒好,多了个活祖宗!"他举起印章打量着,脸上终于露出满意的神色。

麻苏苏把红印泥递过去,方若愚用萝卜章沾了沾印泥,摁在一张白纸上。麻苏苏拿起白纸,对着光线检视了一下,低声笑笑:"不错,可以乱真。"

"那就盖了。"方若愚拿过假材料,在上面按下了印章。

麻苏苏观察着材料上的印迹:"有点太新了。"

"还得做做旧。"方若愚忙着手里的事。

"你慢慢弄吧,我去趟卫生间。"麻苏苏起身朝外走去,随手带上房门。

安德烈把傅家庄和李云光找去,是为商议遣返日本侨民的事。日本战败后,日本政府在中国遗弃的侨民达 300 多万人,其中东北占了 80 余万,一个大连就有 25 万之多。全国各地的日本侨民因为被他们的政府遗弃,都在饥饿和疾病中煎熬。抗战胜利后的中国,百废待兴,百业待举,尽快遣返日侨,无疑是明智之举。

从苏军大连警备司令部出来,上车后傅家庄说了一个想法,大连的 25 万侨民遣返后,势必会腾出大量房屋,用这些房子来改善老百姓的居住条件,应该受到市民欢迎。李云光含笑点了点头:"你这个想法与市委不谋而合,韩光书记已经向上级汇报了,准备在市民中开展住宅调整运动。"

两人根据安德烈介绍的日侨遣返计划,大致拿出一个推进住宅调整运动的规划,由李云光去向市委做汇报。傅家庄开着吉普车回公安总局,一进院子,门卫老钱就告诉他,有个姓麻的女人来找过他,说是要办进口商品资质证,傅家庄猜出老钱说的人是麻苏苏,问他人去哪儿了,老钱说不出。傅家庄估计麻苏苏十之八九应该在办公室门口等自己。

方若愚审视着做旧的假材料,虽然时间仓促了一些,整体看上去还不错,乍一瞧与原件差别不大,他把原件塞进抽屉,假材料装进档案袋,又缠好细绳,随手放在一旁,这才收拾起刻刀、砂纸和印泥,塞进了麻苏苏的挎包里。

身后传来推门声,他以为是麻苏苏回来了,头也不回地说道:"我没事了,你回去吧。"

"你没事儿了,我的事儿还没完哪。"身后响起一个熟悉的声音。

方若愚心里咯噔一下,回头看去,推门而入的是高大霞。

"你来干什么？一惊一乍的,这是要吓死谁呀!"方若愚声音发着颤,手在背后胡乱抓了份报纸,盖在档案袋上。

"不做亏心事,不怕鬼敲门。"高大霞看着他,"你这大脸腊黄,刚才干什么了？"

方若愚听到走廊传来脚步声,猜测应该是麻苏苏回来了,他提高了嗓门,理直气壮大声说:"这是我的办公室,我想干什么干什么,你高大霞管得着吗？"

走到门口的麻苏苏听到方若愚的大声断喝,大吃一惊,她知道这话是在提醒自己,抽身想走,又想到挎包还在方若愚桌上,而她在门口登记的又是来找傅家庄的,这要是茬口对不上,她和方若愚都要难看。

麻苏苏还在想着如何应对,房间里又传来高大霞的声音:"你成天躲在这里,一准儿干过不少坏事。"

"你别血口喷人!"方若愚厉声吼道。

"你这儿怎么还有胡萝卜？"高大霞的这一声质问,不光吓坏了门外的麻苏苏,更让屋里的方若愚吓得魂飞魄散,因为高大霞盯住的,正是他刚才用来刻印章的胡萝卜,印章的小头冲着高大霞,正面对着窗户。

"这……这是刚才老万给我的。"方若愚伸手去拿胡萝卜,不料,高大霞手伸得更快,一把抓走了胡萝卜,冷笑了一声:"怎么,你还想收买老万,是不是？"

方若愚紧张地盯着高大霞手里的胡萝卜:"我,我收买他干什么,你别瞎说。"

"老万可是久经考验的革命战士,想收买他,你打错了算盘!"高大霞瞪着方若愚,咬下一口胡萝卜,红彤彤的印章迎向方若愚。

方若愚的心倍受煎熬,他懊悔刚才动作慢了,没把胡萝卜抢到手,他懊悔刚才收拾刻刀、砂纸和印泥的时候,没把胡萝卜一块塞进麻苏苏的挎包里。他还在痛恨责备自己的大意时,高大霞又有了新发现,她看到了麻苏苏的挎包:"女人用的包,怎么跑到你桌上来了?"

"朋友的。"方若愚迅速看了一眼挎包,好在包口是合上的,看不到里面的东西。

"朋友?你还有朋友?"高大霞又咬了一口胡萝卜,"你的坏蛋女同伙吧?说,她藏在哪儿了?"说着四下扫视起来,还绕到桌后,看向桌下。

方若愚这才注意到,报纸盖着的档案袋还露出一截,他大喊一声:"你有完没完!"猛然抓起桌上的材料一摔,不偏不倚压住了档案袋。

"你吼什么,是不是心虚?"高大霞瞪着方若愚。

麻苏苏感觉方若愚已然招架不住高大霞了,她跨进门口,佯装惊愣:"哟,大霞?"

高大霞循声回头,也是一愣:"大姐,你怎么在这儿?"

"我来找傅家庄傅先生。"麻苏苏笑吟吟地过来,"他不是公安局的大官嘛,我麻烦他帮我办个进口商品资质证,不巧的是他不在,正好在走廊碰见方先生了,我就来这等会儿。"

高大霞指指桌上的挎包:"这是你的?"

"我的,我的,刚才上了个厕所。"麻苏苏伸手要拿包,被高大霞一把拦住,麻苏苏猛然看见她手里攥着的印章胡萝卜,眼里现出一丝慌乱。

"大姐,你打开包看看,他动没动手脚。"高大霞沉声说道。

"看你说的,方先生不是那样式儿人。"麻苏苏看向方若愚。

方若愚的眼里透出紧张。

"大姐,你快看看包里有什么东西少了,有什么东西多了。"高大霞催促着。

麻苏苏不自然地干笑了两声："大霞,这是干什么?"说着,伸手又要拿包。

高大霞按住拎包,"你不看,我帮你看。"说着,她放下胡萝卜要拿拎包。胡萝卜慢悠悠滚向一旁,掉落在地,高大霞刚要弯腰去捡,一只迅猛有力的大脚踏碎了胡萝卜,还在上面碾了几下。

高大霞刚要发火,方若愚先发制人的怒吼已经响起:"高大霞,这里不是你撒野的地方!"

方若愚怒气冲冲地瞪着高大霞,急促地喘着粗气,像是内心掀起了巨大的愤怒。

"你抽什么风?"高大霞被方若愚突如其来的叫喊震住了,缓了缓,她倒是有些平静了,"这包,我还就要看了!"

方若愚一把按住包:"这是我的地盘,你说了不算!"

"你说了更不算!"高大霞的倔劲儿也上来了,两人一个要夺包,一个不肯交出,麻苏苏心下焦急,拦住了方若愚:"方先生,你就让大霞看看吧,我这包里啥也没有。"

"就因为没什么,才更不能让她看。"方若愚朝麻苏苏使了个眼色。

"不让看,就是有问题!"高大霞一把撞开麻苏苏。

麻苏苏无奈地叹了叹气:"那行,我的包,我自己看看总行吧。"

"那你自己看。"方若愚使着眼色。

"不行,咱仨一起看!"高大霞这句话,把方若愚和麻苏苏刚放下的心又提起来了。

麻苏苏苦着脸哀求:"大霞,你给方先生留个面子吧,啊? 也给大姐个面子。"

"大姐,这不是给不给你面子的事儿。他这么急眼,指定是有鬼。"

高大霞语气肯定。

麻苏苏为难地看看高大霞，又看向方若愚："方先生，我一手擎两家，都不想得罪你们，你给我句实话，这包里，你到底有没有做手脚？"

"麻掌柜，这包是你的，有没有鬼你自己不知道吗？"方若愚酝酿着怒气，脸色渐渐涨得通红，"你来找傅处长，他不在，我好心好意让你在这儿歇歇脚，还他妈歇出鬼来了！"他大开大合地朝外挥手，滚，你们都给我滚！"

高大霞把麻苏苏护在身后，对着方若愚怒目而视："你干什么，不就看一眼吗？至于发这么大火吗？再说，这是我跟你的事，你朝大姐瞪什么眼？大姐，今天不打开这个包，谁也不能走！"

麻苏苏趁着高大霞挡在身前的时候，已经把挎包抓在手上，看到两人又扛上了，她为难地劝着双方："哎呀，就为一个包，你俩至于嘛。"

"至于！"高大霞脾气上了头，对着方若愚气冲冲地嚷道。

麻苏苏望向方若愚："方先生，你看……"

高大霞扭头盯着麻苏苏："大姐，你今天要是不打开这个包看看，就跟他是同伙！"

麻苏苏这个恨哪，今天的高大霞真成了疯狗，逮谁咬谁，偏偏还一咬一个准。麻苏苏从未像此刻这样后悔阻拦过方若愚除掉高大霞的设想。

"同伙也没错。"麻苏苏颇有风度地笑起来，"方先生是我洋行的客人，我卖他买，一直照顾我。人家今天好心好意让我进屋等着傅处长。大霞，你这样真是难为大姐呀。"

高大霞冷眼看着麻苏苏："大姐，你要是还这么护着他，那你俩就都有问题，我可要喊人了，这公安局里，可都是我们的人。"

"好好好，看，看！"麻苏苏无可奈何地把挎包墩在桌上，深吸了一口气,打开了皮包。

三双眼睛同时向挎包里汇去,包里除了几样女人常用的物什,不见旁的。方若愚疑惑地看向麻苏苏,麻苏苏瞟了眼桌子旁边摞起的报纸堆,方若愚发现原本平静的报纸堆鼓了个包,暗暗佩服麻苏苏刚才的手脚实在是利落。

"行了吧?"麻苏苏略带责备地看着两人,"你看你们,至于嘛,都是好面子的人,非拔这个尖儿干什么,弄得我多为难。"

高大霞有些失落,她分明觉出了方若愚的得意。

"哟,都在这儿呢。"门口站着傅家庄。

"傅先生,你可回来了。"麻苏苏拎起挎包迎出去,和傅家庄套着近乎,"我那个洋行进口货多,没有证就得关门歇业,可一听说要进警察局的衙门,我就打怵,衙门难进哪。来找你傅先生,求你给开个绿灯。"

傅家庄笑了笑:"没那么复杂,共产党的衙门是老百姓的。"

两人说着,朝傅家庄办公室走去,高大霞瞪了眼方若愚,重重地摔上门,也跟了过去。

方若愚长出了一口气,浑身无力地跌倒在椅子上,刚想缓缓神,突然意识到危险还没有完全解除,忙起身拿开桌上的材料和报纸,抽出高大霞的档案,又翻出厚厚的材料,把档案压在最底下,抱起材料开门出去。

麻苏苏一进傅家庄的办公室,就啧啧称奇:"真敞亮,我听说,小日本的时候,这里还叫警察部。"

"对,我们公安总局刚成立,经费有限,连警察的制服都是关东州厅时候警察穿的。"傅家庄笑道,"衣服虽然一样,可衣服里包裹的肉身和心灵可是大不相同啊。"

"那是那是,这个我懂。"麻苏苏点着头,"你们现在是人民公安,为劳苦大众服务的。"

"大姐的觉悟很高啊。"傅家庄赞叹。

"成天受你和大霞的影响，想不高都不行。"

"大姐，你可真行，现在办事越过我，直接来找傅家庄了。"高大霞一进屋，就朝麻苏苏嗔怪起来。

麻苏苏赔着笑脸："我不是看你忙嘛，怎么，还生大姐的气啊？"

高大霞笑笑："没有，我开玩笑哪。"

麻苏苏悄声问："大霞，你跟方先生到底怎么回事啊？老是针尖对麦芒的，上一回在我店里就是，要不是傅先生在场，还指不定闹出什么事哪。"

"傅处长。"方若愚抱着一叠材料进来，"我这有份警察署，不对，是咱们公安总局各个部门人员的情况汇总，有空的时候，你可以看看，或许对你尽快熟悉这里的情况能有点儿帮助。"他走到桌前，不动声色把材料放在桌边的材料堆上，高大霞的伪造档案，压在了最下面。

傅家庄朝方若愚点点头："谢谢方科长。"

"谁知道他安的什么心。"高大霞不屑。

方若愚苦笑了一下，看也不看高大霞，对傅家庄和麻苏苏打了个招呼，便出去了。

傅家庄帮麻苏苏找好办理证件的对接人，将她和高大霞一块儿送走，回到屋里，他搬开方若愚送来的材料，找出高大霞的档案看起来。这份档案他虽然早就知道在高大霞手上，但档案管理的纪律他知道，不经组织允许，谁也没有资格擅自查看。

方若愚回到办公室，刚刚发生的一幕幕险情历历在目，今天如果没有麻苏苏天衣无缝的配合，他是一定会栽在高大霞手里的。撕扯着高大霞的档案原件，方若愚心里有了一种久违的快意。

傅家庄正翻看方若愚送来的部门人员情况汇总,李云光回来了,一进门,他就兴奋地说,市委对他们提出的住宅调整推进设想很满意。

"我们党能发展壮大到今天,依靠群众,发动群众,是最大的法宝。在农村打土豪,分田地,进行土改,赢得了农民的民心,现在进了城,没有地,我们满足城市贫民的最好办法,就是分房,这是团结城市贫民的最有效手段。"李云光越说越激动,像是在做一场战前动员报告,"这场运动的口号,市委都想好了,就叫'从草屋到天堂'!"

"这个口号好。"傅家庄不由赞叹,"让城市贫民住进洋房,就是民心所向。"

李云光说:"市委让我们尽快拿一个具体方案出来,好汇报给东北局。只要得到正式批准,我们就立即把分房运动当成一个民心工程来抓。"

两个人又商量了一下方案的起草内容,李云光要回去整理出来,临走时,看到桌上放着高大霞的档案,听说傅家庄还没有看过,便拿出审阅起来,看了没一会儿,李云光的神色凝重起来。傅家庄感觉出了异样,进来送材料的高守平也觉出了不对劲儿,李云光终于从档案上抬起头,确定这份档案有问题,傅家庄和高守平都惊住了,傅家庄仔细看了一遍,大为惊讶,他让高守平先回避一下,却被李云光制止了,他认为高守平既然负责机要工作,工作和私人情感就必须分开,如果经不起这个考验,这份工作高守平就不能胜任。

高守平把档案逐字逐句审阅了一番,并没有发现不妥,李云光指着材料上的红色印章和落款:"念一下。"

高守平循着指引看去,轻声念道:"中国共产党吉东省委员会,怎么了?"

李云光一字一顿道:"高大霞是从牡丹江来的。"

见高守平还是满脸茫然,傅家庄补充道:"牡丹江的工作一直归吉东省委领导,这倒没有什么可疑的。"

李云光摇了摇头:"看来,你们只知其一,不知其二。你说的这段历史没错,但是你不知道的是,抗战胜利之后,确切地说,是8月25日,我们党在牡丹江成立了中共牡丹江地区工作委员会,而高大霞离开牡丹江是9月。"他意味深长地停顿下来,看向高守平。

高守平琢磨着李云光的话,明白过来:"那落款应该是中国共产党牡丹江地区工作委员会。"

李云光点点头。

"也有一种可能,牡丹江地委刚成立不久,用的还是原来的印章。"傅家庄揣测。

"你说得也不是没有道理。"李云光朝档案丢了个眼神,"你再看看还有什么问题。"

"这个印章,过于模糊了。"傅家庄审视着印章,"如果没猜错的话,这是用新鲜萝卜刻出来的印章盖上去的。"

高守平一怔:"不会吧,我姐字都不识多少,她哪还会刻章?再说,怎么就知道是用萝卜刻的章?"

傅家庄指着印章说:"萝卜新鲜,水分足,盖出来的章就容易渗到边缘,自然模糊一些,而木印或是钢印,都没有这种现象。"

"还有另外一种可能,这份档案,是后来伪造的。"李云光声音里带着寒意。

"我姐真有档案,我和傅处长都看过!"高守平激动起来。

傅家庄说:"从哈尔滨到大连,高大霞一路都小心翼翼地护着档案,如果是假档案,她不可能是这个态度。"

李云光说:"我这不是盲目猜疑,而是合理分析。"

"分析无根据，就是猜疑。"傅家庄有些着急，"另外，说是造假，这个印章何必要用萝卜哪，我感觉太过刻意了。"

"这个问题就不争论了。"李云光沉着脸，"所谓疑人不用，用人不疑，但是用人不疑的前提是疑人不用。傅处长，无论是猜疑也好，还是分析也罢，都不是没有可能。我的意见，本着对组织负责的原则，停止高大霞在文工团的指导员工作，对她正式展开调查。"

第三十二章

邢团长发现，自打高大霞担任了文工团的指导员，她的演讲能力越来越强，今天在台上讲起她父亲高金柱的英雄事迹，可谓声情并茂，赶上说评书了。李云光和傅家庄进了剧场，李云光本想叫下高大霞，被傅家庄拦住了，傅家庄害怕见到高大霞在众目睽睽之下难堪。邢团长见一下来了三位领导，李云光又点名要找高大霞，便有些自作聪明起来："是要提拔大霞同志吧？太好啦。三位首长，我提个建议，我们文工团业务上没有问题，吹拉弹唱有的是人才，可真就缺少一个政治敏感、觉悟又高的好干部，你们要提拔高大霞没问题，不过，最好还是让她兼管着我们文工团的思想政治工作。"

傅家庄看出李云光脸色难看，问邢团长什么时候能结束，邢团长看看台上："刚讲到兴头上哪。"

台上的高大霞情绪激昂："同志们呀，那时候我们跟小鬼子做斗争，把每一天都当成这辈子的最后一天过。我们所有的人都惜命，可要是我们全中国的人,个个都光顾了惜自己的命活着,那还有谁去打小鬼子?"

在如潮的掌声中,李云光望着台上的高大霞,神情复杂。高大霞在台上看到他们几个人,激动地喊起来:"咱们公安总局的领导来了,大家欢迎领导讲话!"说着,带头鼓起掌来,迎了过去。

李云光朝众人挥了挥手,让邢团长带他们去办公室,说完,自顾走了。高大霞一脸疑惑地跟着进了办公室,见李云光铁青着一张脸,想缓和一下气氛,笑着说:"李副政委,你这脸拉这么老长,太严肃了吧。"

傅家庄表情肃穆:"高大霞,严肃点儿,李副政委代表组织,来跟你谈话。"

高大霞脸上的笑容僵硬起来,疑惑地看向李云光。

听完李云光代表组织向她宣布的决定,高大霞眼里泛着眼光,她自语着:"我革命了这么些年,这就是我得到的下场。"

李云光看向傅家庄,想让他说点儿什么,傅家庄却避开他的目光,李云光有些失望。

"我能看看我的档案吗?"高大霞轻声问。

李云光犹豫起来,看到高大霞哀怨的眼神,他终于点了点头,起身朝外走去。

"等一下。"高大霞抹了抹眼泪,"我给文工团的讲话还没完,能让我……"

"不必了吧。"李云光头也不回地说道。

"让我讲完吧。"高大霞的坚持近乎倔强,"我高大霞要脸面,什么事讲究个有始有终,我不能虎头蛇尾,我得讲完了,要不,大家好着急了。"

李云光回身看着高大霞:"着什么急?"

高大霞笑着说:"以前听书,最怕听那句'欲知后事如何,且听下回分解'。听了之后,回家是抓耳挠腮,就等着他'分解'。"

"让他讲完吧。"傅家庄看着李云光,声音不由地有些发抖。

"同志们,刚才我说过,我爸叫高金柱,他离开大连去胶东工作的时候,我还在牡丹江潜伏,回来也没见上他。"高大霞站在舞台上,望着台下的团员,娓娓讲述着。

侧幕后,傅家庄望着台上的高大霞,五味杂陈。一旁的李云光看了看傅家庄,又望向台上:"从个人情感来说,我也相信她是无辜的,但是她的档案确实有太多疑点,我们采取这样的措施,是对组织负责,对革命负责。你我都应该清楚,在组织原则面前,我们都不能犯糊涂。"

傅家庄无语,默默地盯着高大霞。

高大霞深吸了一口气,抑制住了满腔的悲伤,继续讲着:"当时,我爸他们为掩护两百多村民撤退,带着二十个队员阻击小鬼子,小鬼子有五六十号人,他们的武器好,咱们的武器差。我爸带领战士们占了个小山头,利用地形优势,缠住鬼子一个晚上,给村民们争取了时间,可我爸他们二十个人都牺牲了。"高大霞的声音低了下去。

台下鸦雀无声,有人抽泣起来。

"现在,我爸就埋在胶东抗日烈士陵园,拜托大家,将来你们谁要走到那个地方,有空的时候,麻烦你们替我去看看他,帮我给他上炷香,献个花,捎句话,就说他姑娘高大霞,他小儿子高守平,都挺好的。"高大霞说不下去了,给众人深深地鞠了一躬,眼里的泪水无声滑落。

"大霞姐,高金柱烈士没有死!"台下的袁飞燕站起身,泪眼蒙眬地高喊道,"他活着,活在我们心里!"

高大霞慢慢抬起头来,含着泪笑道:"对,我爸没死,他活着,他还在革命!"

高大霞跟着李云光和傅家庄来到公安总局,见到了自己的档案,外面的袋子没问题,可一看里面的纸张,高大霞就觉出不对劲来,她虽然认不全原来材料上的文字,可这纸张用手一摸,是不是原来的东西就一清二楚了,这错不了。

"假的,肯定是假的,不是我原来的档案。"高大霞斩钉截铁地说。

傅家庄与李云光对视了一眼:"你能确定?"

高大霞不假思索地点头:"原来的档案,我看过多少遍了,原来的纸软塌塌的,这纸,还脆生。"

"你是说,叫人调包了?"李云光指着高大霞手里的材料。

"这还用说吗?肯定是挽霞子干的!"高大霞一锤定音。

很久以来,方若愚一直以为自己不屑于干栽赃人的勾当,现在想来,那都是因为还没有被逼到墙角。这一次高大霞档案做假的事情一敲实,往后她即便本事再大,也翻不出多少浪花了。高大霞各种穷凶极恶的嘴脸他都在脑子里过了无数遍,可没想到的是,当这个女人真的来兴师问罪时,方若愚演技再好,还是觉得难以招架,差点儿演砸了。

"天天惦记坑我的,除了你,还能有谁?"高大霞眼里喷着火,已经把方若愚的半边身子逼到了办公桌上。

"这……这简直就是欲加之罪,何患无辞呀!"方若愚求救地望向傅家庄,"傅处长,你可得给我撑腰呀。她的档案在哪儿我都不知道,我上哪儿去造假,高大霞这是要冤枉死我呀!"

傅家庄想起高大霞说过在他这里吃过胡萝卜,问他哪儿来的,方若愚说是万德福给的,他一脸委屈地望着傅家庄:"傅处长,我知道你跟高大霞关系好,可她也不能这么欺负我吧。我们旧警察再怎么不受待见,也得有个活路呀!"

"你少装可怜!"高大霞冷声怒斥,"你往我头上扣屎盆子的能耐哪儿去了?"

方若愚气得脸色发白："高大霞，现在可不是小鬼子说了算的时候，现在是共产党代表人民当家，空口无凭是要负责任的！"

"大霞，走吧。"傅家庄拉着高大霞朝外走，高大霞还不肯罢休，指着方若愚叫板："你就是个老狐狸，我早晚一天能揪着你的狐狸尾巴！"

"不嫌骚你就去揪。"方若愚不甘示弱地顶了回去。

傅家庄拽着高大霞出来，高大霞把火气撒到他身上："你们这还是公安局吗？简直成了包藏国民党特务的贼窝。"

"方若愚是不是特务，得用证据说话。"傅家庄低声说着，朝办公室走去。

"傅大哥！"随着一声亲昵的呼喊，走廊尽头跑来的居然是刘曼丽，"哒哒哒"的高跟鞋踏在地板上，分外刺耳。

"嫂子，你怎么来了？"高大霞迎上去。

"我来办大事，傅大哥。"刘曼丽敷衍地跟高大霞说了一句，就奔向傅家庄，"我这样式儿穿戴见李副政委，行吧？"她张开胳膊展示着身上的旗袍，笑吟吟地问。

傅家庄有些拿不准："李副政委让你来的？"

"你不是说等成立了公安局，李副政委就要见我吗？人家多大的官，我能让首长老想着我这点儿事吗？我老不来上班，也是怕耽误了咱们公安局的工作。"

高大霞听不下去刘曼丽的矫情，跟傅家庄打了声招呼，便头也不回地走了。傅家庄看着她落魄的背影，鼻子发酸。

"别管她了，我们去见李副政委吧，别叫首长着急了。"刘曼丽催促着，像是知道李云光早就在办公室里恭候着她的到访。

见到盛装进门的刘曼丽，李云光一时还真是有些无所适从。他很快镇定下来，在简单了解了刘曼丽的家庭与思想状况后，认为她去文秘室比较适合:"曼丽同志,既然我们是革命同志了,那我就要对你提几点要求。"

刘曼丽忙不迭地点头:"为革命,别说几点,几十点,几百点我都能做到。"

李云光说:"革命是光荣的,但是革命者必须经过千锤百炼。要有革命信念和革命意志,要有革命的大无畏精神,做好随时为革命牺牲的准备。"

刘曼丽说:"我明白,只有千锤百炼,烂铁才能成好钢。"

李云光强调:"你要特别注意的是,在日常工作生活中,一定要严守党的机密。"

刘曼丽身子一挺,大声说:"放心吧,首长,我嘴紧。"

从李云光办公室出来,傅家庄带着刘曼丽去找高守平,一看到刘曼丽的一身装束,高守平就让她先回去,刘曼丽却说革命工作要紧,她今天就能上班。傅家庄让高守平带她去领套服装,刘曼丽高兴地说:"谢谢傅大哥!"话一出口,她自己也觉出这称呼不能在单位叫了,忙说以后她也叫傅处长。

傅家庄笑笑:"那我得叫你刘秘书了。"

刘曼丽兴奋地点着头,看到前面过来一个熟悉的身影,是方若愚。刘曼丽高兴地跑上前,吓了方若愚一跳,听她说来公安局上班了,方若愚有些吃惊,伸手向刘曼丽道贺:"刘秘书,我们以后就是同事了。"

刘曼丽紧紧握着方若愚的手:"方科长,以后我们互相帮助,共同进步!"

穿上列宁装的刘曼丽,在办公室里看什么都好奇,高守平进来:"嫂子……"

刘曼丽嘴一瘪,数落道:"叫什么嫂子,叫同志。"

高守平尴尬地张了张嘴，说道："那……我得提醒你，刘曼丽同志——"

刘曼丽想笑，使劲忍住了，一本正经地盯着高守平："说吧。"

高守平说："组织上既然信任你，让你当了文秘员，你就要认真工作。"

刘曼丽一摆手："这个不用你教，李副政委早跟我说了。"

"纪律方面，我也得提醒你，文件管理很重要，很多材料涉及机密，所以不该看的不看，不该问的不问，不该听的不听。"

刘曼丽一笑："不就是当聋做哑嘛，哦，还得装瞎子？"她有些不解。

高守平正色道："嫂子，我和你谈的是正事。"

刘曼丽脸一板："高守平同志，你又犯错误了，不准叫嫂子！"

世间事常常是有人得意有人愁。刘曼丽春风得意之时，在饭店后厨摘菜的高大霞却悄悄流着眼泪，外面几个嘴碎子团员议论她被停职的话不时飘过来，让她越加难受。在案板上切口条的刘有为终于忍不住了，气呼呼提着刀冲了出去，不大一会儿，外面赔着小心的叽叽喳喳动静没有了，刘有为提着刀回来了，又切了小半盘口条。他终于绷不住了，一刀尖甩在案板上，冲着高大霞质问："姐，咱都叫人家当猴耍了，你还在这破饭店伺候他们干什么？"

高大霞头也不抬："你再胡说八道，我把你的舌头剁下来当口条给拌了。"

"姐，咱这店是文工团的食堂，有些事想瞒瞒不住呀。"刘有为过来，蹲在高大霞跟前。

"我什么都不想瞒，瞒着多累。"

"姐，他们要是真对不起你，那就是过河拆桥，卸磨杀驴，想当初，你提着脑袋和鬼子干，现在把鬼子打跑了，他们倒好，翻脸不认人了。"

"闭嘴！不许你这么诬蔑我们组织。"高大霞呵斥。

刘有为着急："姐，你可真够彪的，他们都骑在你脖子上拉屎了，你还替他们说话。"

"不是我替他们说话，是你说的不对。"

"怎么不对了？他们不给你个一官半职也就罢了，凭什么还要调查你？姐，大不了咱们不干了，一心一意开咱的包子铺，只要是文工团的人来吃，咱一个包子要两个包子的钱！"

"胡扯！"高大霞瞪着刘有为。

"我这不是想办法替你出气嘛。"刘有为口气软下来。

"对组织，我高大霞永远没有气。刘有为，你记着，我高大霞既然是党的人，就要革命到底。"

"你都被党怀疑了，被党调查了，还革命个什么劲儿呀。"刘有为嘟囔着。

高大霞说："党怀疑我调查我，是组织程序，我不能记恨党。这就像孩子和爹妈，爹妈打孩子两巴掌，就是打错了，你还能记恨爹妈？"

刘有为摇摇头："姐啊，你就彪吧，彪得不吃食儿啦。"

"这不是彪，这是心甘情愿。你不是党员，你不懂。"高大霞又摘起菜来。

刘有为按住高大霞的手："姐，那你知道坏你的人是谁吗？咱得治治他呀。要不然，他真把你当软柿子捏了，往后还不得蹬鼻子上脸？"

夜色降临，方若愚提了一网兜海鲜来到良运洋行。今天的事情办得漂亮，他得来跟麻苏苏庆祝一下。头一回接收方若愚的礼物，麻苏苏笑得合不拢嘴，海鲜倒是其次，关键是方若愚此举，让她感觉两个人的心开始贴近了。

"小方啊,以后咱俩就这么合作,绝对是珠联璧合。"麻苏苏安排甄精细赶紧下厨,她要跟方若愚喝一杯。

方若愚却没有麻苏苏的乐观:"这种珠联璧合,还是少一点儿吧,太吓人了,一招不慎,满盘皆输。"

"怎么能输哪,悲观不好。"麻苏苏温柔地看着方若愚,"你想啊,小方,高大霞现在跳进黄河都洗不清了。你呀,以后就把心放到肚子里去吧,再也不用担心她使你坏了。"

"但愿吧。"方若愚叹着气。

"你好像没有我想象中的高兴。"麻苏苏替方若愚拉开椅子,让他坐下。

方若愚抚着椅子背,有点儿出神:"当初,高大霞抗日立过大功,和我没有什么深仇大恨,现在我们把一个抗日英雄硬生生冤枉成了汉奸嫌疑人。我确实心里不舒服。"

麻苏苏神色渐渐冷淡下来:"你别忘了,是高大霞先把你当汉奸的。小方啊,在大势面前,你可不能有妇人之仁。当初日本人在,国共合作,是利用攘外,现在没了日本人,我们就在安内。历史大势,让我们和共产党不得不成为你死我活的仇人,现在你对高大霞的同情,随时都会成为她刺杀你的利刃。"

方若愚坐下,显然麻苏苏的话并没有入他的耳。

麻苏苏继续自顾说道:"别看共产党在大连有苏联人撑腰,其实也没有什么了不起,我们不过只是做了点儿小手脚,他们怎么样?就蒙圈了嘛。"

"大姐,你不光轻视了高大霞,也轻视了共产党。这个事儿,他们会进行调查,也许很快就会还高大霞一个清白身。"

麻苏苏脸上闪过一丝不悦:"在你眼里,高大霞是好人,那我就是坏人了？小方啊，你可别忘了，我们可是一条船上的战友，你可不能好赖不分，吃里扒外。"

方若愚脸上划过一丝忧虑："现在，我们把高大霞逼到了墙角，她肯定不会善罢甘休。"

"不罢休又能怎么样？以后她想不罢休对你也没有威胁了。"麻苏苏不屑。

这话让方若愚一愣："怎么讲？"

"我接到'大姨'的指示，让你从公安局辞职。"麻苏苏看了方若愚一眼。

"辞职？"方若愚有些意外，"为什么？"

麻苏苏说："有个地方更需要你，'大姨'要把你这块好钢用在刀刃上。"

"哪里？"

麻苏苏一字一顿："物资公司。"

方若愚脸色一白，旋即摇头："不行，这个地方我不能去。"

麻苏苏诧异："物资公司可是个肥差，去了那里不愁吃喝。"

"'大姨'不会让我去那里吃吃喝喝吧，放火搞破坏才是目的。"方若愚板着脸说道。

麻苏苏笑了笑："果然聪明，一语中的。不过'大姨'说了，会保证你的安全。"

"保证得了吗？你也不想想，高大霞是放火团出身，你让我去放火，这不是关公面前耍大刀吗？"方若愚越说越激动，"不行，这个职，我不能辞！"

"咱们不争了，这不是商量的事。"麻苏苏淡淡说道，"'大姨'已经下了死令，你必须辞职。"

方若愚沉默，少顷，说道："就是辞，李云光他们也未必会遂了'大姨'的心愿。"

麻苏苏笑笑："这就不是你考虑的事了。"

方若愚疑惑："怎么？共产党的事'大姨'也能操纵？"

"没有金刚钻，'大姨'也不敢揽这个瓷器活。"麻苏苏淡淡地说。

"那还有高大霞哪？有她在我就不可能安生！"方若愚又激动起来。

"我看你是叫高大霞吓破了胆，她能吃了你还是能剁了你？"麻苏苏也不由提高了声音，"这之前，她敢破马张飞是有底气，现在，她都泥菩萨过河了，还能兴风作浪？"

方若愚苦涩一笑："大姐还是太小看高大霞了。一个男人轻视一个女人的结果，是早晚有一天，她会让你生不如死。所以，我是越来越不敢小看她了。"

麻苏苏斜眼打量着方若愚，轻声叹道："小方呀，真想不到，你现在居然怕了一个破落的老娘们儿。"

方若愚长叹了一口气，无可奈何道："女人本该是温柔的，可一旦注入政治基因，就会变得可怕凶残，比如大姐你。"

"小方，你这是拐弯抹角骂大姐呀。"麻苏苏像是很失落。

"那倒不敢。"方若愚起身，"我只是劝大姐多通点儿人情世故，因为被情感滋润的女人，才有女人原本的味道。"

"女人要是只沉浸在情感里，就会变得愚蠢，被男人欺骗。"麻苏苏面无表情，"所以，在这个世界上，不光有美人计，还有美男计。"

"怎么，你还想叫我去诱惑谁？"方若愚心里一颤，"我坚决不干！"

"你可真敢想！"麻苏苏笑起来，笑得花枝乱颤。

方若愚慌了，赶紧岔开话题："对了，有件事忘说了，高大霞的嫂子，到公安总局上班了。"

"那个刘曼丽?"麻苏苏来了兴趣。

"对,是她,在办公室做文秘。"

"这倒是份好差事。"麻苏苏思忖着。

屋外飘来海鲜干锅了的腥臭味道,甄精细一脸慌张地进屋来赔罪,麻苏苏臭骂了他一通,让他再出去买些熟食,被方若愚拦下了,借口还有别的事,离开了良运洋行。甄精细看着方若愚走了,暗自高兴,那锅海鲜,是他故意煮糊了,这个臭不要脸一直霸占着"老姨夫"名号的方若愚,居然想跟他甄精细的大姐一块儿吃饭,做梦去吧。

方若愚在外面简单吃了口饭,就回家了。进了院子刚掏出钥匙要开屋门,黑暗中一根木棍卷着疾风袭来,他还没有来得及躲闪,闷棍已经砸了下来,他轻"哼"了一声,旋即被铺天盖地的黑暗吞噬了。

方若愚再次醒来的时候,已经瘫坐在家里的沙发上,他艰难地睁开眼,想要伸手遮住刺目的灯光,却发觉自己已然被五花大绑了起来。眼前的一片模糊慢慢清晰起来,方若愚这才看到家里被翻得一片狼藉,两个晃动的人影正对着墙上的那幅字品头论足,两人居然是高大霞和刘有为。

"想天思霞……"刘有为把"霞思天想"念反了,疑惑地看向高大霞,"姐,这意思好像是说他成天想着你呀。"

高大霞大惊:"啊? 这个臭不要脸的家伙……"她愤怒地转身去看沙发上的方若愚,却一下子被醒过来的方若愚吓了一跳。

"你们干什么?"方若愚大声质问。

"你说干什么? 我告诉你啊,不准你成天胡思乱想! 听到没?"高大霞冲过来,照着方若愚脑袋就是一巴掌。

方若愚奋力挣扎着身上的绳索:"高大霞,你这叫私闯民宅,你个疯子!"

"对,我是疯子,我就是叫你给逼疯的。"高大霞拉过把椅子,坐到方若愚对面。

方若愚被噎住了,气得苦笑起来:"以前都是我捆别人,现在成别人捆我了,真是风水轮流转呀。"

高大霞拿起床边的笤帚疙瘩指着方若愚说:"知道风水轮流转就好,咱也不费工夫儿了,你就把怎么诬陷我的事儿都说清楚,有为,记好了,完事儿让他按手印。"

"你私设公堂,这是犯法的!"方若愚又激动起来。

高大霞不以为然:"捆都捆了,你就不用操心我犯不犯法的事儿了。"

"我抗议!"方若愚大吼道。

"抗议没有用。"刘有为左手换右手把玩着手里的木棍,模样活脱脱就是地主恶霸。

"那我就闭嘴。"方若愚气冲冲地扭过脸去。

刘有为用木棍捅了下方若愚:"怎么,你还非逼着我给你动大刑啊?"

"这还死猪不怕开水烫了。"高大霞抽了方若愚一笤帚,"说,诬告我的是不是你?"

方若愚看着高大霞,轻声说:"诬告你的是谁,我不知道,但诬陷我的是谁,我知道。"

"你还耍无赖!"高大霞又一笤帚疙瘩挥过去。

挨了打的方若愚坐正了身子,正色道:"高大霞,虽然我不是共产党,但是共产党讲求实事求是的原则,我举双手赞成,有就是有,没有就是没有。可你呢?无凭无据就咬定我是特务,这不是诬陷又是什么?"

"嘴还挺硬哈!"刘有为挥了挥木棍,"我就不信邪了,哪怕你是铁齿钢牙,我今天都要给你敲碎喽!"

"那你就敲吧。"方若愚张开了大口。

刘有为又气又急:"你还成臭无赖啦!"

高大霞拽住刘有为:"有为,他怕耗子,你去抓个耗子来,塞他裤裆里!"

刘有为一怔,站在原地不知所措起来。高大霞着急地推了他一把:"去呀!"

"我……我也怕耗子!"刘有为小声道。

方若愚戏谑的目光投过来,高大霞瞅了眼刘有为,怒其不争地长叹了一口气,看向方若愚:"说吧,什么时候把我档案偷走的?"

方若愚一脸委屈:"我都没见过你档案,上哪儿偷去?高大霞,你就是诬陷我,也得诬陷得靠点儿谱吧?"

"装什么蒜?"高大霞怒斥道,"你派人上我家里去偷过红肠!"

像是配合高大霞的话,旁边刘有为的肚子发出"咕噜噜"的声响,刘有为尴尬地捂着肚子:"姐,你一说红肠,我都饿了。姓方的,你家有什么好吃的?"

方若愚哭笑不得,朝旁边小方桌的一个铁盒子丢了个眼神,刘有为拿过来打开,里面是桃酥,刘有为抓起桃酥大快朵颐起来。

"这干咽多难下肚啊?要不我去给你俩做点儿什么吧。"方若愚朝刘有为示起好来。

刘有为咽下一口桃酥,笑眯眯地朝方若愚点了点头,看上去好像为他的贴心关怀感动不已,方若愚坐直了身子,意识到也许找到了突破口。不料回过味儿来的刘有为却狠狠踢了他一脚,刚才的笑脸瞬间消失不见:"你骂我和大霞姐哪?我俩开的是大馆子,稀得用你上灶?"

方若愚顿时收起了多余的心思,讪讪地低下了头。

"挽霞子,你别扯没用的。"高大霞用笤帚疙瘩敲了敲桌子,"快说派人去我家偷红肠的事!"

"我说什么呀?"方若愚抬头看着高大霞,"我再馋也没馋到这个地步吧?啊,偷红肠,还找人去偷,这成本得多大呀?有那钱我能买多少红肠?"

"还不老实!"高大霞恼怒起来,举起笤帚疙瘩要打下去。

"你叫我怎么老实?"方若愚下意识朝后躲着身子,"你说偷红肠那个人,跟我也没关系呀,再说,我哪知道你们家有红肠,我又不知道你们家住哪儿。"

高大霞嘴角露出一抹冷笑:"露了,说露了吧?你可是我嫂子和我弟弟的救命恩人,你在哪儿救的他们俩?在我家吧?你刚才说不认识我家,这不是瞪眼说瞎话吗?跟我耍花花肠子,你'老姨夫'还还不够格!"

"这,这怎么又整出'老姨夫'来了?"方若愚一脸困惑,"我也没有老姨呀。"

"你不用有老姨,你自己就是'老姨夫'!"高大霞激动得直喷唾沫星子。

"越扯越没边了。"方若愚不耐烦地蹙眉,"行了,你快放开我吧,这五花大绑的,干什么呀这是?大半夜的咱俩搁这儿磨磨叽叽,这要是叫别人知道了,还当咱俩是……"他古怪地笑了笑,"哎呀,咱俩差这么多岁数,我都说不出口。"

"你当然说不出口了!"高大霞被他气得直跺脚,"干了那么多坏事,你敢跟谁说!"

"我是真想干过点儿什么坏事,老实跟你说了,你就能离我远远的。"方若愚摆出一副破罐子破摔的架势,"这么着吧,我明天就去找点儿坏事儿干干,给你个交待。"

高大霞恼怒地甩下笤帚:"那你就在这坐一宿,想想明天干什么坏事儿吧,有为,走。"

厨房里传来刘有为的回应:"姐,荷包蛋都打上了,马上出锅,咱俩一人俩,他家有冰糖!"

高大霞气得抓狂:"你吃吧,我走!"

方若愚着急地大喊起来:"唉,你别走啊,你走了,我怎么办?"

高大霞回头,瞪着方若愚:"以你'老姨夫'的本事,这点儿事儿难不倒你。"

刘有为垂头丧气地从厨房里钻了出来:"姐,都快出锅了。"

"走!"高大霞低吼了一声,气呼呼离去,刘有为不舍地跟了上去。

"别走啊!我还绑着哪!"方若愚朝门口喊着。

"老绑着不会出人命吧?"出了院门,刘有为小声问。

"他是干警察的,这点本事能没有吗?"高大霞拉开了院门,两人扬长而去。

高大霞说得没错,他俩刚出院子,方若愚就挣脱了绳索,收拾起一片狼藉的屋子,等把房间收拾得恢复如初时,一位他不大想见的客人登门造访了。

来的是麻苏苏。本来她是不必来的,傍晚,方若愚离开没一会儿,她就发现方若愚走得急,落下了公文包,甄精细见她执意要送过去,不情愿地说那他去吧,麻苏苏却说不用。从青泥洼街到黑太礁,来来回回啥都不干,少说也得一个多小时,甄精细不放心,怕不安全。

麻苏苏坐在小方桌的镜子前,给脸上上着妆:"干咱们这行的,趁着黑咕隆咚的时候出去,才更安全。"

甄精细说:"我陪你去。"

麻苏苏往头上插着簪子:"不用了,人多动静也大,你在家里老实看门吧。"

甄精细说:"姐,你太看重他了,这都大半夜了,还化妆……"

麻苏苏说:"女人化妆,是尊重别人,也是尊重自己。"

甄精细点头:"也对,姐要是不化,我也怕大半夜的他真认不出来。"

"出去!"麻苏苏恼怒地吼了一嗓门儿,甄精细慌乱地跑了出去。

麻苏苏平复了一下情绪,站起身,从镜子里打量着自己的腰身,有些不满意,她使劲收起肚子,镜子里的腰身总算有了些模样。她感叹岁月真不是个玩意儿,偷偷摸摸就把一个人的青春拿走了,连声招呼都不肯打。麻苏苏哀怨地叹了一口气,肚皮一松,差点把面前的小方桌顶倒,她手疾眼快,一把按住了方桌。

麻苏苏拿了瓶上好的红酒,甄精细还是不放心:"这大晚上的,方若愚要是起了坏心可怎么办呀? 我又不在姐身边。"

麻苏苏叹了口气:"精细呀,你是真爱操心,到老了可怎么办啊,我都替你愁。"她不想让甄精细再坏了自己今晚的心情,耐着性子说,"没事儿,方先生不是那样的人。"

"这可不好说,知人知面不知心,他要是万一……姐,你拿这瓶酒吧。"甄精细递上一个大瓶红酒,"这个好,瓶子底厚。"

麻苏苏疑惑:"瓶子底厚就好? 这我还没听说。"

甄精细肯定地说:"当然底厚好,一瓶子砸下去,保证能砸晕!"

方若愚跟麻苏苏说起被高大霞和刘有为砸晕过去的事,麻苏苏笑起来,"我听你讲起跟高大霞插科打诨的事,很是享受呀。"麻苏苏嘴角挂着神秘莫测的微笑。

"都五花大绑了还享受,"方若愚嘟囔,从厨房端出两碗热气腾腾的荷包蛋，"高大霞也算干了点儿好事，大晚上还专门来给做饭，你看看，做完人家还走了，一口都没吃，还不收工钱。"

"我不饿，你吃吧。"麻苏苏摆了摆手。

"这不正好两碗嘛，咱俩一人俩蛋。"方若愚话一出口，意识到不妥，忙把陶瓷碗搁在麻苏苏面前，"来，趁热吃，还加了不老少冰糖哪。"

麻苏苏笑笑，坐到方若愚对面，伸手捋了捋鬓角的发丝，指尖触碰到了耳边的一枚碧玺花簪。方若愚注意到了麻苏苏头上的小装饰，赞叹道："哟，这花簪不错，漂亮。"

"出门的时候，我顺手从店里拿了一个，臭美一下。"麻苏苏抬手拿下花簪，看了看，放在桌上。

"哟，别摘呀，一会儿走再忘了。"方若愚说道。

麻苏苏脸色变得有些不快："小方，我这荷包蛋是不能吃了。"

方若愚故做不解："怎么不能吃了？"

"你都下了逐客令了，我再待下去，尴尬呀。"麻苏苏幽幽说道。

"大姐说哪儿去了，我这不是……给你提个醒，没别的意思。大姐想多了，想太多了。"

"想得不多，叫别人讨厌呀，大姐可不想做个讨厌的人。"麻苏苏淡淡说道，拿过方若愚的公文包来，拎出一瓶红酒，"我拿了这个，来，给你压压惊。"

方若愚眼里掠过一丝无奈。红酒都带上了，今夜麻苏苏一时半刻是不会走了。

麻苏苏起身取来两个高脚杯，倒上红酒，朝方若愚举了举杯："来，小方。"

方若愚端起红酒，尴尬地笑了笑："这荷包蛋就红酒，搭配得有点儿奇怪。"

"是哈,那我去做几个小菜,"麻苏苏又起身,"家里有什么?"

方若愚连忙摆手:"别麻烦了,大姐,这就挺好,你坐,坐。"

"那就将就一下吧。"麻苏苏坐下,"委屈你小方。"

"这怎么还扯上委屈了。"方若愚被麻苏苏的目光盯得心里发颤,"挺好,来,大姐。"

麻苏苏刚要说些什么,方若愚已经自顾自将一杯酒喝了下去:"好酒,大姐,喝呀。"

麻苏苏少抿了一小口,目光落在墙上那幅"霞思天想"的大字上,欲言又止。

方若愚搁下酒杯,忿忿地敲了敲桌面:"大姐你也看到了,这个高大霞,简直就像个鬼魂,太缠人了,我都好让她折磨疯了。"

麻苏苏收回目光:"小方呀,越是斗争形势严峻,咱们越是不能慌神,稍一有闪失,就叫共产党抓了小辫子,再想翻身,就难了。"

方若愚不置可否地抿着嘴,默默喝起了闷酒。

第三十三章

刘曼丽打量着镜子里穿制服的自己,越看越欢喜。刘有为推门进来,疲惫地坐到椅子上,抓过茶壶掂了掂里面还有水,对着壶嘴灌起来。刘曼丽咳嗽一声,刘有为没有理会,继续喝着水。刘曼丽又加重咳嗽了两声,刘有为这才缓了口气,冒出一句问候:"感冒啦?"他一回头,见刘曼丽一身威武飒爽的打扮,有些慌乱,"你从哪儿偷来的警服,快脱了,叫人看见!"

"谁偷了？这是我的!"刘曼丽白了他一眼。

刘有为半信半疑地看着她:"你上班了?"

"是不是觉得你姐像换了个人?"刘曼丽开心地转了个圈,"往后姐也是革命的人了。"

刘有为一乐:"这可是天大的喜事呀!"

"还不是托你姐夫的福,活着的时候没沾上光,没想到,死了倒得了他的济。"

刘有为凑上来:"姐,以后我可全靠你了。"

"以前你也没少靠。"刘曼丽在刘有为脑门上点了一下,"大霞呢,她怎么没回来?"

"在店里发点儿面,明天包包子。姐,你现在可比高大霞厉害了。"

"那是。"刘曼丽得意地昂起头,"我在公安总局当官,她在屉屉馆涮锅做饭,这差了多老远,还用说嘛。"

刘有为殷勤地给刘曼丽揉着肩膀:"那往后我就跟你混,不当她高大霞的什么小跟班了。"

刘曼丽:"慢慢来吧,我刚上班,不能犯自由主义,让人背后嚼舌头。再说了,高大霞也是老革命,跟着她,你也能奔个好前程。"

刘有为急了:"哪有好前程呀,她现在爷爷不亲奶奶不爱,就是个倒霉蛋儿!"

"不会吧？我看她一天到晚还是劲儿劲儿的。"

"那都是瞎咋乎,骗别人骗自己。"刘有为小声说,"有人告发她是假革命,在牡丹江的时候还当过汉奸,上面都开始调查她啦!"

刘曼丽盯着刘有为,难以置信:"说谁是假革命假汉奸我都信,说高大霞我是坚决反对,为了革命,她连命都不要了,这样的人能是假革命?

这是谁说的?"

刘有为眯起眼睛,意味深长地说:"你的救命恩人,方若愚!"

夜色深了,桌上的一瓶红酒也快见了底,麻苏苏喝兴正浓:"来大连这么久,头一回放松一下,真好啊,谢谢你,小方。"

"酒是你拿来的,怎么还谢起我来了。"方若愚眼神温和了许多。

"再好的酒,也得看跟谁喝。花非花,雾非雾。夜半来,天明去。来如春梦不多时? 去似朝云无觅处。"麻苏苏带着醉意看向窗外的圆月,抚弄着头上的花簪,浅吟起白居易的《花非花》,"这是我家先生最喜欢的一首杂言古诗。"

"姐夫现在……"方若愚小心地问。

"早走了。"麻苏苏轻轻叹了声气,转过身来,"民国二十年,长期负责中共中央机关保卫工作的顾顺章在武汉被我们抓了,他将在上海的中共中央机密悉数供出。"

方若愚说:"顾顺章不简单,组建了中共中央特科,他手下的红队很有一套,不少共党的叛徒和我党的情报精英,都死在他的人手里。当时要不是中统徐恩曾的秘书钱壮飞把消息泄露给了共产党,他们必将遭受灭顶之灾。"

"是啊,要不是钱壮飞泄密,救了共产党一命,国共两党的历史就是另一个写法了,今天你我也就不必为共党挠头了。"麻苏苏凄然一笑。

"这么说来,姐夫是中统的人了?"方若愚迟疑着问。

"不,是蓝衣社的。"麻苏苏说。

方若愚不由肃然起敬:"那姐夫可是我们军统真正的元老。"

"岂止是他,我也算半个。"麻苏苏端起酒杯,喝了一口,"当时,黄埔四期毕业的滕杰,在黄埔青年才俊中四下游说,联合党军里的有志青年,结成社团,目的是肩负起救党救国,抵御外侮的历史使命。"

"这批人可都是胸怀天下的革命志士。"方若愚赞叹道。

"谁说不是,当时滕杰是书记长,真正的领袖是贺衷寒,这个贺衷寒更不简单,当时黄埔一期有说法,文有贺衷寒,武有胡宗南,又文又武李默庵。"麻苏苏笑了笑。

"戴老板当时也在。"

"戴老板进入蓝衣社要晚,不过他通天,是委座介绍去的。"麻苏苏眼里泛起一丝潮意,"那时候,大家个个意气风发,我还年轻漂亮,经常随我先生去滕杰家,滕杰的夫人陈启坤也是蓝衣社的重要成员,与我很投缘,这样一来,我就成了他们的外围人员。"

"后来呢?"方若愚问。

麻苏苏沉默了一会儿,脸上现出悲伤之色:"后来,顾顺章归顺党国的时候,中统的势大,但是对付共产党,我们蓝衣社自有一套,所以委座让我们配合行动。结果,我先生带人去抓捕周恩来和陈赓等人的时候,和共产党的红队交手,不幸中弹。"麻苏苏眼角泛起泪光,她深吸了口气,端起酒杯,"不说那些难过的事了,来,喝酒。"

方若愚举杯:"没想到大姐居然有这样的背景,我要刮目相看了。"

麻苏苏默默喝下红酒,脸上的神色变得坚硬森冷:"从那以后,我就从外围踏入这个圈子,共党让我当了二十多年的寡妇,我和他们有血海深仇!"

方若愚喝下杯里的酒,抬头看看墙上的挂钟,已经九点多了。

"洋酒的劲儿就是大,有点儿上头了。"麻苏苏放下酒杯,脚底发软,抬手按着太阳穴。

方若愚端起碗来:"大姐,把荷包蛋吃了吧,醒醒酒。"

麻苏苏摆了摆手:"吃不下了,这酒,太上头了,小方,麻烦你拿条湿毛巾,好吗?"

"好。"方若愚起身出去,找了块儿毛巾在水龙头下湿透拧干,回来时,不见了椅子上的麻苏苏,一转脸,见她靠在床沿被垛上,闭上眼睛像是睡着了。

方若愚过去推了她一把:"大姐,快擦一把。"

麻苏苏艰难地睁开眼睛:"小方,对不起,大姐失态了。"

"你快擦把脸,我去倒碗醋,解酒。"方若愚搁下毛巾,转身要走,身后却有些阻力。

麻苏苏拉住了方若愚的衣角,轻声细语道:"醋,就不喝了吧,我眯一会儿就好。"

方若愚不由咽了咽唾沫,眼底闪过一丝慌乱。正在他不知所措时,院子里传来敲门声,麻苏苏一惊,立即站了起来,全然没有了方才的醉意:"谁呀,这么晚还过来。"

方若愚慌乱地说:"准是高大霞又回来了!"

麻苏苏面露凶光:"她真是活腻歪了,今天晚上就成全她!"

方若愚连说:"大姐,冷静点儿,她现在已经是强弩之末,咱们没必要做这个恶人,给自己找麻烦,你快走,我来对付她。"

麻苏苏心烦意乱地皱着眉:"她堵着大门,我往哪儿走?"

"走后院,跟我来。"

麻苏苏跟着方若愚朝后院走去,方若愚拉开小门,朝外张望了一圈:"大姐,小心点儿。"

麻苏苏立在门前,低声骂道:"这个高大霞,简直是条疯狗!"

方若愚捣蒜似地点头:"对呀,叫她咬上就不撒嘴。"

麻苏苏叹了口气:"可惜了那么好的红酒。"抬头看看月色,"还有这么好的月亮。"

方若愚焦急地推了她一把："快走吧,大姐,别让她等急了。"

麻苏苏幽怨地看了方若愚一眼,转身离去。方若愚合上院门,长出了一口气,朝前院走去。他拉开院门,见翠玲怀里抱着几件叠得整整齐齐的警服,站在门口。

方若愚接过衣服："翠玲,你可是救了我呀!"

翠玲看着方若愚,一脸困惑。

这个夜晚,高大霞分外忙碌,从方若愚家出来,她让刘有为自己回家去了,自己来见在公安总局值班的万德福。说到白天的事,万德福自责地扇起自己的耳光,说千不该万不该把那封举报信送给李云光,才惹出这么大的麻烦,"你说我这不是帮着瘸子打瞎子,跟陷害你的人成一伙儿的了嘛?我真是混蛋到家啦!"万德福呜呜哭起来。

高大霞安抚下万德福,听说傅家庄和高守平还在李云光办公室研究工作,便直接上去了。高大霞在门口听到三个人在研究市委下发的住宅调整运动实施方案,便等在门外,过了没多久,李云光让高守平先回去,高守平却迟迟不走,李云光问他还有什么事,高守平支支吾吾,傅家庄猜出他是打怵回家面对高大霞。高守平眼圈红了,他有些怯意地说:"如果允许,我想知道组织上打算怎么处理我姐的事。"

"那你对你姐的事情是什么态度?"李云光严肃地问。

高守平欲言又止。

"说实话。"李云光目光如剑。

高守平犹豫了半天,一字一顿地说:"她要真有问题,我就不认她。"

傅家庄脸色骤然一沉:"糊涂! 再怎么说,高大霞都是你姐,你给我记住了,革命不是六亲不认,越是有过不去的坎儿,亲人越要给更多的温暖!"

"傅处长,"李云光语气深沉,"我觉得守平同志有原则,明是非。革命嘛,关键时候,是需要大义灭亲的。"

傅家庄反驳道:"大霞到底是同志还是敌人,还有待调查,现在不是下结论的时候。"

门外响起跄跄的脚步声,高守平快步冲到门口,傅家庄和李云光也循声跟了出来。

走廊里,高大霞匆匆离去,刚才三个人的对话,她听得真真切切,那一刻,委屈和无助如潮水般在心头翻涌,她实在控制不住自己的泪水,只得转身离去。

傅家庄要去追赶高大霞,被李云光拉住。傅家庄焦急地推了一把高守平,让他追了上去。

高大霞刚下楼梯,高守平追上她,叫了声:"姐。"

"我没事儿。"高大霞头也没回,朝院里走去。

高守平追过来,堵在高大霞前面,嗫嚅道:"姐,我刚才说的不是人话,你别生我气。"

"没事儿,你都当上科长了,这个觉悟应该有,姐不怪你。"高大霞强挤出一个笑脸,"这要是咱爹咱妈和大哥知道你当官了,肯定能高兴个不像样儿。"

高守平犹豫再三,最终下了决心,沉声问道:"那我就替大哥和爹妈问你一句话,姐,你到底是不是被诬陷了?"

高大霞凄然一笑,轻声道:"放心吧,守平,姐干了这么些年革命,心里坦坦荡荡。不过,姐说归说,你还真不能光听姐的,你是组织上的人,最终还得看调查结果。"

"大霞。"万德福瘸着腿疾步迎上来,"你跟他们怎么谈的?"

"我没事儿。"高大霞从万德福身旁疾步跑过去,她怕再说下去,自己的眼泪真会像决堤的洪水,挡不住了。

下了电车,离家就不远了,高大霞怕这时候刘曼丽还没睡下,便绕了一段路往家走。路边的夜市小摊还没有散去,她这才想起来,除了早饭,她已经一天粒米未进了,可等摊主端上来一碗滚烫的面条,她却一点儿想吃的愿望都没有,倒是不知不觉间喝下了半罐子辛辣的小烧,等她踩着棉花晃悠回家时,已经是月上三更,刘曼丽也睡下了。

刘曼丽睡得并不实,当评戏《穆桂英挂帅》隐隐的唱段传到楼上时,刘曼丽立时睡意全无。

萧瑟的夜风中,传来高大霞的低唱:"猛听得金鼓响画角声震,唤起我破天门壮志凌云。想当年桃花马上威风凛凛,敌血飞溅石榴裙。"

屋子大炕上,高大霞舞动着一块枕巾,深沉的吟唱铿锵有力:"有生之日责当尽,寸土怎能属于他人! 番王小丑何足论,一剑能当百万兵。"

刘曼丽披了衣服下楼,忽地顿住了脚步,高大霞窗户外立着一个人影,是傅家庄。

"我不挂帅谁挂帅,我不领兵谁领兵。叫侍儿快与我把戎装端整,抱帅印到校场指挥三军!"高大霞越唱越亢奋,手里的一块枕巾舞动得上下翻飞。

刘曼丽叹了一口气:"男怕哭,女怕唱啊。大霞心里苦,你进去劝劝她吧。"

傅家庄不语,像是已经入了戏。

高大霞抑扬顿挫的念白响起:"千里出师靖妖氛,健儿十万扫烟尘。擒贼擒王灭群寇,三军齐唱凯歌声!"

刘曼丽要走去,被傅家庄叫住:"嫂子,让她唱吧,唱一唱,心里能好受一些。"

刘曼丽要说什么,却见傅家庄已经朝屋里走去。夜空里还响着高大霞铿锵有力的道白："本帅穆桂英,今奉圣命,领兵出征。众位将军,此番出兵,非比寻常,必须要奋勇杀敌,为国立功,一路之上,爱护百姓,秋毫无犯,违令者,斩!"

傅家庄进屋,倚靠在关上的门板上,热泪无声滚落……

这一晚,刘曼丽睡得不好,直到天光放亮的时候,她才睡过去,再睁开眼时,院子里已经有了锅碗瓢盆的声响。她睡眼惺忪地从楼上下来,想着先去高大霞屋里看看,一下楼,却见高大霞正在水槽子前洗菜,神色淡然,脸上看不出悲喜之色。

"大霞,我来吧。"刘曼丽小心地走上前,打量着高大霞,小心地问,"没事儿了吧?"

高大霞用肩膀撞开刘曼丽:"快上茅房去吧,一会儿都醒了该抢不上坑了儿。"

"大霞,你的事我听有为说了。"刘曼丽眼圈发红。

"快上你的茅房,你占的时间最长……"高大霞扭头看向刘曼丽,看见她的一身制服装束,有些疑惑,"嫂子,你这是哪儿弄的?"

刘曼丽不安地拉着衣摆:"本来想和你说说我上班的事,可我知道你受了委屈,怕你……"

高大霞愣着,显然还没有缓过神来。

"组织上考虑我是烈属,主要还是考虑公安总局缺识文断字的文化人。"刘曼丽解释着,感觉对不起高大霞。

"去吧。"高大霞反应过来,笑着说,"这是好事儿,公安总局是好地方。"

"李副政委重用我,把公安总局最秘密的事让我管,别人他都不放心。"刘曼丽小声说道。

"那你可得上点儿心。我做饭去了,你一会儿叫傅家庄和有为起来吃饭。"高大霞端起水盆匆匆奔进了厨房。一进屋,委屈的泪水便不争气地奔涌而出。

饭桌上的气氛有些尴尬,傅家庄、刘曼丽、刘有为不时小心地看向高大霞。高大霞低头吃着饭,一抬头,三个人都慌忙移开目光。

"有为,你快点儿吃,一会儿咱俩上趟老虎滩,进点儿新鲜鱼。"高大霞佯装没有注意到众人的异样,淡淡说道。

刘曼丽轻声道:"可惜我得上班,要不然,我也跟你们去。"

刘有为皱着眉:"姐,你现在干的是大事,就别气我和大霞姐了。"

"我气你们什么?"刘曼丽像受气的小媳妇,"我是说心里话,在文工团做饭也挺好,看戏还不花钱哪。"

"革命工作分工不同,文工团是宣传革命的重要阵地。"傅家庄正色道。

"还是傅大哥……"刘曼丽顿了顿,"傅处长觉悟高。"

"我饱了……"刘有为一推碗筷,站起身来,示意刘曼丽也走。

刘曼丽意会:"我吃饱了,你俩慢慢吃哈。"

房间里安静下来。高大霞面无表情地划拉着碗里的玉米粥,一整个早上,没人能从她脸上看出喜怒来。

"大霞,有什么想法,你可以跟我说。"傅家庄看着她,轻声说。

"不说了,就那些事儿。"高大霞淡淡地说,"等组织上什么时候调查清楚了,还我个清白就行了。没事儿,身正不怕影子斜。我的事儿,我心里比谁都清楚,经得起组织考验。"

傅家庄脸上有了些笑意:"你能这么想,我就放心了。"

早饭过后,高大霞像往常一样收拾起碗筷要去水槽子洗涮,刘曼丽却抢着干起来。高大霞说:"嫂子,你猛一下对我这么客气,我都不得劲了。"

"谁说的,我原来也这样式儿。"刘曼丽陪着笑脸。

"放心吧,嫂子,我什么事儿没有。"高大霞说。

"能没有吗? 没有你能唱半宿穆桂英?"刘曼丽白了高大霞一眼,"谁不受点儿委屈呀,你刚回来的时候,我说你哥不在了,你还不信,话里话外没少挖苦我,你当我听不出来啊,我不稀得跟你一样儿就是了。"

"是,我知道你让着我。"高大霞笑笑,轻声说。

"拉倒吧,你就是想替你哥看着我。"刘曼丽凶狠地瞪了高大霞一眼,又自顾笑起来。

高大霞跟着笑了:"现在我不看着你了,有合适的,我帮你找。"

刘曼丽慢慢收起笑容,眼泪闪过一丝哀婉:"有你哥在那比着,也不好找啊。"

"找不着就在家陪着我。"高大霞说。

"我可不想陪着你,陪来陪去还不得陪成冤家啊。"刘曼丽满眼写着嫌弃,不由露出了她惯常的说话方式,这狠劲儿没维持一会儿,她又自顾笑起来,笑着笑着眼泪涌出。

"这又笑又哭的,叫别人看见还当我欺负你哪。"高大霞伸手给刘曼丽擦着眼泪。

刘曼丽一把打开:"你能欺负得了我!"她欣慰地长出了一口气,"看见你还能笑出来,我就放心了,知道你不至于想不开。"

"怎么,你当我还能寻死啊,傻子才死哪。"高大霞低声嘟囔。

"对呀,不就是受点委屈嘛,能有什么?"刘曼丽教训道,"你参加革命干的是大事,能干多大事就能担多大委屈,受点儿委屈就想不开,那不应该是你高大霞。"

"嫂子,你说得对,跟那些牺牲的同志相比,这确实不是个事。"高大霞仰头望天，长出了一口浊气，"嫂子，叫你这么一说，我心里敞亮多了。"

"我这烈士家属，你当是白给的？"刘曼丽白了她一眼。

两人对视一眼，扎翅着湿漉漉的两双手，脸贴脸靠在了一起。

忙乎完家里的事，高大霞催促刘有为赶紧跟她去趟东海头，收点儿鱼船回来的新鲜海货，刘有为有些不情愿："姐，他们都这样式儿对你了，你还管那个破饭店干什么？"

高大霞说："组织上调查一下，也是为我好，想证明我的清白。"

刘有为说："这都什么时候了，你还替他们说话。"

"有为，我不能因为遭到诬陷，就不革命了，我要这样，不是正中了敌人的圈套嘛，再说，这也不应该是我这个老革命的态度。我现在越是努力工作，越是对敌人的最好反击。"

刘有为呵呵一笑："文工团都不让你管事了，你还……"

"饭店也是文工团的，不还是我当家吗？我现在就是卧薪尝胆，"高大霞自嘲地笑起来，"就当是潜伏了。"

"潜啥伏呀，潜水吧。姐，日本人在的时候，你提心吊胆过不好，好不容易把日本人打跑了，你还要受自己人的窝囊气，这也太憋屈了吧。"

高大霞收起笑容："有为，在这件事上，你不如你姐觉悟高，早上我俩还说这事儿，共产党员死都不怕，还怕受点儿憋屈嘛。监视方若愚的事，我不但要干，还要比原来干得更好。"

刘有为不屑："你这是自己难为自己。日本人都被打跑了，你还潜伏个什么劲儿。"

高大霞说："日本人被打跑了，还有国民党特务，要不是他们，我能受诬陷吗？他们为什么诬陷我？还不是因为我高大霞有本事，他们怕我挡他们的道儿。"

刘有为想了想,点点头:"姐,你放心吧,我永远跟你一帮儿。"

"谢谢你,有为。我们不光要关注敌人的动向,还要宣传革命道理。"

刘有为高兴了:"这个我也行,我嘴皮子利索。"

高大霞笑了:"这个就不麻烦你了,我自己能行,你可以帮我敲敲边鼓。等我沉冤昭雪了,你又表现好,我介绍你加入组织。"

刘有为苦笑:"到时候再说吧。"

昨晚,方若愚难得睡了个好觉,一大早来上班心情不错,老远看到万福德就招手打着招呼。不想,万德福送给他的,却是砸在他脸上结结实实的一拳头。不大一会儿,方若愚挨揍的消息,就传遍了公安总局,傅家庄恼怒地冲万德福拍着桌子,指责他过于冲动。万德福却振振有词:"谁让他诬陷高大霞的,活该!"

"证据呢?"傅家庄反问。

"我就信大霞!"万德福脖子一梗。

傅家庄无奈地叹气:"没有证据就给人家泼污水,你这也是诬陷。"

万德福盯着傅家庄问:"在高大霞和方若愚之间选一个,你说你听谁的?"

傅家庄没法回答万德福的这个问题,去找了李云光,想替万德福解释一下,不想方若愚也在,他脑袋上缠着绷带,一副可怜相。听李云光说方若愚要辞职,傅家庄极力挽留,还说要让万德福来给他当面道歉,李云光更表示要严肃处理万德福。方若愚拦着两人,说老万这么一闹,对他也是好事,算是帮他找了个台阶。见李云光和傅家庄不解,方若愚说:"就是没有今天早晨的事,我也不想待在公安总局了,毕竟我原来在日本人手底下当过差。我也琢磨了,自己干了半辈子警察,虽说没干过缺德事,却也得罪了不少人,这个行当对我来说,已经没什么兴趣了。另外,我这岁数也不小了,腿脚也不利索,比不上年轻人,我寻思着找个清闲的地方养养老也不错。"

傅家庄向李云光投去询问的目光,李云光默默点了点头:"既然这样,那我们就不强留了。不过,请方科长放心,我们一定会把你的工作安排好。"

方若愚连声道谢,傅家庄问他有没有想好下一步的去处,方若愚有些为难,说自己干了半辈子警察,别的手艺也没有。李云光思忖着,想起物资公司跟他们要一个保卫科长的事儿,既然高大霞出了问题去不了,那方若愚是个不错的人选。他把这个想法一说,方若愚心里咯噔了一下,这个地方麻苏苏跟他说过,没想到今天李云光主动抛出了这个绣球,或许这是天意? 还是……方若愚不敢想下去了,一迭声地答应了下来。临走时,方若愚可怜巴巴地求傅家庄帮自己一个忙:"如果方便的话,请你跟高大霞说一下。以后,请她不要再去打搅我的生活和工作。"

傅家庄无言以对。方若愚给他和李云光各自鞠了一个躬,离开了办公室。

刚才李云光就看出来,傅家庄对他安排方若愚去物资公司的事不太满意,方若愚一走,傅家庄果然把自己的担心说了出来。李云光点上一根烟,吸了一口,又缓缓吐出去:"我这是深思熟虑的结果。你应该知道,方若愚不论是在过去的警察署还是今天的公安总局,人品口碑都不错,不给他安排一个好位置,那些老警察会怎么看我们? 何况他还刚挨了万德福的打,老万这么冲动,按道理都应该清理出公安局队伍,可他一个瘸子,出去能干什么?"

傅家庄说:"那可以把方若愚安排到别的地方嘛。"

李云光悠悠吐出一缕烟尘,面目在缭绕的烟雾中变得模糊不清:

"如果方若愚真是特务,派他到物资公司以后,一旦那里出现风吹草动,他就成了秃头上的虱子,暴露出来不是更好吗?"见傅家庄还是面有忧虑,他沉声说道,"你有意见可以保留,这件事,就这么定了。刚才,方若愚也说到高大霞老是纠缠他的问题,这件事,你也劝劝高大霞,总盯着方若愚,她自己的日子不过了?"

"方若愚说的问题,我会跟高大霞讲。不过,档案的事情不调查清楚,高大霞不光没法生活,还会倍受煎熬。"傅家庄思忖着,"既然举报信涉及高大霞在牡丹江的过往,我建议派专人到牡丹江去搞个外调。"

李云光叹了口气:"你也知道,我们现在的工作千头万绪,恨不得一个人顶两个人用,哪儿还有人手可派。再说了,调查这种事,需要经验丰富的老同志。"

"我倒是有个合适人选。"傅家庄说。

"谁?"

"万德福。"

李云光琢磨着,少顷,还是点了点头:"老万倒是个不错的人选。不过他的腿脚不大利索,更重要的是,他对高大霞过于袒护,我怕他感情用事。"

"那可以派后勤老钱跟他一起去,也是个照应。"傅家庄说。

李云光点点头,打电话叫来了万德福,他先是批评了一通他打方若愚的事,看万德福态度还算诚恳,才说起让他和老钱去牡丹江搞外调的安排。万德福一听,兴奋得不行,信誓旦旦要把这件事办好,还高大霞一个清白。临走时,万德福提了个要求,希望组织上不要再难为高大霞。

方若愚把辞职报告送到刘曼丽手里让她存档,刘曼丽推辞着不肯接受:"方先生,公安总局是多好的差事呀,你再好好想想,别急着往我这儿交。"

方若愚谢着刘曼丽，把辞职报告放在桌上，刘曼丽轻声问："方先生，你辞职是因为万德福吧？他其实就是想给高大霞出出头，跟高大霞讨个好，他没有赶你走的意思。"

方若愚笑笑说："那件事过去了，不提了。"

刘曼丽一脸愧疚："其实大霞那个人不坏，就是一根筋，爱钻牛角钻，死心眼子。"

方若愚说："我辞职跟他们都没有关系。"

"怎么能没有，方先生，你对高家有恩，这么走了我都对不起你。"

"刘秘书千万不要这么说，谈不上什么恩。当年我只是做了一个中国人该做的事，那件事摊到别人头上，我也会帮忙。"

"你越这么说，我越觉得惭愧。本来还想，到了公安总局，咱们有的是时间好好处，没想到这才见了几面你就……"刘曼丽红了眼圈。

方若愚有些感动："刘秘书，我提醒你一句，干你这个工作，要尽量少和外人接触，毕竟言多必失。"

刘曼丽感激地点着头："谢谢方先生提醒，你真是个大好人。"

第三十四章

天色晦暗，天边堆起了厚重的浓云。良运洋行内光线昏暗，一线光束照亮了眼圈淤青的方若愚，麻苏苏取来药水小心地给他涂抹着："缺德玩意儿，这是下死手啊！"

"没事儿。"方若愚轻声说，"他就是想借机讨好高大霞。还共产党员哪，什么素质，护起高大霞来，一点原则性纪律性都不讲了。"

"这也正常，他俩是从死人堆里爬出来的战友，经过生死考验，不护着点儿就不对了。"麻苏苏想起昨晚的事，"对了，昨天半夜三更高大霞又跑回去干什么？"

"不是她，一个醉汉敲错门了。"方若愚不动声色地说着谎。

"烦人！"麻苏苏气得咬牙切齿，"走了我还琢磨哪，要是高大霞敲的门，不能敲两下就没动静了。"

"对呀，要是她，开得慢了都能把我家门板卸下来。"方若愚避开了麻苏苏的目光。

麻苏苏搁下药水，坐在方若愚对面："这么看，离开公安总局也是好事，有万德福在那儿把着大门，高大霞进进出出更赶上走平地了，更没有你的好日子过了。"

"只怕物资公司的是非更多。"方若愚脸上全然没有轻松之色。

麻苏苏正色道："物资公司的工作很重要，派你去，体现了'大姨'对你的重视和信任。"

方若愚笑了一下："还不都是卖命的活儿。"

"都是卖命，但是在物资公司卖命更容易立功。"麻苏苏凑过来，"你想想，我们和共党一起打了这么些年鬼子，经历了这么些年的抗战，哪里不是满目疮痍？现在是百业待举、百废待兴，这个时候，什么最重要？当然是物资了。你能想象吗，以东三省仅占全国十分之一的土地和人口，却在一两年前就能生产占全国近乎全部的钢材、机械，以及超过六成的水泥、化工品、电力……"

麻苏苏还没有数完，方若愚脸上已然现出几分震惊："这么多？"

麻苏苏点了点头，又不无遗憾地叹了口气："只可惜，东北落在苏联人手里了,国军远在数千里之外,鞭长莫及。"

"那是太可惜了。"方若愚沮丧。

"有个好消息,开进东北的国军虽然在山海关遭遇了中共的阻击,但是我们还是轻松突破,把锦州占下了。"麻苏苏信心满满,"下一步攻下东北,就指日可待了!"

方若愚脸上并无欣喜之色:"东北是块肥肉,苏联不会甘心吐出来的。"

麻苏苏眼里闪过一道冷光,"你想想吧,小方,等我们打败共产党,大连周遭全是虎视眈眈的国军,苏联人还敢不老老实实把大连交出来吗?"

方若愚不语,想着心事。

麻苏苏继续说:"现在已经基本确定,大战难免,只要我们控制住共产党的物资,就是掐住了他们的喉咙。你去物资公司,可以说是重任在肩,'大姨'把天时、地利、人和都算计到了。"麻苏苏羡慕地看着方若愚,"小方呀,在物资公立个大功那可是一下子能通天,委员长都能知道!"

"我一定效忠党国,效忠委员长。"方若愚的激情被点燃,可很快他又担心起来,"我离开了公安总局,咱们在那里也少了一条眼线哪。"

麻苏苏意味深长地笑了笑:"高守平不是机要科科长吗?你又是高守平和他嫂子刘曼丽的救命恩人,这个关系,还是要好好利用利用。"

方若愚问:"你是说拉拢高守平?"

麻苏苏摇摇头:"这个有点儿难,倒是他那个嫂子,可以做做文章。"

方若愚眼里现出一丝不屑:"她是照顾进去的,也办不了什么大事。"

"不管是怎么进去的,只要她坐上那个牌位,咱就有办法贡着她。刘曼丽这篇文章要是做好了,没准儿可是篇大文章!"

方若愚警觉起来:"大姐,那种事儿我可做不来。"

麻苏苏笑脸盈盈地看着方若愚:"我说的是什么事儿?"

方若愚被麻苏苏笑得心里发毛,麻苏苏慢悠悠地拍了拍方若愚的肩膀:"小方啊,你是越来越有意思,越来越幽默了。"说着,她又笑起来,笑声越来越响亮,这笑声让方若愚心里的不安越来越重。

临近正午,演员们说说笑笑从宏济大舞台出来,杨欢凑到走在后面的袁飞燕跟前,拿出两张电影票,请她晚上去看周璇演的电影《凤凰于飞》,袁飞燕说晚上约了朋友,杨欢有些醋意地说:"不是傅家庄吧?"

"也许是吧。"袁飞燕笑笑走了,杨欢扫兴地看着袁飞燕走去,见她四下张望着,像在找什么人,杨欢也扫视着各处,却忽然怔住了。不远处的咖啡馆旁边,麻苏苏正微笑地看着他,见他望过来,麻苏苏朝咖啡馆努了下嘴,自顾走了进去。

咖啡馆飘着俄罗斯名曲《往日时光》的舒缓旋律,包间里,面对面坐着麻苏苏和杨欢,音乐若隐若现,麻苏苏用小匙搅着咖啡,有一搭没一搭地问:"高大霞的嫂子,刘曼丽你认识吧。"

杨欢点了点头:"大姐既有顺风耳,还有千里眼呀。"

麻苏苏笑了笑,笑容讳莫如深:"这个刘曼丽可不简单。"

"一个孤独的风情寡妇而已。"杨欢不屑,端起杯子,吹着咖啡上面浮着的气泡。

"别瞧不上寡妇,司马相如和卓文君的故事听说过吧。"

杨欢喝了一小口咖啡:"知道,司马相如用一曲《凤求凰》,就把卓文君的芳心偷走了。"

"不错,卓文君就是中国历史上的'第一寡妇',她和司马相如演绎的私奔故事,传了好几千年。"

"大姐不说,我还真不知道一个集美丽和才华于一身的女人,居然是个寡妇,太不寻常了。"

麻苏苏又一笑:"对不寻常的寡妇,我们应该多关注一下。"

"她不就是高大霞的嫂子嘛。"杨欢困惑。

麻苏苏轻摇了一下头:"她不光是高大霞的嫂子,她的小叔子还是公安总局的机要科科长,她本人,现在到了公安总局也管起了机要文件,更主要的还有,"麻苏苏盯视着杨欢,"她十分渴望爱情。"

杨欢心下一惊:"大姐的意思……"

麻苏苏默默看着他,不再说话。这目光让杨欢心里一颤,如触电了一般,手里的杯子也轻微抖动起来,他掩饰地喝了口咖啡,放下杯子,低声说:"大姐还是找别人试试吧。"

麻苏苏笑了:"杨欢哪,你是不是在文工团干久了,年轻漂亮的女人见多了,就忘了自己的职责?这可不好,大姐要批评你。'大姨'知道了,也会生气的。"

杨欢轻声说:"对她,我还是有点儿心理障碍。"

麻苏苏皱了皱眉头:"怎么能说出这种话哪,太不专业了。看来,大姐有义务抽出点儿时间,对你一对一多辅导辅导了。"说着,又露出了一抹微笑,盯住杨欢俊俏的面庞。

杨欢感到一阵寒意。

下午排练秧歌戏《夫妻识字》,杨欢一直不在状态,邢团长喊了几回重来,终于忍不住发火了:"杨欢,你怎么回事,中午就休了一个小时,你干什么去了?回来就老是跑神儿。就这么几句,翻来覆去,你要不能演就换人!"

杨欢忙说:"对不起,团长,我能演,能演。"

袁飞燕小声问杨欢有什么事,杨欢敷衍着说没事,排练将就着进行下去，休息的时候，万春妮来了，她是找袁飞燕去看电影的，居然就是杨欢说的《凤凰于飞》。袁飞燕很高兴，中午拒绝杨欢的时候，她还有些遗憾，没想到下午万春妮就来给她弥补上了。可一想到万春妮还有高守平，袁飞燕又有些不好意思："你应该和高守平一起去。"

万春妮眼神黯淡，脸上闪过一丝失落："他太忙了，没有时间。"

"那你更要找他呀。"袁飞燕压低声音，"你想啊，电影院是最适合情侣花前月下的地方，银幕上发出的微光，给漆黑的影院增添了多少浪漫之美啊，当你靠近心爱的人儿的宽厚臂膀，你会恍如梦里，当你依偎在他温暖的怀里，更会春心荡漾。"

万春妮羞红了脸，让她快别说了，抬头看到郁郁寡欢的杨欢一直盯着袁飞燕，万春妮悄声说有人看上你了，袁飞燕回头看了看，不以为意地撇撇嘴："油头粉面，油嘴滑舌，我才瞧不上眼呢。"

万春妮好奇地问："那你瞧上谁了？"

袁飞燕低声说："傅家庄。"

万春妮愣了愣："他比你大好多呀！"

"大怎么了？"袁飞燕一挑眉毛，"爱情是不能用年龄来衡量的。"

万春妮掏出票塞给袁飞燕："那你跟傅大哥去吧。"

袁飞燕看看门票，幽幽叹了口气："我倒是想了，可人家不理我。"

"那我让守平劝劝傅大哥。"

袁飞燕悄声说："不行，这种事，我要亲力亲为！"

两人又吃吃笑了起来。

邢团长拍起巴掌，召集大家开始排练，万春妮要去看看高大霞，让袁飞燕排练完去找她，两人一起去看电影。来到饭店，高大霞不在，刘有为说出去买东西了，见万春妮要走，刘有为把高大霞停职的事儿说了，万春妮很吃惊，刘有为问："守平没跟你说？"

万春妮的眼神黯淡下来："我好几天没看见他了,忙得要命。"

"守平现在当大官了,一是忙,二是……"刘有为吞吞吐吐。

"二是什么?"万春妮着急地问。

刘有为张了张嘴,还是把话憋了回去："算了,我不说了。"

万春妮脸一板："说一半留一半,你还不如不说。"

刘有为犹豫着："那我说了,你可不准生气。"

"不说拉倒!"万春妮转身要走。

"我说我说。"刘有为吭哧着说,"我是觉得,守平当了大官,肯定忙,不过,说连个跟你见面的时间都没有,我不信。我琢磨,他可能是不想跟你处了吧。"

万春妮脸色一白："瞎说!"

刘有为苦着脸："春妮,你不懂男人,男人只要有了钱有了权,没几个不变坏的。"

"守平不是那样的人!"万春妮撂下一句话,跑出了饭店。

高大霞抱着一坛子醋回来,看到万春妮从店里跑出来,喊了一声,万春妮跟她打了个招呼,还是跑开了。刘有为出来,接过高大霞怀里的醋坛子,高大霞问他跟春妮说什么了,刘有为一副无辜的表情,说啥也没说,高大霞不信："有为,我知道你喜欢春妮,可她跟守平的事儿,你也知道。要是你想追春妮,我不反对,只要春妮没嫁人,她喜欢谁都行。"

刘有为脸上现出一丝喜色："姐,你真是仗义村里的仗义人,有你这话,我也敢光明正大追春妮了。"

高大霞说："你要有真本事把春妮追到手,守平也没招儿。"

刘有为上下打量着高大霞："姐,你这么帮我,是恨守平了吗?"

高大霞说："我不是帮你,是帮理。就像对你姐,她要是找到好男人,我也替她高兴。"

刘曼丽做梦都想不到,她的爱情说来就来了。只不过,这段爱情从开始就与阴谋为伴。

下班的时候,刘曼丽从公安总局出来走了没多远,便与已经等了她很久的杨欢"邂逅"了。

"小穆。"话一出口,刘曼丽就意识到自己错了,连忙改口道:"杨欢!"

杨欢故作惊讶:"刘小姐? 你怎么在这儿啊?"

"我,"刘曼丽差点儿说出自己在公安总局,"我出来办点儿事,真巧啊,你这是去哪儿啊?"

"找个地方吃口饭。"杨欢说。

"怎么不在团里吃?"刘曼丽疑惑。

杨欢有些为难地说:"今天食堂汆鲅鱼丸子汤,我不太吃得惯。"

"吃不惯跟高大霞说呀,让她给你开个小灶,哪能让你饿着肚子在台上又蹦又跳,那也没力气呀。"刘曼丽说着,拽住杨欢的胳膊,"走,我跟高大霞说去。"

"不用不用,我找个地方随便吃点儿就行。"杨欢拒绝着,看刘曼丽松了手,他有些不好意思地说,"刘小姐如果方便,我想请你陪我一起吃饭,可以吗?"

刘曼丽愣住了,杨欢的邀请来得太突然。这么些年,还没有哪个男人单独跟她约过饭,她的心脏狂跳起来,心里想着应该矜持一些,拒绝才对,可嘴里出来的话,却分明是应下了:"这……不大合适吧。"

马克西姆餐厅里的饭菜,刘曼丽看起来确实觉得不太合适,不过这顿饭对两个人来说,本来也都不是为了吃。轻曼的音乐声中,刘曼丽看着摆了大半张桌子的丰盛西餐,面露羞涩:"让你这么破费。"

杨欢优雅一笑："没关系,刘小姐喜欢就好。"

刘曼丽忙点着头："喜欢,喜欢。"

"那请吧。"杨欢微笑着拿起刀叉,切着盘子里的牛排。

刘曼丽依葫芦画瓢,照着杨欢的步骤动作起来。

"我看刘小姐经常去帮助大霞姐处理饭店的事情,一看你就是个勤快人。"杨欢恭维道。

刘曼丽笨拙地切盘子里的牛排："大霞一个人忙不过来,我就过去搭把手,在家也闲不住。这是原来,现在不行了,我有更重要的事。"

"什么事?"杨欢好奇地问。

刘曼丽抬头看了一眼杨欢,慌乱地笑笑,又掩饰地低头切着牛排,不再说话。

"刘小姐确实不适合干饭店里的那些粗活。"杨欢不动声色地岔开了话题。

刘曼丽愣了愣,又抬头看着杨欢："那你觉得什么活适合我?"

杨欢打量着刘曼丽,说道："看你这身姿,最适合的,是跳舞。"

"跳舞?"刘曼丽轻笑起来,"你真会拿我开心,我看别人跳舞还差不多,那洋玩意儿我可学不会。"她费力地与盘子里的牛排较着劲。

"那是没人教刘小姐。"杨欢含笑说着,将自己切好的一块牛肉用刀叉按着,放到刘曼丽的盘子里。

刘曼丽抬头,与杨欢痴热的目光相撞,她慌忙低下头,掩饰地剥弄着盘子里的牛肉。

"跳舞这种事,不怕不会,就怕自身条件不好。刘小姐的身体柔软性,"杨欢说着,侧重身低头打量着桌子下刘曼丽的小腿,"一定不错!"

刘曼丽被这热情的目光灼烧得有些窒息,拘束地并拢了双腿。

杨欢收回目光："刘小姐这么好的先天条件,不是谁都有的,绝对是老天爷赏的。"

刘曼丽娇羞地摸着腰:"我这腰有点儿粗。"

"不粗,刚刚好。"杨欢认真地说,"当然,要是再训练一下,柔韧性可能更好。"

刘曼丽抿着嘴笑起来:"明知道你在骗人,不过,听着还是舒坦。"

杨欢看看四下:"这里挺宽敞,正好有音乐,姐,我们练习一下吧。"他起身优雅地伸出了手。

刘曼丽迟疑地起身,羞红着脸,慢慢递上手,杨欢一把牵住,另一只手搭在刘曼丽的腰间,音乐中,带着她轻轻摇摆起来。

"吃完饭咱们去看电影吧,周璇演的《凤凰于飞》,这是部爱情电影,很浪漫。"杨欢贴着刘曼丽的耳朵,轻轻吟唱起了电影里的歌曲:"柳媚花妍莺声儿娇,春色又向人间报晓,山眉水眼盈盈的笑,我也投入了爱的怀抱,像凤凰于飞在云霄,一样的逍遥,像凤凰于飞在云霄……"

刘曼丽沉浸在杨欢的歌声里,忽地发觉这个夜晚似乎美好得令人感到不真实,或者应该说……感到不安。

一支曲子结束,杨欢还握着刘曼丽的手,刘曼丽害羞地别过头去:"吃饭吧,一桌子东西哪。"

"吃什么不重要,重要的是,咱们俩在一起。"杨欢深情款款地看着刘曼丽,低头要吻下来,刘曼丽有些慌乱地推着杨欢,却被杨欢一把揽进怀里。

计划没有变化快,尽管两个人吃完饭去了电影院,但还是没有看成。因为他俩在影院门口看到了万春妮和袁飞燕,不论是刘曼丽还是杨欢,两人都不希望被别人撞见他们的秘密,所以当刘曼丽说出不想看电影的时候,杨欢顺水推舟送了个人情,这让刘曼丽更加感动。她一再道歉,杨欢搂住她的腰肢不让她再说:"电影可以找时间再看,看你,可不是想看就能看到的。再说,我们俩的名字连在一起,就是一部浪漫的爱情电影。"

刘曼丽感动地看向杨欢,欲言又止,杨欢的热吻凑了上来,刘曼丽伸手挡住:"有件事,我……我应该告诉你。"

"什么事?"

"我……我结过婚。"

杨欢一笑:"这我知道,高大霞一直叫你嫂子嘛,没事,我不在乎。"

"不过,我男人已经不在了。"

"太好了……"杨欢话一出口,就自知失言。他还没来得及道歉,刘曼丽已经脸色突变,一把甩开杨欢的手,气呼呼要走,杨欢拉住她,"对不起,曼丽,对不起,我不是这个意思。我是说,既然你男人不在了,你就有追求爱情的权力,也有接受爱情的权力。"

见刘曼丽的怨气消了一些,杨欢问:"莫非你是怕高大霞反对?"

刘曼丽摇头:"那倒没有,她还支持我赶紧找。"

"那就好,不过,她要是知道了咱们俩的事……"杨欢有些担心。

刘曼丽忙说:"八字还没一撇哪,你也别跟她说。"

杨欢点头:"我知道,这是属于我们两个人的秘密。"

"我看你对那个喜儿……挺好。"刘曼丽试探着说。

杨欢犹豫着:"我俩……就是同事,她太年轻,幼稚,怎么能跟你这么有女人味的美女比。你知道吗?自从我见了一个人第一面,就眼前一亮,"他拉起刘曼丽的手,"我知道,这个人才是我日思夜想,寻找了不知道多少年的朱丽叶!"

刘曼丽一愣,一把推开杨欢:"那你去找姓朱的妖精,还撩骚我干什么!"

杨欢忙说:"姐,你就是朱啊!"

刘曼丽一记耳光打来:"你才是猪!"

杨欢刚要发怒,忍住了,他陪上笑脸:"姐,你听我说,朱丽叶不是人……"

"她不是人,你也不是人!"刘曼丽转身走开。

杨欢气得咬牙,镇定了一下,还是又追上去:"姐,你听我解释,是这么回事,朱丽叶是外国人……"

刘曼丽没好声气:"我没外国娘们骚,你滚蛋!"

杨欢追着刘曼丽,讲起罗密欧与朱丽叶的故事,刘曼丽很快听得入了迷,等杨欢把一段凄美的爱情故事讲完,刘曼丽已经泪流满面,她哽咽着说:"罗密欧怎么这么急性子,他着什么急自杀呀,再等等,朱丽叶的药劲过去就能醒过来……"

杨欢掏出手绢,替刘曼丽擦着眼泪:"别哭了,这都是戏,假的。"

刘曼丽点头:"我知道是假的,就是管不住眼泪……"

杨欢说:"那我给你唱个歌吧",说着,唱起《玫瑰玫瑰我爱你》,总算让刘曼丽又高兴起来,杨欢搂住刘曼丽的肩头,问道:"曼丽,你知道在这个世界上我最珍惜什么吗?"

刘曼丽茫然:"我上哪儿知道……"

杨欢说:"就是刚才那句话的第一个字。"

刘曼丽思忖:"你刚才叫我曼丽,曼?"

"不是不是,重说啊。你听好了:你知道在这个世界上我最珍惜什么吗? 第一个字!"杨欢故意在"你"字上加重了语气。

刘曼丽明白过来,娇羞地撞了杨欢一下:"臊死人了。"

杨欢撮起嘴,闭着眼睛贴上了刘曼丽的热唇……

万德福去火车站坐夜车时,故意早走了一个小时,去文工团饭店找高大霞。听说万德福要为自己的事去牡丹江外调,高大霞眼圈泛红,告诉他牡丹江北站有家鸿志药房,老板赵志明是她的上线。有了这个线索,万德福更踏实了,高兴地说起白天打了方若愚的事,高大霞的反应并不如万德福预测的那样开心,反倒埋怨他过于冲动。万德福满不在乎,说要不是挨了一顿打,方若愚也不能灰溜溜辞职了。

高大霞惊讶,问方若愚去哪儿了,万德福说不出来,让他回去问问高守平,高大霞脸色难看,埋怨弟弟什么也不跟自己讲。对于方若愚的辞职,高大霞想不明白,"公安总局的情报应该比哪儿都多呀,他要真是老姨夫,怎么能辞职呢? 莫非他走了,公安总局里还有坏蛋?"

高大霞顺着这个思路推演下去,怀疑公安总局里兴许就藏着那个"大姨",万德福还是头一回听说"大姨"的事,让她跟傅家庄说一下,他先不去牡丹江了,要在家和高大霞一起抓"大姨":"你想啊,要真能把大连地区最大的特务头子抓着了,你高大霞这就是立了大功呀,我外不外调都不重要啦!"

高大霞认为,抓"大姨"和外调的事扯不到一块儿:"你去外调也不光是为了我,更是组织交给你的任务,'大姨'回来抓也不耽误。"

万德福沮丧地说:"那就让'大姨'再蹦跶几天,便宜这个狗东西啦。"他不放心地看着高大霞,"我走的这段时间,你还得受点委屈。"

"这点委屈我高大霞还能吃得下,人的肚量都是委屈撑起来的。我心宽,吃得饱,睡得下。"

"你能这么说,我就放心了,就是对孩子的事,我还是……"万德福欲言又止。

"孩子你不用惦记,"高大霞压下了万德福的话头,"春妮有守平。老万,我高大霞吃点委屈行,春妮不行,要是守平委屈了春妮,我这个当姐的第一个不饶他。"

万德福苦笑："看来,你是揣着明白装糊涂。你明知道我要说什么,还装傻充愣。"

"又来了。"高大霞语重心长地说,"老万,你比我还大不老少,又有春妮那么好的姑娘,就糊涂着过吧。春妮和守平都年轻,又赶上了好时候,让他们活美了比什么都强。"看万德福还要说什么,她忙站起身,"我去拿几个包子,你路上好吃。"

"好啊,不瞒你说,我就爱吃你做的海麻线包子。"万德福笑了笑,把满心的失落掩盖下去,轻声道:"我经常想,要是天天都能吃上,那就该是共产主义生活吧。"

高大霞往袋子里装着包子:"你的共产主义生活今天就实现了,等你回来,我再多给你蒸几屉,管够吃,天天共产主义。"

"你就跟我装糊涂吧。"万德福一笑,笑得比哭还难看。

"咱俩这事,还是糊涂点好。"高大霞把包子塞进万德福的提包里,"你去牡丹江把我这事办明白了,我搁心里念你一辈子的好。"

"等我的好消息吧。"万德福走了,高大霞把他送到门口,万德福一瘸一拐的身影,在浓厚的夜色中变得遥远而模糊。

刘曼丽回家的时候,已经快半夜了,刘曼丽蹑手蹑脚进门,也没开灯,借着月色见炕上躺着一个人,吓了她一跳,拉亮电灯,发觉那是熟睡的刘有为。

刘有为被灯光晃醒,惺忪着眼睛坐起来,茫然问道:"姐,你跑哪儿去了?"

"我溜达溜达,你怎么跑我这儿睡了,快回你屋去。"刘曼丽不自然地说着,督促刘有为赶紧走。

刘有为不为所动,说着自己的心事:"大霞姐守着破饭店也不回来,我怕她总这么憋着,急火攻心,憋出病来。"

"她要是攻心,搁哪儿都攻,没事的时候你多劝劝她。"刘曼丽脱下外套,挂在衣架上。

刘有为目光落在刘曼丽的脖子上,疑惑地起身凑上去查看,刘曼丽慌张地抬手遮掩:"看什么?"

"你脖子有印儿。"刘有为轻声说。

"别胡说!"刘曼丽一下子涨红了脸。

"真有。"刘有为盯着唇印笑了,"姐,到底谁当我姐夫了?"

赶走了刘有为,刘曼丽脸上的红晕还没消退。于她而言,几年的守寡已经让她快忘记了男女间耳鬓厮磨的甜蜜滋味,杨欢的出现,不光让这个夜晚唤醒了久远的悸动,更带来了刘曼丽从未体验过的疯狂和刺激。一回想起杨欢馈赠给她的一句句情话和一个个热吻,刘曼丽便不由得浑身发软。

第三十五章

上午的班,刘曼丽上得魂不守舍,中午休息的时候,她专门去了趟文工团,本以为能在饭店里见到杨欢,却听刘有为说一大早团里就去金州慰问演出了。看到饭店里空空荡荡,刘曼丽的心也空落落的,听说高大霞上午点了个卯就没影了,她文不对题地感叹:"照高大霞这么个干法儿,这饭店早晚得黄摊,她的心思根本不在这上头。"

"不在这上头也正常。"刘有为收拾着餐桌,"人家本来就是立下赫赫战功的女英雄,不提拔个大官也就罢了,还这么踩人家贬人家,换谁谁也过不去这个坎。"

"那倒是。"刘曼丽看着外面的街道出神。

刘有为搁下抹布,压低了声音说:"万德福为大霞姐的事,可没少操心,听说还打了方若愚。"

"可不是嘛,"刘曼丽很气愤,"这个死万毛驴子,他为了高大霞,真能豁出去呀。方先生也是有骨气的人,一气之下,不稀干了。"

刘有为一怔:"去哪儿了?"

"去……这我哪儿知道。"刘曼丽迅速把跑到嘴边的答案又咽回肚子里。

刘有为显然不相信她的话:"你也是公安总局的人,姓方的不说,你也应该知道吧。"

刘曼丽坚决地摇摇头。

刘有为琢磨着:"不告诉你也对,方若愚知道你是高大霞的嫂子,告诉你就等于告诉了高大霞,他那是自找不痛快。"

刘曼丽听来觉得不是滋味:"怎么知道我就非得告诉给高大霞?我可是在公安总局干保密工作的干部,能那么老婆嘴吗?还有,有为,以后别老说我是高大霞她嫂子,她哥都不在了,我可不想老沾死人的光儿。"

刘有为笑了:"不沾老高家人的光儿,你能上公安总局?"

刘曼丽被噎了一下:"你,你狗嘴吐不出象牙来!"

搞特工的人,第一重要的是谨慎。方若愚在旧关东州厅警察署干得年头长了,更知道夹着尾巴做人的重要。第一天来物资公司上班,他穿了一身干净的中山装,坐的出租车离公司还有两条街道,他就下车了,徒步到了新单位大院门口,看到一张张陌生的面孔进进出出,方若愚心里有种踏实感,相比公安总局,起码这里没有那么多眼中钉,他总算是可以喘口舒坦气了。可是,未来的事情哪能都尽如他方若愚的意啊。

一进物资公司大院,方若愚还在好奇地东张西望,一声质询的呼喊传来:"哎,你干什么的?"

一辆福特轿车后面,闪出一个干瘦的中年男人,手里拎着块湿淋淋的抹布,方若愚猜不透他是谁,讨好地笑着:"你好,我是来物资公司报到上班的,请问……怎么称呼?"说着话,方若愚从公文包里拿出介绍信展开,送到中年男人眼前。

中年男人伸着脖子看完,脸上的警惕之色褪去,换上了一副和善的笑脸:"公安总局介绍来的,好,好,我叫崔海风,把大门的。"

方若愚"哦"了一声,看了眼旁边的福特轿车,崔海风忙说:"这是我们孙经理的车,你看这大泥点子,满车都是,干了就不好擦了,你找孙经理是吧?我带你去。"崔海风抖着手里的抹布在前面带路,喋喋不休絮叨着物资公司的大事小情,方若愚随嘴敷衍着,心里却有些反感他的聒噪,叫唤的家雀儿不长肉,说的就是这个崔海风吧。

孙经理应该是早就打听过了方若愚的底细,一见面,就热情过度地握着方若愚的手不放,说物资公司以后的安全保卫工作全仰仗方大科长了,方若愚谦逊地客气了一下,请孙经理说说具体的工作,孙经理收起了笑意,愁眉苦脸地介绍道:"咱们是一家了,我就实话实说。这物资公司听着好听,可乱事一点不少,这自古有话,兵马未动,粮草先行,咱们管得最多的东西,就是粮草。战争一打起来呀,我们也消停不了。"

方若愚装糊涂:"可我听说,美国五星上将、前参谋总长马歇尔居中调停,已经和国民党的张群、共产党的周恩来达成了《国共停战协议》,哪还有仗可打?现在天下已经太平了。"

"太平?"孙经理苦笑了两声,"只怕没有那么简单,蒋介石可是坚持东北不在停战范围内。方先生,一山不容二虎,蒋介石是容不下共产党的,现在,国共两党已经厉兵秣马,剑拔弩张了!"

"孙经理,我只知道干活吃饭,对政治不感兴趣。"方若愚表情淡然,"说实话,政治到了我脑子里,就混成了浆糊。"

"可方先生知道马歇尔,知道停战协议,不像是不关心政治的人。"孙经理盯着方若愚,像是看透了他的伪装。

方若愚无奈地笑笑:"其实,我关心的不是政治,而是太平,孙经理,打起仗来,遭殃的还不是咱们老百姓?"

孙经理这才缓和了脸色:"你说的对。可就怕蒋介石不想让天下太平呀,他们已经在东北占领了不少城市,接下来这仗还是继续打。"

方若愚连声附和,这次短暂的对话让他意识到,在这位孙经理面前,往后还真得谨言慎行了。

孙经理与方若愚谈到的时局问题,李云光在上午的工作会议上阐述得更加明确,在一幅巨大的地图前,神色凝重的李云光指着东北区域说道:"根据协定,苏联红军已经撤出东北,我军在他们撤走长春一个小时内占领长春,又紧随苏联红军占领哈尔滨、齐齐哈尔。但是,国民党仗着武器精良,在四平和我军发生激战,重创林彪部队,现在,国民党的部队已经从辽北全线追击我军到了松花江畔,逼近哈尔滨!"

众人哗然,高守平和傅家庄忧心忡忡地对视了一眼。

李云光又一指地图上的中原几省:"不光东北,在中原,国民党纠集了10个整编师30余万人马,包围蚕食我中原军区部队。"众人的目光跟随着李云光的指引停留在山东半岛上,李云光说,"与我们隔海相望的山东,形势也不容乐观,王耀武指挥十余万人马由济南、青岛推进,好在烟台还在我们手里。"

大家忧虑地窃窃私语起来。

"这场战争注定是一场持久战,我们不能因为一时失败而气馁。"傅家庄大声说出的话,压下了会场里的忧惧。

"李副政委,我们现在应该怎么办?"高守平问。

李云光正色道:"我们当前要做的,是利用大连'特殊解放区'的优势,不遗余力支援前线。傅家庄同志,你来具体说一下吧。"

傅家庄起身:"当务之急,是要确保前线指战员的物资供给。现在,大连和哈尔滨之间有国民党的重兵阻隔,想支援哈尔滨,目前来看,并不现实。延安指示我们,要把大连的物资运到烟台,支援胶东、支援山东。"

散会后,高守平跟着傅家庄到了他的办公室,说自己有些担心物资公司的安全问题,提出应该加强警力,傅家庄认为不妥:"你想想,我们一副如临大敌的样子,很容易把敌特的胃口吊上来。以前我们在暗,现在我们在明。在暗处的时候,我们就总结出了经验,再严密的防守,都会存在漏洞。"

"这点我同意,但是我们总不能松松垮垮地坐以待毙吧?再说,方若愚还在那里。"高守平担忧地说道。

傅家庄有些意外:"怎么,你也怀疑他?"

高守平叹了口气:"我姐天天念叨,我也跟着犯嘀咕了。"

傅家庄问:"她没问你方若愚去哪了?"

高守平摇头:"她就是问,我也不能说,这是组织纪律。"

傅家庄苦笑着:"这件事,其实也瞒不了多久,她早晚都得知道。"

傅家庄推测的没错,高大霞借着来给刘曼丽送水果的机会,三两句话就从她嘴里套出方若愚的去向来了。

孙经理给方若愚安排的办公室不光朝向好,屋里的设施也一应俱全,可方若愚还是觉得墙上空了一些,他找来宣纸和笔墨,工工整整写下"朝乾夕惕",贴在了墙上。

方若愚望着四个正楷大字,有点孤芳欣赏。只是光写这几个字他有点意犹未尽,又写下了一幅正楷大字:霞思天想。

他满意地放下毛笔,正欣赏着大字,电话响起,居然是麻苏苏打来的,她寒暄了几句,就挂了电话。虽然没有任何实质内容,却让方若愚刚才的好心情瞬间土崩瓦解了,以至于孙经理推门进来时,他都没有察觉。

"方科长,你脸色不太好,是不是病了?"孙经理关切地问。

方若愚掩饰地摸着脸颊:"可能是昨天晚上没休息好。"

孙经理发现桌上的大幅毛笔字,惊讶地问:"你写的?"

方若愚谦虚地点了点头:"见笑,见笑了。"

孙经理赞许地看着他:"傅处长没有说错,你果然是个人才,不光会拿枪,还会拿笔,方科长,看来我得请你赐一副墨宝了。"

"孙经理取笑了,你要请墨宝得请大家写,我这就是练笔。"方若愚观察着孙经理的神色,"孙经理,有事儿啊?"

孙经理收住笑,脸色变得严肃起来:"虽然你的脸色不大好,可这几天还真不能让你休息。咱们3号仓库里有批军用棉被,联系好车皮之后就要运走,运走前,你这个保卫科长可得把眼睛睁大点儿,千万不能出现任何闪失。"

"孙经理放心,这几天我就吃住在办公室,死盯住这批物资。"

"那就辛苦你了。"孙经理满意地点点头,转身朝外走去,方若愚刚要相送,桌上的电话响了,孙经理示意他接电话,带上房门走了。

电话是那个酷爱说话的门卫崔海风打来的:"方科长,有个女人来找你,说是你老姨。"

方若愚的脑袋"嗡"地一声就大了,他知道,这个似曾相识的开场白之后,伴随着的,就是一个噩梦般的人物登场了。

"那是我家一个远房穷亲戚,八杆子打不着,你就说我不在,说出差了,十天半月回不来!"方若愚急三火四地交待完,扣上了话筒,他凑到窗前向门岗张望,果然见到高大霞垂头丧气地走了,方若愚松了口气,总算是能躲半个月的清静了。

午休的时候,方若愚出来,崔海风一见到他,就上来讨好地讲述自己把高大霞赶走的经过:"这个女人,一看就难缠。放心吧,方科长,没有你点头,她以后别想踏进物资公司大门半步。"崔海风得意地拍着胸脯,等待着方若愚对他的感谢。

"这不对,"方若愚一本正经地说,"让谁进不让谁进,不是谁点不点头的事,关键得看证件,认证不认人。"

崔海风失望地看着方若愚走了,恼怒地朝他的背影挥了一拳头。

上班第一天,就把高大霞给耍了,方若愚的心情不错,他知道附近有家不错的馆子,叫王麻子锅贴,店里有道招牌菜樱桃肉特别好吃,这也是他每回来这里必点的佳肴,今天当然也不例外。三鲜锅贴和樱桃肉都上来了,方若愚拿起筷子还没有开吃,一双筷子倒先伸过来夹走了一个锅贴,方若愚一抬头,见高大霞已经落座,送进嘴里的锅贴烫得她直倒吸凉气。

"真是阴魂不散哪。"方若愚叹了口气,回身让店小二再上一盘锅贴。

"上两盘,我都饿坏了。"高大霞龇牙咧嘴地吃着锅贴,又伸手去端方若愚面前的绿豆稀粥,见他一直不动,倒像主人似的让方若愚快吃,等会儿还有热乎的。

方若愚夹了一筷子锅贴,送进嘴里,高大霞含糊不清地问:"味道不错吧?"

方若愚默不作声地点点头,高大霞拖长了语调问:"是不是'血——受!'"

方若愚的心里一惊,知道她这是又要把自己往沟里带,不动声色地回应道:"是挺受。"

高大霞摇头:"不对,你在马迭尔旅馆不是这么说的,你说的是'血——受!'"

方若愚把脸一拉:"你要想坐在这儿吃饭,就好好吃,不爱坐在这儿,也没人求你。"

高大霞直视着他:"你这是心虚,想堵我嘴啊?"

"一顿饭就能堵住你嘴? 高大霞,你太看扁你自己了。"方若愚淡淡地说道。

"说的也是,你这么大一个特务,晌饭就吃盘锅贴,一份樱桃肉,是够寒酸的,得来点儿酒啊。"高大霞回身喊来店小二,让上两瓶这店里卖得最贵的好酒。

店小二拿来两瓶五粮液,没等方若愚说话,高大霞就用牙咬开一瓶,墩在方若愚面前,又咬开一瓶,跟方若愚面前的一瓶碰了一下,对着瓶口喝下去一大口。

方若愚放下筷子:"高大霞,你总把别人往坏了想,不是件好事儿。总想给别人使坏的人,心里装的全是仇恨,心里的仇恨装多了,人就会活得累。"

高大霞不听他废话,看着瓶子里的酒说:"钱没白花,好喝。"

好喝的酒容易醉人,两个人的酒下去大半,高大霞已然有了些醉意,她晃晃悠悠地指着盘子里的樱桃肉,咂着嘴不断喊着"血受",想引着方若愚也说出这两个字,可同样有了些醉意的方若愚却并不上钩,只是大着舌头嘲笑高大霞:"好好一个词儿,叫你说了个稀碎。"

高大霞来了精神:"你说得好,你给我说,说一个,来,说一个。"

"我不说。"方若愚胡乱地挥着手,"我一说你就又抓着我小、小辫子了,为了个血……"他骤然顿住了,生怕"受"字跑出来,高大霞指不定又得发什么人来疯,他抛出另一个话题,说自己本来并不想离开公安总局,都是因为高大霞和万德福给闹的,他才丢了金饭碗。说到委屈处,方若愚的眼里竟然泛起了泪光。

"你掉什么猫尿?"高大霞敲着桌子,"你冤什么? 你是不是特务,自己不知道啊?"

方若愚擦了把眼泪,哑声叹道:"我知道有用吗? 你还知道你是抗日大英雄哪,现在不也是爷爷不亲,奶奶不爱? 万德福为你打抱不平,不也是屁用不顶?"

高大霞愣住了,她居然从方若愚的话里听出了一丝不平之意。

方若愚给自己倒上酒,又拿过杯子给高大霞满上:"说起来,你在放火团干的那些事,我也知道一些,你们那些人,个个都了不起呀,三天两头在码头上烧仓库、烧油库、烧小鬼子的军用物资,哪一起哪一件不惊天动地? 那气得小鬼子直蹦高没有招呀!"

人世间有两种东西最让人难以抗拒,一种是戴高帽,一种是拍马屁,一上一下,锐不可当。自以为刀枪不入的高大霞,在方若愚的奉承之下,也难免变形,她顺着方若愚的话说:"老百姓都管我们放的火叫'天火',小鬼子还真信了! 听说'天火'一着,关东州厅警察部的一个什么大佐,气得犯了心脏病。"

"对对对!"方若愚连连点头,满脸的快意,"有一回,我正好在班上,听说抢救了半天,差点儿没丢了老命! 我们那个乐呀,都盼着'天火'天天着才好哪,叫他们小日本成天在大连街上横晃,这就是报应!"

两人大笑着碰杯，各自一饮而尽。

"你是不知道，放一回'天火'，我们都能喝个半醉，第二天再跟没事儿人似的，还上街去看热闹。表面上装作啥也不知道，心里别提有多美了！哎呀，都开了花！"高大霞起身为方若愚斟酒。

"是啊，每回着'天火'，老百姓都是最解气的时候。"方若愚脸上的笑容渐渐淡了一些，眼里现出了些许惋惜，"可惜，后来你们放火团里出了叛徒，那么些人都……"

高大霞手上的动作一顿，酒杯颤了颤，酒水撒了满桌。半晌，高大霞慢慢倒回座位上，眼里渐渐涌出了泪水。

方若愚有些失神，良久，他轻声叹了口气："就凭你高大霞的这些光荣履历，共产党真是应该重用你呀，可惜现在，唉！受冤枉的滋味不好受，咱俩也算是一根藤上的苦瓜呀。"说着，他举起酒杯晃了晃，自顾自地喝了下去。搁下酒碗，方若愚擦了擦嘴角，苦涩地笑了笑："咱们相处的日子也不算短了，想想过去，也是英雄相惜呀。"

高大霞止住了抽泣，古怪地看着方若愚，两人眼神相撞，高大霞禁不住笑了起来："你是英雄？你算哪门子英雄？"

方若愚被高大霞笑得发毛，醉意立时消了一大半："我就借着酒劲儿随便一说，刚才咱们说得不是挺交心嘛？同病相怜，都被冤枉了……"

"谁跟你交心？"高大霞厉声打断了他，"我是抗日英雄，我清清白白，我坦坦荡荡，你能跟我比？"

方若愚脸上露出一抹苦笑："自己说，有用吗？你要真那么水光溜滑，仗着傅处长，仗着守平，怎么着你也……也得有个一官半职吧。"

高大霞一拍桌子："我就是平头老百姓，该抓坏蛋也一样抓。你别觉得跟我喝顿破酒，咱俩的事就……就没有了，你是什么玩意儿，逃不过我的火眼金睛!"

"你火眼金睛?"方若愚脸上挂不住了,"你还真把自己当孙猴子了?就咱俩那点事儿,说好听你是走眼了,说难听点儿,你就是犯了玻璃花眼!"说着,他端起酒杯喝起来。

"你才玻璃花眼!"高大霞一声怒吼,吓得方若愚一哆嗦,酒撒了出来。

"干什么呀你,跟踩了猫尾巴似的。"方若愚不悦地放下酒杯,擦着衣襟上的酒渍。

高大霞笑起来:"你胆儿虚了,害怕了,扛不住了。扛不住就别硬撑着了,累!"

方若愚也笑起来:"我不累,累的是你。"

高大霞酒劲上来了,完全不顾四下里的客人看过来的眼神,说话的嗓门越发粗放起来:"我知道,你早就恨死我了,你杀了我好几回都没得手,闹死心了吧?"

方若愚不动声色地为高大霞倒上酒,低声说道:"闹心不假,杀了你的心也不是没有。不过,我不会为犯不着的事杀你,那样,害的是我自己。我干过警察,知道杀人偿命的道理。你可以想一出是一出,我不能陪着你胡来。从公安总局追到物资公司,你这一天到晚跟屁虫似地追着我,知道的是你误会我了,不知道的,还都以为是你看上我了,我不干哪。"

高大霞笑得流出了眼泪,摇头晃脑敲着筷子:"别胡吹乱炮拿别人挡事儿,谁误会你? 你可真能给自己戴高帽。就你这一套,在我这儿不好使。"

方若愚脸上现出几分委屈之色:"你是不知道我为你背了多少黑锅呀,已经有好几个人来劝我,说我不能心太狠、眼太高,老不答应你,万一你哪天想不开，投海、上吊、钻车辘轳、喝砒霜，可就毁了，我就跳进黄河也洗不清了。"

高大霞喝了口酒："你看，咱家门口守着大海你不跳，偏要挣死把命往大老远的黄河里跳，这是为什么？这说明你身上有多少粑粑你心里都清楚，鸡毛炒韭菜，你要的就是乱七八糟！"

一旁在收拾桌子的伙计看过来："鸡毛炒韭菜？是要韭菜炒鸡蛋吧？好咧——"

"滚蛋！"方若愚恼火地喝跑了小伙计。

高大霞抬脚从桌底踢向方若愚，厉声喝道："东拉西扯，你别想在我跟前把黑说成白！"

方若愚不屑地一撇嘴："是黑是白不是你说的。"

"更不是你说的！"高大霞大声回击。

方若愚挥了挥手，无意与高大霞翻来覆去争这些车轱辘话："我的意思是，在公安总局你追我腔就追吧，傅处长和守平他们也都知道是怎么回事，现在我上物资公司了，咱俩的事真应该翻篇了。"

"你想得美。"高大霞夹了一筷子樱桃肉，送进嘴里。

"我美不美我还真不在乎，我在乎的是你。"方若愚目光婉转幽怨，高大霞不由感到后脊背一阵发凉，"你闭嘴！"她狠狠拍下了手里的筷子。

"不是不是，你又想歪了。"方若愚哭笑不得地摆着手，"我是说，你也老大不小了，确实应该把精神头儿往自己身上放一放，再耽误下去，别人我不敢说，那个傅家庄可真能跑了。"

高大霞立时警觉起来："他往哪儿跑？"

方若愚斜眼看着高大霞："人家小伙子一表人才，位高权重，又有学问，要跑也是因为追他的大姑娘太多，躲都躲不开，应付不过来才跑的。"

高大霞不由焦急起来:"你听到什么风声了?"

方若愚一瞧有戏,夸张地说:"风声大了! 光是找我保媒拉纤的,没有十个也有八个。"

"你给牵线了?"高大霞狠狠地瞪着他。

"我能干那个事儿吗? 我早看出来了,你对他有意思,要不是你老对我没个好脸子,这层窗户纸,我早帮你捅破了。"

高大霞有些伤感:"找你的都有十个八个,找别人的也不能少。"

"肯定不能少呀!"方若愚夸张地开始煽风点火,"现在好男人都是抢手货,你下手晚了,那就是给别人留机会,到时候你后悔都找不着地方哭。"

高大霞自语:"他最近也没有什么地方反常呀?"

"有反常就晚了,没准儿人家还以为你看上的是万德福,那他肯定就死了心。"方若愚一本正经地分析道,"所以说这个事儿赶早不赶晚。放心吧,这一半天我就给你去说合。"他信心满满地举起酒杯,"放心吧,这事儿我保证办好!"

高大霞下意识地要举杯,看着方若愚笑脸盈盈的一张大脸,突然意识到什么,她就手一墩酒杯:"挽霞子,你少胡说八道套我话儿,我都差点儿让你带到沟里去了! 刚才你还叫我投海上吊钻车辘轳喝砒霜,这回倒冒充起月老来了!"

"我这也是好心嘛。"方若愚苦着脸,像是被高大霞冤枉了。

"老虎咧嘴笑,你能有什么好心? 但凡不是恨我恨得牙根痒痒,你能想出那些歹毒的死法? 到底是没白在小日本的警察部里干过汉奸!"

一听高大霞又骂自己是汉奸,方若愚脸上挂不住了,他压低声音恶狠狠地说："高大霞,你把我的好心当成驴肝肺也就罢了,要是再敢说我是汉奸,我让你吃不了兜着走!"

"怎么,你还想像上回那样,拿枪嘣了我?"高大霞冷笑。

方若愚撑着酒桌站起身,居高临下地审视着高大霞:"上回要不是有傅家庄拦着,你以为呢?"

高大霞也醉眼蒙眬地站起身:"不说你是汉奸也行,你起个誓,你要是,就断……断子绝孙!"

方若愚气得直哆嗦,一张大脸憋成了酱紫色:"我、我……"

高大霞笑起来:"我、我、我,你赶大车哪? 挽霞子,我告诉你,一天抓不住你的狐狸尾巴,我高大霞这辈子,就和你耗……耗上了!"话没说完,她两腿一软,身子跌坐在座位上。

"你就耗吧,有种你就耗上一辈子,我奉陪!"方若愚恼怒踢开椅子,踉跄而去。

"你,你别走!"高大霞想要起身追上去,奈何脚底像是灌了铅一般不停使唤,"挽霞子,你把账结了,我没……没带钱!"

一阵强烈的眩晕直冲脑门,高大霞努力想要与它对抗,怎奈有心无力,她的意识很快便败下阵来,无边的黑暗也顺势侵蚀了她的视线,她就这么沉沉地昏睡了过去。

待到再睁开眼时,窗外已然是星空繁密,四下的光景已然由喧嚣的饭店变成了安静的房间。高大霞怔愣了半晌,才意识到自己躺在自家炕上,旁边,高守平正在她身边拧着湿毛巾为她擦脸。

"我……我怎么来家了?"高大霞茫然地捂着脑袋,太阳穴狂跳的血管涨得她有些疼痛。

"你可算是醒了。"高守平松了一口气,"要不是方若愚把电话打到公安局找我,你现在还躺在王麻子锅贴铺呢。"

高大霞这才回想起中午的一幕,强撑着身子坐起来:"挽霞子是想毒死我。"

高守平奇怪地看了高大霞一眼:"他都不用毒死你,把你个女酒鬼扔在街上,你还能有个好啊!"

高大霞一时语塞,她突然意识到,中午那顿大酒,是自己把自己喝醉了,方若愚分明就一直清醒。

见高大霞还是一副难受的样子,高守平要去给她买点儿藿香正气水,喝上吐一吐,高大霞喊住弟弟,说只要他帮自己办一张物资公司的进出证,比吃什么药都管用,高守平让她别为难自己,办证的印章根本也不在他这里。高大霞没再逼问下去,弟弟的反应已经给了她答案。

方若愚没有料到,他揣在公文包里那幅"霞思天想"的字,居然让麻苏苏生出醋意来了:"又霞思天想……你就这么爱天天想着高大霞?上回去你家我就看到墙上挂着这幅字,我都没稀得说,怕影响你情绪,你倒好,还没完没了啦!"

方若愚苦笑:"大姐,霞思天想就是苦思冥想的意思。"

"我当然知道是苦思冥想。但是高大霞没文化,看了字面,肯定只能理解字面上的意思。小方呀,你这么撩扯高大霞,还嫌她添得乱不够多?"

"我撩扯她干什么,高大霞没文化,这几个字能不能认全都是问题。"

"小方呀,我们是特工,最怕雁过留声,最想水过无痕。"

方若愚不语,少顷,点了点头:"大姐说得也对,写这几个字的时候,我确实想过高大霞。我常常写这几个字练笔,甚至挂在家里,其实也是想提醒自己,高大霞无处不在,无孔不入,这样我才能提高警惕,处处小心谨慎。"

"你要是这么想的,我倒支持你写这几个字。也好,弦绷得紧点儿是好事。"麻苏苏再次看向手里的字,"写得不错,见功力呀。"

"让大姐笑话了。"方若愚态度谦虚。

麻苏苏正色:"不过,你不能光写字不思进取呀,从公安总局到物资公司,本以为你能利用工作优势,提供更多的情报,你可倒好,来了个麻袋换草袋——一袋不如一袋了。"

方若愚说:"我这刚刚去,好多事还没上手。"

麻苏苏说:"没上手就赶紧上手,'大姨'既然把你安排到这个位置上,你就不能当一天和尚撞一天钟。天天撞钟,永远也撞不出个方丈来。你不要忘了,戴老板早就晋升你为国军上校了。"

"戴老板的栽培,卑职没齿难忘,可我这个和尚要是闭着眼瞎撞,只怕能撞个头破血流。"

麻苏苏不满:"难不成你想换个庙当方丈?"

方若愚恼了:"这种话大姐不要再说第二遍了,我方若愚生是党国的人,死是党国的鬼。"

麻苏苏口气软下来:"这不是话撵话,撵出了句玩笑嘛,你看你这个小方,还急上眼了。"她拿过桌上的毛线活,织了起来。

方若愚嘀咕道:"好言一句三冬暖,恶语伤人六月寒。"

麻苏苏笑起来:"那我就说点三冬暖的话。"

方若愚脸色缓过来,麻苏苏说:"现在,党国的形势一片大好,国军在共产党的解放区攻城略地,就连自以为能打仗的林彪都被我们撵到哈尔滨去喝松花江的水了。可以肯定的是,党国收复大连,也是分分秒秒的事。到那时候,你小方同志就是大功臣啦!"说着,她拿着毛线活,在方若愚身上比量,方若愚下意识地躲开。

麻苏苏捅了方若愚一下:"你别动,我量一量,给你织个开衫。"

方若愚忙说："别呀，大姐，叫别人看见……你刚才还说过，干咱们这行的，最怕雁过留声，最想水过无痕。"

"你倒会现学现用，也对，那大姐这份心意就留在你心里吧。"

方若愚暗松了口气："还是要谢谢大姐。刚才说到哪儿了……对，其实，不论是在公安总局还是物资公司，我不是不想努力，实在是高大霞盯得太紧了，我没想到，今天第一天到物资公司上班，她就能追过去。"

"我也没想到，她居然这么黏人。"麻苏苏笑笑，"即便这样，大姐还是希望你排除困难，不要把高大霞的骚扰当成消极怠工的理由。"

方若愚起身，神色肃然："我只知道孝忠党国，不懂什么消极怠工！"

"那好，我问你，物资公司的仓库里，没放点儿有用的军用物资？"

方若愚思忖着："军火倒是没有，不过，倒是有一批即将运往东北的被服。"

麻苏苏眼睛一亮："被服？太好了，我们就先在这批被服上做文章！"

方若愚有些为难，毕竟自己刚去物资公司，总得消停一段日子再生事吧，否则那不是引火烧身嘛，麻苏苏说他想多了，对物资公司进行破坏的行动，"大姨"从来没有停止过。再说，他方若愚有时间等，时局等不了啊，美国的军舰已经往东北运送兵力，大战在即了。

方若愚脸上现出几分难色："高大霞像个幽灵似地跟着我，如果被服出问题，她第一个怀疑的人必定是我，大姐这是把我往枪口上送呀。"

麻苏苏笑道："一把火烧掉不高级，也太便宜共产党了。"

"不烧，还能怎么办？"方若愚不解。

"放一把火，只能影响他们晚换几天被服，杀伤力不大，如果按照'大姨'的指示来办，这批被服就有可能消灭共军一个团，一个师，甚至更多。"

方若愚好奇:"'大姨'有什么高招?"

麻苏苏神秘莫测地笑道:"明天早上,'大姨'把宝贝送来,你就知道了。"

方若愚起身:"那我明天一早过来。"

"都这么晚了,你来来回回跑多麻烦,道又不近便,"麻苏苏期待地看着方若愚,"今天晚上就在这里将就一宿吧,你一个人,在哪儿不都是睡觉。"

"不行,不行,我一换地方就睡不着觉。"方若愚话没说完,拎起公文包便往外走。

"小方啊,你这一点不好,这个习惯很不利于党国的事业呀。"麻苏苏幽怨的声音从身后传来。

方若愚慌乱地从屋里出来,碰到货柜发出一声轰响,惊醒了趴在柜台上睡觉的甄精细。方若愚拉开门栓奔了出去。

麻苏苏跟出来,喊着:"小方,小方……"

甄精细睡眼惺忪地看着麻苏苏:"姐,他没把你怎么着吧?"

第三十六章

睡眠,是世间最好的药。借着酒劲的余威,高大霞昨晚睡了一个难得的踏实觉,早上醒来洗漱完毕,她拿过雪花膏拧开瓶子,伸进手指一挖,想起雪花膏早见底了,去刘曼丽屋里要了一点儿,刘曼丽问她描眉画眼是要上哪儿,难不成又要去难为方若愚? 见高大霞也不给个答案,刘曼丽有些生气:"好歹方先生也是咱们家的恩人,你总跟人家过不去,太不讲究了!"

"嫂子,他是特务,是人民的敌人,你千万别让他的假善良给骗了。"高大霞辩解。

"人家假善良救了我和守平,你真善良扔下我俩出去疯了好几年,现在回来恩将仇报还有理了?"

高大霞知道她说服不了刘曼丽:"嫂子,我不跟你争这事,总有一天,你会知道方若愚是什么人。"

刘曼丽说服不了高大霞,希望傅家庄能通过组织压一压这件事,傅家庄为难地说:"清者自清,方先生要是清白,大霞再折腾也是白忙乎。"

刘曼丽不满:"那也是不咬人隔应人哪,我要是方先生,能让她折磨疯了。"

方若愚一早来到良运洋行,便受到甄精细的一通数落:"你当这是你家啊,一天来八百趟!"

"你当我愿意来啊?"方若愚反唇相讥。

"你当我姐愿意让你来啊?"甄精细的嗓门比方若愚还高。

方若愚张了张嘴,不知该如何怼过去,麻苏苏从里屋出来,呵斥走了甄精细,递给方若愚一只瓷器鼻烟壶。方若愚疑惑地看着手里的小物什,疑惑地问:"大姐让我一大早跑来,不会就为送我个鼻烟壶吧?"

麻苏苏神秘地一笑:"那当然,这是'大姨'昨晚上叫人送来的宝贝,里面装着好东西。"

方若愚举起鼻烟壶仔细打量。阳光下,鼻烟壶里装满砂砾一般的颗粒物,像是什么粉末,方若愚疑惑地问:"这点玩意儿能干什么?"

"能干的事儿大了,只要把这些粉末撒到被服上,只要跟皮肤有所接触,就会瘙痒难受,直至溃烂,而且,它的传染性极强,我去拿个袋子给你装上,别漏出来。"麻苏苏说完,转身向屋里走去。

方若愚又端详起鼻烟壶来,正看得仔细,身后传来一声吆喝:"挽霞子!"

方若愚一愣神,知道瘟神又来了,下意识地将鼻烟壶揣进裤兜里。这个动作显然没能瞒过高大霞,她疾步冲到方若愚面前,一把拽住了他的手腕,厉声喝道:"你偷什么了?掏出来!"

方若愚不满地甩开高大霞:"你管天管地,还管着别人拉屎放屁啦?"

"我再说一遍,掏出来!"高大霞不依不饶。

麻苏苏循声过来:"怎么了这是?大霞来了,你们俩一见面就掐,到底为个什么呀?"她拦在两人中间,将方若愚推得远了一些,"什么事不能商量着来,别发火,都好好说话,坐着说,我给你俩倒水。"

高大霞还是不算完,朝方若愚喊道:"掏还是不掏?"

方若愚气得涨红了脸:"我凭什么听你的?你叫掏我就掏,你是谁呀?"

高大霞一把推开麻苏苏:"不掏就是有鬼!"

方若愚下意识朝后躲着:"我就是来买点东西,高大霞,你能不能别缠着我?"

高大霞指着方若愚对麻苏苏说:"他刚才偷了个小瓶子!"

"什么小瓶子,我根本没拿瓶子!"

"你怎么没拿?你拿了。"麻苏苏朝方若愚眨了眨眼,"大霞,你说得对,他拿了。"

方若愚一只手下意识伸向了裤兜:"我买的是鼻烟……"

没等方若愚说完,高大霞便不由分说地打断道:"你有鼻炎上医院去药房都对,跑到这里干什么? 编瞎话都编不圆!"

"你能不能听我把话说完? 我说的是鼻烟壶,不是鼻炎药!"

"对呀,大霞,他那个小瓶叫鼻烟壶。"麻苏苏附和道,"方先生,你就拿出来给大霞看看嘛,又看不坏。"

方若愚犹豫着,掏出了鼻烟壶。高大霞一把抢过来,细细打量着:"你这里面,肯定放的怕是见不得人的东西!"

"胡说八道。"方若愚底气不足地反驳。

麻苏苏不动声色地挡在了方若愚跟前:"大霞,你这么说大姐可就不高兴了,这东西方先生是在我这里买的,这里面要是真有什么见不得人的东西,这罪过也是我担着。"

高大霞研究着鼻烟壶:"我怕这里装着什么高级炸药,你都不知道。"

"高级炸药,你可真能想。"方若愚冷哼了一声,"这小瓶能装炸药? 你当炸蚊子炸苍蝇啊?"

高大霞放下鼻烟壶,盯视着方若愚:"说,这里面到底装的是什么?"

"这话问的,你说鼻烟壶里能装什么?"

麻苏苏从货架上拿过一份说明书:"大霞,这有说明书,你一看就明白了。"

"我说什么你都不信,对,说明书是白纸黑字,你自己看!"方若愚夺过说明书,往高大霞手里塞着。

高大霞一把打开方若愚的手:"少啰嗦,我现在给你个机会,你就说里面装着什么吧!"

方若愚眼见委实躲闪不过,只得硬着头皮与她绕嘴皮子了:"好,我说,不过,这说起来就有点长,这里放的是烟草。"

"放屁! 谁不知道烟草是卷着抽的?"高大霞觉着抓到了把柄。

"也有闻的。"方若愚鄙视地看着高大霞。

麻苏苏忙说:"大霞,这鼻烟壶里放的确实是烟草,不过这烟草不是普通烟草,是把香味上好的烟叶晒干以后,和一些名贵药材一起磨成粉末,装到这里面,经过一段时间的陈化,用手指沾上一点,放到鼻子前闻味儿。"

"闻味儿?"高大霞半信半疑地举起鼻烟壶。

"这还能有假?"方若愚神色淡然,"高大霞,你没见过这玩意儿,所以不懂。我和你说呀,因为配方不同,鼻烟有一千多种,有薄荷的、草药的、咖啡的、酒香的、木香的,还有麝香和龙涎香的。"方若愚掰着手指数着。

"别说那么玄乎,你就说这点儿玩意能干什么用。"高大霞不耐烦地打断。

"用处大了去了,明目避疫提神,都管用。这不,我一天到晚叫你逼得,脑子昏昏涨涨,我就寻思着来买瓶鼻烟提提神。"

高大霞冷笑:"照你这么说,这东西应该我掏钱给你买了,是不是?"

方若愚想了想,点了下头:"也不为过。"

"你想得美!"高大霞怒目而视。

麻苏苏陪着笑:"大霞,方先生跟你开玩笑哪。你可能不知道吧,鼻烟壶算是精美的艺术品了,材料有瓷、铜、象牙、玉石、玛瑙、琥珀,这里面的图案更讲究,天上飞的、地上跑的,都能画。大霞,你要是喜欢,我送你一个,你手里这个,方先生已经买了。"

高大霞看了眼鼻烟壶,刚想还给方若愚,伸过去的手又抽回来,她看着方若愚一笑:"这玩意儿这么好,你倒出点烟末子闻一下吧。"

方若愚被高大霞的话难住了,正犹豫时,高大霞冷声道:"怎么,不敢闻了?"

方若愚求助地看向麻苏苏,麻苏苏心下暗骂了两声,脸上堆起讨好的笑:"算了,大霞,给大姐一个面子,方先生不爱闻就不闻吧。"

"不爱闻他还买?"高大霞狐疑地看着麻苏苏,"你跟他不会是一伙的吧?"

麻苏苏脸一沉:"他买我卖,你说这算不算一伙的?"

"我就让他闻一下,他就推三阻四,没有鬼他能这样?"高大霞问。

麻苏苏无奈转向方若愚:"方先生,麻烦你就闻一下吧。你要不闻,无私也有弊。"

"她让我闻我就闻啊?我就不闻!"方若愚脸一板,转身便走。

"不闻就别想出这个门!"甄精细从货架后闪出来,手里提着长长的木棒,如门神一般堵住方若愚。

方若愚回身瞪着麻苏苏,突然觉得自己也许要被当做弃子抛弃了。他并非没有想到过这一天,只是没想到这一天会来得如此突然而迅速,而且是如此荒诞不经。

"麻掌柜,你太过分了!"方若愚气得涨红了脸。

"方先生,你就闻一下吧。"麻苏苏拿过高大霞手里的鼻烟壶,看了一眼标签,"薄荷味的,醒脑明目,好闻。"她一只手背在身后,趁着高大霞没留神,不动声色地往方若愚手里调换了一瓶鼻烟壶。

方若愚做出一副无可奈何的神色,打开鼻烟壶的顶盖,凑近鼻子,轻轻吸了一下,在众人的目光里,方若愚的面部表情逐渐丰富起来,抽搐了几下,突然打了一个响亮的喷嚏。

方若愚走了半天,高大霞才想起她来良运洋行是为了买雪花膏,给钱的时候,麻苏苏说什么都不要,高大霞还是把钱扔在了柜台上,让她以后帮自己多盯着点儿方若愚就行。

离开良运洋行,高大霞径直去了公安总局找傅家庄,昨天她和方若愚在王麻子锅贴铺喝醉的事,高守平跟他说了,还提到她要办物资公司出入证的事,所以她今天一来,傅家庄就猜出她来的目的。对李云光安排方若愚去物资公司的事,傅家庄心里一直不踏实,有高大霞这么个人盯着,他觉得未尝不好。借着有人来办理物资公司出入证的机会,傅家庄故意把印章留在桌上,说自己去方便一下,把高大霞一个人留在公司室,高大霞哪能放过这个时机,掏出早就准备好的照片贴到出入证上,轻轻松松盖上了公安总局的红印章。

从公安总局里出来,高大霞总觉得今天的事办得太过顺利,她依稀感到,傅家庄这是在给她"放水"。

有了出入证,再进物资公司的大门,高大霞便有了趾高气扬的资本。不过,她看见门卫崔海风时,并没有马上拿出出入证。不知深浅的崔海风摆出一副公事公办的样子:"方科长他老姨,你怎么又来了?我昨天不是跟你说了吗?方科长出差了,十天半月回不来。"

"昨天上午你说俺大侄子出差了,中午,我俩一块吃的王麻子锅贴樱桃肉,还喝了两瓶白酒,早晨,我俩又去逛了洋行,你说我这是见了鬼吗?"高大霞一本正经地说。

崔海风没了底气:"这不可能吧……"

高大霞笑笑:"行了,我不为难你了,这回我不找方若愚,我就想进去。"

崔海风立即严肃起来:"那得有出入证,我这里只认证不认脸。"

高大霞早等着他这句话,郑重地从怀里掏出出入证,大模大样地递上去。崔海风疑惑地接过,仔细辨认后,又递了回来,一张朴实的大脸上写满了不解。

有了杨欢这个念想,刘曼丽下班就到了文工团饭店。眼看着到了饭点,刘有为还趴在桌子前悠闲地翻看着画报,刘曼丽看不下去了,催促他赶紧干活,一会儿好上客了。刘有为漫不经心地说:"我又不是厨子,做不了。"

"那我是厨子啊?"刘曼丽不悦地说道,"一下班就来给高大霞顶班,你们给我多少钱啊。"

刘有为奇怪地看了刘曼丽一眼:"我又没叫你来,是你自己爱往这儿跑的。"

刘曼丽刚要辩驳,门外传来一阵摩托响,两人循声看去,见邢团长跨在挂斗摩托车上,正朝店里张望:"有为,高大霞呢?"

"哟,邢团长。"刘曼丽探出头来,"你们还没排练完哪? 不来吃饭啊?"

邢团长说:"我就是来说这个事的,晚上文工团要去给工商会演出,人家管饭。"

"知道了,你快忙去吧。"刘曼丽心里一阵窃喜,总算摸清了杨欢的去向,回身抓起外套,快步朝外走去。

刘有为问:"姐,你上哪儿去?"

"我爱上哪儿上哪儿,你们又不给我工钱。"刘曼丽出了门。

天刚黑下来,物资公司大院里的路灯便渐次亮起。军事物资仓库区的一处角落里,高大霞缩在帆布篷下蹲守了几个小时,两腿已经麻木了,看到下班的工人们陆续往外走,她也有点儿灰心了,这小半天算是白搭进去了。她握紧拳头敲着发麻的两腿,正准备从帆布篷里钻出来,却听见一阵脚步声传来,她掀开帆布一角朝外看去,立时打起了精神。小路上,走来的正是方若愚。

高大霞掀开篷布,猫腰出来,还麻着的两腿有些发软,险些没站稳身子,她下意识地一把抓住旁边的挡雨棚,发出了一声闷响。

方若愚警觉地顿住脚步，四下里张望。高大霞屏息凝神躲在货堆后，大气不敢出。方若愚扫视了半晌，没有发现异常，这才继续朝前走去。高大霞捶打着双腿，躬着身子一瘸一拐跟了上去。

方若愚来到15号仓库门前，回头四下观望了一会儿，才掏出钥匙打开厚重的大门，拧亮手电筒，步入了黑色的仓库中。

高大霞本来没对这次跟踪抱太多期望，可刚才见方若愚进入仓库前那么谨小慎微，不像是正常检查工作的样子，心里的疑团便加重了，她从隐蔽处钻出来，捡了块儿砖头握在手里，悄然跟了进去。待双眼适应了仓库里的光线，她看到货架上整齐地码放着规格不一的物资。不远处，手电筒的光亮在晃动，方若愚似乎在检查着什么货物，高大霞蹑手蹑脚逼了上去，方若愚听到身后的响动，刚一回身，一个人影已经到了跟前，一股冷风朝他头上袭来，方若愚一侧脑袋，冷风从他耳边划过，方若愚随势侧身下绊，高大霞被重重放倒在地，摔了个七荤八素。方若愚反手摁住高大霞，挥拳要打，高大霞一脚蹬出来，正中在方若愚的要害处，他痛得低叫一声，跌倒在地上。高大霞爬起身朝外跑去，大喊着："来人哪，快来人哪！"

"高大霞，你别喊，别喊哪！"方若愚忍痛爬起来追了上去，跑了两步，猛然止住，回身在地上找到了鼻烟壶，慌忙拧上了瓶盖，揣进衣兜，回头再看高大霞，已然跑出了仓库，她声嘶力竭的呼喊从外面传来。

傅家庄接到电话赶到物资公司，高大霞和方若愚已经等在孙经理办公室了，门口有几个战士把守，方若愚脸色苍白捂着裆部，高大霞那一脚留下的后遗症仍未消除。等在走廊上的孙经理看到傅家庄上了楼梯，急忙迎上去，茫然地说自己也弄不明白怎么回事，一切都等着傅家庄来调查清楚。

傅家庄和高守平一进屋，方若愚就检讨起来，说自己这个保卫科长工作有纰漏,严重失职了,让外人混进军用物资仓库他都不知道,高大霞越听这话越不是味道,方若愚这分明是恶人先告状,她厉声说道:"挽霞子,我不进仓库能抓住你搞破坏? 要不是我给你一脚,15 号仓库现在不定是被炸飞了还是烧光了!"

"哎呀你还有脸说!"方若愚急了,"也就我这个岁数了,要是换个年轻小伙子,你这一脚,那就是断子绝孙脚呀,你还说? 你说什么呀!"

"挽霞子!"高大霞怒喝,"你别说没用的,快老实交代,你在仓库鬼鬼祟祟想干什么?"

"我能干什么? 我是保卫科长,到仓库检查应该是分内工作吧?"方若愚转头望向一旁的孙经理与傅家庄。

孙经理点着头:"对,方科长确实是例行检查。"

高大霞看向傅家庄:"你都看见了,这就是死猪不怕开水烫,纯属滚刀肉。你审吧,实在不行,就让他坐老虎凳、喝辣椒水,我还就不信了,撬不开他这张臭嘴!"

"方科长,刚才高大霞说的,也是我想问的,你们例行检查没有问题,可是为什么只有你一个人去了?"傅家庄问。

方若愚毫不迟疑地回答:"这不也是为了安全嘛? 要是有问题,肯定出在我身上。"

"那倒不能这么说。"孙经理见方若愚似乎是要一人承担责任,解释道,"接触过那些被服的人也不少,搬运的,码堆的,不过,方科长这么考虑也对,我怕有什么闪失,特意嘱咐方科长多上点儿心。傅处长,我想这是一场误会吧?"

"什么误会? 别听他的!"高大霞不耐烦地说,"我都当场看见他搞破坏了,还能误会什么? 他就是在狡辩,在垂死挣扎,对,就是垂死挣扎!"

方若愚无奈："高大霞,你是把我堵在仓库里了,可这又能说明什么?"

"说明你在干坏事!"高大霞斩钉截铁道,"搜,他肯定是在仓库里放了炸弹!或者点火爆炸装置。当年我们烧小鬼子的仓库,就这么干过。"

"高大霞,你别拿屎盆子往我脑袋上扣!"方若愚气急败坏地怒吼。

"急了,他急眼了,这证明他心里有鬼!"高大霞跳着脚大喊。

"我有没有鬼,等检查结果出来,就真相大白了!"方若愚冷哼了一声。

傅家庄点了点头:"方科长说得对,能证明你清白的最好方式,就是搜查。"

高守平带着人搜查了半天,最后的结果却令高大霞大失所望,没有可知爆炸物,没有火药,没有破坏。方若愚如释重负地向傅家庄与高守平表示了感谢,高大霞仍然坚持对方若愚的怀疑,可铁证在前,任高大霞的怀疑如何强烈,谁也没有更多的理由继续扣押并审讯方若愚。越是如此,高大霞对方若愚的不信任越是深了一分。

演出结束,杨欢看到刘曼丽吓了一跳,他生怕别人发现端倪,慌忙引着刘曼丽躲进旁边的舞厅,两人跳了一会儿舞。出来时,刘曼丽还意犹未尽,她挽着杨欢的胳膊:"好久没有这么高兴过了,杨欢,时间还早,我知道这附近有家福山厨子开的馆子,苏扬大烤和溜鱼片做得很地道,咱俩去尝尝吧。"

杨欢问:"晚上你不回家,不怕高大霞问起来吗?"

刘曼丽说:"她和守平一天到晚都光顾着革命,没空儿跟我急眼。再说,他俩翅膀都硬了,用不上我了。"

杨欢故意问："大连有苏联红军帮忙管着,他们也没那么多事可忙吧?"

"可不是这样,我听说,苏联就管着大方向,好多具体的事,还得共产党自己干,傅家庄和守平一天到晚忙得都见不着人。我原来还以为高大霞吃了憋屈以后,能清闲会儿,可她倒好,比原来还忙了,成天见不着个人儿。"

"你这个嫂子当得着实不易。"杨欢搂紧了刘曼丽的腰肢,"曼丽,你知道我为什么喜欢你吗? 就因为你贤惠,顾家。"

"还是你懂我。"刘曼丽幽幽叹息道,"都说一日夫妻百日恩,这些年,我给高家当驴当马,也算对得起老高家的人了。"

杨欢郑重地面向刘曼丽:"曼丽,现在是该你寻找自己幸福的时候了。"

"我好像已经找到了。"刘曼丽娇羞地低下了头。

杨欢心里有些好笑,脸上的表情却温柔似水,他紧紧将刘曼丽拥入怀中,柔声说道:"曼丽,你放心,我一定让你在浪漫中幸福一生。"

刘曼丽幸福地依偎在杨欢胸前:"杨欢,你真好。"

杨欢在刘曼丽耳边轻声说:"咱俩再好,也该得到家人的祝福吧?"

刘曼丽脸上的笑容凝固住了,旋即,她又微微别过了脸去:"不用,我弟弟有为管不着我的事。"

"除了你弟弟,不是还有高大霞和高守平吗?"杨欢轻声问,"都说长嫂如母,你对他们好,他们也特别尊重你吧?"

"那倒是。"刘曼丽低声咕哝着,"守平懂事,从没和我红过脸,不像高大霞,说不上三句就要和我争个高下。不过,她也就是嘴上不吃亏,心里还是挺想着我这个嫂子的。"

杨欢道:"你不说守平成天加夜班,顾不上回家吃饭嘛? 我觉得你应该去看看守平,给他带点儿宵夜。"

"都那么大人了,饿不着他。"

"这不是饿不饿的事。"杨欢正色道,"不说长嫂如母,就是退一万步讲,将来咱俩还用得上他。"

刘曼丽笑了笑:"他就是个警察,你和我只要不做坏事,"她猛然警觉起来,"你不会要做什么坏事吧?"

"你看你,想哪去了?"杨欢刮了刮刘曼丽的鼻尖,"我的意思是说,将来咱俩要是结婚,不是还得到公安总局盖章登记吗?"

刘曼丽脸颊飞起一团红晕:"这么快就想跟我结婚哪,欢,让我再想想吧。"

杨欢笑着张开双臂,将刘曼丽拥入怀中。看着怀里的这个女人,杨欢的眼神森冷,叫人不寒而栗。

高大霞跟着傅家庄回到公安总局,埋怨他轻信了方若愚的鬼话,肯定有问题,否则方若愚进仓库的时候就不会那么鬼鬼祟祟了。

"姐,这都是你自己想的,当不了证据。"高守平劝道。

"怎么是想的哪? 当年我往鬼子的仓库里放过炸弹,我懂那种心思。"高大霞正色道。

这话让傅家庄陷入了沉思,高守平听来却不以为意。

"姐,你一口咬定他放炸弹了,可我们把仓库的老鼠洞都翻遍了,确实连个炸弹的影子都没发现。"高守平满脸的疲倦之色,"我们一天到晚乱事就够多的了,你就别再添乱了,行不行呀,姐!"

"这怎么能是添乱呢?"高大霞委屈,"以我对付日本鬼子的经验来看,挽霞子绝对有问题。"

"大霞,你除了发现他在仓库外鬼鬼祟祟,还有别的不对劲吗?"傅家庄问。

高大霞回想起白天方若愚在良运洋行买鼻烟壶的事，便说了出来，正讲的热闹，刘曼丽来了。她是来送宵夜的，这个建议还是杨欢提的，说傅家庄和高守平肯定在公安总局加班，送点儿吃食他们准高兴。果然，几个人见到刘曼丽变戏法儿似的端出来的苏扬大烤、溜鱼片、海螺饺子，都高兴得不行，高守平更是戏言："咱们家以后搬到公安总局得了。"

高大霞第一个跳出来赞同："我看行。"

"行什么行？文工团饭店你不管了呀？有为都好给干黄了。"刘曼丽数落道。

高大霞眼里掠过一丝惭愧："我这阵事儿是多了点儿，可每回我出来的时候，把饭店的事都给安排好了，有些饭菜也不用费事，热一热就行了。"

"你当那是住家过日子自己吃啊？还热热就行，那开的是饭店，外来客都快没有了，文工团的人也没几个来吃了。"刘曼丽有意夸大事实，让傅家庄管管高大霞，别一天到晚跟方若愚对命。

"行了，嫂子，我们还研究工作呢，你先回去吧。"高大霞推着刘曼丽。

刘曼丽不服气地推开她："我是公安总局的人，我还没说研究工作呢。"

"刘秘书，我们确实有事情要研究。守平，你给刘秘书叫个车，送她回去。"傅家庄吩咐道。

刘曼丽想起杨欢还在大院外等着她，连忙制止住，一个人匆匆离开了。杨欢见到她，故意夸赞起高大霞和高守平，说他们真厉害，干起革命来家都不顾了，刘曼丽叹着气："这人呀，一革命就成了没有七情六欲的石头人。"

"为什么这么说?"杨欢问。

刘曼丽说:"这个高大霞,一天到晚难为我一个救命恩人,这不,今天就因为人家买了个鼻烟壶,非说有问题。"

杨欢心下掠过一丝警觉,不动声色地套着话:"鼻烟壶好啊,这东西王公贵族都喜好,行家称它为'集中国多种工艺之大成的袖珍艺术品'。"

刘曼丽来了兴趣:"鼻烟壶长什么样?"

杨欢说:"我领你去看看不就行了吗? 就是不知道哪有卖的。"

"良运,良运洋行就有,掌柜的我认识,是个慈眉善目的女人。"

杨欢眼睛一亮:"是吗? 那咱们现在就去看看。"

刘曼丽兴奋地点头:"好啊,我也得多长长见识,要不好让高大霞笑话了。"

傅家庄也在琢磨鼻烟壶的事,既然高大霞一再表示怀疑,那最好的方法就是去亲自考证一下。

第三十七章

刘曼丽已经被良运洋行里琳琅满目的各种好东西吸引住了,这里她虽然不是第一次来了,可以往跟着高大霞来,她都更像个小跟班,这回有杨欢陪伴,心情大不一样。只要她看上眼的东西,杨欢都大方地要给她买下,她当然不能让杨欢这么破费,可人家的一片心意,却让刘曼丽无限受用。

留声机里，又放着姚莉的《卖相思》，麻苏苏看着在货架前挑货的刘曼丽，轻声赞叹着杨欢："你到底把这个女人拿下了，挺快呀。"

"大姐别忘了，我可是在军统的临澧特训班受过特训，记得教官对我们的要求是，运用之妙，存乎一心。对这个女人，我可用心尽心了。"杨欢淡淡说着，脸上看不出悲喜之色。

麻苏苏瞥了杨欢一眼："别光在温柔乡里醉生梦死，忘记了自己是干什么吃的。"

"放心，她不过是被人吃剩的菜，我不过是逢场作戏。"杨欢露出了不屑的神色，"白天谁来拿过鼻烟壶?"

麻苏苏一愣："出什么事了?"

"傅家庄和高大霞盯上了买鼻烟壶的人，怀疑鼻烟壶里藏着猫腻儿。"

麻苏苏心里升起一丝不安。忽然，门外传来汽车停下的声音，麻苏苏伸头向窗外看去，大吃一惊，车上下来的居然是傅家庄、高大霞和高守平，她忙让杨欢带着刘曼丽躲到里屋去，刘曼丽慌得不知如何是好，由着杨欢连拉带扯藏了起来。

麻苏苏对三个人的到来一如既往地万分热情，得知高守平是高大霞的弟弟，更是夸赞起来没完没了，让高守平觉得浑身不自在。高大霞打断了她无休止的寒暄："大姐，我们来有点儿事问你。"

麻苏苏装出慌乱的样子："出什么大事了? 傅先生，我可是安分守己做买卖的好人，大霞，你得给大姐作个证啊!"

"大姐，只要你说老实话，我肯定作证。"高大霞一脸严肃，"今天挽霞子来买鼻烟壶的事，你记得吧?"

"这能忘吗? 你跟他斗了半天嘴。"麻苏苏答道。

"姐,"甄精细冲高大霞说,"你还逼着他抽了一口鼻烟儿。这个坏蛋,就得你收拾他!"

高大霞惊喜地望向甄精细:"精细,你都知道他是坏蛋?"

甄精细兴奋地说:"我当然知道了,他……"

"不准说客人坏话!"麻苏苏瞪着甄精细,打断了他的话。

"大姐,你让他说。"傅家庄伸手制止了麻苏苏,对甄精细和颜悦色地说:"精细,你为什么说方若愚是坏蛋。"

"他就是坏嘛!"甄精细来了精神,"一来就磨磨蹭蹭不想走,他老对我姐起坏心,我姐根本就看不上他!"

麻苏苏怒斥:"滚一边去!"

甄精细不甘心地退到一边,高大霞与傅家庄对视了一眼,有些失落。

"真是臊死人了,这个事儿还扯出来了。"麻苏苏叹着气,"开个店,真是不容易呀,这一天到晚什么客人都能遇上,方先生这样的,还算谦谦君子,有的那样……哎呀不说了不说了,我这都半老徐娘了,还惹这种事儿,这老脸都快没地方搁了。"

"大姐,还是说说鼻烟壶的事吧。"傅家庄拉回正题。

"对对对,这都扯得没边了。"麻苏苏笑着说,"方先生确实在我这里买了个鼻烟壶。我那鼻烟壶可是从国外进口的,一下进了好几个呢,大霞都看说明书了,我说得没错吧?"

高大霞点头:"是有几个。"

傅家庄问:"能拿一个给我们看看吗?"

麻苏苏从货架上拿下来了一个鼻烟壶,傅家庄接过来看了看:"有说明书吗?"

"这还用说明书?"高大霞从傅家庄手里拿过鼻烟壶拧开,"亏你还留过苏,这玩意儿都不会用。"说着,她把鼻烟壶放在鼻子下,深吸了一下,鼻翼抽搐了几下,响亮地打出一个喷嚏。

突然乍响的喷嚏,把里屋一直在听着外面谈话的刘曼丽吓了一跳,她的胳膊下意识一颤,撞翻了手边的衣架,杨欢迅速伸手去抓,奈何还是慢了一步,衣架轰然倒地。

沉闷的一声轰响,也吓了外面的人一跳,高大霞警觉地看了一眼麻苏苏,朝里屋奔去。

麻苏苏慌了,快步跟在后面:"没事儿呀,大霞,准是屋里闹耗子,我这里吃的东西多,耗子也多。"

高大霞快走了几步,一把推开了里屋房门。

"大霞,你这就不讲究了!"麻苏苏追了上来,脸色煞白。

房门大开,众人鱼贯而入。

房间里空空荡荡,只有衣架歪倒在地上。麻苏苏看到房间里不见了杨欢和刘曼丽,脸色缓和了一些:"这耗子都成精了,衣架都能碰倒了。"她上前扶起衣架,自顾自念叨道,"这东西也不稳当,三个爪的玩意儿就是不行。"

高大霞心里的怀疑仍未消除,她扫视了一圈房间,目光停在墙角的大立柜上,雕刻着华丽凤凰的柜门微微开了一线缝隙,在无风的房间里微微晃动着。

柜子里,挂杆上的旗袍遮住了瑟瑟发抖的刘曼丽,杨欢张开双臂环抱着她,两人屏住呼吸,警惕地听着外面的动静。柜子外的脚步声越来越沉重,显然是有什么人正在走来。

"大霞,"麻苏苏的声音传来,"这屋里就我一个人住,没什么好看的,出去坐吧!精细,你去洗几个苹果,再捡点松子、榛子,给大霞和傅先生带走。"

"大霞,这是人家卧室,走吧。"傅家庄也在劝着高大霞。

脚步声停住了,大约是傅家庄的话起了效果,刘曼丽和杨欢提起的心刚要放下来,柜门却猛地拉开,刺目的光亮骤然撒了进来,杨欢的身子大半暴露在外。高大霞伸手抓住背向自己这个男人的肩膀,用力拉了几下,男人奋力抵抗,高大霞却不肯罢休,杨欢终于拗不过高大霞,只得回过头来,露出似笑非笑的一张脸。

高大霞惊得一把合上柜门,麻苏苏赶紧上前推开高大霞,低声哀求道:"大霞呀,能给大姐留点儿脸吗?"

高大霞还没有从刚才的惊愕中回过神来,傅家庄不由分说拉着她出了房间,出了良运洋行。

麻苏苏尴尬地跟了出来,拽住要上车的高大霞,欲言又止。高大霞一时也不知说什么好:"大姐,我……我也吓一跳。"

"我这脸,今天算是丢尽了,臊死人了。"麻苏苏捂住脸,"大霞,你可千万别跟外人说呀,算姐求你了。"

高大霞看着麻苏苏,轻声说:"大姐,你俩的岁数……你能下得去手啊?"

麻苏苏带着哭腔:"姐求你快别说了,现在有个地缝,我都能钻进去!"

傅家庄发动起汽车,高守平喊高大霞上车,在麻苏苏一迭声的哀求中,高大霞上车走了。

汽车轰鸣着消失在街道远处,麻苏苏叹了口气,回身进了良运洋行。

里屋的房间里,柜门敞开着,刘曼丽瘫软在柜子里,嘤嘤地哭着。柜子外的杨欢轻轻拍着她的后背,柔声劝着已经没事了,有他杨欢在柜门里挡着,高大霞应该没看见她。

刘曼丽转过身来,伏在杨欢肩头,哭得更伤心了。

麻苏苏匆匆进来,夸张地又拍大腿又跺脚:"你说你们俩,这闹得叫什么事儿呀,为了你俩,我把屎盆子都扣到自己头上来了。刘小姐,这件事,可不能叫大霞知道呀,她得埋怨死我,哎呀,我这干得叫什么事儿呀,赶上'水浒'里的王婆了……"

"姐,我们可不是潘金莲和西门庆,我们是真心相爱!"杨欢辩驳道。

"可拉倒吧,"麻苏苏不屑地挥了挥手,"真心相爱还用往柜子里钻,为了你们俩,我这一世的清白,算是全毁了!"

刘曼丽捂着脸转身跑了出去,麻苏苏朝杨欢使了个眼色,让他赶紧追出去,完事再回来。

吉普车在夜幕下的街头奔驰,车厢里的气氛莫名沉闷,傅家庄开着车,坐在后面的高大霞看着窗外闪烁的流光,一言不发。副驾驶上的高守平憋了半晌,终于忍不住开口问道:"姐,柜子里到底是谁呀?是男的吧?"

傅家庄透过后视镜看了一眼高大霞:"我就看见半拉肩膀,大霞,你看见了吗?"

"别问了。"后座传来一声沉闷的回应。

高守平好奇地转过头:"那你是看见了?是谁呀,姐。"

高大霞不耐烦地给了高守平一巴掌:"行了,别嚼老婆舌啦!"

"怎么是嚼老婆舌呢?"高守平不满,"有什么情况你应该如实说出来。"

"你姐不说就别逼她了。"傅家庄按住高守平,"有必要说的,她就说了。"

吉普车继续行驶,车里安静下来。高守平好奇心难耐,却又不敢多问,心里急得直发痒。半晌,黑暗中传来高大霞的一声叹息:"真想不到,麻苏苏能干出这种事,"她木然地看着车窗外,嘟囔着,"都这把岁数了,想想真替她脸红。"

高守平终于明白过味儿来,回头试探着问:"里面……真是个男的?"

"你说呢?"高大霞喝道,"女的还用往柜子里钻?"

高守平嘿嘿笑了两声,再不敢往下问了。

月光铺平了幽深的马路,夜色下,刘曼丽抽泣着走来,身旁的杨欢在劝解着:"对不起,曼丽,都怪我,没把你保护好,吓着你了。"他递上手绢,"别哭了。"

刘曼丽停住脚步,悲伤地摇了摇头:"不怨你,我是哭我自己。"

"为什么?"杨欢不解。

"我一直都觉得自己天不怕地不怕,更不怕她高大霞,可刚才在良运洋行里一听她说话,我还是心里发虚。杨欢,我怎么觉得咱俩在一块儿,不大对劲儿呀?"

杨欢心里一惊,脸上却不动声色:"你想多了,曼丽,咱们在一起多好啊,说说笑笑,要多高兴有多高兴。"

"不对,就像麻苏苏说的,潘金莲和西门庆在一块儿,肯定也是有说有笑,要多高兴有多高兴。"刘曼丽眼里流露出几分不安,脸上的悲伤越来越浓,"我怎么就成了潘金莲呀,她好歹还有个武大,我都守寡好几年了,这是要冤死我呀!"

杨欢揽住刘曼丽的肩头:"你听那个老死婆子胡说八道,她就是嘴损,心毒,要多恶心有多恶心!"

"别这么说人家。"刘曼丽捂住了杨欢的嘴,"刚才要不是人家护着,咱俩非露馅儿不可。要是那样,我在高大霞面前可是一辈子都抬不起头了。"刘曼丽抹着泪水,颤着声说,"我不糊涂,杨欢,我怎么想都没想明白,你到底看上我哪一点了。"

"曼丽,有时候,爱上一个人是说不出理由的。"

"那不是瞎胡乱爱吗?"刘曼丽抽动着鼻子,"要是这样,我不敢爱,我怕闪了自己,缓不过劲儿来,那可就没法儿活了。"

杨欢满怀深情地将刘曼丽拥在了怀里,言不由衷地说:"曼丽,我知道这么些年你都是一个人过的,你心里的苦,就让我用爱一点点给化掉吧。"

刘曼丽紧紧贴着杨欢的胸膛,聆听着他平缓的心跳,轻声说:"欢,你这么说,我更觉得对不起你了。今天晚上,我就应该光明正大地拉着你的手,给傅家庄看,给高大霞看,给守平看。"

"曼丽,爱情是私人的事情,咱还是先别这么高调吧。"

"你怕什么?"刘曼丽仰头看向他。

"我,我不是怕。"杨欢干咳了两声,"我想好好保护咱们的爱情。"

刘曼丽疑惑:"偷偷摸摸叫保护?"

杨欢无奈道:"文工团有规定,现在不准谈恋爱,谁谈开除谁。"

"这是什么缺德规定?"刘曼丽激动起来,"我看你们那个邢大胖子,一看见高大霞就眉来眼去,恨不得一口吞进肚里,他自己都那个德性,还有脸不让别人找对象?"

杨欢露出一副苦相:"官大一级压死人,领导嘴大,没办法呀。"

"这事我让高大霞找邢胖子说,他听她的。"刘曼丽气冲冲说道。

"别呀,千万别说,邢胖子就爱给人穿小鞋,高大霞一说,我在文工团就待不下去了。"杨欢吓得脸色发白。

刘曼丽豪气冲天地一挥手:"待不下去拉倒,我养着你!"

"这可不行,曼丽,你得让我保留点儿男人的尊严。你放心,等时机成熟了,我就从团里辞职,找个更好的去处,咱们再堂而皇之地恋爱、结婚!"

听杨欢这么一说,刘曼丽又低声抽泣起来。

"又怎么了?"杨欢按捺住自己的不耐烦。

"要是真有那么一天,我能高兴个半死。"刘曼丽抹着眼泪,踮起脚尖,在杨欢嘴角边留下一个带着泪痕的轻吻,又拱进了杨欢怀里。杨欢一手温柔地拍着她的后背,一手悄然擦拭着被吻过的脸颊,眼里现出了几分难以掩饰的厌恶。

傅家庄把高大霞送到家,他和高守平还要回公安总局值班,车也没下,便直接走了。高大霞进了院子,看见刘曼丽房间黑着灯,以为她睡着了,正想进屋,听到动静的刘有为倒是出来了,说刘曼丽一直没回来,这几天回来都挺晚。

高大霞警觉起来,她没听傅家庄或是高守平说最近让刘曼丽加班的事,她怀疑刘曼丽在谈男朋友,这个消息让刘有为颇为亢奋:"她跟傅家庄好了? 我姐还真有手腕啊。"

"瞎想什么,我刚才跟傅家庄在一起。"高大霞说。

刘有为越加惊讶:"啊? 你俩好了?"

眼见两人的话头接不上,高大霞没了继续询问的心思,黑着脸回屋了。

到了半夜,刘曼丽总算回来了,她摸着黑蹑手蹑脚抬步上楼,身后突然传来一声低呵:"嫂子!"

刘曼丽吓得一哆嗦,原本还佝偻着的身子立即直了起来,回头对着黑影说:"你怎么还没睡? 最近单位的事太多了,加班加点都干不完。"

高大霞过来:"办什么事也不用这么晚吧。"

"都是秘密的事,你打听我也不能说,这是纪律。"刘曼丽虚张声势地说完,抬腿上楼。

高大霞跟了上来："嫂子,你老这么晚回来,我和有为,还有守平,都不放心。"

"有什么不放心的? 你别操心啦,我这么大个人,还能丢了? 快回去睡觉吧!"刘曼丽小跑着上楼,开了门进去,重重地又关上房门。听到高大霞下楼去了,刘曼丽这才长松了一口气,她按着狂跳的心脏,心里升起一丝愧疚,怅然若失地倚坐在炕边,对着无边无际的黑暗发起呆来。

杨欢这一晚上忙得不轻,把刘曼丽送回家,他又按麻苏苏说的回到了良运洋行,甄精细开门一见是他,没好气地说:"这么晚你还来干什么,有事明天说。"

杨欢不耐烦:"滚一边去!"

"唉,你跟我横!"甄精细挥起拳头要打人,被身后的麻苏苏喝住,杨欢跟着进了里屋,甄精细气得只能对着杨欢的背影空要了一通拳脚。

杨欢一进屋,便哀求麻苏苏:"大姐,我实在演不下去了,你就换个人吧,我求求你了,姐,你叫我干什么都行,只要别跟刘曼丽扯在一起。"

麻苏苏慈祥地看着杨欢:"小杨呀,好演员是不挑搭档的,我相信你是好演员,一定会把这出戏演好。"

"可我跟她……都是我在生演哪,姐,太痛苦啦。"杨欢一脸难受。

"那你得跟人家刘曼丽学一学,人家可是真情投入,假演要是一旦露馅,那就前功尽弃了,这在你们文工团里,算是演出事故吧?"麻苏苏倒了一杯橘子汁递给杨欢,"喝吧,这可是进口货,富含维生素ABCDEFG,对皮肤好。"

杨欢接过杯子,并没有喝:"大姐,这个事真的求您再考虑考虑,难度太大,我确实演不下去了,一想到她那张脸,我都吃不下饭……"

"那是你饿轻了。"麻苏苏拉下脸,眼里透着寒意,杨欢不自觉地坐直了身子。麻苏苏不耐烦地说,"小杨,你太不专业了。就这么点破事,你偏让我苦口婆心说半天啊?"她打着哈欠走到床前,坐了下去。

"大姐,是我不对。"杨欢放下手里的杯子,怯怯地凑上前去……

高大霞做好早饭端上桌来,让刘有为去喊刘曼丽,刘有为说刚才喊了,刘曼丽说不吃。

"我去看看。"高大霞让刘有为吃完饭去大菜市买点菜,告诉老贾少炒点菜,最近去文工团饭店吃饭的人越来越少了,菜买多了浪费。"

刘有为嘟囔:"你一天到晚在外面忙,也不管食堂了,就老贾做饭那手艺,连我都不如,谁还吃啊?"

"哎,哪都缺不了我呀!"高大霞长叹了一口气。

刘曼丽赖在炕上不起来,为的就是避开高大霞,没成想她还找到炕头上来了。听说刘曼丽没生病,高大霞断言她准是有心事:"说给我听听,我帮你破破。"

刘曼丽扭了扭身子,被子下传来她闷声闷气的回应:"你让我清静点吧,赶紧走。"

"你这样我哪敢走啊。"高大霞掀开刘曼丽的被角,"有什么事你就跟我说,咱俩还有什么好瞒的。"

刘曼丽从被窝里钻出脑袋,顶着乱糟糟的头发:"大霞,我求求你赶紧出去,我就想自己躺一会儿。"

刘曼丽越催自己走,高大霞越想弄明白刘曼丽的心思,直着问是问不出什么结果来了,那就找点刘曼丽感兴趣的话题吧。高大霞想起昨天晚上在良运洋行亲历的故事,便神秘兮兮地说:"嫂子,我给你说个稀奇事,保准你乐意听,你说要是一个五十来岁的老寡妇屋里,藏一个二十七八的小伙子,还藏在大衣柜里,他们俩能发生点什么事?"

被子里刘曼丽心一紧,随口慌张地驳斥:"别胡说八道!"

"怎么是胡说八道哪,是我昨天执行任务的时候,亲眼见的。"高大霞古怪地低笑起来,"小伙子就藏在柜子里,这两个人,我还都认识。"

刘曼丽吓得一哆嗦,一把拉开被子,盯着高大霞:"大衣柜里藏的两个人,你都看见了?"

高大霞乐了:"你看你看,我就知道,你一听这种花边事就来精神头了。行了,起来吃饭吧,我还有事呐。"

刘曼丽一把抓住高大霞的手:"你看见两个人是谁?"

高大霞摇头:"不行,不能说,一说人家往后就没法做人了。"

"你不说他俩就能做人了?"刘曼丽急切地坐了起来。

"我不说破,别人谁知道? 他俩总不能自己跑出去说吧?"

刘曼丽欲言又止,顿了顿,焦急地说道:"说也没什么,一个寡妇,一个小伙,一个愿嫁,一个想娶,也不丢人。"

高大霞打量着刘曼丽,发觉自己好像是不认识她了:"嫂子,你太了不起了,这都能想开? 他俩可是一个五十多岁,一个二十七八,女的都能给小伙子当妈了!"

"你说的是他俩……"刘曼丽放下心来。

高大霞疑惑:"你当我说谁?"

"行了行了,你这还有点干革命的样子吗? 东家长西家短,嚼这些没有味儿的老婆舌,你不嫌臊得慌啊!"刘曼丽掀开被子,拿过衣服。

"我这不是为了哄你吗?"高大霞叠着被子。

"我好好的用你哄什么?"刘曼丽穿着衣服,"一天到晚又上班又做饭,累死累活,我想歇会儿都不行,你看你在这得吧得吧没完没了,烦死人了。"

"行行,怨我,不该传老婆舌。"高大霞叠好被子,撂到炕柜上,"嫂子,这个事你可千万别往外说啊。"

"我跟谁说去? 你当我是你啊?"刘曼丽白了她一眼,"再说,我都不知道你说的是谁。"

高大霞来了精神:"嫂子,你是不是特别想知道是谁?"

"不想。"刘曼丽板着脸。

"我不信。"

"不信拉倒。"刘曼丽跳下地,"我饿了,做什么饭了?"

"刚才你说不想吃。"

"现在想吃了。"刘曼丽抓起外套,推门出去。

方若愚昨天晚上做过手脚的那批军用被服,上午就要装车走了。只要这批物资运走,方若愚就算完成了"大姨"交待的任务,至于运到前线后再出什么状况,就不会查到这里来了。

傅家庄看着工人们搬出被服,在清点着数量,方若愚在一旁指挥着大家装车:"仔细点啊,这可是运往前线的物资,咱们解放军战士驱寒保暖打敌人,可都指着这些被服了!"

"傅家庄!"寒风中传来一声大喊,方若愚周身不由一颤,这个声音他再熟悉不过了。他与傅家庄一同循声望去,果不其然,高大霞气喘吁吁地从远处跑来,手里着一个小铁桶,一晃一晃地到了眼前。

"大霞,你干什么?"傅家庄看了眼高大霞拎着的铁桶。

高大霞喘着粗气,看了方若愚一眼:"我就觉着今天得出事。"

傅家庄吃惊,压低了声音问道:"出什么事了?"

高大霞一指装车的被服:"这还不是事啊? 我再晚来一步,被服就运走了。"

方若愚不满地过来:"高大霞,你管得也太宽了吧? 物资公司真应该给你开份工资了。"

"你不用说风凉话,这些被服在仓库里,你肯定是没少惦记。"

"我当然得惦记,我是保卫科长,出了事我能没有责任吗?"

高大霞冷笑:"肉在狼的鼻子底下放着,肯定早晚要出事,早早运走,早早了心事,免得夜长梦多贼惦记。"

"对呀,运走好,免得天天有人借这个由头往我头上泼脏水。"方若愚反唇相讥。

"好了,不要争了。"傅家庄说,"抓紧时间装车吧。"

工人们刚要动手干活,高大霞大喊一声:"等等。"

傅家庄焦急:"大霞,你别这样。"

"我还是担心这批被服出事。"高大霞口气坚决。

"这都要运走了,还能出什么事?"傅家庄皱眉。

"这就是没事找事。"方若愚没好气地说。

"我还就没事找事了。"高大霞从铁桶里拎出了一个罐子,打开一看,里面盛满了浆糊。

傅家庄探身看了一眼:"你拿浆糊来干什么?"

高大霞又从桶里拿出一摞红纸,这是她昨晚连夜裁剪好的,上边写着编号。

傅家庄还是没明白她要干干什么,疑惑地问道:"你要干什么?"

"我要给这些被服编上号,一旦出了问题,就能顺着这些数字把根揪出来,那样的话,"她一指方若愚,"肯定就是他捣的鬼。"

"你……简直是满嘴胡言!"方若愚嘴上强硬,心里却不由地发慌,要是按照高大霞的这一招来办,事情还真是会败露,他大声呵斥,"你这不胡闹吗? 好好的被服包,贴上这个像什么?"

"像什么没关系,只要这些被服将来不犯毛病就行。"高大霞理直气壮。

方若愚还要反驳，傅家庄制止了他："方科长，我觉得这也是个办法，真出了问题，也能追本溯源。"

方若愚张了张嘴，无奈地点头："行吧。"

傅家庄招呼众人，按照高大霞的建议，把每个被服包都贴上了标号，装车运走。目送着车队出了物资公司大院，高大霞舒了口气，方若愚借口还有事要办，匆匆走了。

傅家庄送高大霞回文工团饭店，路上，高大霞打听起万德福去牡丹江的事，傅家庄说还没有消息，高大霞低声说："我这冤枉能背多久，就看老万什么时候能把证据拿回来，但愿别让我背着黑锅去见马克思就行。"

傅家庄说："现在形势不稳，战火四起，虽然东北还有不少城市被国民党盘踞，好在牡丹江在我们手里。"

高大霞回到文工团饭店，见老贾还没上灶，就自己上灶炒了几个菜。刘有为抽动着鼻子，说菜味就是不一样，老贾有些不屑，"文工团都是大锅饭，哪用那么多讲究。"

"这可不行啊，老贾，"高大霞批评道，"咱们是后勤人员，不光要让大家吃饱，还得吃好，他们吃饱吃好了，才有力气演出，才能好好宣传革命道理。"

老贾笑笑，不再说什么。高大霞忙完手里的活，见刘有为拎着暖瓶要去剧场打水，便喊住他，要自己去，说有几天没过去看看了，刘有为欲言又止，看着高大霞拎着暖瓶走了。

高大霞是来找杨欢的，昨天晚上杨欢出现在麻苏苏房间的衣柜里，让高大霞越想越觉着不对劲，自己虽然不是文工团的指导员了，但团里演员的思想工作，她还是不能不管。

见到杨欢,高大霞还在为难怎么开口,杨欢倒是主动提起来,说他还想去找高大霞,解释一下昨天晚上的事。

高大霞没料想杨欢态度竟如此淡然,忙表态自己会为这件事保密,杨欢一笑:"其实,也不用保密,本来就没什么。"

"这还没什么?"高大霞惊讶地看着杨欢,"你和麻掌柜差那么大岁数……杨欢,我可得批评你两句,你还年轻,好日子长着呢,得为自己负责呀。再说,你家里要是知道这个事,也不能同意呀!"

"我就去买点儿东西,怎么还家里不同意?"杨欢一脸困惑,"这跟我和人家掌柜的岁数差多少,更没有关系吧,大姐,你是不是有什么误会啊?"

高大霞狐疑地盯着杨欢:"误会? 我误会你俩了?"

"我听你这意思,不太对。"杨欢说。

"那你怎么躲进柜子里去了?"高大霞问。

杨欢脸上现出了几分窘迫:"团里不让我们晚上往外跑,我昨天在店里碰到你,怕你跟邢团长打我小报告,我一时慌张,就……就藏到人家柜子里去了。"

高大霞紧盯着杨欢,见他神色如常,再想想麻苏苏昨晚的表现,便说:"哦,要真是这么回事,我就放心了。这真是灯不挑不亮,话不说不明,幸亏咱俩今天把这个事说开了,要不然,我真以为你是小时候没人疼,大了想找个妈哄着哪。"

杨欢听出高大霞这是在用话敲打自己,辩解道:"大姐,你多想了,我还要寻找自己的意中人。"杨欢不动声色地编织着谎言,"这种话,大姐可千万别给我说出去呀。"

"那不能,绝对不能。"高大霞打量着杨欢,"就凭你这模样,又是咱文工团的台柱子,想找什么样的找不着。对了,我看你对飞燕不错,她好像……"

"人家看不上我。"杨欢像是被戳中了心事,立即垂头丧气了。

"她看不上你那是她的事,你看上她该追就追。像飞燕这么又漂亮又有文化的姑娘,是个男人都眼红。你不抓紧去追,就是给别人留机会。"

杨欢露出一抹笑来:"大姐说得对。"

"等我再看见飞燕,我也跟她说说。"高大霞解决了一个缠绕在心里的疑团,转身走了。

杨欢庆幸自己编了一宿的这个谎言,算是蒙混过关了,他在心里暗骂高大霞是个彪子。

第三十八章

西方有句谚语,天下没有免费的午餐。现在,免费的洋房来了,大连的老百姓是否会欣喜若狂呢? 当李云光兴奋地抖动着手里的电报,宣布中央同意大连市委提出的在市民中开展住宅调整运动的消息时,与会的每一个人都激动不已,为即将见证一个历史时刻的诞生而自豪。傅家庄介绍,日本投降以后,在大连的 25 万多侨民成了弃民,经过中美苏三国的努力,已经陆续将他们遣返回国。

听到 25 万侨民这个数字,许多人都大为惊讶,日本人还真是把大连当成他们自己的家了,怪不得他们一度还厚颜无耻把大连划进了日本的版图中。现在,这 25 万侨民被遣返走了,腾出的房子够多少中国人住啊。

傅家庄将调查的户籍资料进行了公布,大连的基层政权采取 4 级制,这四级分别是市、区、坊、间。其中,区有 5 个,中山、西岗、沙河口、寺儿沟和岭前。目前,划出 3 786 个间,每间平均 20 户,这样算来,全大连就有 75 720 户人家。

"同志们,我们这次分房行动意义重大。"傅家庄站起身来,目光从与会人员脸上一一扫过,"《论语》中有'民不患寡而患不均'之说,这'不均'是对比出来的,这次搬家运动,也要讲究个'均'字,要让尽可能多的人住尽可能好的房子。"

"一下子要解决全市居民的住房问题,这个难度可不小。"有人提出了疑虑。

"全部解决当然办不到。"傅家庄说,"市委经过研究,决定将住在劳工房和贫民屋的穷人,作为搬进洋房的第一批人员。这些人长年住的都是'风来透、雨来漏'的劳工房、贫民屋,改善他们的住房,是当务之急。"

众人都为市委的这一英明决定叫好,李云光说出了上级领导这样安排的深层原因:"大连被日俄统治四十多年,很多老百姓还是会有不同程度的惧怕心理,让他们一下子搬进洋房,可能会有顾虑。而劳工房、贫民屋的工人和城市贫民,他们是真正的无产者,会更加拥护这次搬家运动!"

"咱们的搬家运动一定要搞得大张旗鼓,搞得如火如荼。"傅家庄大声提议,"我们要把大连的搬家运动打造成样板,将来我党占领大城市以后可以借鉴。"傅家庄让高守平展开一张居民公布图,他指着一处标红的区域说道,"这次搬家运动,我提议从最受瞩目的南山区域开始,这里是日本侨民的主要居住地,原来住的大都是日本官员和商人,这一带的房子,已经成片成片空出来了。"

傅家庄的建议,赢得一片喝彩声,不过他后来的话却又让大家担心起来,傅家庄说:"我们在大张旗鼓的时候,也要保持清醒的头脑,防止敌特狗急跳墙,破坏搬家运动。"

城市的清晨,是从报童的吆喝声中开始的,一个十来岁的小男孩挥舞着手里的《人民呼声》报,高声呼叫着:"看报啦,看报啦,从草屋到天堂,共产党让穷人住洋房!"

公安总局门前的告示栏下,聚集了好奇的市民。洋房还能白住的事,大家不敢相信,住进日本人的洋房,更叫人后怕。

傅家庄一直挤在人群里,听着众人七嘴八舌的议论,看到告示前聚集的群众越来越多,他走到前面亮明了自己的身份,针对刚才大家议论的焦点话题,一一进行了解答,很多年轻人欢欣鼓舞,恨不得立即就住进洋房,可年纪大一些的群众却还是挂肠悬胆,顾虑重重。傅家庄原来想到这件事的推动会有阻力,但现在看来,要唤醒被殖民统治了四十多年的人民,还是需要些时间和耐心。

《人民呼声》报上刊登的《从草屋到天堂》,方若愚一早上就见到了,他既敬佩共产党使出的这个大招可谓四两拨千斤便能收买人心,更预感到"大姨"马上就会采取行动,扼制搬家运动的开展。果然,没到中午,麻苏苏的电话就来了,约他到上次海边见面的地方会合。方若愚找了个借口走了,出物资公司大门时,他特意观察了一下四周,见没有什么异样才上了一辆出租车。他没料到的是,高大霞今天临时抓了邢团长的差,已经尾随上他了。只是从没有干过跟踪这种事的邢团长没有经验,在海边公路还是被出租车甩下了。好在高大霞看到方若愚在前面下了车,去找起来应该不会太费事。

麻苏苏给方若愚带来了一个好消息,上次方若愚去跟她说了高大霞在被服包上编号的事,麻苏苏也意识到如果那批被服出了事,方若愚就得暴露,所以希望"大姨"想个办法。"大姨"还真是会办事,说今天晚上等列车过了山海关,就派人把火车炸毁。这样一是给苏联人和共产党一点颜色看看,二则也保护了方若愚。这个消息让方若愚一直悬着的心总算放下了,他问麻苏苏约他见面还有什么事。麻苏苏说起共产党的搬家运动,恨得咬牙切齿:"他们这是空手套白狼,拿着小鬼子倒出来的房子,笼络穷鬼们的心!"

方若愚点头:"这倒也不是坏事,没房子住的老百姓总算可以安居乐业了。"

"糊涂!"麻苏苏呵斥方若愚,"想当年,共产党不过是靠着几杆破枪占山为王的土匪,后来他们靠什么发展成党国的心腹大患?还不就是因为在农村'打土豪、分田地'?现在,他们又把这一套搬进城了,这是要动摇党国的根基呀。我们当务之急是,要千方百计阻止搬家运动!"

"怎么阻止?"方若愚问。

"传单我已经安排人印了,还得写些标语。"麻苏苏打开带来的皮包,居然装着宣纸和笔墨,"咱们这些人里,数你的字最好。"麻苏苏把宣纸铺在船板上,往一个碗里倒着墨汁,"共产党分房,不光登了报纸,在日本人居住区,肯定还要写布告、贴标语。他们贴我们也贴,在字上,一定不能输。要让那些穷鬼看看,到底谁是土包子!"

方若愚有些不情愿:"那也不用跑到这来写呀。"

"那就去你家写。"麻苏苏要收起东西。

方若愚连忙按住:"这就挺好,易攻易守。"

麻苏苏叹着气:"要是不急,我也不会喊你出来。这不要跟共产党抢时间嘛,人家有报纸,咱没有说话的阵地,只能印些传单,写几句标语。"

方若愚拿起毛笔,在碗里浸着墨:"大姐,你的心机可真不少。"

麻苏苏看着方若愚:"我的心机只用在共党身上,对你小方我可是不动心机,只动真心。"

一听这话,方若愚慌忙岔开话题:"大姐,写什么?"

麻苏苏脸色一沉:"就写'今日住洋房,明天见阎王'!"

方若愚心下一沉,这十个字还真是叫人听上去就不寒而栗。

方若愚不愧是多面手,麻苏苏带来的宣纸,很快就写完了大半,麻苏苏收拾着写好的标语,一抬头蓦然从礁石缝隙间看到了一个熟悉的背影,竟然是高大霞。

海滩上的高大霞四下张望,显然是在找人。麻苏苏把标语塞进包里,方若愚慌张间打翻了盛着墨汁的碗,洒出的墨汁染黑了方若愚的手掌与衣服前襟。方若愚狼狈地脱下外套,擦拭着手上的墨迹。

"你先走。"麻苏苏手里的动作慢了下来。

方若愚一怔:"你要干什么?"

麻苏苏伸手按向腰间的匕首:"既然她来找死,那就成全她,也揭了你的这块狗皮膏药!"

"不行,'大姨'那边炸装被服的火车,你这边杀了高大霞,是头猪也能想到这两件事都跟我有关。"

麻苏苏想了想,把匕首塞进包里:"还是你想得周到。"她看到包里的标语,"这点标语贴出去和撒芝麻盐没什么区别。小方,晚上你再辛苦点儿,回家加班吧。"她把剩下的宣纸推给方若愚。

"我家里有纸。"方若愚把宣纸塞进麻苏苏包里,"你快走。"

麻苏苏刚要起身走,又匆忙蹲下了。高大霞绕过礁石,正朝这边走来。

"看来,不想让她死都不行了。"麻苏苏杀意又起,从包里摸出匕首。

"我引开她,你走你的。"方若愚说着,迅速脱下了上衣。

麻苏苏不由愣住了:"你要干什么?"

高大霞离弃船越来越近,眼看着不过两三米的距离了。弃船另一边,突然站起一个光着上半身的男人,佯装没有看见近在咫尺的高大霞,径直朝大海跑去。

"挽霞子!"高大霞一眼便认出了那个背影,跟着朝海边追去。

穿着短裤的方若愚一头扑进了大海里。初冬的海水透着一阵刺骨的凉意,方若愚不由打了个寒噤。他有意忽略了高大霞的喊声,将盛过墨汁的碗塞进海里,而后开始拼死搓洗着手上的墨汁。

高大霞的目光全然被方若愚吸引,船后的麻苏苏趁机跑向礁石后面。

方若愚见麻苏苏安全离开,悬着的心放下了大半,悠然地在海里畅游起来。

岸边,高大霞气冲冲地朝他大喊:"挽霞子,你滚上来!"

方若愚继续对高大霞视而不见,一个鱼跃扎进海里。

高大霞怒上心头,抄起一块鹅卵石,奋力扔进海里:"挽霞子,你给我上来!"

方若愚从水里冒出头,手里攥着一个硕大的海参,做出了一副惊讶的神色:"高大霞,你怎么在这儿? 来游泳啊? 换好衣服下来吧,不过,你最好先在岸上活动活动,抻开筋骨再下来。"

"你别给我装蒜,滚上来!"高大霞大喊。

"你说什么? 我听不见。"方若愚并拢五指贴在耳边,大声回应。

海面下,方若愚的另一只手飞速揉搓着手里的沙子,漆黑的墨迹在海水里渐渐晕染开来。

高大霞威胁一般挥着拳头："少废话,你上来！上来！"

"啊？你要下来？"方若愚夸张地大喊,"对,你好好活动活动,咱俩一起游,做个伴儿！"

"你混蛋！"高大霞羞红了脸。

"什么？你要管饭？太好了,谢谢你！"

"你想得美！"

"啊？还要加个鸡腿？"

高大霞气得跺脚："你给我滚上来！"

"什么？扔上来？"方若愚举了举手里的海参,"那你接着——"说着,奋力扔了上来。

一个流着水的硕大海参划出一个美丽的弧线,重重砸落在海滩上。

"帮我看一下,别叫人拿走了啊！"方若愚一个翻身扎进了海里。

高大霞气恼地抓起海参,甩手又给扔进了海里。

礁石后,麻苏苏看着两人玩闹一般的对峙,疾步走开了。

"挽霞子,你到底上不上来？"高大霞不耐烦地呵斥。

"我好不容易来碰回海,你让我再捞点儿海货不行吗？"方若愚踩着水,高声喊着,他看到麻苏苏已经走远。

"好,你捞吧。"高大霞不再啰嗦,回身走到弃船边,抱起方若愚的衣裤就走。

"哎,你干什么？放下,放下！"方若愚急了,挥开臂膀往岸上游来。

高大霞头也不回,犹自往前走着,却有意放慢了脚步。

方若愚赤着脚追了上来,岸上的石头硌得方若愚龇牙咧嘴："别走,把衣服给我！"

高大霞这才回过身来,见方若愚光着身子,脸上飞起一团红晕："不要脸！"反手把衣服摔向方若愚。

"明明是你抢走我的衣服,怎么还我不要脸了?"方若愚高声质问着,俯身捡起了衣裳。

高大霞别过身去:"你先穿上衣裳!"

"我这身子还没干,等会儿再穿。"方若愚晃了晃白花花的大腿。

"你!"高大霞一时语塞,"你臭不要脸!"

"我臭不要脸,你还一天到晚往我身上贴。"方若愚摇摇晃晃地套着裤子。

"你放屁!"高大霞大喊道。

方若愚无奈地叹气:"你看你,一个姑娘家,虽说是老姑娘了,一直嫁不出去,也不能张嘴就屁啊臭啊不要脸啊,这不好。"

高大霞涨红了脸:"你管不着!"

"我当然管不着,我也不想管。"方若愚套上衬衣,拍了拍衣角的沙粒,"我就拜托你别来缠着我就行,不知道的,还以为你在追我,要嫁给我哪,咱俩这岁数……"

"你闭嘴!"高大霞忍无可忍,上前举起了巴掌要打下来,可没等巴掌落下来,她便发现手上沾着的墨汁,一下子愣住了,她抬手闻了闻,脸上流露出了厌恶的神色,"挽霞子,你衣服上沾的什么坏水,蹭我一手。"

方若愚心里发慌:"是臭油子吧,也许是船上的柴油。你看你,要是不拿我的衣服,就沾不上了,这还把我衣服也弄上了。"

高大霞奔向海边,用海水洗着手上的墨迹:"臭烘烘的,我怎么闻着像墨汁。"

"这大海边,怎么能有墨汁,你也太能想了,就是臭油子,臭就对了。"方若愚强调。

高大霞抓过岸边的海菜搓洗着手掌:"你急三火四跑到这来,不是就为洗海澡吧?"

"我一年四季有空就来游几下,既强身健体,顺便还能碰个海。"

"放着班不上来碰海,怎么,特务经费不够用,得靠碰海挣钱?"

"你又说歪了,我上哪弄特务经费呀,也没人给呀。"

"你看,你总算承认自己是特务了。"高大霞抓住了把柄。

"我承认什么了?"方若愚不明就里。

"刚才你说还没拿着特务经费,就先来碰海挣点儿钱。"高大霞指着方若愚捞上来的海参、鲍鱼,"这要卖到大馆子里,确实能换几个钱,够你买一个半个情报的吧?"

"那行,我都送给你,你给我个情报。"方若愚捡起一个鲍鱼扔在高大霞脚下,蹲下收拾着地上的海参和鲍鱼,"晚上就着小酒喝两杯,再睡一觉,想想就美呀。"

"哪天不干点儿坏事,你是不是都睡不好觉?"高大霞用海菜搓洗的两只手,已经染成了绿色。

"你爱怎么想就怎么想吧,我不跟有毛病的人一般见识。"方若愚拎着衣服和海鲜起身要走。

"站住!"高大霞追上来,伸过手:"我今天出来,忘拿钱了,你给我一毛钱车钱。"

方若愚气得哭笑不得:"我凭什么给你车钱?"

"我来追你,车钱就得你出。"

"你,无稽之谈!"方若愚被高大霞的强盗逻辑气得说不出话来。

"你要不给,我就跟着你上班。"高大霞理直气壮地向前逼了一步。

方若愚苦笑:"我回家,你也跟着去呀?"

高大霞也咧嘴一笑:"去,正好把你衣服里的海鲜煮着吃了。"

方若愚的笑容凝在了脸上,心下暗想,世上果真是不要脸的流氓最不好惹,而比不要脸的流氓更不好惹的,大概就是不要脸的女流氓了。

"我真是服了你了。"方若愚翻出钱包来,"钱我给你,你就别再骚扰我了,行吗?"

"哪这么多废话,快掏钱。"高大霞一瞪眼。

"要钱还这么气粗。"方若愚掏出一叠纸票,刚要捡出一毛钱,高大霞干脆一把抓过全部纸票,扭头便跑。

"强盗!"方若愚气得直跺脚,朝前追了几步,心下升起一丝警觉,停住了脚步。见高大霞转眼跑没了影,方若愚匆匆回过身,朝着弃船疾步走去,将现场布置了一番,这才离开。

大半天时间里,傅家庄带着公安总局里写字好的几个人,一直在写大标语,高守平羡慕地看着,只能打打下手。傅家庄趁机给他和几个年轻人上起课来:"毛笔字是咱们老祖宗留下来的宝贵文化,字好比是一个人的脸面,是给不曾谋面的陌生人的第一印象。"说着,他把毛笔递给高守平,"来,你写几个。"

高守平一下涨红了脸:"我这字可拿不出手,像狗爬一样。"

"那就多练练。"傅家庄指着身旁的几个小伙子,"你们还年轻,得多学点儿文化。毛主席早就说了,干革命要靠两杆子,一个是枪杆子,一个是笔杆子,少一个杆子都不行。"

"我只知道毛主席说过枪杆子里面出政权,没听说过笔杆子。"李云光有些疑惑。

傅家庄不由莞尔:"毛主席曾夸奖在苏联留学的左权同志,说他吃的洋面包都消化了,是个'两杆子'都硬的将才。这'两杆子',说的就是笔杆子和枪杆子。"

李云光点着头表示认可:"《汉书》里有句话说得好,马上打天下,马下治天下,肚子里没点儿墨水,是治不了天下的。"

傅家庄写着标语,跟李云光提了一个想法,让文工团帮忙,到居民区进行宣传演出,动员群众搬新家,住洋房。这个提议一出口,得到大家的一致认可。

傅家庄是在文工团饭店找到邢团长的,他来的时候,刘曼丽也在,她是借着午休时间来找杨欢的,哪知道杨欢没来吃饭,刘曼丽也不好问邢团长杨欢去哪儿了,拉着脸很是失望。刘有为问她怎么了,刘曼丽哼哧了半天,找了个借口,说来的时候,在车站上碰到有特务散发反动传单,自己受了惊吓,她悄声说:"长这么大,我从来没见过天上能掉下馅饼,掉下来的,只有砸脑袋的冰雹。这洋房能白住,我也有点儿不大相信。"

"姐,你打小可就是有便宜一定要占的主儿,今天算是反性了。"刘有为像是突然不认识自己的姐姐了。

刘曼丽白了他一眼:"该占的便宜我占,不该占的便宜,我可不占。"

姐弟俩正说着话,看见门口停下辆吉普车,下来的是傅家庄。看到刘曼丽也在,他还有点儿意外。刘曼丽说她怕晌午饭店人手不够,特意跑来帮忙的,要是早知道傅家庄过来,就搭个便车了,也不至于半路遇上特务撒传单,险些闹出人命来。

傅家庄警觉起来,问是怎么回事,刘曼丽自知自己的话有夸大的成分,便往回收着口,说好事办好也难,就像共产党在农村分地主的土地,也有农民不买账,他们怕地主的还乡团回来秋后算账。

"可不是嘛,还乡团回来就把分到地的人好一顿收拾,用苞米秆子猛戳农民的嘴,那血流的,哗哗的。听说还有活埋的,唉,浮财不好吃呀。"刘有为滔滔不绝地说着,像是亲眼所见,听得刘曼丽不由打了个寒噤。

傅家庄的脸色变得越来越阴沉:"有为,这种事你是从哪里听来的?"

刘有为从口袋里掏出一份传单:"你们看看吧,这上面写得清清楚楚,'今日不劳而获住洋房,明日小鬼索命见阎王',这谁还敢住呀?"

"看来,国民党特务的妖言惑众还真有一些作用。"傅家庄看完传单,向邢团长说起来找他的目的,邢团长一口答应,表示要把文工团的精兵强将都拉出来,为这次搬家运动尽一份力。

两个人正在商量着演出的具体事宜,高大霞回来了,手里拿了好几张反动传单,说是在宏济大舞台门口捡到的,并言之凿凿地认定,这标语就是方若愚写的,还是在海边写的。她认为的证据,就是标语上的墨汁臭味跟自己在海边闻到的一样,说着还把自己的手伸到傅家庄和刘曼丽鼻子下,让他们对比着标语好好闻闻。

"拉倒吧,你这手上除了海青菜的腥味,哪有别的味儿。"刘曼丽推开她的手,"再说了,墨汁除了臭味,哪还有别的味儿。"

高大霞让刘曼丽几句话就整哑火了,不过,看着标语上的字迹,她倒是又想出个办法,自己跑去找方若愚了。

当她把反动标语拍在方若愚办公桌上,让他照着写一份时,方若愚蒙了,上面的字体规规整整,正是他亲手写下的"今日住洋房,明天见阎王"。

"你有毛病啊,这种反动标语,我能写吗? 你就不怕我举报你?"方若愚板着脸呵斥道。

高大霞冷笑:"装得挺像呀,这不就是你写的吗?"

"你又往我脑袋上扣屎盆子!"方若愚推开标语。

"你是不敢写了,怕写出来一对比就露馅了吧?"

"我要是写出来,你就诬陷我写反动标语,我才不上当! 你走,走!"

"你不写,就证明原来的就是你写的,你害怕了,怕我比对出来。"

方若愚气得笑起来："我怕你比对？你大字不识几个，还能比对书法？你可真是不怕风大闪了舌头。"

"风大风小不关你事，你要想证明清白，就赶紧写，不写就是心里有鬼！"高大霞拍着宣纸，一副得理不饶人的派头。

方若愚无奈，只得顺从了她，他知道，不把这个瘟神打发走，自己一下午都不会得到安宁。送高大霞出门时，方若愚特别叮嘱："你要是真喜欢我的字，我给你写幅好的，你再找家好一点的装裱行装裱起来，行话说的好，三分画七分裱。"

"你等着吧，我还会找你的。"高大霞拿着字，径直去公安总局找到傅家庄，她把字往桌上一摆，得意地称这是自己逼着方若愚写的反动标语，这就是证据。

傅家庄一看桌上的字，就笑了，原来的反动标语是楷书，方若愚写的是草书，这根本没法比对，高大霞看了又看，也失落地发现两幅字确实长得不一样。

从公安总局出来，高大霞还是不甘心，拿着字去找在排练的袁飞燕，让她看看这两幅字是不是一个人写的。

袁飞燕对父亲的字再熟悉不过了，无论是楷书还是草书，都能看出这是父亲的笔迹，可摆在面前的是两幅反动标语，她怎么可能承认这两幅字与父亲有关："一个是楷书，一个是草书，这两个天字，就大不相同。"

高大霞将信将疑盯着正楷的"天"字，越看越觉得这个字似曾相识。忽然间，她眼睛一亮，在方若愚家，她和刘有为分明见过墙上就挂着这个"天"字。她匆匆回到饭店，从后厨里喊出刘有为，让他给自己个准话儿。

刘有为看了半天也拿不准，高大霞气得给了他一巴掌："你脑袋里是浆糊啊,这都记不住?当时你还跟我说,他墙上还有我一个'霞'字。"

高大霞的提醒,让刘有为想起确实有这么一回事,不过是不是一个字,他也咬不准。但是看到高大霞一脸渴望的神情,就哄她高兴一回吧,刘有为肯定地点着头:"对,错不了,我这眼力件儿,过目不忘!"

有了刘有为的证言,高大霞觉得拿到了上方宝剑,再去公安总局找傅家庄时,底气也足了,她逼着傅家庄带人去抓方若愚。两人正为这件事争执不已,李云光来电话告诉他一个不幸的消息,傅家庄还真是不得不亲自去见一见方若愚了。

第三十九章

方若愚下班回来,就伏在书桌前写标语。翠玲做好饭,他吃了几口,又开始写起来。翠玲收拾完碗筷,帮忙裁着宣纸。许久不用的裁纸刀有些生锈了,翠玲从柜子里翻出一个报纸裹着的长条东西,打开来居然是一把匕首,用这个裁纸,果然轻便了不少。

外面传来急促的敲门声,方若愚听了听,忙收拾起标语,去院子里开门,来的居然是傅家庄和高大霞。方若愚刚跟傅家庄寒暄了两句,高大霞却抢先奔进了屋里,方若愚顾不得跟傅家庄多说,大喊着:"高大霞,你干什么?"追了进去。

高大霞闯进屋来,把在桌边裁宣纸的翠玲吓了一跳,然而高大霞的注意力都在墙上。

果然,墙上还贴着一幅正楷书法,她兴奋地回身,冲着跟在方若愚身后的傅家庄大喊："看,在这儿!"

"高大霞,你这叫私闯民宅!"方若愚怒声高喝,"傅处长,你们公安局不能这么袒护她呀!"方若愚一回头,看到翠玲吓得面色腊黄,握在手里的匕首打着颤。方若愚看到匕首,暗自大惊,这把匕首,高大霞在火车上给麻苏苏和甄精细切过面包,傅家庄也见过,高大霞回到大连当晚,大令从她家抢回的包袱里,就有这把匕首。方若愚后悔当时没有把匕首处理掉,居然让翠玲给收拾起来了。趁着高大霞和傅家庄的注意力都在字上,方若愚凑近翠玲,夺下匕首,塞进了一摞宣纸下面。

"傅家庄,你看这字,跟反动标语上的一模一样!"高大霞兴奋地盯视着墙上的大字,看也没看方若愚。

傅家庄端详起来,墙上的字,确实是一幅正楷书法,只是内容已经由原来的"霞思天想"变成了现在的"霞思云想"。一字之变,还是下午高大霞去找方若愚写"今日住洋房,明天见阎王"时,方若愚意识到标语里的"天"字与家里挂着的"天"字如出一辙,下班回来,他便写了一幅"霞思云想",做旧后替下了墙上的"霞思天想"。果然,高大霞还真来做起了这篇文章。看到高大霞的一通胡搅蛮缠,方若愚观察着傅家庄,发现他已经在为高大霞的胡闹感到尴尬了。可笑的是,不明就里的高大霞还缠着傅家庄让他主持公道,傅家庄终于不耐烦了,说出那幅字里根本是"云"不是"天"。

高大霞愣住了,转头看向墙上:"这不就是'天'吗?怎么成'云'了?"

"千江有水千江月,万里无云万里天。"方若愚摇头晃脑念起了古诗,傅家庄从中听出了他的得意。

"你念什么歪经!"高大霞听不下去了,大声呵斥着。

方若愚低笑了两声,语气里带着嘲讽:"我说你天、云不分,可怜至极。"

"那这回的字就不是上回的,这回是你现改的!"高大霞回过味儿来。

"胡说!"方若愚大喝,"我这墙上挂的从来都是'霞思云想',什么时候挂过'霞思天想'?"

"霞思云想,霞思天想,都不错。"傅家庄凑上前去辨认着字迹。

"不错什么? 往后你不准写我的'霞'!"高大霞朝方若愚叫喊。

本来就担心傅家庄看出端倪的方若愚,从高大霞的话里找到救命稻草。他居然上前一把扯下了墙上的字,三两下将宣纸扯碎:"这个霞字,确实闹心!"说着,他疾步出去,拿开烧着煤气的水壶,将纸团扔进了煤气灶里,火苗立时蹿了起来,吞噬了宣纸。

"你这是销毁证据!"高大霞怒喝着跟出来,宣纸已经化成了灰烬。

没有了证据,方若愚的底气更足了,他指着门外朝高大霞吼出一个字:"滚!"

高大霞回身冲着傅家庄大喊:"刺锅子,他销毁证据!"

傅家庄让高大霞的举动搞得颜面扫地,悄声劝她出去等着自己。高大霞却执拗不走,刚才她光顾了跟墙上的字较劲了,这时候才注意到桌前的默不作声的翠玲,居然就是在自家门外烧纸的那个女人:"闹了半天,你俩是一伙的!"

傅家庄也认出翠玲,疑惑地看向方若愚。

方若愚叹了口气,看着高大霞说:"她和你们家的缘分深着哪。当年你放完'天火'跑了,我救下了你嫂子和高守平,可她男人在你家院子里,被日本人一枪要了命!"

高大霞扭头看向翠玲:"所以,你才总去给你男人烧纸?"

翠玲惊慌地看着高大霞,嘴角紧紧抿成了一条线。

"她男人不在了，我就接济一下她的生活。她过意不去，常过来帮我做点儿家务。"

傅家庄明白了："这么说，她是你同事的遗孀了。"

"谁知道他是安的什么心，别听他的。"高大霞上前拉住翠玲的胳膊，"大姐，你也是苦命人，今天我给你做主，你说，他是不是一直都欺负你？"

方若愚的怒火再次被点燃："高大霞，你欺人太甚！"

高大霞认定翠玲必然受到了某种不为人知的欺压，急切地摇晃着她的肩膀："你说，大胆说！"

翠玲脸上的惊恐之色越来越浓，她猛然推了高大霞，跌跌撞撞地扑向了门外。高大霞要去追赶，被方若愚一把拉住，他气得哆嗦起来："都说好男不跟女斗，高大霞，我今天就不是男人一把！"说着，居然挥手打了下来。

傅家庄眼疾手快，一把抓住方若愚挥下的手臂："方科长，你干什么？"

高大霞却笑了，她盯着方若愚像是在挑衅："我说到你痛处了，都狗急跳墙啦！"

傅家庄一把拉开高大霞，朝她吼道："你给我闭嘴！"

高大霞被傅家庄的断喝吓愣了，犹豫了一下，挤出一个"哼"字，恼火地扭头离去。

方若愚依然怒不可遏："傅处长，你给我评评理，警察署、公安总局，我都干过，她这么一天到晚死缠烂打，别说是现在，就是小鬼子的时候，也是犯法的，这叫侵害人身自由！"

"你们之间是有一些误会。"傅家庄坐到刚才翠玲坐过的桌子旁。

方若愚紧张起来，傅家庄面前的宣纸下面，就压着那把匕首，他声音突然大了起来:"傅处长,你不应该用误会这个词,太中性了。她对我就是赤裸裸的骚扰!"话一出口,方若愚意识到自己的表述似乎存在着些许歧义,"啊,别误会,我不是那个意思,我是说她打扰了我的工作,干扰了我的生活。因为她,我所有的一切全部乱了套。如果我方若愚真是国民党特务,你们怎么查我,怎么跟踪我都没有问题,就是把我抓回警察署——抱歉,抓回公安总局大刑伺候都完全可以,我都一句不带喊冤的。可事实呢?她没有证据,就是胡乱猜测,想一出是一出,这不是要把我逼疯吗?我一个大男人,叫她气得火冒三丈,又不能对她怎么着,打不得,骂不得,好男不和女斗嘛。可她倒好,抓鼻子上脸,还真以为我是怕她了,惹不起她了,这就是好赖不知嘛!你看她今天晚上,你都看见了,明明是在无理取闹,居然还理直气壮!傅处长,我就不明白了,她那么足的底气,到底是从哪儿来的!她今后如果再继续无事生非,我可真不客气啦!"方若愚故意慷慨激昂,越说越激动,以表明自己的强硬态度。

方若愚表演得很好,果然吸引着傅家庄的目光,没有让他去注意宣纸下的东西。

"看来,方科长有预案了。"傅家庄看着方若愚,面无表情。

"有什么预案,对这种人,我真是黔驴技穷。"方若愚的语气软下来,他无可奈何地摆摆手,"算了,我这也就跟你喊两嗓子,出出闷气,傅处长别见怪。"

"没关系,有怨气就发出来,这比窝在心里好。不过,方科长还是要相信那句话,清者自清。"

方若愚现在不敢再跟傅家庄纠缠别的事,只想让他赶紧离开桌旁,离开自己的家。方若愚长叹一声:"不说这些闹心事了。傅处长大晚上跑来,不会是像高大霞一样,来为标语的事兴师问罪吧?"

傅家庄这才想起被耽误了许久的正事:"是这样,麻烦方科长回忆一下,运走的那批被服送到 15 号库房之后,到装上火车之前,还有谁进过库房。"

方若愚做出努力回想的样子,少顷,摇了摇头,"想不大起来了,需要的话,明天上班我去查一下,把进出过库房的人员名单列出来交给你。怎么,那批被服,出什么事了吗?"方若愚小心地问道。

"今天晚上,装被服的火车,在山海关一带被国民党给炸了。"

"那可是苏联人的火车,他们也敢炸?"方若愚大惊,心下却是一阵窃喜。可很快,傅家庄的一个动作,又让他把心提到了嗓子眼儿。

傅家庄注意到宣纸下鼓起的一块,居然掀开了宣纸。好在,宣纸下面,只有一把裁纸刀。方若愚暗自松了口气,刚才一定是自己的慌张被翠玲看出来了,匕首才被她转移走了。

傅家庄从方若愚家出来,门口不见高大霞。这个倔强的女人,应该是被刚才自己的怒吼气跑了。他匆匆告别方若愚,发动汽车顺着沿路寻找起来。

汽车下了黑石礁的一段坡路,又开了不远,傅家庄便看见不远处晃动着一个沮丧的熟悉背影。他按了几遍喇叭,摇下车窗说了一堆小话,高大霞还是不予理睬,傅家庄火了:"我还要去局里开会,你快点儿。"

高大霞这才不情愿地上了车。两人都沉默着,半天不语。

"你这脾气,真得改改了。"傅家庄打破了僵局,"刚才在方若愚家,你那就是蛮不讲理。"

"明明是天,他偏说是云,你为什么不帮我?"高大霞质问。

傅家庄哭笑不得:"我不帮你能带你来吗?再说,那就是云,是你记错了,我怎么帮你?"

"我记错了,有为也记错了?"高大霞又激动起来,"他就是心虚,才偷天换云,要不然,干什么给烧了? 就是怕我看出毛病来。"

傅家庄知道高大霞不会轻易认输,再争辩下去,也不会有结果:"放心吧,还是那句话,他要真是狐狸,早晚有露出尾巴的一天。"

汽车拐过了街角,在临海的大道旁疾驰起来。

"你把我赶出来,又跟挽霞子说什么了?"高大霞问。

"没什么。"傅家庄眼神黯淡下去。

"不说拉倒,能对狗特务说,倒对我保起密来了。"

傅家庄叹了口气:"那批被服,在山海关出事了。"

高大霞一惊,旋即激动起来:"我就说嘛,得提防着点儿挽霞子,你就是不听,这回好了,晚了吧?"她顿了顿,"不对,不晚,咱不是都给被服贴上号了吗? 只要是贴号出的事,都是挽霞子干的,他都得兜着!"

"拉被服的火车都炸了,上哪儿去查编号。"

高大霞惊住了。

今天,方若愚感觉自己像运筹帷幄的诸葛亮,几件差点儿败露的事情,最终都化险为夷了。情不自禁间,他嘴里悠然哼出的,也是诸葛孔明的唱词:"我正在城楼观山景,耳听得城外乱纷纷,旌旗招展空翻影,却原来是司马发来的兵。"

方若愚正沉浸在孤芳自赏的幻境里,院外传来一阵急促的敲门声,把方若愚拉回到慌乱的现实世界,莫非是高大霞又杀了回马枪? 她这回又要闹什么幺蛾子,方若愚飞速地想着各种可能和对策,出了屋子,院门外响起的却是袁飞燕的声音:"爸,开门哪。"

袁飞燕一进院,就问高大霞和傅家庄是不是来过,得到了肯定的答复,袁飞燕慌了,跑进屋朝墙上一看,不见了那幅"霞思天想"的大字,袁飞燕不由心下一沉:"爸,墙上的字呢?"

"撕了,有个霞字,看着心烦。"方若愚轻松地答道。

袁飞燕从挎包里掏出一张反动标语,铺在桌上,盯着父亲:"这是不是你写的?"

方若愚避开袁飞燕的视线,低头审视着标语,低声赞叹道:"好书法。"

"爸,我是问你,这是不是你写的,没问你书法写得好不好。"袁飞燕逼问。

方若愚抬起头,脸上现出一丝诧异:"你可真高看你爸了,我可写不出这么好的字。"

袁飞燕观察着方若愚的脸色:"这个天字,跟原来墙上的'霞思天想'的'天'字一样。"

"一样那不太正常了吗?"方若愚神色淡然,"全天下的楷书都是跟着'颜柳欧赵'学的,写不像还不对了呢。"

袁飞燕又从挎包里掏出几张信纸:"我比对过了,这几个字和你给我写的信里面的字很像。"

"像不等于是。"方若愚不假思索地说,"何况,我给你写的信都是用钢笔写的,这是毛笔字,怎么可能一样?颜真卿、柳公权那时候可没有钢笔。"

袁飞燕的疑惑却并未消退:"不管用什么笔,一个人写字的习惯不会变。"

"毛笔写的是大字,钢笔写的是小字。这一大一小,讲究不同,写大字要紧密无间,写小字要宽绰有余。正如古人所说,作大字要如小字,作小字要如大字,讲究多着呢,这要大小都一样,反倒不对了。"方若愚侃侃而谈。

"真不是你写的?"袁飞燕问。

"当然不是了,燕儿,难道你连我的话都不信了?"方若愚真诚地看着女儿。

袁飞燕不语。

方若愚沉思了片刻,推测女儿也许是受了高大霞的什么蛊惑:"我明白了,肯定还是高大霞散布的谣言,她今天还去过物资公司,非说这字是我写的,真是要了命了,简直就是个女无赖!"

"她为什么单单怀疑你?"袁飞燕道出了心里的困惑。

"不是都和你说过吗? 就因为她在哈尔滨遇到一个特务像我,就没完没了啦,一有机会就把屎盆子往我头上扣,都成习惯了,她恨不得把天底下的坏事都按到我头上。"方若愚忿忿地敲了敲桌子。

"那个人真不是你?"

方若愚仰头长叹了一口气:"燕儿呀,你让爸说多少遍你才能信?你就把心放到肚子里去吧。爸要是坏人就会赖在公安总局不走了,在那里好歹有把枪给我壮壮胆,到了物资公司,我就是个平头老百姓,所以,高大霞欺负起我来才这么肆无忌惮。"

袁飞燕摇了摇头:"高大霞厉害是真的,不过,她倒不像是个不讲理的人。"

方若愚板着脸说道:"她跟别人讲不讲理我不知道,在我这里,她就是个癞蛤蟆,跳在脚背上,不咬人膈应人。"

"那总得有个办法解决吧?"

"能怎么解决? 我过去是关东州厅警察署的旧警察,本来就胆儿虚,现在当权的是他们共产党,我敢跟她高大霞叫板吗?"

"高大霞早不吃香了。"袁飞燕轻声说,"她现在在接受组织调查,还有人说她是汉奸。"

"这个事我也听说了。"方若愚沉吟道,"不过,他们组织怀疑她没有道理。"

袁飞燕诧异地看着方若愚:"你还替她说话?"

方若愚苦笑了一声:"一码归一码。她组织说她假革命,我这个外人不好说什么,但是说她是汉奸,我第一个不信。毕竟,高大霞当年参加放火团,烧的飞机可真是小鬼子的,这些事都有案可查。"

方若愚的话,让袁飞燕感到意外,她盯视着父亲,让方若愚都有些茫然了:"怎么了,燕儿,你这么看着我。"

"爸,我对你应该刮目相看了。"袁飞燕抿嘴一笑,"你是个能成大事的人。"

方若愚尴尬地笑了:"这把我夸的,我都不好意思了。"

"我是说,你宰相肚里能撑船。"袁飞燕笑盈盈地说。

"这丫头,还学会拍你老爸马屁了。"方若愚敲了敲袁飞燕的脑门,他感觉自己已经很久没这么开心地和女儿聊天了。

傅家庄把高大霞送到家门口,还要回局里开会,临走时,说想吃海麻线包子了,高大霞故意气他:"想吃也没人包,你还是吃你的坏猪大油吧。"虽然嘴上这样说着,她还是有点儿高兴,这个馋嘴的男人跟刚来大连的时候比,确实改变了不少。

回到家,高大霞发现刘曼丽还没回来,这时候了,她还能去哪儿?问了几次她是否有了心仪的男人,她也不承认。或许她还是想等到正式确定了关系,再公布吧。以嫂子的精明,她看上的那个男人应该不会太差。

刘曼丽找了一天杨欢,总算在文工团宿舍门前堵到他了。杨欢不太高兴她找到这里,问她有什么急事。刘曼丽红了眼圈,先是问他昨天晚上藏在麻苏苏家的事,高大霞有没有找他的麻烦,因为她从高大霞的话里,听出来她好像知道那个男人是谁。杨欢轻描淡写地承认了,说自己编了个谎话,因为逃避排练开了个小差,怕高大霞发现才藏进柜子里的。

"放心吧,她不知道里面还有你。"杨欢拥住了刘曼丽,让她赶紧回家休息。

"我还有更要紧的事没说哪。"刘曼丽说的要紧事,是要洋房:"欢,咱俩结婚得有新房子呀,这是多好的机会,过了这个村可就没这个店了。"

杨欢被结婚的事吓着了,支吾着不知该怎么说。刘曼丽看出杨欢的态度:"怎么,你不想娶我?你是不是嫌我老,我丑?我没有钱?"

"不是,不是!"杨欢慌忙摆着手。

"就是!"刘曼丽眼圈一红,委屈地抽泣起来,"我怎么这么傻呀,我早该想到,你怎么能看上我一个寡妇。"

杨欢心下的厌恶近乎到了顶点,他克制着自己,不能显露半分,他温柔地抱住刘曼丽,柔声劝慰道:"曼丽,你别瞎想,你是大我几岁,但是女大男小有福呀,女大一,抱金鸡;女大二,金满罐;女大三,抱金砖。"

"我大你七岁。"刘曼丽抽了抽鼻子,一脸委屈地说道。

"那更好,女大七,笑嘻嘻。"

刘曼丽噗嗤笑起来,擦着眼角的泪水,杨欢柔情似水地说道:"以后不许再说自己大了。"

"那你为什么还不和我结婚?"刘曼丽低声问。

"不是不结,只是不是现在结。"杨欢叹了叹气,"你看看现在,革命正如火如荼,形势一片大好,你再想想,这个时候,作为我这样一个热血青年,如果置身事外,只想着自己的小家,是不是有愧于这个伟大的时代?"

"结婚也不耽误革命嘛,我老公公人家还有三个孩子……"刘曼丽自觉失言,谨慎地望向杨欢:"欢,我不该提这个。"

杨欢大度地摇摇头："没事,谁没有个过往呀? 曼丽,这样吧,今天回去,我就向领导请示一下。"

刘曼丽兴奋起来："真的?"

"我什么时候说过假话?"杨欢把刘曼丽揽进怀里。

刘曼丽依偎在杨欢胸前,柔声说："洋房的事我来办,不用你操心。"

"这可不行,团里没批准咱们结婚之前,我要是擅自要了洋房,就是犯自由主义,要倒霉的!"杨欢郑重地说。

刘曼丽沮丧地垂下头,心情转眼又变得低落起来。

傅家庄回到公安总局,李云光已经在办公室等着他了,说到拉被服的列车在山海关一带遭到国民党小股部队的突袭,两人都很沮丧,李云光推断,敌人的这次行动,显然是有预谋的。

傅家庄警觉："你是说,他们跟大连的特务相互勾结?"

李云光忧心忡忡地点点头："这一切,很可能是'大姨'在暗中操控。"

"按理说,国民党应该知道运送这批被服的火车是苏联人的。他们炸车,一定会惹恼苏联人,可明知不可为还要为之,这就奇怪了。"傅家庄思忖着,"下这么大的本钱,有点儿不划算。"傅家庄把在方若愚家了解的情况汇报后,说明天他再去物资公司要一个被服存放期间进入过15号库房的人员名单,但愿从中能找出点儿蛛丝马迹。

李云光盯着傅家庄:"你就为这个事专门去了方若愚家?"

傅家庄犹豫着说:"还有别的事。高大霞怀疑,反动标语是方若愚写的。"

看到傅家庄没有往下说,李云光便猜到了结果,他不满地敲着桌子:"高大霞老这么干,非把方若愚逼急了不可!"

一天之内,让老百姓谈房色变,也算是有效阻止了共产党搬家运动的推进,麻苏苏虽然奔波了一天,今晚还是觉得心情不错,留声机里,飘荡着轻佻绵长的歌声:"毛毛雨,下个不停,微微风,吹个不停,微风细雨柳青青,哎哟哟,柳青青……"靡靡之音中,麻苏苏跟杨欢和吴姐翩翩起舞。屋外,甄精细带着大令,在货架前翻看着女人用的各种饰品。

"你喜欢哪个,随便拿,我说了算。"甄精细小声说。

大令眼睛一亮,随即又黯淡下去:"吹牛吧你,'老姨'那么厉害,还有你嘚瑟的份儿?"

"就因为'老姨'厉害,正事儿才多。"甄精细朝屋里瞥了一眼,"她根本管不过来店里的破烂事。"

大令兴奋起来,欣喜的神色不再像是一个冷酷无情的军统杀手,倒像是一个天真无邪的小姑娘了。一旁的甄精细不由得心跳加速。

"大令,'二姨'对你好吗?"他问。

大令犹豫了一下:"还行。"

甄精细听出了大令语气里的勉强:"那就是不好呗?"

大令垂下了头,没有回答。房间里传来了吴姐的笑声,大令脸上的神色变得越加低落。

甄精细鼓起勇气,正色说道:"她要对你不好,我跟大姐说说,你来洋行吧,正好咱俩在一块儿。"

"大姐能让吗?"大令不大相信。

"能,大姐对我可好了,我说什么她都听。"甄精细急切地说道。

大令笑了笑,对甄精细的请求不置可否,低头拨弄着琳琅满目的小首饰:"哪个好看?"大令晃了晃银光闪闪的小手环。

"都好看。"

"挑一个。"

"不用挑,你都拿走,一天戴一个,轮着戴。"

大令朝甄精细吐了吐舌头:"大姐不得骂死你啊!"

"我都说了大姐对我好。"甄精细扯下了一个纸袋,"我给你装起来。"

里屋的门响,吴姐和麻苏苏出来,甄精细一下子慌乱起来,一股脑儿抓起一把首饰塞进纸袋里,不由分说推给了大令:"快装起来。"

"真没事儿啊?"大令不安地问。

"没事儿。"甄精细豪迈地拍了拍胸膛。

话音方落,吴姐和麻苏苏已然说着话过来了,吴姐问:"那明天共党的搬家活动,不需要我了呗?"

麻苏苏说:"白天让他们折腾吧,咱们晚上干点儿活。精细,传单哪?"

"都备好了,姐。"甄精细应和道,从柜台底下拎出了两捆传单,大令接了过去。两人对视了一眼,从彼此的眼中觉察出了某些不同寻常的情愫,又都悄然掩埋在了心底。

一轮朝阳缓缓升起,照亮了黑夜。

小院里,高大霞做好早饭,趁傅家庄和刘曼丽还没起来,在水池前洗起衣服。高守平急匆匆从外面闯进来,一看就是出了什么大事,顾不上高大霞拦着,叫醒了傅家庄:"满大街都是特务的传单,南山分房现场那边,很多洋房门上、窗上都是血,老百姓都说那里的洋房里闹鬼!"

"闹鬼也是国民党特务闹的鬼。"傅家庄穿着外衣,和高大霞、高守平一块从屋里出来。

"今天的分房活动还能搞吗?"高守平担忧地问。

"当然要搞。"傅家庄说,"我们不搞,就中了敌人的圈套,今天的活动不但要正常搞,还要大搞,要让群众对我们重拾信心。"

高守平面露难色:"想让群众马上消除恐惧,放心搬家,我觉得有困难。"

"在我眼里,这都不叫困难。"高大霞看向傅家庄,"你没放过羊吧?"

"这都急死了,你还扯上放羊了……"高守平埋怨高大霞。

高大霞没理高守平,继续说:"羊群不听话的时候,羊倌只要把头羊摆弄明白就行了。"

傅家庄反应过来:"你的意思,是说找个领头羊?"

高大霞拍了拍胸脯:"不用找,我就行。"

"你?"高守平苦笑。

"对,我就行。"高大霞说,"我高大霞在放火团干得那些事,好多老百姓都知道。我要是先搬进洋房里住,这事就能一传十,十传百,全大连街的老百姓都知道了。"

"姐,你哪有这么厉害。"高守平拉着傅家庄要走。

高大霞抬手给了高守平一巴掌:"我放火烧小鬼子飞机是假的啊?"

高守平躲着高大霞的巴掌:"我不是说你那时候不厉害,可你们放火团的行动都是隐姓埋名干的,谁知道? 你要说你是开海麻线包子铺的高掌柜,兴许知道的人能多。"

高大霞想了想:"这倒也是。"

傅家庄一直在琢磨高大霞的话,利用一下名人效应,说不定还真是一个好办法。

第四十章

锣鼓喧天的青泥洼小广场上,有了几分喜庆的模样。洋房门前红旗招展,火红的标语在风中猎猎飘扬:从草屋到天堂! 欢欢喜喜搬新家! 共产党万岁! 人民万岁!

文工团也适时加入了宣传。广场前的小平台上,袁飞燕和杨欢正在表演《夫妻识字》,周围的群众随着演出进行连连叫好。大令和甄精细也跻身在人群中,看得甚是开怀。

广场上虽然人潮拥挤,但登记要房的牌子前,却不见人影。公安人员清理着墙上、电线杆上贴着膏药似的一张张传单,围观的群众却在言之凿凿细数着洋房内的闹鬼传闻。

高大霞跟着傅家庄和高守平一来,邢团长就跑过来说,老百姓的胆儿还是小,说吃了天上掉下来的馅饼,也得噎个半死。

高大霞自信地说:"放心吧,等会儿我一说,大伙儿就敢住了。"

舞台上的《夫妻识字》演完了,傅家庄阔步上台,环视着台下的群众,朗声说道:"让大家住洋房,不是天上掉馅饼。你们想想,这洋房是谁盖的? 是咱们老百姓。可是,盖房的却住不起房,这不是悲哀和不公平吗? 现在,共产党来了,就是要让咱们老百姓有工做,有饭吃,有房住!"

话音刚落,四下爆发了一阵潮水般的掌声。

"洋房我们也想住,可是不敢住呀!"台下有人挥动着手里的传单,

"不能为住个洋房,命都不要了吧!"

人群中传来一片附和声,高大霞忍不住了,冲上舞台:"大家越不敢住,在背后捣乱的国民党越高兴。那些反动传单、反对标语,都是他们弄出来吓唬大家的,咱们不能信哪! 大伙想想,有共产党给咱们撑腰,咱们就是这个城市的主人,咱们就应该理直气壮住进咱们自己盖起来的洋房!"

众人议论纷纷。人潮中,大令提着装满了宣传单的包裹穿行而过,朝另一个方向走开了。

空地上,高大霞指了指自己的脸颊:"大家都认识我吧?"

"认识,你是高掌柜!"有眼尖的群众高喊着吃过高大霞的海麻线包子,夸奖他们家的海菜包子好吃。

高大霞来了精神,清了清嗓子大声说:"都是乡里乡亲,我就再说两句实话,大连街上的洋房可是有数的,你怕来怕去,等明白过来,别说好洋房没有了,就是小板房、小平房怕是也没有了! 到那时候,你再哭爹喊娘也没有用啦! 等再过个三十年、五十年、七十年、八十年,你的子子孙孙买不起房、结不了婚那一天,他们要是知道大连街上还有白住洋房这样的好事,你们都给错过去了,不得恨死你们呀! 到那时候,现在这些洋房能值多少钱,谁知道啊! 你们要是都不愿占这个便宜,我高大霞可就不客气啦!"

高大霞说的虽然都是大实话,但句句在理,围观的群众没等她说完,便纷纷跑去排队登记。《拥军花鼓》的音乐声中,文工团演员们敲锣打鼓又涌上来,伴着欢快的男女对唱,将现场的氛围推向了高潮:"正月里来呀是新春,赶上那猪羊出呀了门。猪啊羊呀送到哪里去? 送给那英勇的八呀路军!"

高大霞顺手抓过了几条红绸子,朝文工团员们喊着:"来,都扭起来!"

邢团长领着演员们给大伙分发起红绸子,众人随着鼓点欢快地扭动起来。高大霞正往腰间系着红绸带,蓦地看见方若愚也有在人群中,便跳下台挤到了他面前:"挽霞子,你是来看热闹呀,还是准备打算搞破坏?"

方若愚好气又好笑地看着高大霞:"高大霞,你真是狗嘴吐不出象牙来。大伙儿都高兴的事,我当然也高兴了。"

"真高兴就好,"高大霞从工作人员桌前拎过一条红绸子,塞给方若愚,"别光耍嘴,来,真高兴就扭起来!"说着,自己随着鼓点扭动着腰身,眼睛直勾勾盯着方若愚。

方若愚迟疑着,见傅家庄正向这里看来,台上的袁飞燕也在远远望着他,便接过高大霞手里的红绸带,利落地捆在了腰间,随着高大霞扭进了队伍里。

高大霞看着方若愚的动作,不满地数落:"你看你扭得,跟受罪似的,一看就是对分房运动不满。"

"你别上纲上线。"方若愚喊道,"当年苏联红军进大连的时候,我也扭过,比你扭得还欢实!"说罢,方若愚赌气一般,扭动的幅度骤然大了许多。

"不错,装得挺像,继续装。"高大霞瞪着方若愚,对着他扭起来。两人恍如两支斗舞的大花鸡,很快便吸引了全场的视线,围观的群众不由大声为他们叫起好来。

高大霞或许是求胜心切,不一会儿就气喘吁吁,方若愚倒是依然斗志昂扬,他正摇头晃脑扭得欢,脸上的表情突然怔住了。原来,人群中正有一双眼睛盯着他,而那双眼睛的主人不是别人,正是麻苏苏。她冷冷盯着方若愚,面无表情。方若愚脚下的步子顿时乱了分寸,几步都没踩在点儿上,扭动的幅度也立即小了下来,扭也不是,不扭也不是,姿势颇为怪异。高大霞瞧着方若愚变形的动作笑起来,旋即也看见了人群外的麻苏苏,兴奋地朝她招着手:"大姐,来呀,热闹一下。"说着又取过一条红绸子,过去不由分说便往麻苏苏腰上绑起来。

麻苏苏连忙推辞道:"我不行,不行。"

"这有什么行不行的,凑个热闹,瞎胡乱扭呗。"高大霞笑呵呵地把麻苏苏拉进了场子里。这下麻苏苏不得不与方若愚相视而立了,她脸上现出一阵难以言喻的局促,原本还尴尬着的方若愚顿时放开来了,脚下的动作再无顾忌,冲着麻苏苏开心地扭动起来,好似一只长着红色长尾的大花鸡。

"大姐,你看我,看我动作!"高大霞不甘示弱地为麻苏苏演示起来,朝她投来了鼓励的目光。麻苏苏无奈,只得跟着扭起来。于是,场地中间的"大花鸡"转眼变成了三只,三只"大花鸡"中的两只看上去都扭得格外开心,只有麻苏苏揣着一肚子的恼怒,还得敷衍下去。

"大姐,你什么时候来的?"高大霞喘着粗气问。

"来一会儿了。"麻苏苏气喘吁吁地回答。

"我刚才在台上讲话,讲得好吧?"高大霞问。

"好,好,老有水平了。"麻苏苏大声赞叹,"大霞,我原来都不知道你口才这么好,出口成章,妙语连珠,一听就是当大官的材料呀!"

"还是大姐会说话!"高大霞深感知音难觅,"大姐,你没要套洋房?"

麻苏苏迟疑着,脚下的步子顿了顿:"我,我有地方住,不好多吃多占。"

"你住在店里,应该符合要房条件,大姐,够条件就赶紧要,过了这个村可真没有这个店了。"

"那,那我得要。"麻苏苏底气不足地说道,"你不要啊?"

高大霞摇了摇头:"本来我想领头要一套,你看现在,我这么一发动,都抢了,我得发扬风格,紧着大家伙儿先来。"

麻苏苏一竖大拇指:"大霞,大姐太佩服你啦!"

高大霞笑了笑,拦下了满头大汗的麻苏苏:"你别扭了,快去排队要房吧,晚了可要后悔一辈子!"

"好,好!"麻苏苏解下了红绸子,回头看了一眼方若愚,挤了挤眼睛。方若愚顿时像泄了气的皮球,扭动的幅度小了下来,无奈地走向了另一边。

"怎么,不装了?"高大霞擦着额头上的汗。

"我还有事。"方若愚心不在焉地答道,快步走开了。

登记要房的市民排起了长队,高守平带着公安干警在维持秩序。突然,随着一声枪响,不远处的一幢洋房前大乱起来,漫天飞扬的传单从二楼一间窗户里飘散落下,遮蔽了日光,围观的群众和排队的市民四散奔逃,场面一时失控。

高守平带着战士朝洋楼奔去,傅家庄指挥疏导着人流。

洋楼上的大令将手里最后一摞传单撒出去,这才转身奔去楼梯。一名公安战士怒喝着奔上楼来,被大令一枪击倒,楼梯下的两个战士稍一犹豫,也中弹倒下。门口冲进来的人越来越多,大令一边射击,一边倒退着上楼,不料,脚下一滑,崴了一下,她忍痛跑向露台。

傅家庄和高守平冲到二楼,搜查了每间屋子,不见异常。两人推开厕所门,见窗户大开,楼下,是一条安静的街道。

"看清是什么人了吗?"傅家庄问。

高守平沮丧地说:"是个姑娘,上回在大连港,逃跑的应该也是她。"

傅家庄刚要说什么,身后蹲位间里有轻微响动。两人都一惊,提枪逼了过去,闪到两侧,枪口对准了厕所,傅家庄低声命令:"出来!"

里面没有动静,高守平厉声说:"快出来!"

门轻轻开了一条缝,提着裤子出来的居然是瑟瑟发抖的杨欢。

"有一个女的,跳窗跑了。"杨欢带着哭腔说道,"太吓人了,姑娘还有干这个的。"

洋楼里重新安静下来了,厕所的天棚上,一块板子移开,露出大令的一张脸,她撑着身子,单腿跳了下来,另一只脚由于惯性,撞到了地上,痛得她龇牙咧嘴,"哟"了一声。

一片狼藉的广场上,已经空无一人了。

"白忙乎了。"高守平沮丧地看着四下。

"搬家运动这才刚开了个头儿,不能拉倒呀,"高大霞焦急地说,"要不我搬进去住吧,给大家伙带个头。"

傅家庄想了想,摇摇头:"老百姓知道你是我们的人,只怕你带这个头,没有说服力。"

高大霞问:"那怎么办?"

傅家庄说:"最好找个今天来登记的人,就住这个小洋楼。"

高大霞眼睛一亮:"我知道该找谁了。"

高大霞要找的人,是麻苏苏。面对高大霞热忱的目光,麻苏苏一脸为难:"妹妹呀,你还是饶了大姐吧,我还想多活几年。"

"大姐,今天这个事,肯定是国民党特务搞破坏,你要是住进去,我们会派人保护你的。"

"你们能管得了人,管不住鬼呀!"麻苏苏从兜里拿出一张传单,"这是我捡的,你看看,说9号洋楼原来住着个日本商社的什么经理和他的小老婆,他老干往日本贩卖中国劳工的缺德生意,他小老婆在洋房里被人活活剥了脸皮,一到晚上,就阴魂不散,出来在小洋楼里晃荡来、晃荡去。"

一旁的甄精细打了个寒噤:"姐,你快别说了,吓死人了!"

"这都是坏蛋编的瞎话,为的就是不让大家住。"高大霞拿过传单,几把给扯碎了,"大姐,你说的这个事儿我也打听了,小日本的小老婆是病死的,根本就没有什么剥脸皮的事儿。"

"那死在小洋楼里是真的吧?多不吉利呀。大霞,我不敢住。"麻苏苏连连摇着头。

高大霞哭笑不得:"姐,这天底下,哪栋房子不死人?哪个山头不埋人?你要是因为哪个房子死过人就不住了,那大连街上的老房子都得扒了重盖。"

麻苏苏哀求着:"大霞,你别为难大姐了,别看大姐块头大,胆儿小呀!"

高大霞叹了口气:"行吧,你要是害怕,就算了,这房子我住。明天我要是还能活着出来,大家伙儿也就知道传单上的东西是在胡说八道了。"说罢,高大霞起身朝外走去。

"大霞,"身后传来麻苏苏略显犹豫的呼喊,高大霞回头,见麻苏苏狠狠一咬牙:"冲着你,我住啦!姐就是给吓死了,能帮你们共产党一把,我也心甘情愿!"

高大霞激动地上前,一把抱住了麻苏苏:"大姐,我怎么谢你好呀!"

听说高大霞居然把麻苏苏说服了,傅家庄有点儿意外:"没想到,关键时候麻苏苏这么支持咱们的工作。她搬进去的时候,咱们得敲锣打鼓欢迎她搬新家!"

敲锣打鼓声中,高大霞亲自率领着众人,肩扛手提着被褥垫子、锅碗瓢盆,簇拥着麻苏苏搬进了洋楼。站在一楼客厅中央,麻苏苏打量着房子,脸上还是挂着不安:"真没事儿吧?"

"放心吧,今天晚上我们有同志在外面站岗放哨。"傅家庄说。

"放心吧,大姐,鬼呀神的你就不用怕了,就是来个把国民党特务,也有傅家庄和守平对付,你安心睡你的大觉!"高大霞打着保票。

"那就辛苦你们了!"麻苏苏朝众人鞠着躬,心里盘算着晚上的行动。

大令因为崴了脚,从洋楼出来,就近藏到了良运洋行,甄精细给大令肿起的脚上着膏药,心痛得眼圈泛红。

大令见状,噗嗤笑起来,伸手挠乱了甄精细的头发:"你哭什么,我又没死。"

甄精细抬头望着大令:"听到枪声,吓得我都,我都……快尿裤子了。"

甄精细话音刚落,大令笑得花枝乱颤,甄精细见大令笑了,也不由随着低笑起来。

门前的风铃轻晃起来,麻苏苏进来,甄精细连忙起身迎了上去:"姐,咱真要搬到小洋楼去啊?"

麻苏苏点头,过来看大令的伤势:"强点儿了吗?"

大令又恢复了往日波澜不惊的神色,点了点头。麻苏苏看见她的头饰,愣了一下,大令意识到了,慌乱摘下头饰,放在桌上。

麻苏苏笑了笑,回身看了一眼甄精细,从桌上拿起头饰,贴心地又别在了大令头上,微笑地打量着一番:"年轻真好,怎么戴都好看。"

"大令戴什么都好看。"甄精细欣然一笑。

麻苏苏收起笑意,回身吩咐道:"叫个车,把大令送走。"

甄精细迟疑道:"姐,我去照顾一下大令吧。"

"你还有任务,晚上跟我去住洋房。"

甄精细缩了缩脑袋:"姐,我害怕闹鬼。"

"不闹鬼,咱就不住了。"麻苏苏的嘴角,扬起了一丝诡秘的微笑。

吃完晚饭,两人来到洋楼,高大霞已经收拾好了房间。甄精细怯怯地打量着房子,颤着声说:"姐,我还是怕,鬼来了可咋办哪。"

"我求求你了,精细,不絮叨吧,鬼要来了我让它先吃我,好不好。"从知道要来住洋房,甄精细一直在念叨怕鬼的事,麻苏苏听得耳朵都要起茧子了。

"没事呀,精细,晚上你和大姐睡楼上,我在楼下看门。外面还有傅家庄和守平,都带着枪哪,有鬼也给吓跑了。"高大霞安慰着甄精细。

麻苏苏回身朝甄精细使了个眼色:"精细,烧壶水去。"

"烧好了,我都凉着哪。"高大霞说着要去倒水。

麻苏苏连忙拉住她:"你是客人,我是主人,快坐着。"

高大霞笑呵呵坐在沙发上:"这东西是比板凳好,软乎乎的,真不错。"

麻苏苏高声应着,在桌子前倒了一杯水,从袖口里摸出一个小纸包,往杯子里倒了点白色的粉末,晃了几下,粉末便很快溶解开了。

高大霞全然没有注意到麻苏苏的小动作,惬意地躺倒在沙发上:"在这上睡觉也挺舒服的。"

"别说,小日本净用好东西。"麻苏苏端了两杯水过来,一杯递给坐起来的高大霞,一杯自己喝起来。高大霞喝着水,仰头看着头顶的水晶吊灯,啧啧赞叹:"这大灯,真漂亮。"

洋楼外,傅家庄和高守平待在汽车里,盯着亮着灯光的洋房。

"傅哥,特务能来吗?"高守平打着哈欠。

"来不来我们都得在这儿守一夜,这也是为麻苏苏负责。"傅家庄声音哑了,连续奔波了数日,他也有些倦怠了,眼神有些迷离。

洋房里,高大霞又检查了一遍门窗,准备休息。二楼走廊里,甄精细探出头来:"姐,你别自己在楼下睡了,咱三个都睡楼上吧。"

"大姐都上楼了,你快去睡吧。"高大霞指指沙发,"我在这儿歇会儿。"

见甄精细还在犹豫,高大霞督促:"去吧,你大姐胆儿小,该害怕了。"

"姐,你不怕呀?"甄精细问。

"我们共产党员都是无神论者,不怕,去吧,我开着灯。"高大霞挥了挥手。

甄精细慢慢离去,眼神复杂。

麻苏苏下的药起了效果,高大霞躺在沙发上,不一会儿就睡着了。

吊灯摇晃着,有细微的粉末落下,发出"沙沙"的轻响,熟睡的高大霞浑然不觉。甄精细倒吊在房梁上,正用螺丝刀撬着吊灯铁索上面的一个环扣。楼梯上,穿着睡衣的麻苏苏不时观望楼下,高大霞还在酣睡。

吊灯晃荡着,吊灯环扣一点点儿张大,撕扯着粗粗的电线,灯光诡异地闪烁了几下,忽明忽暗。

甄精细看着下面的高大霞,有点儿于心不忍。麻苏苏低声呵斥:"快点儿!"

甄精细咬了咬牙,又动作起来。

麻苏苏急迫地看着吊灯,吊灯的吊环扣眼看着要断开。甄精细哭丧着脸:"姐,这太坏了吧?"

麻苏苏凶狠地瞪着甄精细,示意他动作快点。

四下一片寂静,晚风吹打着树叶发出细微的"沙沙"响,车内的高守平轻轻起了鼾声,傅家庄也睡了过去。街道上突然传来几声狗吠,傅家庄猛然睁开眼,连忙将目光投向楼里。

窗户里的灯光频繁闪烁起来,傅家庄警觉地坐直身子,推门下车,疾步朝洋楼走去。到了门前,傅家庄推门,发觉大门从里面反锁上了,他大力地拍起大门来:"大霞,开门!高大霞!开门哪!"

拍门声和傅家庄的叫喊声越来越急促,麻苏苏示意甄精细赶紧下来。

里面的灯光鬼火一样眨着眼,越来越频繁,傅家庄心里的不安也越来越浓,他掏枪对准钥匙暗锁处,扣动了扳机。

突然的枪响惊醒了高大霞,她忽地坐起,睡眼惺忪地四下张望,却见房门洞开,冲进来的傅家庄望了一眼吊灯,张开双臂疾步扑向惊愕着的高大霞,抱紧她随着沙发一道翻向了后面。电光火石间,吊灯骤然脱离房顶,轰然砸落下来,将地板上砸出一个坑来,这个坑的位置,刚才正放着高大霞躺着的长条沙发。

洋楼里一片黑暗,傅家庄扶起惊魂未定的高大霞。

枪声不光招来了高守平,也"惊醒"了麻苏苏,她慌里慌张地出现在二楼走廊上,大声询问着刚才发生了什么事。

高守平打开壁灯,明亮的光线骤然驱散了四下的黑暗。

麻苏苏带着甄精细从楼上下来,看到满地的狼藉,故作惊讶地惊呼:"妈呀,真闹鬼了!精细,咱不住啦!"说着,便大呼小叫朝门口跑去。甄精细犹豫了一下,也跟着跑了出去。

客厅里,傅家庄仔细查看着落地的吊灯环,又看向房顶,眼里现出几分怀疑。一旁的高大霞喃喃自语:"怎么能突然掉下来?"

"不应该是偶然的。"傅家庄盯看着头顶的房梁,"等天亮了,好好查查。"

高守平有些害怕:"姐,不会真有鬼吧?"

天亮后,傅家庄爬上了房梁,检查后确认,确实是人为捣的鬼。

良运洋行门前,一大早很是热闹,麻苏苏站在人群前,面带倦色地哀求着大家:"各位邻里邻居,你们就别问了,让我和精细缓一缓。"

"麻掌柜,你看见的到底是男鬼还是女鬼?"

"我哪记得呀。"麻苏苏满脸苦相,将目光探向了甄精细。

甄精细煞有介事地描述道:"是个女鬼,披头散发,没……没有脸。"

众人大惊:"那肯定是小鬼子的小老婆!""对,她被剥了脸皮!"

"听说高掌柜还和女鬼撕扯起来了?"隔壁老王的老婆问。

麻苏苏夸张地一拍巴掌:"多亏了公安总局的傅处长,他朝女鬼开了好几枪,才救下高大霞!"

"听说房梁都砸下来了,差点儿砸死高掌柜。"老王大声说。

甄精细火了:"这不是胡说八道吗? 房梁哪掉了? 掉下来的是吊灯!"

"看来,小日本的小老婆这是阴魂不散,要护着她家的房子呀!"隔壁老王的老婆总结道。

洋楼闹鬼的各种版本,一上午就传遍了大街小巷。刘曼丽闻讯跑来时,还以为高大霞真像传闻的那样,已经不在人世了,她一跑进院子,就哭得梨花带雨:"这个死大霞,她逞什么能呀,偏住进这鬼屋来找死,她死得屈呀,还没成家就死了。"

"谁说我死了。"高大霞哭笑不得地从屋里出来,"你就不能盼着我点儿好!"

刘曼丽一愣神,长舒了一口气:"外面都传昨晚住在这儿的人,都叫厉鬼咬死了! 这鬼闹的,不信都不行了,有说是剥了脸皮的女鬼,有说是长着三个脑袋的厉鬼,还有说是一公一母的两口子老鬼。"

"行了,嫂子,你当这是说聊斋哪,这世上根本就没有鬼!"高守平打断刘曼丽的信口开河。

出了昨晚的事,高大霞把嘴皮子磨破了,麻苏苏说什么也不来住,李云光和傅家庄合计着不能让洋楼空下来,空下来,就意味着洋楼闹鬼的传言是真的,就意味着搬家运动无法继续开展下去了。高大霞挺身而出,要自己来住,李云光不同意:"我们自己的人住进来,群众不会相信,没有说服力。"

傅家庄说:"我们再好好动员一下,应该有不怕鬼的市民愿意住进来。"

"最好找一位在市民中有点儿影响力的人。"李云光补充道。

傅家庄面露难色:"昨天晚上的事已经传得满城风雨,这种人,怕是不太好找。"

谁都没有想到,请愿住洋楼的人出现了,居然是袁飞燕。

"小袁,这个事你还是再考虑一下。"经过昨天晚上的事,傅家庄显然有些顾虑。

"我考虑过了,大言不惭地说,我演过喜儿,很多观众都认识我,如果我住进来了,应该会有很高的关注度。"袁飞燕的话,无疑与李云光的想法不谋而合。

"你不怕吗?"傅家庄问。

袁飞燕展颜一笑:"有什么好怕的? 我才不相信什么鬼呀神的,就像白毛女,都说是鬼,其实是人。不过,老百姓害怕也正常,他们被殖民者统治了几十年,一下子成了这个城市的主人,肯定不能很快转换自己的角色,即便有些顾虑,也可以理解。如果我们引导的方式方法得当,肯定会有更多的民众响应。"

傅家庄赞许地看着袁飞燕:"不愧是搞文艺宣传工作的,说得头头是道,句句在理。"

袁飞燕脸颊上飞起一团红晕:"傅大哥真会说笑,在我眼里,你可是最大的抗日英雄,我还要向你好好学习呢。"

"好汉不提当年勇,这次你能挺身而出,就是搬家运动中涌现出来的巾帼英雄。"

"巾帼英雄可不敢当,我只是觉得,这件事我能尽一点儿微薄之力。"

"客气了,小袁。"傅家庄说,"我分析,敌人不会就此罢休,你搬进来以后,他们还会继续捣乱,直到把你逼走为止。所以,我会派人暗中保护你。"

"傅大哥想派谁来?"袁飞燕问。

"让守平同志保护你。"

袁飞燕摇了摇头:"如果可以,我想请一个人来保护。"

"谁?"

袁飞燕凝视着傅家庄:"你。"

傅家庄脸上现出一丝为难:"这个……"

袁飞燕佯装生气:"昨晚你不是就在这里吗? 你担心别人的安危,就不担心我了?"

傅家庄迟疑了片刻,微微点了点头:"好吧。"

袁飞燕笑起来:"其实,我不光会邀请你一个人,还要邀请很多人。我想好了,我这个家要搬得热热闹闹、轰轰烈烈,让整条街的人都知道,有不怕鬼的人来了!"

傅家庄来了兴致:"你具体说一下。"

"我打算今晚在洋楼举行一场舞会,我要把文工团的人都请来。"袁飞燕顿了顿,含情脉脉地看着傅家庄,"当然,你是我最尊贵的客人。"

袁飞燕把自己搬家的想法回去跟邢团长一说,邢团长有些顾虑:"这个事你可要想好了,洋楼闹鬼的说法儿我可以不信,那也不可怕,可怕的是国民党特务要闹鬼,他们闹起来,那可就是白刀子进去红刀子出来的事了。"

袁飞燕坚定地说:"团长,你不用再劝我了,晚上你就跟大伙儿一块儿去参加舞会就行。大家辛苦了这么久,全当是放松了。"

邢团长说:"好吧,这事有傅处长为你保驾护航,我也应该放心,就是多嘱咐你几句。那什么,搬家是体力活,我马上安排人,帮你搬过去。"

"谢谢团长了。"袁飞燕高兴地给邢团长鞠了一躬。

傍晚,邢团长开着他的摩托车来了,挂斗里放满了袁飞燕的日常用品,大家上前动手搬着东西。金青眼尖,看见一个盒子里盛着袁飞燕扮演白毛女时用的白色假发套,好奇地打趣道:"飞燕,你还有私货啊?"

袁飞燕说:"有时候在宿舍练功,戴上这个唱起来才能找到感觉。"

邢团长说:"飞燕这个说法儿对,我要是不扮上黄世仁的妆,怎么也找不着当老地主的感觉。你这个地主婆,也是这样的吧?"

"还真是。"金青笑着说。

杨欢从洋楼出来,朝众人招呼道:"你们辛苦点儿往里搬吧,我去给各位买点儿好吃的。"

"我开车带你去。"邢团长跨上了摩托车。

金青调侃道:"杨欢,团长要去,这是不用你掏钱了。"

邢团长脸色一白,从车上下来:"拉倒吧,还是你自己去吧。"

众人哄笑起来,看着杨欢小跑着离开了。

杨欢到了良运洋行,一边往篮子里挑着食品,一边把袁飞燕住洋房的事说了。麻苏苏冷着脸说道:"这个丫头片子,还真是不知死活呀。她要是活腻歪了,咱们谁也别拦着。"

"别呀,大姐,我俩毕竟同事一场,能不能吓唬吓唬就得了。"杨欢央求道。

麻苏苏斜眼看着杨欢:"怎么着,你还护上她了? 杨欢,你可别忘了,她是喜儿,你是穆仁智,黄世仁家的奴才!"

天刚黑下来,洋楼里已经灯火通明,热闹了起来,长长的餐桌上,摆满了冷饮和拼盘。邢团长率先发表起祝酒词:"飞燕搬家,按照传统,第一顿饭是温锅,咱们应该送点儿粉条、豆腐、鱼、白菜和发糕,可飞燕搬的这是洋房,送这些不太般配,大家伙就凑了份子,办了这桌酒席。"

"谢谢大家,今天都要不醉不归啊!"袁飞燕大声说。

"飞燕,大伙肚子都叽里咕噜叫了,是不是该开席了?"杨欢喊道。

"再稍等会,傅处长一来就开席。"袁飞燕说。

"那大家再忍忍。"邢团长大度地一挥手,"我'黄世仁'都不怕饿成'杨白劳',你们怕什么?"

众人哄笑起来。正说着话,门口传来脚步声,进来的正是傅家庄,他身后还跟着高大霞,袁飞燕刚才还挂在脸上的喜悦,一下子黯淡下来。

高大霞手里提着大葱和粉条:"飞燕,这是我和傅家庄一点儿心意,来,收下。"

袁飞燕没有伸手,邢团长连忙把东西接过去:"哎呀,刚才还说温锅少不了大葱和粉条哪,二位这就送来了。"

洋楼外不远处,甄精细躲在一棵树后,一直观察着洋楼里面的动静,看到院门关上了,他才离开。回到良运洋行,他跟麻苏苏数落起洋楼桌上摆放的各种好东西,禁不住咽着口水。

"吃吧,就怕他们吃进肚里不消化。"麻苏苏语气阴冷。

"要不,咱现在也过去,或许还能蹭口好的。"甄精细投去探寻的目光。

"不急,等他们吃好喝好了,咱们再去助兴。"麻苏苏意味深长地笑了笑,"那时候,这闹鬼的好戏,才能正式开演。"

外面传来门铃响声,进来的是方若愚,他手里提着一个白色帆布袋,里面装着他新写的一些标语。

"你的标语可是起了大作用,让共产党的搬家运动闻风丧胆,我得跟'大姨'给你邀功呀。"麻苏苏说道。

方若愚说:"那用不着,我干的都是小事,大姐你亲历亲为,才让搬家运动成了笑话。这一天里,全城都在说洋房闹鬼的事。"

"今天晚上我们还要接着闹。"甄精细得意地补充道。

"怎么,大姐今晚还要去住洋房?"方若愚问。

麻苏苏一笑:"我不住了,我负责去闹鬼。"

"闹谁?"方若愚又问。

"喜儿。"麻苏苏说。

听到这个名字,方若愚的眼前一黑。

第四十一章

费尽心思为女儿袁飞燕匿影藏形,可天算不如人算,袁飞燕还是进入了麻苏苏的视线。想到未来可能发生的种种不可预测,方若愚不禁毛骨悚然起来。

麻苏苏看出方若愚精神恍惚,把一杯咖啡放在方若愚面前:"小方,你好像有什么心事? 说出来,大姐帮你解一解。"

方若愚慌忙收敛起心神:"一想到高大霞不定什么时候就冒出来

了,我就头大。"

"你都成惊弓之鸟了。"麻苏苏撇了撇嘴,"没事儿,她这阵儿能消停点儿,心思都在搬家运动上。"

"今晚,大姐打算怎么办?"方若愚试探着问。

麻苏苏冷笑道:"既然那个喜儿自己找麻烦,我们就给她点颜色看看,要不然,她还真不知道马王爷三只眼。"

方若愚斟酌着用词:"那个姑娘,应该也是受了共产党的蛊惑。"

"那就更要杀鸡给猴看了。"麻苏苏板着脸说道,"喜儿不是一般人,在大连几乎无人不知。共产党想打她这张牌,无非是想借名人效应宣传搬家运动,那好,我就以其人之道还治其人之身,撕了她这张牌,让全城人都知道,喜儿被鬼吓了个半死。"

方若愚脸色变得有些难看:"你还要去装神弄鬼?"

麻苏苏古怪地笑了笑:"白毛女是被人当成鬼,这回,我要让白毛女见识见识,什么是真鬼。"

方若愚迟疑了片刻:"这回的行动,我去吧。"

"你还是算了,那幢洋房我和精细熟悉,弄神作妖熟门熟路。"麻苏苏瞥了方若愚一眼。

麻苏苏轻轻的一瞥,在方若愚看来,却好似一把尖刀,直插内心最深处。方若愚低头,掩饰着内心的恐惧和脸上的慌乱。

与方若愚的提心吊胆不同的是,小洋楼里已经飞扬起了欢声笑语。

邢团长夸奖袁飞燕觉悟高,甚至放言,再过几年、几十年,这幢洋楼值钱了,那些观望的人,肠子都得悔青了。众人笑着附和,掩饰着对各种传闻的恐惧,彼此都在借用对方脸上装出来的轻松给自己壮胆。只有杨欢一副神秘的表情,摇晃着手里的高脚杯轻声嘀咕:"鬼都是半夜出来,这还没到时候哪。"这句话,把众人内心的惶恐再次激起。

"所有的鬼都是嘴上说的,谁真正见过?"傅家庄宽慰着袁飞燕。

"傅处长说的对,谁也没看见过鬼,都是自己吓自己。"邢团长随声附和。

大春将了邢团长一军:"既然团长你不怕,那你晚上就留下来吧。"

"这,这可不行。"邢团长脸上现出几分难色,"我留下来,会传闲话的。"

邢团长的这声拒绝,更是放大了大家的恐惧。金青低声劝着袁飞燕:"要不,晚上还是回宿舍睡吧。"

"飞燕,你要是害怕,就别勉强了,遭罪只有自己知道。"邢团长也不似方才那般豪气,凑在袁飞燕耳边小声劝道。

"谁说我害怕了!"袁飞燕目光坚定地昂起头,"这个世界上根本没有鬼!"

"说得好! 就是有鬼,我们也是打鬼的钟馗!"高大霞大声说着,端起酒杯,"来,为咱老百姓早日住上不用花钱的洋房,干杯!"

叮叮当当的碰杯声,好像驱散了众人心头的不安。

角落里的留声机适时地"嘶嘶"运转起来,喇叭里徐徐流淌出《春之声》圆舞曲,袁飞燕抢先一步邀舞傅家庄,两人礼貌地牵着手步入舞池。高大霞看着两人旋转着的优雅身影,不由心生孤单和落寞。识趣的邢团长上前两步,儒雅地伸出手来,高大霞好像并不领情,依旧端着酒杯。

"怎么,不会吗?"邢团长不免尴尬。

"你太小看我了。"高大霞喝了一口红酒,这才把手递给了邢团长。

就在两手交握的瞬间,邢团长感觉到强大的气场扑面而来。当高大霞随着音乐的节奏旋转到舞池中央时,一种盛气凌人的气势迸发而生,全场的目光都被高大霞吸引。

袁飞燕有些意外:"想不到,大霞姐还会这个。"

"她还真是惊喜不断。"傅家庄也有些意外。

最为吃惊的还是邢团长,他由衷地夸赞道:"真想不到,你跳得这么好!"

高大霞并不在乎:"你是不是以为我光会蒸海麻线包子?"

"没有,没有。"邢团长随着高大霞的舞步旋转着,俨然成了陪衬。

一曲《春之声》结束,众人依旧沉浸在高大霞的舞姿里。金青鼓起掌来:"大霞,你这水平不比我们文工团的演员差呀。"

邢团长说:"往后咱们缺舞蹈演员,大霞可以补缺啦。"

众人恭维着高大霞的时候,杨欢悄然来到桌边,将一小撮粉末洒进了醒酒器里,微微晃了晃,朝众人招呼道:"来,喝酒,喝酒!"说着话,将红酒分倒给众人。

傅家庄端着酒杯来到高大霞面前:"来,大霞。"

高大霞看着傅家庄,嘴角挂着明媚的笑意,眼里倒映着明亮的灯光,像是有一条星河在她眼里流淌。两人轻轻碰了碰杯,各自喝下。留声机里,又缓缓流淌着《维也纳森林的故事》,傅家庄绅士地躬身伸手:"高小姐,可以吗?"

"你一叫高小姐,我就想起猪八戒背媳妇了,还是叫我大霞吧。"高大霞说笑着,随着傅家庄进了舞池。

傅家庄低声赞叹:"你可真惊着我了。"

"这有什么可惊的,以前在牡丹江的时候,经常有日本人去我店里,混得熟了,就参加一些他们的舞会,借机获取些情报。"高大霞默契地跟随着傅家庄的步伐,"你跳得这么好,在哪儿学的?"

"在莫斯科的东方劳动者共产主义大学,每个月末都有舞会。"傅家庄说。

高大霞白了他一眼:"你还是舞皮子哪。"

"彼此彼此。"傅家庄笑了笑。

"这不一样,你是跟同学跳,是自己高兴。我跟敌人跳,是哄他们高兴。"高大霞说。

和杨欢共舞的袁飞燕不时瞄向高大霞和傅家庄,眼神泛着醋意。杨欢看出袁飞燕心不在焉,低声劝道:"都说这栋房子真闹鬼,你还是别住了。"

"世上本无鬼,都是坏人在装鬼,我不怕。"袁飞燕语气坚定。

"越是人装的越可怕!"杨欢煽风点火,"你想想,这世界还有比人更可怕的吗?"

袁飞燕朝傅家庄瞥了一眼:"这不是有傅大哥在吗?"

杨欢一怔:"他要住这儿?"

袁飞燕白了他一眼:"你想什么哪?"

杨欢一脸醋味地撇了撇嘴:"我还以为他要给你当形影不离的护花使者呢。"

袁飞燕不语,可她的心里多么希望傅家庄能把杨欢的话给兑现了呀。

优美的旋律在夜色中流淌,迷醉着这个本来充满阴谋和诡计的夜晚。

良运洋行里的方若愚表面看似平静,内心却早已翻江倒海,麻苏苏的一袭黑色长袍,让方若愚寒意阵阵。在他看来,今晚的夜色已经掩盖不住麻苏苏的杀气腾腾了。

麻苏苏还在替袁飞燕惋惜着:"你说好好个姑娘,老老实实、本本分分唱她的戏多好,非要跟着共产党瞎嘚瑟。唉,到底是年轻呀,这要是她爹妈在眼前,肯定不能让她去住洋房,这不是找死吗?你那标语写的一点都没错,今日住洋房,明天见阎王,这说得就是她。"

方若愚不由打了个寒噤："除了吓吓她，你还要怎么着？"

麻苏苏嘶声一笑，好似毒蛇嘶鸣："要是一下吓死了更好，吓不死，就不好说会有别的什么事发生了。"

"什么事？"方若愚追问。

"不死也得吓个半彪，也许更惨……"麻苏苏笑得神秘莫测。

方若愚想改变麻苏苏的主意："他们肯定严阵以待，现在行动，就是自投罗网。大姐，咱们可不能贸然行动呀！"

"所以，我才要亲自出马。"麻苏苏展颜一笑，"小方，别担心我，有问题大姐会解决的。你有这个心，我就很感动了。"

显然，麻苏苏意会错了方若愚满脸的忧色。方若愚黑着脸仰起头来，眼皮微微抽搐起来。门前风铃一晃，望风的甄精细风风火火地闯了进来。

方若愚迎上去："怎么样了？"

甄精细的目光越过方若愚："姐，他们在里面又吃又喝又跳，好像一点没有怕的意思呀。"

"乐极生悲，让他们先乐呵吧。"麻苏苏冷冷一笑。

方若愚再也待不下去了，向麻苏苏请辞："那我先走了。"

"行吧，小方，我今天有事，就不留你了。"麻苏苏起身相送。

方若愚抓起外套，匆匆奔入了无边无际的黑暗中。

洋楼里，留声机依旧"沙沙"作响，四下杯盘狼藉。喝了杨欢下过药的红酒，众人难免"醉意"更浓，尚有几分清醒的傅家庄揉着太阳穴，疑惑道："今天这酒也没喝多少，怎么这么上头。"

满脸醉意的邢团长妖娆地翘着兰花指，拖着京剧念白的长腔唱道："这就是酒不醉人，人、自、醉！"

趴在桌边的高大霞不由大笑起来："这家伙喝的，要唱啊这是。"

邢团长顺手从桌上的花束里抽出了一枝，拖着京剧旦角腔韵念白道："啊，红娘，这是什么花？此乃蝶恋花，与我摘下一枝来。"旋即又自答道，"是！"

旁侧众人见邢团长的京韵做派，不由哄笑起来。高大霞笑得上气不接下气，指着邢团长说道："这还能走吗？邢团长，要不然你就在这儿将就一宿，有的是地方睡。"

邢团长行小生礼："娘子所言……"后面的"极是"二字还没出口，忽地反应过来，急忙惶恐地摆着手，"那可不行。"

金青无奈地叹着气："走吧，邢团长，我送你回去。"

傅家庄按下了金青："算了，他喝成这样还怎么骑摩托车。在这儿吧，屋里有的是房间。"说着扭头朝杨欢和大春吩咐道："你们把邢团长扶进屋里去。"

杨欢和大春过来搀扶邢团长，却被邢团长推开，随即灵活地翻转着兰花指，妖娆地指着身后的长条沙发，拖长了语调念白："我就在此处……歇息。"

傅家庄无奈，对众人说："大家回去休息吧，别耽误了明天的排练。"

匆匆而来的方若愚躲在一棵梧桐树后，远远目送着醉醺醺的众人从洋房出来，步履踉跄地散去，他正要朝洋房潜行，身后传来自行车铃声，忙又把身子缩回梧桐树后。

来的是骑着车子的高守平，车后面驮着怀抱包袱的刘曼丽，两人与一众文工团演员擦肩而过，刘曼丽猛然看见了人群中的杨欢，下意识地脱口而出："欢！"

杨欢循声看来，与刘曼丽目光相碰，刘曼丽指了指旁侧的胡同，杨欢意会。这一幕，被躲在暗处的方若愚尽收眼底，他的脸上升起一丝困惑。

高守平回过头来："嫂子,你要换什么?"

"我……我是说坏了,光拿韭菜盒子,忘拿醋了。"刘曼丽慌乱地掩饰着。

"没准儿洋房里能有。"高守平说话间,自行车已经到了洋房前。

不待自行车停稳,刘曼丽已经跳下车:"守平,我去附近买瓶醋。"

没等高守平再说什么,刘曼丽已经匆匆走开。

客厅里,高大霞看着鼾声大作的邢团长,不屑地撇了撇嘴:"这才喝了多点儿,就醉成这样了。"

袁飞燕收拾着餐桌:"邢团长本来就不胜酒力。"

傅家庄瞅着高脚杯里红酒残液:"我也有点儿迷迷糊糊。大霞,你没事儿吧?"

高大霞自信一笑:"这点酒对我来说,赶上喝水了。"

袁飞燕伸手揉着太阳穴,红晕一直泛到了脖颈:"还是大霞姐能喝,我也有点儿头晕。"

"那你俩睡去吧,今天晚上我抓鬼。"高大霞大大咧咧地挥了挥手。

沉重的敲门声响起,高大霞过去开门,脚下也有些跟跄,进来的是高守平,说他跟刘曼丽来送些韭菜盒子。高大霞高兴:"别说,喝酒把肚子喝空了,还真有点儿饿了,韭菜盒子呢?"

"在嫂子那儿。"高守平说。

高大霞朝后看了看:"嫂子呢?"

"嫂子非要去买醋。"高守平说。

刘曼丽没有去买醋,而是随着杨欢钻进了洋房后面的一条胡同里,刘曼丽把一个韭菜盒子递给杨欢:"快吃,还热乎着呢。"

杨欢脸上现出一丝厌恶:"我不饿。"

刘曼丽不悦:"这是我专门给你送过来的。"

杨欢依旧坚持:"我不想吃,一股韭菜味儿。"

刘曼丽愠怒:"不吃拉倒!"

杨欢见刘曼丽生气了,忙解释说:"我是怕回宿舍别人闻着味儿。"

"闻就闻,我就这么见不得人?"刘曼丽拉着脸。

"不是,咱俩这事儿,需要点儿时间。"杨欢要亲刘曼丽。

"多长时间?"刘曼丽一把推开杨欢,"等我七老八十?等我牙掉光了眼皮子耷拉了?"

"曼丽,你想哪儿去了。"杨欢叹气。

"你想哪儿去了?"刘曼丽气冲冲地瞪着杨欢,眼里浮现出几分委屈,"你是想陪小洋楼里的袁飞燕,别当我不知道!"

"我陪她干什么,她有毛病。"杨欢斩钉截铁道。

刘曼丽半信半疑地看着杨欢:"她有什么毛病?"

"没毛病能去住小洋楼?"杨欢低声说,"她这是把自己送给恶鬼当干粮。"

刘曼丽不由惊慌起来:"小洋楼里真有鬼?"

杨欢刚要说什么,远处传来高守平的喊声:"嫂子,嫂子——"

刘曼丽探出头,见高守平跨坐在自行车上,正在四下寻望。

杨欢催促刘曼丽:"你快去吧。"

"那咱俩什么时候再见面?"刘曼丽不舍。

"有空我就去找你。快走吧,高守平过来了。"话没说完,杨欢便朝黑乎乎的胡同里跑去,像是生怕被高守平发现了两人的秘密。

刘曼丽从胡同里出来,高守平骑着车子迎过来:"嫂子,醋买到啦?"

"我没找着商店。"刘曼丽不动声色地说。

"我都说不用买了,回去吧。"高守平和刘曼丽朝小洋楼走去。

刚才刘曼丽和杨欢的对话,被躲在树后的方若愚听了个大概,他恨自己瞎了眼,竟然还撺掇着让袁飞燕和杨欢好。真是人心隔肚皮,天知道每个人的肚子里都憋着什么秘密。那个杨欢,看着也算是一表人才,背地里居然如此龌龊,女儿没看上他还真是对了。方若愚一边想着心事,一边观察着周围的地形,一棵高大的梧桐树引起了他的注意,树干上枝杈纵横,其中一枝从粗大的树干中突出来,直直地向前延伸到了洋楼露台。

洋房一楼客厅,高大霞正心满意足地吃着韭菜盒子:"嫂子,你跟守平回去吧。"

刘曼丽凑上来,十分神秘:"傅大哥也住在这儿是不是?"

"我俩在这盯一宿。"高大霞点头。

刘曼丽迟疑了一下,还是说道:"嫂子有句话,你别不当真。"

高大霞有点儿茫然。

刘曼丽和高大霞耳语几句,高大霞一怔:"你说什么哪,嫂子,我俩这是来执行任务,你当是来睡觉啊。"

"我这是好心,想让你把生米煮成熟饭!"

"我俩什么事儿都没有,你非要给说出个事儿来。"高大霞不知是因酒精作用还是羞涩,脸上泛着浓浓的红晕,"你赶紧跟守平回去吧。"

刘曼丽提醒:"你要是下手晚了,可没地方买后悔药。我看那个袁飞燕,可不是省油的灯。跟她比,你是一抓一把皮,人家是一掐一包水。"

"哎呀,你快走吧。"高大霞推着刘曼丽,喊过来高守平,让他俩赶紧走。

洋楼外,方若愚顺着梧桐树干攀爬而上,轻巧地落在了二楼阳台。房间里,袁飞燕正在铺着床,柔和的灯光映着她侧脸。方若愚立身在窗边,静静凝视着女儿的那一抹倩影,眼睛里充满了柔情。铺好床的袁飞燕走到窗前,刚要拉上窗帘,一个人影闪出,袁飞燕本能地发出惊叫。方若愚一把捂住袁飞燕的嘴巴,做了一个"嘘"声的手势。

一楼客厅内,邢团长正打着呼噜,高大霞把一条白被单盖在邢团长身上。

傅家庄打着哈欠,让高大霞上楼去和袁飞燕一起睡,高大霞看到桌上还有酒,建议两人再喝点,说着话就挨到天亮了,傅家庄答应,高大霞拿过酒刚要倒上,楼上传来袁飞燕的尖叫声,高大霞拎着酒瓶子朝楼上奔去,提着枪的傅家庄跟在后面,脚步有些踉跄。两人冲进房间时,看见立在窗边的袁飞燕脸色腊黄,还没有缓过劲儿来,没等傅家庄和高大霞追问,袁飞燕抢先说道:"刚才拉窗帘,窗外跳出一只猫,吓了我一跳。"

高大霞和傅家庄松了口气,高大霞说:"有猫好啊,说明窗外没有人,有人猫早跑了。"

袁飞燕敷衍地应着,让高大霞和傅家庄下楼去休息,高大霞大着舌头说:"我不累,我还等着晚上抓鬼哪。"

"我累了。"袁飞燕说。

傅家庄示意高大霞离开,自己先往外走了。已经到了门口的高大霞,回头看到拖地的窗帘微微晃动,她突然疾步过去,伸手把住窗帘的一侧,整个身子拱了进去。窗帘的另一侧,钻出惊慌失措的方若愚。

袁飞燕大惊,也拱进窗帘里,看到高大霞正在望着窗外露台上方的梧桐树,袁飞燕示意方若愚赶紧走开。方若愚刚奔到房间门口,高大霞却回身喊起傅家庄,听到喊声的傅家庄又奔了回来,方若愚急忙折身回来。掀开窗帘要拱进去,奈何窗帘下又堵着一个高大霞。而傅家庄的脚步声已经逼近门口,方若愚陷入了进退两难的绝地。

袁飞燕朝方若愚使了个眼色,拉出了高大霞:"姐,没事儿呀。"

高大霞抽身的瞬间,方若愚迅速钻进了窗帘里。几乎与此同时,傅家庄出现在门口:"怎么了,大霞,有问题吗?"

"窗台上有脚印!"高大霞一把拽开了一侧窗帘,"你看看。"

袁飞燕连忙紧紧按住方若愚一侧的窗帘,浑身微微发着颤,她能清晰感受到方若愚隔着窗帘的起伏呼吸。

傅家庄顺着高大霞的指引看向窗台,月色下,一枚脚印清晰可见。

傅家庄查看着窗户:"没有撬窗的痕迹。"

高大霞警惕地四下查看:"屋里窗台有没有脚印?"

傅家庄扫视一圈:"没有。"又回身辨认着窗台外的脚印,喃喃自语,"应该是个男人,穿皮鞋……"

窗帘后,方若愚手里拎着一双皮鞋。

"我知道是谁!"高大霞惊呼。

傅家庄却不理会:"应该是从树上顺到露台的。"

"对,他腿长,上树容易。"高大霞赞同。

"我上露台看看。"傅家庄爬出了窗外,高大霞也紧跟着翻了出去。

袁飞燕紧地牵住了高大霞的衣袖:"姐,你说的人是谁?"

"挽霞子呗!"高大霞拱出窗外。

惊魂未定的方若愚钻出来,同样惊魂未定的袁飞燕示意他赶紧下楼。

方若愚还是有些不放心,袁飞燕将他推出门去。

窗外,傅家庄打着手电四下查看,最后停在了直伸到露台的梧桐树前,高大霞俯身查看着露台上若隐若现的脚印,肯定地说:"错不了,准是挽霞子,他就爱穿皮鞋!"

傅家庄凑上前仔细看了看:"看不出来是多大的码。"

"44码。"高大霞不假思索道。

傅家庄诧异地看着她:"你怎么知道?"

"我当然知道了,方若愚就这么大脚。"高大霞说。

傅家庄把手电筒别在腰间,忽地向上一蹿,抱住了梧桐树的树干。

高大霞一惊:"你干什么?"

"我下去看看,有没有鞋印。"傅家庄沿着树干顺了下去。

"走楼梯下去不是一样么? 真是喝糊涂了。"高大霞嘟囔着。

方若愚拎着皮鞋悄然下楼,经过沙发时忽地看见盖在白色被单下的邢团长,吓得一哆嗦。邢团长倒是鼾声依旧,在沙发上惬意地翻了个身。方若愚走到门前,忧心忡忡地朝楼上回望,袁飞燕站在楼梯口焦急地示意他快走。方若愚刚要开门,想起什么,警觉地奔向窗前朝外张望,却见夜色中隐隐走来了一高一矮两个身影,高的是甄精细,矮的是麻苏苏。方若愚又进退不是。楼上的袁飞燕急得要命,刚要下楼,身后传来高大霞的叫声:"飞燕!"

高大霞过来,一脸狐疑:"你干什么?"

袁飞燕语无伦次:"我……邢团长叫我。"

"老邢醒了?"高大霞俯身向客厅看去,空空荡荡的客厅里,只有邢团长的呼噜声。

"又睡着了。"袁飞燕强压住内心的慌张。

"估计是睡毛愣了。"高大霞咕哝着下楼。

蜷缩在沙发后的方若愚,眼见高大霞走下楼梯,冷汗不由浸湿了后背。

傅家庄绕到洋房门前,打着手电四下查看。

麻苏苏和甄精细摸着黑走来,看见洋房外有手电光亮闪动,忙躲到树后观察起来。傅家庄检查完门口,敲开门进了洋房。

高大霞从傅家庄脸上的表情判断出没有收获，忿忿道："挽霞子就是狡猾，他肯定把鞋印擦干净了。"

楼梯上的袁飞燕坐立不安。从她的角度，能清晰看见藏身在沙发下的方若愚。

"飞燕，你住进来的时候，发现窗台外有脚印吗？"傅家庄抬头望向楼梯上的袁飞燕。

袁飞燕下意识摇了摇头，又旋即点头："发现了，白天我来的时候就发现了，我还想是不是原来的主人留下的。"

高大霞说："那是新脚印，肯定是昨天晚上挽霞子来闹鬼时留下的。"

袁飞燕好奇："谁是挽霞子？"

"方若愚！"高大霞一提到这个名字，脸色就变得愤怒起来，"昨晚肯定是他来过！"

"不可能是他。"傅家庄说，"昨天晚上他在物资公司加班。"

"那也是他偷着跑来的，装完神弄完鬼再回去，让你查不出来。"高大霞言之凿凿，"这个挽霞子可真够狡猾的！"

沙发后的方若愚又气又恨。

"小袁，你回去休息吧。"傅家庄冲着下楼的袁飞燕说。

袁飞燕走向高大霞："姐，要不咱们别住了，走吧。"

"不行啊，飞燕。"高大霞按住了袁飞燕的手背，"我们要是走了，明天一早肯定又出来谣言了，说这小洋楼里真闹鬼了。"

"小袁，大霞说的对。今天晚上这里不住人，我们的搬家运动只能半途而废，无疾而终，敌人的阴谋就得逞了。"傅家庄说。

高大霞拍着胸膛担保："飞燕，有我俩在，保你没事儿。"

袁飞燕颤着声说："可我还是害怕！"

"只要你不想鬼的事，就不怕了。"高大霞安慰。

"我也不愿想，可，可我控制不住。"袁飞燕颤着声，她是真害怕他们会发现自己的父亲方若愚。

高大霞求助地望向傅家庄："这可怎么办？"

"要不然，你陪小袁在房间睡吧。"傅家庄说。

袁飞燕眼见着劝不住高大霞和傅家庄，便退而求其次："那你们别在楼下了，咱们都到楼上睡，也好有个照应。"

傅家庄点头："大霞，你去吧。"

袁飞燕又将希冀的目光投向傅家庄："傅大哥，你也上来。等我们睡着了，你再下楼。"

傅家庄像是被说动了，有些犹豫。

袁飞燕趁热打铁，眼泪汪汪地看着傅家庄："傅大哥，我求你了，别扔下我和大霞姐。"

高大霞见傅家庄和袁飞燕都各自有主意，索性建议三个人都别睡了："咱一块儿喝点儿，酒这东西，壮胆！"

"行，上我屋喝吧，我弄点儿吃的。"袁飞燕立刻表示赞同。

空气中飘来一阵咕噜闷响，傅家庄尴尬地捂着肚子笑道："我还真饿了，对了，有嫂子送的韭菜盒子。"说着，他转头朝餐桌走去，袁飞燕不由为沙发后的方若愚捏了一把汗。

方若愚使劲缩着身子，生怕露出马脚。

傅家庄拿回韭菜盒子，不经意朝沙发扫了一眼，袁飞燕吓得直打哆嗦。

高大霞见状，劝着袁飞燕："没事呀，飞燕，我和傅家庄就在这儿看着，不用怕。"

袁飞燕慌乱地点着头，目光随着傅家庄到了沙发前，傅家庄俯下身,给熟睡中的邢团长扯了扯白被单一角,这才回来。

袁飞燕悄悄松了一口气,脚下有些发软:"姐,你还是跟我上楼吧。"

"没事儿呀,你先去。"

袁飞燕固执地拽着高大霞:"走吧,咱们都上楼。"她哀求地看着傅家庄。

傅家庄不好再坚持,拿上韭菜盒子,跟着高大霞和袁飞燕走上楼梯。

客厅只剩下邢团长时有时无的鼾声,方若愚终于松了口气,狼狈地爬坐起来。

袁飞燕拉着高大霞进屋,又招呼身后的傅家庄:"进来呀,傅大哥。"

傅家庄进来,袁飞燕要关门,傅家庄阻拦:"开着吧,外面有什么动静也能听见。"

高大霞把红酒放在桌上:"飞燕,你还能喝吗? 我看你脸都红了。"

"没事儿,难得高兴。"袁飞燕拉过椅子,让两人坐下。

高大霞刚要坐下,想起酒杯在楼下,起身要去拿,袁飞燕一把拉住了高大霞:"我去!"话没说完,已经奔到了门口。

"飞燕这姑娘,真是不错,漂亮,有本事,还勤快!"高大霞夸奖道。

傅家庄也起身要走,高大霞问:"你上哪儿?"

"我上外面看看其他地方有没有留下脚印。"傅家庄出去。

袁飞燕匆匆下楼,邢团长还在熟睡。袁飞燕四下看去,不见方若愚,她刚松了口气,方若愚却从一个房间里蹑手蹑脚出来,吓了袁飞燕一跳。

"你怎么还没走?"袁飞燕焦急地责怪。

"楼下房间我都看了,没事,窗户都插上插销了。"方若愚低声说。

"你快走吧,他们都在楼上。"袁飞燕朝楼上看了眼。

方若愚摇了摇头："我在楼下陪你一宿。"

"我都说了不用,有他们在,我没事!"袁飞燕急得直跳脚。

"飞燕!"楼上传来高大霞的喊声。

袁飞燕回头望去,见高大霞站在楼梯口:"杯子我涮完放进柜子里了。"

"我正找着哪。"袁飞燕急忙奔向橱柜。

"还是我下去拿吧。"高大霞说着下楼。

袁飞燕急了:"不用不用,我找着了。"她拉开柜门,取出杯子。转身之后,却不见了方若愚。

第四十二章

夜色深沉,天际堆起了浓厚的卷云,遮蔽了月光。麻苏苏和甄精细蜷缩在如墨般漆黑的夜色中。甄精细抬头看着天际,担心地说:"姐,要下雨了。"

"下雨好啊,正好配合咱们装神弄鬼。"麻苏苏从皮包里拎出一黑一白两件长袍,在风中猎猎作响。

窗口传来苏联歌曲《喀秋莎》的旋律,甄精细仰脖看着:"姐,他们玩得挺好,又是秧歌又是戏。"

"有他们哭的时候。"麻苏苏把手里的白色长袍套在身上。

甄精细好奇地打量着她,麻苏苏低吼道:"赶紧穿呀。"

"姐,咱们扮的这是什么鬼?"甄精细抖开衣服,往身上套着。

麻苏苏慢悠悠回过身来,一袭白袍在风中张牙舞爪:"黑白无常,索命鬼!"

一声惊雷刺破夜空,甄精细吓得打了个寒噤。

洋房客厅里,方若愚隐身在窗前朝外窥探着,天空中划过一道电闪,黑白无常的身影立现,方若愚吓得一哆嗦。

黑暗中,"黑无常"甄精细捋着自己的长舌头,麻苏苏一抬头,也被吓得一激灵。

甄精细忙扶住麻苏苏。"姐,姐,你怎么了?"

麻苏苏捂着胸口,半晌才缓过了一口气。

甄精细朝楼上看了看:"姐,咱什么时候上去?"

"他们唱累了就该睡觉了,等他们迷迷糊糊的时候,咱上去一亮相,保准吓他们个半死。"

"怎么才能知道他们能喝迷糊?"甄精细追问。

麻苏苏冷笑一声:"咱们的人在他们的酒里事先做了手脚,用不了多一会儿。"

甄精细吃惊:"里面还有咱们的人?"

"不该问的别问。"麻苏苏冷声道。

"把他们吓出来,咱就完事了呗?"甄精细又问。

"吓出来咱们的计划就成功了。"麻苏苏望着夜色下的街道,成片的洋房在黑暗中沉默地矗立,"自此以后,就没人再敢搬家了。"

狂风骤起,拍打着窗户"哗哗"作响。

高大霞晃晃悠悠地朝傅家庄和袁飞燕举杯:"来,喝呀。"

袁飞燕的脸红得像是熟透了:"不,不能再喝了,再喝,就,就醉了。"

傅家庄大着舌头:"大霞,就这么多吧。"

"在酒桌上说不能再喝的,都还没醉。"高大霞拿过酒瓶给袁飞燕倒酒，"飞燕，多喝点儿，喝醉了一闭眼一呼噜，谁还管神不神、鬼不鬼的。"

袁飞燕一咬牙，仰头喝下，随即剧烈咳嗽起来。高大霞一边给袁飞燕拍着后背，一边倒酒："再来一口，顺顺！"

袁飞燕面条似地塌软在了椅子上。

"醉了，真是醉了。"高大霞把目光转向了傅家庄。

傅家庄摆手："不能喝了，再喝就……就真醉了，还得捉……捉鬼哪。"

"喝到太阳出来，鬼就不敢来了。"高大霞笑起来，执意给傅家庄倒上酒，"刺锅子，现在没旁人，你和我说实话，你怕不怕鬼？"

"我就不相信有……有鬼。"傅家庄逞起能来，仰头喝下手里的酒。

"我也不信。"高大霞小声说，"可有人装神弄鬼，也挺吓人的。"

傅家庄红着两眼，看向高大霞："你怕了？"

"我怕什么？"高大霞端起酒杯，一口喝下。

"我看你是在给自己壮胆。"傅家庄笑起来。

高大霞豪爽地把酒杯往桌上一墩："我高大霞这辈子，都不知道怕字怎么写！"

"别的字，你也不，不会写。"傅家庄笑得更欢了。

"你敢笑话我！"高大霞气冲冲地抓起酒瓶，"罚酒！"

两人酒酣之际，黑暗中的人影也开始行动了。冷风拍打着梧桐树，在窗边狂乱舞动，"黑无常"甄精细攀在梧桐树上，顺着开了一条缝的窗帘看向房间，见屋里的两人似乎喝兴正浓。

"白无常"麻苏苏跳下树来，落在"黑无常"甄精细面前，两人都被彼此吓住。

"人吓人，吓死人，一点儿都没说错。"麻苏苏按住狂跳不已的心脏，指指里边，"还在喝？"

甄精细捏住"黑无常"在风中飘舞的舌头："躺下一个了,剩下两个也五迷三道了。"

麻苏苏露出一抹笑："再等会儿,咱们这黑白无常一露面,准能让他们灵魂出窍!"

房间里,傅家庄已经语无伦次起来："大、大霞,其,其实,我……我也怕。"

"你也怕?我还以为光……光我怕。"高大霞大笑起来。

傅家庄喘着粗气："不……不怕是,是装的。我和你说,到、到了关……关键时刻,就、就得咬、咬紧牙关,装!你……你不怕了,鬼、鬼就怕了……鬼、鬼也怕、怕人……"话没说完,傅家庄脑袋一歪,趴在桌子上睡过去了。

高大霞慌了,推着傅家庄："刺锅子,你别睡,别睡呀!"

傅家庄打起鼾来。高大霞恼火："你个刺锅子,吓唬完我,你倒先睡、睡了!"

狂风越发急促,洋楼外的大树在风里张牙舞爪,发出密集的"沙沙"声,令人感到不安。高大霞抓起酒瓶子猛喝一口,朗声高喊："酒壮怂人胆!"

露台上,甄精细和麻苏苏从窗帘缝隙看到高大霞自顾自发了酒疯,忍不住笑起来。

高大霞像是意识到窗外有人,朝窗户看来,麻苏苏和甄精细急忙闪开。

"没出息,自己吓唬自己。"高大霞自嘲地嘟囔了一句,又抓起酒瓶子灌了一口,目光从房间里扫过,停留在了桌边的杂物堆上。杂物堆顶端放着一个白色头套,高大霞好奇地凑上前去,是喜儿扮演白毛女时用的假发。她抓起发套打量了片刻,胡乱地套在了头上。

甄精细去试着开露台的门。门里已经上了插销,甄精细还在想办法,麻苏苏从头上取下细长的簪子,捅着门锁。

四下里风声大作,落叶飘零。麻苏苏正开着门,忽地一条舌头掉在手上,吓得她一个激灵,原来是甄精细凑了过来,麻苏苏怒视甄精细:"你要吓死我啊!"

门锁弹开,两人小心翼翼进去,麻苏苏抬手关了走廊的灯,眼前立时昏暗一片。甄精细不由抓住麻苏苏的胳膊:"姐,别关灯,我怕。"

麻苏苏甩开:"不关灯怎么作法?"

麻苏苏话音方落,惊雷突起,两人都吓得一哆嗦。刚稳下神来,黑暗中飘来了一阵沙哑而凄婉的歌声:"北风那个吹,雪花那个飘……"

甄精细再次抓住麻苏苏:"姐,我怕!"

麻苏苏低声喝骂:"你个笨蛋,你是鬼,她是人,有什么好怕的?"

甄精细声音颤抖:"她,她怎么唱起歌来了。"

"吓的,她这是给自己壮胆,没听见声调都颤颤了嘛,"麻苏苏解释的声音,也颤抖起来。

突然,楼下传来一阵咳嗽声,两人同时惊住了,这洋楼里除了刚才看到的三个人,莫非还有别人?两人摸向楼梯口,朝楼下观望,借着一个电闪,看到长条沙发上的白被单子在蠕动,两人不由心下大骇。

黑暗中,高大霞戴着白毛女的假发,唱着跑了调的"扎红头绳",她在走廊里缓步穿行,忽地从落地镜里看见了自己的扮相,吓得惊叫了一声。

惊恐的叫声传来,麻苏苏和甄精细都吓得哆嗦起来,麻苏苏强压下内心的惊惧,用胳膊肘碰了碰一旁的甄精细:"下去看看,是什么。"

甄精细小心翼翼地下楼,麻苏苏悄然走向袁飞燕的房间。

邢团长睡得正沉。黑暗中缓缓伸来了一只大手,一点点儿扯掉了他身上的白色被单。

甄精细下到楼下，一道闪电伴着闷雷炸响，大雨骤下。惊雷瞬间照亮了空旷的客厅，惨白色的电光下，一个巨大的白色身影缓缓立起，似是人形却不见五官。甄精细周身一颤，惊恐地张大了嘴巴，喊了声"鬼呀!"，回身连滚带爬朝楼梯跑去。

喊声惊醒了熟睡的邢团长，他忽地坐直了身子，几乎贴到了那道沉默的白色身影脸上。邢团长吓得惨叫了一声，又晕倒在沙发上。

白色的幽灵缓缓移动，白布单下露出一张脸，是方若愚。

二楼走廊里，麻苏苏听见甄精细传来的惊叫，立时收住脚步，反身回去，黑暗中慌慌张张跑来了甄精细，麻苏苏不由低声呵斥道："叫什么!"

甄精细惊慌失措地指着楼下，话都不利索了："鬼……有鬼!"

麻苏苏给了甄精细一耳光："胡说八道，这世上哪有鬼?"

甄精细被打得清醒过来："真有鬼，飘来飘去!"

"不可能，我们才是鬼!"

甄精细糊涂了："还有人抢咱的买卖?"

麻苏苏朝楼下看去，一声炸雷，闪电交加中，只见一个高大的白色幽灵已经飘上了楼梯。麻苏苏和甄精细惊叫，惊恐地抱在了一起。

白色幽灵越飘越近。麻苏苏和甄精细惊恐，却挤不出一丝力气逃跑。白色幽灵飘上了二楼，麻苏苏壮了壮胆，操起身旁花架上的花瓶，朝着幽灵的脑袋砸去。幽灵闷哼一声，从楼梯上滚落而下，白布单上隐隐渗出血来。

麻苏苏冲上前去，试图扯下白布单，就在这时，走廊传来《恨似高山仇似海》的高亢歌声："冤魂不散我人不死，雷暴雨翻天我又来……"

麻苏苏抬头，伴着窗外的电闪雷鸣，披着白发的"白毛女"突然闪现,楼梯上的甄精细滚落而下。麻苏苏也吓得朝楼下奔去。

白发飘飘的"女鬼"指着仓皇下楼的"白无常"麻苏苏,凄厉地唱着:"为什么把人逼成鬼,问天问地都不应,好,我就是鬼,我是屈死的鬼,我是冤死的鬼,我是不死的鬼!"

雷声轰响,甄精细筛糠似地哆嗦起来,麻苏苏拉起甄精细,往门口拖着。

"哪里跑?"白发飘飘的女鬼踮着脚尖飘下楼来。

"白无常"麻苏苏彻底崩溃,巨大的恐惧俨然炸弹在心底炸开,她不顾一切地朝外跑去。紧随其后的是屁滚尿流的"黑无常"甄精细。

方若愚摇摇晃晃站起,白毛女猛虎扑食,头上的白发转到了一旁,露出高大霞的脸来。她一把扯住了罩在方若愚身上的白被单,大喝一声:"我叫你装神弄鬼,显形吧,恶鬼!"

方若愚死死拉着白被单,只听"呲啦"一声,被单扯开。方若愚蒙着头冲进了大雨飘摇的夜色里。

邢团长悠悠醒来:"干什么,这是……"一抬眼,正与披头散发、歪戴着一头白发的高大霞四目相对。邢团长"啊!"地叫了一声,再次被吓晕在沙发上。

雨幕中,方若愚裹着半截白被单仓皇地拐进胡同里。高大霞飞奔着出来,不见了方若愚的身影。

就在高大霞失望跺脚的时候,一把黑洞洞的手枪对准高大霞的脑袋:"别动!"

持枪者缓缓逼近了高大霞,高大霞背身对着他,哆哆嗦嗦地装神弄鬼起来:"我就是鬼,我是屈死的鬼,我是冤死的鬼,我是不死的鬼!"

枪口颤抖:"别再装神弄鬼啦,把手举起来!"

高大霞一怔,回过身来:"守平?"

高守平一惊:"姐?"忙收起枪来,"你,你干什么呀,这是。"

"不变鬼我能把鬼吓跑啊!"高大霞捋下头套,心有余悸地四下看着。

高守平不可思议:"你把鬼吓跑了?"

"对呀,除了你姐还有谁有这本事?"高大霞镇定下来,"守平,你是不知道,我一唱'我就是鬼',把那三个鬼吓得屁滚尿流!"

"光吓跑顶什么用? 你得把他们抓住。这样,群众才能信服。"高守平遗憾。

高大霞语塞:"我,我能抓住吗? 那可是三个鬼!"

高守平狐疑:"傅大哥还能不帮你?"

高大霞不屑:"我能指望上他?"

听高大霞讲完她英勇驱鬼的故事,傅家庄懊悔自己酒喝得太多,耽误了正事。袁飞燕更关心父亲有没有被发现,问那三个鬼什么样,高大霞不假思索地认定,其中一个鬼的身量与方若愚相仿,袁飞燕放下心来,这说明高大霞的判断只是推测。高守平从客厅里找到一顶"黑无常"的帽子,傅家庄接过帽子,让高大霞跟他去趟报馆,把今晚发生的事登到明天的报纸上,让市民们都看清国民党特务破坏搬家运动的丑恶嘴脸。

一篇《洋楼厉鬼显形记》的报道,通过《大连日报》走进了千家万户,成了人们街头巷尾谈论的焦点话题。李云光对报道大加赞赏,却认为文章对高大霞的溢美之辞过多,毕竟她的问题还没有调查清楚,傅家庄争辩道:"万德福迟迟不回来,高大霞的问题就迟迟得不到解决。在这种情形下,高大霞还能够不计个人得失,这么热衷为我们的工作奔波操劳,我都觉得很对不起她。"

李云光问:"她跟你发过牢骚吗?"

傅家庄说："我倒希望她能发点儿牢骚，这样，我心里还会好受一些。"

李云光叹气："现在这样的安排，我们谁也没有办法，她如果真是一名历经考验的共产党员，就应该经受得起这点儿委屈。"

傅家庄说："能不能联系一下东北局方面，请他们督促一下牡丹江地委，让万德福同志的调查能够尽快有一个结果。"

李云光点头，答应尽快向东北局反映一下。

麻苏苏没有想到，接二连三的行动居然都是搬起石头砸了自己的脚。听甄精细回来说，外面的老百姓都开始兴高采烈搬起家来，她更是怒火中烧。

甄精细说："要怪就怪那个幽灵，他突然跑出来，把咱们的计划全都打乱了！"

麻苏苏心存困惑："我一直想不明白，这个幽灵能是谁呀？"

"肯定是共产党呗！"甄精细言之凿凿道，"他们知道咱们要装神弄鬼，就先下手为强，扮成鬼吓咱们，他们这一手可真高呀！"

麻苏苏摇摇头："他们要真这么干，这不是脱裤子放屁嘛。"

甄精细茫然："不是共产党，那还能是谁？"

方若愚虽然受了伤，可因为这伤是为保护女儿受的，所以听着袁飞燕一大堆的埋怨，他并不生气，要说有不满，那也就是袁飞燕擅自作主搬进洋房："知道闹鬼还往这里搬，这要是吓出个好歹来，我还能活吗？"

"哪有鬼呀，都是国民党特务在搞鬼。昨晚你是提前走了，后来我听大霞姐说，晚上一共来了两拨国民党特务，就是想吓走我们。"

方若愚恼火自己也被划进一拨鬼里了，没好气地说："别听高大霞胡说八道。"

"她还真不是胡说八道，这几天闹鬼的都是国民党特务。"

"兴许有国民党扮的假鬼,可还有个女鬼,披着一头白发,那,那肯定是真鬼!"方若愚想吓唬住袁飞燕。

袁飞燕惊疑:"爸,你怎么知道还有披着白发的女鬼?"

方若愚自觉失言,干咳两声:"满大街都在传,说女鬼是真的。"

"都是瞎说,那根本就不是女鬼,是高大霞戴着喜儿的假头套壮胆,嘴里还唱着'我就是鬼',结果把国民党扮的假鬼吓跑了。那个头套,还是我的呢。"袁飞燕笑得前仰后合。

方若愚眼角微微抽搐:"别人唱歌要钱,她高大霞简直就是要命!"

夜幕沉沉,笼罩住了青泥洼街。麻苏苏在良运洋行里调试着一枚定时炸弹。昨晚的行动失败了,今天晚上她要亡羊补牢,把袁飞燕和小洋楼一起送上天:"要她命的不是我们,是她袁小姐自己,她不该逞强好胜,触碰到了我们的底线。"

"太可惜了,长那么漂亮。"想到袁飞燕今晚就要命丧九泉,甄精细有些不舍。

麻苏苏抬着看了眼甄精细:"俺们家精细懂事了,居然都会怜香惜玉了。"

甄精细脸颊一红:"姐笑话我。"

"不笑话,都大小伙子了,也该有个女人了,可惜这身边也没有合适的。"

甄精细的欲言又止,被麻苏苏察觉到了:"怎么,有人了?谁,说给我听听。"

甄精细红脸着支吾道:"吴、吴姐……"

麻苏苏惊呼:"吴姐?她都能当你妈啦,不行!"

甄精细忙摆着手:"不是吴姐,是她的手下,大令。"

麻苏苏释然："我说嘛，我还当你想缺少母爱。大令行，那姑娘不错，腿脚功夫好，精神头足，长得也好看，配咱家精细，咱不吃亏。"她盯着甄精细笑着，"这事回头我跟吴姐说。"

甄精细害羞地笑着。

麻苏苏幽幽叹道："这日子过得真快，精细都要找媳妇了，往后，我得多给你时间，让你有空和大令一块儿看看电影，吃吃饭，逛逛公园。"

"谢谢姐，以后我保证孝顺姐。"

"孝顺什么孝顺，还谈不上，等我老了再说这话。"

"姐早不年轻了。"

麻苏苏眼一瞪："你个死玩意儿，会不会说话！"

甄精细知错，打了自己一耳光："姐，你别生气，我是说以后我会一直照顾你，养活你。"

"行了，行了，不跟你说了，把炸弹送去。"麻苏苏把炸弹推给甄精细，"过半个钟头就炸，炸完了再回来。"

"姐，你就别去了，我自己能办好。"

"办不好你今晚就睡到大门外去！"麻苏苏一想起刚才甄精细说自己老的话，气就不打一处来。

甄精细收拾好炸弹，刚走不一会儿，方若愚来了。他特地晚上过来，就是想探听一下麻苏苏今晚会不会再对洋楼下手。看到桌上放着《洋楼厉鬼显形记》的报纸，方若愚试探着问："闹鬼的事，不太顺利吧？"

"一直没弄明白，半道出来个穿着白袍的鬼，是哪来的呐。"

"那不是高大霞嘛？"

"高大霞戴的是白毛女的白头发，还有另一个。"

"怎么？还有另一个？"方若愚装着糊涂，"那能是谁呀？难道世上还真有鬼？"

"我也纳闷呀。咱们应该都是无神论者,可这鬼既然不是我们装的,也不可能是共产党装的,那这鬼是哪来的?"

"那就是真鬼!"方若愚肯定地说。

"我还是不相信这世界上真有鬼。"

方若愚语重心长:"这种事,还是宁可信其有吧,世界上好多事说不明白。"

"也是。"麻苏苏倒茶,"反正这洋楼一炸,就是里面真有鬼,也跟着报销了。"

方若愚心头一颤:"怎么?还要炸洋楼?"

麻苏苏淡淡说道:"这件事,总得有个结果吧?否则岂不让共产党占了上风?"

方若愚顿时急了:"这搬家运动已经轰轰烈烈开始了,我们再这么干,那就是螳臂当车,没有多少实际意义!"

"就因为我们大势已去,才得最后挣扎一下,"麻苏苏看看手表,一脸的杀气,"不用十分钟,那位扮相漂亮、歌声动人的袁小姐,就该和小洋楼一起升天啦,就让她当我们这次和共产党较量的祭品吧!"

方若愚听不下去了,转身疾跑而去。

麻苏苏在后面追赶:"小方,你要干什么?别走呀,小方,我话还没说完哪!"

方若愚出了良运洋行,便疯了一样朝小洋楼跑去。

这时候,甄精细已经在洋楼下埋好了炸弹,按照麻苏苏设定的时候,再过两分钟,炸弹就自动爆炸了。他刚要撤走,方若愚奔了过来,气喘吁吁地让他把炸弹拆了,说是计划有变,不用炸了。

甄精细不相信:"你说不炸就不炸了?"

"你敢违抗'大姨'的命令?"

甄精细将信将疑："'大姨'真不让炸了？"

"废话，赶快拆呀！"方若愚急促地吼道。

甄精细俯身欲拆，还是不放心，回头看向方若愚："为什么不炸了？"

"你哪那么多废话，快拆呀！"方若愚急得满头冒汗。

"不行，'大姨'管不着我，我只听大姐的，大姐没说拆我就不能拆。"甄精细坚持道。

"我自己拆！"方若愚一肩膀撞开了甄精细，却对着复杂的线路无从下手。

"不对，你假传圣旨！"甄精细明白过来，抬手推着方若愚。

方若愚火了，拔出了匕首威胁甄精细："赶紧拆！"

甄精细服软："拆就拆，你喊什么喊，怪吓人的。"

"快点儿！"方若愚催促着。

甄精细伸手佯装要拆除，却突然一肘击在方若愚腹部，方若愚吃痛，匕首落地，倒退了几步，甄精细捡起匕首指向方若愚，低声怒喝："挽霞子，我早看你不顺眼了，成天欺负我姐，打她的坏主意，今天，我就替天行道一把！"

炸弹的"滴答"声重重敲打着方若愚的心脏，他不顾一切地朝甄精细扑去，两人缠在了一起。

炸弹定时针"嘀嗒"作响，留给方若愚的时间仅剩三十秒。这是一位父亲要拯救女儿所拥有的全部时间。方若愚虚晃一拳，终于踢倒甄精细，跌跌撞撞地扑到了炸弹前，本能让他认准应该切断红线，可上面的红线缠着绿线，根本撕扯不开，如果用力太大，又会扯到绿线，情急之下，他只能用牙齿撕咬着红线。

突然，一支冰冷的手枪抵在方若愚的头上，是麻苏苏。

"方若愚，你要干什么？"麻苏苏咬牙切齿。

"大姐,洋楼里住的,是我女儿!"方若愚跪倒在地。

麻苏苏惊住。

甄精细一把拽住麻苏苏:"姐,走啊,要炸了!"

方若愚抱住麻苏苏的腿,哀求道:"大姐,求求你了,大姐!"

甄精细一脚踢向方若愚:"滚,滚开!"

急促的"嘀嗒"声中,炸弹还有十秒就爆炸。甄精细惊慌起来,方若愚死死抱着麻苏苏不松手:"大姐,求求你!"

麻苏苏终于放话:"拆了。"

甄精细犹豫。

麻苏苏低吼:"拆!"

甄精细转头奔向炸弹,就在走针归位最后一秒时,"喀嚓"一声,红线被甄精细剪断了。

时间停止,空气凝固,异常平静。

麻苏苏气得身子发抖:"小方呀,小方,你太不像话啦,我千想万想都没想到呀,你居然……居然……"麻苏苏一脸愤懑,"居然有这么个大孩子!"她一记耳光打在方若愚的脸上,吐出来两个字,"缺德!"

第四十三章

当方若愚迫不得已说出袁飞燕是自己女儿的时候,他并没有如释重负,相反,他却从一种恐惧走进了胆寒。他对自己的组织太了解了,他知道,当组织得知自己这个"老姨夫"有个女儿时,等待他的,一定是难以预料的不测。

夜渐渐深了，街面上腾起了苍白的水雾，犹如一层帷幔，将青泥洼街覆盖。

良运洋行里，麻苏苏带着虚情假意埋怨着方若愚："这么大的事儿，你也不早跟我说，也好让组织上对你女儿能多一些关照。"

"关照？"方若愚苦笑，"大姐，这话你信吗？"

"你不信组织还不信我吗？我肯定会把飞燕当自己的闺女对待。"

"大姐，你我在这个组织里都不是三年五载了，对这个组织的行事方式了如指掌，组织上的人，哪个不冷血无情？"方若愚加重语气，"也包括我自己。"

"小方啊，你这可真是冤枉死我了。"麻苏苏靠向方若愚，"对敌人，我确实是冷酷无情，但是对你小方，我可是关怀备至啊。"

方若愚恳求道："大姐如果真关心我家姑娘，就请不要管她的事儿。"

"这说的什么话？"麻苏苏不满，"姑娘是你的，也是党国的，关心她，帮助她，于公于私都是我这个做大姐应该做的事，小方，你就别跟我客气了，见外了。"

方若愚苦着脸："大姐，我真不是客气。飞燕暴露出来，一旦让组织知道了，十有八九就会成为'大姨'用来威胁我的砝码。"

"那你多虑了，只要你对组织忠心，'大姨'怎么好拿这个事威胁你，我也不能让呀！别多想了！"

"我是不是多想，你我心里都再清楚不过了。"方若愚推心置腹道，"大姐，干我们这行的，施的是阴谋而非阳谋，虽说我们在打着革命的旗号施阴谋，但依旧摆脱不了缺德的实质，所以自古以来，间谍大多没有好下场。"

麻苏苏皱起了眉:"这话不好听,呸呸呸,不算数啊,以后不许再说了。"

方若愚叹气道:"说老实话,革命这么些年,我已经体累心乏,现在只想带着飞燕离开这个是非之地,寻一个安静的地方过太平日子。"

麻苏苏莞尔一笑:"小方呀,你这个想法和我一样,我也想和自己的爱人相依相偎,静享平静生活。"忽地,神色骤然严肃起来,"只不过,不是现在。方若愚同志,你我都是党国花费心血培养多年的精英,现在又是党国用人之际,如果我们人人思谋着过自己的小日子,革命胜利无望不说,只怕偌大个中国,共产党都不会给你我一个立锥之地了。这个问题,你想过吗?"

"对党国,我已经尽忠尽力这么多年,组织也该为我考虑考虑了。"

"考虑肯定是要有的。"麻苏苏端起咖啡,慢悠悠地说道,"飞燕年龄也不小了吧?"

方若愚警觉:"大姐什么意思?"

"老话说得好,男大当婚女大当嫁,我呢,倒是可以代表组织当一回红娘,给飞燕搭个桥、牵个线。"麻苏苏笑着。

方若愚赶紧说:"此事就不劳大姐费心了。"

"客气什么,这个小伙子你认识,飞燕更认识。"麻苏苏喝了口咖啡,"文工团的杨欢,别看在《白毛女》里演狗腿子穆仁智,和黄世仁一起欺负飞燕,可是在生活中,他对飞燕那可是一直情有独钟。"

方若愚大感意外,杨欢和刘曼丽在洋楼外亲昵的一幕就够让他惊讶的了,没想到杨欢还受到了麻苏苏的赏识,他小心地问:"杨欢……是我们的人?"

麻苏苏笑着点点头:"没看出来吧? 这说明不管是生活中还是舞台上,杨欢的演技都不错。你看,他和飞燕是同行,和我们是同志,你们三个人组成一个家庭，那就是天作之合呀。"

方若愚沉下脸来："我不同意。"

"为什么？"

"飞燕感情上的事谁都做不了主，谁也没有这个权利，包括我在内。"

"我这只是个建议。"麻苏苏尝试循循善诱，"以前都说，媒妁之言，父母之命，现在呢，是组织介绍，也属天经地义。小方呀，就连共党结婚都靠组织出面，讲究的也是志同道合，这样才能纯洁队伍嘛。"

"不行！"方若愚态度决绝，"谁要是敢打我家飞燕的主意，别说我方若愚翻脸不认人！"

麻苏苏恼了："方若愚，难不成你想把你女儿嫁给共产党？"

方若愚心里一颤："'老姨'，你这话可是无中生有。"

"未必吧？"麻苏苏冷冷说道，"据我所知，袁飞燕对那个傅家庄一直都眉来眼去！"

方若愚一阵心虚。

"小方呀，我当这个媒婆，完全是为飞燕好。"麻苏苏开导道，"你想想，傅家庄是我们的死敌，倘若真遂了飞燕的心愿，你这个党国的'老姨夫'就成了傅家庄的老丈人，到那时候，就是家国难分了呀！"

"我再说一遍，请你不要信口开河！"方若愚冷脸起身，拂袖而去。

麻苏苏对着方若愚的背影说道："是不是信口开河，你回去问问袁飞燕小姐，自然一清二楚了。"

麻苏苏的话，像一张大网，向方若愚罩来。

对今天晚上洋楼外发生的事情，袁飞燕全然不知。她洗漱完毕刚准备躺下，大门响起一阵紧似一阵的锤门声，袁飞燕有点害怕，壮着胆子下楼一问,居然是提着大包小卷的高大霞。她熟门熟路地进来:"全大连的老百姓都为搬家运动拍巴掌,结果,洋房不够住了,你一个人住这么大房子影响不好,也太空了,我搬过来,正好帮你摊一摊,均一均。我过来也不耽误你什么,有空的时候,咱俩可以互帮互学,我教你做做饭,你教我唱唱歌。昨晚喝多了,唱得东倒西歪,不过也对,我要唱好了,能把好几拨敌人吓跑嘛,他们好赖着不走了。"高大霞说笑着,归置起自己的东西,这里俨然已经成了她的家。

想到高大霞要跟自己住到一起,袁飞燕有些后怕,她说过一阵父亲会过来和自己一起住,高大霞在这里怕是大家都不方便。高大霞一指楼上:"你爸来了也能住下,楼上三个房间呢,楼下也有三个。你要说往后成了家,生他五六个孩子,倒是会挤巴点儿。那样也好,热闹。"

袁飞燕脸一红:"你说得太远了,我连男朋友都没有,孩子的事就更谈不上了。"

"男朋友不是现成的嘛。"高大霞说,"我看团里的杨欢就挺好,人家也喜欢你。"

袁飞燕不悦。

高大霞好奇:"看你这副表情,是有心上人了吧?快和姐说说,是谁?"

"这是我的隐私,我不想说出来跟别人分享。"袁飞燕转身上楼。

外面传来敲门声,高大霞和袁飞燕都有些疑惑,这么晚了谁还会来?高大霞嘟囔着要去开门,袁飞燕喊着:"我来。"跑到门前开了门。

"燕儿!"方若愚站在门前,露出一脸慈爱。可他的笑容还没有完全绽放开来,便僵在了脸上,袁飞燕的身后,走来了高大霞。

"挽霞子?你来干什么?"高大霞疑惑。

"我,我,我走错门了。"方若愚惊慌失措地回身便走。

"你站住！"高大霞断喝一声，跟了出去，一把拉住方若愚，"你跑这儿来干什么？还要装神弄鬼是不是？"

"谁装神弄鬼了？"方若愚甩开高大霞的胳膊，"我就是白天看见报纸上说这个洋楼闹鬼，觉得好奇，过来看一眼，这怎么还犯法了？"

"过来看一眼？"高大霞怒目圆睁，"你在这儿可是熟门熟路。说，你是不是知道这里住的人是谁？"

"当然知道。"方若愚掩饰地笑笑，"报纸上都说了，是演喜儿的演员。"

"少给我装！"高大霞逼视着方若愚，"你刚才喊了一句'燕儿'，你来这儿关系可不一般哪。"

方若愚紧张起来："什么一般二般，我听不明白。"

"确实不一般！"袁飞燕疾步到了两人跟前。

方若愚脸色一冷，对袁飞燕喝道："你别乱说话！"

"我要说！"袁飞燕怒视着高大霞，"高大霞，你说的一点儿没错，我们的关系确实不一般，因为，他是我爸！"

袁飞燕掷地有声的回应，将咄咄逼人的高大霞惊得一愣。

三个人进了屋，高大霞还没有从刚才的惊愕中回过神儿来，她打量着面前的父女俩，摆出审问的架势："你姓袁，他姓挽，不对，他姓方，你俩怎么能是父女俩？ 袁飞燕，你可不能包庇他！"

"我不用包庇，他就是我爸，我随我妈姓。"袁飞燕涨红着脸。

高大霞咄咄逼人："你俩既然是父女，你为什么不早说，还要躲躲藏藏，遮遮掩掩？"

"高大霞，有什么事你冲我来，别朝着我姑娘张牙舞爪！"方若愚拉开袁飞燕。

"好，那我问你。"高大霞盯着方若愚，"你掩盖和袁飞燕的父女关系,是不是别有用心?"

方若愚冷笑:"这个世界上,我还没听说,一个父亲会对自己的女儿别有用心。"

"那你就是担心别人知道飞燕有个汉奸父亲!"

"高大霞,你这么说话要负责任!"袁飞燕大喊起来,"傅家庄都不认可我爸是汉奸,你凭什么一天到晚信口开河?"

高大霞被噎了一下:"我不跟你辩驳这件事,飞燕,你……"

"你别叫我飞燕,我有名字!"

"飞燕,别这么说话。高大霞是对我有误会。"方若愚语气平和。

"挽霞子,你别拿误会当挡箭牌!"高大霞最受不了方若愚装出的可怜相,"你和飞——袁飞燕的关系,组织上会调查,等调查出你特务汉奸的真实身份……"

"高大霞,请你不要血口喷人。我爸不是特务,更不是汉奸!"袁飞燕怒声打断。

"那你们为什么要瞒着这层关系?"高大霞步步紧逼。

"那是因为、因为,因为他当过旧警察,他怕别人看不起我。"袁飞燕眼圈一红,抽泣起来,"爸,是我对不起你,让你跟着受委屈………"

高大霞神色肃然:"袁飞燕,你的出身选择不了,这我不怪你,可你有这么一个爸爸,你没向组织上说清楚,这就是十分严重的错误!你成天在舞台上演革命剧,连这点儿觉悟都没有吗?"

方若愚忍无可忍:"高大霞,你无权冲着我女儿又喊又叫!我再说一遍,我是不是特务,不能由着你高大霞瞎胡乱定性!"

袁飞燕也怒容满面:"高大霞,如果仅仅因为你个人毫无证据的一个怀疑,就把特务的帽子戴到我爸头上,那我们没有办法生活在同一个屋檐之下,请你离开这里!"

高大霞直面两人的愤怒，却冷静下来："原来要是因为你看不上我，我可以搬走。但现在不一样了，有挽霞子住在这里了，那我就必须在这儿住下。"

"那你自己住吧，燕儿，咱们搬！"方若愚推着袁飞燕上楼。

袁飞燕一扭身："凭什么？这洋房是我响应号召，光明正大得来的，为什么要让给她？"

方若愚劝道："我黑石礁的房子不次于这个洋楼，你去住也住开了。"

高大霞冷笑："挽霞子，你就是心虚，所以急着搬走。"

方若愚无奈："高大霞，我惹不起还躲不起吗？你能不能不把别人往绝路上逼？"

高大霞冷笑："你躲着我，就是因为在我眼皮子底下干不了坏事。"

袁飞燕看向方若愚："爸，既然她都把话说到这个份儿上了，咱们更不能搬了！"

房门再次敲响，对峙着的三个人都一愣。高大霞去打开大门，来的居然是刘曼丽和傅家庄。两人没想到在这里会见到方若愚，更没想到此时的方若愚还多了另一个身份：袁飞燕的父亲。

见到傅家庄，高大霞底气更足了，一口咬定，袁飞燕之所以随了母亲姓"袁"，是因为方若愚怕自己的特务身份露馅。

方若愚恼火："傅处长，请你管束一下高大霞，她这么口无遮拦，不光伤害到我，她现在人身攻击的还有我无辜的女儿，这我就'是可忍，孰不可忍'了！"

高大霞朝方若愚吼道："别说你叔忍不忍，他知道你干了多少坏事啊？"

刘曼丽劝着方若愚："方先生，别跟大霞计较，你叔那儿我去帮你说。"

袁飞燕上前："傅处长，让高大霞住进来，真是你的意思吗？"

傅家庄点点头："我们希望家家户户居有其屋。当然，如果你不同意的话……"

"我同意，"袁飞燕打断傅家庄的话，"我一个人占着这么大的洋房，确实太过奢侈，也没有必要，来个邻居，我欢迎。不过，既然高大霞口口声声诬陷我父亲是特务——"

高大霞抢话："不用诬陷，就是真的！"

袁飞燕不理会高大霞，义正词严地说："傅处长，高大霞没有证据的要挟，就是毫无道理的骚扰。作为女儿，我有权利提出抗议，希望傅处长能够理解支持我的抗议，出面阻止高大霞无休无止的胡闹。"

高大霞笑起来："我这还没说什么哪，你们父女俩倒演起双簧来了。好啊，心里没鬼咱就住起来看，我倒要看看，在我眼皮子底下，你'老姨夫'还能作什么妖！"

袁飞燕冷笑："能 24 小时雇佣一个看家护院的人，还不用花一分钱，我们可是捡了大便宜。"

高大霞气恼："袁飞燕，你说谁看家护院？你拿我当狗啊？"

袁飞燕不依不饶："当什么都是你说的。"

"飞燕，别这样。"方若愚脸一板，"就是住在一起，也是她住她的，我们住我们的。"

傅家庄说："是啊，住到一起就是邻居了，老话说得好，远亲——"

袁飞燕打断："傅处长，请不要说什么远亲不如近邻的话，我看出来了，高大霞与我父亲的积怨，是不可能在短时间内消除的。既然如此，能不能麻烦傅处长发一句话，让他们各过各的生活，互不打扰，互不往来，相安无事。"

方若愚说:"这也是我的愿望。"

"做坏事还想在我这儿蒙混过关,你想得美!"高大霞厉声说道。

"那我们就不用自寻烦恼了,爸,咱们搬走。"袁飞燕转身上楼。

"飞燕,我们不搬!"方若愚追上楼去。

方若愚之所以决定住下来,是觉得高大霞就是一块狗皮膏药,自己无论躲到哪儿她都会粘到哪儿,要是真搬走了,也会让傅家庄以为自己心中有鬼。更重要的原因还有,麻苏苏已经知道了袁飞燕是自己的女儿,他这个父亲保护女儿最有效的办法,就是尽可能陪伴在她身边。

袁飞燕还是担忧:"爸,你可得想好了,跟高大霞住到一个屋檐下,她不会让你清静的。"

方若愚故作轻松:"她呀,就是瞎乍呼,要真能抓住我什么把柄,早把我置于死地了。"

"那你还真有什么把柄没让她抓着?"

方若愚自觉失言:"我根本就没有把柄,她上哪儿抓去? 真是的,我都让你绕糊涂了。"

袁飞燕迟疑着,轻声问道:"爸,你看傅家庄怎么样?"

"不管他怎么样,你最好离他远点儿,一看就是经历过不少事的人。"方若愚说。

袁飞燕不悦:"人家当然经历过不少事,我不跟你说了嘛,他不光是抗日英雄,还留过苏,能文能武。他的经历随便拎出一件来,都是惊心动魄的英雄故事!"

"只要是故事,都是用来听,不是用来当饭吃的,更不能当日子过。燕儿,听爸的,离他远点儿。"

"我都这么大了,知道分寸。倒是你,提防着点儿。"

"提防傅家庄?"

"提防高大霞。原来她隔着十万八千里都能闻着味儿找到你。现在好了,这抬头不见低头见的,她要是真的万一……"

"我心中无鬼,自然问心无愧,哪来什么万一。"话虽这么说,但方若愚内心还是惴惴不安。

刘曼丽参观完洋房里的设施,也动了搬过来住的念头:"这里有抽水马桶,还有瓦斯,我也得享受享受。"

傅家庄赞同:"嫂子过来住,也能有个照应。"

"我是来照应方先生的。"刘曼丽说,"高大霞一天到晚跟我和守平的救命恩人作对,这个事儿,我不能不管。"

高大霞不满:"从个人立场说,我也感谢他救过你和守平的命,可从革命立场上看,他就是我们的敌人。对他放松警惕,就是允许坏蛋作恶,他会给我们的革命带来多大危害,谁都说不准。"

"说不准你还说得一包劲? 这就是无中生有。"刘曼丽瞅了一眼高大霞。

"等我揪住他的狐狸尾巴就有了。"

"你觉得你能揪住?"刘曼丽不屑。

"当然能,你没听过吗? 再狡猾的狐狸都躲不过好猎手。"

"你是不是好猎手,我不知道,但方先生肯定不是狐狸,人家是叫你冤枉的好人。"刘曼丽越说越激动。

高大霞狡辩:"当初他救人,就是为了今天隐藏身份。"

"大霞,你这么说就牵强了。"一直沉默不语的傅家庄认为高大霞在强词夺理,"当年,方科长冒死救下嫂子和守平,说明他还有中国人的良心,没有与日本鬼子沆瀣一气。就凭这一点,已经难能可贵了。"

刘曼丽赞同:"我不是高家人,你高大霞可以不管我死活,守平可是你断了骨头连着筋的亲兄弟啊,人家方先生救人还救出罪来了?"

高大霞被噎住了。

同一个屋檐下,楼上,住着躲猫的方若愚,楼下,住着抓鼠的高大霞。谁都知道,猫捉鼠的游戏一旦上演,日子就没有太平的时候了。果不其然,第二天,提着公文包的方若愚一下楼,就遇到了挑事儿的高大霞:"挽霞子,一宿没睡好吧?"

方若愚看着眼里布着血丝的高大霞:"你睡得也不怎么样。"

"我是换地方睡不着,你是心虚,怕说梦话暴露了身份。"

"随你怎么说吧,你不仁,我们不能无义。"方若愚指指厨房,"飞燕一大早买了包子,给你留在桌上,我上班去了。"

高大霞看看桌子上的包子:"行,等我忙完文工团饭店的事,就上物资公司找你。"

已经走到门口的方若愚回身:"高大霞,你还真打算一天 24 小时都不放过我呀?"

"对,只要你一天不交待自己是国民党特务,我就绝不放过你。"高大霞拿起桌上的包子,狠狠咬下一大口。

出了门的方若愚回望着洋房,不由打了个寒噤。想到未来的日子里都要和高大霞相伴,方若愚的头一下子大了。

头大的还有高守平,搬家运动的总结写了撕,撕了写,还没有写满一页,无奈之下,他只好去向傅家庄求援了:"傅哥,你让我拿枪瞄个准行,可让我舞文弄墨,真是难为我呀。"

"这可不行。毛主席在延安的在职干部教育动员大会有篇讲话,说的就是你这种问题。毛主席说,大家都要努力学习,不可落后,不可躲懒睡觉。我看你呀,让毛主席说中了。"傅家庄用铅笔敲了敲高守平的脑袋。

高守平不由肃然起敬:"毛主席真厉害,他都知道我一学习就偷懒打盹儿。"

傅家庄笑："毛主席说的是一种现象,我们队伍中的很多同志都有这个毛病,带兵打仗不怕,一学习就犯困头痛。"

"对呀,我们就是大老粗,识文断字写文章,这哪是我能干的事。"

"党内像你这样的同志不少,以大老粗为傲,这可不行。革命不光要打打杀杀,还要学习文化。将来天下太平了,肚子里没点儿真才实学,能治理国家吗?毛主席在《改造我们的学习》中,就引用了一副对子来形容没有文化的干部:墙上芦苇,头重脚轻根底浅;山间竹笋,嘴尖皮厚腹中空。"

高守平糊涂了："毛主席批评干部,跟芦苇、竹笋有什么关系?"

傅家庄不禁莞尔："这是形象的比喻。守平,毛主席为不爱学习的同志开出的药方,就是要让大家一面工作、一面生产、一面学习,而且还要求我们的干部坚持每天两小时的学习制。我看你呀,得有每天学习两小时的决心和干劲。"

"我一定响应毛主席的号召,逼着自己好好学习。"表态之后,高守平又挠头了,"不爱学习这点,我真随了我姐,她是一翻书就头疼,我是一看字就打盹儿。"

傅家庄思忖道："现在还真有个现成的先生,可以教你和你姐一块儿学文化。"

"谁?"

"挽霞子——不对,方科长,方若愚。"傅家庄暗叹自己都要被高大霞带歪了。

高守平为难："这个事,我姐肯定不能让。"

高守平猜得没错,高大霞一听他要拜方若愚为师就火了："不行,跟狗特务有什么好学的?"

高守平看向傅家庄,无奈苦笑。

傅家庄忙说:"这是我出的主意。"

"那你就是糊涂蛋!你也不想想,就他挽霞子那一肚子的坏水儿,能把守平往好里教吗?"

"人有好坏,知识可没有黑白。守平是跟着他学知识,学文化,他要真把守平往沟里带,教了不该教的东西,倒是正好验证了你的怀疑,这反而未必是坏事。"

"那就是让守平帮我监视他呗?"高大霞想了想,"这倒是个办法,我还可以接受。"

高守平没想到,三言两语中,自己就被高大霞布置了盯梢的任务,想辩驳,却被傅家庄用眼神制止:"你这样解释,也行得通,这样守平正好可以近距离接触方若愚,他的言行,在一定程度上也代表了他的立场。"

高守平反应过来:"我底子薄,人家还未必肯收我这个笨学生呢。"

"他敢不收!"高大霞底气十足,替方若愚做了主。

方若愚回来听到这个消息,犹豫起来。傅家庄做了一通工作,方若愚又以担心高大霞不让拒绝起来。

傅家庄说:"大霞是个明白人,她也希望守平能多学点儿文化知识,将来有更多的本领报效祖国,建设祖国。"

"共产党真是深思远虑,这自古以来都是上马定乾坤,提笔安天下。只是方某才疏学浅,怕是有负二位。"方若愚婉拒道。

高守平面露怯意,看向傅家庄,傅家庄示意他积极争取。高守平鼓足了勇气说:"方先生,你就收下我吧,这也是组织交给我的任务。"

方若愚悠悠叹道:"百无一用是书生,生在乱世,靠的是枪炮。"

一直躲在屋里偷听的高大霞急了,冲出来指着方若愚教训起来:

"让你当先生,是抬举你,是让你将功补过! 你别不知道好歹!"

傅家庄脸色一沉:"高大霞,你胡说什么!"

高守平也上前拦住高大霞,却被高大霞一把推开:"挽霞子,你别给脸不要脸!"

高守平拖走了高大霞,方若愚面带愠色:"傅处长,你都看见了,就高大霞这样,我敢收她弟弟吗?"

傅家庄说:"她是看你不答应,才着急的。另外,如果通过教守平文化知识,也能缓和一下你和大霞的关系,让她进一步了解你,这也是好事。"

在傅家庄的一再说服下,方若愚总算松了口,傅家庄喊出高守平,让他行了拜师之礼。

高大霞听说方若愚答应收下高守平了,担心地对傅家庄说:"他那是因为知道守平是机要科长,他想偷情报。"

傅家庄不以为然:"守平有数,你放心吧。往后,他们在楼上学习,你别去捣乱就行。"

高大霞生气:"刺锅子,你怎么老替他说话!"

接下来几日,高守平随着方若愚学起了基础文化知识。照着方若愚的计划,以往孩子上私塾,都得是从《三字经》《百家姓》《弟子规》这些入门书籍开始啃起,可这在高守平看来委实太过难为情,一是他没有耐心去弄明白那些老八股,二是去学那些娃娃年纪学的东西,传出去丢人。方若愚斟酌再三,决定改教《论语》。古人云,半部论语治天下,想来高守平倘若能学到点《论语》的皮毛,且不论治天下的大事,起码写上大半页纸的心得体会不应该算难事吧。方若愚让高守平先学两句话,第一句话是,子曰,巧言令色,鲜矣仁。第二句话是,子曰,视其所以,观其所由,察其所安,人焉廋哉? 人焉廋哉?

高守平听着，一脸的茫然，方若愚解释道："孔子说的'巧言令色，鲜矣仁'，就是花言巧语，容色伪善，这样的人很少有仁德；孔子又说，视其所以，观其所由，察其所安，人焉廋哉……"

高守平皱着眉头，还是摇头说听不懂。方若愚没招了："看来，还是得从《三字经》《百家姓》入手。"

"不用，就孔子曰。"高大霞闯进屋来，"他曰得太好了，把我心里话都曰出来了。"

高守平说："姐，方先生给我上课呢，你回去。"

高大霞一屁股坐到椅子上："孔子是真神哪，把坏人都写进书里了。"

方若愚一见高大霞就头痛，跟高守平商量今天的课先不上了，让他回去消化消化再说。高守平没说什么，高大霞不干了："不用回去，就在这里消化。挽霞子，有空你让我见见孔子，他比我厉害呀，一眼就把你看穿了。"

方若愚一本正经地说："孔子你是见不着了。"

高大霞冷笑："你是怕我俩联起手来，没你好日子过吧？"

方若愚挖苦道："你跟他是肯定联不上手了。"

高大霞知道方若愚不会帮自己这个忙，转身安排起高守平来："守平，你到公安总局帮我查一查，看看孔子他家住哪儿，我自己去找，我还不信找不着了！"

高守平一脸无奈："姐，你别胡闹了，刚才方先生还说，孔子都死了快两千年了。"

高大霞这才明白过来，方若愚一直在耍自己。她突然想起文工团演的秧歌剧《夫妻识字》，那里面的唱词早就说了，庄稼人为什么样要识字，不识字不知道大事情，旧社会咱不识字，糊里糊涂受人欺。

第四十四章

因为有了杨欢,不再寂寞的刘曼丽越发同情高大霞的孤单了,她知道,那是夜深人静突然醒来莫名流泪的难受。不知内情的高大霞对刘曼丽也充满怜悯,要让傅家庄和高守平从他们公安总局里找一找,有没有合适的好小伙。刘曼丽拦着:"别问了,叫傅大哥笑话,还以为我成天光想着找男人。"

高大霞说:"找男人怎么了?你这岁数再不抓紧找,就只能找老头子了。"

刘曼丽不满:"我怎么就偏得找老头儿?"

高大霞说:"嫂子,你得识时务,毕竟你跟我哥有过一段……"

刘曼丽最不爱听这个:"高大霞,你成天喊自己是老革命,怎么脑袋瓜子里装的都是封建思想?谁规定我成了寡妇就不能找年轻小伙儿了?"

高大霞知道刘曼丽不爱听这个,忙解释着:"嫂子你急什么眼呀,我就这么一说,那小伙儿……哪那么好找的。"

刘曼丽心里觉得好笑:"我都不用找,就有小伙儿往我身上扑!"

不明就里的高大霞笑道:"你也不怕风大扇了舌头。"

刘曼丽怕她再追究下去,把话题转移了方向:"我的事儿就不用你操心啦。你要是有闲心,还是先管管自己吧,万毛驴子你要看不上,就赶紧把傅家庄拿下。"

高大霞笑道:"你当这是在大菜市买菜啊,这家不行就换一家。"

"那不就是这样嘛,这棵树不行你还非得在这棵树吊死呀?"刘曼丽一副看透世相的样子,"傅家庄现在是傅处长,等过一阵人家当上副局长、副市长,官越做越大了,就更不好追了,围在他跟前的小姑娘个个比你水灵,人家还稀得看你一眼啊。"

高大霞低声说:"傅家庄不是那样的人。"

"是不是那样的人,谁也说不准。"刘曼丽怒其不争地掐了高大霞一把,"不怕贼偷就怕贼惦记,下手晚了,哭你都找不着地方。"

"叫你说的,像我还非嫁傅家庄不可似的。"

"都是打那时候过来的,你急不急,我知道你自己也知道。"

就在两个妯娌掏心窝子的时候,翠玲提着食盒来了,她进来跟两人点了头,把食盒送到了楼上。

一见翠玲,刘曼丽就觉得眼熟,想了半天,惶恐起来:"她不是清明和鬼节老在咱家门口烧纸的那个人吗?"

"对,是她。"高大霞点头。

刘曼丽急了,冲着翠玲的背影嚷道:"你干什么? 还追着腚来烧纸啊?"

高大霞说:"别嚷嚷了,她是个哑巴,来找挽霞子的。"

刘曼丽疑惑地看向高大霞:"你怎么知道?"

高大霞说:"我在挽霞子家见过她。"

刘曼丽不可思议:"方先生那么正经一个人,怎么也下道了?"

高大霞立时来了精神,借着刘曼丽的话头儿,又把方若愚好一顿揭批。刘曼丽不放心翠玲一个人在楼上,上去一看,翠玲居然在收拾着卫生间。送走翠玲,刘曼丽不免一阵唏嘘:"这个女人长得标致,人也勤快,要是不聋不哑,我倒觉得她和方先生挺般配。"

高大霞听不得刘曼丽说方若愚的好，催促着刘曼丽赶紧去上班。

刘曼丽到了公安总局门口，碰到了邢团长和金青，两人对刘曼丽在这里工作，表现出了极大的惊讶和钦佩。刘曼丽一激动，差点儿说出自己和杨欢的关系。刘曼丽绝对料想不到，未来的日子里，杨欢的命运会与邢团长和金青的此次公安总局之行，息息相关。

杨欢最近一直饱受着刘曼丽的折磨，昨天排练的时候，他因为老是走神，又挨了邢团长的骂，说他的魂不知被哪个女人勾走了。大春借机起哄，说哪个女人瞎眼稀得勾搭他穆仁智，他个狗腿子也就勾搭个小寡妇还差不离儿。杨欢一听就急了，挥拳打向大春，邢团长和大家费了九牛二虎的气力将两人拉开。哪知道邢团长又哪壶不开提哪壶，拉完架又当众批评杨欢："你怎么气性这么大？就为一句勾搭小寡妇就动手？他说勾搭你就勾搭了？啊？开个玩笑就动手？你至于吗？打坏了他，你演'大春'啊！"

杨欢气呼呼地瞪着邢团长："我怎么不能演？他的词儿我都会。"

邢团长笑了："都会就能演？我还都会喜儿的词儿哪！"

大春跟着笑起来，邢团长转身又批评他："你还笑？打人不打脸，你说人家勾搭小寡妇，这不是要把杨欢窝囊死吗？好歹他也是咱们文工团的主要演员，这要传出去，影响多不好？别人会怎么看他？他还有脸待在团里，有脸活在世上吗？"

听邢团长这么说，大春不乐意了："团长，你这话就不对了，寡妇也有追求爱情的权利，杨欢就是追求寡妇也不丢人，只要他们真心相爱。"

"我干死你！"大春的话，又一次激怒了杨欢，他冲上去又和大春撕扯了起来。

不知道大春是不是把对杨欢的记恨带到了戏里，他随后在文工团的业务会上，提出了一个建议，说枪毙穆仁智时用的木头手枪轻飘飘的,让他在演出时的投入感与真实度大打折扣,希望能有把仿制的真枪,这样演起来也能入戏。邢团长觉得既然是为戏好,这个要求也不算过分,第二天就带着管道具的金青来找傅家庄了,没想到在门口碰上了刘曼丽。他俩让刘曼丽领着,见到了傅家庄,把意思一说,傅家庄倒是很通融,和李云光研究了一下,批给文工团一把苏军 TT-33 制式手枪。送两人出门时,傅家庄一再嘱咐,这把枪虽然没有子弹,但还是要严加保管,出了事,谁也负不了责任。邢团长和金青拍着胸脯保证,人在枪在,绝对出不了岔子。

刘曼丽从邢团长嘴里得知晚上文工团没有演出任务,下班后就去堵杨欢,门卫说杨欢早走了,刘曼丽悻悻回到洋楼,在房间里捧着张爱玲的《倾城之恋》找安慰。高大霞回来,看见刘曼丽抱着书卷缩在床边抽抽搭搭抹眼泪,吓了一跳:"怎么了,嫂子,哭鼻子掉泪的。"

刘曼丽叹道:"有情人难成眷属,一点儿都不假。"

高大霞不明就里:"谁和谁没成呀?"

刘曼丽张了张嘴,满腔的愁绪却不知从何说起:"说了你也不懂,别管我了,让我再哭一会儿。"

"人家看书都是找乐儿,你倒好,自己找哭。"高大霞放下心来,坐到旁边,抓了把床头柜上摆着的炒瓜子嗑起来。

"你走,走,让我自己缓一缓。"刘曼丽挥着手。

高大霞起身,端着瓜子盘子要走,刘曼丽喊住了她:"吃的你端走干什么? 放这儿!"

"放这儿不耽误你哭吗?"高大霞揶揄道。

两人正斗着嘴,外面传来开门声,方若愚下班回来了。他关上门蹑手蹑脚刚踩上楼梯,身后传来一声咳嗽,吓了他一跳,回头一看,高大霞正看着他。方若愚谦逊地点点头,又要上楼,高大霞喊住他,说早上翠玲不光来给他送吃的了,还帮着干了不少活,俨然是方若愚家的女主人。方若愚听出弦外之音,解释道:"我不是早跟你说过嘛,她丈夫以前是我的同事,人不在了,我就……"

"你就趁机霸占了人家的媳妇呗? 挽霞子,你可真不叫玩意儿!"高大霞抢白道。

"你又瞎说。我是说我经常帮帮她,她也经常帮帮我。"方若愚更正。

"你能帮人家什么? 劈个柴,捶个腿,还帮寡妇挑个水。"高大霞咄咄逼人。

"谁帮寡妇挑水?"没等方若愚回答高大霞的话,从屋里出来的刘曼丽把话接过去了。

"还能有谁呀?"高大霞看向方若愚。

方若愚怕刘曼丽误会,只得又把翠玲和自己关系一五一十道了出来,刘曼丽这才知道,早上见到的女人的丈夫,居然是为自己和高守平死的。

方若愚叹着气:"翠玲命苦,听不见说不出的,我能帮她的地方不多。"

高大霞心下触动,嘴上却一如既往地刀子一般伤人:"我光看人家帮你了,你肯定没少使唤人家、欺负人家。"

方若愚不悦:"我怎么欺负她了?"

"你刚才不是说,这些年都是翠玲给你洗洗涮涮吗? 你知道你把人家当什么了吗? 丫鬟、老妈子,你这就是欺压剥削劳动人民!"高大霞连珠炮似地责问。

"我……"方若愚一时语塞。

刘曼丽替方若愚不平起来:"你还有脸说人家方先生,你好啊? 这些年是谁撑着咱这个家,是谁把守平拉扯大的,你这算不算欺负我剥削我?"

高大霞一下子涨红脸:"嫂子,这不一样。"

"怎么到你这儿就不一样了?"

"咱们不是一家人吗?"

"那你怎么知道方先生和翠玲成不了一家人?"

高大霞瞪着方若愚:"挽霞子,你果然还有这勾勾心,我看你就是大连的黄世仁,不光把翠玲当喜儿盘剥,还要把人家翠玲霸占了!"

方若愚莫名其妙被扣了一顶大帽子,气得连辩解的心思都没有了:"高大霞,你,你干脆找把刀捅了我吧!"

"高大霞,你看你把方先生逼到什么地步了,他都不想活了!"刘曼丽跟着起哄架秧子,倒是叫方若愚觉得她过于夸张了。

杨欢确实在躲着刘曼丽,今天排练一完,他就赶紧撤了,在外面晃悠到天黑,他去了良运洋行,跟麻苏苏诉起苦来:"刘曼丽追得太紧,我真有点儿招架不住了。"

麻苏苏给他鼓劲:"越是这种情况,越考验人,没有一点儿困难,我也不会让你去。"

"我看她也没什么本事,就是觉得在她身上下这么大本钱划不来。"

麻苏苏把现磨的一杯咖啡放在杨欢面前:"划不划得来,得走着瞧,放长线钓大鱼的道理你应该懂。"

杨欢默然不语。

麻苏苏看出杨欢的消极,笑着问:"你们文工团的袁飞燕,不错吧?"

杨欢一怔:"怎么说起她来了?"

"要是把那个姑娘介绍给你,可以吗?"

"大姐跟她，很熟吗？我怎么不知道。"

"好饭不怕晚，现在知道也不耽误。"麻苏苏慢悠悠地说起袁飞燕和方若愚的关系。

杨欢惊喜："真想不到，外表单纯的袁飞燕居然藏得这么深。都说知己知彼，方能百战不殆。我连她爹是谁都没搞清楚，难怪追了这么久，都没追出袁飞燕一个笑脸来。"

"你现在可是占尽了天时、地利、人和，袁飞燕不给你笑脸都不成了。"

"话是这么说。但是想促成这个好事，还得仰仗组织帮忙。"

"其实，这种事也不必非得组织出面，凭你一表的人才，又会哄女人，自己完全能搞定。"

杨欢却叹气道："袁飞燕好像对我没有兴趣，倒是对那个傅家庄春心荡漾，每次见到他，两只眼都不由自主地放光发亮。"

提起傅家庄，麻苏苏脸上的笑意消失不见了："傅家庄是我们的敌人，就是袁飞燕有这个打算，方若愚也不会答应的，这一点，你大可放心。"

"那你说，怎么才能让袁飞燕把注意力从傅家庄身上转移到我身上？"

"这还不简单？只要生米煮成熟饭，什么难事都迎刃而解了。"

杨欢愣了愣，旋即意会一笑，举起咖啡："我就以咖啡代酒，先谢谢大姐了。"

麻苏苏也端起杯子："现在喝咖啡，等灭了共党，我可就要喝喜酒了。"

"谢谢大姐。对了，怎么一晚上都没见着精细，我来的时候他还在。"

"他去'二姨'那了，晚上就我一个人了，还怪害怕的。"麻苏苏露出了几分娇态，柔情地看着杨欢，手上的咖啡杯碰了过去。

自打麻苏苏知道了甄精细和大令的事，时常提起两个年轻人在一起的日子会是什么样，这让甄精细每回都对未来充满了无尽的向往，这也让他觉得能跟着麻苏苏这样体贴的老大姐干活，一定是上辈子修来的福分。自打上回大令在搬家运动现场撒传单时扭伤了脚踝，两个人再没见过面，这一回麻苏苏给他放了假，特意嘱咐他买点儿好吃的捎给大令，还允许他晚点儿回洋行。甄精细提着一包好吃的零食来到大令的住处，看到脚踝肿着的大令正坐在小板凳上给吴姐洗衣裳，心痛地流下了眼泪，抢过衣裳洗起来，大令笑他没个男人样，甄精细哭得越发厉害了，说他确实不像个男人，看着大令在这儿给吴姐当丫头使唤，也帮不上忙。大令不让他说下去，转移了话题，让他说说去小洋楼装鬼的好玩事，这果然让甄精细找到兴奋点："别提了，我和'老姨'装的鬼，没被真鬼吓死！"

大令吃惊："真有鬼？"

"可不吗？把我和'老姨'差点儿吓尿啦！"甄精细现在想来还心有余悸。

大令来了兴致："总算有件高兴事儿了，快快快，说给我听听！"

甄精细绘声绘色地描述起那天晚上的亲历故事，不时还添油加醋渲染一下气氛，大令听得目不转睛，甄精细讲到突然冒出来的白鬼时，大令吓得搂住了甄精细的胳膊，浑身打起哆嗦来。

"没事儿，'老姨'说一定是共产党装的鬼。"甄精细安慰大令。

大令想了想，点着头说："共产党这叫以牙还牙。"说完，自己觉得不妥，捂着嘴笑起来，笑了半天，这才发现甄精细盯着自己已经走了神儿。大令脸上泛起一团红晕，"你老看我干什么？"

甄精细悄声说:"你,好看。"

大令脸色羞红,举拳要打,甄精细却愣愣地迎了上来,并不躲避。

美好的时光总是过于短暂。吴姐一回来,便赶着甄精细赶紧回去,她知道,麻苏苏大晚上把甄精细支出来,一定是又犯了思春的老毛病。只是那个人是不是方若愚她咬不准,她想从甄精细嘴里套出实情来,不想这个傻子的嘴却严得跟贴上了封条似的,问他什么他都哼哼哈哈,就是不往你想知道的答案上说。再加上她回来的时候,看到他和大令有说有笑的高兴劲儿,吴姐更是来气,她喝斥大令今晚炖的小黄花鱼豆瓣酱放多了,齁死个瞎子。大令刚反驳了一句,吴姐便一个耳光甩过来:"再不干正经事儿,就给我滚!"

大令知道,吴姐今晚的气,多半是因为自己和甄精细的欢声笑语,惹了这个更年期的老女人不高兴。她忙推走了甄精细,让他赶紧回去。甄精细在门外心疼地摸着大令发烫的面颊,抽泣起来,大令抹着甄精细的眼泪,说自己不疼,话一出口,她的眼泪也下来了。

从方若愚搬到洋楼以后,高大霞晚上的觉总是睡得不踏实,老觉着方若愚在楼上会搞什么特务行动。可方若愚像是摸透了高大霞的心思,从来就没有给她发现的机会。今天晚上,已经灰心的高大霞早早睡下了,连傅家庄和高守平回来她都没听见。可刚迷糊过去,一阵隐隐约约的"刺啦"声断断续续传来,高大霞立即警觉地意识到方若愚这是行动了,她的心头一阵窃喜,光着脚到厨房提了把菜刀,蹑手蹑脚奔向了楼梯。走到高守平房间门口,她听到傅家庄在指点高守平怎么改搬家运动的总结材料。高大霞有心喊着两人一起上楼去抓方若愚的现形,可又怕一旦证据不确凿,自己脸上难看。想到证据在手再喊他们也不迟,高大霞还是一个人先上楼了。

方若愚房间的门虽然紧关着,可"刺刺啦啦"的声响显然比楼下清晰多了。高大霞一听这声音便兴奋得难以自抑,浑身的血液像是开了闸般涌上头来,整个身子也不由得颤栗起来。她举着菜刀撞开房门的一瞬间,把背对着门口趴在桌上调试收音机的方若愚吓得惊叫起来。等回过身看到是披头散发的高大霞时,方若愚气得半天没说出话来。

高大霞看到收音机前还有笔记,一个箭步冲上前去,将证据抓在手里,方若愚急了:"你又要干什么?"

高大霞扭头朝楼下喊着傅家庄和高守平,两人冲上楼来看到眼前的一幕,一脸茫然。

高大霞得意地将手里的证据递给傅家庄,"你看看,他用收音机在接收特务情报!"

方若愚欲言又止,苦笑着让傅家庄看看笔记上写的是什么情报。

高大霞嘲讽道:"都这时候了,你还能笑出来? 不愧是'老姨夫',还真能沉住气!"

傅家庄看了眼笔记上的内容,抬头看方若愚时,确实有些诧异:"这是你刚刚记下的?"

"如假包换,墨水还没干,你们就冲进来了。"方若愚承认。

傅家庄有些激动,上前把收音机的音量放大了一些,里面飘出了播音员温柔的声音:"……淡黄色的、像大肚舢板似的云片,在新切尔卡斯克上空静静地飘移。在淡黄云片上面的蓝色高空中,正对着闪闪发光的教堂圆顶,一动不动地高悬着一片灰色的,像乱蓬蓬的卷毛羊皮似的乌云。这片乌云的长尾巴像起伏的波浪一样伸延下来,在克里维扬斯克镇上空泛着粉红色的霞光……"

"这肯定是暗语。"高大霞自信地看着傅家庄。

"《静静的顿河》?"傅家庄看向方若愚,两眼发亮。

方若愚惊喜道:"你知道?"

"我不光知道，还读过，只可惜，我只读全了前三部，这是第四部吧?"傅家庄问道。

"是，是。"方若愚点头，"没想到傅处长也喜欢苏联小说。"

傅家庄面露惭愧:"不瞒你说，为记住米哈依尔·亚历山大维奇·肖洛霍夫这个名字，我好一顿背。"

高大霞糊涂了:"傅家庄，你这叽里咕噜一串一串的，说的是什么人呀?"

傅家庄解释道:"这位肖洛霍夫，是苏联一位著名作家的名字，代表作就是收音机里播着的小说《静静的顿河》。"

高大霞还是迷糊:"什么小说大说的，赶紧拿人才是正说!"

傅家庄忍不住笑道:"大霞，方科长收听的不是什么敌台，是我们的大连广播电台，记下的也不是什么情报，而是小说里的精彩片段。"

"不可能，绝对不可能。"高大霞拨浪鼓似地摇头，"要是听个广播，还能有'刺啦刺啦'的声音? 还用像做贼似地偷着听?"

方若愚无奈:"'刺啦刺啦'的声音，可能是我因为在找波段吧，至于声音，我是怕大了影响你们休息。"

"这是一场误会，希望方科长能谅解。"傅家庄递了个眼色给高大霞，"大霞，你误会了方科长，快道个歉。"

高大霞哼了一声，拎着菜刀气呼呼走开，傅家庄要喊她回来，被方若愚劝下:"算了，我让高小姐误会的事情太多了，虱子多了已经不咬人了。"

"你说谁是虱子?"高大霞回身质问。

"对不起，我的意思是说，我记住了孔子的话，子曰，人不知，而不愠，不亦君子乎?"方若愚不紧不慢说道。

高守平问:"这是什么意思?"

"意思很简单,孔子说,人家不了解我,我不生气,这不正是君子吗?"方若愚微笑着看向高大霞,"我们之间有误会,是因为她不了解我。"

高大霞厉声道:"你说错了,就因为我太了解你了,你才怕我。"顿了顿,"这一回,孔子没有曰对。"说完,气咻咻离开。

傅家庄意犹未尽地看着方若愚的笔记:"没想到方科长对苏联文学这么有兴趣,我这也算是觅到了知音。"

"如果傅处长不忙的话,能坐下来交流一下吗?"方若愚拉开椅子,"不瞒傅处长,我以前一直有个狭隘的偏见,总以为贵党的同志闹革命有一套,没想到,还有像傅处长这样痴迷于文学的人才。"

"方科长客气了。"傅家庄笑道,"不过你这个认识确实狭隘了一些,我们党历来不缺大知识分子,像陈独秀、瞿秋白、李大钊、李达,还有我们的毛泽东主席。"

方若愚深以为然地点头:"傅处长说的是,毛先生的《沁园春·雪》我拜读过无数次,那可真是气吞山河呀!"他清了清嗓子,吟诵起来"北国风光,千里冰封,万里雪飘,望长城内外……"

傅家庄不由自主地加入进来:"惟余莽莽;大河上下,顿失滔滔。山舞银蛇,原驰蜡象,欲与天公试比高。须晴日,看红装素裹,分外妖娆。江山如此多娇,引无数英雄竞折腰!"

漫长的夜晚结束了,一轮红日从天边徐徐升起。

公安总局会议室内,李云光一脸肃然:"当前的形势,不用我多说,你们也知道。老蒋有美国当后台,武器都更新换代了,清一色的美式装备,可我们呢? 还是小米加步枪。"

"光靠小米加步枪,想要对抗老蒋的飞机大炮,也不现实。"傅家庄沉声道。

李云光点头："所以,朱总司令下了命令,要在大连秘密筹建兵工生产基地!"

众人顿时兴奋起来,议论纷纷。

"中央认为,在大连建立军工生产基地有四个基本有利条件。"李云光清清嗓子,"第一,大连是'自由港',同上海、天津、香港、朝鲜都有联系,采购原材料比较方便;第二,由苏军军管的大连,已经成为我党实际控制的隐蔽后方,受战争的直接影响较小;第三,大连工业基础雄厚,既有钢铁机械,又有化工;第四,大连的熟练技术工人多,有利于生产。"他顿了顿,"当然,我们也面临着两个难题,一是缺专家,二是缺资金。"

傅家庄面露难色:"资金,我们可以想办法。可专家不是我们能解决的,他们脑子里的墨水,不是一下就能灌进去的。"

"傅家庄同志说的对,不过,朱总司令早给我们想好了解决之道。"李云光拿起了桌上的一封电报,"朱总司令已经签发了电报,要求'各战区速派干部携带资金到大连筹备兵工生产事宜'。目前,华东局、华中分局和胶东兵工总厂,还有晋察冀中央局,都已选拔了技术骨干派往大连。"

傅家庄激动起来:"在这么困难的情况下,中央对我们如此照顾,真是让我们既感动又惭愧,我们一定努力工作,不负中央重托!"

"朱总司令在电文中说,在大连设厂是'为长久计',这体现了党中央、中央军委从长远战略高度,制定了在大连建立大规模军工生产基地的决心。"

傅家庄目光炯炯地注视着李云光:"李副政委,你就下命令,说怎么干吧。"

李云光掏出名单,郑重地递给了高守平:"这是从各地调来的骨干专家来大连的时间和地点。你是机要科长,这份名单你一定要保存好,随时准备迎接,并要保证他们的绝对安全。"

高守平双手接过,郑重说道:"我用我的脑袋保证,一定保护好这些宝贝疙瘩!"

"你的脑袋可担保不了,不光你的,加上我和傅家庄同志的脑袋,也担保不了。"

"李副政委,让你这么一说,我肩膀上好像压着两座山。"

"这份名单确实有千斤重。"傅家庄看向李云光,"接收警察署的时候,就没接收到一个好用的保险柜,要么被损坏了,要么就不知道密码。李副政委,是不是把这份名单存到苏联大连警备司令部的保险柜里去?"

李云光摆了摆手:"名单知道的人越少越好,就不要麻烦苏联同志了,再说了,苏联接洽函的事儿一波三折,说明苏联大连警备司令部也不安全。"

高守平说:"李副政委,我们文秘室有一个保险柜,还不错。"

第四十五章

文工团接到一个紧急任务,今晚 8 点给大连职工总会护厂队和纠察队演出之后,要坐晚上 11 点的轮船去烟台,完成胶东地委安排的两场重要演出。文工团一大帮子人上船下船还好说,那些道具搬上搬下就不大方便了。邢团长给傅家庄打电话,商量能不能把道具装进集装箱,直接运到船上,让公安总局出个证明材料。傅家庄同意了,邢团长便安排上午没什么排练任务的杨欢去把材料拿回来。

杨欢到公安总局办完手续,想着去烟台前应该跟刘曼丽打个招呼,免得她到文工团和宿舍找不着自己,再做出什么越格的事来,把两人的关系闹得尽人皆知,到时候自己就难收场了。他找到刘曼丽的办公室,见屋门敞着,进了屋看见里屋的门开着,他回手锁上房门,轻手轻脚朝里屋走去。

刘曼丽刚把高守平送来的《筹建兵工厂骨干专家表》放进保险柜,看到突然闯进来的杨欢,激动得一时红了眼圈。她慌里慌张地关上保险柜,一回身便被杨欢拥入怀里,刘曼丽此时虽然情愫涌动,却也知道这里不是杨欢待的地方,推着他缠绵着去了外屋,顺手锁上里屋的门。刘曼丽没有想到的是,杨欢在里屋将她揽入怀里的时候,目光便已经被文件登记簿上最新录入的《筹建兵工厂骨干专家表》所吸引。杨欢清楚军工生产对于战争的重要性,尤其是在血雨腥风的当下,谁掌握了大规模的军工生产能力,谁就掌握了战争的未来。杨欢心里一直惦记着刚放入保险柜里的那份专家表,温存起来便有了目的性,他夸赞刘曼丽工作起来的样子最是迷人,还说今天过来算是开了眼界,头一回见到了保险柜长什么样子。

"那是日本特高课课长用过的东西,可结实了。"刘曼丽炫耀地低语。

"保险柜是用钥匙吗?"杨欢说话呼出的气息,撩拨着刘曼丽耳际的发丝,让她心间有种痒痒的骚动。

"这个有密码,比钥匙安全,转圈就行了。"

"啊? 转圈就能开? 怎么转?"杨欢的指尖在刘曼丽腰间画着圈,"像这样吗?"

刘曼丽周身瘫软起来,说话的声音打着颤:"这是秘密,不能说。"

"咱俩还有什么不能说的,你不相信我?"杨欢亲吻着刘曼丽的耳朵。

忽然,外面响起敲门声,刘曼丽吓得脸色煞白,焦急地望向杨欢。敲门声又响,还伴着喊声:"刘曼丽,你在吗?开门哪。"

刘曼丽怔住,居然是高大霞。杨欢的目光看向里屋,低声说:"我进去躲一下,你把她支走。"

刘曼丽犹豫,屋里放着重要文件,是不能有外人进去的,她示意杨欢别出声,高大霞敲一会儿知道没人,自己就走了。可外面的高大霞像是知道屋里的情况,不依不饶地敲起来没完,而且一阵紧追一阵,那架势好像如果不把门敲开,就没有要走的意思。刘曼丽也执拗起来,就是不应答,她不信高大霞能一直敲下去。确实,高大霞终于失去了耐心,转身走开了,可她刚走了没两步,屋里却传来一声响动,像是什么东西掉在了地上,高大霞兴奋地回来,又敲起门来:"刘曼丽,开门哪,我知道你在里面!"

声响是杨欢故意制造出来的,他把桌上的一个文件夹推到了地上。他这么做,是要逼着刘曼丽把高大霞放进来。只有这样,刘曼丽才能让他藏到里屋去,他才有机会打开保险柜,偷出那份《筹建兵工厂骨干专家表》。

杨欢的决定奏效了,刘曼丽听到高大霞在外面的喊声,彻底慌了,只得掏出钥匙,打开里屋房门,让杨欢藏进去。

"谁呀?等会儿啊。"刘曼丽虚张声势地喊着,回身打开房门。

高大霞不满地进来:"怎么回事?这么老半天才开门。"

"我,我都忙死了,你当像你啊?成天没事儿瞎溜达。"刘曼丽颤着声,整理着衣衫。

高大霞看了眼刘曼丽:"是忙得不轻,都忙出汗来了。"

"在里屋倒腾点儿东西,没听见敲门。"刘曼丽擦着额头上的冷汗。

"就你一个人忙乎?"高大霞问。

"不是我一个人还有谁?"刘曼丽不由自主提高声音,"高大霞,你可别胡思乱想啊,这是文秘室,旁人是不能进来的!"

高大霞不屑地撇了撇嘴:"有什么呀,我又不是没进过。你看你急赤白脸个样儿,不知道的还以为里面藏着野男人哪。"

刘曼丽一听就急了:"高大霞,你再胡说八道就滚蛋,这里本来就不能有生人!"

里屋的杨欢盯着保险柜,呼吸急促。他知道,只要打开这道门,就意味着立功受奖,就意味着荣华富贵、前途似锦。可是,他用尽所学,保险柜依旧纹丝不动。就在他灰心丧气决定放弃的时候,转机居然因为高守平的突然到来,骤然出现了。

来送文件的高守平一见高大霞,就撺她赶紧走,理由是这里有机密文件,不允许外人进入。对高守平的说辞,高大霞甚是不屑:"有什么了不起了的? 我来这个房间的时候,还没有你们俩哪!"

刘曼丽不信:"你呀,永远都是煮熟的鸭子,肉烂嘴不烂,吹牛都不打草稿。"

"我还用吹牛? 这里原来是小日本的特高课,"高大霞滔滔不绝,"你们现在的摆设,跟小日本那时候差不多,里屋,还有个保险柜,对不对? 不瞒你俩,小鬼子放在保险柜里的文件,我都偷过!"

高守平吃惊,藏在里屋的杨欢立却竖起耳朵,听着外面的动静。

"你从保险柜里偷过情报?"高守平看着高大霞。

"当然了。"高大霞一脸显摆,"有一阵我来关东州厅小食堂帮忙,那回小鬼子的特高课课长喝醉了,我给他送回来,借着他迷迷瞪瞪的劲儿,把他保险柜的密码套出来了,还偷出来好几份情报。"

刘曼丽见高大霞拉开架式,有要讲下去的趋势,忙说:"你闭嘴吧,我还干活哪,快走吧。"

高守平拦着:"嫂子,你让我姐说说,这个情况很重要,关系到这里的安全。"

刘曼丽焦急地说:"你姐有多爱吹牛,你不知道啊?"

高大霞说:"这个事儿我还真是一点儿都不吹。保险柜的密码,我现在还记得,用不用我把密码给你说一遍?"

杨欢眼睛一亮。

刘曼丽急了:"行了,行了,我不听你胡说八道,我还一堆活儿哪。走吧,快走!"

高守平说:"别呀,嫂子,让我姐说完,这件事我还是头一回听她说。"

刘曼丽说:"爱说回家去说。"往外推着高大霞。

高大霞来了犟劲:"你看你看,我不说出来,你还真当我是说瞎话了。就那个保险柜,先往左转三圈,再向右转三圈半,一拉就开。"

杨欢愣了一下,立即按高大霞的提示,先向左转了三圈,又向右转三圈半,刻度停在下方正中6的位置上,他再一拉拒门,"叭"的一声,保险柜竟然真的打开了。杨欢大喜。

高大霞说出的密码,让高守平后怕,他看向刘曼丽:"嫂子,现在还是这个密码吗?"

刘曼丽慌乱地摇头:"换了,早换了。"

高大霞冲刘曼丽一竖大拇指:"对嘛,咱嫂子精神头多足,哪能还用旧密码? 你当她是糊涂蛋啊。"

"换了好,这要是让特务知道了,保险柜有没有还不都一个样啊?"

高守平舒了一口气。

刘曼丽却心头一颤。

里屋的杨欢激动地用微型相机拍着《筹建兵工厂骨干专家表》,他怎么也没想到,这天上掉下的馅饼,居然真的砸到他脑袋上了。

外屋的高大霞还要继续显摆她过往的英雄故事,被高守平推出了文秘室。

两人一走,刘曼丽跳到嗓子眼儿的心脏终于归位了,她放出杨欢,让他也赶紧走。

杨欢亲吻了一下刘曼丽,告诉她今晚自己要随文工团去烟台演出。刘曼丽要去送他,杨欢拗不过,只得答应让她去自己宿舍见个面。

"早点儿来。"杨欢意味深长地说。

刘曼丽涨红了脸,开了门探头出去,见走廊里空空荡荡没有什么人,这才让杨欢出来。他俩不会想到,两人分手的时候,还是被从卫生间出来的高大霞看到了,只是因为走廊过于昏暗,高大霞没看清杨欢的脸。等她追过去时,杨欢已经没了人影。高大霞去找刘曼丽,质问她到底把什么人藏到了办公室。刘曼丽却装起糊涂来,说没有影儿的事,见实在抵赖不掉,刘曼丽抹起眼泪来,让高大霞无论如何替自己留点儿脸,否则她就没法待在公安总局了。

"我的命怎么这么苦呀,年纪轻轻就当了寡妇,你以为寡妇容易当嘛,晚上没人说话,光有个冷冰冰的被窝,那哪儿是被窝呀,就是冰窖呀!"刘曼丽越说越伤心,哭得鼻涕眼泪都出来了。

"行了,你还哭,有胆儿在公安总局干这个,你俩这是要上天哪! 这要让别人发现了,守平还有脸待在公安总局啊?"高大霞低声呵斥。

"没脸,是没脸!"刘曼丽突然毫无预警地闷头朝墙上撞去。

高大霞眼疾手快,一把抱住了刘曼丽:"你这是要干什么?"

"死,你让我死!我没脸活了!"刘曼丽虚张声势地挣扎着。

"你也别寻死觅活的了。今天这事儿,我烂在肚子里,总行了吧?"高大霞先服了软。

刘曼丽擦了一把眼泪:"你可得说话算数!"

高大霞点点头,认了。

送走高大霞,刘曼丽还没来得及喘口气,高守平就抱着一堆材料进来了:"我姐刚才走,特别不高兴,拉着个脸。"

刘曼丽紧张地问:"她说什么了没有?"

"先别管她,先说说你吧。"高守平面无表情。

刘曼丽以为高大霞把她的秘密告诉给高守平了:"我……我千叮咛万嘱咐,她答应得好好的,还是快嘴舌子说了,我求她半天都白求了!"

高守平批评道:"虽然你是我嫂子,可我还是要说,你确实犯了严重错误!"

刘曼丽检讨:"我知道我错了,可这种事儿谁能说出口呀……要不是实在瞒不住,我也不能说,守平,管怎么说我都是你嫂子,伺候你那么些年,你可千万别像你姐似的,再说出去我就……真没脸了!"

高守平不依不饶:"没脸都是小事,关键是造成的危害,我们都难以预料!"

刘曼丽哭丧着脸:"我是不该让他进办公室,可他来也不是光为找我,他还有正经事儿办。"

高守平没好气地打断道:"她的正经事儿就是找完傅大哥,再来找我、找你!"

"他还找你了?"刘曼丽怔住了,她隐隐意识到,两个人说的也许不是一回事儿。

"傅大哥不给她窃听器,她就找我要,我不给又来找的你,肯定是因为我们谁也不给,她才蔫头搭脑走了。"高守平无奈道,"刚才我跟她说话,她都没理我。"

刘曼丽明白过来,自己紧张过度了,两人说的确实不是一回事,刘曼丽顿时义正词严:"我……我当然不能给她,她要了窃听器,就是去祸害人家方先生,在你和傅大哥那里走不通的事,在我这儿更走不通!"

"还有一件事。"高守平盯着刘曼丽,"你是不是撒谎了?"

"我撒什么谎?"刘曼丽再次紧张起来,以为杨欢的事高守平还是知道了。

"你的脸色都告诉我了,刚才我姐在,我没好意思说破。"高守平话里有话。

刘曼丽顿时蔫了:"守平,嫂子我糊涂……"

"是够糊涂的,"高守平继续数落道:"保险柜的密码可是机密中的机密,这么长时间你都不改,存在多大的隐患你想过吗?"

"我一直想改,就是……"刘曼丽嗫嚅道,"不太会改。"

高守平气不打一处来:"你不会改就早说呀,也不能拖这么久!"

高守平跟着刘曼丽进了里屋,打开保险柜,看到那份《筹建兵工厂骨干专家表》。高守平打开看了看,这一看不要紧,惊得他脸色大变。原来,交文件的时候,他特意在材料夹页里放了根头发,现在,这根头发不见了。

"是不是夹在别的地方了?"刘曼丽心虚地问道,此时,杨欢的笑脸在她面前一闪而过。

"不可能,就夹在第二页。"高守平眉头紧锁,"我拿来文件之后,谁还来过?"

"我登记的时候翻了翻,可能翻掉了。"刘曼丽慌忙掩饰道,"看你,一惊一乍的,吓死人。做了记号也不跟我通个气,这是不放心我呀!"

高守平松了口气，重新更改了密码。一旁的刘曼丽心里隐隐有种不祥的感觉。

杨欢迫不及待去找麻苏苏邀功，当然得来一顿表扬。可表扬过后，麻苏苏又为难了，冲洗这种胶卷，原来都是在他们自己的一家照相馆，上个月照相馆被共产党端了窝，新设备共产党查得厉害，又运不进来。再有洗照片这样的事，吴姐就在苏军大连警备司令部里偷偷摸摸干了，可上个星期司令部的设备坏了，吴姐打了好几遍报告，都没有下文。

"这帮可恶的大鼻子，拖拖拉拉也不赶紧办正事，效率实在太低啦！"麻苏苏气愤地拍着桌子，"太不像话啦，多影响我们开展工作啊！"

杨欢着急："那怎么办？"

麻苏苏踱着步子，突然站下，想起青泥洼街东头有家照相馆，以前是日本人开的，也能洗这种胶卷。杨欢让麻苏苏安排甄精细去办，麻苏苏觉得不妥，甄精细是良运洋行的人，这条街上的人都知道，他要是暴露了，自己也完了。

"我这张脸在大连街上更熟，多少人看过《白毛女》呀。"杨欢说。

"你扮上穆仁智，哪儿还有点儿人样儿？再倒饬几下，谁能看出来？"麻苏苏说。

杨欢不悦："大姐，我要是真像你说的那么不堪，刘曼丽就不会咬钩了。"

麻苏苏笑了："你要是穆仁智，她当然看不上了，可你是知冷知热，知道讨女人喜欢的大角儿杨欢，这个钩，她能不咬嘛。"

杨欢无奈："那我倒饬倒饬去吧。"

麻苏苏提醒道："现在天还早，人来人往太显眼，天黑了再去吧。"

正午方过，天际卷起了浓厚的阵云。满街的梧桐树随风舞动，卷起的落叶飘落在河面上,激起了一圈扩散开来的涟漪。

一辆电车缓缓驶来,在站台上等车的高大霞正准备上车,前面街道上有个骑车子的人影闪过,看那熟悉的身形,高大霞脱口喊了声:"万德福",便追了过去。可等她跨过电车轨道跑过去,那个身影已经不见了,高大霞怅然若失地回来,电车已经开走了。万德福去的日子不短了,这么久没有回来,能是因为什么? 按理说,搞个外调不至于这么长时间,那是什么原因绊住了他回来的脚步? 作为放火团里的老战友,万德福应该知道这次外调结果对高大霞意味着什么,他如果拿到赵志明的证明材料,一定会归心似箭地赶回来呀,现在还没回来,那是发生了什么事? 高大霞不敢想下去了。

错过了前面的电车,再来车的时候,高大霞还在愣神,驾驶室里倒是有人喊起她来,这回开车的是万春妮。高大霞上了车,跟春妮说起刚才看到的人像她爸,万春妮说她肯定是盼着父亲早点儿回来,才会看错了人。要是父亲真回来,第一个要见的未必是她这个女儿,一定会是高大霞。

万春妮交班后,去见了高守平,把在车上遇见高大霞的事讲了,她不知道高大霞被冤枉的事,担忧地说:"我看大霞姐的表情,应该是一直挂念着我爸,这说明他俩还是有感情的,要是他们想在一块儿,咱俩只能分开了。"

"不可能。"高守平一口咬定,"我姐早就说了,她跟万叔儿不来电。"

这个说法儿,万春妮也从高大霞嘴里听说过,可今天看到高大霞对父亲的事儿那么上心,她还是觉得自己跟高守平的事儿前途未卜。高守平问她最近有没有再去跟袁飞燕学唱歌,万春妮想起自己还有个事儿没办,那就是让高守平去问问傅家庄,是否喜欢袁飞燕。热恋中女人的话就是圣旨,高守平不敢怠慢,把原话转告给了傅家庄。

傅家庄笑道:"你让春妮告诉飞燕同志,她歌唱得好,人也漂亮,我希望她幸福。"

高守平听到这话,就知道傅家庄对袁飞燕的态度了。

下午排练了不长时间,邢团长就让大家回去休息,保存好体力,以便完成晚上的演出。袁飞燕回来洗了个澡,头发湿漉漉地从浴室出来,穿过安安静静的走廊走到宿舍门口,遇到回来的杨欢。夕阳透过走廊的大窗照着袁飞燕姣好的身材,像是为她披挂上了一层柔和的帷幔,看着走近的袁飞燕,杨欢心里一阵躁动,想起麻苏苏说过要给两人牵线的许诺,浑身更是难以自抑。袁飞燕甩动着湿漉漉的头发,从他身旁走过,细细的水珠飞溅到杨欢的脸上,他深吸一口气,回味着空气中浮动的发香,看着袁飞燕进了宿舍,不由自主跟了上去。

宿舍的房门半开着,袁飞燕立在镜子前,梳理着如水的长发。一双脚迈进屋来,关上房门,夕阳将来者的影子长长地投在了袁飞燕身上,她刚要回头,喘着粗气的杨欢已经扑了上来,将其按倒在床,疯狂地撕扯着袁飞燕的衣裳:"飞燕,你知道我一直喜欢你!"

"杨欢,你个混蛋,放开我,你放开我!"袁飞燕挣扎着。

"飞燕,你就别喊了。咱俩本就是一家人,生米做熟饭,那是早晚的事儿,今天我的柴禾都烧起来了,我、我等不及了!"杨欢疯了一样亲吻着身子下的袁飞燕。

"杨欢,你混蛋,我爸来了,他会杀了你!"袁飞燕躲闪着杨欢拱下来的脑袋。

"我和你爸都是一路人。"杨欢说出这句话,更觉得理直气壮了许多。

"你胡说,你个臭流氓!"袁飞燕撕打着杨欢,体力渐渐不支,正在她绝望之际,房门突然轰然撞开,一个身影扑了过来,一把扯起杨欢,随势就是一拳。来的是方若愚,他是下午接到袁飞燕的电话,知道晚上文工团要去烟台,特地买了些吃的让袁飞燕带上,不料正赶上这一幕。

"方若愚,你敢打我!"倒在地上的杨欢慌恐地低吼。

方若愚上前拳脚并用,杨欢抱紧脑袋低声哀求:"别打脸,我有演出!"

"你还要脸?你个畜生!"

杨欢疼得龇牙咧嘴:"方若愚,不要以为我不知道你的底细,你是——"

方若愚狠狠卡住杨欢的脖子,将他剩下的话掐断。

"干什么!"两个门卫循声闯了进来,上前死死抱住疯了一般的方若愚。杨欢趁机挣扎而出,伸手在脸上一摸,抓到了一手的血迹:"你,你敢破我相!"

"老子不光要破你相,还要你的命!"方若愚咆哮着。

"你,你等着,我,我告你去!"杨欢跌跌撞撞地跑了出去。

见杨欢逃走,两个门卫这才松手,看了眼衣衫不整抽泣着的袁飞燕,慌乱地躲了出去。

方若愚紧张地安慰着女儿,可听说袁飞燕要把这件事告到团里,他犹豫起来:"燕儿,你要是想解恨,我就再打他一顿,卸条胳膊砍条腿都容易,这件事就不要跟团里说了,知道的人越少越好。"

袁飞燕一怔:"那不是便宜了这个流氓?"

方若愚劝慰道:"教训教训他,再不敢惹你就行了。归根结底,他还是喜欢你。"

袁飞燕难以置信地瞪着方若愚:"爸,你怎么能替一个臭流氓说话?"

"年轻人一时冲动,算了吧。再说了,你自己的名声,比他那条狗命更值钱。"

袁飞燕恨恨道："他以前是贫嘴薄舌，但还没缺德猖狂到这地步，谁知道怎么就疯了！"

方若愚不敢正视袁飞燕，他知道，杨欢一定是知道了自己的身份，而麻苏苏也一定是向杨欢许诺过什么，才让这个混蛋胆敢如此放肆。

第四十六章

暮色四合。

高大霞虽然早就想过刘曼丽会有再嫁人的一天，可当她真要向前迈出这一步的时候，她还是有些不舍。她要替刘曼丽把把关，千万不能让这个苦命的女人被骗了，"嫂子，你要找，就找个正经的男人，人家要是有老婆有孩子，就拉倒吧。"

刘曼丽佯装不乐意："你说什么哪？我找的，可是溜光水滑的大小伙子。"

这句话让高大霞吃惊不小，以刘曼丽这个年纪，要找个条件相当的未婚男人可不是容易的事。她的好奇心再度被吊了起来，恨不得马上见到刘曼丽嘴里那个溜光水滑的大小伙子。

刘曼丽推辞不过，只好说了实话："他今晚去山东，等回来吧。"

高守平得知嫂子在外面有了人，心里顿时空了一般，见他一脸的失落，高大霞安慰道："这是好事，咱总不能让嫂子守一辈子寡。"

高守平点头："那肯定不希望。我就是舍不得她走，老觉得嫂子就应该是咱们高家的人。"

"不论嫂子嫁给谁,都永远是咱的嫂子。"高大霞泪光闪烁,"她要是真走了那一步,咱高家就永远是她的娘家。"

躲在门口的刘曼丽听着姐弟俩的话,早已经泪流满面。她平复下自己的情绪,故意提高嗓门咳嗽了一声,推门进去。

高守平叫了声:"嫂子",低着头慌乱地走开了,他怕自己控制不住情绪,当着刘曼丽的面哭起来。

高大霞也好不到哪里去,刘曼丽一进来,她便转过身去,生怕刘曼丽看出她的难过。其实,刘曼丽的难过,是高大霞和高守平体会不到的,一想到今天杨欢去公安总局的事,刘曼丽心里便有一种说不清楚的感觉,是愧疚,是自责,还有懊悔。

总背对着刘曼丽,高大霞也觉得不妥当,她对着桌上的镜子,掩饰地拔起头上的白发。

刘曼丽轻叹一口气:"白头发不能拔,拔一根长十根。"

"长一百根也得拔,我可不想当白毛女。"高大霞照着镜子寻找着白发,"这年轻轻的,顶着一头白毛儿,人家好当我是老太太了。"

"不是老太太,你也不年轻了,还当自己十七八啊。"刘曼丽上前,扒拉着高大霞的头发,发现了一根,她把头发捏住,一使劲拔下,高大霞眉头一皱,"哎呦"了一声。

"这么痛,你这一下拔了几根呀。"高大霞回头看看刘曼丽的手心,"你看你看,还有两根黑的,你仔细着点儿,黑的本来就越来越金贵了。"

"再上点儿岁数,白的越来越金贵,你一样舍不得拔了。"刘曼丽轻叹道,"这日子说慢也慢,说快也快,我刚嫁到高家的时候,你还扎了两根又粗又长的大辫子,乌黑发亮,羡慕死个人。想想就像是昨天的事,这几年,你白头发确实多了,哎,愁人白发自生早,这些年你也不容易,破裤子缠腿一堆事,能不操心才怪了。"

"我天生的操心命。"高大霞对着镜子里的刘曼丽说。

"你是爱操心,爱操心的人都心眼好,刀子嘴豆腐心,坏不到哪里去,这一点呀,咱姊妹俩倒是像。"刘曼丽沉浸在回忆中,"记得上你们家第二年,快到年根的时候我病倒了,家里攒了一堆换洗的被褥衣裳,院子里的自来水管冻爆了好几天,你知道我爱干净,埋了咕汰过不去那个年,就推着拉煤的平板车大包小卷上老鳖湾去破冰洗衣裳,还抓了两条鲫鱼回来熬了一锅汤。那天是腊月二十七,风大,雪大,冻死个人,你穿着一身红棉袄进院的时候,我眼泪就下来了。"

"不对呀,我记得我一进屋你就劈头盖脸给我臭嚼乱骂了一顿,说我跟你有仇,要是掉进冰窟窿里死了也就罢了,冻个半死不活还得连累你一辈子。"

刘曼丽敲敲高大霞的脑壳儿:"你个没良心的,我那不是埋怨你不该去吗? 要是出个好歹,咱家的年还有法过啊?"

高大霞笑道:"我逗你呢,我当然知道你是好心,我一进屋你就把我拉进被窝里,一边骂一边往被窝里塞了两个热乎乎的水鳖子逼着我发汗,火炕烧得都快成热铁板了,也不让我出来,那一锅鲫鱼汤你逼着我全灌进了肚子里。"

"你还有脸说,你捂在被子里哭了半天,你哥来家看见我在炉子前给你烤棉袄棉裤,还当我把你怎么着了哪。"

两人笑了,都笑出了眼泪。高大霞说:"我那是想起了早死的娘,小时候,我和守平一头疼脑热,她也是把火炕烧得烫人,熬一大锅姜汤或是鱼汤,让我俩喝了盖在被子里发汗。她从来都是一边嘴里骂着我俩,一边没好声气地逼着我们出门多穿衣裳,就怕再给冻着,重了茬。"

刘曼丽瞪着镜子里的高大霞:"我才比你大几岁,才不当你娘哪。"

高大霞动容:"嫂子,你就是这张嘴不饶我,也奇了怪了,别人说我骂我我都受不了,也就是你,管刺管撸我都不生气,我知道你是真心对我好,对守平好,对这个家好。嫂子,你知道我在牡丹江那几年最想你是什么事儿吗?"

"你两脚抹油跑那么老远,我上哪知道你想什么事,反正好不了。"刘曼丽握住高大霞的手。

"最想和你拌嘴。"高大霞叹道,"那些年,我和我爸提着脑袋在外面干革命,让你在家天天提心吊胆,心惊肉跳。"

"我再心惊肉跳,也赶不上你和咱爸危险。没革命前,你替老高家操心,这革命了,又替国家操心,要是没有这么多操心的事,你也不至于没成家就长这么些白头发。"

"革命能胜利,别说白几根头发,就是白了头,也值呀。"高大霞眼里闪动着希冀的光。

"那就让胜利早点儿来吧。"

"快了。"高大霞说,"大连街的特务抓光了,咱大连就太平了。"

刘曼丽捏住白头发的手忽然颤抖了一下。

高大霞回头:"怎么了,嫂子?"

刘曼丽回过神来,扬了扬手里的白头发:"又一根!"

高大霞回过头去:"其实吧,有白头发也不能说都是为革命操心操的,我自己的乱事也不少。"

"大霞,你的婚事确实得上点儿心了。"刘曼丽收敛住慌乱的心绪,"老万你看不上就看不上吧,傅家庄那里你可得抓点儿紧,老这么晃晃悠悠,到了吃亏的可是你。"

"你别说我了,还是说说你自己吧,嫂子,你现在有了主儿,往后我和守平都得改口了,管你叫姐,管人家叫姐夫。"高大霞顿了顿,似乎有些不大适应这个称呼,"虽说咱俩是姑嫂,我从来都觉得你比我哥亲,咱俩更像打打闹闹的亲姐热妹。既然是姐妹,我就得多说你几句,往后你说话办事可不能太由着性子来,得有个女人样,别跟我似的,动不动就破马张飞,胡搅蛮缠,无理也能搅三分。什么事儿呀,都得多替姐夫想想,多给姐夫留点儿面子,别大呼小叫,嗷嗷八三儿,你是去给人家当媳妇,不是去给人家当妈。"

高大霞絮叨着,忽然怔住了。空气中传来隐约的抽泣声,镜子里,刘曼丽眼角的泪痕在灯下闪闪发亮。

高大霞回过身:"怎么了,嫂子,我哪句话说得不中听了?"

刘曼丽泪中带笑:"我就是,怪舍不得这个家的。"

"哎呀,你又不是嫁到多老远,大连街就这么大,再远能远到哪儿去,这个家的钥匙你也有,想什么时候回来就回来嘛。姐夫还能不让?他要真不让,我去找他算账,给你撑腰。我不行,还有守平,让他拿着枪去,我就不信姐夫不怕,他胆儿再大,得有多肥!"高大霞眼里也含了泪光。

刘曼丽俯身环抱住高大霞,颤声道:"大霞,嫂子没和你处够呀!"

高大霞攥住刘曼丽的手,说:"我也是。"

两个人都不再说话,默默地抽泣着,仿佛这样,刘曼丽就会永远留在这个家里,两个人就能够和往常一样斗嘴,吵闹,直到老去。

刘曼丽有了新归宿,高大霞觉得有必要和故去的父母和大哥高守泰说一说,她翻箱倒柜找出些父母亲和大哥的遗物,拿到就近的巷口烧起来。她捡了个树枝在地上画了个圈,蹲在地上刚划着火柴,一个戴着礼帽的身影从旁边匆匆跑过去,带灭了刚燃起的火苗。高大霞抬眼看去,那个人影已经跑远了。

这个人不是别人,正是化了妆的杨欢。夜幕降临,他按照麻苏苏的吩咐,带着胶卷来洗白天在刘曼丽那里偷拍下的情报。一进照相馆,他亮出手里的微型相机时,店老板立即傻了眼,央求杨欢到别家去洗。杨欢拔出手枪,枪口泛着冰冷的寒光,店老板不敢再拒绝了,哆嗦着接过相机,进了暗房。

杨欢要跟进去,店老板推开暗房,为难地看向杨欢。里面的地方确实太小了,一个人都转不开身子。杨欢带上门,在外面等候。过了一会儿,杨欢听到里面没动静了,敲了几下门,也没有回应。杨欢慌了,推开暗房的门,店老板已经不见了。他找了半天,发现暗房里有一道暗门,通往街面。

地上,跳动着忽明忽暗的火焰,高大霞孤零零的影子也跟着忽短忽长,她喃喃述说着心里的话:"……嫂子有人了,那个男人什么样我没见过,不过,我知道嫂子心高,一般人她也看不上,过几天,嫂子说把那个男人领回来给我们看看。"高大霞往火堆里添了两件衣物,"哥,你千万别生嫂子的气,这些年,她守着高家把守平拉扯大,不容易。咱高家的人明事理,知是非,她毕竟年轻,咱不能把着高家的门,不让她出去……"

风起,火苗升腾,火光映在高大霞的脸上,一片斑驳。

高大霞用树枝支楞起烧着的衣服,继续述说着心事:"爸、妈、哥,还有个事儿,我一直憋着,就是我的组织关系,叫敌人调包了……"高大霞的眼泪涌出,抽泣起来,"别人都看我整天乐呵呵,其实我心里苦呀,我那都是装的,我得装得像,不能让使我坏的敌人知道我垮了,被他们打败了,说我高大霞经不起考验。可……可我真觉得苦,觉得累,累得快撑不住了。"高大霞呜呜哭着,"老万都走了小半年了,怎么还没回来,他就是去牡丹江做个外调,不应该这么长时间,时间越长,我越害怕……这个事再没个结论,我真要撑不下去了……"

火快熄灭了,高大霞强忍着情绪,又往火里添加了一件衣服,火势又起。

"爸、妈、哥,你们要是在天有灵,应该知道傅家庄。"高大霞的声音温柔起来,"那是个好男人,他知道我苦,总在暗里帮着我,可我的历史不清白,他也没办法。有时候,他明知道我胡搅蛮缠,也由着我性子,我知道,他是想让我放松放松,发泄发泄。我知道自己有时候也是蛮不讲理,过去你们在的时候,我能跟你们要要横,赖赖皮,你们都是让着我,哄着我。现在,不知道怎么了,我不顺心的时候,就不由自主把傅家庄当成了出气筒。好在人家度量大,到底是留过苏念过书的,不稀跟我计较——爸、妈、哥,你们别笑话我,现在一天不见傅家庄,我这心里还空落落的。"

高大霞的脸绯红:"原来住在咱家院里,天天能见着他,还没觉得怎么样,我搬进小洋楼了,见他的次数少了,还怪想的,好在还有去公安总局打听老万情况的借口,能去见见他。"

火盆里的火光忽然跳动了一下,高大霞的脸色被火光映得通红:"爸、妈、哥,你们别笑话我,这个男人,确实是把我的心给偷走了。"

火苗跳跃,高大霞感到久违的轻松畅快。当看到剩下最后一件衣服时,高大霞说出了最后一个心思:"你们要是在天有灵,还得帮我拿个主意,告诉我怎么才能让挽霞子这个狗特务显形。这个人太能装了,都把傅家庄给争取过去了。嫂子和守平,更是叫他摆弄得团团转,他说什么他俩信什么,老觉着是我不讲理,故意找他的茬。你们说,能真是我错了吗?"

风又起,火苗跃动,灰烬飘散。高大霞叹着气:"你们这是说我错还是对呀?"

话音刚落,一辆汽车行驶过来,带起的灰烬迷住了高大霞的眼。车上下来的是高守平:"姐,还没烧完?"

"完了,我都替你念叨了,哥答应嫂子改嫁了。"高大霞擦擦眼泪。

高守平苦笑:"说得像真事儿似的。"

"你这是去哪儿?"

"我不跟你说了嘛,晚上给总工会纠察队的工人演出《白毛女》。"

"我跟嫂子去看看吧,要不她在家瞎寻思。"

"行,跟我车去吧。"

巷子里有人影跑出,正是照相馆的店老板,看见穿着警服的高守平时,如同遇到救星,大喊着有特务。暗房角落,一扇隐蔽的暗门敞开着。

高守平吹响了警笛,安排警察封锁了青泥洼街的各个道口,提枪和高大霞赶到照相馆,里面早已不见了杨欢。

杨欢躲到了良运洋行里,他心有余悸地喘着粗气:"真没想到,一个洗照片的店老板警惕性都这么高。"

麻苏苏叹着气:"这恰恰说明共产党的可怕,他们搞人民战争,搞得处处草木皆兵,让你我步履维艰,寸步难行。"

"大姐,共产党不会善罢甘休的,他们发现了胶卷里的内容,一定会查到刘曼丽头上,然后再顺藤摸瓜,我就危险了!"

"一日夫妻百日恩,你对刘曼丽就一点儿信心都没有?"

"都什么时候了,你还说这个。大姐呀,夫妻本是同林鸟,大难临头各自飞,何况我和她不过是露水夫妻,甚至,连露水都谈不上。"杨欢哀求着,"大姐,快想个法子,让我跑吧!"

"荒唐!"麻苏苏怒斥道,"亏你还是从军统局临澧培训班毕业的,难道你的教官就没告诉过你,什么叫临危不乱!"

"高调谁都会唱,那是因为那把要命的剑没有悬在你头上!"

"悬在你头上,就等于横在我脖子上。"麻苏苏怒其不争,"看你现在这个样子,我就知道你一旦被共产党抓获,估计辣椒水还没喝老虎凳还没坐,你就把我供出去了!"

"看大姐说的,跟真事儿似的,姐的命,我十条也顶不上你一条。"

"欢哪,"麻苏苏口气缓下来,"不管你这话是真是假,我都当真话听了。这样吧,你对姐有这份心,我也得保住你的命,今天晚上你不是演出完就坐船上山东吗?我给你做了主了,你就便跑吧。"

"谢谢大姐。"杨欢感激地拱着手,顿了顿,又小心翼翼地问,"那……刘曼丽呢?"

"既然你对刘曼丽这么没有信心,我替你把她办了吧。"麻苏苏眼睛里现出杀气。

杨欢欲言又止。

"怎么,你还怜香惜玉起来了?"麻苏苏眼里的寒意像是能冻结空气,"杨欢,不要忘了,我让你和刘曼丽是逢场作戏套取情报,不是让你假戏真做凤凰于飞。"她拉开抽屉,摸出一把手枪来。

杨欢一怔:"大姐要亲自动手?"

"为了你,我只能铤而走险了。"

"大姐,还是我自己来吧。今晚我就去山东演出了,她答应过我,晚上去给我送行。"

麻苏苏冷笑:"她这真是耗子舔猫鼻子,送上门找死呀。"

"要不……晚上的演出,我就不参加了吧。"杨欢怕回文工团,袁飞燕和方若愚找他的麻烦。

"你不去,谁演穆仁智?这不是擎等着露馅儿吗?"麻苏苏分析道。"她如果死在你宿舍里,最早被人发现也是明后天,那时候你早到了烟台,有什么好怕的。"

"那,那今晚我就硬着头皮上吧。"杨欢给自己壮着胆儿。

冲洗出来的胶卷内容,让李云光震怒。一番缜密的分析之后,所有疑点都集中在刘曼丽身上。可是,刘曼丽却失踪了。高守平想起高大霞说过,要和嫂子一起去看晚上八时的《白毛女》,也许嫂子应该在演出现场吧。

谁都料想不到,今晚,一场波谲云诡的戏中戏,即将在宏济大舞台拉开帷幕。

麻苏苏看到街面上的戒严消除了,才把杨欢送出青泥洼街,杨欢本想回宿舍简单收拾一下再去宏济大舞台,不料刚下出租车,就看到一袭华丽旗袍的刘曼丽已经等在宿舍门前了。他把刘曼丽带进房间,刘曼丽回身插上门销,单刀直入问他是不是按高大霞说的密码,偷开了保险柜,看了那份《筹建兵工厂骨干专家表》。

面对刘曼丽的逼问,杨欢只得褪去伪装,承认自己偷拍了文件。

"我要告你,让傅大哥把你抓起来!"刘曼丽疯了一样捶打着杨欢。

"曼丽,你要告我的话,你早告了,我知道,你舍不得我。"杨欢将刘曼丽拥入怀中。

刘曼丽奋力抗拒着,泪水喷涌而出,打湿了杨欢的胸膛。

"曼丽,我知道你是爱我的,你也知道我是爱你的。"杨欢柔情地说着,要亲吻刘曼丽。

刘曼丽躲闪着:"你要是爱我,就不该这么对我! 从头到尾,你都在利用我……"刘曼丽抽泣起来。

"我承认,开始的时候,确实有,可后来,特别是现在,你明知道是我害了你,你还没有告发我,曼丽,对不起,我伤害了你的感情。"

"现在对得起我也不晚。"刘曼丽抓住杨欢的手,"走,你跟我去自首!"

杨欢苦涩一笑："曼丽，你要知道，在中国，国民党才是正统，共产党才是匪患。在这个世界上，哪有正义向邪恶低头的道理？"

"邪恶的是你们，共产党干的事，都是为老百姓谋幸福！"刘曼丽义正词严。

"曼丽，你中共产党的毒太深了。现在，国军捷报频传，共军节节败退。共产党已是秋天的蚂蚱，没几天蹦跶头了。"杨欢握紧刘曼丽的手，"跟我走吧，咱们去南京，去上海，去重庆。"

"看来，我上了你这条船，你就没打算让我下了。"刘曼丽甩开杨欢的手。

"为什么要下？曼丽，咱们这条船是不沉的爱情之舟，我们要坐着这条船寻找到属于我们两个人的幸福！"

刘曼丽盯着杨欢，眼里的愤怒一点点化解，半晌，她轻声问："你说的，是真的？"

"天地可鉴！"杨欢举手发誓。

刘曼丽叹了口气："喝杯酒吧，今天晚上是咱俩在大连的最后一天了，得记住这个大日子。"刘曼丽说着，走到桌前打开带来的一瓶红酒，她用身体掩护，从怀里掏出一个纸包，将药粉倾倒进了酒瓶里，白色的粉末迅速溶解在红酒瓶里，又随着红酒一同倒入了两个高脚杯。

杨欢看着刘曼丽递来的酒杯，推辞着说不喝了，他怕耽误了一会儿的演出，得马上走。

"就一口，喝完你再去。"刘曼丽执意坚持。

杨欢从刘曼丽急迫的眼神里，嗅到了危险气息："女士优先，你先喝。"

刘曼丽摇动着高脚杯，酒杯里的酒液如血。她柔情地看着杨欢，喝下了高脚杯里的红酒，几滴酒液沿着她的嘴角滑下，似鲜血流淌，刘曼丽示意道:"该你了。"

杨欢端起酒杯,摇动着酒液:"团里有规定,演出前不能喝酒,我怕团长闻着酒味。"说着,他把酒杯缓缓放下,"曼丽,等离开大连,我一定陪你喝个痛快,咱们不醉不休。"

刘曼丽急了:"就这么一口酒,能有什么味,喝吧!"她抓住杨欢放下的酒杯,往他嘴里塞去。

杨欢抿着嘴躲避,神色变得冰冷。

"喝呀,你喝呀!"刘曼丽近乎癫狂。

杨欢猛然推开了刘曼丽:"你疯啦!"

刘曼丽确实疯了,她抓起果盘里的短刀,朝杨欢刺来:"我杀了你,狗特务!"

杨欢闪身躲开,扑空的刘曼丽跌跌撞撞地倒地,爬起来,又挥着短刀再次刺来。

杨欢反手抓住刘曼丽的手腕,夺下短刀,捅向刘曼丽。刘曼丽身子一颤,定定地望着杨欢,空气瞬间被凝固了。

"曼丽,你……你这是何必哪。"杨欢看着刘曼丽腹部汩汩流淌的血液,一脸无辜。

刘曼丽踉跄着逼过来:"你,你一直都在骗我。我犯了大错,对不起大霞,对不起傅大哥,对不起守平。"突然,刘曼丽再次扑来,"我要跟你同归于尽!"

杨欢又一刀捅了过去,这一次,动作毫不迟疑。

刘曼丽瘫软在地,流淌的鲜血,浸湿了她华丽的旗袍。

"刘曼丽,这都怨你自己,本来我们的人要杀你,是我拦着,想把你偷偷带出大连,给你一条生路。可你偏偏执迷不悟,还想毒死我。"杨欢的眼睛里涌出泪水。

"我要跟你……一起死!"刘曼丽的呼吸加速,用尽力气吐出一句话。

"你想跟我殉情?"杨欢苦笑起来,"我们俩怎么可能在一起,我爱的人是袁飞燕,可我得不到她。曼丽,你应该想到,我爱的是你在公安总局的位置,我是想拿你的情报。"

刘曼丽凄然而笑,目光渐渐变得涣散:"我,我要了一辈子强,还是活,活成了笑话。"

杨欢看着她,眼里流露出了几分不舍、怜悯,甚至还有些痛苦。

门外突然响起急促的敲门声:"杨欢,杨欢!"

"谁呀?"杨欢惊道。

来的是门卫,说邢团长急坏了,让找到他赶紧去化妆,杨欢说要收拾一下,门卫等不及了,要把他亲自押送到团里。杨欢无奈,只得关灯跟着走了。房门闭合的瞬间,他看向倒在墙角的刘曼丽,她大瞪着的两眼透露出绝望和无奈。

第四十七章

在宏济大舞台门口,高大霞遇到了两个人,一个是麻苏苏,另一个是方若愚。高大霞认定,方若愚必定另有所图。可方若愚这回却理直气壮,因为这场演出是慰问护厂队和纠察队的,自己作为物资公司保卫科长理应出现。方若愚嘴上这么说,其实他心里放不下的还是女儿。开演前,他在后台堵住了袁飞燕,看见女儿还是一脸愁怨,安慰她道:

"过去就过去了，别放在心里，一个漂亮姑娘没有男孩子追，那才是悲哀的事。"

父亲说出这样的话，让袁飞燕很伤心，方若愚也自知刚才的话不妥，解释说："我不是想宽宽你的心嘛，有这回的教训，那个小子再不敢造次了。"

袁飞燕不想再听方若愚说什么了，转身走开。

演出要开始了，邢团长郑重地将傅家庄特批的那把手枪交给大春，再三嘱咐，千万要保管好手枪，不能出一点纰漏。今天晚上，他们将首次上演"枪毙穆仁智"的戏码。

当傅家庄和李云光赶到剧场时，演出已经开始了。他让人找出高大霞，说了有特务在刘曼丽办公室偷拍了情报的事，高大霞大惊，她不相信刘曼丽会是特务，充其量是被那个假扮追求者的男人利用了。

悄悄跟着高大霞出来的麻苏苏和方若愚听到傅家庄和李云光对高大霞说的话，知道杨欢现在还没有暴露，只要演出结束后文工团坐船去了烟台，后面的事情即便露了，傅家庄他们也只有懊悔的机会了。两人怕被发现，悄然回到剧场看演出了，只要今晚的演出顺利结束，一切就算万事大吉了。

李云光问高大霞是否知道与刘曼丽交往的男人是谁，高大霞摇头。不过，李云光的这个提醒，倒是让高大霞想起一件事，刘曼丽说过，那个男人今晚会坐船上烟台。这个信息，让傅家庄和李云光很兴奋，傅家庄让高守平赶紧给公安总局打电话，查出下午进出公安总局的登记里，有没有文工团的人。

舞台上的杨欢实在难以入戏，不时忘词，刘曼丽最后的眼神总在他脑海里恍惚不散。要不是演黄世仁的邢团长不时补救，杨欢可是真要砸了这场演出。杨欢的异样，没有逃过高大霞的目光，她悄声对身旁的麻苏苏感叹:"我不在团里盯着,还真是不行呀!"

同样觉察到杨欢异常的,还有方若愚,他心里隐隐升腾起一丝不安,预感到今晚会有什么大事发生。

该发生的事,还是发生了。高守平从公安总局门卫那里,很容易就查出了下午杨欢去过公安总局。高守平情急,要立即抓捕杨欢,被李云光拦住了。宏济大舞台已布下天罗地网,杨欢插翅难逃,为不影响演出,抓捕必须在演出结束后。就在众人的焦虑中,电话响了,是文工团宿舍的门卫打来的,有人从杨欢房间的门下发现从屋里流出的血迹,打开门后,发现了一具女尸。傅家庄让高守平带人继续看住台上的杨欢,他和李云光去了文工团宿舍。

坐在观众席里,高大霞总是走神,一场普通的演出,傅家庄和李云光怎么都来了,这其中一定是有什么蹊跷。高大霞看不下去了,她告诉麻苏苏自己要去方便一下,起来拱着身子要走时,又怕脱离了视线的方若愚干坏事儿。她突发奇想,把坐在后面的方若愚叫到前面,让麻苏苏帮自己盯防着点儿。

方若愚与麻苏苏并肩而坐,麻苏苏幽幽叹道:"咱俩总算有机会坐在一起看场演出了,难得呀。"说着话,她的肩膀轻轻蹭着方若愚的胳膊,方若愚不由打了个哆嗦。

"怎么了,小方,还不好意思了? 是不是找到恋爱的感觉了。"麻苏苏笑得神秘莫测。

"大姐说笑了。"方若愚往外挪了挪身子。

"别叫大姐,多影响心情。"麻苏苏又贴了过来。

"我,我去方便一下。"方若愚欲起身。

麻苏苏一把拽住方若愚的衣襟:"你要走了,我不得跟着? 否则,高大霞回来我可没法交待。"

方若愚只好又坐下来,麻苏苏笑道:"紧张什么,看个戏至于嘛,我还能吃了你。"

方若愚眉头紧锁:"我觉得今晚的气氛不太对。"

"怎么不对,气氛多好呀,但愿高大霞别再回来了。"

"我是说,好像有什么事要发生。你看台上的杨欢,状态根本不在戏里。"

麻苏苏白了方若愚一眼,低声埋怨:"让你打成那样,他能安心演戏嘛?"

方若愚忿忿道:"我后悔揍轻了。"

"这个事也要怨你女儿。"

"怎么还怨着我们家飞燕了?"

"怨她长得太漂亮。"麻苏苏意味深长,"那么好的姑娘要是没人追,也不是好事。"

"奇谈怪论。"方若愚黑着脸回应,他想起开演前,自己在劝女儿想开时,也是这样的论调。现在琢磨,这个说法确实无耻,怪不得女儿生气。他盯视着台上的杨欢,恨不得冲上台去掐死这个畜生。

同样死死盯住杨欢的,还有立在侧幕的高守平。他的眼里装满了仇恨的怒火,这个可恶的狗特务,从始至终都在欺骗嫂子的感情。高大霞悄悄过来,注意到了高守平的异样,推了把弟弟,问他怎么了?高守平不敢看她,让她回去安心看演出。

"今天文工团谁去公安总局了?"高大霞问。

高守平摇头,高大霞低声喝斥:"你还对我保密?"

高守平不耐烦起来:"你快回去吧,别影响我执行任务。"

"你这还叫任务?白看戏。"高大霞打了高守平一巴掌,回身走开,走了几步,看到道具箱上放着一把手枪,高大霞拿起来端详着,打开子弹匣,里面空空如也。

"姐,你怎么还在这儿。"高守平夺过手枪,"快回去吧!"

高大霞嘟囔了两声,不情愿地走开了。

傅家庄和李云光从文工团宿舍回来的时候,舞台上的演出已经接近尾声,一见傅家庄过来,高守平急忙迎上前问道:"傅哥,死的那个女人是谁?"

"回头再说。"傅家庄避开了高守平的视线,脸色苍白。

傅家庄的反应已然证实了高守平心里的猜测。实际上,在从电话里查到杨欢去过公安总局的那一刻,他的内心已然隐隐有了预感。

"你告诉我。"高守平哑着嗓子说,"是不是我嫂子?"

傅家庄沉重地点了点头,高守平的眼泪夺眶而出,他愤怒地拔出手枪,转身要冲上台去,傅家庄一把抱住高守平:"冷静点儿!"

"我要给嫂子报仇!"高守平呜咽地哭着。

"是你现在报仇重要,还是挖出他背后的团伙重要?"傅家庄低声喝问。

奋力挣扎的高守平身子软了下来,伏在傅家庄肩头低嚎着。

舞台上,黄世仁和穆仁智正在接受群众的审判,喜儿高亢的歌声传来:"千年的仇要报,万年的冤要申,受难的喜儿,今天做主人,千斤的铁锁链,打得它粉粉碎,咱们受苦人,今天要大翻身!"

低着头的杨欢用眼角余光盯着侧幕后的傅家庄和高守平,两人投过来的冰冷眼神让杨欢瑟瑟发抖。他知道,自己一定是暴露了。身后的群众演员在控诉着黄世仁的恶行,杨欢悄然移向舞台另一侧。可是,入戏的大春却不给他机会了。

"穆仁智,你往哪里跑?"大春一声断喝,阔步上前,抓住杨欢的衣领,从腰间抽出飘着红绸子的短枪,冰冷的枪口已经对准杨欢的脑门:

"穆仁智,穷苦人报仇的时候到了!"

大春的话音刚落,扣动了手里的扳机,可随着清脆的一声枪响,喷溅而出的鲜血溅了大春一脸,他呆滞着成了一个木头人。

短暂的安静过后,先是舞台上的演员们惊叫着四散,再接着,原来还为报仇雪恨而鼓掌欢呼的观众醒过神儿来,也惊呼着向外逃离……

杨欢死了,枪里的子弹从哪里来的,成了一桩悬案。方若愚惊慌地来看受到惊吓的袁飞燕,被高大霞抓了个现形,认定子弹是他放进去的。而演出前,方若愚不但上过后台,再之前,他还在宿舍打过杨欢。

傅家庄和李云光立时警觉起来,方若愚无奈,只得讲出了打人的来龙去脉:"二位首长,我说的可是句句实话,要是杨欢不欺负飞燕,我能动手打他吗?可有这件事,也不代表我往枪里装了子弹,再说,我也不知道那是真枪呀。首长,你们可得给我做主,不能听高大霞一面之词呀,她那就是无中生有陷害我!"

傅家庄看向邢团长:"方科长到后台的时候,枪在哪里?"

"在我身上,这个千真万确。"邢团长作证。

傅家庄和李云光交流了一下,让方若愚离开了,邢团长因为要带团准备去烟台,也走了。不过,临走前他说了一件事,演出过半后,有人看到高大霞动过那支枪。

听说开枪击毙穆仁智这段戏,是演员加的戏,为的是让观众觉得这样演能解恨,李云光敲着桌子大为不满:"解恨倒是解恨了,可这一枪下去,他们就是在帮特务灭口!演员都能改戏,还要编剧、导演干什么,他们有本事都自己编去!"

傅家庄觉得李云光的说法跑题了:"杨欢的死,与改不改戏无关,问题的关键是谁往枪里压了子弹。"

"起码高大霞算一个。"李云光不假思索说道,"她不老老实实在台下看戏,跟到后台干什么?"

"李副政委,你说高大霞是怀疑对象我不反对,可据此就判定是她往枪里压了子弹,我不同意。从照相馆里拿回胶卷的,是她和高守平,如果她有问题,胶卷应该就不会到我们手上了。"傅家庄为高大霞辩驳道。

李云光哼了一声:"那不是因为有高守平在,她没有机会。"

"以高大霞的潜伏经验,把高守平玩弄于股掌之间,骗出胶卷,应该不是难事。"

"这一点我不认可。这两三年来,有你这个师傅传帮带,守平进步明显,不是谁都能轻易蒙混过去的。我倒觉得,当天晚上,高大霞出现在照相馆外面太过巧合,说不定,她还是在给杨欢看门放哨哪。"李云光越说声音越高。

"你这样推理对高大霞太不公平,我不能接受!"傅家庄也提高了声音。

"你太敏感了,我这只是猜测。"李云光冷静下来,"在真相没有浮出水面之前,我们可以怀疑一切,包括我,如果有疑点,你也完全可以大胆猜测。但是猜测终归只是猜测,还要小心求证。对高大霞的怀疑,也必须求证了之后,才能下结论。"

"这一点我同意,她的情况,我回头再做调查。"

李云光不置可否。

"我有一种感觉。"傅家庄分析道,"潜伏在文工团里的特务,原来应该没有要杀杨欢的计划,一定是知道杨欢暴露了,才急着要杀人灭口。"

"那他们是什么时候知道杨欢暴露的?"李云光警觉起来。

"应该是刘曼丽的尸体被发现以后。"

李云光自语:"这个时候,高大霞倒是一直在看演出。"

"所以说,你前面对高大霞的怀疑,不能成立。"傅家庄觉得李云光对高大霞的态度有了转变,不由心里一喜。

"你这个说法有一定道理,但是也不能完全化解对高大霞的怀疑,也许是她故意制造自己在剧场看戏的假象呢?"李云光的话,又把傅家庄刚升起的一丝喜悦压了下去。

"你是说,高大霞指使别人去杀的刘曼丽?"傅家庄不可思议地看着李云光。

"也不是没有这种可能。"李云光说。

傅家庄觉得李云光的话简直是无稽之谈,怒吼道:"这根本不可能!高大霞对刘曼丽那种亲人的情感,你完全想不到!"

傅家庄的言词如此激烈,让李云光震惊。

杨欢的死,让麻苏苏和方若愚都大感意外。方若愚知道,把杨欢杀了,是有人在"舍车保帅",他突生起一种兔死狐悲之感。如果说杨欢是一枚无足轻重的棋子,自己又何尝不是呢?两个人走在街道上,方若愚叹息道:"他就这么死在自己人手里,不明不白的,有点儿窝囊呀。"

"杀他也是无奈之举,起码是保护了你我的安全。"麻苏苏叹着气,"不过,有一点你放心,我一定会让'大姨'电告毛局长,为杨欢申请嘉奖,重重抚恤他的家属亲人。"

"人都死了,这些还有什么用。"方若愚情绪低落。

"至少是个安慰。"麻苏苏靠近方若愚,"小方,这大半夜的,别一口一个死的,你看,大姐都让你给说怕了,夜道也不敢走了,麻烦你送我回去吧。"

方若愚苦笑:"大姐,你可是堂堂的党国'老姨',一笑一颦间就能让对手人头落地,还怕嘴边挂个死字?"

"我是党国的'老姨'不假,可我也是一个女人。"麻苏苏低声细语。

"干咱们这行的,眼里只有同仁和敌人,没有男人和女人。"

"不对吧,我看你对那个翠玲倒是体贴入微,怎么对我就冷若冰霜?"麻苏苏一脸醋意,"小方,你对我这么冷漠,是因为对翠玲动了真情吧?"

"大姐,这种话,实在是无聊!"方若愚感到受了侮辱,拂袖而去。

黑夜里,麻苏苏站在原地怔愣着,看着方若愚离去的背影,她怒骂了一声:"懦夫!"

刘曼丽的遗像前,袅袅青烟升起,又渐渐消融在了无色无形的空气中。

刘有为的泪水模糊了双眼,耳畔传来高大霞沉重地叹息:"都怪我,要是早知道你姐说的男人是杨欢,我就把他们俩分开了。"

"你别说大话了,我姐不会听你的。"刘有为低声说道。

"杨欢是什么人,我知道。他满嘴花言巧语,最会骗女人了,你姐这是受骗上当了。"

刘有为凝望着刘曼丽的笑脸,心里针扎一般疼痛:"大霞姐,我姐,这还能算是烈士吗?"

高大霞怔住,良久才低落地回道:"有为,这个事我不能骗你,曼丽是叫特务拉下水的!"

"那她是坏人了?"

"不能这么说,就冲她最后要毒杨欢这一条,也算是改邪归正。"高大霞说。

两人的目光投向刘曼丽,那样鲜活的一个人,说没就没了,刘有为控制不住心里的悲痛,放声大哭起来:"姐呀,你死了,我还怎么活呀!"

"有为,别这么说。"高大霞拉住刘有为,"你也老大不小了,肯定能活得好好的,有要我帮衬的地方,我肯定不推辞。"她看着遗像中的刘曼丽,"嫂子,你放心,有为这边有我,你没了,我就是他亲姐,有我吃的就不能饿了他,有我喝的就不能渴了他。我们高家永远有双他吃饭的筷子,有一铺他睡觉的炕。"

"姐,你听到了吗?你没白进高家的门,高家的人讲情义。"刘有为哽咽着,情绪渐渐稳定下来,可没多大一会儿,他又把刘曼丽的死因按到了傅家庄身上。

高大霞不解:"有为,你这么说就不讲理了。"

"怎么不讲理?要是傅家庄早早答应我姐,她还能被杨欢拉下水吗?"

高大霞有心替傅家庄辩解几句,想到刘有为这也是刚失去亲人难以接受,便忍住了跑到嘴边的话,刘有为看出高大霞是有话想说,没好声气地嘟囔了一句:"你就知道向着傅家庄说话,你就想着把他留给你自己!"

高大霞被噎得心口发堵。

李云光接到指示,从全国各地来的军工专家,已经陆续到达大连,这些人员的安保工作,都交给了公安总局。在大连建立军工厂的事,苏联人虽然表示认可,却碍于和南京国民政府的关系,不知应该如果摆布。对苏联人的难处,李云光和傅家庄带着中央的文件找到了安德烈,李云光开诚布公地表示:"这个问题,我们中央已经考虑过了,为便于你们不授美蒋以柄,我们对外暂时不叫兵工厂,可以叫建新公司。"

安德烈赞许地点头:"还是你们想得周到。"

傅家庄见安德烈态度明朗,便提出了我方的诉求:"军工厂生产武器,得有武器的设计图纸,你们是否可以……"

安德烈脸上的笑容凝住了,他打断傅家庄后面的话:"实在抱歉,武器的设计图纸,是核心机密,我们无法提供。"

"难道就没有别的权宜之计了吗?"李云光急切地问道。

安德烈想了想,表示他这就把情况汇报给高兹洛夫中将司令官,或许可以找到一个解决的办法。傅家庄和李云光表示着谢意,把安德烈送出了办公室。然而,两个人等了半天,也不见安德烈回来,李云光有了不好的感觉,傅家庄却认为这是好事,如果高兹洛夫中将不同意,一句话就把安德烈打发了,时间久一点儿,说明他们在研究实施办法。傅家庄的分析果然没错,安德烈带回来的确实是一个好消息,苏军决定把一批从关东军手里缴获的最新军火赠送给公安总局,有了这批武器当样本,相信来到大连的那些军工专家们,一定可以研制出威力更强的武器装备。

三个人的谈话,被守在门外佯装收拾卫生的吴姐悉数听进了耳朵里。

方若愚刚要出去吃午饭,接到麻苏苏一个电话,让他趁着午休的时候过去一趟。方若愚正想走,孙经理来了,安排他下午4点坐火车去朝阳采购一批粮食,为的是保证来年开春城里不至于闹饥荒。

方若愚出了公司大门,看见翠玲在门口,她包了饺子特地送过来。方若愚急着去良运洋行,拦了辆出租车,让翠玲也上去了。到了洋行门口,方若愚让司机把翠玲送回黑石礁,自己进了洋行。

"还挺快呀,"麻苏苏往里屋让着方若愚,让甄精细给现磨一杯咖啡送进去。

见方若愚一直拉着个脸,麻苏苏知道他还在为杨欢的事不快,便自顾找了个话头儿:"你搬到高大霞那了,我过去也不方便。不过也好,离我这儿近了,没事儿你就过来,别见外,都是自己同志,我照顾照顾你也是应该的。偶尔有点鸡零狗碎的磨牙,也正常,别往心里去就是了。"

方若愚不想跟她闲扯,让她有事说事,自己下午还要去朝阳出差。

"去那里干什么?"麻苏苏问。

"大连的粮食紧缺,物资公司怕出现粮荒,就早早把采购提上了日程,免得明年开春市民饿肚子。"

麻苏苏嘲讽道:"一个小小的物资公司,考虑得还挺长远。"

"民以食为天,老百姓的吃喝拉撒,件件都是天大的事。"

麻苏苏斜眼打量着方若愚道:"你说话越来越像共产党了。"

方若愚迎着麻苏苏的目光:"要是不像的话,我还怎么潜伏下去?"

麻苏苏点头:"说的也是,想安全潜伏,只有比他们更像。"

"到底叫我来干什么?"

"你们物资公司的仓库还有空着的吗?"

方若愚想了想:"2 号仓库还空着,准备盛放我采购回来的粮食。怎么了? 不会又要放炸弹吧? 大姐,刚才我已经和你说了,我下午就得出差走了。"

"出差好呀,这样你把炸弹放进去,正好能撇清你的嫌疑。"

方若愚刚要拒绝,门外传来一阵吵闹声,甄精细的大嗓门飘了进来:"走,走,这是哑巴来的地方吗?"

方若愚一愣,起身出去。外屋店铺内,翠玲正四下找寻着方若愚,嘴里发出"呜呜"声。甄精细将其朝外推搡着,翠玲跟跟跄跄,差点儿摔倒在地。方若愚断喝了一声冲上前,一把推开甄精细。

甄精细急眼了:"你敢推我?"

方若愚举起拳头:"我还想揍你!"

"怎么了?"麻苏苏出来,一眼看到翠玲,话里便带了醋意,"小方,你这是走一步、带一步呀。"

甄精细指着翠玲："姐,这个哑巴趴咱们窗户,肯定是个贼!"

"放屁!"方若愚大声喝斥甄精细,回身推着翠玲朝外走去。出租车还停在门口,他把翠玲送到车上,看着司机开走了汽车,才又回来。

"这个事儿我干不了。"方若愚一进屋就表明了态度,"延时炸弹的把戏,高大霞在大连放火团干过好几次,我上回烧码头货物的时候也用过一回。"

麻苏苏按捺着心中的不满,尽量让语气平和:"高大霞用的时候,瞒过了日本人。你用的时候,瞒过了共产党。这不都证明这东西管用吗?那再用一回不是很好吗?"

方若愚面无表情:"我不干!"

麻苏苏终于矜持不下去了,"叭"地一拍桌子:"'老姨夫',我这不是在跟你商量干不干,而是你必须要干,别给脸不要脸!"

方若愚铁了心:"我就是不干,你想怎么样?"

"别逼着我去找那个哑巴女人。"麻苏苏语气冰冷。

方若愚这才意识到,翠玲已经成为麻苏苏要挟自己的砝码,他忍不住低吼道:"麻苏苏,你要是敢动她一根汗毛,我让你血债血偿!"

麻苏苏冷笑:"没想到,'老姨夫'为了一个哑巴女人,竟然要和我这个'老姨'撕破脸皮了。看来,我没有猜错,因为女人,你才优柔寡断,儿女情长,不思报效党国!"

"她只是一个不相干的哑巴女人!"

"现在相干了,因为她,你敢抗命啦!"

"你,你这是在滥杀无辜!"

"在我眼里,没有无辜和有辜。"麻苏苏眼里闪着寒意,"别说一个哑巴女人,就是神佛,我'老姨'也照样神挡杀神! 佛挡杀佛!"

方若愚终于意识到,麻苏苏的狠话绝对不是玩笑,今天她能拿翠玲要挟自己,明天她就会打袁飞燕的主意。方若愚在麻苏苏凌厉的目光逼视下,终于垂头丧气了:"我答应你。"

麻苏苏满意地一笑:"这就对了。小方,别怪我心狠,我这么做,都是为了党国。"她说着话,将一个微型盒子装进了纸袋里,"爆炸时间我设定好了,你四点钟登上火车后,这东西6点钟才会爆炸。"

"炸了又有什么意义? 在我采购回来粮食之前,2号仓库一直都是空的。"方若愚不解。

"现在是空的,下午就不空了。"麻苏苏神态平静。

方若愚咬牙切齿:"你这是非要把人逼成鬼呀。"

麻苏苏眼里的寒意又起:"记住,如果炸弹没有爆炸,我就让翠玲变成鬼。"

第四十八章

方若愚把炸弹放进2号仓库,一出门,遇到了孙经理。

"方科长,不是让你回家准备准备好出差吗? 怎么还没走?"孙经理问。

"我刚回家,想起仓库的钥匙还在身上。"他取下腰间的钥匙,"我怕随身带着,弄丢了就麻烦了。"

"你呀,真是个细心人。公安总局把你送来,我算是捡了个活宝。"孙经理啧啧称赞,接过钥匙,"快走吧。"

方若愚登上火车没多久,傅家庄就押着苏联给的那批武器来了,储存地正是 2 号仓库。物资公司已经过了下班时间,场区里空空荡荡,不见人影。这也是傅家庄提前跟孙经理打过招呼,为了安全起见,这批武器在仓库存放期间,公安人员会轮流值班,不相干人员不得进入。

天刚黑下来,暮色中,高大霞竟然赶来了,听说仓库里存放的是苏联人送的武器,她有些担忧:"我觉得不大对劲,听门卫说,方若愚逃跑了。"

"你太敏感了,方若愚是采购粮食去了。"傅家庄说。

"我今天眼皮子直跳,不是好兆头。"高大霞说着,往仓库跑去。

傅家庄想要阻止,高大霞已经进去了,他只好追进了里面:"往这里运武器的事,方若愚根本不知道,我看你就是疑神疑鬼,庸人自扰,快走吧。"

高大霞像是没听见傅家庄的话,自顾四下里检查着。

仓库的吊灯如鬼魅般闪烁,阴影下的定时炸弹"滴答"跑着,秒针稳步向 6 点钟冲刺。突然,一团火光随着爆炸声喷涌而出,灼热的气浪把仓库外的战士掀翻在地。紧接着,仓库在刺耳的扭曲声中轰然倒塌,浓浓的黑烟冲天而起,遮盖了刚刚升起的月亮。

烟雾散去,一片狼藉。灰头土脸的高大霞和傅家庄被卡在塌陷的石板和房梁下,动弹不得,孙经理和几个伤势不重的公安干警费了半天劲儿,也搬不动卡着两人的石板和房梁。

一辆吉普车疾驶而来,开车的是高守平。汽车戛然停下,车灯亮着,高守平跳下车来,冲到废墟前,看到眼前的一切,带着哭音让孙经理快去喊人。不远处,被砸伤的战士在呻吟着,傅家庄让高守平设法救出高大霞,高大霞却让他先救傅家庄。

"救,都救,你俩哪个都不能死。"高守平看到徒手救助两人的希望落空,让他们再坚持一会儿,自己跑去找千斤顶,"姐、傅哥,你们等我回来啊!"高守平抹着眼泪跑开。

月光惨白,四下里响着伤员们此起彼伏的呻吟声。高大霞的精神已然有些恍惚,两眼灌了铅一般地沉重,闭上就不想睁开了。

"大霞,别睡!"傅家庄虚弱的呼唤。

"我困,困了……"高大霞艰难地睁开眼,看看傅家庄,又闭上。

"大霞,大霞,"傅家庄急切地叫喊着,"跟我说说话,说说挽霞子。"

高大霞费力地睁开眼:"你不是,不让我老找他的事儿嘛,不说他了,烦,你让我睡一会儿,就一会儿。"说完,她又合上了沉重的双眼。

"大霞,一会儿守平就来了,来救咱们了。"傅家庄眼圈发红,"你别睡,别睡呀!"

高大霞嘴里嗯着,却还是紧闭两眼。

傅家庄四下张望着,发现不远处有一截绳子,他费力地伸手够了过来,颤抖着打了一个活结,奋力朝高大霞扔去,扔了几下,绳子一头终于打在高大霞脸上。

痛觉迫使高大霞艰难地睁开眼,喃喃地埋怨傅家庄:"你……你还欺负我。"

傅家庄凄然笑着:"平常都是,你欺负我,还,还不兴我欺负你一回呀。来,你把绳子套在手腕上,快、快点儿。"

高大霞苦笑着摇摇头,眼睛再次沉沉地闭上了。

"大霞,大霞,别睡呀——"傅家庄用力喊着,终于让高大霞又睁开了眼。

"听话,把绳子套在手腕上,我求你了,套上,套上吧。"傅家庄乞求着,声音里带了哭腔。

高大霞像是厌烦了,闭着眼摸索着抓过落在脸旁的绳子,把手腕套进了绳环里,傅家庄的脸上露出一丝笑意,使劲拉了拉绳子,高大霞的胳膊扯动起来,她努力睁开眼,嘟囔着:"你干什么呀……"

"大霞,你告诉我,你最愿意想的事儿……是什么?"

"……我,我就想,想让组……组织能给我平、平反,我不想顶着嫌疑犯的帽子,不……不清不白地去,去和我爹妈、大哥,见面……"

"你别瞎想,你得想法儿活着,只有活着,你才……才能看到自己清白的那一天。"

"我想活,可……可我实在……撑不住了……"高大霞又闭上了眼。

傅家庄拉动绳子:"撑不住也得撑,这是组织对你的考验。"

高大霞闭着眼嗫嚅:"组织把我……把我忘了。"

"胡说,组织一直想着你。"

高大霞睁开眼,笑了一下:"有这句话,我死……死也能闭、闭眼了……"她又疲惫地闭上眼。

傅家庄急了,又拉着绳子:"大霞,醒醒,醒醒呀……"

高大霞又艰难地睁开眼……

高守平在路上碰到打电话找人的孙经理,让他赶紧找个千斤顶,孙经理带着他来到仓库,却见大门紧锁着。高守平等不及孙经理回去拿钥匙,就近找了个石头,砸向铁锁。

废墟下的高大霞已经奄奄一息了,傅家庄拉扯着绳子,她也不再理会,傅家庄高声骂起她来,骂她一天到晚瞎厉害,都三十好儿的人了,连个男人也找不到,这些难听的话果然刺激到了高大霞的痛处,她微微睁开眼,辩解着:"你,你说的这些,都,都是两个人的事儿,我,我一个人完成,不了。"

"能,你能完成,你肯定能完成。"傅家庄目光里含着深情。

高大霞惨淡一笑:"我脾气不、不好,破、破马张飞,还无赖、耍横,不会温柔,不、不解风情,还不识字儿,哪有、哪有瞎眼男人能、能看上我呀。"

"有,肯定有。大霞,你不是破马张飞,你……你是巾帼……巾帼英雄,不让须眉,你、你不会温柔体贴,那是你、你没遇上让你温柔体贴的人,这不、不怪你,你不识字,可以学!"

"让你这么一说,我、我身上净是、净是好处了。"

"对,你身上全是好处,全是、全是……"

"你骗、骗我。"高大霞迷迷糊糊地说,"我那么好,你都、都不要我。"

傅家庄眼圈红了:"我要,我要,你答应我吗?"

高大霞眼睛发出亮光,旋即又露出一抹苦笑:"我不信,你就是、就是骗我。"

"我没骗你,真的没、没骗你。"傅家庄用力晃着绳子,他终于意识到自己内心深处到底在压抑着什么,有些话倘若此刻不说,他害怕,以后再也没有机会说了。

"你眼珠子,朝天,参加个抗联,去了回苏联,就谁也瞧、瞧不上。"高大霞数落着,"刘曼丽那么讨好你,袁飞燕那么上赶子,你都不眨巴一眼……"

"那是因为,我、我心里有你。"傅家庄的话一出口,眼泪流了出来。

"你好好,好好活着。"高大霞缓缓闭上了眼睛,"等革命胜利了,你成家了,别忘了到、到我坟头上烧、烧炷香。"

傅家庄拼命拽动着绳子:"大霞,那个人就是你,就是你呀,大霞!"他嘶哑地大喊,"大霞,你得活着,我也得活着,咱俩都得活着,只有活着,我才能给你穿上婚纱!"

"结、结婚都穿红、红的……"

"那、那就穿红的,到时候,我骑着高头大马,你坐着大花轿,让守平他们敲锣打鼓,我要张灯结彩,风风光光把你娶进门。"傅家庄泪如雨下，"大霞，咱俩这根绳子，多像新郎新娘拜堂成亲时拿的喜绸子，一头拴着我，一头绑着你。"

"你，你刚来大连时，咱俩都绑、绑过一回了。"高大霞脸上挂着笑。

傅家庄想了起来："对，对，在铁路医院的厕所里，绑过、绑过，这么说，咱俩都是老夫老妻了。"

"老夫、老妻，想想，就美。"高大霞笑着，笑出了声，有幸福，也有羞涩。

"不能光想。"傅家庄发狠地攥紧了绳子，"要是老天开眼了，让咱俩活着出去了，我要做的第一件事，就是和你拜堂成亲，拿着长长的喜绸子，中间还要有朵大红的花绣球。"

高大霞的神色渐渐黯淡："就，就怕你娶不成了，刺锅子，我，我真不行了。"

"大霞，你不能不行，你要是不行了，我，我活着还有什么意思呀。"傅家庄声嘶力竭地低喊着，眼前的一切也变得模糊起来。

"你给我背、背个诗吧。"高大霞轻声说。

"你要听什么？我背，我背！"

"我想和、和你一起……"高大霞低笑起来，这首诗，傅家庄来大连的第一个晚上，喝醉了酒时，对着她和刘曼丽念过。

"背，我背！"傅家庄哽咽着，用尽气力，念起了俄罗斯女诗人茨维塔耶娃的著名诗歌《我想和你一起生活》，"我想和你一起生活，在某个小镇，共享无尽的黄昏，和绵绵不绝的钟声。在这个小镇的旅店里，古老时钟敲出的，微弱响声，像时间轻轻滴落。有时候，在黄昏，自顶楼某个房间传来，笛声……"

废墟下的高大霞不动了，傅家庄试图用力拉动绳子，却也没了气力，他的胳膊垂落，绳子也从手中滑落进了废墟中。

高守平抱着千斤顶,和孙经理跟跄着跑来,看到废墟下昏迷的两人,哽咽地喊着:"姐、姐,傅哥、傅哥……"他把千斤顶塞到石板下,用力动作着,口里还在喊着,"姐、姐,傅哥、傅哥……"

傅家庄的目光已经黯淡,可他嘴里还在虚弱地呢喃着那首诗:"我想和你一起生活,在某个小镇,共享无尽的黄昏,和绵绵不绝的钟声……"

刺眼的车灯骤然亮起,大卡车轰然驶来,影影绰绰里,救援的队伍赶来了。

当躺在病床上的高大霞醒来时,窗边已然泛起了亮光。她微微一动,惊醒了趴在床边握着她手的傅家庄。

"大霞,你可醒了!"傅家庄兴奋握紧了她的手。

高大霞恍惚地看着病房:"我还没死?"

"没死,没死,你要是死了,谁欺负我呀!"

"你的头……"高大霞的目光落在傅家庄脑袋的绷带上。

"没事,破了点儿皮,大不了留个疤。"

"留个疤好,男人脸上太干净了,不像男人。"高大霞笑着说。

傅家庄也笑了:"我还是头一回觉得你这么会说话。"

高大霞想要支起身,刚活动了一下,就痛得"哎哟"叫了一声,傅家庄扶着她坐起来:"放心吧,大夫都检查过了,养几天就好了。"

高大霞点点头:"我饿了。"

"你等着,我去找吃的。"傅家庄把枕头垫在高大霞身后,让她坐舒服了,这才出去。他将门拉开一尺宽窄,微笑地看着高大霞退出门去,带上房门。

房门外,居然站着两个持枪的苏联士兵,玛丝洛娃一见傅家庄出来,迎上前说,安德烈中校一直在等他,傅家庄低声让玛丝洛娃给准备一份早餐,玛丝洛娃疑惑:"你不是吃过早餐了吗?"

傅家庄迟疑着说高大霞醒了,玛丝洛娃一听,便要带着人进去,被傅家庄拦住,请她允许高大霞吃完饭再说。玛丝洛娃想要反对,可看着傅家庄哀求的目光,她的心软了。

傅家庄端着托盘进来的时候,高大霞笑了,托盘里是一碗小米粥,还有两个剥好的鸡蛋,高大霞说:"这赶上坐月子了。"

高大霞的"月子饭"还没吃完,安德烈和玛丝洛娃进来了,傅家庄有些焦急,高大霞倒是热情地道着谢:"你们那么忙,过来干什么? 我没事儿,能吃能喝一点儿都不耽误,这就跟苍蝇蹭了一腿差不多。快坐,坐呀,安德烈,还有玛丝,玛丝什么来的,我老叫不出来,这脑瓜子昨天叫房梁砸了一下子,更不好使了……"高大霞想起什么,"哎,你俩吃饭了吗? 这还有俩鸡蛋,你俩一人一个。"说着,拿过病床旁桌上的鸡蛋,一手一个,伸向两人。

安德烈冷着脸问道:"高大霞,你确定身体没事了吗?"

傅家庄抢在高大霞前头说道:"大夫说还要卧床休息几天。"

高大霞笑道:"休什么息,大夫说话从来都是怎么吓人怎么说,我没事,安德烈同志,你要是给我把枪,我都能上战场杀敌人了。"

"安德烈同志,别听她的。"傅家庄示意高大霞不要说话。

高大霞却白了他一眼,"我好没好,不比你清楚啊。"

安德烈回头看了一眼玛丝洛娃,玛丝洛娃点头,回身推开房门,两个苏联士兵走进来,上前将手铐铐在还在不知所以的高大霞的双手上。

"安德烈,这是干什么? 你们过来不就是了解一下情况吗? 怎么能……安德烈,她现在还是病人! 你现在只是调查,还不能认定在仓库放炸弹的是她! 打开,把手铐打开!"傅家庄嘶吼着。

高大霞大惊："什么？我在仓库放炸弹？"

"对。"安德烈那双碧蓝的眼睛里写满了冷意，"我们有理由怀疑炸弹是你安放的。"

傅家庄怒喊道："安德烈，你也不动脑子想想，要真是高大霞放的，她为什么还要进去抢着搬走武装，还差点儿把自己炸死？"

安德烈愠怒："傅家庄同志，有牺牲精神的不仅只有你们。敌人为什么可怕？就是因为他们和你我一样，为了自己的主义，同样可以献身！如果你据此判断是非，我很怀疑你的革命纯粹性。"

"那我问你，既然高大霞是有牺牲精神的敌特分子，那她为什么不和我这个共产党同归于尽，却把生还的希望给我，你见过这样的敌特分子吗？"

"这不难理解。敌特分子也是人，是人就有七情六欲。她高大霞愿意为你付出生命，可能是因为其他原因，比如她爱你，但是这和是不是敌特身份没有任何关系。"

傅家庄愤怒地指点着安德烈："你这是狡辩！是强词夺理！"

"傅家庄同志，男女私情不等同于革命友情，这一点你必须要清楚。而且，我提醒你，高大霞是特务，我是有足够的证据的，要是没证据，我绝对不会在这个时候抓她！"安德烈一脸愤懑。

"你说我是特务？有什么证据？"高大霞质问。

"会让你看到的。"安德烈一摆手，"带走！"

傅家庄急了，上前下了玛丝洛娃腰间的手枪，横在高大霞身前，用枪指着苏联士兵："对不起，安德烈，我不相信一个为了保护我们的武器，把自己的生死置之度外的人是敌特，我更不相信一个肯于把生的希望留给战友的姐妹，是我的敌人！就凭这两点，你手上有什么样的证据，都没有说服力！"

"傅家庄同志,我还是要叫你一声同志,你在我的心目中,向来都是理智、睿智、有胆有识的青年才俊,你现在的表现,太过冲动了!"

"谢谢你的夸奖,我现在不是冲动,我很理智,我只是希望,你们能把一切情况调查清楚之后,再做出判断。"傅家庄逼着安德烈等人靠向窗户,朝高大霞催促道,"大霞,你走,快走!"

安德烈警告:"傅家庄同志,你现在的表现,是在滑向错误的深渊!你造成的后果,会十分严重!"

"今天的一切后果,我愿意承担! 大霞,走,快走!"傅家庄大喊。

安德烈厉声道:"傅家庄同志,我可以告诉你,之所以要拘捕高大霞,是因为她与苏联远东情报局在大连牺牲的同志有直接关系!"

高大霞怔愣:"你是说,我出卖了你们的同志?"

"是的,我们有位同志叫维卡,你不会不认识吧?"安德烈问。

高大霞说:"维卡是我的好大姐,一直给放火团提供炸药,她牺牲了,我很难过。"

"她的牺牲,跟你有关。"安德烈冷冷说道。

原来,就在昨天晚上,安德烈从苏军大连警备司令部新近得到的一批档案中,发现了维卡生前的一本日记,上边有一条线索,说大连放火团在大连港进行最后一次行动中,除了高大霞,无一幸存。

就在高大霞被押上苏联军车的时候,她居然看到胡子拉碴的万德福从李云光的车上下来,高大霞像抓到了救命稻草一样喊叫起来。一瘸一拐的万德福也嘶吼着奔向军车,可高大霞还是被军车带走了,万德福追撵着渐行渐远的军车,泪流满面。

高大霞被羁押到苏军大连警备司令部后楼一间讯问室里,面对安德烈的质询,她说起当年和维卡一起并肩战斗的桩桩往事。安德烈从高大霞的叙述里,对昔日自己美丽的恋人有了更为清晰的认知,那个娇小的美丽女人,勇敢得令他禁不住心疼起来。而从对维卡的心疼,继而延续到对面前高大霞的心疼,安德烈审不下去了,他让高大霞先好好休息,他会把维卡日记里说的事情尽快调查清楚,给高大霞一个交待。临别时,高大霞向他提出一个要求,让傅家庄过来,她要知道万德福去牡丹江的外调结果。安德烈答应了。

高大霞要的结果,也是傅家庄和李云光想知道的,可是,万德福让他们失望了。万德福和搭档老钱在去牡丹江的路上,先是在开原被国民党廖耀湘的新六军抓了壮丁,这一抓,就是大半年。俩人好不容易逃出来,白天不敢上路,只能晚上夜行,而且不敢走大路,这样又历时三个多月才赶到牡丹江。可找到高大霞说的车站附近的鸿志大药房,却中了敌人的埋伏,原来这里早就暴露了,老钱在撤离时也牺牲了。后来万德福多方了解,才知道赵志明在鸿志大药房暴露时,就已经牺牲了。

傅家庄沉默了,他知道,赵志明的牺牲,就意味着高大霞在牡丹江的那段历史成了悬案。

“我对不起大霞……”万德福泣不成声,“呜呜”地哭着,“大霞这么被敌人栽赃陷害,我却一点儿帮不上她。”

李云光劝慰道:“老万,你放心,大霞的事组织上还会继续调查。”

安德烈的电话打来了,听说高大霞点名要见傅家庄,万德福也要去,傅家庄怕高大霞知道了外调结果难以接受,说自己过去看看情况再说。

听傅家庄说了万德福的外调结果,高大霞哭了起来,为自己,也为牺牲了的赵志明。

傅家庄安慰道:“我们已经委托牡丹江的同志,请他们再找一找赵志明的领导。也许他会把你的情况跟谁说过,如果能间接证明你在那里的情况,也是个办法。”

"要是还证明不了呢？我就得受一辈子冤枉？"

"不会的，你的冤屈，会洗清的。"

高大霞凄然一笑："这辈子，我就没顺当过，喝口凉水都塞牙。"

"过去的事情即使真的证明不了，我相信，你也会用现在和以后的行为，赢得组织的信任。"

"听你这意思，我以前的革命生涯、党员关系，就一笔勾销了？"高大霞小心地问。

"大霞，当初我们加入革命，是为了入党吗？是为了让别人知道吗？"

"我就是觉得冤屈。"高大霞抹去眼泪，长叹了一声，"行了，你别在我这里耽误工夫了，还是回去赶紧查爆炸案吧，我横想竖想，还是挽霞子的问题。"

"出事前，方若愚去朝阳采购粮食了，这件事，确实和他没有关系。"

"不能因为时间对不上，就说他没事。"高大霞像是忘记了刚才的不快，"以前，我们在小鬼子的仓库放火，经常用延时炸弹。挽霞子在关东州厅干过，肯定也知道。"

"你说的延时爆炸，确实不是什么了不起的技术，可方若愚出差之前，并不知道我们要往2号仓库放军火呀，再说下午那个仓库还是空的。"

"那他就是没上火车。"高大霞肯定地说。

"这更不可能。"傅家庄说，"我们问过孙经理，他今天早上已经与朝阳那边联系过了，方若愚昨天晚上就到了朝阳。"

高大霞还是语气坚定："反正说破大天，我都不信这件事跟他没有关系。"

"这件事我会继续调查，刚才你说到放火团，我正要问你这个事，当时参与行动的同志,除了你,确定都牺牲了吗?"

高大霞的眼圈又红了:"我对不起他们……"

"为什么要说对不起?"

"他们都死了,我应该好好替他们活着,替他们多工作,可你看看我现在这个样子,自己都活不起,哪还能替他们再干革命。"

"当时,是不是哪个环节出了纰漏?"

"我也奇怪,我们的计划没有漏洞,可怎么还是暴露了? 后来,组织上也调查过,说是当时小鬼子在中国劳工中雇用了一些人,暗中搜集情报,他们把这些人叫白片密探。"

"白片密探?"

"就是他们手里有日本警察的名片,如果发现火灾的线索,就按照名片上的电话随时报告,小鬼子对他们有赏。日本人枪毙他们的时候,开过庭,你最好查查当年日本法院的审讯记录。"

傅家庄点头:"苏联远东情报局的那个维卡,你是怎么认识的?"

"还是因为放火。你应该知道,放火团是国际反帝情报组织和咱们联手干的,维卡是那边的同志,给我们提供炸药。"高大霞苦笑,"当年我把鬼子烧得鬼哭狼嚎,都没进大狱。现在倒好,大连都成'特殊解放区'了,我还进来了。"

"大霞,淬火成钢,好钢都是千锤百炼出来的。"

"我说大狱,你说炼钢,哪跟哪呀。"

"炼钢和炼狱都是一样的,'炼'过,才能成器。"

门外,安德烈正在听着两人的对话,身后传来急促的脚步声。跑来的是玛丝洛娃,她说司令部门口有个人在闹事,自称是高大霞的战友。

来闹事的是万德福。本来他跟过来是想等傅家庄出来,第一时间了解到高大霞的情况。可从门口的守卫嘴里听出高大霞被关押了起来,万德福就急了,当场大骂起安德烈混蛋,还要闯进去找他理论一番。出来的安德烈听到他过激的言词,挥手让门卫将万德福抓起来,幸亏傅家庄听到动静及时赶来阻止。可万德福并不领情,骂傅家庄是个熊货,看着苏联人抓高大霞不管。

万德福和安德烈的争执针锋相对,安德烈终于失去了耐心,他不愿与一个胡搅蛮缠的莽汉再纠缠下去。面对双方的剑拔弩张,傅家庄安抚着激动的安德烈:"安德烈同志,他和高大霞是出生入死的革命战友,他的心情,希望你能理解。"

安德烈冷笑:"来一个人就说是战友,我都要让他们相见吧?"

"我还是高大霞的男人!"万德福脱口而出的这句话,让傅家庄愣住了,也让安德烈一惊。他思忖了片刻,答应万德福可以去见一下高大霞。

安德烈带着傅家庄和万德福回到讯问室时,里面却空无一人,不见了高大霞。

三个人谁也想不到,就在他们在司令部门口争得不可开交之际,一辆遮挡着车窗的刑车从院子里驶出,奔向了郊区,而高大霞正在刑车里。她的名字,一个小时前被吴姐悄然填进高兹洛夫中将司令官签发的一份死刑犯执行名单。现在,她正和其他 12 名犯人一起被押往刑场,准备接受枪决。

"安德烈,你是混蛋!小人!无耻之徒!"傅家庄骂着跟在身后的安德烈,自顾跳上吉普车,发动了汽车,安德烈紧跟着跃上车来。傅家庄一脚油门下去,汽车轰然作响冲了出去,跟在后面的万德福跑出来时,汽车已经消失在了余辉里。

安德烈忍受着傅家庄的痛骂,解释着自己的无辜,可傅家庄哪里听得进去,他发疯一样狂踩着油门,只想能够追上那辆刑车,汽车疾驶出市区,在颠簸的土路上更加放纵。

"快到了,快到了……"安德烈安抚着焦躁的傅家庄,可他的话音刚落,远处的黑夜里传来了一声又一声的枪响。

风萧萧,吹起一片寒意。空荡荡的刑场不见一人。一个新填平的大坑,把傅家庄仅存的希望埋葬成了绝望。大坑边上,散落着子弹壳。

傅家庄突然拔枪对准安德烈,咬牙切齿地咆哮道:"我让你给大霞陪葬!"

安德烈紧张地哆嗦起来:"傅家庄同志,我和你一样,都不愿看到这种事情。"

傅家庄扣着扳机的手在不住地颤抖,安德烈战战兢兢举着双手:"人死不能复生,高大霞如果确实冤枉了,我,我可以承担责任,可,可你要是对我开了枪,高大霞也不能死而复生。你给我点儿时间,我一定把原因调查清楚,给你一个交待,请你相信我,可以吗?"

傅家庄扣动了扳机,一声清脆的枪响撕开沉闷的夜空,好似为远行的孤魂送行。

傅家庄脚步沉重地朝汽车走去,安德烈紧跟在后面,刚才的一枪贴着他的耳旁射向空中,他的脑袋现在还是嗡嗡作响。安德烈刚要拉开车门,傅家庄回头,两人目光相对,安德烈一拍胸膛,大声说:"你放心,我回去一定把情况调查清楚,给你一个交待!"

傅家庄突然一拳打来,安德烈向后趔趄了几步,重重倒下,傅家庄转身上车,发动起车子,汽车轰然驶去。

安德烈爬起身来,眼见着汽车已经绝尘而去,他恼怒地大骂:"傅家庄,你混蛋!"

汽车颠簸而去,不知驶出多远,傅家庄脚下的油门松了下来,汽车缓缓停下,傅家庄伏在方向盘上,失声恸哭起来……

第四十九章

　　出差归来的方若愚一进洋楼,便听到高大霞的房间里传来一阵阵的呜咽声。他摸着黑蹑手蹑脚地上楼,生怕打搅了屋里的人。可他上了几级楼梯,听出那哭声不大对劲,便倒回高大霞的房间外,又细听了听,居然是一个男声在哭。方若愚轻推了一下房门,虚掩着的门开了,屋里哭的居然是高守平。

　　"怎么了,守平,我还以为是你姐……她不在啊?"方若愚推门进屋,四下看着。

　　"不在了。"高守平声音沙哑,哭得更厉害了。

　　"不在你哭什么? 你姐那个人,闲不住,她忙完就回来了……"方若愚从皮包里掏出一本书来,"我这回出差,在外面给你买了一本好书——《古文观止》。这本书我找了好久,总算遇上了,这是清人吴楚材、吴调侯叔侄俩在康熙三十三年选定的古代散文选,是专门为学生编的教材,所以也叫读书人的启蒙读物。"

　　高守平没有理睬方若愚递过来的书,哭声更大了。

　　方若愚不乐意了:"守平,你这就不对了,怎么还越哭越厉害了,你都多大个人了,你姐回来晚点儿至于哭成这样吗? 我看你这是借着由头不想学文化。那算了,我还省事儿啦!"方若愚气呼呼收起书,朝外走去。

　　"姐,你死得冤呀!"高守平凄厉的一声哭喊,定住了已经上楼的方若愚的脚步。

高大霞被处决的消息，吴姐第一时间来良运洋行告诉给了麻苏苏，可麻苏苏并没有吴姐想象得那样高兴。

"就这么死了，我还怪难受的。在大连街，我就交了这么一个好姊妹。"麻苏苏唏嘘道。

"我杀了你的共产党好姊妹，看来，我得跟你说声对不起了。"吴姐讥讽道。

麻苏苏叹了口气："毕竟跟她处了好几年，就这么一下子走了，心里怪不是滋味呀。"

"她是你的好姊妹，我算什么？"吴姐有些不满。

"你看你妹妹，这还吃起醋来了，高大霞是我能拿到台面上说事的人，你能吗？"

"我不能，我就是一个扫地打水收拾厕所的垃圾婆！"吴姐拉下脸来。

"怎么还作贱起自己来了，咱们革命目标一致，只是分工不同嘛。"麻苏苏拉住吴姐的胳膊，劝慰着。

吴姐推开麻苏苏的手："你真是站着说话不腰疼，让你天天扫厕所伺候人试试！"

"那我今天就伺候伺候你。"麻苏苏殷勤地给吴姐揉起肩膀来。

屋里的麻苏苏哄着吴姐，屋外的大令也在哄着抽泣的甄精细。从听到高大霞死了的消息，甄精细的眼泪就一直没断过，大令知道他是一个重感情的人。尽管他哭的人是自己的对手，尽管大令一直数落他没出息，可大令心里清楚，这个男人有情有义，自己嫁了这样的男人，他一定会把自己当宝贝似的供着。

麻苏苏送吴姐出来，看见两个年轻人黏在一起，让吴姐放大令个假,今晚让大令留下,陪陪甄精细。吴姐答应了,甄精细却扭捏着哭起来,麻苏苏不耐烦了:"烦死了,你这是高兴啊,还是不满意。"

大令尽快说:"姐,没事儿,他这是乐极生悲。"

麻苏苏刚送走吴姐,方若愚又来了,一进门,就问高大霞是怎么死的。

麻苏苏含糊地回答:"苏联人盯上她了,当年在放火团的时候弄得不清不混。"

方若愚起疑:"不清不混就给毙了? 这不对呀,应该甄别清楚吧。"

"你说的那是应该,要是等甄别清楚了,她也死不了啦。"

方若愚从麻苏苏闪烁其词的回答里,猜出了答案:"是我们的人从中做了手脚?"

"小方呀,你这脑子,真不是白给的。"麻苏苏叹道,"虽说高大霞死了我也怪难受的,说起来,也算个能说上几句真心话的好姐妹。"

方若愚冷笑:"你们俩能说上什么真心话? 都是逢场作戏,你这起码都是虚情假意,她是二虎八道看不出来。"

"这怎么说的? 秦桧还有两个好朋友,我跟高大霞除了立场不同,这是没办法的事,其他的,还是有不少共同语言。总之吧,我也不是滋味。"麻苏苏叹着气,"我这个人哪,最大的毛病就是爱动感情,心善,不好,很不好。"

"叫大姐这么一说,我也挺不是滋味,突然少了一个成天追着后屁股的人,还真挺舍手,一下子不知道该怎么生活了。"

麻苏苏笑道:"你看小方,在这一点上,咱们俩的心还是相通的,但是有缺点,很严重的缺点,就是善良,太善良,这是很伤自己的事情。不过,咱们也得调整心态,从党国的大局考虑,高大霞的死,对我们的事业,还是有好处的,以后我们干起事来,终于不必畏手畏脚,可以甩开膀子啦。"

"但愿吧。"方若愚转身要往外走。

"唉,急什么呀?"麻苏苏拉住方若愚,身子软软地贴在了方若愚胳膊上,"来一趟不多坐会儿,精细今天晚上出去了,就我一个人。"

方若愚拿下麻苏苏的手,正色道:"大姐,请你自重!"

"小方呀,你看你,还记恨上大姐了,"麻苏苏讪讪着说,"在你心里,那个哑巴女人比我还重?"

"你不要再提她。"方若愚别过了脸去。

麻苏苏笑得意味深长:"小方呀,你也不年轻了,还是如此固执,如此由着性子来,太不成熟啦。有些事情,逢场作戏而已,何必难为了自己的同志,也难为了你自己。"

"大姐说的没错,我希望你我只是革命同志。"

"革命同志也要有七情六欲,小方呀,你看你,这些年我形单影只,你孤家我寡人……"麻苏苏暧昧地看着方若愚,"所以,我特别理解单身者的感受,漫漫长夜,孤寂难熬,你我作为革命同志,理应肝胆相照……"

"肝胆相照?你把一个好好的词糟蹋了。明明龌龊不堪,非要说成圣洁高雅,明明想着男盗女娼,非要装成正人君子!"

麻苏苏的笑容僵在了脸上:"方若愚,你竟然骂我!"

方若愚冷笑:"这是骂你吗?人前道貌岸然,一口一个效忠党国效忠领袖,人后原形毕露,一肚子的旁门左道,蝇营狗苟!"

麻苏苏怒喝:"放肆!"

"我放肆?方若愚嗤笑,"麻苏苏,党国现在已经到了悬崖边上,随时都可能万劫不复,你倒好,作为一个革命者,你不想着挽救党于危难之中,却天天琢磨着男欢女爱。你,你对得起党员这个称号吗?你对得起领袖对我们的期望吗?"

麻苏苏气得涨红了脸:"我麻苏苏对党国问心无愧,对领袖赤胆忠心!"

"问心无愧? 赤胆忠心?"方若愚话里满是嘲弄之意,"你扪心自问,我堂堂党国当年北伐抗战,是何等团结强盛,再看看现在,短短几年,就人心涣散,不堪一击。为什么? 还不是因为党内充斥着只会喊口号的假革命、假党员?"

麻苏苏怒道:"胡说! 当年,我麻苏苏也是一腔热血,置生死于度外!"

"你当年怎么样我不知道,我只知道你的现在。现在,党内像你这种人太多了,你们忘记了党国宗旨,忘记了入党誓言,你们腐化堕落,不给党国添砖加瓦也就罢了,反而挖党国的墙角,拆领袖的台,你们这种人,就是造成党国危亡的罪魁祸首!"

"一派胡言!"麻苏苏脸色气得煞白。

方若愚提高了声调,盖过了麻苏苏的怒喝:"正大光明的革命大道你不走,不是暗杀破坏,就是色诱勾搭;不是摇唇鼓舌,就是擅生是非;不是假仁假义,就是两面三刀! 可笑的是,我堂堂一个军统局陆军上校,居然也他妈成天一本正经陪着你们鸡鸣狗盗瞎扯蛋!"

麻苏苏气急败坏,捂着胸口不住地喘气:"方若愚,你真是彪得不轻,你不光在作贱我,也在作贱你自己!"

方若愚冷笑道:"还用我作贱吗? 你'老姨'不知道这些年我们干了几件能放到台面上说的事? 今天烧个被服点个房子,明天杀个无辜百姓引起骚乱,隔三差五再凑一块儿扯个老婆舌,东家长,西家短,三只蛤蟆四只眼!"

"你闭嘴!"方若愚的话彻底激怒了麻苏苏,"这些年我们在大连立下的赫赫功绩,哪一笔都刻在嘉奖令上,你休想给抹杀掉!"

方若愚目光森冷如冰:"是啊,这些年你那嘉奖令是没少得,就为了点滴的功劳,你才置民众的生死于不顾,你丢掉了党国的道德,迷失了党国的方向,丧失了党国的人心!"

"你——"麻苏苏被噎得说不出话来。

方若愚乘胜追击,连珠炮似的诘问道:"你冒领党国的奖赏,你就是党国的蛀虫!你辜负党国的信任,你就是党国的败类!你离心党国的团结,你就是党国的叛徒!"

麻苏苏气得发抖:"你,你……"

"你满脑子马上墙头,却忘记了马上天下,你对得起浴血奋战的前线战士吗?你对得起舍生取义的革命先烈吗?你对得起宵衣旰食的党国领袖吗?"方若愚指着麻苏苏的鼻子,"你,就是党国的罪人!千古罪人!"说罢,方若愚拂袖而去。

麻苏苏呆愣在原地,浑身气得哆嗦,半晌,传来她语无伦次的怒骂:"你、你、你个放屁冒烟儿的鳖犊子!啊呸!"

麻苏苏今晚的算盘都打得并不如意,这边她和方若愚的好戏没有唱成,那边她让甄精细和大令去旅馆也是一波三折。满腔热忱的大令是指望出来能换个心情,可甄精细还在为高大霞的事耿耿于怀,大令耐着心劝慰道:"精细,你知道我最喜欢你哪一点吗?是心善。干咱们这个的,心善最难得。不过,心善也最容易把自己害了。"

"那怎么办?"甄精细小声问。

"对谁都不动真心。"

"我看你对吴姐、对麻姐、对方若愚,都挺好,他们说什么你都听。"

"那不叫动真心,那是听他们的命令。"大令说,"他们下的任务,我要无条件执行。"

"我不一样，我对麻姐真心。对你，也是真心。"

"我知道。"大令说，"那如果在我和麻姐之间选一个，你对我还是对她更真心？"

甄精细为难起来，摇着头说："我不选。"

大令不悦："你就不能骗骗我？"

甄精细认真地回道："她救过我的命，就是再生父母。"

"我觉得她对你没你说得那么好，有时候还骂你。"大令坐到床边，温柔地拉起甄精细的手。

甄精细周身一颤，像过电一样，下意识抽回了手来。

"怎么了？"大令问，"你不喜欢我了？"

甄精细捣蒜般点头："喜欢，喜欢！"

"那你不想要我？"

甄精细红着脸："我想，等到洞房的时候。"

"等到那时候，还不知道怎么回事哪，"大令不耐烦地伸手去解甄精细的衣服，甄精细却死死抓牢了领口，一副为难的样子。事到临头，倒成了女方霸王硬上弓，古往今来也鲜有这等奇事了。

"你什么意思？"大令恼怒地瞪着甄精细。

"我，我害怕。"甄精细遮住了脸颊。

"有什么好怕的？"大令一把推倒甄精细，扑了上来，甄精细下意识地一脚踹了出去，大令痛得惨叫一声，跌落床下。

"大令！"甄精细顿时慌了，下床想拽起大令，大令恼火，一伸手将甄精细拉到怀里，努着嘴要亲上去，甄精细撕扯着推开大令，拉开房门蹿了出去。

大令气呼呼地起身追到门口，冲着甄精细的背影大骂："傻子，等不到那一天，后悔死你！"

后来,每当甄精细回想起这个夜晚,都不免懊悔怅然,大令玩笑一般的嘲弄之语,在日后的腥风血雨面前,竟然不幸得到了印证。

一大早,傅家庄赶到苏军大连警备司令部,脖子上围着餐布的安德烈正在办公室吃早饭,一见傅家庄,他挥舞着手里的刀叉抗议起来:"昨天晚上,你把我扔到荒郊野岭,我走了三个多小时才进城,你……你是个十足的混蛋!"

傅家庄毫不让步:"你走了三个小时就气成这样,骂我是混蛋,那你要了高大霞一条性命,你是多大的混蛋?"

安德烈自知理亏:"我……我不跟你争辩这个问题。"

玛丝洛娃上前:"傅家庄同志,今天一早,中校同志和我都在探讨这件事情,死刑名单上,根本没有高大霞的名字,这一点,我可以作证!"

傅家庄说:"我现在想知道的是,哪里出了问题。"

玛丝洛娃说:"这要等到办事员达里尼来上班以后,昨天是她最后经手的名单。等她来了,我们就会找到答案。"

听到三个人的谈话,吴姐立即让大令去截杀达里尼。达里尼遇刺的消息传来,震惊了傅家庄,他突然有一种强烈的无助感,为自己没有办法给屈死的高大霞一个交待,感到万般愧疚。

高大霞的简易灵堂,布置在洋楼一楼的厅堂。神情肃穆的方若愚,将一块黑纱挂在高大霞的遗像上,摆到桌子上方。

高守平对忙碌了一早晨的方若愚,动容地表达着谢意,方若愚摆摆手:"谢什么,楼上楼下住着,本来就是缘分。你姐走这么急,我到现在都不能接受。"

"谢谢方先生,我姐给你添了那么多麻烦,你都不记恨。"

"都是误会,人走了,一了百了啦。"方若愚看着遗像里的高大霞,

"大霞,你在那边照顾好自己啊。"

刘有为端着三个空盘子从厨房出来,摆在遗像前:"大霞姐,你走得急,家里也没有现成的东西,我划拉了点儿干果,就当是供果吧,你别嫌弃啊。"他一边念叨着,一边从衣袋里抓出一捧干果分捡着,放进两个盘子里,见另一个盘子空着,又从口袋里掏出一把五香花生放进去,"姐,这是我昨晚喝酒剩的五香花生,你别嫌弃啊。"

方若愚看着盘子里几样干果,有些为难,一盘干果是大枣,一盘是桂圆,加上一盘花生,怎么看怎么不对劲,他皱着眉看向刘有为:"这好吗?"

刘有为不满:"怎么不好? 给大霞姐弄点儿嚼咕。她吃不了,还有我姐,她们俩在那头做个伴,斗个嘴,也不至于冷清。"

方若愚不快地说:"我不是说东西多少,是说放这些不合适,你看这又是大枣,又是花生,还有桂圆……"

刘有为看着果盘,明白过来,自语道:"是哈,这都早生贵子了。"

"有为哥,还是拿走吧。"高守平伸手欲拿开果盘。

刘有为伸手拦住:"留着,早生贵子就对了。大霞姐可怜,一辈子也没嫁人,到了那头,也没有个人侍候,生几个孩子照顾她,咱们也能放心是不是?"

"照这么说,你多放点儿吧。"话一出口,方若愚又觉得不对劲,"她一个人,也没法生孩子。"

刘有为眨巴着一对小眼,刚张了张嘴要说什么,便被一阵铺天盖地的哭喊声压住了。

哭喊着进了屋的是万德福,一迈进门槛,他便推开扶着自己的万春妮,跌跌撞撞扑向高大霞的遗像:"大霞呀,你怎么说走就走,扔下我不管了,你一走,我还活着有什么意思啊?"

"老万,大霞姐走得冤呀!"刘有为哭起来。

"大霞,我对不起你,白跑了一趟牡丹江,没把你的事情弄明白,我没用呀,我是废物!"万德福边哭边捶打着自己的胸膛。

高守平和万春妮拉扯着哭倒在地的万德福,他哭得更厉害了。

"老万,人死不能复生,还请节哀吧。"方若愚也上前劝慰着,他的话果然有了效果,万德福循声看到方若愚,停止了哭喊,可他的脸色骤变,爬起来朝着方若愚嘶吼道:"你个混蛋玩意儿,大霞的事,我知道你没少使坏!"

方若愚愕然:"老万,这么说……不合适吧。"

"怎么不合适?"刘有为一指方若愚,"大霞姐就是叫你害死的,你一天到晚都在打她的主意!"

方若愚慌忙辩驳:"是她一天到晚追着我,这怎么还怨到我身上来了?"

"你老不干好事,大霞姐能闲着吗?"刘有为揪住方若愚的领子大吼。

"对,你不陷害大霞,她就不能死!"万德福怒吼。

高守平忙劝解:"万叔儿,这件事跟方先生无关,他出差昨天晚上才回来,这个灵堂,还是方先生帮着我布置的。"

"他早盼着大霞死,早想给大霞弄个灵堂了!"万德福不依不饶着,"现在,他心里指不定多美哪!"

"爸,你别这样!"万春妮满脸歉意地看着方若愚,"对不起啊,方先生,我爸太伤心了,瞎胡乱说话。"

"你个兔崽子,他成天欺负大霞,你还向着他!"万德福怒目圆睁,伸手要打万春妮。

刘有为见状慌忙拦住了他:"老万,你别气坏了身子,你再有个好

725

歹,大霞姐好埋怨我和春妮了。"

高守平看了刘有为一眼,上前拉着万德福离开,万德福回头看着高大霞的遗像,怅然若失地叹道:"大霞活着的时候,我没怎么陪她,现在她不在了,我后悔呀,没早给她个家,让她过过好日子。"

本来想息事宁人的方若愚没忍住:"老万,这个事我还得多句嘴。我听说,大霞生前就拒绝过你,她人不在了,你再占她便宜,不合适呀。"

"你放屁!"万德福又激动起来,"我和大霞的战友情有多深厚,你能知道?"

方若愚说:"战友情和过日子是两回事,不能因为过去是战友,现在就想占有。"

刘有为看不下去了:"挽霞子,我姐和老万的事,你管得着吗?"

"我这也是为高大霞好。"方若愚看了一眼高大霞的遗像,"她人不在了,更不能让她受委屈,她这个人,最在乎名声了。"

万德福吼道:"你知道大霞在乎名声,还往她身上泼脏水?"

"我泼什么了? 我一直都躲着她老远。"

"你那是心虚! 你要真对得起大霞,就过来给她跪下!"

方若愚气愤:"老万,你这是什么道理,说不通嘛。"

高守平劝道:"万叔儿,你别难为方先生,他为我姐的事忙了一早上。"

"他是猫哭耗子!"万德福嚷道。

方若愚摇摇头:"这比喻不好,高大霞人都不在了,你还说她是耗子。"

"我干死你!"万德福像是被点燃的火药桶,朝方若愚虎扑过去。

高守平紧紧拉住万德福,方若愚恼怒地退了两步:"老万,你真不讲理! 怪不得高大霞看不上你,胡搅蛮缠!"

"你放屁!"万德福大吼着又要扑上来,高守平拉着万德福,冲方若愚喊着:"方先生,你走吧,走啊!"

方若愚理直气壮:"我不走,这是高大霞家,也是我家,要走也是他走!"

"你家?你和大霞成一家了?气死我啦!"万德福用力推开高守平,抡起拳头追打方若愚。

"你这是对死人的不敬!"朝门口跑去的方若愚一头撞到一个人身上,他下意识地道着歉,可一抬头,却惊恐地惨叫了一声。站在他面前的,居然是高大霞。

"鬼,鬼,大霞姐,诈尸啦!"刘有为吓得两眼发直,跌躺在沙发上。

高大霞哈哈大笑起来。

所有人都不知所措。

"大霞显灵了?"万德福看着狂笑的高大霞,小心翼翼试探道。

"姐,你到底是人是鬼?"高守平的声音都发颤了。

高大霞在众人惊讶的目光里,慢悠悠地走向供桌,看到案桌上的供果,她笑了:"这是干什么,叫我早生贵子啊?"

众人面面相觑,方若愚鼓足勇气绕到高大霞身后,操起板凳,猛然砸向高大霞后背。高大霞身子一颤,扑向供桌,桌子轰然倒地,上面的供果滚散了一地。

高大霞醒来的时候,万德福喜极而泣,其他人也抹着眼泪。在高大霞昏迷过去以后,他们运用各自信服的手法,已经验证了面前的高大霞不是女鬼,是千真万确的大活人。

"别哭了,我又没死。"高大霞迷迷糊糊看向刘有为,后者张着嘴昏死在一旁,还没有醒来,高守平打了刘有为一记耳光,刘有为终于苏醒了,可一眼看到高大霞,他又惊叫起来:"鬼!"

高大霞反手又给了他一记耳光,骂道:"你才是鬼哪!"

连着挨了两记耳光,刘有为终于回过神来,一把抱住高大霞:"姐,你要再死了,我也不活了!"

"哎哟,痛死我了……"高大霞按着后肩膀,"刚才谁打的我?"

万德福忿忿指向人群后的方若愚:"他!"

"我,我不是故意的。"方若愚慌忙解释。

万德福怒喝:"你还撒谎!"

高守平作证:"姐,方先生以为……以为你是鬼。"

"是鬼你就让他打?我还是不是你姐了?"高大霞不悦。

"这不是误会吗?"高守平小声说。

"误会?亏你还是公安总局的小头头,这世上有鬼吗?有鬼也是他装的!"

"行了,姐,你快说说昨天晚上到底发生了什么吧,我们都急死了。"

"能发生什么?我差点儿见了阎王爷呗。"

万德福疑惑:"他们怎么没枪毙你?"

"我是谁?"高大霞来了精神,"我是高大霞,能那么容易就毙了?"

"你不是被押到刑场了吗?"万德福又问。

"对,我是上刑场了。"高大霞不无夸张地吹嘘,"苏联士兵举着枪,'砰、砰、砰',一枪一个,那个准呀,子弹飞过来,脑袋直接开花,脑浆迸的满哪儿都是!"她眉飞色舞地说着,恍如街头说书人,"12个人,说死就死了,眼瞅着到我了,我一想,这不行啊,我打了好几十年小鬼子,他们都没干死我,现在大连都解放了,我不能死啊?一听监斩官喊到我的名字,我就大声喊'停'!"

刘有为一愣:"还有监斩官?"

"就那个意思,干一样的活儿。"高大霞轻描淡写。

"他们听你的了吗?"刘有为问。

高大霞白了他一眼,"不听我还能在这里喘气?"

万德福朝高大霞竖起大拇指,赞道:"你真行!"

高守平却满腹狐疑:"姐,他们到底怎么放的你?"

高大霞腰杆一挺:"不放不行,我高大霞属猫的,九条命。"

人群后传来傅家庄的声音:"高大霞,你跟我来一下。"

"有什么话不能当着大家伙说……"高大霞意犹未尽,但还是跟着傅家庄进了房间。

"你把真实情况说一遍。"傅家庄提醒道,"我不听你故弄玄虚的演绎,实话实说!"

高大霞不满:"……好不容易死里逃生,还不让我卖卖关子呀……"

"押到刑场之后,到底发生了什么?"

随着高大霞的讲述,时间回到枪决执行前的一刻。负责对判决文件进行现场校验的办事员达里尼对着判决书每喊出一个死囚的姓名,就是一声枪响。一声声枪响,一个个囚犯栽进大坑。刑场上只剩下高大霞一个人。

当苏联士兵的枪口对准高大霞时,达里尼疑惑起来:"别的犯人都有判决书,为什么这个人没有?"

行刑者看着名单:"这份死刑犯的名单,安德烈中校亲自审核过,不会有问题,达里尼,快执行吧。"

"这个事情,太奇怪了。"达里尼看向蒙着头被按倒在地的高大霞,"人命关天的事情,还是要认真一些。"

行刑者不同意:"关在监狱里的,哪有什么好人? 名单里有,就不会有错,至于判决书,或许是掉在办公室了,还是赶快执行吧,我老婆还等着我回家暖被窝哪。"

达里尼收起文件，摘掉了高大霞的头戴。高大霞看到满坑的死囚，感到一阵恶寒。达里尼将她嘴上的"勒口"拿下，高大霞急促地喊道："这么急着杀我，你们存的什么心？要灭口啊？"

达里尼问："你是高大霞吗？"

高大霞一点头："我坐不更名，行不改姓！"

"法庭给你判定的罪名是什么？"达里尼又问。

"法庭？我长这么大，还不知道法庭长什么样。"

"怎么？你的案件没有开过庭？"达里尼不解。

"我就等着上法庭过过堂，跟安德烈掰扯出个子午卯酉来哪！"

达里尼思忖片刻，命令道："带回去吧，她的案件有问题。"

行刑者为难："达里尼，这份枪决名单可是高兹洛夫中将司令官亲自签发的，你这样做，是违抗命令。"

达里尼正色道："没有判决书，就是有问题，必须核实清楚。再说，如果她真是敌人，逃过今天，也活不过明天，可如果错杀了她，我们谁也负不起这个责任！带她回去！"

"你就这么回来了？"傅家庄打断高大霞的叙述。

高大霞扬了扬眉毛："怎么，你还不想让我回来？"

"不是。"傅家庄意识到表述有误，"那个达里尼把你带回司令部，又关了你一宿？"

"对啊，又关了我一宿禁闭。今天早上，我叫人去找安德烈，才知道你找过他，还听说，那个达里尼，被人害死了。安德烈要处理那边的事情，就让我先回来了。"

傅家庄思忖着，高大霞出了屋子，见几个人还都等在厅堂，唯独不见了万德福。万春妮说她爸去上班了，刘有为说老万事儿没办好，没脸见高大霞跑了。高大霞让高守平和万春妮去把万德福叫回来，自己走

到桌前,捏起盘子里的一粒五香花生送进嘴里,咀嚼了几下,点点头:
"味儿挺好,还是五香的。"

刘有为说:"我去拿酒,给姐压压惊。"

"多倒点儿啊。"高大霞拿起桌上的相片看了看,又拿过一旁的黑纱
在相片上比量着,被傅家庄一把夺走:"高大霞,你能不能有点儿正形。"

"我怎么没正形了? 你看我这儿多正形。"高大霞指了指自己的相
片,"对了,刚才大家伙都好顿哭,你来晚了,你哭了吗?"

拿着酒瓶回来的刘有为连忙邀功:"姐,我哭了,哭得稀里哗啦,想
起你,想起我姐,我跟你俩去的心都有呀。"

"你哭我知道,要是能再嚎几声就好了。"高大霞指出了刘有为刚才
的不足。

"下回我好好哭,一定多嚎几嗓子。"刘有为认真地表态。

傅家庄不由瞪了他一眼,高大霞继续做着总结:"守平和春妮哭得
不响亮,老万哭得最好,惊天动地,都快把我感动哭了,这才是真战友
啊。就是后来跟挽霞子拌嘴,跑偏了,对了,挽霞子,你怎么没哭?"

方若愚被高大霞问得无言以对,涨红着脸望向别处。

高守平和万春妮带回了万德福。自觉有愧的万德福躲避着高大霞
的目光。

高大霞打量着瘦了不少的万德福:"好你个老万,我死了你哭得惊
天动地,活过来了你倒跑得比兔子还快!"

"我不是没脸见你嘛。"万德福喃喃地说。

高大霞叹了口气:"这几天,我在鬼门关里走过两个来回,我也想明
白了,过去的事我也不去费力气证明了,往后的路,只要行得端做得正,
组织自然会明白我是什么人。"她顿了顿,"在牡丹江入党的时候,赵志
明同志作为我的介绍人,就告诉过我,不管遇上什么事,都要相信党,对

党忠诚,永远不给党抹黑。越困难、越危险的时候,越是党考验你的时候。老万,你放心,我经得起考验,一时半会儿倒不下去。"

"姐,你是我的榜样。"高守平动容地说。

"榜样,什么榜样,我这个臭脾气,有时候自己都烦。"高大霞笑起来。

"可别这么说。"万德福拉过椅子,让高大霞坐下,"你这脾气,跟我对路。"

高大霞看着万德福:"对路咱俩也没有缘分。老万,今天咱们两家人都在,咱就锣对锣、鼓对鼓、面对面地打开天窗把亮话说了。"

万德福脸色一沉。

高大霞郑重说道:"我是守平的姐,能当他的家。老万,你是春妮的爹,能当春妮的家。他们俩的事,今天就定了,好不好?"

"我还得上班。"万德福赌气似地转身要走。

"没空儿是借口。"高大霞来了脾气,起身去拉他,万德福使劲挣脱开,还是一瘸一拐地走了。

"你还真是万毛驴子啊!"高大霞朝着门外喊道。

"再给万叔儿一点儿时间吧。"高守平轻声对万春妮说,万春妮抽泣着也跑了。

眼看着万德福这么反对万春妮和高守平在一起,刘有为觉得来了机会,悄悄把高守平拉到一旁,说要是这样的话,自己就放手追求万春妮了,到时候高守平别怪他这个当哥的不讲究。高守平一听就火了,朝着刘有为脸上就是一拳头。

高大霞光看到刘有为吃了亏,问什么原因,两个人都不说,再追问下去,高守平气呼呼跑开了。

下午在文工团饭店,刘有为的情绪一直不好,还喝上了闷酒。大师傅老贾喊了几遍让他把大葱剥了,他都不动弹,老贾气得拿着一把大葱过来,放在桌子上。刘有为不搭理老贾,反手将大葱划拉到地上。

老贾火了:"你疯了!"

刘有为摇摇晃晃站起来,指着老贾的鼻子骂道:"妈的,高守平瞧不起我,万春妮瞧不起我,你个掌大勺的也瞧不起我!"

"我看你是喝了二两马尿,不知道自己姓什么啦!"老贾转身走开。

"你再说一遍!"刘有为不依不饶,拎起酒瓶子要动手。

"你他妈跟谁横呀!"老贾也不甘示弱,他早看不惯刘有为的一举一动了。

"怎么了这是?"高大霞听到争执,从厨房跑过来。

老贾指着刘有为:"我叫他剥个大葱,他跟我犯浑!"

高大霞俯身捡起地上的大葱:"行了,我剥。"

刘有为不屑地哼了一声,拿起酒瓶仰脖要喝,被高大霞一把夺下:"一上班就喝酒,你这样还能干活啊? 回家去吧。"说着,推着刘有为。

刘有为一把甩开高大霞:"我没家,也、也没姐,我、我姐死了!"

高大霞愠怒:"我不是你姐了?"

"你不是!"刘有为借酒盖脸,"你、你要是我姐,就不会让守平和、和我抢、抢春妮!"

高大霞这才明白过来:"你为这个生闷气、喝闷酒?"

"我,我问你,我哪点儿不如守、守平了?"刘有为的脸颊随着怒火涨得越来越红,"我哪点儿不比高守平强? 要、要论念书,我、我像喝水似的,高守平呢,摁着脖子都、都灌不进去。"

"有为,你俩不一样,守平革命……"

"他能革,我也能革!"

"你在这里干活,谁说不是革命了? 你呀,真是喝多了。"

"我没喝多!"刘有为拍着桌子,"老子这、这回清楚了,拿笔杆子的没有拿枪杆子的腰硬,老、老子也要拿枪、枪杆子!"

"行了,你先回家醒醒酒吧。"高大霞又推着刘有为离开。

"你就是瞧不起我!"刘有为甩开高大霞,"你不就是弄了几个炸弹炸了几架鬼子的飞、飞机吗?有啥了不起的?我、我告诉你,没有炸、炸药,怎么、做炸弹,你、你拿什么炸?"

"行了,别说胡话啦,走吧。"

"我、我没说胡话,炸、炸药是诺贝尔发、发明的,他、他和我差不离儿,都、都、都研究火药,炸、炸药!"

"我知道你能,走,咱回家,你想革命也不要紧,等酒醒了,你跟我好好说说。"高大霞拖着刘有为往外走。

"我不走,我、我要革命!"刘有为顿住脚步,"你、你要真是我姐,现在就让我革命!我、我再也不想围着锅台转、转了。"说着,刘有为蹲在地上,"呜呜"哭起来,像是受了天大的委屈。

高大霞逃过一劫,无疑让国民党特务的阴谋落了空,既然敌人这么想置高大霞于死地,也说明了高大霞是他们的死对头。傅家庄把自己的想法向李云光做了汇报,为了让自己的分析有依据,他甚至搬出了毛主席说过的话,凡是敌人反对的,我们就要拥护;凡是敌人拥护的,我们就要反对。敌人越要高大霞死,就越证明她还是我们的同志。

李云光听出了傅家庄的弦外之音:"你不用搬出毛主席的话来压我,高大霞的历史污点,不是我凭空杜撰出来的,组织上的结论更不是靠推测出来的,她的事,还是必须慎之又慎。"

"她都差点儿没命了,还有什么慎不慎的?"

"傅家庄同志,作为革命同志,我有必要严肃提醒你,千万不要被感情冲昏了头脑。"

"你别老拿感情说事,我和高大霞见面非打既吵,关系清清白白。"傅家庄语气里透着不满。

李云光笑道:"这个你不用解释,老话说得好,打是亲骂是爱,你和高大霞的眉梢已经流露出了太多内容。"

见傅家庄尴尬,李云光转移了话题,从桌上拿起一份电报递给傅家庄:"现在是风雨欲来呀。"

傅家庄接过电报看着。

李云光说:"中国国民党、中国民主社会党与中国青年党召开制宪国民大会,制定了《中华民国宪法》,我们党和民盟等民主党派表示强烈反对和抵制,这意味着国共关系全面破裂。"

"想和平必须打,不把老蒋打得心服口服,就和平不了。"傅家庄似乎早有心理准备。

"国民党依靠优势兵力对我们解放区展开了全面进攻,虽然被解放军挫败了,但是,整体上来看,我军还是守势,部队是边打边撤,要转移到山区以保存实力。"

"我们这是收紧拳头,等待时间再打出去。"傅家庄说。

"从实力对比上看,确实是敌众我寡,但是从长远看,得道多助,失道寡助,最终的胜利,一定是属于我们的。"

傅家庄说:"李副政委,你不用给我打气,作为一名共产党员,这个信念我还是有的。当年在井冈山,我们才多少人马?经过发展壮大,还真应了毛主席的那句话,星星之火,可以燎原。"

李云光点头:"所以说,在一定时候,思想精神比枪炮更重要。"

"不是一定时候,是所有时候。"傅家庄补充道,"只要有马克思主义、毛泽东思想做武装,我们党就会永远立于不败之地。"

"这就是我要找你谈的一个重要问题。"李云光说,"作为一名共产党员,都知道《共产党宣言》,也都知道《共产党宣言》里发出的战斗号召是'全世界无产者,联合起来',但是,因为环境原因、条件因素,很多同志都没有系统学习过《共产党宣言》的全文。"

"你这句话说到我心坎儿上了。现在很多革命同志以'土'为傲,觉得能扛枪打仗就行,对政治学习和思想改造并不重视。"

李云光正色道:"这些年,我们党在延安和一些老根据地陆续出版了一些毛主席著作,但是由于条件有限,都是单行本,收集的文章并不全面。为此,上级决定,在大连出版《共产党宣言》《论联合政府》和一套系统的《毛泽东选集》。"

傅家庄惊喜地说:"这个任务交给我们了?"

"这个任务,组织上交给了我们大连的大众书店。为了圆满出版,组织上还特意派来了著名作家柳青同志担任编辑工作。"

傅家庄眼睛一亮:"我知道柳青,以前看过他发表的《毛泽东和斯诺的谈话》。"

李云光笑道:"你知道的还不少。"

"不是我知道的多,是柳青太有名了,他是一位在陕西黄土地上土生土长起来的大作家,没想到,他能来大连负责这项工作。"

"这批书籍一旦印刷上市,必定成为我们党重要的思想武器。"

傅家庄赞同:"中央选择在大连出版这些重要的思想理论书籍,是对大连的看重。放眼全国,硝烟弥漫,举目四望,唯有大连是难得的安全之所。"

第五十章

从李云光办公室出来,傅家庄向高守平下达了任务,并提醒他:"革命不能光有不怕死的精神,还要有丰富的知识储备。这次中央要在大连印刷《共产党宣言》《毛泽东选集》,等于给我们提了个醒,什么时候都不要放弃学习。"

高守平为难道:"流血流汗我都不怕,就是这读书学习……"

"方若愚教得不好吗?"

"他张嘴就是'子曰',他一'子曰'我就犯困。"

"还是你重视不够。"傅家庄批评道,"毛主席说过,少年学问寡成,壮岁事功难立。意思是说,学问是革命的后劲。你要认识到学习的重要性,我们在苏联留学的时候,先生就告诫我们,一天不学习问题多,两天不学习走下坡,三天不学习,就应该觉得没法活了。"

"谁让你没法活了?"高大霞推门走进来。

"姐,进屋应该先敲门。"高守平不满地提醒,"而且你怎么又随便进公安总局了? 万叔儿放进来的? 我得说说他。"

高大霞不悦:"你胆儿肥了,还敢管老万了。"

傅家庄看向高大霞,问她有什么事,高大霞说:"你刚才不是催守平学文化吗?"

傅家庄说:"不光守平要学,我也要学,你也要学,每个革命同志都要学。毛主席都说了,学习是无穷尽的,要活到老学到老。"

"现在学,是临上轿现包脚。"高大霞来了精神,"人家有为的脚早就包好了,我就觉得应该让他先上轿。"

傅家庄一怔:"他不是在文工团饭店吗?"

"他也不能总在食堂烟熏火燎吧?我琢磨让你给找个好营生,让他干革命走正道,主要是他自己也有这个想法。"

傅家庄犹豫:"有这个想法当然好,现在到处在打仗……"

高大霞听着不对味儿了:"你不会是想把有为送上前线吧?"

"最能淬炼一个人的,是战火,最能熏陶一个人的,是硝烟。我觉得,追求进步的年轻人,就应该接受战火和硝烟的洗礼。"

"这道理我懂,可有为不能上战场。一是曼丽死了,刘家就剩下有为一根独苗了。更重要的,有为身板不行,哪有打仗的架势?"

"他成天吊儿郎当,除了好吃就是懒做,上战场也是个邋遢兵。"高守平嘀咕着。

高大霞瞪了高守平一眼:"你没资格瞧不起有为,他念过书开过炮仗铺,还认识那个发明炸药的什么尔,一说什么尔,有为有的是话,他们俩可能关系可好了。"

"他说的是诺贝尔?"傅家庄嘴角勾起一抹无奈的笑。

高大霞眼睛一亮:"对,对,就是诺贝尔。你也认识?这个人人缘不错呀。"

傅家庄琢磨着:"这么说来,刘有为确实是屈才了。既然他家开过鞭炮厂,也算沾边儿,建新公司有他的用武之地。"

高守平提醒:"建新公司是兵工厂,他去合适吗?他姐毕竟和杨欢……"

"你怎么不说他姐还是你高守平和我高大霞的嫂子?"高大霞不悦,瞪着高守平。

高守平不好再反驳了。

"傅家庄,你刚才可是说过,有为屈才了。"高大霞又把话题拉回到刘有为身上。

傅家庄终于下了决心:"可以让他去材料车间当个配料员,也算是人尽其才。"

风声呼啸,卷起海浪涌来,在鬼斧神工的排石上掀起了半人高的水墙。

麻苏苏望着海浪,幽幽叹道:"天下大势就像这大海,一旦风起,必定浪涌。"

方若愚看了她一眼:"听你这话的意思,是起风了。"

麻苏苏得意地笑了笑:"岂止是起风。现在国军已经对共军展开全面进攻,现在已经形成排山倒海之势,国军是节节胜利,共军是节节败退。目前看来,委员长一统江山指日可待。"

方若愚的神色轻松下来:"看来,我们的出头之日到了。"

"860万对120万,结局可想而知。"麻苏苏听着远空的惊雷,"也许过不了几天,共产党的问题就解决了。不过,共产党还真把大连当成了天堂,竟然要在这里印刷《共产党宣言》和《毛泽东选集》。"

"这可不是什么好消息。"方若愚警觉。

麻苏苏不屑:"不就是几本破书嘛,你怎么和'大姨'一样,都如临大敌了。"

方若愚看向大海:"一个幽灵,共产主义的幽灵,在欧洲大陆徘徊。这是《共产党宣言》的第一句话。大姐,共产主义这个幽灵可了不得,我们不能大意呀。"

"你读过《共产党宣言》?"麻苏苏问。

"很多人都读过。"方若愚沉声说道,"孙中山先生、宋教仁先生也读过,孙先生旅居伦敦的时候,就敦促留学生研究马克思的《共产党宣言》,宋教仁先生在自己发表的文章中,还摘译引用过《共产党宣言》里的内容。"

"看来,这些年我忽视学习了。"

"大姐谦虚了,其实,你比我更了解共产党。"方若愚感慨道,"他们很会鼓动、蛊惑。《共产党宣言》里一句'全世界无产者联合起来'的口号,就赢得了民心,结果就是沙皇倒台,列宁上台。这在世界范围内,开了一个极坏的先例。毛泽东继承了马克思的衣钵,喊口号成了他的拿手好戏。大姐,你回头想想共产党的历史,往往都是毛泽东的一句口号,改变了一个时期的方向,他们当初在南昌造反失败后,喊出了'枪杆子里面出政权',从此,开始武装割据,占山为王;当国军对他们进行围剿,把他们压缩在巴掌大的地方,连他们自己都丧失信心的时候,毛泽东又喊出了'星星之火,可以燎原',一下把他们的精气神提起来了;再后来,他们被我们剿得四处逃窜,他们喊出的口号竟然是'北上抗日'。"

麻苏苏赞许地看着方若愚:"没想到,你对共产党的历史还这么了解,很好,知己知彼,百战不殆。小方呀,我没有看错你。"

"我们不能小瞧了他们的口号,更不能小瞧了《共产党宣言》和毛泽东的文章,他们一旦把话说到老百姓的心坎儿上了,后果就可怕了。"

麻苏苏点头:"所以,'大姨'指示,一定要想方设法,把《共产党宣言》和毛泽东的文章化为灰烬。"

下班前,方若愚接到袁飞燕的电话,说他们从山东演出回来了,方若愚要给女儿摆接风宴,袁飞燕不想回去见到高大霞,父女俩约定去马克西姆吃西餐。饭桌上,一桌子的丰盛美食引不起方若愚的兴趣,他的目光一直都在女儿身上:"你回来了,我的心就放下了,外面太乱了。"

"大连也不太平。"袁飞燕切着盘子里的一块小牛肉,"国民党特务一直在暗中搞破坏,就说杨欢吧,谁也想不到他能是特务啊,他算是把我们文工团的脸丢尽了。"

"是啊。"方若愚敷衍着点头。

袁飞燕抬起头,与方若愚的目光相撞,她一字一顿地说:"爸,我想入党。"

方若愚心里一慌,脸上装得波澜不惊:"我觉得,你既然是文工团的主演,主要精力还是应该放在业务上,政治上的事,还是不要参与。"

"爸,你说得不对。"袁飞燕的声音不由得提高了,"我觉得,作为一个无愧于时代的有志年轻人,活着的最大价值,就是投入到政治革命的洪流之中。"

"现在小鬼子都被打跑了,你还革谁的命。"

"当然是革地主老财还有资本家的命!"袁飞燕激动地说,"只要是不平等的,都要革。"

"燕儿,你还是太年轻,有些人情世故不懂,在这个世界上,只要有人在,就一定不会有绝对的公平。要是有绝对的公平,谁还争着当官?要是有绝对的公平,谁还忙着去经商赚大钱?"

袁飞燕反驳:"我革命不是为了当官发财!"

"燕,听爸爸一句话,那些事情,真的很没有意思。你现在最大的事情,是找个可靠的男朋友,成家立业。"

"找男朋友可以,不过,我可不是急着成家,我要找的是革命伴侣。"

"伴侣就是吃喝拉撒睡,哪分什么革命不革命?"

"怎么不分?"袁飞燕大声说,"傅家庄就是把革命事业放在第一位。"

"你的事,跟傅家庄没有关系。"方若愚脸一板,"你们俩年龄相差太大了。"

"只要志同道合,年龄不是问题。"袁飞燕自信地说。

"燕儿,我是过来人,过的桥比你走的路多,吃的咸盐比你吃的白面多,听爸一句话。"方若愚顿了顿,"这自古以来都是胜者为王败者为寇,现在,国共两党已经开战,我可听说,高歌猛进的是国民党,不是共产党。你这时候一头扎进共产党的怀里,要是将来共产党真败了可怎么办?"

"越是这时候,我越要站出来。爸,得民心者得天下,共产党败不了。你想想,当年日本人嚣不嚣张,厉不厉害?可最后怎么样?还不是被我们赶出了中国?"

"你还是年轻,没经时事。听爸一句话,这个世界充满了尔虞我诈,其中,政治就是最大的骗局,革命呀、理想呀,就是政治这个骗局里最大的噱头。你要是信了,你就得吃亏栽跟头,闹不好,还要丢了卿卿性命。"

袁飞燕不屑地一撇嘴:"你就吓唬我吧。"

"不是吓唬,这可都是爸爸掏心窝的话。你要知道,在这个世界上,谁都有可能骗你,包括你的子女,唯一不能骗你的,就是你的父母。"

"爸,我不想听你说这些。"袁飞燕不耐烦了。

"那你想听什么?"

"我想听你说一些咱们家的事。"

方若愚警觉:"咱们家什么事?"

"我要向组织汇报思想,需要了解咱们家的过往。"

方若愚沉默,闹了半晌,他的一番口舌全白说了。

方若愚没回来吃晚饭,高大霞还挺不得劲,总觉得该干的什么事没干,高守平打趣道:"我看方先生都好成了你生活里的一部分了。"

高大霞没好气地说:"我是希望他回来给你讲'子曰',这一阵你忙我也忙,他就趁机偷懒耍滑,不想教你。"

其实,高守平说的没有错,现在的方若愚就像盐一样,离开了他,高大霞的日子就没了咸淡味儿。等到九点多钟,高大霞终于听到脚步声,便蹑手蹑脚上了二楼,不想,却与袁飞燕打了照面。高大霞寒暄着问文工团什么时候从山东回来了,演出是否顺利,袁飞燕敷衍了两句,问她还有什么事,高大霞说:"你爸好几天没正经给守平上课了,让他给守平再讲讲'子曰'。"

袁飞燕冷冷地说:"子曰,食不言,寝不语,我爸已经'寝'啦,讲不了。"

"'寝'了?"高大霞不解。

"就是睡了。"

高大霞恍然大悟:"睡叫'寝',这个我得记住。你前面还'曰'了一个什么?"

"孔子还说吃饭的时候不说话,睡觉的时候也不说话。"

"吃饭不说话,这个能做到,睡觉不说话,那管不住呀,说梦话怎么办? 孔子这回'曰'的不准。"高大霞咕哝着下了楼。

"等一下。"袁飞燕叫住高大霞,犹豫了一下,问高大霞怎么写入党申请书。

高大霞打量着袁飞燕,摇了摇头:"你这家庭条件不行。"

袁飞燕脸上现出一丝愠色:"怎么不行? 追求进步是每个有志青年的权利。"

高大霞想了想,点头表示了认可,她的目光越过袁飞燕看向方若愚的房间,双眼倏地一亮:"飞燕,想加入党组织,就要对组织说实话。"

袁飞燕说:"这一点我保证,有一说一。"

"那就好。飞燕呀,入党申请要把家庭背景写清楚,尤其是你爸的历史,必须写得明明白白,可千万不能对组织有任何隐瞒,组织可是要调查的,要是你撒了谎,只怕这辈子都入不了党。"

在高大霞的指点下,袁飞燕奋笔疾书完成了入党申请,请高大霞过目,高大霞认不了几个字,装模作样地说:"你还是念念吧,念,才能念出对党的深情。"

"也好。"袁飞燕清了清嗓子,大声念道:"尊敬的党组织,我叫袁飞燕,是文工团的演员。"

"停。"高大霞打断,"这些情况党组织都知道,你要念组织不知道的,比如家庭出身。"

"下面就是了。"袁飞燕继续念着,"在组织面前,我愿意做一个透明的人,我的父亲叫方若愚,以前虽然在关东州警察署任职,但是,他从没有干过一件伤天害理的事情,相反,他还利用自己的职务便利,保护了我党的同志。"

"停停停,别念啦!"高大霞喊停了袁飞燕,"你这说得都不是实情呀!"

"我这可是实事求是。"

"你这是什么实事求是? 你爸的事情就没说清楚。"

房门"呼"地推开,门口站着目光阴冷的方若愚,"飞燕,上楼睡觉!"

"哎,你来得正好。"高大霞来了精神,"你快跟飞燕说说,你是怎么潜伏下来当国民党特务的,她好记下来。"

方若愚厉声喝道:"飞燕,上楼!"

袁飞燕见方若愚翻脸,只得拿起纸笔,跟着方若愚上了楼。高大霞追出来:"飞燕,你可得经得起考验呀!"

袁飞燕跟着方若愚进了屋,方若愚恼火地一把抢过袁飞燕手里的入党申请书："吃饭的时候就跟你说过，不要去凑这个热闹，你就是不听！"

袁飞燕委屈地红了眼圈，"我追求政治进步，怎么能说是凑热闹哪？人往高处走，水往低处流，现在的高处就是共产党组织！"

"高处高处，高处有什么好？苏东坡早就说过了，高处不胜寒！"

"杜甫也说过，会当凌绝顶，一览众山小！"袁飞燕夺过申请书，倔强地顶撞着父亲。

万春妮万万没有想到，自己申请入党的事，父亲居然也不同意。万德福给出的理由是女儿思想不成熟，离党的要求差得太远。

这个夜晚，万春妮和袁飞燕都失眠了，白天两个人见面的时候，说过要一同进步，没想到两人居然遇到了同样的难题，两位父亲竟然不约而同都成为自己追求进步的绊脚石。

早晨一上班，方若愚去向孙经理汇报出差的事情，一进屋，便看见孙经理手里拿着本崭新的《毛泽东选集》在看，一问才知道，中共中央在大连印刷了一批《毛泽东选集》和《共产党宣言》，这批书籍现在就存放在物资公司 6 号仓库。方若愚回来了，这仓库的保卫工作，自然就落在了他的肩上。

"有你在，我就放心了，上回爆炸，就因为你去采购粮食了，要是你在家，特务指定钻不了空子。"孙经理诚恳地说。

"这一回保证万无一失。"方若愚打着保证，说话的时候，眼睛却不离孙经理手上的《毛泽东选集》。毛泽东主席的这本著作，方若愚早就听说过，作为对手，他太想了解赤色共产党的精神力量所在了。"经理，这本书能不能……"方若愚指着自己，讨好地跟孙经理笑着。

孙经理明白过来，揶揄道："你个老方，胃口还不小，不瞒你说，为了这套书，我是厚着脸皮好话说尽，才从傅处长那里讨来一套。"

方若愚忙说："我也不是要，是借，再说，好书哪能独享，应该分享才对。"

"那先借你一天。"孙经理大方地把书递了过来，方若愚高兴地双手接过，像得了宝贝。

跟方若愚看到精神食粮如饥似渴的表现不同，刘有为看到碗里清亮如水的稀饭，不满地发起了牢骚："姐，这稀饭也太稀了点儿吧，米粒不用扒拉都能数过来。"

高大霞头也不抬地剥着手里的大虾："稀饭又不是干饭，能数过来就对了。"

"天天都是虾呀鱼的，谁老吃能受得了。"刘有为嘟囔着，"有钱不花，就不怕长毛呀。"

"靠山吃山，靠海吃海，不吃虾呀鱼呀你还光想吃大米白面呀？"高大霞把剥好的大虾肉沾了点儿酱油，送进嘴里，"过日子，吃不穷穿不穷，打算不到一世穷。你和守平都老大不小了，我不得给你俩攒钱娶媳妇呀？"

"你这是替守平打算吧，我还八字没一撇哪。"

"在我心里，你和守平一个手心一个手背，有他的就有你的。"

刘有为顿时来了精神，嬉皮笑脸地凑上来："有姐这话垫底，我就不心慌了。姐，你看，我能不能先预支点儿娶媳妇的钱？"

高大霞眼一瞪："前两天不是刚给过你吗？有为，不是姐说你，你手也太散了。"

"这不是马上要到建新公司上班了吗？总得有个革命新气象吧。"刘有为理直气壮地说。

"革命新气象是干出来的，不是穿出来的。"

"人是衣服马是鞍,我不精神点儿,也给你丢脸呀?"

高大霞不语,觉得刘有为的话不无道理。她拿起桌上的抹布擦了擦手,从衣兜里翻出5块钱,扔到桌上,刘有为高兴地一把抓过去,嘴里一迭声地谢谢姐,叫得无比亲热。

刘有为早就打算好了,有了钱,他就去找良运洋行的麻掌柜,看着高大霞的面子,她也能给自己置办一套高档又不贵的好西装。

刘有为猜的没错,他一进良运洋行,麻苏苏就认出他是谁了。看着刘有为不时偷看来店里找甄精细的大令,麻苏苏挺反感。她拿了钱给甄精细,想让他带着大令出去下个馆子逛个公园。刘有为一听大令要走,故意说:"我大霞姐让我来的,她让我找麻掌柜帮我挑身好西装。"

甄精细鄙夷地瞥了刘有为一眼:"大霞姐她弟才不长这德性哪。"

"你闭嘴!"麻苏苏不悦地嘀咕着,"烦死了,老爱说真话。"话一出口,她也觉得不大合适,忙对刘有为赔着笑脸解释,"我不是那个意思。"

心思都在大令身上的刘有为却不在意:"什么意思不重要,我来呀,就是想置身行头。"

甄精细横竖看不惯刘有为,挤兑道:"我们这不卖锅碗瓢盆。"

"谁要买锅碗瓢盆了?我马上要到建新公司上班了,那可是军、工、厂!"刘有为忍不住显摆起来,故意把军工厂几个字说得一字一顿,唯恐大令不知道自己是个人物。

"军工厂"这三个字一钻进麻苏苏的耳朵,马上提起她的精神,她叫住了要离开的甄精细和大令,让他们一起帮着刘有为挑一身好行头。

几个人一顿忙活之后,刘有为终于西装革履了。麻苏苏打量着刘有为,夸张地称赞道:"好,真好!玉树临风,风流倜傥!"

甄精细冷笑,在他眼里,五短身材的刘有为着实糟蹋了那套昂贵的西装。

刘有为神气地挺直腰板,斜愣着眼睛问不屑的甄精细:"怎么? 不好看?"

"好看,好看。"麻苏苏连忙陪着笑,一把将甄精细拽到了一边。

甄精细跟着麻苏苏的年头不少了,早已经猜出麻苏苏对刘有为这般殷勤必是另有所图,便老实地垂下了眼帘,闷声不吭地拉着大令溜到了一边。

麻苏苏笑脸盈盈地看着刘有为:"有为,你刚才说去建新公司上班,干什么呀?"

"配料员。"刘有为整理着西服衣摆,漫不经心地回答。

麻苏苏做出吃惊的表情,恭维道:"这可不是一般人能干的活!"

刘有为骄傲地甩甩头发,眼里流露出几分得意:"那是,当初我家里开过鞭炮厂,要不是那时候小鬼子管制火药,鞭炮厂也不至于倒闭,我更不至于被逼得去文工团饭店做跑堂。现在好了,建新公司成立了,把好多小鬼子留下的化工企业还有钢铁企业给合并了,像我这样懂炸药的人才,共产党打着灯笼都难找!"

"可不是嘛,有为,往后你的前途可是不可限量呀!"麻苏苏肉麻地吹捧着。

"走着看吧。"刘有为故作谦虚地说着,眼睛看着柜子里的手表,目光最终定格在一块劳力士表上。

麻苏苏顺着刘有为的视线看过去,从柜子里拿出手表,亲自戴在刘有为的手腕上,啧啧有声地赞叹道:"有为真是好眼光,这正宗的瑞士货,太配你这身西装啦,提神,提气,一瞅就是大干部。"

刘有为爱不释手地摩挲着光滑的表盘:"这个,不便宜吧?"

"什么便不便宜,戴着吧,你上班了,也算我这做大姐的一份心意。大霞不容易呀,一个人忙里忙外,还要管着你和守平吃喝拉撒,我也总想帮她一把,大霞要强,一直都不让,你这不正好给我个机会嘛。"

刘有为犹豫起来:"大姐,这不合适吧。"

"我跟大霞这交情,还说什么合适不合适。"麻苏苏像是想起什么,低声嘱咐道,"有为,这事儿千万别跟大霞说,她要是知道了,你这表可就……"

刘有为明白麻苏苏的意思,忙不迭地点头:"放心吧,大姐,我嘴严。不过,这、这太不好意思了……"

大令过来摆放着货物,刘有为的两眼又被吸走了,连呼吸都变得小心翼翼起来。

麻苏苏从刘有为看见大令的第一眼,就猜出了他的心思,刚才她听说刘有为去了建新公司上班,更是没让甄精细带着大令走,现在,她得给刘有为的欲望再加把火了。她喊过来大令,从货架上拿下两个头花给她戴上,转身朝刘有为招了招手:"有为,麻烦你帮着看看,哪个好看?"

刘有为光顾着看大令了,一时没反应过来,等麻苏苏又说了一遍,他才回过神来,尴尬地红着脸,结结巴巴地应声道:"都、都好看。"

甄精细看不过去了,过来喊大令出去,麻苏苏看出刘有为的着急,让甄精细再领着刘有为去试试皮鞋,示意大令跟自己进了里屋。

甄精细觑到刘有为一直看着大令的背影,呆愣丢魂的样子,心里生出一阵厌烦,故意用肩膀撞了一下他,恶狠狠地呵斥道:"看什么看?眼珠子好掉出来了!"

刘有为回过神来,尴尬地整理西服,眼神却抑制不住地直往内室方向飘。遗憾的是,麻苏苏把门一关,隔绝了他的视线。

第五十一章

一进内室,麻苏苏便收起了满脸的笑意:"大令,我查过你的档案,民国三十年,你应该在浙江受过训。"

"是。"大令愣了愣,"当时是在浙江省衢州市廿八都镇。"

"确切地说,应该是在军统局中校处长姜守的住宅中。"麻苏苏说。

"没想到,大姐知道这次培训。"麻苏苏突然提起这件事,大令有种不祥的预感,这应该与外面的那个刘有为有关。

麻苏苏显然对那次培训烂熟于心:"这是军统历史上第一次针对女谍报人员进行专业培训,我记得,当时选调的都是 16 岁到 21 岁的年轻女子。你们那个培训班不简单,国民政府主席胡汉民的女儿胡木兰,也在其中。"

"胡木兰和我是同学,但是我不知道她的是父亲是党国元老。"

"胡木兰可是见多识广,敢作敢当,号称'军统之花',就连中统的徐恩曾见了她,都得绕着走。还有姜毅英,也是这期的学员,就是这个姜毅英,破译了日本军部的无线电密码,拿到了日军偷袭珍珠港的绝密情报。让戴老板在委座面前赚足了面子,又让委座在美国人面前提气了不少。所以,她也成为我们军统里的唯一女少将。"说起这两个女人,麻苏苏一脸敬仰。

"大姐怎么突然说起这些来了?"大令问道。

"有时候,嚼嚼这些陈芝麻烂谷子,也能嚼出些滋味来。"麻苏苏从柜子里取出一件睡衣递给大令，"你摸摸，质地好吧？"

大令摸了把睡衣，能感觉是质地上乘的丝绸，摸在手里如流水一般丝滑。

麻苏苏展开睡衣，在大令身上比量着："我知道你在培训班的格斗功课是优秀，除了潜伏、格斗、刺杀、化妆、窃听等功课，你们应该还有一门功课，是利用性别的优势。"

大令盯着麻苏苏："大姐有什么事，就直说吧。"

麻苏苏表情沉稳："现在有个特殊任务交给你，外面那个人，叫刘有为，马上要到建新公司上班，那可是共产党的军工厂。"

"让我去勾引他？"大令虽然早就猜出了麻苏苏的用心，可当这个谜底揭开时，她还是心里一惊。

"叫勾引多不好听，这是工作。"麻苏苏轻描淡写地说，"戴老板当初不是专门培训你们去做'工作太太'吗？现在到了实战的时候了。"

大令不语，眼前浮现出甄精细的面庞。

"这个刘有为不错，"麻苏苏的声音里带着令人不安的亲切，"他年轻，长得也算……喜庆，还当过鞭炮厂的大经理，如果你能把他发展成为我们志同道合的同志，就算立了大功。"

大令直视着麻苏苏的眼睛："你说的这些，精细知道吗？"

"他知不知道怎么了？"麻苏苏淡淡地反问。

大令低头，不由一阵失神。麻苏苏说的没错，他们不是普通人，身为军统特务，服从命令是他们的第一要义，就算甄精细知道此事，也于事无补。当她再抬起头时，神色变得冰冷坚硬。

心猿意马的刘有为终于盼到了大令的身影，那一瞬间，就像一只饥饿的土狗看到了一堆香气四溢的炖肉。

麻苏苏热情地赞叹着大令手里的睡衣："再好的衣服，也分穿在谁身上,你这身材穿上,大上海红得发紫的电影明星也比不了。"

大令瞥了一眼甄精细,眼里现出一丝隐隐的悲伤。甄精细看出了大令的异样,刚要张嘴,却被麻苏苏抢了话:"精细,算你有福。"她不紧不慢打断了甄精细的话头,"大令小姐买了一箱罐头,本来我还想让你帮着送回去,正好有为顺路,你就不用跑腿了。有为,你能帮大令小姐一个忙吗? 我店里活儿多,俺家精细走不开。"

甄精细愣了愣,满腹的疑惑被麻苏苏凶狠的眼神堵了回去。甄精细感到一阵不安,焦虑地看向大令,大令却避开了他的目光。

麻苏苏用胳膊肘暗暗捅了下走神的刘有为:"有为,能帮个忙,把大令小姐送回去吗?"

醒过神来的刘有为兴奋地直点头。

青泥洼长长的街面上卷起了风,刘有为抱着一箱罐头跟着大令走了。甄精细站在门口,看着两人的身影消失在街角,才抽泣着回来。

"怎么了这是?"麻苏苏明知故问。

"姐,你,你欺负人!"甄精细哽咽起来。大令远去的背影意味着什么,他心里已然隐隐知晓。

"你看你那点儿出息,大令和刘有为不过是逢场作戏,姐保证,大令早晚还是你的。"麻苏苏取出两条一模一样的围脖,"这可是大姐瞅空一针一线给你和大令勾出来的,看见上头的纹路了吗? 都是一个模子里刻出来的,知道这叫什么吗? 情侣围脖!"麻苏苏将围脖塞到甄精细手里,"这么费事的情侣围脖,你看大姐给谁织过?"

甄精细呆呆地站在原地,不说也不动。

"要不要? 不要我可就把情侣围脖送给刘有为啦!"

甄精细这才接过围脖。

"彪样吧,"麻苏苏亲切地拍了甄精细一巴掌,"你也知道,戴老板生前就给军统立下个规矩,军统内部不许谈恋爱。现在,军统虽然不叫军统,改叫保密局了,但是这个规矩还是个死规矩。"

"是破规矩,不讲理的破规矩!"他赌气般地大声嚷嚷。

"谁说不是哪?"麻苏苏哄骗道,"为你这事儿,姐没少挨'大姨'的骂,你都不知道。姐知道你想娶大令,也知道你想洞房花烛夜的时候再和大令圆房,所以,姐为你和大令的事儿,专门向'大姨'请示过,叫'大姨'好一顿骂,骂了好几回。就这样,姐也没死心,又去申请,现在,'大姨'总算松了口,但是提出了一个条件。"

甄精细立时来了精神:"什么条件?"

麻苏苏故作为难地叹了口气:"就是让大令和刘有为逢场作戏,等立了功,就同意你俩的美事。"

甄精细着急起来:"可……"

"可什么呀? 咱们谁敢跟'大姨'讲条件? 精细呀,想得就得先舍,这个道理你还不明白?"

甄精细急得憋红了脸:"我怕刘有为耍流氓!"

"他敢!"麻苏苏眉毛一横,"姐保证,他动不了大令一根汗毛! 大令的身手你还不知道? 那刘有为动动嘴皮子还行,要是动起拳脚来,十个八个都不是大令的对手!"

三言两语,麻苏苏就安抚住了甄精细,此时她担心的是刘有为和大令。她不怕刘有为耍流氓,就怕刘有为不耍流氓。不过,麻苏苏的担心显然是多余的。

"你和麻掌柜那里的小伙计,好像挺熟?"刘有为问道。

"常去良运洋行买东西,觉得他挺有意思。"大令淡淡地回答。

刘有为指指脑袋:"他这里有点儿……"

大令不悦:"人家挺实诚的。"

刘有为连忙陪着笑:"是,是,就是慢半拍,迟钝。"

大令不想在这个话题上继续下去了:"刚才你在店里,说要到建新公司上班了?"

刘有显摆道:"对呀,这件事你可要保密,那可是军工厂!"

"你真了不起。"大令轻声赞叹。

"我了不起的地方多了!"刘有为眉飞色舞起来。

两人说着话,到了一处僻静地,大令突然说自己迷着眼睛了:"帮我吹吹吧,哎呀,疼……"大令娇滴滴地呻吟起来。

刘有为手足无措地看着大令的小脸,紧张地舔舐着干瘪的嘴唇。正不知如何是好,大令一把打开刘有为抱着的罐头,抓住他的手腕催促着:"快点儿呀,越来越疼了。"

刘有为哆哆嗦嗦地伸手去翻大令的左眼皮,大令的气息扑在他脸上。刘有为闻到一股淡淡的清香,心里顿时痒痒得难受,浑身跟着燥热起来。他有些惶恐,又不敢有大动作,只能对着大令的眼睛机械地一下一下吹着气,越吹他的喘息声越粗重。

大令脸色潮红着,冲刘有为娇羞一笑。刘有为再也把持不住了,一把抱住大令,胡乱啃咬起来。大令象征性地挣扎了几下就放弃了,任由刘有为的放肆。一通没有章法的激情正进行到高潮,大令猛然推开了刘有为,嘤嘤地哭泣起来。

刘有为慌了:"大令,对不起,我,我刚才没忍住……"

"你混蛋!"大令抹着眼泪。

刘有为脸色苍白,点头如捣蒜:"我本来不是混蛋,可是看到你以后,就混蛋了。大令,你知道吗?我看到你的第一眼,就把持不住自己了,我也想控制,可我,可我控制不住呀!"

"你把我害惨了,我,我以后还怎么见人?"大令呜呜地哭起来。

刘有为看着大令梨花带雨的模样,又急又怜又爱,顿时心生万丈豪气,拍着胸脯许诺:"我会娶你,我娶你,大张旗鼓娶你,让你风风光光见人!"

大令擦了擦眼泪,幽怨地看了刘有为一眼:"你怎么这么坏?坏我一次不够,还想坏我一辈子啊!"

"对,对,我就是想坏你一辈子。"刘有为一双大手将大令揽入怀中。

大令依靠在刘有为的肩膀上,一行泪珠无声落下。她这是在演给刘有为看,更是为那个傻子甄精细抑或自己流下的无助泪水。

食客对厨子最好的认可和鼓励,一定是把厨子精心炮制的美味佳肴吃得干干净净。把刘有为工作的事情落实好了,算是去了高大霞的一块大心病。刘曼丽走了以后,家里再没有吃过一顿团圆饭,今天晚上,她准备了一桌子菜,事先跟傅家庄、刘有为、高守平都打了招呼,让他们都回来,她还让高守平把万春妮也叫来。可眼瞅着天黑下来了,居然一个人影儿都不见。高大霞看着满桌饭菜已无热气,朝楼上喊着方若愚,让他下来吃饭,可喊了几声,楼上没有回应。高大霞索性上楼,一推方若愚的房门,居然开了。

房门的响动,吓了坐在桌子前看书的方若愚一跳,他下意识地把手里的书塞到报纸下面。高大霞警觉,疾步到了近前,伸手就要翻报纸。

方若愚连忙捂住:"你干什么?不敲门就进来,这是你家啊!"

高大霞盯着方若愚:"你又在干什么坏事?"

方若愚犹豫了一下,不耐烦地掀开报纸:"你看看我在干什么坏事!《毛泽东选集》,毛主席写的书,你认识吗?"

高大霞一愣,上面的五个字里她能认出毛泽东三个字,她厉声质问:"你敢偷毛主席的书!"

"谁偷了？我这是在学习,学习毛泽东的文章。"方若愚理直气壮。

"啪"地一声,高大霞一巴掌拍在桌子上:"毛泽东是你能叫的?"

"这书上就这么写着,你看,《毛泽东选集》。"他一字一顿地念完,像是才想起什么,嘲讽地说,"我忘了,你不认识字。"

高大霞气恼:"少跟我扯没用的,老实说,这本书你从哪儿偷来的?"

"这是我从我们物资公司孙经理那里借的,借的!看完就得还给人家!"

"好啊,你还有同伙!"高大霞来了精神,"孙经理又是从哪儿偷的?"

方若愚险些被她气笑了:"亏你还总说自己是老革命,连在大连印刷《毛泽东选集》这么大的事儿都不知道?"

"谁说我不知道的?"高大霞红着脖子辩解,"我是想对你保密。这本书是给我们党员看的,你不配看,拿来!"

方若愚眼疾手快,把书摁住:"书印出来就是给人看的,我不是你们的党员,可我是你们说的人民群众,我有资格看,你不能剥夺我学习的权利!"

高大霞被噎了一下:"你,你看这个一定是别有用心!"

"毛泽东写这些文章,就是要让更多的人看到,你不让我看,就是不听毛主席的话。"

"你说谁不听毛主席的话?"高大霞急了。

"那你说毛泽东在书里说了什么?"方若愚不怀好意地问。

这话果然把高大霞问住了,她支吾着问:"你,你知道?"

方若愚腰杆一挺:"我当然知道。毛主席的文章,抓住了中国社会的病根不说,还开出了药方。"

"胡说八道,毛主席又不是老中医。"高大霞显然不相信。

方若愚正色道："毛泽东就是中医,治疗中国社会问题的名医。"

方若愚的这种认识让高大霞无可挑剔,更让她不知如何应答。

方若愚抽了抽鼻子,问高大霞做的什么饭,说她身上有股大馆子的味道。高大霞这才想起来自己上楼的目的,没好气地说："想吃饭你就下来。"说着,自顾下楼去了。

方若愚兴高采烈地跟着下了楼,看到一桌子的美味立即垂涎欲滴,没等高大霞同意,便坐到桌前开吃起来,边吃边赞叹着高大霞的手艺。

方若愚狼吞虎咽吃饱了,又要上楼去看书,高大霞将他喊住："饭不能白吃,你上楼去把毛主席的书拿下来,把毛主席说的话,一个字一个字都念给我听听。念好了,明天我还管你饭。"

方若愚为难："这,这一男一女独处一室,传出去容易成闲话。"

高大霞一拍桌子："你都老树皮一张了,还想传闲话? 拿书去,给我念!"

方若愚只得上楼拿来《毛泽东选集》："从哪儿开始念?"

"从头念!"

方若愚翻回第一页,轻声念道："《中国社会各阶级的分析》。"

"大点儿声!"高大霞一声吆喝,吓得方若愚打了个哆嗦。

"谁是我们的敌人? 谁是我们的朋友? 这个问题是革命的首要问题……"方若愚提高了声音,大声念起来。

第二天一早,高大霞做好饭,上楼去把方若愚叫下来吃饭。这让刘有为大为疑惑,他没想到,高大霞和方若愚这对死对头,竟然能坐在同一张桌子上吃饭了。

"有为,快坐下吃吧。大霞的手艺真是不错,往后,咱就一个锅里搅马勺了。"方若愚招呼着还在愣神的刘有为。

"姐,我没在做梦吧?"刘有为掐了掐自己的脸颊。

高大霞白了他一眼:"太阳都多老高了,你还想做梦,快洗洗回来吃饭。"

刘有为迟疑地走向洗手间,身后传来方若愚意犹未尽地赞叹:"这稀饭真不错,配点小咸菜就更好了。"

"想吃小咸菜简单,那得看你表现怎么样。"

"我昨晚表现还不好? 都快累吐血了。"

"你也就干了这么点儿好事,还抱怨上了。"

"行吧,今晚听你的。"

"今晚你表现再好点儿,明天早上我就给你加小菜。"

刘有为显然误会了这段对话,一把推开高守平的房间,推搡着熟睡中的高守平:"守平,守平,快起来!"

高守平睡眼惺忪地看着刘有为。

刘有为惊慌失措地说:"出事了,出大事啦!"

这话让高守平立时清醒了大半:"什么大事?"

"大霞姐和挽霞子……"刘有为说不出口了。

高守平疑惑:"我姐怎么了? 他俩怎么了? 动手了?"

"岂止是动手呀! 他俩,他俩,哎哟,我都说不出口,太,太猛啦!"刘有为一拍大腿,把方才听到的对话原原本本重复了一遍。

高守平不信,刘有为急了,干脆拉着高守平去门口偷听。

满腹狐疑的高守平贴在门里,听着外面两人隐隐约约的对话。

方若愚说:"我是无论如何也想不到,咱俩能这么心平气和地坐在一块儿吃饭。"

高大霞说:"吃个饭代表不了什么,毛主席早就说过,革命不是请客吃饭,你是什么人,毛主席也早看得一清二楚。"

方若愚笑着说："毛主席哪有工夫说我，别瞎扯。"

高大霞说："谁是我们的敌人？谁是我们的朋友？这个问题是革命的首要问题。这不就是说你的吗？"

方若愚说："我昨天晚上都白给你念了，毛主席明明白白说过，要分辨真正的敌友，要团结真正的朋友，以攻击真正的敌人。你看你，还是敌友不分。"

"我早就按照毛主席说的办了，早认定你就是国民党特务！"

"那得了，你今天晚上别上我房间了，我伺候不起！"方若愚像是生了气，起身拿起公文包走了。

高守平和刘有为面面相觑。

"这肯定是好上了呀，傻子都听得出来。"刘有为说。

高守平也糊涂了，他推门出去，到了餐厅，试探地问高大霞："姐，你跟方先生好了？"

"好什么了？"高大霞一头雾水。

刘有为急得脸色煞白："守平，你懂不懂事？这种事儿能问吗？"

高守平推开刘有为，有些激动："她都给我找好姐夫了，我还不能问问？"

高大霞不明就里地望着两人："谁是你姐夫？"

"你还问我？有为都比我先知道！"高守平气冲冲地吼道。

高大霞越发糊涂了："你说什么呢？睡彪了？"

三人一对口供，高大霞气坏了。这不是恶心自己嘛，她气得拎起扫帚满屋子追着他俩打，一时间家里鸡飞狗跳。

傅家庄把飘着墨香的《毛泽东选集》和《共产党宣言》放到李云光面前，说是刚从印刷厂拿回来的。这几天，受党组织委托，从解放区派到大连担任大众书店总编辑的作家柳青,一直在印刷厂亲自监督,确保了这批书籍的顺利印刷。后天早晨,这批精神食粮就将随船运往胶东。

"印好的书存放在哪里?"李云光现在最关心的是新书的安全,唯恐出现纰漏。

"储存在物资公司的码头仓库。"傅家庄说。

"物资公司仓库刚出过事,放在那里合适吗?"李云光有些担心。

傅家庄说:"就因为出过事,我才想还放在那里。"

"你的意思是说,最危险的地方最安全?"

"在战场上打仗,老兵和新兵最大的区别就是,老兵都趴在炮弹炸过的地方,而新兵呢,都往没炸的地方跑。"傅家庄笑着说。

李云光反应过来:"因为炸弹极少重复落在一个位置,所以,新兵的伤亡要比老兵多。"

"李副政委没上过战场,还知道这些,不简单呀。"傅家庄半真半假的恭维,让李云光警觉起来。果然,傅家庄临走时居然要带走送来的书,李云光佯装生气把脸一板,说这回他要行使一回领导的特权,把书留给自己。

傅家庄悻悻地刚回办公室,高大霞来了,居然也是为《毛泽东选集》,她最生气的是方若愚都有了书,自己还不知道书就是在大连印的。

傅家庄不以为然:"这也没什么,书在物资公司仓库存放一下,他借本样书看看也正常。"

"这怎么能正常?他一个狗特务都有,我还没有!"高大霞急头白脸地嚷起来。

"这本书还没有正式发行,他也就是内部先看看。"

一听这话,高大霞更来气了:"他是内部?我成外部了?"

"大霞,你这是吃了枪药呀,一大早就找我打嘴仗。"傅家庄想起刚才自己打秋风未果,也有些许失落。

"刺锅子,你别把我往沟里带,我来就是跟你反映敌情,他一个狗特务有什么资格读毛主席的书,还读得那么仔细,他就是有目的!"高大霞越说越生气。

"你都跟踪他好几年了,不也什么都没跟踪出来吗?你真的是杞人忧天了。"

"我不管七人八人,有我高大霞一个人在,他挽霞子就别想使阴谋耍诡计!"

"再狡猾的狐狸都逃不过好猎手,何况百密必有一疏,可方若愚一直没在你手里'疏'过,这就说明他应该是清白的。"

"那是因为我盯得紧,他抽不开身干坏事。"

傅家庄无奈:"你想怎么办吧。"

高大霞显然是有备而来,她提出的建议,是把那批书籍从物资公司仓库转到码头仓库存放,等明天的船一到,直接装船运走。

傅家庄哭笑不得,因为码头仓库也归物资公司管辖,这么折腾一通,根本没有必要。可高大霞不认可这个说法,挪挪地方起码表明这边有了防备,敌人想行动,也许就知难而退了。

高大霞的担心还真不是杞人忧天。这几天,麻苏苏都在费尽心思研究炸弹的事。最终,她灵机一动,决定把炸弹藏在一只肥嫩飘香的烧鸡肚子里。

海面上,薄雾缥缈。麻苏苏把一个油纸包着的东西递给方若愚。他打开一看,居然是只烧鸡:"大姐还是……留着自己吃吧。"

麻苏苏笑笑:"对大姐真好,有那个心,啥时候给大姐买一只,这个,给你。"

方若愚推让着:"不用呀,大姐,你留着吃吧。"

麻苏苏说:"拿着吧,鸡肚子里有个延时炸弹。"

"大姐又要让我故伎重演?"方若愚一听又来了任务,头都大了。

麻苏苏说:"'大姨'命令,今天无论如何都要炸掉那批书籍,要不然就来不及了。记住,爆炸时间是下午3点,至于你如何才能撇开嫌疑,就是你自己的事了。"

炸弹俨然一个烫手山芋,让方若愚如坐针毡,眼看着麻苏苏定好的时间在一步步逼近,他包好烧鸡准备去仓库,却听到楼下传来一阵卡车的轰鸣声。他从窗户看下去,傅家庄和高守平正从车上下来,方若愚心里一紧,有种不好的预感。他正想着是不是该把爆炸的时间延迟到晚上,孙经理推门进来,让他赶紧下楼,说傅家庄带着人和车来了。

"怎么? 他们又要用仓库?"方若愚故作惊讶地问道,"那批书籍就够我们盯得了。"

"看把你吓得。"孙经理看他紧张的样子笑了。

方若愚为难地说:"不怕不行呀,不瞒你说,公安总局一用仓库我就紧张,他们存放的肯定都是重要的东西。我这个保卫科长就怕有个什么闪失,不好向你交代。"

"我看你都快成惊弓之鸟了。不过这回不是存,是要把存的那批书籍运走。"

方若愚愣住,看来,今天这只烧鸡是炸不响了。他心里松了口气,总算可以找个正当理由取消这次爆炸计划了。他满心欢喜地下楼去见傅家庄,还假装负责地表示,这么重要的书籍搬走了,他这个保卫科长总算能松口气了。谁知傅家庄却笑道:"这口气,你们还松不了。这批书籍要运到码头仓库,那里还是你们物资公司的属地,至于安全问题,还是不能掉以轻心。"说着,傅家庄从怀里翻出一张证件,"这是特别出入证,没有它,谁都别想靠近码头仓库。"

方若愚再次愣住了,不由感慨世事难料,这短短的时间里,他已经在山穷水尽和柳暗花明的道路上,往返了一个来回。

跟着公安总局的车将书籍封存到码头 9 号仓库后,方若愚匆匆赶到良运洋行,麻苏苏一见他还挺高兴,以为任务完成了。方若愚从包里拿出烧鸡,放在桌上,麻苏苏一看乐了:"哎呀,小方,你看我就跟你开玩笑说我想吃烧鸡,你怎么还真买来了,太细心,太感动了。"

麻苏苏自作多情地自说自画着,打开纸包一看便怔住了,"这不是我给你的吗?"

方若愚说了书籍又运到码头 9 号仓库的事,麻苏苏说:"那不还是归你们物资公司管吗?"

方若愚为难地说:"还要炸?"

"那当然了,任务没完成嘛,咱们可不能干半途而废的事。"麻苏苏拿过烧鸡,小心地掰开肚子,掏出延时炸弹,"真麻烦,这时间还得重定。共产党办个事,变来变去,磨叨死了,"她抬头看着方若愚,"定半夜 12 点? 看到码头上着火了,我还能睡个安稳觉,要不,这一宿都是心思。"她又低头摆弄起炸弹,"这女人哪,不能缺觉,要不怎么说美丽的女人都是睡出来的,"她又抬头看着方若愚,"你看我,成天价儿操心的事儿太多了,哪儿还有空睡觉。小方,你看看我,脸上是不是比前一阵子又多褶子了?"麻苏苏把自己的脸朝方若愚凑过来。

方若愚向后撤着身子:"没有,还那么滑溜……"

麻苏苏暧昧地笑了,嘴里挤出两个字:"淘气!"

第五十二章

面对厚厚的《毛泽东选集》,高大霞一筹莫展,啃了半天,都没能翻过去一页。门口传来汽车的轰响,面带倦色的高守平回来了,高大霞拿着书迎上去,问他怎么这时候来家了,高守平说晚上有任务,回来睡个觉。高大霞问他是什么任务,高守平不说,看到她手里的《毛泽东选集》,好奇地问她能看懂嘛? 高大霞一听这话就来气,就为这本书,自己才跟方若愚坐到一个桌吃饭,也才让高守平和刘有为捡了笑话。她埋怨高守平不长正经精神,给她这个当姐的也弄一本《毛泽东选集》,高守平为难地说:"我上哪儿弄去,明天一早就来船把书都拉走了。"

"往哪儿拉?"高大霞警觉,立时来了精神。

"你别管了,记得晚上八点钟叫我啊。"自知失言的高守平进房间睡觉去了。

高大霞猜出高守平的任务一定是跟这批书籍有关,快到八点的时候,她叫醒了弟弟,让他吃完饭再走。高守平打着哈欠坐到饭桌前,看到高大霞穿着厚厚的衣服从屋里出来,问她要去哪儿,高大霞说去文工团饭店看看。

高守平吃完饭出门,开上车赶往码头。他没料到,车座后面会藏着高大霞。汽车开了不久,拐弯时差点儿撞倒一个年轻人,高守平赶紧下车去看是不是把人撞坏了。年轻人一看高守平穿着警察制服,转身跑了。高守平疑惑地回来上车,身后有人喊他的名字,居然是刚下班的万春妮,两人高兴得不行。高守平拉开副驾驶门,让万春妮上车,两人在道上说说话。

从两人的对话中,座位后的高大霞确认了弟弟是上码头执行任务,以确保印好的《毛泽东选集》和《共产党宣言》明天一早顺利运往烟台。

高守平正说着工作上的事,万春妮突然惊叫了一声,她发现路边过去的刘有为和一个年轻姑娘在一起,认定姑娘是刘有为的女朋友。高守平好奇地回头张望,已经看不着了。

"怪不得我姐说他最近老是半夜回来。"高守平说。

"有为没跟大霞姐说他交女朋友了?"万春妮问。

高守平说:"应该没说,要是说了,我姐肯定会跟我讲。这种事,我姐那个嘴,根本藏不住。"

高大霞气得翻白眼。

万春妮说:"连刘有为都有对象了,大霞姐怎么办呀,老也没个人。"

高守平说:"我看我姐不着急。"

万春妮说:"得了吧,大霞姐都三十多了,能不着急吗? 女人的心思,你们男人根本不懂。"

高守平说:"我姐要是着急,就答应你爸了。"

万春妮说:"大霞姐那是看不上我爸,我爸说,她心里放着的是傅家庄,所以才看不上他一个瘸子。"

高守平说:"我姐不答应你爸,可绝对不是因为万叔儿是瘸子,她是觉得跟万叔儿……没有感觉,找不到谈恋爱的那种……那种心跳。"

"高守平,你知道得还挺多呀,你学坏啦!"万春妮举起拳头打着高守平。

高守平很享受万春妮的粉拳,笑呵呵地说:"我也是听别人说的。"

万春妮拧着高守平的脸:"你听哪个坏蛋说的?"

"方先生说的,他说谈恋爱就要有心跳的感觉,没有这种感觉,就是不爱对方。"

高大霞琢磨着方若愚说过的这句话。

万春妮问:"那你对我,有没有心跳的感觉?"

高守平肯定地说:"当然有了! 你对我有没有?"

万春妮斩钉截铁地回答:"没有!"

高守平假装"呜呜"地哭起来,万春妮笑起来。

高守平说:"你还笑,万叔儿老不答应咱们的事,怎么办呢? 我一想起来这件事就头痛,他到底为什么呀。"

万春妮说:"他就是放不下大霞姐呗,他觉得大霞姐可怜,组织上不信任她,怀疑她,她受了那么多的委屈,还要在大家面前装得没事人一样,这得多难受呀。我爸说,越是外人觉得大霞有问题,都不爱理会她,我爸越要故意追求大霞姐,让大家都能看到大霞姐不缺男人追,让大霞姐觉得自己有多了不起。这样她就能有一些自信心,觉得不低人一头。"

高大霞的眼里盈满了泪水。

高守平叹了口气:"万叔儿真是个好人……"

万春妮也叹着气:"其实,我爸也知道大霞姐不喜欢他。我爸说了,等大霞姐嫁了人,他才会答应我们俩的事儿。"

高守平失落:"那得什么时候啊。"

万春妮说:"所以啊,我希望大霞姐赶紧嫁给傅大哥,这样,我们俩的事,也能顺利一些。"

"可我姐对傅哥,也没个好声气。奇怪的是,我姐越欺负傅哥,傅哥倒像是挺享受的样子。"

"这就对了。"

"对什么对？我看他们俩经常像是仇人相见，分外眼红。"

"你不懂，越是这样，人家越是真爱。"

万春妮的话，让高大霞脸上溢出羞涩。

汽车快到码头了，高守平在离码头最近的电车站停下车。万春妮拥住高守平，两个年轻人啧啧有声地亲吻起来，羞得座位后的高大霞无地自容，心跳加速。

万春妮恋恋不舍地走了，高守平开着车进了码头，一直开到9号仓库前，把车停在货场里，带着人巡查去了。高大霞悄悄溜下车，朝四下里张望，仓库外有不少公安人员把守，仓库门前只有两个保管员。高大霞在货堆后找了位置藏起来，约莫过了半个多钟头，货场路上有了动静，方若愚骑着自行车来了。高大霞兴奋起来。一如猎人看到了猎物，两眼放光。

方若愚拎着食盒进入货场，高大霞对他手里的食盒警惕起来。方若愚像是故意要消除高大霞的疑心，从食盒里拿出里面的吃食分发给保管员，又让他们去休息室睡一觉，11点再过来接他的班。保管员走了，方若愚拎着食盒进了仓库，高大霞像只猫似的，也悄然溜进去。

仓库里灯光昏暗，四下里堆满了装好书籍的货箱。高大霞看到方若愚在前面货堆后蹲下身子，一直没起来，她蹑手蹑脚过去，见背对着自己的方若愚像在地上忙着什么。

"捥霞子！"高大霞大吼一声，冲了过去。

方若愚身子一颤，急忙将抠出一半的炸弹捅回烧鸡肚子里，塞到货箱后，他故作镇定地起身，吃惊地看着奔过来的高大霞："你……你怎么跑这儿来了？"

"我想来就来，"高大霞打量着方若愚面前的货箱，"你刚才在这儿干什么？是不是要放炸弹？"

方若愚急了："你别胡说八道啊！"

空气中飘来浓郁的烧鸡味儿，高大霞抽了抽鼻子，仔细寻找起来。

方若愚拦在货箱前："快走吧，这里不能待，要是出了什么事，扯上你就麻烦了。"

"我为人就不怕麻烦。"高大霞推开方若愚，看着四下，自语着，"还有烧鸡味儿的炸弹……"她凑到方若愚跟前嗅了嗅，忽然激动地叫道，"拿出来！"

方若愚故作茫然地摊开双手，高大霞却一把抓住方若愚的手掌："还敢说没有？这油手还没顾得擦干净！"

"什么事都瞒不住你，我值夜班，吃个烧鸡提提神不行啊？"

高大霞巡着味道更浓的地方找去，很快发现了方若愚仓促间塞到货箱后的油纸包，一把抓在手里。方若愚大惊失色，这时候再去阻拦已经来不及了。

"好久没闻到这个味儿了，你这生活挺滋润呀，"高大霞撕下一只鸡大腿，不客气地咬了一大口，"正好，晚上我没怎么吃饭。"她嚼着美味，看着方若愚，一字一板吐出两个字，"血、受！"

方若愚知道她说这两个字的用意，故意佯装恼怒："你怎么还动手抢了，还给我！"他伸手要抢回烧鸡，高大霞躲闪着："早晨你还吃我做的饭哪！"

方若愚黑着脸感叹："我上辈子造了什么孽，让我这辈子遇到你！"

"老实交代，你把炸弹藏哪儿了？"高大霞像是拉家常。

"哪来的炸弹呀，你又信口雌黄。"方若愚的目光有意无意地落在了烧鸡上。

"你要是不交代，我可就叫人搜了。"

"随你便。"方若愚一把抓过烧鸡，转身朝外走去。

"你别走？想逃是不是？"高大霞紧跟在他身后。

"有你在,我往哪儿逃？"

"你把那个鸡翅膀撕给我!"高大霞一手拿着鸡大腿,一手拉住方若愚,"插翅难逃,我撕了你的翅膀,看你怎么逃。"

"你馋就说馋,别扯没用的。"方若愚撕下了鸡翅塞给高大霞,"这回行了吧？ 祖宗!"

高大霞另一只手接过鸡翅膀,咂摸着嘴巴:"我就爱啃鸡翅膀。"

"鸡翅膀鸡腿都给你了,那你就快走吧。"方若愚朝门口指着。

"我不走,一会儿我彻底搜一遍。"高大霞抬腿坐到了一个货箱上,又啃起鸡翅膀来。

方若愚一时没了主意,他知道高大霞说到就能做到。现在他能做的,就是赶紧处理掉手里的炸弹,否则高大霞要是再提出吃鸡胸脯,那就真要彻底露馅儿了。

"那你自己留在这儿吧,我走。"方若愚没好气地说完,转身朝门口走去。到了仓库门口,他又喊高大霞出去,高大霞还是不理会,方若愚关上仓库门,锁上了大号铜锁。犹豫了一下,他又拉下了仓库的电门开关。

仓库里顿时漆黑一片。

"挽霞子,你给我开灯! 开灯呀!"高大霞恼怒地喊着,喊声在空旷昏黑的仓库里回荡。

高大霞把手里的鸡腿和鸡翅膀放下,从口袋里摸出火柴,划着后找到刚才方若愚待过的地方,仔细寻查起来。蓬勃的火焰渐渐势弱,燃到了尽头,烧得高大霞手指生疼,她慌乱地扔掉火柴残杆,吹了吹手指,又从火柴盒里捏出两根火柴杆划着,一团光亮重新绽放,四下里又明亮起来,几轮光亮下来,高大霞还是没有收获。看到火柴盒里的火柴杆不多了,她开始一根一根地划亮,蓦地,她觉得有点儿不对劲,手里的火柴熄灭时,身后的光亮居然照得四下清晰可见,后背也灼热起来,高大霞一回身,大吃一惊,身后的货箱居然着了起来。原来,她扔掉的火柴残杆不知何时引燃了油渍的抹布,进而烧着了堆放的帆布和货箱。高大霞慌了,脱下外衣扑打着火焰。可那火势不但没有见小,反而越烧越旺。

方若愚从仓库里一出来,就知道今晚的爆炸计划难以实施了,他从鸡肚子里摸出炸弹拆除了延时装置,远远扔进了大海。他本想折腾一下高大霞,给她点儿教训后自己再开门进去,可从仓库门里看到影影绰绰的火光时,他惊住了。方若愚跑到仓库门外,伴着火光听到里面隐隐传出高大霞声嘶力竭喊人救火的声音。

方若愚犹豫起来,情感上他想救她出来,可一想到这个女人数年如一日把自己纠缠得烦不胜烦,他又觉得这是老天爷在帮自己。

货场外传来一阵杂乱的脚步声,晃动的手电筒光亮,让方若愚看清跑在前面的人是高守平,方若愚略一思忖,拉开了仓库大门,他冲着跑来的人影大喊着:"快救火呀!"自顾跑进了仓库里。

仓库里,火势越来越大,火海里的高大霞已经被浓烟呛得站立不稳,咳嗽不止。方若愚大呼小叫着冲过来,挥舞着衣服夸张地扑着大火,眼见着高守平带着公安战士跑来,他的干劲更大,还悄悄往脸上抹了把黑灰,高大霞终于支撑不住倒在地上,方若愚惊叫着冲过去,用力抱起高大霞,朝外跑去。

高守平带着人冲来,一看方若愚怀里的高大霞大惊失色:"我姐怎么在这里?"

"我哪儿知道,快救火啊!"方若愚抱着高大霞,逆着奔进来救火的人流跑出去。

扭曲的火光中,燃烧的货架轰然倒塌,直直砸向奔跑中的方若愚……

火，扑灭了，幸运的是，一仓库的书籍只是烧毁了一小部分，造成的损失并不大。

傅家庄和李云光赶来时，高大霞刚刚苏醒过来，看到高守平带人从火灾现场找到的一小把火柴杆，高大霞百口莫辩。

"高大霞，你没有特别通行证，是怎么进的仓库？"李云光厉声问道。

高大霞说出偷着上了弟弟的汽车混进来的，高守平气得直打哆嗦，哭了起来。

"你身上怎么会带着火柴？"李云光追问。

高大霞说："我是开饭店的，揣个火柴有毛病吗？"

李云光气得一拍桌子："你揣的火柴就是火源，你说有没有毛病？高大霞，你得为这场大火承担责任！来人，绑了！"

一直没说话的傅家庄拦住上来的公安战士，回身对李云光说："李副政委，这件事还没有调查清楚，还不能定性。"

李云光不满："她都承认火种是她带进仓库的，还调查什么？"

一直在察言观色的方若愚说话了："二位首长，高大霞这次是好心办错事，是无意之举，造成的损失又不大，我看还是算了吧。"

"挽霞子，你少在这里装好人！你才是放火的凶手！"高大霞吼道。

方若愚一脸无辜："我是凶手？高大霞，刚才你都承认火是你点的，起火的时候，我又不在仓库里，再说了，救你命的还是我，你不能这么快就忘恩负义吧？"

"你不用说别的，你那个烧鸡哪？你那个烧鸡肯定有问题！"高大霞咄咄逼人。

见众人不解，高大霞便将仓库起火前的情形一五一十描述了一遍，众人狐疑的目光又转向了方若愚。

"是,我确实带了只烧鸡到仓库。"方若愚辩解道,"我是怕晚上犯困,给自己找点儿事干,磨磨牙,别打瞌睡。我这烧鸡是一点儿毛病都没有,更何况,烧鸡的鸡腿,还有鸡翅膀,都被高大霞撕去吃了,要是真有问题,她还能发现不了吗?"

高大霞有点儿底气不足:"是,是我吃了,可,可鸡胸脯肉我还没来得及吃,就被他抢去了。对了,鸡肚子,他一定是在鸡肚子里放了炸弹!"

方若愚苦笑起来,一副无话可说的样子。高大霞最见不得他这副表情,断定他的延时炸弹一定藏在货箱里了,今天晚上,货箱十之八九还会爆炸。

李云光虽然不认可高大霞的断言,可在傅家庄的坚持下,还是让公安战士把所有的货柜检查了一遍,结果当然还是一无所获。清晨,载着新书的轮船平安离港,驶向烟台。

折腾了一个通宵,方若愚的嫌疑解除了,高大霞的推断成了信口开河。傅家庄要把高大霞和方若愚送回洋楼,李云光认为这样做对方若愚不公平:"他是保护这批重要书籍的救火英雄,我们应该大张旗鼓地宣传他,给他戴大红花,树立这个典型!"

傅家庄说:"高大霞也参与了救火,还昏倒在火场。"

李云光一听傅家庄的话便气不打一处来:"她即使不是有意纵火,也是这次火灾的责任人,不给她抓起来,就是关照啦!"

方若愚并不想当什么救火英雄,他唯一的要求,是希能得到一套《毛泽东选集》和《共产党宣言》。这个要求得到李云光的高度首肯,更认定方若愚觉悟高,值得大张旗鼓好好宣传。

在锣鼓喧天声中,李云光带着记者们来到小洋楼,当着大家的面,李云光将一面红底金字的锦旗赠送给额头上缠着纱布的方若愚,上面

"救火英雄"四个大字分外显眼。不仅如此,李云光还亲手给方若愚戴上了大红花,并赠送给他一套崭新的《毛泽东选集》和《共产党宣言》。

方若愚在记者们"咔擦咔擦"摁动相机快门的声音中,激动地接过绑着红丝带的书籍,此情此景,却把高大霞气得浑身直哆嗦。她气冲冲回到自己的房间,可没清静一会儿,就听见厅堂里乱哄哄的吵闹声,出去一看,只见方若愚坐在长条沙发上,正接受记者们叽叽喳喳的采访。拍照的摄影师见高大霞在背景里很是碍事,指着她大喊道:"那位女同志,请你让一让,我们要给救火英雄拍一张照片。"

高大霞气得眉毛都竖起来了:"这是我家,我凭什么让?"她的执拗,让摄影师也感到无奈,只得按下了快门,把高大霞当成了一个画面里无关紧要的背景人物。谁都不会想到,正是这张照片,在未来一天的危险时刻,会成为解救高大霞性命的一个重要砝码。

"方若愚同志,我是《大连日报》的记者,请您谈一谈您冒着生命危险冲进火海的一刹那,脑海里最先想到的是什么?"一个戴眼镜的年轻人问道。

方若愚还没想好如何回答,高大霞倒抢话说:"他当时想着把仓库里的书都烧掉!"

高大霞的话引起一阵骚乱,方若愚知道有高大霞在自己就没有好,便婉言拒绝了采访,躲了出去。可记者哪能甘心? 转而想从在他身边生活和工作的人身上挖掘到可歌可泣的英雄故事。于是,高大霞便这样阴差阳错地坐在了记者面前。

"你们找我挖就对了,我对他知根知底,能挖出他祖宗三代。"高大霞得意洋洋地说道,"这个挽霞子啊,可是相当有故事。啊,就是方若愚,日本人在的时候,他就是警察!"

记者们疑惑起来:"他是旧警察?"

"姐,你别乱说。"高守平阻止完高大霞,请记者们离开。可大家还是对高大霞刚才的说法吊起了胃口,高守平只得说,方若愚虽然当过旧警察,但是经调查甄别,他在那期间没有干过坏事。

高大霞一把推开高守平:"没干坏事,日本人能让他当课长?"

高守平脸上现出一丝窘迫,小声提醒道:"姐,别光说人家了,你还给日本人做过饭呢。"

高大霞闻声变脸,急头白脸地辩解:"我做饭是假,套近乎、搞情报才是真。"说到过往,她的眼睛倏地一亮,"对了,记者同志们,我在放火团的时候,立过的功劳能装好几节火车皮,哪一件拎出来都是惊天动地,我就先给你们说说烧小日本飞机的事情吧!"

可记者们压根对她的故事不感兴趣,还是希望她讲讲方若愚的奇闻轶事,这可把高大霞惹恼了:"怎么老叫我说他? 你们都被挽霞子,哦,就是方若愚给骗了,他这些年看上去老实,其实是被我看住了,不敢瞎胡闹了,要是我不看住他,他早就飞上天了,他这个人呀,根儿就不正,再怎么变,都是坏蛋!"

有记者不客气地说:"可是据我们所知,火是他救的,却是你放的。"

高大霞顿时泄了气,心虚地承认,告诉记者们自己不是故意的。记者们当然不会再听一个纵火犯讲下去,悻悻地离开了。

高大霞觉得丢了面子,等方若愚回来时,恼怒地去找他理论,不料,方若愚还火了:"高大霞,你有完没完?"

"没完!"高大霞想到记者们对自己鄙视的眼神,更加来气了,"你个缺德玩意儿,不光在我头上拉屎,拉完还要跟我借纸,还问我臭不臭!"

方若愚也来了脾气:"天地良心,这回分明是我在给你擦屁股,你还不领情? 要不是我,那火还指不定烧成什么样,你早就完蛋啦!"

舆论的作用是强大的,第二天一早,刊有方若愚勇闯火场的报纸一经面世,他就成了这个城市的英雄,报纸上的肩题写着:大连港码头仓库失火案告破,一糊涂妇女闯下天大祸端,主题是更醒目的大字:救火英雄方若愚危急关头力挽狂澜!半个版的文章里还配了两幅照片,一幅是方若愚头缠绷带,胸前戴着大红花,手里捧着红丝带的《毛泽东选集》;还有一幅是方若愚坐在沙发上接受记者采访,身后一个角落,高大霞露出半个脑袋,恼怒地瞪着镜头。

刘有为把报纸上的内容念了不到一半,高大霞已经气得听不下去了:"这不是胡说八道吗? 我怎么还成糊涂妇女了?"

刘有为附和:"是呀,记者这不是瞎写嘛。"

高大霞呼地起身:"我要找他们,问问为什么这么写?"

刘有为火上浇油:"姐,先别管人家记者怎么写,关键是,那把火到底是不是你点的?"

高大霞的气弱了,辩解着:"怎么能是我点的? 是不小心嘛! 你一句我点的,把我定性成坏人了!"

刘有为笑了:"没想到,姐都会咬文嚼字了。"

高大霞急得满脸通红:"这哪是咬文嚼字? 我这是听话听音!"

"那你说说,火真是方若愚救的?"

高大霞不屑:"他救的? 说出来你信呀? 他又不是东海龙王,救火的有好多人。就凭他,越救越旺!"

刘有为指着报纸:"报上还说,糊涂妇女还是他抱出来的,这个是真的吧?"

高大霞支吾起来:"这,这个……当时我都晕过去了,我哪知道是谁抱出来的。"她一把抓过报纸,"更可恨的,是这照片,给他这么大个人头,你看看我,贼眉鼠眼,赶上偷地雷的坏蛋啦!"她看着报纸上的照片,越看越恼火,转身冲到二楼去找方若愚算账去了。

方若愚看完报纸,则是一脸委屈:"这是记者自己写的,我也管不了人家呀!"

"你不说他们就写了?"高大霞质问。

"采访的时候,你和守平都在,我说没说你应该知道呀。"

高大霞急了:"你马上把他们找来,让他们重写!"

"怎么写是人家记者的自由,我哪有权利让人家重写。"

"那你就跟我去报馆找他们,把事情说清楚,还我高大霞一个公道。"

"我建议,这件事还是别折腾了,越折腾对你越不好,你就听我一句吧,大霞。"

"呸!大霞是你叫的?"高大霞满脸的厌恶。

"行行,我不叫,我就是真心劝劝你,这个事,你真没有必要纠缠,报纸上的事,今天登完明天就忘了,谁还记得?再说,那火也确实是你弄着的,这个,走到天边你也翻不了案吧?"

高大霞被噎住了。

好不容易送走高大霞,又来了麻苏苏。她今天一早看到这篇报道,也是气不打一处来。她带着甄精细,要当面去慰问一下这个救火大英雄。高大霞一见到麻苏苏,先诉起苦来:"姐,你来得太好了,不找个人说说,我都好屈死了!"

麻苏苏忙问:"是谁惹着你了?"

高大霞拍着报纸,控诉起上面的胡说八道,麻苏苏安慰着她:"对呀,是不像话,怎么能说你是糊涂妇女?妇女,结过婚的女人才能叫妇女!"

"啊?这上面还说我结过婚了?"高大霞急得眼泪都出来了,"说我糊涂也就罢了,还说我结过婚,这不是毁我名声吗? 我还怎么嫁人!"

麻苏苏安抚下高大霞,提着手里的果篮上了楼,见到尴尬的方若愚,她嘲讽道:"我代表'大姨'过来慰问你,共产党的救火大英雄!"

方若愚红着脸:"大姐就别挖苦我了,你这口气,分明是来问罪的。"

"你还知道我是来问罪的?"麻苏苏目光冰冷,"'大姨'给你的命令是放火,你却成了救火英雄,这件事要是传到南京,后果你应该知道!"

"我本来是想放火的,可是高大霞形影不离,我没有机会呀! 再说了,火不是已经着了吗? 也不耽误'大姨'继续向南京那面邀功嘛。"

"邀功? 你是想两头都赚呀,亏你想得出来!"

"这就要看'大姨'怎么汇报了。"方若愚顿了顿,"如果说是我们放的火,却把脏栽在高大霞头上,这功不就邀成了吗?"

"小方,你还挺会打马虎眼呀!"

"如果大姐认为我是打马虎眼的话,也可以如实汇报。"

"打马虎眼立功受奖,如实汇报就是斥责受罚,孰轻孰重,我还是能分得清的。"麻苏苏笑了笑,"人不要太精明。有时候得学学我们家精细,笨是笨点儿,但是忠诚,对党国,尤其对我,那可是一心一意。"

"大姐的意思是说我朝三暮四了?"方若愚反问。

"对我,你就没专心过。"麻苏苏柔声细语地说,"小方呀,你放心,只要你听话,'大姨'那边,我自然会替你好好斡旋。"

方若愚看着这张扑了一层厚厚粉底不再年轻的脸,心里升腾起一股寒意。

从方若愚房间出来,麻苏苏向高大霞告辞,高大霞数落道:"你还真是讲究,去看那个狗特务。"

"方先生是我的客人,面子上的事儿,哪能当真?"麻苏苏笑笑,"我跟他,再怎么也比不了咱们姊妹俩的关系。"

"你是生意人,我不挑你。"

"对了,还有件事,我一直怕你挑我。"

"什么事?"高大霞怔愣。

麻苏苏叹道:"你嫂子走了,我也没去送她一程。"

高大霞神色黯淡下去:"你这份心意,我替刘曼丽领了。"

"听说,她死在文工团穆仁智的宿舍里,也不知道怎么回事?"麻苏苏故作神秘状。

"她人都走了,就不说她的闲话了。"

麻苏苏当即一脸正气:"可不是嘛。我一听有人说曼丽的事儿就来气。曼丽人多好呀,心地善良、温柔贤惠、知书达理、才貌双全。"

"大姐,你说的是大令吗?"一个欢脱的声音骤然插入两人的对话。是刘有为。

"谁是大令?"高大霞好奇。

"没,没什么。"刘有为看了一眼两人,慌乱地走开。

"有为刚才说的是谁?"高大霞问。

"不知道啊。"麻苏苏做出一副茫然的神色。

"我头两天还看着他带着个姑娘逛大街,"高大霞思忖道,"姐,你见过那个姑娘?"

麻苏苏故作恍然大悟:"哦,对了,前几天,有为去我店里买东西,带着个姑娘,他俩有说有笑。怎么,那是有为的女朋友?有为可真行呀!"

"是吗?"高大霞望向刘有为消失的方向,脸上的神色并无欣喜,反倒充满了疑虑。并非是她多心,刘曼丽的前车之鉴犹在眼前,杨欢正是在刘曼丽成为机要室文员之后忽然出现的,如今刘有为进入了建新公司,身旁又突然多出一位神秘的女友,这不得不让她将二者联系在一起。

送走麻苏苏,高大霞找来刘有为,问他最近是不是在谈女朋友。为万春妮拒绝自己的事儿,刘有为一直觉得倍受打击。今天,高大霞提起了这个话题,他有种复仇的快感,关于大令的一切,他添油加醋一顿吹嘘,这让高大霞更感觉不真实。刘有为见她不信,急了:"凭我刘有为,想找什么样的姑娘找不着,也就她万春妮瞎眼。等我上建新公司一上班,追我的小姑娘得从青泥洼街排到火车站,还拐俩弯。"

高大霞问:"你是不是跟人家姑娘说你上建新公司上班了?"

刘有为急忙否认:"那没有,我知道建新公司是军工厂,哪能随便跟外人说。"

高大霞将信将疑:"你知道就好,这几天你领那个姑娘来家,我看看,给你把把关。"

"行吧,等我问问人家啥时候有空。"刘有为不情愿地答应了。

正午时分,阳光斜照进会议室,建新公司的筹备工作会议还在进行之中。

"你们的建新公司终于要成立了,真有一种千呼万唤始出来的感觉。"安德烈的中文居然熟练到了可以引经据典的程度。

"是啊。"李云光面带笑意,"为成立建新公司,我们党中央是要人给人,要钱给钱,不光投资建设了引信厂,还建设了弹药厂。党中央能在经济捉襟见肘的情况下,投入这么大,就能看出党中央对建新公司的期望有多大了。"

"建新公司的成立,苏联同志也出了不少力。"傅家庄向安德烈表达着谢意,"多亏你们的大力支持,把从小鬼子手里接收来的'满洲'化学、大华炼钢、进和、金属制品、制罐及曹达等6家工厂都移交给我们了。"

"这么多企业合成的建新公司,是我们党目前最大的军工企业了。"

李云光的声音中带着期待，"'建新'的寓意也好，建设一个强大的新中国！"

安德烈微笑道："有了建新公司，你们共产党就有了自己的枪林弹雨。"

"现在，老蒋的全面进攻已经被挫败，所以他又换了一个新打法，叫重点进攻。"李云光目光变得凝重起来，"他们的主要目标是陕北和山东。以前我们是防御，现在是僵持，或许过不了多久，就是大反攻。为此，党中央指示我们，要加紧生产能打阵地战的野炮和野炮炮弹，这可是我们当前任务的重中之重。"李云光起身，看着大家，"建新公司，是我们党、我们部队历史上第一个现代化军工联合企业，以后就拜托各位专家啦！"

建新公司的朱工程师起身表态："请各级领导放心，我们一定不辜负党中央的重托，竭尽我们的绵薄之力，尽快制造出质量上乘的枪支弹药，打击敌人！"

李云光示意朱工程师落座，他说："建新公司的同志，都是我们党从全国各地挑选出来的宝贝疙瘩，有来自华东局、华中分局，和晋察冀中央局的，也有来自胶东兵工总厂的，可以说是来自五湖四海，大家为了同一个目标汇聚到大连，肯定会遇到水土不服，饮食习惯的适应问题。"说着，李云光指向傅家庄，"有问题就找他。"

傅家庄站起身："我们一定给建新公司的同志们，创造一个安全舒适的工作环境。"

"虽说建新公司里知识分子多，但都受党教育多年，没有那么矫情，我们既来之，则安之，一定不辜负党中央重托。"朱工程师表态。

李云光扫视四周："怎么没有见到吴运铎同志？"

朱工程师脸上露出敬佩的神情："吴运铎同志恨不得把黑夜当白天

过,现在正带着他的徒弟们争分夺秒研制炮弹哪。"

李云光转向傅家庄:"这是位实干家!进入工作状态这么快。傅家庄同志,对吴运铎同志一定要多关心,保证吴运铎同志的劳逸结合。"

"是!"傅家庄大声回答。

为建新公司的事,麻苏苏最近频频与大令见面,不过,每次见面的地点,她都选在外面。大令知道,麻苏苏这是不想让甄精细见到自己。

听说大令与刘有为的关系发展迅速,麻苏苏放下心来,不过她也担心两人走得太近,大令忘了正事。她委婉地透露出这层意思,大令态度淡然:"大姐太小瞧我了,怎么说,我都是受过军统特训的,知道怎么控制感情,更分得清敌我。"

"好样的,我没看错你。"麻苏苏亲热地揽住大令的胳膊。

"就是精细那边……"大令欲言又止。

"精细脑子不拐弯你也不是不知道,等你完成任务再回头的时候,朝精细那么一笑,他肯定又是秧歌又是戏的。"

大令情绪低落:"我就是觉得对不起他。"

麻苏苏叹着气,像是位知心大姐:"干咱们这行,哪能事事遂心的。你记住,作为一个有信仰的国民党员,谁都可以对不起,唯独不能对不起党国和领袖。"

大令点头,平静的脸上看不出任何表情:"共党的建新公司刚挂牌,我们是不是该动手了?"

"心急吃不了热豆腐。先让他们高兴几天,咱们为他们准备的戏码,得关键时候上演。"

相比于大令的急迫,麻苏苏倒显得有些悠然。她清楚,现在还不是发难的时候。优秀的猎人最懂得扑食的时机,只有如此,方能一击毙命。

第五十三章

　　文工团从外地演出回来，所有人员都在后院卸道具，门卫老鲍拿着保存了好几天的报纸乐颠颠过来，向大家宣读起方若愚救火的英雄壮举。众人传阅着报纸，夸赞着袁飞燕有一位了不起的父亲。邢团长让袁飞燕赶紧回家去看望方若愚，并捎去文工团全体人员的致敬。

　　袁飞燕兴冲冲赶回，方若愚正倚靠在床头研读李云光赠送的《共产党宣言》，一见女儿回来了，方若愚兴奋地起身迎接。袁飞燕看到父亲头上还缠着绷带，哭着将他一把抱住。方若愚不知怎么了，吓得够呛。袁飞燕埋怨他不该拿自己的命当儿戏，他要是有个三长两短，自己还怎么活。方若愚红了眼圈，说自己没事儿，就是脑袋擦破点儿皮，什么也不耽误。

　　袁飞燕检查了方若愚的伤势，看见确实没有大碍，才放下心来。她拿出报纸，问上面写的那个放火的糊涂女人是谁。方若愚笑着指指楼下，说了那天晚上的事。报纸上都称方若愚是英雄了，袁飞燕说以后他就不用再怕高大霞了。方若愚苦笑着摇头："什么英雄，那上面把我夸的，我都不知道写的是谁了。"

　　"爸，你这叫过分谦虚，也是一种骄傲。"袁飞燕美滋滋地欣赏着报纸上的照片，眼神中尽是喜悦，"这张照片拍得真好。"

　　"好什么？"方若愚并不在意。

　　"这是你的奖品吧？照片上有。"袁飞燕拿过桌上的《共产党宣言》

翻看起来，"我也要看。"

方若愚立时来了精神，感慨马克思、恩格斯竟然能把枯燥高深的理论写得深入浅出，一点即通，不少地方写得还相当风趣幽默。

"那你给我好好讲讲。"袁飞燕孩子似的晃着方若愚的胳膊。

"我去炒几个菜，咱俩边吃边讲。我们不光要吃精神食粮，还要吃物质食粮。"方若愚敲敲袁飞燕的脑门，让她抓紧时间休息一下，他去做饭。

方若愚正在厨房里切面，高大霞回来了。她循着"叮叮当当"的动静进了厨房，看到在案板上切面的方若愚有点儿意外："不是跟你说过吗？好好给我念《共产党宣言》和《毛泽东选集》，我管你饭。"

"飞燕从外地演出回来了，上船饺子下船面，我擀点儿面条。"方若愚手上的活计没停。

"那行，你擀面条吧，回头我炒两个菜，算是慰劳飞燕了。"高大霞看向楼上，"飞燕在上面吧？我去看看她有没有什么要跟我汇报的。"

"一会儿吃饭再汇报吧，她可能睡着了。"方若愚抬头看看高大霞，生怕她去打搅女儿。

袁飞燕没有休息，她剪下报纸上方若愚戴大红花的照片，想在墙上找个地方贴上。看了半天，她取下了挂在墙上的相框，相框里是大连市民欢庆苏军入城的一幅照片，那一天，全城军民都视苏军为解放这座城市的英雄。不过，对于袁飞燕来说，父亲是她现在最值得骄傲的英雄。她揭开相框背板，要取下原来的照片，看到背板下铺着一张质地不错的硬纸。一看硬纸上的内容，她的脑袋"嗡"地一声作响。这张硬纸，居然是国民政府颁发给方若愚的校官晋衔令。

"飞燕，"门轻轻推开，方若愚上来叫袁飞燕下去吃饭。见女儿背对着自己没反应，他有些疑惑，"你干什么哪？"方若愚过去，一看到桌上的校官晋衔令,整个人顿时呆愣住了,就像一只冰冷的手攥住了他的心脏。他的脸色渐渐变得苍白起来。

袁飞燕转头盯着方若愚,眼里含着泪水,哽咽道:"你一直都在骗我……"

方若愚慌乱起来:"燕儿,你听我说!"

"你就是说得天花乱坠,也不如这张不会说话的纸!"袁飞燕情绪激动地抖动着手里的委任状。

"燕儿,爸不是你想的那样。"方若愚低声辩解。

"你让我怎么想?这上面有国民党的大印,还有蒋介石的签名,国民党现在是反动派,是反革命!"

"这都是妖言惑众!燕儿,你听爸说,革命的不光是共产党,还有国民党。你难道不信你爸掏心窝的肺腑之言,却要信共产党的虚假宣传吗?"

"事实摆在这里,你说什么都是狡辩!"

方若愚激动了:"事实?你怎么就没看到你爸在关东州潜伏的时候,是怎么提着脑袋和日本人较量的事情?"

这话让袁飞燕看到了希望:"爸,你打过鬼子,于民族有功,共产党肯定能对你宽大。只要你跟我去公安局,把事情讲清楚,他们一定会给你一个公正的处理。"

方若愚凄然一笑:"燕儿,你这是要把你爸往枪口上推呀。"

"爸,共产党向来光明磊落,只要你自首,他们一定会给你一条生路!爸,我求你了!"袁飞燕哀求着。

"燕儿,这世上其实从来没有什么生路。你要知道,政治是这个世界上最大的骗术,它不认好坏,只认胜负,胜了是王败了就是寇!"

袁飞燕愈发哀伤:"爸,你怎么还这么执迷不悟?真的要让我跪下来求你吗?"

"燕儿,你这是在逼我往死路上走!"方若愚痛苦地闭上了双眼。

"噗通"一声,袁飞燕真的跪在了地上,泪水顺着脸颊滑落。

高大霞早就在餐厅里摆好碗筷,饭菜也上桌了,去叫袁飞燕的方若愚却迟迟不下楼。高大霞在楼下喊了几声不见动静,便上楼来了,她听到方若愚的屋里传来抽泣声音,一推门见袁飞燕跪在地上,吃了一惊。

"飞燕!"高大霞拉下脸来,冲着方若愚喝道,"挽霞子,你好威风呀!"

"没你的事儿,你走!"方若愚心烦意乱地挥了下手。

"飞燕,起来,有什么委屈和我说,我给你做主。"高大霞拉起袁飞燕,目光无意识地看向了桌面。

方若愚慌了,桌面上那张国民政府的委任状分外扎眼,他挡住高大霞的视线,对袁飞燕喝道:"滚,你给我滚!"他气冲冲地抓起桌上的一份报纸,摔在委任状上,"你要是对那个傅家庄再不死心,就不要回来!"

袁飞燕捂着脸跑下楼去,一头雾水的高大霞盯着方若愚:"飞燕跟傅家庄怎么了?"

方若愚咬牙切齿道:"我再说一遍,我的家事,不用你管,出去,你给我出去!"

"疯子!"高大霞骂了一句,朝外走去。袁飞燕对傅家庄有好感,她早就知道,一厢情愿的事,方若愚至于和女儿闹得这么厉害嘛。

房间里安静下来。方若愚呆愣地站在原地,回想袁飞燕刚回来时,看他的目光还像是在看一位英雄,可就在转瞬之间,这一切便都烟消云散了,不真实得仿佛像是在梦里。

一切的罪魁祸首就在于那张委任状,方若愚看着委任状,脸上似有不舍,但他还是划着了一根火柴,将手里的委任状点燃。火苗舔噬着委任状,那张硬纸慢慢扭曲、蜷缩起来,很快便化成了一撮灰迹,掉落在地上。

暮色四合,月光冷涩。袁飞燕在公安总局门口犹豫徘徊,她不知道,朝前迈一步,是意味着大义灭亲,还是恩断义绝。她更不知道,迈出这一步,是把父亲送入地狱,还是从鬼门关拽回。

在门卫室值班的万德福看到大门口有个人一直不走,便一瘸一拐地出来,走近了定睛一看,居然还认识,是女儿万春妮的好朋友。万德福做了自我介绍,问她有什么事?袁飞燕说要找傅家庄,万德福告诉她傅家庄这段时间被借调走了,袁飞燕有什么事可以告诉他,他再转达给傅家庄。袁飞燕很失望,向万德福道了别,失魂落魄地消失在夜幕下。

今天晚上,难过的还有方若愚。哄走了高大霞,方若愚的心绪还是难平,他本想上街转一转,散散心,可一出门,他最想去的地方却是黑石礁的老房子。

一见翠玲,方若愚的眼泪便不争气地流了下来,翠玲从他木讷的眼神之中看到了绝望和心碎。方若愚呆呆地倚靠在沙发上,手里捧着翠玲给他端来的一杯热水,喃喃地说:"这一天到底还是来了。"

翠玲像是听懂了他的话,从书桌抽屉里拿出一本书,翻到其中一页,里面居然夹着一张袁飞燕小时候的照片。上面的小飞燕应该只有七八岁大,扎着羊角辫,穿着碎花小裙子,咧着掉了门牙的小嘴开心笑着。

方若愚拿过照片端详着,这是女儿当年寄养在姥姥那里时照下的。每年飞燕过生日,姥姥都会带着孩子去照相馆拍一张生日照,辗转送到他手里。每回看到照片,他都会偷偷痛哭一场,那种父女不能相见的滋味,煎熬了他二十多年。现在总算好了,父女相聚在一个城市,本指望近在咫尺了便能和女儿相依为命,谁知道因为身份的暴露,女儿已然把他当成了敌人。

"燕儿大了,有主意了,我说什么都不好使了。她长这么大,还是头一回跟我翻脸。你说,她要是不理我了,我在这世上,活着还有什么意思……"方若愚自语着,已是泪流满面。

翠玲递过毛巾,又默默坐在一旁。

方若愚拿着毛巾,一任脸上的泪水流着:"原来,还觉着我干的事,是为这个国家干,是为这个民族,可现在看……"方若愚茫然地摇摇头,"我也常常糊涂,散布个谣言,搞点儿破坏,这些雕虫小技,原来都是我所不齿的行径,现在我居然也沦落到去干此等蝇营狗苟之事,可悲,可怜,可气呀。"

翠玲像是想起了什么,从桌上拿过一个裹着天鹅绒的木盒打开,里面是一摞子报纸,张张都有方若愚戴着大红花的报道。翠玲拿出报纸,朝方若愚竖起大拇指,脸上挂着敬佩的微笑。

方若愚的目光从报纸移到翠玲脸上,他的呼吸加速,脸色涨红。翠玲看出方若愚的异样,似乎意识到方若愚下一步的举动将是什么,她的表情由开始的微笑渐变为错愕、茫然。她正不知如何是好,方若愚一把打开翠玲手里的报纸,扑了上来,翠玲惊恐,瞪大双眼看着方若愚。方若愚将翠玲摁到沙发上,疯了一般撕扯着翠玲的衣服,翠玲起初还慌乱地挣扎,挣扎无果,终于放弃,任由方若愚的野蛮肆无忌惮。疯了一样的方若愚撕扯下翠玲的衣衫,又扯着自己的裤子,正要解开腰带,他突然看到翠玲那张平静的面容,怔住了手里的动作。

翠玲抬起手,抚摸着方若愚的脸庞,四目相对,方若愚涌出泪水,一把抱住翠玲抽泣起来,他的身子向下滑落,跪倒在地。

方若愚"呜呜"哭着,压抑的哭声令人心碎。

翠玲平静地抚拍着方若愚的后背,像哄着一个孩子入睡……

建新公司的实验场出事了。吴运铎和兵工厂一个厂长在带领军工专家试验炮弹时,发生了哑火炮弹爆炸,厂长当即牺牲,吴运铎左手腕被炸断,右腿膝盖以下被炮弹炸劈一半,脚趾也被炸掉一半。

大令从刘有为嘴里得到这个消息,告诉给了麻苏苏。看到麻苏苏兴奋的神色,大令不解,认为这件事跟他们关系不大。麻苏苏批评大令目光短浅:"这件事就是你和刘有为的功劳,咱们得让'大姨'把这件事上报南京,你们才好得嘉奖。现在买卖是越来越不好做了,钱难挣,屎难吃,一点儿都没说错!"

方若愚救火得到的《毛泽东选集》和《共产党宣言》,已经成了高大霞每天最大的念想。晚上只要方若愚在家,她就拉着高守平找他授课,而每天这个时候,也是方若愚忘掉忧愁的时刻。通过自己的学习和与高大霞姐弟俩的交流,方若愚已经潜移默化间开始反思过往,思考未来。

"一个幽灵,共产主义的幽灵,在欧洲大陆徘徊。为了对这个幽灵进行神圣的围剿,旧欧洲的一切势力,教皇和沙皇、梅特涅和基佐、法国的激进派和德国的警察,都联合起来了。"

"停。"高大霞喊道。

"怎么啦?"方若愚问。

高大霞满腹狐疑:"《共产党宣言》里怎么还能有幽灵?"

"这我就不知道了,你要是想知道,你就得问马克思、恩格斯了。"

高大霞一拍桌子:"你咒我死是不是?"

"书上就这么写的,你偏难为我。"

一边的高守平也好奇,谦虚地问道:"方先生,这共产主义怎么就成了幽灵呢?"

方若愚耐心解释道："这是一种反讽,反讽你们懂吗？这是一种修辞方法。"

"我和守平是来学文化的,谁跟你学修瓷做碗做盘子？"

"这跟做碗做盘子没关系,修辞是,哎呀,跟你说不明白。"方若愚有种秀才遇到兵的感觉。

看似蛮不讲理的斗嘴屡屡上演,但高大霞不得不承认,方若愚旁征博引与深入浅出的授课,着实让她和高守平获益匪浅。为犒劳方若愚的付出,她每天做饭前都询问方若愚想吃什么,尽可能让做出的饭食合他的口味。好饭好菜伺候着,却并不代表高大霞对方若愚放松了警惕,一有机会,她还是要敲打他一番。高大霞坚信,紧箍咒常念着,总比不念强。

一场秋雨过后,天气便有了些初冬的意思。自从袁飞燕发现父亲的身份以后,她便没有再回来。那天女儿哭着跑了以后,方若愚曾做过最坏的打算,可是,女儿终究是自己的女儿,她到底没有大义灭亲的狠心。方若愚收拾出一些袁飞燕的冬衣,一大早去了文工团。团里的众人看到救火英雄来了,纷纷上前问好寒暄,这让方若愚很有面子。邢团长见袁飞燕对父亲爱搭不理,悄悄把她拉到一边,询问父女俩是不是闹了什么矛盾。虽然袁飞燕摇头否认,邢团长还是认定一准儿是袁飞燕过于任性,不理解父亲的苦衷。他逼着袁飞燕带着方若愚去文工团外面的咖啡馆坐坐,有矛盾就缓解,没矛盾就加深一下父女俩的感情。

咖啡馆里,方若愚怜爱地看着瘦了不少的女儿,轻声说："到底是自己的闺女,下不了狠心去举报我。"

袁飞燕看着父亲,好像看着一个熟悉的陌生人,往日的欢声笑语变得恍如隔世。

"不是我不想,是我想给你个机会。"袁飞燕劝道,"爸,只要你去公安局把事情说清楚,一定会得到宽大对待的。"

"共产党能不能宽大我,不好说,但是,我要是到共产党那儿争取宽大了,那边的人绝对饶不了我。"

"那边是什么人? 你连他们一起告发呀,这样还立了功哪!"

方若愚叹了口长气:"哪有你想的那么简单。"

"那你就想一条路走到黑,不下贼船了?"袁飞燕的眼神变得冰冷起来。

"燕儿,爸爸当年上船的时候,也是一腔热血,自以为就能打鬼子就能救中国了。可是,鬼子打跑了,满以为船到岸了,却迎来了戡乱。我这时候下船,只有死路一条。"

"只要你心里装着老百姓,革命的汪洋大海就淹不死你。"

"燕儿,不说这个事儿吧。"方若愚避开袁飞燕的目光,"今天是你生日,晚上回家我们一起吃个饭吧。"

袁飞燕像是被刺了一下。刺眼的阳光扎进来,袁飞燕的面庞藏在阴影下,方若愚看不清她的表情,却没来由地感受到了一阵冷意。

老话说,世上有人失意便有人得意。方若愚误打误撞成了救火英雄,在大连街头风光无限的时候,大约想不到自己会这么快就走到了暴露的边缘。而在火场上受尽了无端指责的高大霞也不曾预想,自己时来运转的机遇会来得这样迅速。

事情起因于建新公司食堂。因为技术人员来自五湖四海,口味自然也千变万化。这些牢骚引起组织上的重视。在傅家庄的竭力推荐下,高大霞来到了建新公司食堂。虽然只是个做饭的,但是高大霞却很激动,因为组织能同意自己到这么重要的单位上班,本身就说明组织对自己的信任。

为了对得起组织的这份信任,高大霞趁着下午涨潮,决定去海边买点儿刚出海的食材。老天爷也是照应,中午时分,海风呼啸而起。高大霞知道,大风必有大潮,大潮必定带来丰富的海鲜。可高大霞没有料到,刚一到海边,她竟然发现方若愚鬼鬼祟祟地在跟一个人做着什么交易。

其实,方若愚在买小贩子的汽油。对有经验的海碰子来说,天冷碰海是极其危险的事情,尤其是从刺骨的深海里出水之后,力乏天寒,身体僵硬麻木,如果不及时烧柴取暖的话,就可能丢了性命。战争期间,汽油自然金贵,方若愚只得偷偷交易,他鬼鬼祟祟的样子,引起高大霞的怀疑,是再自然不过的事了。

方若愚在海滩上垒起两堆柴火,从背包中取出潜水镜、网兜和脚蹼依次套上。准备就绪后,喝了一大口带来的白酒,这才走进大海。刺骨的海水让他不由打起寒颤来,他咬牙游进深海区,深提了一口气,敏捷地扎入冰冷的海水里。

深海的世界和陆上的世界完全不一样,不时有成群的鱼儿从方若愚身边游过,在他身下,遍布着海螺、海参和海胆。大海这个神秘的宝库,向方若愚展示着自己的富有和慷慨。他憋着一口气,强忍着水中的寒意,向深海里的宝藏伸出手去,尽可能迅速地捡拾着各种海中珍品。

一口长气悠悠用尽,他快速摆动身子钻出了海面,在脑袋出水的一瞬间,他已经张大嘴巴大口呼吸着新鲜空气。强劲的海风袭来,刺骨的寒冷如同虫子一般钻入方若愚的肌肉,消耗着他身体内所剩不多的温度。所幸如此艰苦终于换来了丰收满满的海货,现在他需要的是温暖的火堆,让自己的身体重新获得活力。

他拖着丰收的硕果从深海游向岸边,到了浅滩才站起身来,摇摇晃晃地朝岸上走来。扔下网兜里的珍品,他扑向第一堆干柴堆,用冻僵的手指抓过汽油瓶子,将汽油尽可能倒在柴堆上,再哆嗦着拿起火柴,用身子挡着风,划着了火柴皮,柴堆上有了汽油的助燃,火堆很快熊熊燃起。

方若愚在火堆边烘烤着身体,随着皮肤的渐渐变红,他感到浑身的寒气也渐渐被逼出体外,驱散而去。不一会儿,火堆燃尽,方若愚也重新抖擞起来,他喝下一大口白酒,再次武装好自己,拿上家什,朝着黑色的大海走去。按他的推算,再下去一趟,今天就可以满载而归了。

方若愚走向大海的时候,高大霞小心翼翼从藏身处钻了出来,她悄然靠近燃尽的火堆旁,小心翼翼地摸索着方若愚留下的衣物,试图在里面找到可疑的物品。然而找寻了许久,高大霞也没发现什么有价值的线索。就在她准备悄悄离开时,方若愚出海了。隔着湿漉漉的护目镜,方若愚一时看不清岸上人的面庞,只能看见对方鬼鬼祟祟的身形,他恼怒地大吼起来:"你要干什么?"

高大霞一惊,转身就跑,一不小心撞倒了脚边的汽油瓶子。汽油汩汩流淌,浸湿了沙滩。

跟在深海里相比,海面上的寒意更浓,海风吹来,更是刺骨难挡。此时的方若愚脸色已经变得惨白,如果不能及时取暖,他可能就会在大海里很快冻成一条僵硬的死鱼。方若愚哆嗦着向岸边游去,从浅滩爬向岸上,手脚并用爬到第二堆柴火旁,他哆嗦着伸手抓起汽油瓶子时,却发现瓶口开着,里面的汽油已经流尽。方若愚抖动着手臂拿起火柴,试图捏住里面的火柴杆,试了几下却捏不住。他只得将火柴杆都倒出来,总算捏住了两根,费力地在火柴皮上划着,火苗刚蹿出来,却被海风扼杀。他用身子做挡,又划着了火柴,伸到柴禾下,怎奈火力太小,根本点不着柴禾,一盒火柴眼看着要用尽了,柴堆还没有点着。

因为寒冷,又因为紧张恐惧,方若愚的体温迅速下降,手脚已僵硬得不听使唤,视线也变得模糊起来。

"老子完了……"方若愚绝望地哀叹着,身子瘫软下去,脑子里一片空白。

"挽霞子!"迷迷糊糊中,一句呼喊好像是从很远的地方传过来,听上去既像是索命的阎罗,又像是救命的菩萨。

方若愚感觉到有人在用力晃动他的身体:"你醒醒,你醒醒!"这个声音是那么熟悉。

方若愚努力睁眼,只觉得面前模糊地闪动着一个人影,这个人影正在试图将火堆点燃,这是方若愚在失去意识前最后看到的画面。

铺天盖地的黑暗覆盖了他的视线。他感到自己像是做了一个很长的梦,梦里的画面光怪陆离,一会儿是麻苏苏狰狞的笑脸,一会儿是高大霞的嬉笑怒骂,最后又变成了袁飞燕忧伤的面庞,和她眼角一颗晶莹的泪珠。那颗泪珠像是带着温度,滚烫地砸落在方若愚身上,令他浑身冰冷的血液又重新活跃起来。

火堆再次燃起,寒冷的沙滩上,再一次出现了一抹温暖的颜色。高大霞沾着燃烧的白酒,猛力摩擦方若愚寒冷如冰块的前胸。

"挽霞子,你不能死,不能死呀!"她焦急地大喊,"想想飞燕,你要是死了,她还有法儿活吗?"

袁飞燕的名字让方若愚微微颤抖了一下,高大霞兴奋起来:"挽霞子,你要使劲想,睁开眼想,想着飞燕结婚,想着飞燕给你生个胖乎乎的外甥狗。"

也许是白酒和火堆的作用,也许是对女儿的留恋,方若愚的意识渐渐清醒过来,苍白的脸颊上现出了一丝血色。

"燕儿。"他的喉咙动了动,剧烈咳嗽起来。

"挽霞子,你可算是喘气了。"高大霞大为惊喜,"你的魂回来了,可千万别再闭眼了。"

"大,大霞……"

"都认人了,挽霞子,你死不了啦。"

疲倦如潮水般袭来,方若愚眼皮跳跃了一下,又缓缓闭上。

"挽霞子,你别闭眼呀!"高大霞再次紧张起来,"你就这么死了,你对得起谁呀? 你们组织也不能让呀。"

"组,组织……"方若愚睁了睁眼。

"对,组织。你们组织都怎么安排你干坏事儿,'大姨'是谁,你说呀!"高大霞意识到,这是一个天赐的审讯机会。

"'大姨',我……"

高大霞的耳朵竖起来:"你是大姨?"

"我,我没有大姨。"

高大霞恼了,朝着方若愚的胸膛就是一掌:"都这时候了,你还不说实话!"

"我,我不是特务,我拥,拥护共产党。"

高大霞又是一巴掌:"我白救你一条命了,你连句真话都不掏给我!"

"你,你打我?"方若愚睁开眼。

"打你还算轻的,我这都搓出灰儿来了。"

方若愚努力笑了笑。

火柴堆的火越燃越旺,方若愚已经彻底醒了过来,他穿着衣服,高大霞背对着他,累得坐在地上喘着粗气,擦着汗。

高大霞要回身,方若愚急了:"别回头,我还没穿完哪。"

高大霞不管不顾继续盯着:"穿不穿都一样,你身上那点儿破东西,刚才我早看够了!"

方若愚尴尬地红着脸："大霞，你救了我一命，我，我该怎么谢谢你？"

"简单。"高大霞很干脆，"你告诉我'大姨'是谁就行，还算你立功了。"

"什么'大姨'？"方若愚装着糊涂，"我刚才稀里糊涂的时候，你就一直问，我根本没有'大姨'，我妈就一个妹妹，还早死了。"

"你就是煮熟的鸭子，肉烂嘴不烂，我刚才就不该好心救你！"高大霞气呼呼地转身就走。

"唉，你别走呀！"方若愚喊道。

高大霞止步："想说了？说吧，'大姨'是谁？"

"我是说，这些东西，你拿走一些吧。"方若愚指指海滩上的海货，忽然又一拍脑袋，"不对，我拿回去就行了，晚上飞燕过生日，咱们一起吃饭吧。"

方若愚这一句倒提醒了高大霞："对了，我还有任务，你这些东西，我还真得拿些走。"

"你有什么任务啊，还要拿海鲜去完成。"方若愚不解。

"怎么，套我话啊？"

"我就随口问问。"方若愚讪讪道。

"你最好别问。"高大霞俯身挑挑拣拣，提起一网兜海鲜掉头便走。

方若愚在后面大声喊着："高大霞，你是我的救命恩人，往后就别再冤枉我啦！"

"冤没冤枉，你心里清楚！"高大霞头也不回地喊着，快步走远了。

靠着方若愚贡献的这些海鲜，高大霞赢来交口称赞，朱工程师更是夸张地说："技压群芳这个成语，说的就是高大霞同志！"

"别光夸我了，快趁热吃！"

"大霞同志,有没有醋和酱油啊?"一个年轻人问道。

高大霞笑了:"外行,一听你就外行,我们大连的海鲜,吃的就是原汁原味,什么佐料都不用放。"

朱工程师附和:"鲜,鲜透了! 放什么佐料都是对如此精美食材的污辱!"

"说得太好了,"傅家庄赞同,"早前我听说过一个说法,说中国博大精深的饮食文化,基本上都是在频繁的饥荒战乱中产生的。历史上每闹一次大饥荒,就能发现一些能吃的东西。"

"还真是这样啊。"朱工程师点着头,"不过,能吃的东西,也分好吃不好吃。"

"好吃的叫食材,不好吃的叫药材。"高大霞接话道,"当年我爹开馆子就跟我说过,不新鲜的食材加上药材就变成了调料配方,这么做,是要用来掩盖食材的原味。"

众人都被高大霞的说法吸引住了。

高大霞来了精神,口若悬河地说道:"咱们好多厨子的手艺,都是师傅传下来的,师傅怎么干,徒子徒孙就怎么干。看一个地方有没有好食材,其实办法相当简单,就是看当地食物放的调料多少,调料放得越多的地方,当地的食材就越少。"

朱工程师琢磨:"有道理,很有道理! 真正的美食家和烹饪大师,都是吃出来的,他们会用最少的调料,来突出食物的原汁原味,并把食材菜肴的美味色香做到极致!"

傅家庄带头鼓掌,看向高大霞,目光里露着钦佩。

高大霞看过来,两人目光相对,高大霞沾沾自喜。

高大霞在建新公司上任的第一把火,就这样轰轰烈烈烧起来了。

高大霞和高守平在建新公司忙到八点多才回家,一进洋楼厅堂,就见方若愚靠在沙发上打盹儿,桌上摆着一个乳白色的生日蛋糕。方若愚听到声响猛然醒来,眼睛里是期待的惊喜,可是当看到回来的人是高大霞和高守平时,眼神随即黯淡下去。

"怎么,飞燕还没回来?"高大霞问。

"可能是临时有任务吧。"方若愚自我安慰道。

"都这么晚了还能有什么任务,守平,你开车跑一趟,咱俩去文工团把飞燕叫回来。"

"不用不用,她可能真是有任务。"方若愚拦着,可高大霞还是拉着高守平出去了。

"姐,你手伸得也太长了,人家方先生都说不用了,你还要去找。"高守平开着吉普车,在夜幕下疾驰。

"挽霞子为了给飞燕过这个生日,差点儿把命都搭上了,她不该回来啊?"

"怎么还差点儿把命搭上?"高守平不解。

高大霞说完方若愚白天碰海的事儿,叹了口粗气:"挽霞子也挺不容易,又当爹又当妈,怪可怜人的。"

高守平吃惊地看了高大霞一眼:"姐,你说这话可等于太阳从西边出来了!"

"我说什么了?"高大霞疑惑。

"你替挽霞子说话呀,我这可是头一回听到。"高守平好奇地问,"怎么,你们俩讲和了?"

"讲什么和?"高大霞嘴硬,"我就是说他这个爹当得不容易,我想帮他一把,这叫帮理不帮人。"

来到文工团宿舍,高大霞一见到袁飞燕,便劈头盖脸地责难起她不懂事,袁飞燕不爱听,更讨厌她来管自己家的事。

高大霞想起方若愚说过,袁飞燕和他顶嘴是因为傅家庄,便说自己本来也不想掺和他们父女俩的事。可他们把傅家庄扯进来了,她就得说几句。

袁飞燕一头雾水:"跟傅处长有什么关系? 请你不要乱点鸳鸯谱,好吗?"

"这个鸳鸯谱我不点还真不行。"高大霞语气坚决,"在这件事上,你爸说得没错,傅家庄心里还真没有你,所以,你就别打他的主意了。"

"傅家庄心里没有我,那有你吗?"袁飞燕呛道。

高守平怕高大霞发火,在一旁劝道:"姐,人家不回去你就别勉强啦。"

"不行,她今天非得回去不可!"高大霞的倔强劲上来了,高守平还真拦不住。

闻声而来的邢团长得知袁飞燕过生日,也劝她赶紧回家,可是袁飞燕固执地拒绝。高大霞恼了:"袁飞燕,为了给你过生日,为了让你吃口新鲜海鲜,你爸今天碰海都差点儿死了!"

这件事,方若愚嘱咐过她不要跟女儿讲,可不说这个,高大霞知道就劝不动袁飞燕。

袁飞燕果然动了容,马上答应回家了。

回来的路上,袁飞燕从高大霞嘴里知道了父亲白天命悬一线的更多细节,哭红了双眼。回到家里,她佯装无事坐在生日蛋糕前。方若愚一见到女儿,立即来了精神,亲手把海鲜剥皮去头料理好了,放到女儿面前的盘子里,就差嚼好直接送到嘴里了。袁飞燕大口咀嚼着海鲜,心里却在默默地流着泪。

方若愚张罗着让高大霞和高守平一块儿来吃蛋糕,袁飞燕要对着蛋糕许下心愿,方若愚连忙去关上电灯,点上了蜡烛。在跳动的烛光里,袁飞燕闭着两眼双手合十默念着什么,少顷,她吹灭了蜡烛。方若愚又急忙开了灯,屋子里又重现了光明。

"飞燕,你许的什么愿?"高大霞好奇地问。

"许的愿不能说。"高守平说。

袁飞燕看着方若愚,话中带话:"爸,以后不管你怎么样,我都会赡养你,不管你在哪里。"

"飞燕,你这是说的什么? 你爸还要上哪儿吗?"高大霞更加好奇了。

袁飞燕直视着父亲,不语。

高大霞看向方若愚,问道:"挽霞子,你到底要上哪儿呀?"

"飞燕就那么一说。"方若愚躲闪着高大霞的眼神,指着蛋糕,"来来,吃蛋糕。"

方若愚的话没有带偏高大霞,她以自己的理解执拗地说:"我觉得飞燕是让你重新做人,方若愚,你要选错了道儿,别说飞燕不答应,我也不答应。"

"姐,你答不答应管什么呀,你就别跟着掺和了。"高守平越听越觉着不对味儿了。

方若愚借坡下驴道:"守平,吃蛋糕,吃完了咱们上课!"

夜深了,袁飞燕倚站在窗前,脸色凝重,心里沉甸甸地像是压着一块石头。她步履沉重地走向书桌,取出纸笔,握笔的手微微颤抖着,在白纸上写下了一行字:我父亲的问题……

第五十四章

大令最不愿意接受的现实来了,她怀孕了。遮遮掩掩了几天,大令去良运洋行找麻苏苏,说要打掉孩子。听说刘有为还不知道这件事,麻苏苏让她回去就说,并称孩子留着会有大用场。大令不知道她的用意,但感觉不会是好事。大令临走时,甄精细回来了,他一看见大令就兴奋地奔过来,问她这么久没过来,干什么去了。大令敷衍着要走,甄精细不舍,麻苏苏看着心疼,让甄精细送大令回去。甄精细高兴地回屋,从枕头下拿出麻苏苏给织的情侣围脖,兴冲冲出去,一条围在大令脖子上,一条自己围上。

"这是姐给咱俩织的情侣围脖。"甄精细高兴地站到大令身旁。

麻苏苏打量着两个人,拍着手直说好看。

两人并肩走在街上,都是甄精细在说。大令只是静静地听着,偶尔装做配合地点点头,生怕甄精细看出自己的难过。

"姐给你的任务,什么时候能完成呀?"眼看着到了大令的住处,甄精细问了最想知道的问题。

"快了吧。"大令含糊地说。

甄精细顿时兴奋起来:"你一完成任务,我就让大姐给'大姨'打报告,咱俩结婚。"

大令的心里一哆嗦,眼泪差点儿流出来。她不敢与甄精细对视,只是轻轻点了下头,便快步跑开了。

甄精细伫立在原地,看着大令的背影进了楼洞里,他的脸上依然挂着明媚的笑容。

按照麻苏苏说的,大令回来对刘有为讲了怀孕的事。本来刘有为就把大令捧在手心里,现在大令肚子里有了老刘家的根苗,他更是恨不得摘下天上的星星,送给大令。

第二天一早,大令睡眼惺忪还没起床,刘有为便捧着一碗红彤彤的鸡蛋水送到了床边。大令瞥了一眼刘有为:"这又不是坐月子,弄什么红糖水。"

"喝了,快喝了,一会儿就吃饭。"刘有为眼里满是柔情。

大令喝下鸡蛋水,刘有为急不可耐地附耳在大令的小腹上,试图听到孩子的胎动,大令觉得可笑,那个小东西现在应该不过米粒大小,能听出什么。她推开刘有为要下地,刘有为忙像搀扶老祖宗一般殷勤地去架大令的胳膊。

门外响起敲门声,来的居然是麻苏苏,她带来了一方食盒,里面装的是还冒着热气的包子,香气袭人。

"快吃了,还热乎。"麻苏苏把食盒上面的包子拿出来递给刘有为,嘱咐他别吃下面的。

"不都是包子吗? 怎么不能吃。"刘有为不解。

麻苏苏笑道:"下面可不是一般的包子,里面的馅料金贵着哪。"

刘有为开玩笑:"难不成是人肉做成的?"

"当然不是。"麻苏苏一字一顿,"但是,这里面的馅料,却能把人炸成肉馅。"

刘有为警觉:"炸……炸药?"

麻苏苏微笑着点点头。

刘有为慌了:"你……你们到底是什么人?"他看看麻苏苏,又看看大令。

麻苏苏笑道："有为呀，你不至于这么愚笨吧？事到如今，还连我们是什么人都没看出来。"

"特务，你们是狗特务！"刘有为惊惧地叫道。

"不错，在共产党眼里，我们是特务，可在我们眼里，共产党也是特务。有为，屁股决定脑袋，就看你坐在哪边了。"麻苏苏走向大令，坐在床边。

刘有为看向大令："你真跟她是一伙的？"

大令不语。

刘有为失声大喊："你们陷害我，用美人计陷害我！"

"话说得有点儿难听了。"麻苏苏冷冷地说道，"不错，当初我是施了美人计，可苍蝇不叮无缝的蛋，你要是不被大令的美色倾倒，这美人计也施不成呀。"

"我，我要举报你们！"

"举报，你现在就可以去。"麻苏苏笑道，"但是我把丑话说在前面，你要是去举报了，大令肚子里的孩子，可就留不住了。"

"你，你们混蛋！"一听孩子，刘有为顿时气虚。

"不错，在你眼里我们就是混蛋。"麻苏苏凶狠起来，"刘有为，现在我把话撂在这里，你干也得干，不干也得干！"

"有为，我跟大姐说好了，干完这一次，她就让咱俩远走高飞。"大令突然说话了，声音很轻，柔和了刚才的剑拔弩张。

"你以为建新公司的门那么好进？"刘有为哭丧着脸，"傅家庄他们在那设岗严查，想捎进东西去比登天还难，除非你们想送我下地狱！"

"有为呀，放心吧，这包子里的馅料他们检查不出来，因为真正的炸药不是馅料，而是……"麻苏苏对刘有为耳语着。

"你可真够狡猾的,轻车熟路,看样儿,坏事儿不少干。"刘有为脸色发白。

"你只要把包子带进去,把里面的东西取出来,然后往制造炮弹的引信里一撒。"麻苏苏轻描淡写说道。

"我要是撒了,共产党就得要我的命!"刘有为惶恐。

"不错,他们肯定想要你的命,但是我保证,在他们查出来之前,我就把你和大令送走。"麻苏苏拍了拍刘有为,指引着他的目光看向大令,"当然,送走的,还有大令肚子里的孩子。"

刘有为犹豫起来。

"有为呀,你别忘了,在这个世界上,所有国家,包括苏联,承认的中国政府是中华民国,公认的中国领袖是蒋委员长。"麻苏苏开着空头支票编织着梦境,"只要你把这几个包子神不知鬼不觉送进去,党国就会在功劳簿上狠狠地为你记上一笔。你想想,等党国戡乱成功,你穿着笔挺的将校服,威风凛凛着地再回大连,那你将是何等风光,何等光宗耀祖呀。"

大令适时插话:"有为,为了我们的孩子……"

刘有为瘫坐在椅子上。

刘有为说的没错,建新公司的确戒备森严。当高守平看到刘有为的饭盒时,就已经起了疑心:"这是什么?"

"守平,你是不是故意找茬呀? 连包子都不认识?"刘有为用生气掩饰着慌乱。

"公司有食堂,你带哪门子包子。"

"食堂的饭我吃腻了,吃点儿包子还不行呀?"刘有为看向一旁的傅家庄,"傅大哥,咱建新公司还有不让带饭的规定吗?"

"那倒没有。"傅家庄看了眼包子,"这包子一看就不像大霞包的。"

"非得她包呀？她包的包子全是海麻线，不舍得放肉。"

"那你这包子是肉包子了？"

"那是，一咬一嘴汤。"刘有为拿出一个，"傅大哥要不要尝尝？"

高守平不容反驳道："放在门岗吧，等下班了拿回去吃。"

"怎么，你们还怕我这包子里有炸药啊？"刘有为咬了一口包子，亮出里面的馅，含糊不清地叫嚣起来，"你们看看，看看！"

高守平看去，并无异常，傅家庄推开刘有为递过来的包子："以后不准再带饭了，就这一次。"

刘有为如释重负，进了大院匆匆跑到厕所，把塞进嘴里的包子悉数吐了出来，又倒控着脑袋在自来水龙头下漱了半天嘴。当直起身子的那一瞬间，他感到一阵昏眩，往前迈出一步，等待他的是万丈深渊，还是世外桃源，他不愿去想，也不敢想。

同刘有为不同的是，大令不相信鬼会说人话。麻苏苏也承认："做了这一单，刘有为就等于上了我们的船，什么时候下船，就由不得他了。"

"那我肚子里的孩子，就可以要了？"母爱让大令冲动起来。

"怎么，你还真打算和刘有为过啊？这对我们家精细可不公平。"

"精细不知道我怀孕的事吧？"

"这我哪能告诉他，这不欺负我们家精细嘛。"麻苏苏招呼远处的甄精细，"精细，今天放你一天假，陪大令出去玩玩。想吃什么，给大令买。"

"姐，你真好！"不明就里的甄精细跑来，高兴地笑着。

甄精细和大令围着一模一样的围脖，移步到公园。在旁人看来，这是一对热恋的情侣。只是男方的眼睛里满是爱怜，而女方的眼里满是无助。大令不忍再欺骗面前的这个男人了，轻声跟他说着对不起，甄精细不让她再说下去："我姐说了，咱俩戴一样的围脖，就是情侣，情侣不用说对不起。"

"精细，我和刘有为……"

"我姐说了，你俩是演戏，咱俩才是真的。"甄精细打断了大令的话。

大令心下升起一股无名火："一口一个你姐说你姐说，你什么时候能自己说一回？"

甄精细怔住了，他不明白大令的愤怒是从何而来，他惶恐不安地拨弄着围巾的下摆，一脸愧疚地看着大令。大令心软了，她拥住甄精细哭了起来。

刘有为万万没有想到，他本以为可以鱼目混珠的计划，还是败露了。

对新研制的炸弹，朱工程师是一万个放心，因为炸弹配方经历了吴云铎的多次实验，都没有问题，新炸弹计划明天早上 7 点就将运往胶东。可吴运铎认为，试验次数越多，误差才能越小，达到的精度才能越高。他希望在这批新炮弹运往前线前，再做一次试验。

谁都没有想到，这再次试验，让这批哑弹现了形。这一结果，让所有人震惊。

朱工程师的结论很明确："炮弹的炸药配方没有任何问题，所以，只有人为破坏这一个解释。

傅家庄命令高守平隔离所有参与这批哑弹制造的人员，并让朱工程师组织研究人员把哑弹拆开，化验炸弹里的炸药成分。

下班前，朱工程师把一份化验报告交给了李云光和傅家庄，说有人在炸弹引信里搀杂了其他的化学成分，这些成分的量虽然很小，但破坏力极大，是导致产生哑弹的根本原因。不过，奇怪的是，专家从引信里还发现了其他成分。朱工程师强调："有面粉和维生素成分，这些维生素成分,有来自于植物的,也有来自于动物的。"

傅家庄疑惑:"朱工的意思是说,有人把化学药剂放在食物里,带进了配料车间?"

李云光也不解:"食物?什么食物?"

朱工程师说:"有面,有肉,有蔬菜……"

"包子?"傅家庄惊住。

"今天中午食堂吃的就是,马上把高大霞找来!"李云光命令道。

"等等。"傅家庄阻止。

李云光火了:"你还要替她说话?当初你提议让她来这里上班,我就不该同意!"

"今天早晨,有个人带着包子来上班了。"傅家庄说。

总算把这一天熬过去了,刘有为收拾起东西准备下班,高守平带着几个全副武装的公安战士闯了进来,刘有为顿时慌了:"守平,你要干什么?我是你哥!我是傅家庄引进来的人才!"

说到当初让刘有为进厂的原因,傅家庄称刘有为家里开过鞭炮厂,大小也算个人才,李云光一听这话大发雷霆:"敌人那边也不都是窝囊废,他们也有人才,难道你也敢用?我一再强调,进建新公司的人,要政审,这个刘有为政审了吗?他的姐姐刘曼丽不就是被特务利用了吗?"李云光提高嗓门,"傅家庄,你必须要做检讨,要做深刻检讨!"

"要检讨也是我检讨,轮不上傅家庄。"高大霞推门而入,"刘有为是我求傅家庄安排进来的,你有火朝我来。再说,你们说有为游手好闲,花天酒地,好吃懒做,说什么我都信,可要说他搞破坏,打死我都不信!"

李云光看了高大霞一眼,又瞪向傅家庄:"你俩这是在徇私情!"

"这怎么能是徇私情?刘有为懂炸药,上军工厂来也说得过去。"高大霞辩解的理由,跟傅家庄一样,李云光更加认定这是两人联手给建新公司埋了一个雷。

"越是这样的人,搞破坏的危害就越大!"李云光敲着桌子,"你们想想,这批哑弹一旦上了战场,我们得有多少同志流血牺牲?"

"我还是不信有为能干这种事,可千万别冤枉他呀。"高大霞焦急地看向傅家庄。

"你再说冤枉他,你就跟刘有为是同伙,我把你一块儿绑了!"李云光把桌面敲得震天响。

"有本事你绑!"高大霞并不惧怕,"李云光,绑人需要证据,你既然敢绑刘有为,那就把你绑人的证据拿出来!"

"证据在这儿。"高守平提着一个纸盒快步走进来。这是从刘有为办公室的垃圾桶里发现的一个包子,经过对包子馅儿的成分化验,和引线里的成分完全一致。

高大霞看着纸盒里的包子,发现了端倪:"包子肯定不是刘有为包的,他包不出这样的包子!"

众人怔住。

"我说的是真的。"高大霞急切地解释,"刘有为包包子的手艺是跟我学的,一个包子我都让他包 15 个褶子以上,这样才好看,可这个包子,褶子也就十一二个。不光这个,我教刘有为包的包子,褶子都朝上,可这个褶子朝下,还有,这包子的收口也不一样。"她翻起包子皮展示给众人看,"我们都是捏住转一下,然后摁下去,这个没转,直接揪上去了。"

傅家庄回过神来:"看来,刘有为不是罪魁祸首,背后还有一双黑手。"

"那这个包子能是谁包的?"高大霞嘀咕着,她想到了刘有为说过的那个女朋友。

临时审讯室设在一个套间，里间装着杂物，外间的桌椅一摆，倒也有模有样。

刘有为耷拉着脑袋，不敢看坐在对面的傅家庄和李云光。傅家庄苦口婆心说了半天，刘有为都不开口，更不肯说出指使他做这件事的麻苏苏。李云光终于失去了耐心，要把他押回公安总局，刘有为开口了，说要见高大霞。

高大霞来了，一见他便甩过来一记耳光，没说话自己先抽泣了起来："有为呀，你让我说你什么好！"

"姐，救我，你得救我呀！"刘有为跪在地上，"呜呜"地哭起来。

门外，傅家庄和李云光听着里面的哭声，感觉高大霞应该能问出有价值的信息。

高大霞低头看着刘有为："想让我救你，也不难。"

刘有为扬起的脸上有了些笑意："我就知道你不能不管我，姐，我下半辈子给你当驴当马都要报答你。"

高大霞把刘有为拖到椅子上："别说下辈子，先说这辈子，这辈子干了缺德事，下辈子还不知道能托生个什么。有为，你和姐交个实底，是谁指使你干的？"

刘有为脸上的欢喜顿时消散全无，只留下惶恐和畏惧："我，我不能说。"

"不说我也知道，是不是和你逛大街谈恋爱的那个姑娘？"

刘有为脸色变白，犹豫起来。

"有为，你也不想想，你们老刘家三代单传，你总不想在你的手里断了根吧？"

这话像是提醒了刘有为，他脸上的犹豫之色立时一扫而空："别问了，我不会说的。"

"刘有为,你这是在犯浑!"

"刚才我是差点儿犯了浑,可你刚才的那句话,把我说醒了。"

"我说什么了? 我说你不老实交待就得蹲一辈子大狱,就得让你们老刘家断根!"

"正因为不想断根,我才不能说!"

高大霞明白过来,吃惊地问:"怎么,你是说那个姑娘怀上了?"

刘有为点着头:"我刘有为已经人不人鬼不鬼了,我即便是招了,这辈子过得也得颔首低眉,与其这么窝窝囊囊的,倒不如让我老婆孩子活得扬眉吐气!"

"糊涂!"高大霞怒喝起来,"国民党眼瞅着就要四脚朝天了,他们还上哪儿扬眉吐气? 有为,你告诉我,这个女人到底是谁? 只要你告诉我,我保证,把你的孩子当成自己的孩子。"

刘有为又动摇起来:"姐,你说的是真话?"

高大霞叹道:"有为呀有为,难道你到现在还不明白? 那个女人哪是和你谈情说爱呀,她分明就是设了套来套你,你现在替他们抗雷顶包,转过头来,她就会把你的孩子打掉,到那时候,你哭都没地方哭!"

刘有为身体一颤,忙不迭地点着头:"好,我说,我说。"

"这就对了,说吧,那个女人是谁?"

"是……"刘有为刚吐出一个字,突然惊住了,他看到高大霞身后的里间闪出一个人,是大令。

高大霞感觉出异样,刚一回身,大令的拳头已经落下,高大霞还没有做出反应,便被打倒在地。

原来,大令一直在建新公司大门外等候刘有为下班,可人没等到,却从下班工人的议论中得知刘有为出事了。她设法从高墙潜进院子里,找到了关押刘有为的套房,启开窗户,躲进了里间,想天黑后把刘有为救走。听到李云光要把刘有为带回公安总局，大令有些害怕，人到了公安总局，再救就难了。可她一个人要对付傅家庄和李云光，又没有多少把握，何况她还有身孕。好在刘有为要见高大霞，把两个人支走了，对付一个高大霞，她还是有把握的。打昏了高大霞，大令就势要掐死她，被刘有为拦下了。

李云光和傅家庄在审讯室外又等了一会儿，没有听到里面的动静，两人都有些疑惑，推门要进去，发现房门已经从里面反锁上了。两人大惊，慌忙踹开房门，见地上只有躺着的高大霞。

大令带着刘有为逃出建新公司，刘有为愧疚地说，刚才自己差点儿供出麻苏苏，觉得对不起大令，多谢她及时出现，救下自己，也救了麻苏苏。

"不用谢我。"大令口气冷淡，"要谢就谢我肚子里的孩子吧，我不想让他生下来就没有爹。"

两个人赶到良运洋行时，已经深夜了，甄精细看到他们，神情复杂。

麻苏苏知道，刘有为既然已经暴露了，再留着就没有什么价值了，她要斩草除根。大令看出她的意思，求麻苏苏放刘有为一条生路，把他送出城外。麻苏苏为难，说现在共产党一定在四处缉拿刘有为，他根本出不了城。

刘有为笑了："能不能出去，就看你想不想安排了，我要是在这里被共产党找到了，你麻苏苏怕是脱不了干系！"

刘有为的恐吓还真是有用，麻苏苏答应了，要把刘有为送到旅顺，那边有他们的队伍，但大令必须留下。刘有为说："不行。要走一起走，要死一起死，你休想拿我的女人当人质！"

第五十五章

高大霞醒来时,听说傅家庄在调度室里被关了禁闭,看守是公安总局的小丁。高大霞找过去要见傅家庄,小丁为难,说见面必须得李云光同意。高大霞开导小丁,傅家庄没犯啥大错,顶到天也就是受刘有为事件的牵连,等过几天出来了,傅处长还是傅处长,你小丁还是他的手下。小丁果然被高大霞的话打动了,同意她隔着门跟傅家庄说说话。高大霞却得寸进尺,让小丁离门口远点儿,小丁警觉起来,怕她干出抢人的事来,那自己就受到牵连了,高大霞笑了:"我哪有那个本事,我是怕你在这儿害羞。"

小丁一头雾水道:"害羞,我害什么羞?"

高大霞指指里面的傅家庄:"我俩是两口子,不得说点儿外人不能听的话啊。"

支走了小丁,高大霞还没等回身,傅家庄就在里面喊起高大霞,问她伤得怎么样。高大霞说自己都能编瞎话骗小丁了,你说能怎么样。她现在觉得对不起的人是傅家庄,要不是自己为刘有为求情进建新公司,傅家庄也不至于受到牵连。

"不说这个吧,"傅家庄趴在门上,对着门缝说,"我这才关进来一个晚上,就体会到被自己人冤枉的滋味不好受了。大霞,这几年,你太不容易了。"

高大霞眼里一热:"被冤枉的滋味是不好受,可这几年里不是还有你吗？你一直给我撑着腰，我没觉得多不容易。"

傅家庄自责："我撑得不够，远远不够。"

"是，是不够。"高大霞抹着眼泪，"你这个人呀，就是属知了的，到了关键的时候，就会哼哼唧唧往后缩。"

"我有吗？"

"当然有，上回咱俩被压在仓库下的时候，你和我说了那么多话，这都过去多长时间了，我一直也没等来你的话落地砸个坑儿。"

傅家庄知道她说的是结婚的事，尴尬不已。

高大霞对着门里说："我看出来了，不能让你属知了，得让你属蚂蚱。"

"怎么讲？"傅家庄不解。

高大霞用手摆出抓蚂蚱的动作："我要摁着你，蚂蚱只有摁着，才听话。"

傅家庄"噗嗤"一声笑了。

高大霞气冲冲地追问道："你不愿意？"

"愿意，我愿意。"傅家庄点着头，额头撞在门上，嘭嘭作响。

两人就这样说着话，好像隔着的房门并不存在。

"我想好了，等你出来了，咱俩就成亲。"高大霞说。

"这么急？"

"怎么？你还想当知了？"

"不，我当蚂蚱，当蚂蚱。"傅家庄急切地说。

麻苏苏想了想，能把刘有为和大令送出城的人，只有吴姐。让吴姐把两人送到藏身在旅顺口的虎头那里，她也就了却一桩心事。

麻苏苏想到的虎头，她虽然未曾谋过面，却从"大姨"那里知道他是国民党东北行营辽宁先遣军第四独立团的团长汪百川。国民党大连市党部被苏联红军取缔后，贼心不死的敌人就将市党部转入地下，他们以市党部骨干力量为基础，网罗敌伪残余社会渣滓建党、建军，汪百川的这支队伍，主要在旅顺、普兰店、复州城等地活动。麻苏苏将刘有为和大令送到虎头那里，也是想让虎头看住两人。

吴姐来了，她不光开来了苏军大连警备司令部的军车，还带来了两套苏军的军装。

"该做的，我都已经做了。能不能出去，就看你俩的造化了。"麻苏苏对刘有为和大令说，"出了城，吴姐会告诉你们怎么样去旅顺口找虎头，他会把你们安排好的。"

甄精细抽泣着拉住麻苏苏的胳膊："我不想让大令走。姐，你答应过我。"

"她不走就得死，你希望看到大令死吗？"麻苏苏呵斥道。

甄精细怔住了，他不舍得大令走，但更不希望大令死。他擦去眼泪，为大令整理着那条情侣围脖。这个不经意的动作就像一根刺，直扎大令内心最柔软的地方，大令双眼模糊："精细，等革命胜利了，我会来找你。"大令拥住了甄精细，眼泪涌出，"精细，对不起。"

刘有为急了："这怎么还抱上了？你都是孩子他娘了，大令，走，走啊！"不由分说，他搂开大令朝外走去，甄精细要追赶，被麻苏苏拉住。

大令和刘有为在前，麻苏苏拉住了跟在后面的吴姐："刘有为太鬼了，我担心他出城之后，能拐着大令远走高飞，这两个人都不留了吧。"

吴姐不信："不能吧？大令可是受党国栽培多年了。"

"你别忘了，她现在还怀着身孕，什么事也大不过这个。"麻苏苏想了想，"要不这样吧，你带上精细跟着他们，如果他们去找虎头固然好，如果他们起了二心，就地枪决！"

麻苏苏的分析没有错,刘有为确实起了异心:"大令,我们跳出了麻苏苏的手掌心,就千万不能再往虎头的手掌心里跳了。"

"你要干什么?"大令悄声问。

"只要出了城,我就带着你还有咱们的孩子,神不知鬼不觉地销声匿迹。大令,他们都不是什么好人,你想想,他们都想把你当人质,他们还有什么坏事干不出来? 我想明白了,跟着他们,只有死路一条,只有逃,才能给咱们的孩子一条生路。"

大令不语,想着刘有为的话,知道他分析的没有错。

虽然开着苏军大连警备司令部的军车,大令还是在城边哨卡被拦下了。好在事先吴姐给她准备了一套齐全的手续,士兵也没有发现藏在汽车底部的刘有为,她还是顺利过了哨卡。

军车驶到一片小树林旁,停下了,刘有为狼狈地从车底下爬出来,气喘吁吁地上了车,"再不停车,我非掉下来被你碾成肉酱不可。"

汽车又开出一段路,到了一个岔路口,一边是去旅顺口,直行是到金州,大令看看刘有为,脚下一踩油门,冲金州方向驶去。远远地,吴姐拉着甄精细的车疾速而来,她见前面的车变了路线,大为恼怒,狂踩着油门追了上来。

大令从后视镜里看到一辆汽车越追越近,知道那是吴姐的汽车,不由心慌起来,汽车也跟着打起了摆子。吴姐一手握着方向盘,一手握着枪探出窗外,子弹呼啸而出,打在前车轱辘上,前车剧烈摇摆扭动失去控制,冲向了路边的一棵大树。

大令艰难地从破碎的车窗里爬出来,迎接她的是吴姐手里的枪口。她恼火地给了大令一记耳光,大令挣扎着要去救还在车里的刘有为,被吴姐制止,拖着她朝自己车里走去,爬出来的刘有为大叫着大令的名字,吴姐扔下大令回身要去收拾刘有为,大令将吴姐扑倒,恼羞成怒的吴姐爬起来,举枪对准大令,扣动了扳机,一声枪响撕裂了寒冷的夜空,伴随着刘有为的一声悲痛嘶吼。然而,倒下去的不是大令,而是吴姐。

大令睁开眼,见到跑过来的人居然是甄精细。原来,吴姐过哨卡时怕被发现,让甄精细躲到了后备箱里,刚才吴姐光顾着追赶大令,没管后备箱里的甄精细。他忙乎了半天,总算出来了,好在他出现得及时,从吴姐枪下救出了大令。

"快走,枪声一响,共产党就追来了。"甄精细扶起大令,查看着她有没有受伤。

"大令!"刘有为一瘸一拐地跑过来,冲甄精细作揖,"兄弟,谢谢啊,谢谢。"

"滚蛋!"甄精细一脚踹倒刘有为。

跌坐在地的刘有为恼怒:"给你脸了?放开我老婆!"

甄精细举枪对准刘有为:"你再说一遍!"

刘有为吓得一个激灵,立即闭了嘴。

"熊蛋包!"甄精细鄙夷地骂道。

"精细,你别回去了,跟我们一起走吧。"大令劝道。

甄精细的泪水在眼眶里打转,咬住嘴唇痛苦地摇摇头:"我得和我姐在一起。"

"你……你怎么还这么死心眼儿?"大令怨怒地说,"她对你不好,你不知道啊!"

"姐救过我的命,我不能丢下姐。"

"你真是个大傻子!"大令的骂声里带着爱意,更带着诀别的意味。

"他不走拉倒,咱们走!"刘有为推着大令上车。

满眼是泪的大令刚要上车,突然一声枪响,大令身子一震,肩头绽开了一团血花。

甄精细回头看去，见吴姐一手支着身子，艰难地举着枪还要射击，便朝着吴姐连开了几枪，吴姐仰面倒地。

甄精细冲到车前，见大令肩头汩汩涌着鲜血，脸色苍白。

"上医院吧，现在就上医院！"刘有为惊慌失措地按着大令的伤口，鲜血从指缝里喷涌而出。

"上医院就是送死。"甄精细提醒。

"不去更得死！大令，你不能死，你还怀着……"刘有为抹着眼泪。

"去旅顺口。"大令艰难地做出决定，"找虎头。"

刘有为反对："这是自投罗网，不行，不行，咱们还是赶紧跑路吧！"

甄精细一脚踹开刘有为："你彪啊，大令都中枪了，你带着她能往哪儿跑？"

"可，可到了虎头那里，更跑不了啦！"刘有为又哭起来。

"好歹虎头那里还能给她治一治，上别处谁敢治？养好了伤，你们不会再跑啊！"甄精细教训起刘有为。

刘有为如梦方醒，一个劲儿地点头："对对对，还是精细精！"

"快上车，我送你们去旅顺口！"甄精细果断地下了命令。

天快亮的时候，甄精细回来了，麻苏苏听说吴姐被共产党打死了，哽咽起来。

甄精细安慰她："姐，你哭一会儿，再睡个回笼觉吧。"

因为吴姐开的车和用的身份都是苏军大连警备司令部的，安德烈带着人来认领了尸首。李云光说，昨天晚上哨卡公安人员听到枪声赶过来的时候，这个女人已经死了。

"当年在接洽函上做手脚的那个女军官，应该也是她。"李云光断言。

安德烈点着头："当时，高大霞认定我们司令部有内奸，我只排查了在编人员，是我大意了。你们的高大霞很了不得，见到她，我一定要给她道歉，说一句对不起。"

李云光说："能挖出潜伏的特务，是我们大家都愿意看到的结果。"

"高大霞被押到刑场那件事，在死刑犯名单上做手脚的，也应该是她。"安德烈不无愧疚，"好在高大霞同志没出意外，遗憾的是，我们的机要员达里尼，被暗杀了，罪魁祸首，一定也是这个女人。"安德烈看着四下，问道："怎么没有见到傅家庄同志？"

此时的傅家庄，还被禁闭在调度室里。他百无聊赖地查看着桌上的炮弹生产单和调度记录，突然被两份单子上的数据吸引住了。他抓过纸笔，对照着数据飞速计算起来，随着计算结果的逐渐明朗，傅家庄眼里现出了惊恐之色。他发现，用问题引信生产出的哑弹，绝不止那几箱试验弹。他奔到门口，拍打着房门，让小丁赶快放自己出去，他有急事要找李云光。

"傅处长，李副政委天不亮就带着高科长走了，像是有什么急事。"被喊醒的小丁还有些昏昏沉沉。

"那你想办法找到他，越快越好！"傅家庄喊着。

"李副政委临走前，还让看好你，说他处理完事情就回来，你再等等吧。"小丁打着哈欠，"傅处长，我去食堂吃个饭，回来给你捎点儿啊。"小丁说着，转身慢悠悠走去。

傅家庄急了，拍打着房门："你别走呀，小丁，别走，再不放我出去，第一批哑弹就要运上战场啦。这么大的事故，谁都担不起责任！"

门外传来小丁的笑声："傅处长，我知道你想骗我，你还是等李副政委回来吧。"

"别走呀，小丁，别走啊！"傅家庄恼怒地用拳头砸着房门，听着脚步越走越远,他大吼起来,"你混蛋,等我出去就开除你!"

"现在放你出来,我马上就得被开除。"走廊深处,传来小丁懒散的应答。

傅家庄狠狠捶打着厚重的房门,却已经无济于事。他看着手里的调度表,上面清晰地注明,运载那批炮弹的轮船将在七时整从大连港启航。傅家庄看看手表,还有四十分钟开船,这时候,那批炮弹应该已经上了轮船。

"来人哪,来人!"傅家庄奋力地捶打着房门,喊声在空荡荡的走廊里回响。

就在傅家庄彻底绝望的时候,走廊里响起一阵脚步声,傅家庄竖起耳朵听了听,眼睛倏地一亮,来的人是高大霞,他激动地大声喊叫起来,高大霞快步过来:"别喊啦,一晚上见不着我就急成这样,你也不怕别人笑话。"

傅家庄急促地打断了高大霞的自作多情,简明扼要地讲明了事态的严重性,让她赶紧设法把自己弄出去,阻止那批问题炮弹驶离港口。

高大霞说刚才还在门口碰见小丁了,她去找他要钥匙,傅家庄说了刚才被小丁拒绝的事。高大霞让他别管了,小丁肯定会给她钥匙。

高大霞确实拿到了小丁的钥匙,不过,她是把小丁哄骗到厨房,说是给他加了小灶,趁小丁被美食迷惑的当口,高大霞用一把大炒勺砸晕了小丁,拿走了钥匙。

放出傅家庄,两人上了吉普车,风驰电掣地冲出了建新公司的大院。冲出来的一路,可谓阻力重重,最后撞坏了工厂的大门,才算彻底突出了重围。

吉普车在街道上风行虎掠,还剩十分钟船就开了。

"大霞,你把我放出来,可是犯了大错误!"傅家庄迎着疾风大喊。

"我愿意!"高大霞的发丝在风中翻飞,"你的心可真够大的,关个禁闭都能算起账来。"

"这一笔账算下来,算出我一身冷汗。"

"其实也没那么可怕,那批哑弹即便运走了也没多大事,大不了给烟台打个电话拍个电报,告诉他们等几天,造好了新的再送过去。"

"你说得简单,造炮弹需要时间,运输需要时间,前方战场的战事瞬息万变,能等得起吗?"

"也是,那么大的轮船空跑个来回,少说也得两三天,再说,得浪费多少油啊,咱们的物资现在还这么匮乏。"

"这些些账,是能算出来的,还有算不出来的。别说炮弹晚几天送到战场,就是晚一个钟头,晚一分钟,都不知道会牺牲我们多少同志,更可能影响到整个战局的走向!"

吉普车追风逐电驶来,大连港码头大门口,拉起了长长的警戒线,全副武装的公安战士持枪荷弹,严阵以待。码头上传来悠长的船笛声,高大霞脸上一白:"完了完了,到点了,船开啦!"

门口的战士们看着一辆吉普车冲了过来,紧张地齐刷刷举起枪来,吉普车带着刺耳的刹车声戛然停下,高大霞被晃得差点儿撞向前窗玻璃。

"我是公安总局的傅家庄,不能开船!"傅家庄大声喊道。

高大霞大喊:"船上的弹药是哑弹,不能运走!"

战士们面面相觑,傅家庄看向塔楼,只见旗手正朝着轮船挥旗,风中的汽笛声越发急促。

"完了,船要开啦!"高大霞急得直跳脚。

傅家庄突然抓起车里的手枪,朝着塔楼上的旗手扣动了扳机。

塔楼上,旗手挥动的旗子骤然断开,旗子翻滚着坠落下来。

众公安战士举枪,傅家庄一把抱住高大霞,两人面对着的是一排黑洞洞的枪口……

第五十六章

海浪呼啸着滚滚而来,在礁石上拍起巨浪。千疮百孔的中国大地上,也在上演着翻天覆地的惊涛骇浪。

收音机里,在播发毛泽东主席和朱德总司令联名发布的《向全国进军的命令》,在国民党反动派拒绝签订国内和平协定以后,人民解放军将向尚未解放的广大地区,进行空前规模的大进军。这则《命令》,敲响了国民党反动派灭亡的丧钟,吹响了解放全中国的号角。

会议室里,李云光激动地向大家介绍着最新战况:"经过辽沈、淮海、平津三大战役,我们歼灭并争取起义、投诚、接受和平改编国民党正规军144个师,非正规军29个师,可以说,国民党赖以维持反动统治的主要军事力量已经基本上被消灭。三大战役的胜利,切切实实地奠定了人民解放战争在全国胜利的基础!"李云光激动地环视着众人,"尤其是淮海战役,成为歼敌数量最多,政治影响最大、战争样式最复杂的战役。在这里,我要向同志们转达华东野战军代司令兼代政委粟裕同志的一句话。"李云光掏出笔记本,"他是这么说的,淮海战役的胜利,要感谢山东老乡的小推车和大连的大炮弹!"

朱工程师兴奋地站起来:"不光粟裕同志表扬了我们的大炮弹,我刚去河北省平山县西柏坡参加了第二次全国兵工会议,其间,朱德总司令和开会的代表共进午餐,正好跟我们一个桌!"

"哎妈呀,老朱,你都跟朱老总一个桌吃饭了?"高大霞来了精神,"快说说,都吃啥了?"

"大霞!"傅家庄提醒了一句,意思是说她这时候问这个不合时宜。

高大霞却不觉得:"我就问问嘛,行吧,朱工,你回头告诉我吃的什么,我好做给大伙儿吃!"

傅家庄示意高大霞赶紧坐下,对朱工程师说:"老朱,别听高大霞满嘴跑火车,快说说,朱老总都吃啥了……"他的话一出口,众人大笑起来,傅家庄连忙改口,"不是,朱老总都说啥了?"

在又一阵的笑声里,朱工程师环顾众人说道:"朱老总特别表扬了建新公司,说咱们做的炮弹在几个战场都用上了,前方反映很好!会议期间,少奇同志单独接见了我。他说,大连建新公司支援人民解放战争,工作做得很好,中央很满意!"

"首长们的这些话,是对我们工作的最大褒奖!"傅家庄激动地说道。

"同志们,各位首长对建新公司的高度肯定和鼓励,是大连这座城市的荣光,一定要记入史册!"

李云光的话,引来一阵热烈的掌声,他压了压手势,接着说道:"鉴于革命形势日新月异,建新公司的工作也已经步入了正轨,经过组织研究,决定即日起,傅家庄同志、高守平同志撤回大连公安总局。"

众人有些不舍,朱工程师开玩笑说,好在高大霞还在,大家还能吃上她美味的海麻线包子。

在众人的哄笑中,李云光注意到高大霞的情绪有些失落,他站起身说道:"本来,我还想会后单独跟大霞同志说一件事。不过,看到大家这么挽留她,我就在这里宣布一下吧。"

高大霞紧张起来，傅家庄和高守平也盯住李云光，不知道他要宣布的是什么事情。

李云光朗声说道："鉴于我们长期对高大霞同志的考察，以及她在建新公司工作期间的优秀表现，经过研究，组织决定，正式将高大霞同志调到公安总局，另行安排重要工作！"

高大霞的泪水涌了出来，为了这一天，她已经等得太久太久。

《向全国进军的命令》，麻苏苏和方若愚都从收音机里听到了。两人站在海边，望着天边灰色的云层，心里沉重得像是压着一块铁。

"这才几个月，国军的百万精锐就这么丧失殆尽。现在，共产党已经饮马长江，我们的首都南京恐怕保不住了。"方若愚的眼里泛出绝望的神色。

"越是这个时候，我们越是要坚定革命意志呀。"麻苏苏的话一出口，自己也觉得不硬气。

方若愚苦笑："军队完了，党也就完了，党国就更完了。你我眼看就要成为丧家犬了，还说什么坚定意志。"

"方若愚同志，不要忘了，大半个中国还在我们手里！"麻苏苏厉声道。

"麻苏苏同志，你也不要忘了，兵败如山倒，现在我们已成摧枯拉朽之势！"

麻苏苏不语，半天，叹了一口气："我承认，军事上，我们是失利了，但是仅靠军事上的胜利，共产党也赢不了天下。"

"难道我们党国还有什么回天之术吗？"

"有，当然有。"麻苏苏眼里射出一道冷光，"'大姨'最新指示，我们要在大连和共产党这群土包子打一场经济战！"

"经济战?"方若愚愣住了。

麻苏苏说:"打仗,我们打不过共产党,可想得天下,光靠打仗是不可能的。共党都是从山沟里冒出来的土匪,只会动刀动枪,连算盘珠子有几个都不知道,哪还有打经济战的脑袋。"

方若愚笑笑:"我也不会算账,这经济战要是打的话,我这个外行得靠边站了。"

"小方呀,你不能靠边,大姐还需要你敲鼓提提气哪。现在这种局面,我们最怕的就是泄气。"麻苏苏挽住方若愚的胳膊,"有你在,大姐就有底气、有勇气。"

方若愚茫然地看向大海,雾气茫茫,他看不清远方。

麻苏苏说的经济战,说来就来了,公安总局情报科的专家,破译了南京国民政府的一份电报,他们印刷了大量的苏军通用券,准备投放大连市场。毫无疑问,这批苏军通用券一旦投放市场,势必造成大连物价飞涨,经济混乱。

李云光得到这个消息,情绪低落:"在军事上,在政治上,我们党是行家里手,这已经通过胜利得到了验证。可在经济上,我们是半路出家,甚至可以说是一窍不通。"

"不通可以学,学则通。"傅家庄说,"我们共产党人也不是天生会打仗,现在不照样把国民党兵打得屁滚尿流?李副政委,我们共产党是最擅长学习的,有多少年大字不识的红小鬼在战争中学习战争,现在都能指挥千军马万了。"

李云光赞同道:"你说得好,我们就要在战争中学习战争,在学习中强大自己。我坚信,我们不光能打赢军事战政治战,也能打赢经济战!"

对打经济战,高大霞却一脸不在乎,她有她的理由:"国民党的飞机大炮,我们都不怕,还怕他几张纸钱?"

傅家庄提醒道:"大霞,不要小看了这几张纸钱,这些纸钱一旦全部投入市场,必将引起金融混乱。"

"混乱有什么可怕的? 我们现在就是要打碎一个旧世界,建设一个新世界。"高守平激动而热切,"别说乱了,就是碎了都不怕!"

傅家庄摇头:"守平,你的这种观点是错误的。你知道国民党为什么会一夜之间兵败如山倒,一败涂地吗?"

"这还用说,民心所向呗。"高大霞抢着说。

"你说的没错,是民心所向。"傅家庄点头,"那你知道国民党的民心是怎么丢的?"

"我知道,贪污腐败、横征暴敛。"高守平掰着手指数起来。

"还有呢?"傅家庄问。

"还有什么?"高守平问。

"还有就是因为物价飞涨导致的民不聊生。抗战以后,国统区通货膨胀,物价飞涨,一天能翻好几倍,钱不值钱,工人领薪水都得用麻袋装。我给你打个比喻,四六年的时候,南京城内的稻米价格是抗战胜利前的 500 倍,到了后来,一麻袋的纸钱连一碗米都买不到。"

"真的?"高守平难以置信。

"当时,国统区的老百姓有句顺口溜,'想中央,盼中央,中央来了更遭殃!'这说明什么? 说明国民党人心尽失。"傅家庄说,"国民党也是黔驴技穷了,只要我们让他们这一拳砸在了棉花上,他们就再也兴不起风,作不起浪了。"他建议高守平去搜集一下这方面的资料,写个内参,让更多的人了解一下通货膨胀的危害。

高大霞仰慕地看着傅家庄,这个优秀的男人,真的要属于自己了吗? 她有点不敢相信。

晚上，袁飞燕专门回来了一趟。文工团明天要去沈阳演出，她说来家跟父亲告个别，方若愚知道，女儿回来肯定不光是为告别。

方若愚猜的不错，袁飞燕收听了《向全国进军的命令》后，越发担心父亲再不自首就来不及了。方若愚不想听下去，说他的脑子很乱，再说他也不存在自首不自首的问题，这些年被高大霞盯得紧，他一件坏事都没干成过。

"爸，虽说你没干坏事，但是这改变不了你是国民党特务的事实！"袁飞燕一脸焦急，"你只要把事情说清楚，共产党是会给你一个宽大处理的，爸，你不能再错过机会了，时间拖得越久，你只会越被动！"

方若愚不想寒了女儿的好意，敷衍说等她从沈阳回来，自己一定给女儿一个交待。

公安总局情报科又截获了一份国民党的电报，三天之后，苏军通用券将会运到大连。

"既然电报我们都能破译，拍电报发电报的特务就抓不着吗？"高大霞想不通这个事。

傅家庄解释，这是因为敌特的电台总换地方，不好确定在哪里。

"方若愚进进出出，不像有电台的人。"高大霞琢磨着。

傅家庄笑了，揶揄道："楼上楼下住着，是不是觉着他顺眼了？"

高大霞沮丧地苦笑："是啊，越看他越不像特务了。我在哈尔滨的时候，可能确实看错人了。"

"是与不是，时间会给出答案。当务之急是找到通用券。"傅家庄说。

"要想搞坏大连街，来的苏军通用券不应该少了，"高大霞想起什么，"是走水路还是陆路？"

傅家庄说:"从北边来。"

高大霞说:"那就是陆路了。陆路的话,十有八九得从城子疃走,那是北边进大连的唯一路线。"

高大霞说的城子疃,二十多年以后被称为城子坦,这是一座有着五百多年历史的古镇,老大连人常说:"先有城子疃,后有青泥洼",足以证明此地的源远流长。早在明代,这里便是卫成边关的堡垒,因为便利的水陆交通而逐渐繁荣起来。最鼎盛时期,曾有数百白帆在碧流河上来往,热闹得犹如移动在水上的集市。

古镇有一座大桥横跨大河,清晨的阳光洒在桥头石柱上,上面镌着几个大字:城子疃大桥。古镇有城复村,住着多是高姓人家,其中就有高大霞家的远亲,所以高大霞对这里特别熟悉,站在大桥上,高大霞向傅家庄介绍:"那是黄海。涨潮的时候,桥下流的是海水,退潮的时候,流的是河水。"又一指古镇,"镇子里有条鱼市街,既卖海鱼,又卖河鱼,一会儿,我去给你和同志们买点儿吃的垫垫肚子。"

"真是块宝地。"傅家庄赞叹,"你说的必经之路,就是这里?"

"南去大连,北往沈阳,必经这里。用老话说,这里是咽喉之地。"

此时,几辆卡车正朝着有"咽喉"之称的古镇城子疃驶来。车上的袁飞燕指挥大伙迎风唱着《解放区的天》,卡车载着一路欢声笑语而来,行至城子疃大桥时,队首的卡车放慢了车速,桥头的哨卡上,傅家庄带着战士在检查着过往的车马货箱。

"傅处长!"远处传来喊声,傅家庄循声望去,是文工团的邢团长。

"老邢?"傅家庄愣了愣,他没想到能在这里遇见熟人,听说他们从沈阳回来,跷起大拇指说,"你可没白叫老邢,都演到沈阳啦!"

邢团长自豪地说:"咱们的《白毛女》在沈阳特别受欢迎,场场都爆满。"

"傅处长好。"袁飞燕跑来。

"咱们的白毛女来了。"傅家庄开着玩笑。

"飞燕这回可尝到了当大明星的滋味,在沈阳城都不敢出门了。好几家戏社,都要挖她去哪。"邢团长得意起来。自家的演员出彩,他这个团长脸上也有光。

傅家庄笑道:"拿枪上马,硝烟弥漫,下马唱歌,太平盛世。现在都抢文艺人才,说明太平日子要到了。"

"还是傅处长总结得好,有水平,有高度!"邢团长夸赞道。

众人在说笑,袁飞燕却有心思:"傅处长,我能单独跟你说几句话吗?"

"当然能。"傅家庄说。

高守平过来,小声问文工团的车是否要检查,还没等傅家庄表态,邢团长就说车上除了人,就是道具,没啥好查的。

傅家庄笑笑:"老邢,你们也别搞特殊,例行公事吧。"

邢团长脸上掠过一丝不快:"傅处长,你还信不过我们哪!"

袁飞燕没等邢团长把话说完,拽着傅家庄走到一旁。听说袁飞燕要说方若愚的事,傅家庄笑着说道:"他现在可是大连街上的红人,救火大英雄,有这样一位父亲,你应该自豪。"

"可他原来……"袁飞燕张了张嘴,说不下去了,父亲慈爱的目光在她脑海里闪现。

"你是说他原来当旧警察的事吧?"傅家庄接过袁飞燕说了一半的话,"放心吧,飞燕,那都是老皇历了,他只要不是汉奸,不是国民党特务,当时也没做过伤害老百姓和共产党的事,我们都会既往不咎。对了,听说你准备向组织靠拢,要求入党了?"

袁飞燕点点头。

"好啊。"傅家庄夸奖道,"这是每一个进步青年的正确选择。我们的革命大家庭,也需要像你们这样有知识,有文化,有才能的青年加入进来,充实党的新鲜血液!"

袁飞燕垂下眼帘,将满腹的心事默默咽回肚子里。

高守平带着人对文工团的车辆进行检查,让打开假山后摞着的几个装道具的木箱子,邢团长不满地嘟囔:"刚才傅处长还说太平日子就在跟前,这转眼就草木皆兵了。"

高守平一一检查过木箱,没发现异常,允许他们过去,汽车刚启动起来,邢团长看到高大霞提着一些吃食过来了,大声喊着,众人亲切地跟高大霞说着话,高大霞把手里的吃食分发给大家。邢团长听说高大霞调到公安总局了,更是替她高兴,邢团长小声问在这里设卡干什么,高大霞脸一板:"老邢,你这是让我泄密!"

邢团长连忙陪着笑:"好好好,不问,不问,你这派头呀,跟在文工团当官的时候一样!"

文工团的车队到达大连,已是傍晚时分。邢团长催促着众人赶紧把东西卸了。

大春有气无力地嚷嚷饿了一整天,吃完饭再回来干也不迟,众人附和,邢团长答应了,一大帮人呼啦啦走了。邢团长看看车上的东西,让金青雇几个人,把东西抬进剧场。

傅家庄带着人在城子疃大桥检查到天黑,还是一无所获,高大霞说她有一种不好的预感,觉得那批苏军通用券怕是已经进了大连。

安德烈一听说苏军通用券有可能已经到了大连,立即紧张起来:"我的天呀,傅家庄同志,你应该知道,这批伪造的苏军通用券的杀伤力不比任何枪炮的威力小,它们一旦入市,整个大连必定物价飞涨,那就太可怕了。到时候,大连就会成为美英等国嘲笑侮辱苏联的标靶,傅家庄同志,我们绝不允许这种情况发生!"

傅家庄看看一旁的高大霞,说道:"我们俩连夜过来,就是想和你们商量个解决之道。"

安德烈一脸焦急地说:"如果这批苏军通用券已经到了大连,就会很快上市,我们能商量出什么办法?"

"此前在大连使用的苏军通用券,应该有编号,能拿到编号范围吗?"傅家庄问。

安德烈表示这个不难,他打了个电话,很快拿到几组数字,是在大连流通的苏军通用券编号范围,傅家庄松了口气,认为有了这个,就有办法让国民党费尽心机运来的假苏军通用券成为废纸。但高大霞却有顾虑,一旦伪造的苏军通用券也在编号范围里面,还是真假难分。

刚才还为找到办法而高兴的安德烈又发愁了,不过,高大霞随后又给出了一个解决之道,她建议把老百姓手里的苏军通用券都盖上印章。

安德烈摇头:"这可不是简单的事,大连这么多老百姓,盖不过来。"

"发动群众可是我们党的拿手好戏,你就把心放到肚子里吧。"高大霞信心满怀,"再说,只是新钱盖印,旧的不用盖。"

"新钱市面上不会太多吧?"傅家庄问。

"我们已经两年多没有发行新的苏军通用券了,应该很难见到。"安德烈说。

"这就更好了。"高大霞高兴地说,"即使谁家存了新的,也没有多少。盖印的继续当钱用,没有印的,就成了废纸。"

"就不怕特务浑水摸鱼也跟着盖?"安德烈仍是不放心。

高大霞说:"他们要是敢出来盖,狐狸尾巴就得露出来。你们想想,老百姓家里才几个钱? 还得是嘎巴新的,特务运来的又是多少?"

"大连的有钱人也不少。"安德烈皱眉。

"是不少，可谁能傻到把那么多钱放在家里招贼？就是不怕贼，也怕老鼠啃呀。"高大霞说。

"大霞说的有道理。"傅家庄说，"有钱的，要么把钱换金条了，要么都存进银行了。"

"就是不换金条不存银行，自己正道上来的钱，也敢光明正大盖印。"高大霞思路越发清晰，傅家庄朝其投去赞许的目光。

三个人连夜商量出了具体的盖印办法。安德烈送走两人时，发出了一个邀请，他明天晚上要在苏军大连警备司令部礼堂举办一场舞会，向玛丝洛娃小姐求婚，希望傅家庄和高大霞能来见证他人生最幸福的那个时刻。

"小玛同志得高兴坏了，我们一定来！"高大霞替傅家庄接受了邀请。

安德烈神秘地说："玛丝洛娃小姐还不知道求婚的事情，我希望二位能替我保密。"

傅家庄和高大霞从苏军大连警备司令部出来，安德烈要送他们回去，被傅家庄拒绝了。这么好的夜色，他要和高大霞一起走一走，像一对真正的情侣那样。两人认识了这么久，并肩漫步在安静的街道上，还是第一次。

"人家小玛比我小那么多，都要结婚了，真幸福呀。"高大霞的话里不无羡慕。

"没想到安德烈竟然如此浪漫有情调。"傅家庄小心翼翼地偷看了一眼高大霞。

"你好歹也在苏联留过学，就没跟着人家学学？"高大霞揽住傅家庄的胳膊，傅家庄的心狂跳起来。

"学什么？"傅家庄心不在焉地问。

"苏联老大哥的情调和浪漫呗。"

"以前……我也懂,现在不会了。"

"怎么不会了?"高大霞疑惑。

"因为认识了你。"傅家庄止步,含情脉脉地看着高大霞,"浪漫都是在天上飘着的,可你不一样,你接地气儿。"

"你就是转着弯儿说我土呗?你看我穿这一身制服,也不比小玛差。"高大霞原地转了个圈,展示着自己的身姿。

"苞米面肚子,料子裤子,说的就是你们大连人,舍得穿,未必舍得吃。"傅家庄低笑。

"那你还说我土?"高大霞捶打着傅家庄。

傅家庄一把揽住高大霞:"我是说你实在,踏实,会过日子。"

"去你的!"高大霞推了傅家庄一把,咯吱轻笑起来。微风摇曳着树影,夜色下传来阵阵轻快的嬉戏打闹。

高大霞的预感挺准,十多个装着苏军通用券的麻布袋此时就摆在良运洋行的地上,这些东西藏在文工团的假山里,瞒过了哨卡的检查,进到了大连,护送这批苏军通用券的人,居然是金青。

"早就听说过'三姨'的威名,今天终于见到了真面目,不容易呀。"麻苏苏亲热地拉着金青的手。

"不到万不得已,我也不会露面。我的上家是吴姐,她死得突然,我一时断了线,好在以前听她说漏了嘴,才知道良运洋行是我们的联络点。所以就直接把苏军通用券送过来了,这批货我不敢留在文工团的假山里,谁要是一搬动假山,自然就会发现重量不对,那就暴露了。"

"是啊,转移出来好,到了我这里,就安全了。"

"你也得赶紧把这些东西分发出去。"金青提醒道,"留在店里,还是不安全。"

"'三姨'放心,明天它们就会流通到市面上,到时候大连的金融市场也就乱套了。"

"那我回去了。"金青朝店外走去。

麻苏苏起身相送:"上次看到杨欢在舞台上被枪毙了,我就知道文工团里还有我们的人。"

"我那也是逼不得已。"金青叹了口气,"共产党发现刘曼丽死在杨欢宿舍,杨欢自然是死路一条。我结果了他的性命,一是给他一个了断,更重要的,是保护了更多的同志,这样看来,他也是死得其所。"

"是啊,要不是你当机立断,后果真是不堪设想呀。"麻苏苏心有余悸。

"幸亏有一把真枪,我不过是给枪里放了颗子弹。"金青轻描淡写地说。

翌日,报纸上的一条消息给了麻苏苏当头一棒:《首次使用的新的苏军通用券,一律加盖苏军大连警备司令部专用印章》。

金青是从邢团长那里得知的这个消息。邢团长一上班宣布了两件事,一是应安德烈邀请,文工团全体成员当晚去参加苏军大连警备司令部的周末舞会。二是谁有新的苏军通用券都交到金青手里,由她统一去盖章。

金青把这个消息告诉给了麻苏苏,让她晚上配合自己去苏军司令部演一出戏。这个主意固然不错,可麻苏苏怎么进去成了难题,金青给她出了个主意,可以搭衰飞燕的桥过河。

麻苏苏把金青的这个招数一说,方若愚就恼了:"我不允许你们打飞燕的主意!"

"小方,这时候不是讲儿女私情的时候,你要为党国大计考虑!"麻苏苏毫不让步。

"不行,我们的事情,跟飞燕无关!"方若愚回绝得斩钉截铁。

麻苏苏冰冷如霜:"话说到这个份儿上,那我直说了,这个桥,我搭定了!"

方若愚也不含糊:"谁要敢动飞燕一根头发,我就跟他鱼死网破!"

"那我也撂下一句话,今天晚上袁飞燕要是不肯配合,她就别想再见到你了!"

"无耻!"方若愚像被毒蛇咬了一口,咆哮着扑了上来,他狠狠卡住麻苏苏的脖子,"你不让我好过,我就杀了你!"

麻苏苏奋力挣扎着,脸色憋得紫青。千钧一发之际,一个瓷瓶狠狠砸在方若愚的后脑勺上,他身子一歪,朝前扑了两步,重重砸在地上。

"姐,你没事吧?"甄精细慌乱地搀扶起麻苏苏。

"果然是魏延,脑瓜子后面真长了反骨!"麻苏苏一边咳嗽,一边抚揉着被掐红的脖子,还不忘朝方若愚踢去一脚。

"怎么办?"

"扔到柜子里去!"麻苏苏瞪着地上的人,语气阴冷,"'老姨夫',你护女心切的本事我见识了,我倒要看看,你家的袁飞燕是不是也能护父心切!"

傍晚时分,麻苏苏换上了一身华丽的晚礼服,正对着镜子左右欣赏,镜子里竟出现了大令的身影。相比上次分别,小腹微微隆起的大令沧桑了许多,神情越发让人捉摸不透了。

麻苏苏亲热地扶着大令坐下,柔声说道:"你走这几个月,我一直担着心,'二姨'不讲究呀,怕你和刘有为远走高飞,听说居然还起了杀念。"

大令冷笑一声:"起杀念的好像不光是'二姨'一个人。"

麻苏苏听出大令的弦外之音，花言巧语道："我想你是误会了，当时我派精细去，就是知道精细能帮你防着点儿'二姨'，让他在关键时候护着你。"

大令不想深究过去的事，她说虎头知道来了一批苏军通用券，已经跟"大姨"说了，让她过来取一些，没有钱，虎头也调动不了他的部下。

看来，虎头还全然不知道苏联人和共产党针对这批苏军通用券做出的举动，麻苏苏让大令等在良运洋行，她得去苏军大连警备司令部里走一趟，拿不到印章，放在良运洋行里的苏军通用券就是一堆废纸。

"正好你和精细好好说说体己话，他呀，心里只有你！"临出门时，麻苏苏贴心地对大令说。

从一见到挺着肚子的大令起，甄精细的眼泪就没断过。大令忍着泪水，强作欢颜，说闻到蒸包子的味儿了，她饿了。甄精细这才想起，麻苏苏蒸的一锅排骨包子应该好了。他赶紧去厨房关了瓦斯，捡出一盘刚出锅的包子，放到大令跟前，让她快趁热吃。

大令抽泣起来，甄精细从大令一双婆娑的泪眼里，读出了千言万语，他躲闪着大令的眼神："我……我去给你拿头大蒜。"甄精细转身要走，被大令一把拉住。

甄精细看了一眼大令的肚子："快吃吧，别饿着孩子。"

"精细，对不起。"大令哽咽着，泣不成声。

"是我，没有福气。"甄精细红了眼圈，起身要走，他害怕再多停留一刻，泪水会克制不住地流出来。

大令忽然从后面紧紧抱住了甄精细。甄精细一动不动，默默感受着身后传来的体温，还有滴落在脖颈后面温热的泪水。大令"呜呜"哭着，苍白的脸颊紧紧贴在甄精细的脖子上："精细，如果有下辈子，我一定嫁给你。"

甄精细泪如雨下,回身热烈而有力地拥住了大令:"有你这句话,我就……就知足了。"

两个可怜的人,相拥在一起泪流满面,空气里只剩下了抽泣声。

外面响起一阵紧似一阵的敲门声,大令放开甄精细,让他去看看是谁,自己躲进了里屋。

来的居然是高大霞和傅家庄,两个人都是一身盛装,一个旗袍飘飘,一个西装革履,好一副郎才女貌的模样。本来两个人打算直接去赴安德烈的舞会,临行前,傅家庄打量着高大霞的装束,目光落在她天鹅般的脖颈上,觉得还需要一条漂亮的项链来映衬她的美丽。于是两人便匆匆赶过来了。这里果然没有令他们失望,傅家庄为高大霞挑选了一条珠坠项链,一戴到高大霞的脖子上,立即衬托出主人的典雅和娇柔。甄精细一个劲儿地点着头说好看,他知道麻苏苏也戴了这款项链走了。

想到麻苏苏,甄精细随手把盘子里的包子捡进纸袋,麻烦高大霞要是在舞会上见到麻苏苏,让她垫垫肚子。

"麻掌柜也去舞会了?"傅家庄问。

"不知道啊。"甄精细摇头。

"那你叫上我捎什么包子。"高大霞疑惑。

"她戴着跟你一样的项链走了,能不去一个地方吗?"甄精细说。

第五十七章

天空阴云密布,远处有隐隐的雷声传来,今晚怕是会有一场大雨来临了,在一个雨夜干点儿鸡鸣狗盗之事,应该会顺当一些吧。可是,无情的现实很快粉碎了麻苏苏的臆想,没有邀请函,苏联人的舞会不好进,持枪的苏联士兵在门口认真检查每一个来宾,麻苏苏躲在暗处只有干着急,她担心是不是来晚了,文工团的人早就进去了。正在她想着还有什么别的办法补救时,安德烈派去接文工团的车来了,在邢团长的吆喝下,一帮子俊男靓女排着队往里走。金青故意落在最后,四下里找着麻苏苏。麻苏苏赶紧现身过来,排在金青身后,哪知道到了跟前,被在门口点数的邢团长给揪出来了:"这不是我们团的。"

金青忙解释:"团长,这是我们一个观众,开商行的,我老在她那里买道具,老支持我们了。"

没等邢团长说话,苏联士兵先摇起头来,请麻苏苏离开。麻苏苏急了,说自己不光认识金青,还是袁飞燕的大姨妈,袁飞燕可是安德烈的好朋友。邢团长一时也没了办法,还是金青主意多,她大声喊回已经进去了的袁飞燕,让她帮着说个话。

袁飞燕回来,麻苏苏急忙先开了口:"飞燕,你快给大姨妈证明一下,我和你爸,可是亲戚加同、志的关系。"她故意把"同志"两个字加重了语气。

袁飞燕犹豫起来,麻苏苏又说:"飞燕,我来的时候,你爸还在我家里喝酒,是她告诉我你来这里的,让我来找你,再见见这里的大官安德烈。"

邢团长有些疑惑:"飞燕,她真是你大姨妈?"

袁飞燕沉默了一会儿,点了一下头。

麻苏苏提着的一颗心总算放下了,对苏联士兵说:"你看,我可是咱们大明星的大姨妈。"

苏联士兵犹豫了一下,还是放行了。

邢团长盯着麻苏苏，还是没有释怀："我从没听飞燕说过，她有你这么一位漂亮的大姨妈。"

麻苏苏难为情地说："飞燕低调，不喜欢我这个生意人。"

邢团长说："麻掌柜充其量是商人，不是生意人。"

麻苏苏不解："这有什么不一样吗？"

邢团长说："生意人唯利是图，商人有所为有所不为。看麻掌柜的面相，就不是唯利是图之人。"

麻苏苏笑了："邢团长这句话还真是对，我做买卖，还真不是为了钱。"

进了舞厅，麻苏苏笑吟吟地向袁飞燕道谢，袁飞燕又生气又着急："你把我爸怎么样了？"

麻苏苏收起了一脸的笑意，冷声道："他怎么样，取决于你今天晚上的表现。"

"你无耻！"袁飞燕低声骂道。

"你不用诅咒我。"麻苏苏朝过往客人礼貌地点头微笑，"你一定要替你爸想想，要是因为你，你爸丢了性命，你这一辈子都活得不会安宁。"

"你们就不怕遭报应吗？"

"不，你错了，我们是在革命。"麻苏苏笑道，"飞燕哪，我希望你能继承你父亲的革命意志，成为一名光荣的革命后来人。"

"我不会跟你们同流合污的！"袁飞燕气愤地走开。

安德烈已经在金碧辉煌的舞厅里恭候着来宾，看到邢团长带着文工团的人来了，安德烈分外高兴，上前和大家打着招呼。看到躲在后面的袁飞燕一脸愁容，安德烈忙走过去，问有什么需要他帮忙的地方，袁飞燕摇头说没有。

"飞燕,这位英俊的军官就是安德烈中校吧?"麻苏苏热情地过来向安德烈打着招呼。

安德烈疑惑地看向袁飞燕:"这位夫人是……"

麻苏苏忙说:"我是飞燕的大姨妈。"她打量着安德烈,夸张地说,"安德烈中校真是太帅气、太绅士啦,怪不得我们家飞燕老是在我面前对你赞不绝口。"

安德烈兴奋地看向袁飞燕:"是吗,袁小姐?还有这种事情,我真是太荣幸啦!"转头对麻苏苏说,"大姨妈,感谢你的到来,更感谢你给我带来如此让人激动的消息,我应该拥抱一下您!"

麻苏苏高兴地张开双臂:"来吧,我就喜欢年轻的身体!"

安德烈上前拥抱,麻苏苏紧紧拥住安德烈,看向袁飞燕。

袁飞燕一脸怒色,转身走开。安德烈放开麻苏苏,转头见袁飞燕已经走开,有些不解,"袁小姐好像不太高兴。"

麻苏苏笑着说:"害羞了,嫌我揭了她的老底,没事,没事。"

安德烈释然,对一旁的玛丝洛娃笑道:"亲爱的,你可不要吃醋啊。"

玛丝洛娃得体地微笑着:"袁小姐这么漂亮的姑娘都喜欢你,是我的荣幸。"

安德烈亲吻了一下玛丝洛娃。

麻苏苏啧啧了两声,对旁边的邢团长说:"外国就是好,亲个嘴跟咱握个手似的。"

安德烈和玛丝洛娃笑起来,安德烈问邢团长有没有看到傅家庄和高大霞,他们两人可是自己今晚重要的客人。麻苏苏一听到傅家庄和高大霞的名字,心里一阵慌乱,这两个对手来了,她今晚的计划怕是要费一些周折了。

眼见着乌云越积越重,吉普车里的高大霞一脸焦急,她希望快点儿到达舞会现场,否则两人的一身盛装如果被淋成了落汤鸡,那就尴尬了。

傅家庄看出高大霞的心事,故意排解她的焦虑,不时夸赞着她好看。

高大霞不屑:"亏你还留过苏,就会说这干巴巴的两个字啊,那我不如答应老万了。"

傅家庄佯装吃醋:"咱们在一起,能不能不说别人。"

高大霞笑了:"那你还不快给我说点儿好听的。"

傅家庄说:"那你闭上眼睛。"

高大霞听话地闭上眼睛。

傅家庄轻轻沉吟起俄罗斯19世纪末著名女诗人玛丽娅·洛赫维茨卡娅的一首诗歌:"我爱你,如同大海爱着初升的朝阳,如同水仙,倾心于水波,梦境之水的光辉与清凉。我爱你,如同星辰爱着金色的月亮,如同诗人,爱着自己的作品,倾注全部理想。我爱你,如同生命短促的螟蛾爱着火焰……"

吉普车颠簸了一下,傅家庄一脚刹车,汽车停下,晃得高大霞一个趔趄,脑袋撞在玻璃上。

吉普车抛锚了,傅家庄下车忙乎了半天,还是不见起色,两人只好把车推到路连,弃车前行了。

天空乌云滚滚,雷声阵阵,路上连个出租车和黄包车都寻觅不到,无奈之下,两人只能徒步前行了。踩着高跟鞋的高大霞走得歪歪扭扭,傅家庄看不下云,蹲下身子执拗地背起了她。小跑了没多远,高大霞听到傅家庄呼哧带喘,实在不忍心再让他背下去,挣扎着下来,索性脱了高跟鞋,拎在手里跑去了。傅家庄跟在后面,看着身着盛装却光着脚丫的高大霞欢快地跑在前面,不时喊着让她慢点儿跑,看着点儿路,别扎了脚。

一首浓烈的俄罗斯风格的《假面舞会》圆舞曲过后,安德烈牵着玛丝洛娃的手走出舞池,邢团长带着金青见缝插针过来,拜托安德烈回头给文工团的苏军通用券加盖印章。热情的玛丝洛娃跟安德烈要出保险柜的钥匙,让金青随她现在就去做完这件事,她怕一会儿喝多了酒不能工作了。金青抱歉地道着谢,跟着玛丝洛娃去了安德烈的办公室。玛丝洛娃从保险柜里取出印章盖好,把苏军通用券还给金青,两个人说着话回来了,玛丝洛娃把保险柜的钥匙交还给了安德烈。安德烈本想把钥匙穿进钥匙串里,麻苏苏抓住时机过来邀请安德烈和自己共舞一曲,安德烈随手把钥匙放进衣兜里,两人在格林卡的《幻想圆舞曲》中步入了舞池。金青则邀请邢团长与之共舞。

光着脚的高大霞一手提着高跟鞋,一手挽着傅家庄跑来,傅家庄手里拎着甄精细送给麻苏苏的包子。也算幸运,跑到了苏军大连警备司令部门口,雨还没下来,不过,高大霞手里的高跟鞋却剩下了一只,另一只不知道什么时候掉了。高大霞一只脚上穿着高跟鞋,另一只脚光着,高高低低地走了几步,又把鞋脱了:"算了,我还是光着脚吧。"

傅家庄笑得直不起腰,他还是头一回看到有人光着脚来参加舞会:"一会儿,找玛丝洛娃给你找双鞋吧。"

两个人朝舞厅跑去,天空一个闪雷打响,大雨下了起来。

舞池里,麻苏苏几次试图从安德烈的口袋里拿出钥匙,都没能得手,伴着邢团长跳舞的金青在一旁干着急。

舞厅外,等到一支舞曲结束,高大霞和傅家庄才步入舞厅。

"尊贵的客人到了,大家欢迎!"安德烈带头鼓起掌来,认识高大霞也有四年多了,他还是第一次见到如此高贵优雅的高大霞。可当安德烈的目光落到高大霞的一双光脚上时,又惊愕得张大了嘴巴,眼前的这个女人,每回见面都会赠送给他一份惊艳,打破他对其已有的认知。安德烈让玛丝洛娃去找一双鞋给高大霞,让这么美丽的女人光着脚跑了一路,实在是暴殄天物。

麻苏苏迎上前来,兴奋地跟高大霞套着近乎,看到高大霞脖子上的项链,更是惊喜地说自己也戴了一条一模一样的,得知是在良运洋行买的,麻苏苏埋怨高大霞不拿她当自家人,还花什么钱。高大霞问她怎么来了,麻苏苏说自己卖的是洋货,当然得多结识些外国的政客和商人,哪儿有这种聚会,都要削尖脑袋凑个热闹,没准儿就能多拉几个主顾。

《维也纳森林》的舞曲响起,麻苏苏又缠着安德烈再共舞一曲,安德烈虽然有些不情愿,还是答应了,金青也拉着邢团长又一次步入了舞池。看着别人跳舞的高大霞心痒起来,等不得玛丝洛娃去拿鞋回来,拉着傅家庄也下了舞池。

流转的音乐声中,偌大的舞池里,赤脚的高大霞踩着美妙的乐曲旋转、跳跃,释放出了全身的拘谨。她像个光着脚的精灵在翩翩起舞,浑身上下透着的张扬和自信,俨然就是这个舞会的皇后,牵住了男男女女舞者们的目光。傅家庄感受到了来自四下的注目礼,轻声夸赞高大霞今晚魅力四射,高大霞笑言:"我这叫光脚不怕穿鞋的。"

麻苏苏不无羡慕地赞叹道:"大霞真是厉害,居然成了今晚舞会的女主角。"

"不,今晚的女主角不是她。"安德烈笑着说。

趁着安德烈的目光还在高大霞身上,麻苏苏示意金青靠近自己,金青牵引着邢团长旋转到了安德烈身旁,故意撞了麻苏苏一下,麻苏苏一个趔趄,安德烈躬身相扶,麻苏苏借着假装拉住安德烈衣襟的机会,一只手已经探进他的衣兜,顺势拿出了钥匙。

"对不起,对不起!"金青过来扶住麻苏苏,两人掌心交握,钥匙已经转移到了金青手里。

邢团长训斥金青:"你行不行啊? 不行就别凑热闹了。"

金青不悦:"算了,我不跳了。"

"邢团长,这多不好,我没事,没事。"麻苏苏安抚着邢团长,见金青已经疾步走开。

邢团长瞪着金青的背影,不满地离开了,麻苏苏急忙又拉着安德烈跳起来。

金青出了舞厅,熟门熟路找到安德烈办公室,拔下发卡,利落地撬开门锁,闪了进去。舞曲结束,众人把欣赏的掌声送给高大霞,安德烈过来道贺,高大霞邀请他做下一支舞曲的舞伴,不想安德烈居然拒绝了,他神秘地说要回一下办公室。

麻苏苏紧张起来,这个时间里,金青应该已经潜入安德烈的办公室了。

雷声滚滚中,金青刚刚打开保险柜拿到印章,走廊外先是传来脚步声,继而停在门口开起锁来。门开了,出现在门口的正是安德烈。就在金青绝望得要杀人时,一个女声喊住了要迈步进来的安德烈。

是玛丝洛娃,她回来给高大霞找到了一双高跟鞋,正准备回到舞厅,看到安德烈,玛丝洛娃很兴奋,问他回来干什么,安德烈把她堵在门口,摸黑朝办公桌走来,在桌子外探过身来,拉开抽屉,从里面摸出戒指盒,又关上抽屉。

躲藏在办公桌下的金青大气不敢出,看着头顶的抽屉拉开又关上,听到安德烈的脚步回到了门口,玛丝洛娃埋怨他神神秘秘,一定是有事瞒着自己,安德烈笑言,神秘产生惊喜,惊喜制造浪漫。两个人拥吻着,安德烈带上了房门。

桌子下的金青长出了一口气。她返回舞厅,把印章给了麻苏苏,说下一曲她得跟安德烈共舞了。

绅士的安德烈当然不会拒绝金青,在《春之声》的音乐中,两人步入舞池。一直暗中观察着麻苏苏的袁飞燕,发现麻苏苏和金青的异常,也拉着大春进了舞池,盯着金青的一举一动,跳了没有多久,她发现金青一直试图把手里的什么东西放进安德烈的衣兜。终于等到金青再一次动作时,转到金青身旁的袁飞燕狠狠撞向金青,心思都放在安德烈衣兜里的金青毫无提防,"哎呀"叫了一声,手里的钥匙脱手飞出。

安德烈看到银光在空中闪过,下意识地伸手接住,居然是自己保险柜的钥匙。安德烈一怔,瞬间明白了什么,比他反应更快的金青回手拔出安德烈的手枪,大声喊着:"让开,都让开!"

音乐还在响着,不明就里的众人惊讶过后四下逃散。麻苏苏抓起绅包,跟着人流朝外挤去。门口突然冲进来的苏军士兵,堵回了众人,高大霞脱下玛丝洛娃给她的高跟鞋,砸向金青的同时,大喊了一声:"看刀!"

金青愣神之际,翻滚的高跟鞋已经飞了过来,金青下意识地向旁边躲闪,却脚下一滑,摔倒在地。苏军卫兵们冲上来,金青眼看着脱身无望,举枪向安德烈射击。慌乱中,她的枪还是打歪了,苏军士兵的枪跟着响起,金青身子一晃,扑倒在地。

狂风骤雨笼罩着青泥洼街,一阵巨大的雷声自天际炸响,方若愚一颤,从昏迷中惊醒。四下里昏暗一片,雨声隐隐传来,他意识到自己是被关在麻苏苏的衣柜里了。因为蜷缩得太久,四肢已经变得麻木,方若愚挣扎了几下,才发觉双手已经被绳索捆住,他活动着下肢,渐渐有了知觉,抬脚端开了柜门,探出身子扑倒在地上。

屋里光线昏暗,窗外大雨如注。方若愚借着昏暗的光亮,看到桌子上的瓷花瓶。大雨打在窗户玻璃上,"啪啪"作响。一个电闪雷炸开,方若愚借机撞向桌子,花瓶应声摔落,碎裂声被雷鸣吞没。方若愚匍匐向前,背后的手哆嗦着捡起一片碎瓷片,费力地割起绑在手腕上的绳子。

电闪雷鸣,昏暗的店铺被一道又一道闪电照亮。方若愚鼻尖冒着汗珠,就在绳索断开大半的时候,甄精细和大令进来了。

灯光亮起,甄精细吃惊地盯着地上的方若愚:"你,你还想跑!"

方若愚慌张地说:"下雨了,大雨,倾盆大雨……"

甄精细看着满地的碎片,再看看断了大半的绳索,一脚踹向方若愚:"我叫你倾盆大雨!"

室外虽然是倾盆大雨,但让室内舞厅人们不安的,还是刚才发生的金青事件。邢团长怎么也想不到,小小的文工团里,居然已经出现了两个特务,一旁的大春鼓动邢团长赶紧拉着队伍走吧,这个是非之地不宜久留,更别在这里莺歌燕舞了。麻苏苏也跟着附和,想鼓动起更多的人赶紧走,她绅包里的印章不早点儿离开苏军大连警备司令部,她的心就一直不安。

"大家不要怕,今天的事,出现得非常好,"安德烈高声安抚着众人,"我们一起铲除一个隐藏在我们布尔什维克体内的毒瘤,大家应该庆祝才对!"安德烈高举起酒杯,"我提议,让我们端起庆功酒,干杯!"

高大霞端起酒杯,冲着一旁的麻苏苏说:"姐,喝呀,又抓着一个特务,是好事。"

麻苏苏为难地说:"我空肚子喝酒胃疼,这一晚上就不舒服。"

麻苏苏的话提醒了高大霞,甄精细让她拿来的包子,还没给麻苏苏哪。高大霞拿过来装着包子的纸袋,让麻苏苏赶紧垫巴一个包子。麻苏苏一脸尴尬,埋怨甄精细没有品位,她还没听说谁在舞厅里吃包子。

"胃疼,还哪儿这么多讲究,我光着脚,还跳了半天舞哪。"高大霞从纸袋里拿出一个包子,塞给麻苏苏。盛情之下,麻苏苏只得接过包子,又从纸袋里拿出一个,塞到高大霞手里:"你也吃,陪我做个伴儿。"

舞厅里响起温柔的《月光小夜曲》,音乐犹如一层轻盈的帷幔,映出了一片浪漫的氛围。

安德烈缓步走上高台,微笑着致辞:"尊敬的女士们,先生们,今天注定是一个浪漫的日子,因为我要向一位我深爱着的漂亮的公主求婚。"安德烈的目光越过众人,温柔地落在玛丝洛娃身上,"这位公主,就是玛丝洛娃小姐!"

在众人惊讶祝福的目光里,玛丝洛娃捂着嘴,难以置信地看着高台上的安德烈。

"在我眼里,你是一朵美丽的茉莉花,沁我心脾,在你心里,我一定是一棵大树,能让你温暖依靠!"安德烈走过来,在玛丝洛娃面前单膝跪地,献上了戒指,"美丽的女神,我想让你成为世界上最幸福的女人,嫁给我吧。"

"嫁给他,嫁给他!"众人齐声喊起来。

高大霞也跟着大声呼喊,旁边的傅家庄指指她手里的包子,让她放起来。高大霞低头想把包子放回纸袋里,她突然怔愣住了,包子的褶子分外眼熟,与刘有为带进建新公司的问题包子一模一样。高大霞记起傅家庄当初的断语,包子是谁包的,谁就是幕后指使者!

高大霞回头张望,见麻苏苏拎着绅包正朝门口奔去,高大霞让傅家庄看她手里的包子褶,大喊着麻苏苏是特务,冲了过去。这喊声叫停了安德烈要给玛丝洛娃戴上戒指的神圣时刻,这喊声更让麻苏苏大惊,拔腿跑出了门外。

醒过神儿的傅家庄跟着追出去,大风吹起走廊上拖到地面的薄纱窗帘,长长的纱帘犹如幽灵般翻飞飘逸,挡住了傅家庄的视线,不见了麻苏苏的人影。

麻苏苏疾步走来,一只手伸在包里,前面一个苏军军官迎面过来,麻苏苏微笑着点头示意。身后突然传来匆促杂乱的脚步声,几个苏军士兵跑来,前面的苏军士兵操着俄语大喊着抓住麻苏苏,苏军军官还没反应过来,已经被麻苏苏手里的短刀刺中腹部,她顺势抽出苏军军官腰间的手枪,利落地打开机关,回头射击,冲到前面的两个苏军士兵倒地。麻苏苏朝走廊尽头跑去,身后响起枪声。前面走廊传来杂乱的呼叫和脚步声,麻苏苏急忙躲进就近的一间办公室。一队苏军士兵从门口跑了过去,麻苏苏看到桌上的电话,奔过去操起电话拨着良运洋行的号码。

良运洋行里甄精细已经重新把方若愚绑了起来,嘴也堵上了,方若愚"呜呜"叫着什么,甄精细给了他一记耳光,让他闭嘴。桌上的电话响起来,大令让甄精细接电话,甄精细不接,说这时候来的电话都是要货出货,没有正经事,不用搭理。

麻苏苏握着话筒,急得如热锅上的蚂蚁,焦急地自语着:"精细,你干什么哪,快接呀,快接呀!"

甄精细这会儿正很有成就感地教训着方若愚:"叫了这么些年'老姨夫',这回瘪犊子了吧? 这回能把你'老姨夫'的名号让给我了吧?"

电话还在急促地响着,大令猜测说会不会是麻苏苏打来了,一句话提醒了甄精细,他说那得赶紧接电话,雨下这么大,麻苏苏最好在外面避一避,等雨小了再回来也不迟,他也好借着这个机会好好收拾收拾方若愚。

甄精细刚抓起电话,一个"喂"字还没出口,麻苏苏就对着听筒焦急地大喊起来:"精细,马上租个车,立即把苏军通用券运走!"

窗外的雨声太大,甄精细听不到麻苏苏喊的是什么,着急地问道:"姐,你在哪儿呀?"他看向窗外,如注的大雨砸在窗玻璃上"噼啪"作响,像挂了一道滚动的雨帘，"姐，你别着急回来，这雨……雨……"他低头看向地上的方若愚，"你可千万别自己走啊，瓢泼大盆的雨……倾盆大……瓢，瓢泼……反正雨下得老大了，你可千万别出去！"

麻苏苏被甄精细的啰嗦搅得插不进话，恼羞成怒地喝道："精细，你给老娘闭嘴！快把苏军通用券运走，快呀！快！"

甄精细问："姐，你跳舞跳出事儿了？"

麻苏苏声嘶力竭："把苏军通用券运走，快点儿呀，祖宗！"

麻苏苏的嘶吼引进来了玛丝洛娃，她举着枪，对准麻苏苏，大喊着让她放下电话，麻苏苏顾不得理会玛丝洛娃，对着电话命令甄精细带走"老姨夫"，甄精细这回总算听清楚了，大声说方若愚醒过来了，就在他旁边，麻苏苏让方若愚听电话，甄精细忙把话筒塞到方若愚耳边，麻苏苏的嘶吼声传来："'老姨夫'，赶紧带着苏军通用券逃跑！要是出了事，你的心肝宝贝就别想活啦！"

玛丝洛娃回身大喊着来人，命令麻苏苏缴械投降，几个苏军士兵冲了进来，枪口对准了麻苏苏。麻苏苏笑了，放下电话平静地坐在桌子后的椅子上，微笑地看着走过来的玛丝洛娃说："多好看的姑娘呀，可惜，安德烈的求婚戒指没给你戴上。"话音刚落，她扣动了手里的扳机，子弹飞过桌面，击中了玛丝洛娃的胸膛。麻苏苏再举枪射击时，已经没有了子弹，卫兵们冲上来，将她制服。

甄精细拉着大令要跑，被方若愚喊住，让他给自己解开绳子，赶紧叫车把苏军通用券运走。甄精细还有些犹豫，大令督促他赶紧按方若愚说的办。大令明白，苏军通用券出了事，押在虎头手里当人质的刘有为也好不了。

安德烈泪眼婆婆地抱着玛丝洛娃，颤抖地把戒指戴在了她的左手中指上，亲吻着玛丝洛娃苍白的嘴唇。

"今天可真不是个好日子。"麻苏苏幽幽说道,"一把钥匙要了金青的命,一个包子又差点儿要了我的命。最可惜的是你漂亮的准媳妇,说没就没了。安德烈,看来,你打算求婚的时候,根本没看中国的皇历呀。"

安德烈怒上心头,抽出枪来,撕心裂肺地喊着:"我杀了你!"

"别开枪!"傅家庄扑上去推开了安德烈的手臂,子弹射在窗户玻璃上,如注的大雨夹着琉璃碎片坠落下来。

电闪雷鸣,一辆出租车停在良运洋行门前,方若愚、甄精细和司机往车里搬着麻布袋。大令从屋里拖着一个袋子出来,被甄精细抢过去:"都说了不用你,你快上车吧。"

甄精细弯腰扛起麻布袋,露出了腰后的手枪,司机大惊,惶恐地撒腿跑去。

甄精细拔枪,被方若愚厉声喝住,枪声一响,不知道会引来多大的麻烦。

麻布袋刚塞进车里,街口传来汽车的轰鸣声,方若愚看去,一队警察随着汽车跑来,方若愚喊着甄精细和大令快上车,发动起了汽车。甄精细扶着大令从良运洋行出来,大令走得急了,脚下一绊,捧着肚子叫了一声,疼得扶住了甄精细。

方若愚急了,冲两人喊着快上车,推开了身后的车门,甄精细搀扶着大令向汽车冲来,子弹射来,压得两人难以靠近汽车。

甄精细开枪还击,让大令上车,大令却推着甄精细上车:"快把东西拉走!"

"一块儿走!"甄精细拉着大令,朝汽车移动。

子弹飞来,打在甄精细的腿上,他扑倒在地。大令慌了,一手拖着甄精细上车,一手还击,很快,她的子弹也光了。一个警察冲来,举枪朝大令射击,甄精细扑向大令,子弹打在甄精细的后背上。

方若愚急了,一踩油门,出租车冲了出去,他身后的车门还开着,在惯性的作用下,打着无规律的拍子。

出租车前面,冲出七八个持枪的警察,朝出租车射击,方若愚左右打着方向盘,出租车扭曲着向前冲去。前面的警察冲来,方若愚感到绝望。突然,冲在前面的警察中弹倒地,方若愚大惊。

出租车一旁,冲出了持枪的一男一女,两人对着前面的警察射击,有人猝不及防之下中枪倒地,男人转身朝着车里的方若愚大喊:"快走!"

雷鸣电闪间,方若愚看到了两张杀红了眼的面孔,他们居然是火勺店老王和他的女人。

方若愚还没有回过味儿来,老王女人举枪大吼:"走啊!"

后面的警察冲了上来,老王和老王女人用身体掩护着出租车驶去。密集的子弹飞射而来,老王中枪倒地,大雨冲刷着汩汩鲜血。

"老王,我一会儿就去找你!"老王女人绝望地嘶吼着,对着冲上来的警察开枪。

高守平带着警察冲来,朝着老王女人连续开枪,老王女人胸口绽开了几团血花,倒在老王身旁。

高守平眼看着出租车绝尘而去,对赶来的警察大喊:"通知各个派出所,一定要找到这辆出租车,牌号8108!"

受伤的甄精细和受伤的大令拥在一起。大令哽咽地呼唤着甄精细的名字,甄精细睁开眼,看到了大令的围脖,他抚摸着围脖,声音虚弱:"等我让大姐再织一条,给……给你肚子里的孩子,和咱俩的一模一样的,这样,咱仨就是一……一家人了。"甄精细把自己和大令的围脖握在了一起。

大令的眼泪滚落，用力点着头："好，好……"

高守平带着警察冲过来，枪口对准地上的大令和甄精细。

甄精细虚弱地跪着哀求警察："她肚子里有孩子，我的孩子，快救救她，救救她……"甄精细倒在地上，手里还紧紧攥着两人的围脖。

雨后，一线阳光斜斜照进了公安总局审讯室。戴着手铐坐在审讯椅上的麻苏苏淡然地看着坐在对面的傅家庄和高大霞，她知道，她与死亡之间的距离不会太远了。

"'大姨'是谁？"傅家庄问。

"'大姨'？"麻苏苏鬼魅一笑，"她是一个你们永远也看不见、摸不着的幽灵。"

"还不老实！"高大霞断喝道，"别说幽灵，就是鬼魂阎王，我也要把他活活抓来，让他面对人民的审判！"

"就你？"麻苏苏斜眼看着高大霞，一脸不屑。

"不错，就是她。"傅家庄呛道，"麻苏苏，没抓到你之前，你大概也以幽灵自许吧？只可惜，你还是落在了高大霞手里。"

"是啊，我麻苏苏精明一世，却落在这个糊涂蛋手里，这是我的耻辱！"麻苏苏气急败坏地说。

高大霞的语气平和下来："既然你输给了我这个糊涂蛋，就应该愿赌服输。"

"让我低头俯首可以，但是想让我称臣投降，那是万万不可能的。"

"输要有输的样子，麻苏苏，你这是输不起呀！"高大霞鄙视地说道。

麻苏苏受到高大霞的刺激，挺直胸腔口气强硬："我的命，你们随时可以拿去。但是想让我背叛我的理想和主义，那是痴人说梦！"

"你们的党国已经完蛋了，麻苏苏，难道你甘心为它陪葬吗？"傅家庄问道。

麻苏苏仰头叹气："党国完蛋,这个世界上,我就了无牵挂了,现在,我麻苏苏就是行尸走肉,活着已经没有什么意思了。死,对我来说,就是最好的解脱。"

高大霞喝道:"在你不说出'大姨'之前,你解脱不了!"

"高大霞,你还真以胜利者自居了?我告诉你,你不配!我麻苏苏在你们眼皮子底下大摇大摆了四年,你们,尤其是你,不光无动于衷,还一口一个'姐'地叫着,你不觉得可笑吗?"麻苏苏得意地笑起来。

高大霞被噎住了,麻苏苏收住笑声,冷冷说道:"我麻苏苏赢了你们四年,也算对得起党国了。"

"现在,你还是输了。"傅家庄说。

"这次,不过是马失前蹄。"麻苏苏的眼神黯淡下去,"傅家庄先生,你我都是特工,自然知道特工身上藏有太多的秘密,有些秘密,只能随着特工的死亡而消亡。所以,我请你尊重一个特工的'尊严'。"

"你既然谈到尊严,那我就多说两句,麻苏苏,你不要忘了,对一个特工而言,任何一个细小的错误都会致命,而发现你致命错误的,正是高大霞。就凭这一点,你这个失败者也应该给高大霞这个胜利者一份足够的尊重吧?"

麻苏苏默然良久,幽幽叹道:"折腾了一晚上,我蒸的一锅排骨包子也没吃上,对不起,我饿了,不想说话。"

"说吧,想吃什么?"高大霞说。

"上车饺子下车面,我麻苏苏今天栽在你们手里,算是到站了,给我来碗面吧。"

面条来了,高大霞从厨房大师傅手里接过一大碗面条,放在麻苏苏面前。

麻苏苏抽抽鼻子,满意地吃起来。

"刀架脖子上了,还能吃得下,你行啊,麻苏苏。"高大霞说。

"这就是素质,一个优秀特工的素质。"麻苏苏平静地吃下一碗面,异变却骤然发生,她突然把海碗砸在椅子上,抬手将抓在手里的一块碗片朝脖颈处割去,顿时,鲜血喷涌而出,高大霞眼疾手快,一把拉住了她的胳膊,傅家庄也奔扑过来,夺下了麻苏苏手里的碗片。

方若愚将苏军通用券存放在黑石礁老宅里,他顾不上自己的身份是否暴露,告别了翠玲,便急忙驾车去文工团宿舍找袁飞燕,回想起麻苏苏在电话里声嘶力竭的威胁,他一路上都在为女儿担忧。让他安心的是,女儿安然无恙,得知能威胁到袁飞燕生命的金青和麻苏苏一人被击毙一人被逮捕,方若愚有些宽慰。袁飞燕极力劝说父亲自首,方若愚依然举棋不定,袁飞燕不由怒上心头:"麻苏苏随时都会把你招出来,到那时候,你连自首的机会都没有了,更别提得到宽大处理啦!"

"她不会供出我的。"

"你还相信她?"

"她有东西在我手上。"

"那太好了!"袁飞燕眼睛一亮,"你把东西交出去,就是立功!"

方若愚敷衍着说他再想想,可他知道,这个功他要是在共产党那里立下了,"大姨"不会放过女儿的性命。他匆匆离开袁飞燕,把抢来的那辆出租车开到郊外,丢在凌水桥的小树林外。

麻苏苏的伤势没有大碍,在医院里很快抢救过来了,因为医院里的存血不多,还是同血型的高大霞为她输的血。

翌日,阳光倾泻进病房,打在麻苏苏苍白的脸上,她缓缓睁开眼睛,歪头低眉,看到高大霞坐在椅子上打盹儿。响声惊动了高大霞,她睡眼惺忪地看着麻苏苏："你何必闹这么一出,遭罪的是你自己。"

麻苏苏凄然一笑,轻声说："我已经看到阎王爷朝我招手了,可惜我却没有力气抬腿迈过鬼门关的门槛。"

"你都到鬼门关走了一遭,该把生死看开了。"

"生死我早已看开,你想让我抛弃我的理想和主义,永远不可能。"

"看来,我就不该给你输血,就不该救你。"

"你救我,不过是想要我的口供,所以,对你我没有任何感激之情。"

"麻苏苏,你真是不知道好歹。"高大霞生气地说。

麻苏苏冷笑一声："你阻挡了我的死亡,没让我一了百了,我不恨你就不错了。"

高大霞在麻苏苏这边吃了瘪,傅家庄在甄精细那头却取得意外的进展。与麻苏苏不同,甄精细对国民政府并没有那样狂热而固执的忠诚,他从始至终在乎的只是麻苏苏与大令的安危。在目前的形势下,与共产党合作,显然是能保住两人性命最直接的方式。

虽然甄精细没有见到"大姨"的真容,却提供了一个重要情报,敌人交接情报的地址在老虎公园莲花池旁一株老槐树下,交接时间是每天早晨七点。

傅家庄和高守平赶到甄精细说的地方,果然在老槐树的枯洞里掏出一根芦苇秆,里面藏着一份叫"龙兵过"的情报。傅家庄分析,这份情报应该是"大姨"在麻苏苏没出事之前放进来的,现在麻苏苏出了事,"大姨"很可能会派人拿回这份情报。傅家庄的推测是对的,几乎与此同时,想来撤回情报的人也来了,但来人来晚了一步。

傅家庄带着拿回的情报,再一次和高大霞在医院提审了麻苏苏。当傅家庄亮出芦苇杆里的情报"龙兵过"时,麻苏苏露出了绝望的神色。

情报里的"龙兵过"是"大姨"马上要组织的一次重要行动,具体内容麻苏苏说她并不知道,但负责执行这次行动的人,是麻苏苏让刘有为和大令去投奔的那个"虎头"。他是国民党东北行营辽宁先遣军第四独立团的团长,大名叫汪百川。

"此人手下虽说没有千军万马,却也网罗了不少人,如果他要把大连搞个鸡犬不宁,还是绰绰有余的。"麻苏苏态度坦诚,事已至此,她也没必要死扛了。

傅家庄把掌握的情况向李云光做了汇报,李云光也知道汪百川:"这是个死硬的反共分子,辽沈战役结束之后,他不甘心失败,纠集了一批散兵游勇亡命之徒,誓与我们的新政权鱼死网破。"

"我们连老蒋都不怕,还怕他?"一旁的高大霞不服气。

李云光担忧:"话是这么说,可是我们在明处敌人在暗处,他们要是真闹腾起来,势必人心惶惶,现在的关键问题,是要知道'龙兵过'是个什么东西。"

傅家庄说:"'大姨'给麻苏苏的指令,是让她明天上午十点带着印章到旅顺狮子口与'虎头'见面,除了接头时间、接头地点和接头暗语,没有提及'龙兵过'的具体内容。"

李云光自语:"看来,不见这个'虎头',我们还真弄不清楚'龙兵'怎么'过'了。"

"这个谜团解不开,我们束手无策呀。"傅家庄叹着气。

李云光无语,思忖着对策。

"我去见'虎头'。"高大霞平静的声音一出口,惊呆了傅家庄和李云光。

"你以什么身份见'虎头'?"李云光问。

"我当一回'老姨'。"高大霞说。

听说高大霞要顶着自己'老姨'的名头去见虎头,麻苏苏笑了:"我看你是走火入魔了,老虎嘴里拔牙,找死。"

"从我参加革命那天起,我的命就不属于我了。"

"既然如此,那我提前祝你一路走好。"

"放心,我还能活着和你见面。"高大霞说,"临去之前,我就想问你几件事。方若愚到底是不是特务?"

"我说是和不是,你信吗?"

高大霞被噎住了:"麻苏苏,'龙兵过'这么重要的情报,你都交代了,你还至于为方若愚这么一个不相干的人隐瞒身份吗?"

麻苏苏说:"你也不想想,他方若愚都戴上了你们共产党的大红花,读上了你们的《共产党宣言》《毛泽东选集》,你觉得,他能是特务吗?"

高大霞问:"他要不是,谁是?"

麻苏苏大笑:"当然是在仓库纵火要烧《共产党宣言》《毛泽东选集》的那个女人。"

高大霞恼火地喝道:"麻苏苏,你嘲笑我?"

"纵火的都不是特务,那救火的更不是了。"麻苏苏意味深长地说,"假话说一百遍就成了真话,你呀,假想了方若愚是特务好多年,他在你心里,不是也是了。"

麻苏苏的话,让高大霞沉默了。

一天说过就过去了。明天,高大霞便要孤身去见"虎头"了,在出发之前,她到羁押室来看望了大令,她知道,大令肚子里的孩子,是刘有为的。

高大霞看着大令隆起的小腹,安慰她说大夫给做的产检报告出来了,孩子大人都没事,让她安心保胎就是了。大令感激地点着头,高大霞问刘有为在哪里,大令不语,高大霞没有再问下去,可当大令得知高大霞明天要去旅顺口见"虎头"时,她惊住了,她说出刘有为也在那里。

这个消息让羁押室外的傅家庄和高守平都激动起来,大令是唯一和"虎头"有过接触的人,高大霞如果能从大令嘴里得知"虎头"的更多消息,那是再好不过的事了。可高守平还是有些不安,毕竟大令是特务,她的话又有多少真实性呢?

傅家庄认为,大令是特务不假,可她还是一个准妈妈,只要她想把肚子里的孩子生出来,高大霞就有办法让她说实话。

傅家庄的分析没有错,大令确实把她知道的关于"虎头"的一切都说了。临行时,大令还摘下了自己翠绿色的耳坠送给高大霞,说刘有为看到这个,就知道她平安无事了。

第五十八章

小洋楼覆盖在柔和的月色下,高大霞收拾着明天出发需要的东西,傅家庄坐在椅子上看她忙碌,不由红了眼圈。这个命运坎坷的女人,刚刚过上了几天安稳舒畅的日子,又要冒着生命危险只身去赴虎穴了,傅家庄不敢想象明天高大霞会置身到何种险恶的境地。从她提出要冒名顶替"老姨"的那一刻起,傅家庄就再没有轻松过,他知道这既是一个冒险的计划,又是一个可行的计划。他更知道,稍有不慎,以"虎头"的心狠手辣,高大霞是断然不可能全身而退的。从高大霞的表情里,傅家庄能看出她是在极力掩饰着紧张和焦虑,她把一切都压在心里,是怕她的亲人担惊受怕。这个女人啊,做起事来表面上粗枝大叶,内在里却是明察秋毫,她带有一定表演性的张扬,其实是想掩饰内心里的脆弱,看透了她外在的貌似强大,反倒叫人格外心痛了。

傅家庄的泪水悄然流下,他背过身去,生怕高大霞看到。

傅家庄的担心,高大霞都知道,从提出顶替麻苏苏去见"虎头"的想法冒出来,她就明白那是一条不归路,成与败,都要走下去,当然,她要这么做,也绝对不是心血来潮,从开始对麻苏苏和后来对大令的了解中,都可以确定一点,"虎头"没有见过麻苏苏。既然没有见过,那她高大霞就是"老姨",更重要的一点,苏军大连警备司令部的印章在她手上,有了印章,就有了冒充"老姨"的资本,不怕"虎头"不信。

今夜,像是大战前最后的宁静,傅家庄要和心上人独享这美丽的月色。来的时候,他特地买了一瓶上好的红酒,借着这么好的夜色,他要完成一桩心愿,一桩再也不能拖延下去的心愿,他要向高大霞求婚。昨晚,安德烈和玛丝洛娃的爱情悲剧,让傅家庄刻骨铭心。

要说起来,此前在物资公司仓库爆炸坍塌,两人被压在石板和房梁下的时候,傅家庄也曾向高大霞求过婚,可高大霞心下明白,那种特定的情形下,傅家庄的求婚更像是一种激励她活下去的手段,给了她对未来生活的一个向往,在高大霞心里,那算不得真。可今天,这个男人突然单膝跪下,还举着一枚闪闪发亮的戒指,高大霞同样觉得有些突兀,她拉着傅家庄:"这才喝了多点儿,怎么就犯迷糊了,起来,快起来,地上凉。"

傅家庄握住高大霞的手:"我没迷糊,大霞,我是认真的,答应我,嫁给我吧!"

高大霞犹豫:"这么大的事,哪能说嫁就嫁。"

傅家庄急了:"怎么,你反悔了?"

"不是,这急三火四的……"

"这可不是急三火四,咱们俩的爱情,也算是经过好几次生死考验了,我今天求婚,绝对不是一时心血来潮!"

高大霞的心跳加速,面红耳赤,她挣扎着要推开傅家庄的手,可那双手握得更紧了。

傅家庄起身,动容地说:"大霞,咱俩心里都应该清楚,这几年,我对你,你对我,咱们反反复复,可没少相互折磨,也说了那么些言不由衷的鬼话,现在回头想想,很多时候说那些气头话,无非都是因为我们太在意对方,太想让自己走进对方心里了。大霞,往后我不想再那么说话了,要说我就直接告诉你,你高兴的时候我陪着你高兴,你烦恼的时候我来替你分忧解愁,哄你开心!"

高大霞的眼圈红了,她克制着不让泪水流下来:"我知道,你是怕我这一去……"

傅家庄一把捂住高大霞的嘴:"不会的,你不会扔下我不管的,你不会那么狠心。"他举起戒指,"我还要等你回来,戴着戒指,咱们一起去照相馆拍一张漂亮的婚纱照!"

高大霞眼里闪烁着希冀的光,傅家庄催促道:"你答应我,答应我呀!"

高大霞的泪水流下来,她点着头:"我……我想去海边拍。"

"那咱就去海边,对,海边好,海阔天空,海天一色,水光接天,"傅家庄牵着高大霞的手说,"大霞,你闭上眼睛想啊,那是一个阳光特别好的午后,波光粼粼的海浪拍打着沙滩,你穿上白色的婚纱,长长的,拖着地,头上戴着亮晶晶的王冠,我穿着黑色的燕尾服,扎着漂亮的领结,你挽着我的胳膊,我轻轻搂着你的腰,海鸥在我们头顶翱翔、鸣叫。"

高大霞闭着眼,傅家庄说的那个情形,真的在她面前出现了:"我看到了,那是两个那么好看的情人儿,那么般配,那么年轻,那么水灵,他们脸上都带着笑,他们心里美得开了花,我现在都想照了。"

傅家庄擦去高大霞眼角的泪水:"对呀,等你回来咱们就去照! 那这个现在先戴上。"他托起高大霞的手,要给她戴上手里的戒指。不料,高大霞却把手抽走了。

"咱们说这么热乎,又怎么了?"傅家庄不解。

"不得跪着戴啊?"高大霞佯装生气。

"对对对,"傅家庄兴奋地点着头,单膝跪下,扬着脸动情地说,"大霞,嫁给我!"

高大霞板着脸,一本正经:"你可想好了,后悔我可不管。"

傅家庄凝望着高大霞清澈的眼睛:"你,最好,我说的时候来不及思索,而思索之后,还是会这样说,你,最好。这是俄罗斯的大诗人普希金说的话,现在,我感同身受。"

"你留过苏,爱吃洋面包,我大字不识几个大字,爱吃海麻线包子,喝下锅烂疙瘩汤,啃苞米面大饼子,以后咱可怎么过日子呀?"高大霞的脸上,挤出了几分愁容。

"不要紧。"傅家庄握紧高大霞的手,像是担心她会像鸟儿一样飞走,"你不识字我教你,再说,经过你这些年的调理,我现在也爱吃海麻线包子,喝下锅烂疙瘩汤,啃苞米面大饼子了。"

高大霞终于绷不住了,她哈哈笑起来,笑着笑着,却又流下了眼泪,她知道,这就是那种幸福的眼泪了。

"大霞,答应我,嫁给我吧!"傅家庄眼底也有泪光闪烁。

高大霞含泪点头,伸出了左手。

傅家庄颤抖着给高大霞戴上戒指,像是跨越了漫长的时光,又像是一种无声的承诺。两人紧紧相拥在一起,在如痴如醉的晚风中,聆听着彼此的心跳。

"有件事,今天晚上咱们还要办了。"傅家庄在高大霞耳边说。

"要入洞房啊?"高大霞脸颊泛红,"要入也得等我完成任务回来入,这个事儿,我不能让步。"

"这件事,比咱们俩结婚还重要。"傅家庄说回过身,从包里捧着一块叠得方方正正的纸包。

高大霞疑惑:"这是什么?"

傅家庄打开纸包,是一块红布,他拎起红布一抖,一面鲜红的党旗徐徐展开。

"高大霞同志,组织上对你的调查,正式结束了。"傅家庄沉声说道,"鉴于此前因为你的档案材料的缺失,无法确定你的具体入党时间。但是这几年,你的表现,组织都看在眼里,组织认为,你完全具备了一名优秀共产党员的条件。现在,我代表组织,正式批准你为中国共产党预备党员。"

高大霞久久凝望着党旗,眼角泛起了点点泪光。经历了这一切波折与磨难,她终于等来了这一天。

"我是傅家庄,愿意做高大霞同志的入党介绍人。"傅家庄举起拳头,"我志愿加入中国共产党,做如下宣誓。"

高大霞随之高举起拳头:"我志愿加入中国共产党,做如下宣誓。"

"一、终身为共产主义事业奋斗。"

"一、终身为共产主义事业奋斗。"

"二、党的利益高于一切。"

"二、党的利益高于一切。"

圆月当空,微风轻拂,两个人坚定的声音在夜空中回响。

"七、对党有信心。"

"七、对党有信心。"

"八、百折不挠,永不叛党!"傅家庄挺起了胸膛。

"八、百折不挠,永不叛党!"高大霞压住了泪光。

　　早晨,方若愚下楼吃饭,看见桌子上摆着高大霞做的早餐,却不见高大霞的人影儿,他喊了几声,也不见回应,空荡荡的洋楼里,只有他一个人。热菜和稀饭都在锅里,高大霞临走时给坐在瓦斯上,这是怕他吃的时候凉了。方若愚也记不清是从什么时候开始,这个昔日的死对头,不知不觉已经成了他生活里不可或缺的一个人,一天看不到她,被她挤兑几句,方若愚还觉得心里空落落的,少了些过日子的滋味。

　　一大早上,傅家庄就把高大霞送走了。临出门的高大霞,穿上了一身考究的缎子旗袍。这旗袍是在寺儿沟那家有名的针脚裁缝店里做的,料子还是麻苏苏给的。谁能想到,今天去执行任务,竟然还要顶着麻苏苏的"老姨"名号,这冥冥之中,好像都有着理不清的瓜葛。

　　傅家庄为高大霞系着旗袍扣子,从脖颈下到下摆,一颗又一颗,仔细而专注。傅家庄的呼吸短促而有力,却不大有规律,从起床到现在,傅家庄的叮嘱没有停过,婆婆妈妈,啰啰嗦嗦,像一个多嘴的妇人。换好衣服,高大霞就要出发了,傅家庄又说:"那里没有我们的同志,遇到什么问题,都要你自己解决。"

　　"你要在就好了。"高大霞说。

　　傅家庄心里一颤:"我即使不在,我的心也和你在一起。没关系,不论有什么意外发生,不要着急,不要急着表态,一定想清楚了再做决定。大霞,你已经做过那么多了不起的事情,这一次,只会做得更好。"

　　两人又拥抱在一起,都克制着自己情绪。傅家庄叫的车来了,高大霞得走了,她不敢回头去看傅家庄,她怕自己忍不住,不争气地哭出来。

　　傅家庄坐在高守平的车里,远远跟着前面的车,出了市里,他们上了叉路,他要赶在高大霞之前先到狮子口,他要尽可能让高大霞在他的视线范围里,哪怕多一分一秒也好。

狮子口的叫法儿,要追溯到元朝,契丹人在辽东半岛攻城略地,所向披靡,在辽东半岛的南端,他们意外发现黄金山有如一头匍匐在地的威猛雄狮,守护着面前两山对峙而成的一条宽约300米的狭长的出海口,出海口之外,是辽阔的海域,天生喜欢凶猛动物的契丹人,就把这里的名字叫成狮子口。一直到了明初,狮子口才改叫旅顺口。

傅家庄在山上举着望远镜朝岸边瞭望,土路上,高大霞已经在路边站了半天,高守平有些着急,不知道哪里出了问题。傅家庄嘴上不说,心里也是焦灼得厉害,他推测敌人应该是隐藏在暗处,观察着高大霞。果不其然,又过了没有多久,过来两个年轻人,跟高大霞说了几句话,便带着人一起朝岸边走去。

三个人走了没多远,进了海边的一间木屋,高守平紧张起来,提议过去看看,傅家庄按住他,推断他们不会在木屋待太久,那里不过是一个接头的地方。

高大霞跟着两个土匪进了木屋,立即上来几个人将她围住,恍如误入狼群的羔羊。高大霞打量着屋子,屋里腥气弥漫,四下里堆放着鱼网和架子,架子上搭着晾晒的海带和鱼干。

一张简陋的桌子旁,坐着一个满脸横肉的中年男人,锐利的目光像是能把人刺穿,想必这便是名声在外的"虎头"了。他盯着高大霞,冷冷吐出了接头暗号:"左青龙,右白虎,龙腾虎跃。"

"前朱雀,后玄武,兴兵起事。"高大霞不假思索地对答。

"喝点什么茶?"

高大霞一笑:"我喜欢喝绿茶,可惜这个时候喝不到新茶了。"

"虎头"的脸色舒缓一些:"拨云见日,'老姨'你总算露出庐山真面目了。"

"云开雾散，我也算是见到你'虎头'的真容了。"高大霞不紧不慢地过去，坐到桌子另一边，"这么大的架子，应该是汪团长吧。"

"正是鄙人，东北行营辽宁先遣军第四独立团团长汪百川，人称'虎头'。""虎头"探过身子，"'老姨'，我这里万事俱备，只欠你手里的印章了。"

"张嘴就要印章，汪团长是不是急了点儿？"

"不急是假的，我要调动上百号弟兄举大事，没有通用券，可是玩不转呀。"

"通用券怎么给你，是'大姨'的事，你不是让大令去要了吗？我过来，只管送印章。"

"虎头"刚要说什么，一个年轻人匆匆跑进来，对"虎头"耳语了两句，"虎头"脸色突变。

从望远镜里看到的情形，也让山上的傅家庄脸色突变。他安排暗中保护高大霞的小丁，被敌人发现了，四五个土匪押着他，进了木屋。

"我就是个打渔的，各位好汉，我上有老下有小，求求你们，放过我吧！"小丁一进来，就抱着拳头求饶。

"虎头"的目光从小丁身上转向高大霞："'老姨'，这个人，说是跟着你来的。"

高大霞冷笑一声："汪团长什么意思，抓来个打渔的跟我逞威风。"

"既然不是'老姨'带来的人，就麻烦你送他走吧。""虎头"从腰间掏出一把枪，推到高大霞面前，对小丁说，"兄弟，你今天出门没看皇历，要怨就怨自己吧。"

"大哥大姐，我真是打渔的，求你们放了我吧！"小丁挣扎着辩驳。

"虎头"盯着高大霞："我可听说，'老姨'心狠手辣，杀人不眨眼。"

高大霞看了眼桌上的手枪："虽说杀人不过头点地，可我最痛恨别人逼着我杀人。"

"虎头"脸色一沉："今天，你必须杀了他，否则，我就得怀疑你通共！"

"虎头"的话音未落，所有人举枪，对准了高大霞。

高大霞面不改色，从绅包里摸出印章，丢给虎头："汪团长，印章我都给你带来了，你居然还怀疑我！"

"虎头"示意了一下，一个手下接过来，利索地掏出一张带有印章的通用券和红泥，把印章在红泥上按了按，盖在通用券上，然后拿出放大镜比对起来。

高大霞嘲讽道："汪团长最好看准了，这印章要是假了，你也难向你的弟兄交待吧。"

手下朝"虎头"点了点头，"虎头"刚才绷着的脸缓和下来："'老姨'，请多原谅，现在是多事之秋，我'虎头'不得不多加小心。无论他是共产党的暗探，还是打鱼的渔民，你都必须杀了他，只有杀了他，我才能心安。"

"要是我不杀呢？"高大霞挑衅地看着虎头。

"那我就只好把你们两个一起杀了。"虎头笑着说，"'老姨'，我数三个数，你必须开枪。""虎头"晃了晃三根手指，"3、2……"

"'虎头'，我看你这是成心找事！"高大霞怒不可遏。

"'老姨'，你这是挑战我的耐心呀。""虎头"还是一脸笑意。

突然，小丁一头撞向身旁的特务，顺势抽出特务腰间的匕首，迎着"虎头"刺去，虎头慌了，顺手抓过身旁的特务挡在身前，小丁的匕首直直扎了下去，小丁怔愣之际，后面的特务扣动了扳机，小丁身子打着晃，扑倒在地。

木屋里传来的枪声，惊呆了山上的傅家庄和高守平。

小丁的鲜血,喷溅在高大霞脸上,她压抑住内心的悲痛,瞪着"虎头":"这回满意了?"

"虎头"并不接她的话:"'老姨',此地不宜久留,你得跟我走。"

高大霞脸色一板:"'大姨'给我的命令,只是来送印章。"

"别呀,有道是将在外君命有所不受。再说,兄弟们还等着'老姨'出手相助哪!"

"我能帮什么忙,汪团长客气了。"高大霞要往外走。

"虎头"伸开胳膊拦住:"不瞒'老姨'说,前几天,我找大仙卜了一卦,说'龙兵过'想要旗开得胜,必须得阴阳互补,要有女人参加我们的行动。可惜,我的手下只有男人没有女人,既然'老姨'身手不凡,正好可以帮我们把阴阳之事调理妥当。"

"我不能去。"高大霞拒绝道,"女人出门事儿多,我这什么都没带,不方便。"

"没有什么不方便的,就是请'老姨'去看一出好戏,大戏!"

傅家庄和高守平望眼欲穿,终于看到高大霞被"虎头"等人簇拥着走出木屋,却不见小丁的人影。一行人到了岸边,有人朝着海面上打了一个悠长的口哨,很快,随着马达声,一艘渔船从礁石后驶了出来,"虎头"手下推着高大霞上船。

傅家庄有一种不好的预感,高守平急得让傅家庄赶紧调船跟踪"虎头"。

傅家庄何尝不想派船跟踪,可是,茫茫大海,无遮无挡,如果有船跟踪的话,"虎头"必定会产生怀疑,那样的话,倒把高大霞置身于更危险的境地了。

看着渔船远去,傅家庄和高守平急忙跑进木屋,地上,横着两具尸体,牺牲了的小丁大睁着两眼,似有不甘。他可能是觉得自己没把任务完成好,死不瞑目吧。傅家庄给他合了几下,都没有合上,没办法,傅家庄掏出手绢,给小丁盖上了脸。

渔船开出不远,高大霞看到前面出现一座灯塔,那应该是老铁山了,她问"虎头"的部队是不是集结在那里,"虎头"说:"这是秘密,'老姨'不该问。"

高大霞不满:"不应该的事多了,我还不该在汪团长的船上哪。"

"'老姨'这么想知道,放心,一会儿就知道了。""虎头"叫人端来一碗水,让高大霞喝下去,高大霞觉得这水十之八九有问题,可在"虎头"的逼视下,她知道不喝不行,就喝了,果然没有多大工夫儿,眼前的一切都模糊起来,很快她就什么也不知道了。

"虎头"挟持高大霞到底去了哪里,傅家庄心里没有底,旅顺口公安局向苏军驻旅顺海军基地发出求援,请他们调拨快船,对老铁山一带海域进行排查,一时也没有音讯。正在傅家庄一筹莫展之际,李云光出现了,他是来此执行1号任务的。

这个1号任务,谁听到都会无比激动,新中国即将在北平建立,党中央经过和苏联方面磋商,开国庆典所需的礼炮和焰火,由苏联援助,这批重要物资,苏方军舰运到旅顺口军港后,周恩来副主席责成铁道部负责运输,滕代远部长签署命令,要求"保证安全,万无一失,中间站不要停留,直运北平"。现在,这趟装载国庆礼炮和焰火的特别列车,已经驶离旅顺口,向北平进发了。

"总算安全运走了。"傅家庄松了口气,"对了,麻苏苏那边的情况怎么样?"

"医院那边,我已经加派了人手,放心吧,她逃不掉。高大霞那边还顺利吗?"李云光关心地问道。

"被'虎头'带走了。"傅家庄的情绪瞬间低落下来。

"会不会是'虎头'发现了什么问题?"李云光担心地问。

门外传来脚步声,进来的干警传达了苏军驻旅顺海军基地人员的排查结果,没有找到傅家庄说的那艘渔船。

屋里的人都沉默了,高守平控制不住自己的眼泪,抽泣起来。

傅家庄突然提出来要回高大霞与"虎头"见面的海边木屋看看,高守平哽咽着说,他已经找人把小丁的遗体运回大连了,傅家庄说他要看的是那个土匪的尸体。

土匪的尸体还没有下葬,傅家庄蹲在尸体脚旁,仔细观察着他布鞋两侧明显的白渍。这个疑点,傅家庄在此前就注意到了,当时想着要找旅顺口公安局的人查找"虎头"的渔船下落,便没有深究。傅家庄捻起鞋边的一簇粉末,放在鼻子下闻了闻,又送进嘴边舔了舔,之后又收集了一些粉末装进纸袋里,让高守平马上找旅顺口公安局的干警化验一下粉末的成分。

"就凭这点儿泥土,就能顺藤摸瓜找到特务的聚集地?"李云光疑惑道。

傅家庄叹了口气:"但愿吧。"

午饭后,文工团接到去复州湾的临时演出任务,演出对象是参加复州城识字总结大会的各界代表,他们点名要看《白毛女》。因为路途远、时间紧,演出只能安排到了晚上。邢团长接到任务,便召集好人马装车出发。金青被毙之后,"地主婆"一直没找到合适人选,邢团长便想到了万春妮,这姑娘跟袁飞燕学习声乐的时候虽然不长,但进步挺快,跑个龙套绰绰有余,邢团长征得万春妮的同意后,向电车公司借出了人,万春妮也为有这个机会登台兴奋得不行。这几年,邢团长多次提过想把她调进文工团,万德福都不同意,他说那些唱唱跳跳的营生,哪赶上开电车踏实,叫万春妮千万别动那个心思。

一瘸一拐的万德福提着食盒来给医院里的麻苏苏送饭,看守麻苏苏的两个干警说万德福没有立场,还给女特务送饭。万德福一脸委屈地说,这是傅家庄交给他的任务,怕别的特务浑水摸鱼在饭菜里下毒,他也不愿意伺候女特务,能少送一顿是一顿。见一个女大夫进去查房,万德福也跟着进去了。麻苏苏一看见万德福进来了,大骂着让他滚,别想来看自己的笑话,大夫劝麻苏苏别不知道好歹,人家万科长是来给她送小灶的。

"狗屁万科长,他就是万毛驴子,滚,都给我——"最后一个"滚"字没出口,麻苏苏突然怔住了。

只见万德福死死勒住了女大夫的脖子,女大夫惊恐地瞪着眼睛,脸色由血红变为酱紫,挣扎了片刻之后,便瘫软不动了。万德福扒下女大夫的大衣,扔给惊愕的麻苏苏,示意她赶紧穿上。

麻苏苏问:"你到底是谁?"

万德福说:"'大姨'。"

门外的两个干警正在闲谈,门开了,万德福和穿着白大褂的女大夫出来,万德福恼怒地朝着病房啐了一口唾沫:"越伺候越歪歪腔,不吃拉倒!"

警察朝房间里张望了一眼,见病床上还躺着一个女人,便带上房门:"这个女特务,她是真把自己当成慈禧了。"

"还是不饿,饿了看她吃不吃。"万德福忿忿地说着,想起什么,"还有一个小兔崽子,他在哪个病房?"

另一个警察朝隔壁的房间指了指,掏出钥匙过去打开房门,万德福和女大夫进去了。

甄精细一看见万德福手里的食盒,便大叫起来:"不让见我姐,我就绝食！"

"兔崽子，你跟谁大呼小叫！"万德福回手重重摔上房门。

女大夫摘下口罩，甄精细愣了愣，随即哽咽起来："姐，我对不起你，我，我怕他们把你毙了，我把你告诉我的事都说了。"

万德福愤怒，一脚将甄精细踹倒在地。

甄精细摔了个四仰八叉，恼火地爬起身来："万毛驴子，你敢打我？"说着，扑了上来。万德福挥手又是一拳，甄精细痛得嚎叫起来。他还要挥拳上前，被麻苏苏拉住。

外面的一个干警听不下去，要推门进去，被另一个干警制止："咱们打人犯错误，万科长收拾收拾也不错，省得这个臭小子叽哇乱叫找他姐。"

甄精细为自己的过错哭起来，麻苏苏扶起他，轻轻为他擦拭着鼻血："行了，说就说了，姐不怪你。"

"姐，我和他们说了，这个功要算在你身上。"甄精细抹着眼泪，"要是让'大姨'知道了，'大姨'不会家法处置你吧？他要是处置你，你就说是我干的。"

万德福哭笑不得："你倒是忠心。"

"放心吧，'大姨'知道你是为我好。"麻苏苏看着甄精细，"你看，你把消息告诉了共产党，他们就算我立功了，这不放我出来了嘛。"

甄精细将信将疑："真的？"

"当然是真的了？你看万同志都来接我了。"麻苏苏轻声说。

甄精细看向万德福："万叔儿，刚才……对不起啊。"

麻苏苏鼻子发酸，颤着声说："行了精细，姐知道你为我好，姐记在心里，记你一辈子，收拾收拾，姐这就带你走。"

"我就知道姐不能扔下我不管。"甄精细喜笑颜开地抓起围脖，围在脖子上。

麻苏苏帮甄精细整理着围脖,她深吸了一口气,突然抓紧围脖,死死勒住甄精细的脖子,甄精细被勒得说不出话来,一把抓住麻苏苏的手,瞪大的双眼里装满不解。

"精细,姐对不起你。"麻苏苏加大了手上的气力,她哽咽着说,"姐不舍得把你一个人留下,可姐又带不走你,姐怕你在共产党那里吃苦。"

"姐,姐……"甄精细拽住麻苏苏的手,"我跟姐这么些年,就撒过一次谎,姐,你别怪我……"

麻苏苏眼圈泛红:"姐不怪,不怪……"

甄精细渐渐无力:"姐,你要自己,好好的……"

麻苏苏流着眼泪,呢喃地说:"精细,姐是为你好,你别怪姐呀……"

甄精细的手软软地垂落下去,身子歪向一边,不再挣扎。

麻苏苏手上的劲也泄了下来,甄精细的身子瘫软在她怀里,像是睡着了。麻苏苏的眼泪簌簌流下,她伸手为甄精细合上眼睛,低头亲吻着甄精细的额头。

"该走了。"万德福低声说。

麻苏苏展开围脖,盖在甄精细的脸上。

方若愚没有想到,他抓起的这个电话,居然是麻苏苏打来的,她让方若愚马上带着那批苏军通用券,赶到复州湾剧场。去晚了,可要耽误袁飞燕小姐演喜儿。

麻苏苏的这个威胁电话,让方若愚不得不立即动身赶赴复州湾剧场。他冲出办公楼,见门卫崔海风正在冲洗孙经理的座驾,他坐进车里,发动起汽车冲出大门,崔海风提着抹布在后面大喊:"方若愚,我看你干到头了,连孙经理的车都敢开!"

虽然麻苏苏给方若愚打了电话,可万德福还是不大放心,这个"老姨夫"要是不把苏军通用券送到复州湾剧场,那再好的计划也要付诸东流了。

麻苏苏看出了万德福的担心:"放心吧,为了他家姑娘,他也得听话。"

"你这一招挺管用。"万德福也下车,往电车公司打了个电话,听说万春妮跟着文工团去了复州湾剧场演出,他放下心来,这真是造化弄人,老天爷是在关照自己呀,他唯一的担心,是怕春妮知道了他们用袁飞燕要挟方若愚,小看了他这个父亲。

麻苏苏叹了一口气:"平常,我也是不屑用家人去威胁自己的同志,可是,现在的情形,实在是迫不得已呀。"

万德福也无奈地说:"这个方若愚,现在真是越来越叫我失望,居然被高大霞训练得,都快成了一个准共产党人了。"

第五十九章

翠玲帮着方若愚把苏军通用券搬上后备箱,方若愚要走,看见翠玲在掉眼泪,方若愚也红了眼圈。他掏出钱包塞给翠玲,翠玲摇着头不接,只是看着他抽泣不止。显然,她从方若愚的神态举止已经感觉到了,这个男人恐怕是一去不复返了。

"对不起,翠玲,我着急,我得去救飞燕,我害了飞燕,我不能让她出事。我走了,翠玲,以后,你要自己保重!"他把钱包塞在翠玲怀里,上了汽车。

翠玲急追了几步，看着汽车远去，竟然呢喃不清地吐出两个字："保……重！"

万德福载着麻苏苏，也在赶往复州湾的路上，麻苏苏感慨："我是断然想不到呀，你这位和高大霞出生入死的战友，居然会是来无影去无踪的'大姨'。"

万德福笑了笑："风过有声，水去留痕。所谓的无影无踪，只不过是因为我在大连藏得深点儿，演得真些罢了，说白了，潜伏就是演戏，就看谁把'像'演成了'真'。"

"我麻苏苏也算是个老演员了，可我还真没看出你的马脚来。"麻苏苏赞叹。

"那只能说你还没修炼成精，如果成精的话，你应该猜出个八九。"

"你是说，你也露过蛛丝马迹？"

万德福说："你刚到大连时，方若愚唯恐暴露，一心要除掉高大霞吧？"

"有这个事。当时你传给我的命令，是要和自己的敌人交朋友。"麻苏苏恍悟过来，"我现在明白了，其实，你不让杀高大霞，是因为你想借和高大霞是放火团战友的关系，在共产党那里站住脚，高大霞自然就成了你的证明人。"

万德福不置可否："共产党接收了警察署，我才能顺利进入他们的公安总局。"

"你进入公安总局之后，方若愚就成了多余的棋子，所以你让他去了物资公司。"麻苏苏想当然地下了结论。

万德福摇头："方若愚不是多余的棋子。他在公安局被高大霞、傅家庄、高守平盯死了，难有作为，公安总局有我已经足矣，让方若愚去物资公司也是为了人尽其才。只可惜,方若愚没有领会我的意图,我才借着高大霞被冤枉的事,痛打了他一顿。"

麻苏苏不无钦佩:"这一打,既把方若愚打到了物资公司,又加深了你和高大霞的战友情,还是'大姨'棋高一着啊。"

"一个特工优秀不优秀,要看他能不能拿捏准时机。"万德福瞟了一眼麻苏苏,"你虽然是潜伏战线的老同志,但拿捏火候,还是欠缺。"

麻苏苏自愧地点着头:"还是'大姨'有城府,运筹帷幄,决胜千里。"

"运筹帷幄倒是挂了个边,可要说决胜千里,"万德福突然有些绝望的愤懑,"偌大个中国,原本都叫党国,可现在,只剩下西南一隅,即便这一隅,共党都不会让党国偏安。"

"党国是败了,但是你'大姨'在大连并没有败。别的不说,就凭你能在共产党的眼皮子底下安全潜伏这么久,就是对他们的最好讽刺。更何况,他们还把你当成了出生入死的同志!"

"要说隐蔽这么好,还得感谢我那位战友高大霞同志。"万德福的脸上现出得意之色。

"对了,你到牡丹江外调高大霞的时候,离开大连可有小一年的时间,这期间你的指令也没有断过,那是怎么做到的?"

"我到过牡丹江不假,不过,除了去把高大霞说的那个能证明她清白的赵志明杀了,再没有干别的事,就直接悄悄回来了,隐蔽在星海公园的一幢老房子里。有一回,还差点儿撞上高大霞。"他说的是高大霞在有轨电车站偶遇自己的那次,"那段时间,大连的共产党刚接收了警察署,他们的工作千头万绪,而这也正是我们浑水摸鱼给他们上眼药的好时候,我怎么可能一直待在牡丹江,抛下大连不管哪。"

"对党国,你可真是一片赤诚之心,不过,迟迟不归,就不怕引起共产党的怀疑?"

"我出去的时候,正赶上国共双方打得不可开交,我编了个理由,说走到开原的时候,被咱们国军最精锐的第9兵团司令廖耀湘的新六军抓了壮丁,这一抓,就是几个月。"

"这个理由是倒是能说得过去。"

"拖了快小一年,不能再拖了,我这才在出来露了面。"

"你消失了那么久,高大霞可是度日如年呀。"麻苏苏笑道。

万德福的神色有些复杂:"说起来,那也是个可怜之人,被冤枉成了那个样子,都不受共产党的待见了,还是死心塌地为一个看不见、摸不着的信仰卖命,这一点,我倒是挺佩服她。"

"这不算是佩服,不过是惺惺相惜而已。"麻苏苏看着万德福,"你我二人不同样为了自己的信仰视死如归嘛。"

这话让万德福感慨颇多:"在我们党内,像你我这样对党国如此忠贞的人又有多少?凤毛麟角而已。可放眼共产党,高大霞比比皆是。我们太多的同志不光忘了总理遗训,更忘了自己的入党誓言,堕落腐化得既无赤胆,也无忠心,这才导致党国命若悬丝。"

"只要一息尚存,党国还有希望!"麻苏苏无限憧憬地望着窗外起伏的远山。

"党国想起死回生,就得在我们党内培养几万几十万甚至几百万个高大霞。可力挽狂澜现在的局势,难啊。"万德福好像对前途不再是茫然,而是绝望。

麻苏苏逃跑的消息传到旅顺,惊呆了所有人。李云光分析,能把看护的公安干警都给杀害了,这个人一定是熟人,是潜伏在公安总局里的内鬼,甚至可以说,这个人十之八九就是"大姨"。

傅家庄欲哭无泪,麻苏苏这个真"老姨"跑了,高大霞那个假"老姨"

就命悬一线了。如果麻苏苏再跑去找"虎头",那后果更是不堪设想了。

正在几个人一筹莫展之际,高守平拿来了化验结果,报告单上说,特务鞋上沾的泥土盐分极高,根据含盐量的数值来看,初步断定泥土应该来自复州湾的骆驼山一带。

李云光和傅家庄都疑惑起来,区区一个复州城,应该不值得土匪们如此兴师动众,那其中的原因能是什么?李云光操起电话打到复州城公安局,询问他们这几天有什么重大的活动,对方说有个复州城识字总结大会今天下午闭幕,晚上 7 点 50 分,会请大连文工团过去给代表们演出一场《白毛女》。

"敌人又要制造爆炸案?"高守平说。

傅家庄想了想,认为敌人跑那么老远去制造一起爆炸案的可能性不大,但不管怎么样,还是应该过去一趟。

万德福开着吉普车在旷野上疾驰,麻苏苏看着窗外转瞬即逝的风景有些伤感:"折腾了这么些年,大连还是在共产党手里,窝囊呀。这次一走,恐怕就再也回不来了。"

万德福叹了口气:"'九一八'事变之后,我就潜伏在这座城市,和鬼子斗,和共产党斗,想不到,打跑了小日本,却败在了自己人手里。"万德福失落地摇着头。"夺城最好的时机,是苏联人刚来的时候,可惜我们没有抓住机会。"

"是呀,要是利用好那个石田元三,就能把大连街搅个稀烂,让苏联人对共产党失去信心。可惜石田元三反了水,我们搬起石头反倒砸了自己的脚。"麻苏苏直了直身子,"对了,这个事我还一直纳闷,石田元三明明跑到了苏军大连警备司令部门口,怎么突然就被人给毙了?'二姨'说她也没动手呀。"

"是我干的。"

麻苏苏不由肃然起敬："您这可真叫力挽狂澜呀！"

"螳臂挡车，屁用不顶。"万德福沮丧，"再过几天，共产党就要成立他们的人民共和国了。"

麻苏苏泄气："我们曾经的一手好牌，怎么就会打了个稀碎。"

"也不能太过悲观，委座已到西南，正在重整队伍，收拾旧河山指日可待。"万德福的神色变得冰冷如铁，"今晚，我们的'龙兵过'，就是给共产党的一记重拳，给委座献上的一份大礼！"

麻苏苏好奇："'龙兵过'到底是什么行动？"

万德福把住方向盘，嘴角勾起了一抹神秘莫测的微笑。

宏大的棋局已然展开，复州城俨然一个大棋盘，落子争胜负，就在今夜。

最先赶到复州湾剧场的是方若愚。远远地，他就看到了剧场门前的《白毛女》海报，附近，有荷枪实弹的公安干警在巡逻。方若愚刚寻了一块僻静处停下车，一个年轻人就径直迎上前来，跟他说上了暗语，表明自己是"大姨"安排过来接应他的。方若愚让他上了车，得知文工团已经到了，正在剧场里装台，晚上的演出会正常进行，他们的"龙兵过"也会按部就班实施。方若愚第一次听到"龙兵过"，意识到这绝对不是一次简单的行动，他担心起女儿的安危，追问这次行动的具体任务是什么，年轻人高深莫测地笑道："到时候就知道了。"

年轻人带着方若愚把车开到后院，方若愚心里惦记着女儿，把车钥匙扔给他，跑进了剧场，到了门口，却被警察拦下了，方若愚求着年轻警察："让我进去吧，同志，我是喜儿他爸！"

"喜儿他爸是杨白劳，请你不要在这里捣乱。"警察半开着玩笑，请他离开。

方若愚急得不知如何是好，看到走廊里过来的大春，连忙喊住他，有大春的人证,警察才放他进去。方若愚求大春把女儿叫出来,说有点儿急事,大春答应着去了。

　　骆驼山的半腰,藏着一个山洞。阴冷的风从洞穴深处吹来,摇晃着墙壁上的松油灯,洞穴里充斥着潮湿与霉烂的异味,"虎头"好像并不在乎,依旧在大块吃肉大口喝酒。

　　一名矮小精壮的悍匪给"虎头"倒上酒:"汪团长,通用券什么时候发呀?"

　　这话引燃了一众土匪的话匣子,七嘴八舌催促着赶紧发钱好干活,虎头极力安抚着大家。

　　众人的吵闹声唤醒了昏睡了一路的高大霞,她坐起来看着四下,感到头痛欲裂。

　　"哟,'老姨'醒了?""虎头"笑着过来,"这一觉睡得,可够长的。"

　　"这是哪儿?"高大霞面带愠色。

　　"复州湾。"

　　"复州湾?"高大霞一怔,"不是在旅顺吗? 怎么一觉睡到这里来了?"

　　"因为这里要'龙兵过'。""虎头"高举酒杯,"万事俱备,只欠东风。等东风一到,'轰'的一声……""虎头"大笑起来。

　　高大霞不动声色地问道:"印章都已经在你手里了,汪团长还要等什么东风?"

　　"'老姨'别急,一会儿通用券来了,印章一盖,钱一分,兄弟们就有劲头了。"

　　"你越说我越不明白了,东风不就是通用券吗?"高大霞想套出"虎头"的话来。

"是什么,'老姨'很快就知道了。""虎头"卖着关子。

高大霞眼里射出一道冷光:"汪团长,我把印章送来了,你还这么防着我,可不讲究呀!"

"这怨不得我,你在狮子口被人跟踪,我'虎头'不能不多加点儿小心。"

"那个人就是渔民,是你自己多疑。"

"他是不是渔民,我'虎头'分不清。最简单的办法,就是送他上西天。""虎头"满不在乎。

高大霞压住愤怒:"你草菅人命我不管,你给我下蒙汗药我也可以不追究,可你都把我弄到山洞里来了,还对我这个'老姨'不放心,就是小心眼儿了,不像个男人所为!"

"'老姨',你也不用拿话激我,麻烦你再耐着性子等一等,只要'龙兵过'一成功,咱们就一拍两散,你走你的阳关道,我过我的独木桥。"

"说了半天,汪团长还是怕我把你们出卖给共产党。"高大霞冷笑,"我即使有那个心,可我人在这里,想说也找不着主儿哪。"

"果然是'老姨',我这点儿心思都让你看出来了。""虎头"赞叹,"也好,那我就直说吧,今天晚上九点,共产党有一趟特别列车要从咱们这儿过去,兄弟们要把这趟火车送上西天!"

高大霞一怔,装成不在意的样子:"我当是什么了不起的事,炸个火车,还用这么兴师动众,我在大连这几年,带着兄弟们炸过的火车、轮船、仓库,数都数不过来。"

"虎头"大笑:"老姨,你干的那些事,合起来都没有这个事大!"

"汪团长就吹吧。"高大霞一脸不屑。

"还真不是吹!""虎头"急了,神秘兮兮地凑近了高大霞,压低声音说道,"这趟火车上拉的,可是共产党在北平举行建国庆典时,要用的礼炮和烟花！"

高大霞心里猛然一颤。

"虎头"笑了："看看，兄弟我这回干的事，吓着'老姨'了吧。"

剧场后台一片忙碌，刚上妆的袁飞燕听大春说父亲来了，起身往外跑，却不料方若愚已经进了剧场，两人没有碰上。方若愚看到换上地主婆扮相的万春妮，问她袁飞燕哪去了，万春妮说刚才还在。这个回答让方若愚的心再次悬起来，"刚才还在"，说明现在已经不在了。

袁飞燕在剧场门口没看见方若愚，以为他回到了车上，她一路打听着物资公司的车在哪儿，来到了剧场后院，与方若愚接头的那个小特务正从一个麻布袋子里偷苏军通用券，看见闯进来的袁飞燕吓了一跳，袁飞燕问开车的人哪去了，小特务一时之间摸不清楚来者的路数，不知如何回答是好。袁飞燕转身往外走，看见万德福从车上下来，藏在车上的麻苏苏忙缩回去，听着外面的动静。

"万叔，你怎么来了？"袁飞燕迎上来问。

万德福说公安总局有任务，听袁飞燕说万春妮在后台，他让袁飞燕把女儿叫出来，袁飞燕说："那不行，一会儿就要上台了。"

"那你怎么还在这儿？"万德福问。

袁飞燕犹豫起来，回头见身后的小特务目露凶光，她压低声音让万德福赶紧抓住小特务，说车里有苏军通用券，万德福装出一脸惊讶，说那车是物资公司的呀，袁飞燕眼圈红了："我爸……也是特务。"

万德福叹了口气，看向小特务，小特务慌了，转身要跑，袁飞燕大喊起来："万叔，快抓他呀！"

万德福一把捂住了袁飞燕的嘴巴，朝惊呆了的小特务说道："我是'大姨'，快把通用券弄走！"

见万德福控制住了袁飞燕，麻苏苏从车上下来，袁飞燕挣扎起来，却终归势单力薄，被三个人合力塞进了方若愚的汽车后备箱里。

小特务引着万德福和麻苏苏到了墙根下，搬开零零散散的杂物，一个洞口出现在面前。

"你和'老姨'去见虎头，让他们来搬通用券。"万德福命令道。

"我先搬点儿进去，洞里的兄弟们等着哪。"小特务比万德福还急。

"你怎么办？"麻苏苏问万德福。

"我在这儿盯着，别让共产党过去坏了我们的好事！"万德福说。

复州湾剧场这边险象环生，山洞大厅的气氛却欢快热闹。这个世界上，酒是最好的沟通法宝，几杯酒下去，高大霞已经和"虎头"为首的土匪们打成了一片。她看看时间，已经七点二十了，她正想着如何脱身，把情报送出去，几个土匪搬着木箱子进来，说是炸弹拿来了。高大霞看过去，一个熟悉的身影让她一惊，是刘有为。

刘有为看到坐在"虎头"身旁的高大霞，也惊住了。刘有为的表情，让"虎头"看出了问题，他顺着刘有为的目光看向高大霞，疑惑地问："怎么，二位认识？"

没等刘有为开口，高大霞笑脸盈盈地抢过话来："岂止认识，我麻苏苏和有为兄弟都是老熟人了。我开良运洋行的时候，有为可是我的常客，只不过，他那时还把我当成掌柜的，不过，他和大令的事，倒是我一手牵的红线，有为啊，你可还欠着我半拉猪头哪。"

高大霞的一番话把重要的信息都放进去了，她知道精明的刘有为能明白是怎么回事。说这些话的时候，她还故意拂了下左边的头发，露出耳朵上挂着的大令送给她的翠绿色耳坠。

刘有为果然聪明，上前亲热地喊了一声"姐"。高大霞说她在良运洋行见过去拿通用券的大令,肚子有点儿显怀了,刘有为点着头,眼里含了泪。他从高大霞的话里听出,大令应该是被共产党抓住了,高大霞看出他的担心,说大令真的挺好,自己还带着她去医院看了大夫,让刘有为尽管放心。

"我们有为可是相当了不起呀,"高大霞大声说,"他在建新公司可是立了大功,要不是被共产党发现了,他留在那里,就是我们的一颗重型炮弹。"

"虎头"看向刘有为:"这半天,光听'老姨'说了,小子,你也说说'老姨'吧。"

"'老姨'对我……挺关照的。"刘有为含糊其辞地说。

"那你还愣着干什么?赶紧敬我一杯!"高大霞端起酒杯朝刘有为比划道。

刘有为拿起酒瓶要给高大霞倒酒,高大霞一指"虎头":"先给汪团长倒。"

"叮叮当当"的碰杯声中,刘有为不时偷看高大霞,心里敬佩着她的胆量。

"汪团长,通用券怎么还不来?"又有土匪不满地提出来。

众土匪七嘴八舌地跟着附和起来:"汪团长,没有通用券,我们兄弟可没法干活!"

"汪团长,再不发钱,我们可走人啦!"

"虎头"慌了,安抚着大家再等等,"大姨"答应的事肯定会兑现。口头承诺如同纸上画大饼,既不解渴,又不顶饿。土匪们叫嚣着:"老大,不发钱,你让兄弟们哪来的力气拼命?"

"就是,我们可是为钱来的,只有钱才能壮胆!"

"虎头"亮着手里的印章:"兄弟们,印章在这儿,你们还怕什么?"

"光有印章顶个屁用,总不能盖在白纸上吧?"

"通用券,我们要通用券!"

在一片混乱声中,高大霞拽走刘有为,低声骂了他几句,让他赶紧戴罪立功,把"虎头"要炸特别列车的情况送出去,报告公安总局。刘有为要跟高大霞一起走,高大霞说不行,她得在这儿盯着,万一有个意外,她得对付。刘有为趁人不注意,溜了出去。

剧场后台已经乱了套,演出就要开始了,却找不见主角喜儿,无奈之下,邢团长的目光盯住了万春妮,他一把撕下万春妮脸上那颗地主婆嘴角的标志性大痣,疼得万春妮"哎哟"叫了一声,邢团长拍板:"喜儿就是你了。"

"不行,我演不了。"万春妮发憷,连声拒绝。

"救场如救火,春妮,你行的!"邢团长违心地夸赞着万春妮,"我知道你跟飞燕唱过喜儿,她说你唱得好,不比她逊色,你就演吧,我们托着你。"他回身让化妆师赶紧给万春妮改妆,扮上。

化妆师一顿忙活之后,一身大红袄子,披着雪白假发的万春妮俨然成了喜儿。

邢团长总算是舒出一口气,不管怎么说,喜儿有了,唱好唱不好听天由命吧。

方若愚找遍了剧场,也没有找到袁飞燕。剧场里开演的铃声响起来,方若愚心里一喜,以为袁飞燕没事了,他跑进剧场,看到报幕员在侧台饱含深情地正做介绍:"旧社会把人逼成鬼,新社会把鬼变成人。下面,请欣赏由延安鲁迅艺术学院集体创作的歌剧《白毛女》,演出单位,东北青年文工团二团!"

方若愚的心提到了嗓子眼,他恨不得冲上台去拉开大幕,马上看到舞台上的喜儿。

"北风吹"的音乐响了起来,红色大幕徐徐拉开,穿着花棉袄的喜儿伫立在舞台中央,背对观众唱着"北风那个吹"。这一句歌声一出口,方若愚的心就凉了,这不是女儿的嗓子。

喜儿转过身来,是万春妮。

方若愚知道,袁飞燕十有八九是成了"大姨"的人质,可这个"大姨",到底在哪儿呀。他想到了通用券,有通用券在,"大姨"就不会不出面,方若愚转身跑出去。

麻苏苏和扛着麻布袋的小特务如老鼠一般,在黑咕隆咚的暗道里急蹿。小特务脚软,"噗通"一声歪倒在地上,麻布袋实在太沉,压得他都不想起来了,他气喘吁吁朝前指指:"'老姨',你先走吧,一直走就行。"

"好,辛苦了,小兄弟,回头我让'大姨'嘉奖你。"麻苏苏打着手电,深一脚、浅一脚地往前跑去,她不会知道,因为苏军通用券迟迟不到,山洞大厅里已经乱成了一团,土匪们根本不听"虎头"的任何解释和许诺,不给钱让白干活,就是耍流氓。

高大霞冷眼旁观,心中窃笑,只要刘有为把信送出去,这一山洞的土匪便会尝到一锅端的滋味。

冤家路窄,也在暗道中深一脚、浅一脚赶路的刘有为竟然遇到了麻苏苏。好在刘有为反应快,闪身躲在一块儿石头后,避开了迎面而来的麻苏苏。不过,刘有为悬着的心并没有因此放下,他见识过麻苏苏的心狠手辣,一想到很快高大霞就要和她当面鼓对面锣地仇人相见了,刘有为又害怕起来,危在旦夕的高大霞,能闯过这一关吗?他急着替高大霞送情报,是没法回去帮忙了,他只能在心里为高大霞祈祷:"大霞姐,自求多福吧。"

刘有为又跑了不远,碰上了在半道歇息的小特务。听小特务问他撞没撞见"老姨",刘有为急了,一刀捅死了小特务,这也算是帮了高大霞一把。

高大霞并不知道危险正一步步逼近自己,眼看着土匪们不听"虎头"的摆布了,她趁机鼓动起土匪们罢工:"印章我费劲巴力带来了,'大姨'却不给咱们通用券,这不光是戏弄我,还把弟兄们都耍了,是不是呀?"

"'老姨'说得对,'大姨'做事不讲究,'大姨'就是耍我们!"土匪们被点醒了,拥戴起高大霞来。

"我这个人,从来向理不向人!"高大霞拿出自己做思想工作的本事来,"汪团长,大伙舍家撇业、提心吊胆大老远跑到这里图什么呀,不就是多分点儿钱嘛。'大姨'钱不拿来,这活儿咱们还有法儿干吗?"

"对,不见钱我们不干活!"

"'大姨'这是言而无信!"

"没钱我们就走人!"

"虎头"眼瞅着镇不住了,掏出枪来威胁众人:"谁要敢说走人,我'虎头'翻脸不认人!"

"汪团长,你这是干什么?"高大霞一身正气挑拨离间,"这件事是'大姨'做的不地道,你怎么还埋怨上弟兄们了? 弟兄们,他就是想拿咱们的性命,为他自己在蒋委员长那里加官进爵!"

众土匪齐声附和:"'老姨'说得对!""'老姨'公道!"

"'老姨',你这是收买人心! 挑拨是非!""虎头"的枪口对准高大霞。

高大霞面无惧色:"'虎头',你这话说的就不对了,我一个女人豁上性命大老远给你来送印章,可不知道'大姨'没给你通用券,哄骗弟兄们干活吧？我现在不过说了几句公道话，你就这么诬陷我？好，这事我不管了，你们爱咋地咋地吧！"说着，她转头要走。

"你站住！""虎头"的枪口跟着高大霞，"我看你是要去给共产党报信！"

高大霞冷笑着回过身来："行啊，'虎头'，刚才你还不过是诬陷我几句，这一会儿就变成栽赃啦！我看你才是共产党派来的内鬼，把大伙骗到这里，就是要把大家一锅端！"

高大霞这句话让土匪们慌乱起来，有土匪大喊着拿住"虎头"，顿时有了响应者，不由分说便绑了"虎头"。

"'老姨'，你这是妖言惑众！破坏党国的大计！""虎头"怒吼挣扎着，"你这一套作派，根本不像是党国的'老姨'！你就是共党！"

高大霞得意地笑了，以为自己掌握了局势，可身后突然响起的掌声，扭转了局势，拍着巴掌进来的，正是麻苏苏。

"'虎头'，你说的没错。她就是共党！"跳动的火光照亮了麻苏苏的面庞，刚才还热血沸腾的高大霞，瞬间跌入冰窖。

"虎头"瞪着麻苏苏："你又是谁？"

"'老姨'！"麻苏苏朗声回答。

所有人都愣住了，不由分说将高大霞和麻苏苏围在了中间，再愚蠢的土匪都明白，这两个女人中间，有一个必定是假'老姨'。

"你胆子确实不小，还真来了！"麻苏苏赞赏地看着高大霞。

"这是我们的地盘，我'老姨'有什么不敢来的？"高大霞硬撑着，想用气势压倒麻苏苏，"倒是你这个高大霞，居然胆大包天，冒名顶替到我头上了，来人，把她抓起来！"

高大霞摆出的气势果然好用，土匪们蜂拥而上，麻苏苏也不是善茬子，她大喊一声："谁敢！"果然镇住了土匪们。

被捆绑住的"虎头"大叫起来:"把我放开!"

土匪们不知所措,一时不知该听谁的好了。高大霞借机卖了个顺水人情:"放开汪团长,刚才我们不过是话赶话,汪团长还是这次行动的总指挥!"高大霞说着,上前解开"虎头"身上的绳索,"误会,刚才是误会,汪团长别见怪。"

松开绑的"虎头"并不吃高大霞这一套:"别以为你放了我,我就相信你!"

"对,不能相信她,她就是共产党!"麻苏苏精神一振。

"你闭嘴!""虎头"一指麻苏苏。

麻苏苏像是被刺了一下,说道:"我才是真正的'老姨'!"

"你是假的!"高大霞喊道。

"你是假的!"麻苏苏针锋相对。

"都别他娘争啦!"此刻的"虎头"如同一个判官,"你说你是'老姨',她说她是'老姨'。你们两个,有一个必定是李鬼,到底谁是李逵,来,你俩给个让我信服的理由。"

"这还用说? 我要是假的,能带着印章到狮子口找你汪团长吗?"高大霞的理由堂而皇之。

"印章是我从苏军大连警备司令部偷来的!"麻苏苏争辩。

"你偷的?"高大霞讥讽道,"你偷的怎么就跑到我手里来了?"

麻苏苏语塞:"你,你从我家里给偷走了!"

高大霞越发从容:"从你家里偷走了? 好,我偷走了准时准点去了狮子口,你怎么没去?"

"我,我受伤了,所以来晚了。"麻苏苏明显气短。

"来晚了? 你是来晚了吗?"高大霞开始反击,"这里可是我们要搞'龙兵过'的地方,老实交代,你是怎么知道'龙兵过'计划的?"

"'大姨'告诉我的,'大姨'跟我一块儿来的!"麻苏苏喊道。

"'大姨'来了?'大姨'在哪儿?"高大霞心里一惊,嘴上装着强硬。

麻苏苏看出高大霞有些慌乱,狞笑起来:"'大姨'一会儿就到,他可是你高大霞的老朋友!"

"我看,你是在拿着'大姨'当挡箭牌,故意拖时间,想要破坏'龙兵过'!"高大霞希望这场争斗赶紧结束,如果那个未知的"大姨"真来了,后果不堪设想。

"对,'大姨'只是操控这次行动,根本不会过来!""虎头"做出判断,指着麻苏苏说,"你在撒谎!"

麻苏苏慌了,争辩道:"'大姨'来了,真来啦! 他叫人搬的苏军通用券,马上就送过来啦!"

"别听她废话,绑啦!"高大霞下令。

众土匪一拥而上,麻苏苏突然想到了刘有为:"等等,还有一个人,能证明我是真'老姨'!"

"谁?""虎头"问。

"刘有为,我把他送到你们这里来的,他在哪儿,快把他叫出来!"麻苏苏急得四下张望。

高大霞也佯装着急:"对对对,有为呢? 刚才我俩还唠了半天嗑,快把他找来,他一来就真相大白啦!"

众土匪四下寻找,不见了刘有为。

刘有为已经钻出洞口,他第一眼看到的是万德福:"老万,看见你太好了,赶紧,赶紧找解放军,找公安,特务要炸桥! 炸火车!"

万德福迎上前来:"你别急,有为,慢慢说。"

"再慢就来不及啦!"刘有为急了,"哎呀,我自己找吧,你个瘫子尽耽误事。"

还没等刘有为迈步,刘有为只觉得肚子一凉,低头看去,一柄长长的匕首已然插入了他的小腹。

"我就是炸桥、炸火车的人。"万德福在他耳边轻声说着,搅动着手里的匕首。

刘有为大瞪着一对小眼,轰然倒下。

汽车后背箱里,被捆绑住的袁飞燕听着外面的动静,焦急,无奈。

第六十章

傅家庄和李云光、高守平赶到复州湾剧场,看到这里一片祥和,当地的公安局长闻旭更是信誓旦旦地保证,这里一切太平。几个人进了剧场,傅家庄一看台上的喜儿,就知道那不是袁飞燕,再细听嗓子,更是断定换了人,高守平听说那是万春妮。邢团长把袁飞燕失踪的事一说,傅家庄和李云光都紧张起来。李云光下令,一定要仔细搜查,确保剧场安全,千万不能发生爆炸事件。

方若愚回到仓库,发现一个熟悉的身影在搬动麻布袋里的苏军通用券,从那一瘸一拐的动作上,毫无疑问是万德福了。方若愚慌张地抢起旁边的一根木棍,刚要举起来,万德福转过身来,看到他笑了一下,这一笑把方若愚的计划打乱了:"万……万科长,你在这干什么?"

"怎么,吓着'老姨夫'了。"万德福擦着额头上的汗水。

"你叫我什么?"方若愚一惊。

"别紧张,我是'大姨'。通用券,是我让麻苏苏叫你运过来的。"

万德福的话宛如一声惊雷，震得方若愚目瞪口呆，这个瘸子居然隐藏得这么深，让自己从没有对他起过疑心。如此小心翼翼的人，是什么事情都能干出来的，女儿一定是他做的手脚："你把飞燕怎么样了？"方若愚问。

"我也刚到，什么情况都不知道。"万德福说。

方若愚当然不会相信万德福的说辞，他一把抓住万德福的衣领："你还我女儿，还我女儿！"

"'老姨夫'，你冷静点儿，你的女儿不见了，我的女儿我现在也没见到。"万德福语气平和。

"春妮现在就在台上演喜儿，可飞燕没有了！"方若愚的泪水涌出来，"你到底把她怎么样啦！"

万德福没想到从方若愚嘴里得知万春妮演上了喜儿，他宽慰着方若愚："放心吧，他们知道飞燕是你女儿，不会怎么样的，顶多是失踪一会儿。只要'龙兵过'大获成功，你我就能带着我们各自的心肝宝贝远走高飞了。"

"'龙兵过'到底是什么行动？"方若愚问。

"你别留在这里了。"万德福避开方若愚的问题，指指暗道，"顺着这个暗道，去找'虎头'和'老姨'。"

"麻苏苏也在这里？"方若愚吃惊，这个女人能出来，一定是万德福使了手段。

"她去见'虎头'了，你快去吧。"万德福督促着。

"那飞燕也在里头？"方若愚心里有了期许。

"也许吧。"万德福指指暗道，"快走吧，我还得在这里顶一会儿。"

后备箱里的袁飞燕听着方若愚的脚步离开，绝望地落下了泪水。

掌声中，又一幕戏落下了帷幕，演员们一走到侧幕，邢团长忙给万春妮加油鼓劲,夸她演得好,唱得好。

"我都紧张死了。"万春妮心有余悸地喘着粗气,"飞燕还没找到?"

邢团长摇摇头,转身要走,万春妮忐忑地拉住他:"团长,我怕后面的戏扛不下来。"

"没事,你能行。"邢团长安慰着万春妮,让她赶紧上后台去补妆。

万春妮走了,大春过来,低声说:"团长,春妮的嗓子有点儿劈呀。"

"废话,你当我没听出来?"邢团长瞪着大春,"劈也得上,现在除了她,谁还能唱喜儿?"

让邢团长没有料想到的是,袁飞燕失踪的戏码在万春妮身上也上演了。

万春妮补好妆出来,一个人影闪出,是万德福。万春妮吃惊,没想到父亲也会在这里,万德福拉住她就走,万春妮本能地拒绝:"爸,你拉我上哪儿呀,马上要登台啦!"

"再不走就走不了了。"万德福急促地说。

"为什么?"万春妮不解。

万德福只得实话实说:"我也不瞒你了,我是党国的人。"

万春妮大惊,转身要跑。

"我更是你爸!"万德福一掌朝万春妮脖子后拍去,万春妮身子一晃,倒在万德福怀里。

下一幕就要开始了,却不见了万春妮的踪影,邢团长脸色铁青,嘟囔着说:"文工团这脸丢到复州湾了。"

"怎么办呀,团长? 没有喜儿,这'太阳出来了'还怎么演。"大春急得快哭了。

"中场休息吧。"邢团长有气无力地瘫坐在道具箱上。

"这都快演完了还能叫中场休息吗?"

"不休息怎么办，我能唱喜儿吗?"邢团长突然嘶吼起来。

"休、休、休!"大春无奈地跑开，跑了几步，又回过头来，"休多长时间?"

"找到喜儿算!"邢团长咬着牙喊。

文工团在忙着找万春妮，李云光和傅家庄等人在推测着敌人可能发起袭击的方向和方式，虽然提出无数种可能，却仍无法合理解释"龙兵过"所代表的含义。墙上的挂钟"嘀滴嗒嗒"不疾不徐地跑着，可在傅家庄听来，每一次"嘀嗒"声都那么急迫，早一秒揭开"龙兵过"之谜，就能早一秒找到高大霞，这么无休止地晚下去，傅家庄不敢想象后果。

高大霞也在倍受煎熬，一番唇枪舌剑之后，自己貌似赢了麻苏苏，因为被五花大绑的是麻苏苏，嘴里被塞上破布的还是麻苏苏，但是高大霞没有丝毫的轻松，麻苏苏多活一秒，敌人的"龙兵过"计划，就会多一分成功的把握。

高大霞催促着:"汪团长，你还留着这个共党干什么? 等着坏咱们的大事吗?"

"老子现在眼花心糊涂，不想评判，等把共产党的火车一炸，让'大姨'给你们断官司吧!"

"都这时候了，你还信'大姨'?"高大霞着急起来。

"虎头"是个粗人，但这个粗人的笨办法，让高大霞后怕，却让麻苏苏有了希望。于麻苏苏而言，只要活着，就有乾坤大挪移的逆转。麻苏苏不能动不能言，可她的眼珠子滴溜转，朝"虎头"挤眉弄眼，"虎头"注意到了暗道口，命令手下:"你俩去暗道看看，是不是真的有人来送苏军通用券了。"

麻苏苏激动地看着"虎头"，眼里竟然盈满了感激的泪水。高大霞不免紧张起来。

"虎头"的手下,果然从暗道里找到了麻苏苏和小特务带来的苏军通用券,"虎头"打了鸡血一样地振奋起来:"苏军通用券来了,印章也在我们手上,'龙兵过'一成功,咱们就分钱!吃肉!喝酒!找女人!"

"分钱!吃肉!喝酒!找女人!"土匪们兴奋地欢呼起来。

有钱能使鬼推磨,山洞里马上忙碌起来,土匪们从箱子里搬出成捆的炸药,堆放在地上。

"虎头"看看高大霞,再看看麻苏苏,大喊一声:"松绑!"

"汪团长,干什么呀,这是?"高大霞急了。

"虎头"不为所动。

终于解脱的麻苏苏得意起来:"高大霞,这回你还有什么好说的?"

高大霞提高嗓门顶回去:"真的假不了,假的也真不了!我就是'老姨',她就是共产党!"

"高大霞,咱能不喊吗?"麻苏苏看出了高大霞的色厉内荏,"你说你是'老姨',来,你给我说说,你这个'老姨'都干过什么跟共产党作对的事。"

"我,我做得多了,数都数不过来,天上的星星你能数过来呀?"

"先别管天上的事,就说地上的,就说你,你要是能说出一件来,我这个真'老姨',就把名号让给你。"麻苏苏戏谑地一笑,"这不算不讲理吧?"

"说一件?太少了吧,汪团长手上的印章就是我拿来的,没有我的印章,这些苏军通用券就是废纸!"

"这个不算,有本事你再说一件!"

"你看你,说个话都吐噜反仗,刚才还说我说一件就够了,屁大个工夫儿,又反卦啦。"高大霞抓着这个理不放。

"那就再说一件。""虎头"威逼道。

"这是什么道理？我再说一件,她又让我说第三件,这还有完没完了？汪团长,你可别上她的当,她这是想跟你拖延时间,等着共产党来救她哪!"

"你说不出来就承认你是共产党,别在这血口喷人,让我瞧不起你高大霞!"麻苏苏冷眼看着她。

高大霞刚要反驳,"虎头"眼里现出一丝杀意:"那你就说最后一件!"

"我……"高大霞有些为难。

麻苏苏狞笑:"她说不出来!因为她就是共产党!"

"虎头"的枪口对准高大霞,麻苏苏本以为高大霞应该是死心绝望,可她失望了,高大霞竟然笑了,方才的慌乱一扫而空:"我本来真是不愿在这摆功评好,现在看来,不摆都不行了。那行,我就不要个脸,夸夸我干过的小事。"

"你说的事别太小,帮共产党抓个蚊子、拍个苍蝇的事,就不用说了。"麻苏苏揶揄道。

土匪们哄笑起来。

高大霞也跟着笑道:"我这个小事,各位没准儿还真都知道。"

"什么事?""虎头"来了兴趣。

高大霞回头找着什么:"我的包哪去了?汪团长不会给我扔了吧?"

"虎头"朝手下示意,一个土匪拿过高大霞的绅包,高大霞接过来说:"各位,共产党在大连印刷《共产党宣传》和《毛泽东选集》的事情,你们都知道吧?"

"当然知道,我们的人在仓库放了一把火,把共产党的书烧了不少,这事儿都上了报纸。""虎头"说。

"对,这个事,就是我跟'老姨夫'干的!"高大霞高声说。

人群中有记性好的土匪回应:"对对对,当时报纸上说是有个女的放的火,那就是你?"

"我还说上面有我呢!"另一名土匪不屑地撇嘴。

高大霞从包里抽出报纸打开,向众人展示着:"看清楚了,这上面的人是谁。"

"虎头"看向报纸,一眼看到照片上的方若愚:"这是个男的,戴着大红花。"

"这,这还有!"高大霞指着后面露出的小人头,"这是不是我?"

"虎头"和众土匪比对着照片,不得不承认,那个人确实是高大霞。

这是高大霞与傅家庄共同商讨出来的自保对策。倘若面对敌人突如其来的怀疑,这桩在当时令高大霞极为难堪的往事,就会成为一张管用的保命符。

"白纸黑字写得明明白白,说我是码头放火案的纵火犯,我要不是'老姨',我能去放火?"

麻苏苏有口难辩:"报纸上的话还能信? 除了日期,全是假的!"

高大霞全然不在意麻苏苏的喊叫,向"虎头"显摆着:"在大连给共产党拆台的好多事,都是我和'老姨夫'干的。"

"放屁,'老姨夫'是我的人!"麻苏苏怒不可遏地吼道。

"够了,都别吵了!""虎头"确实糊涂了,但他有自己的糊涂办法,他命令手下把麻苏苏和高大霞一同绑了,"既然我分不清你们俩谁是李逵,谁是李鬼,那就都一块儿去见阎王吧!"

高大霞和麻苏苏不约而同地愣住了,高大霞委屈地喊道:"汪团长,你要冤枉死我啊!"

"高大霞,你真能血口喷人呀!"麻苏苏气得直哆嗦,"汪团长,你冤枉的人是我呀!"

"你们俩还是省点儿力气,去阎王那里争个明白吧。""虎头"的枪口对准高大霞,"你先来了一步,你就先上路吧!"

高大霞和麻苏苏都紧张起来,两个人异口同声骂着虎头混蛋。

"虎头"懒得再理两个多舌的女人,掏出手枪要亲自送她们上路。

"高大霞!"远处传来一声断喝,闯进山洞来的,居然是方若愚。

"'老姨夫'!"麻苏苏眼睛放光,一如看到了自己的救星。

高大霞的心里一沉,方若愚到底就是特务"老姨夫",亏得自己还几度怀疑是不是冤枉了好人。他来了,自己的命数也就到头了。

"你是'老姨夫'?""虎头"斜眼看向方若愚,"挺眼熟呀!"

"当然眼熟了,你再看看报纸,他就是'老姨夫',千真万确的'老姨夫'!"麻苏苏激动起来。

"虎头"拿过报纸,对着方若愚看了一会儿,报纸上戴着大红花的人确实就站在眼前。

"小方呀,你来的太好了,要不然,我真得叫高大霞给冤枉死了呀。"麻苏苏不禁流下了委屈的泪水,"小方,快,快给我做个证,快告诉汪团长,谁是真'老姨'!"

"你这个'老姨夫'厉害呀,都戴上共产党的大红花了。""虎头"嬉笑。

"汪团长,通用券我都给你带来了,飞燕呢?飞燕在哪儿?"方若愚只关心女儿的安危。

"飞什么燕?""虎头"困惑,"这洞里要飞也是飞蝙蝠,燕子哪能飞进来?"

"我是说你们有没有抓了我的女儿,她叫袁飞燕!"

"我们没抓人,要抓,也就抓来个'老姨'。""虎头"此刻只关心"老姨"的真假,"她们俩都说自己是'老姨',哪个是真,哪个是假,你这个

"老姨夫"最有发言权,来,说一说。"

方若愚的目光落在高大霞身上:"飞燕真不在?"

"不在。"高大霞摇摇头。

"小方,你怎么问她不问我呀?"麻苏苏着急起来。

方若愚厌恶地瞪着麻苏苏:"你还有一句真话吗?"

麻苏苏急了:"你,小方呀,咱们俩的误解太多了,你不能记恨我,这可都是为了党国大业呀!"

"行了,别啰嗦了!""虎头"晃着手里的手枪,"'老姨夫',你快说,她俩到底谁是假'老姨'!"

方若愚扫视着两人,"虎头"手里的枪口,也随着他的目光移动。

"小方,你快说话呀!"麻苏苏催促。

方若愚看向高大霞。

"开枪呀,汪团长,她是假'老姨',小方都指认她了,你还犹豫什么!"麻苏苏急得喊起来。

高大霞已经绝望了:"挽霞子,你我楼上楼下住着,我算瞎了眼。"

"虎头"不由一愣:"啊? 你们俩还楼上楼下住着? 这么说,假'老姨'是你了?"枪口又转向麻苏苏。

麻苏苏慌了:"他俩就是住在一起,不对,不是住在一起。"

"虎头"不耐烦了:"到底住没住? 这怎么还说不清了。"

"是住在一起。"方若愚说。

这话犹如给了麻苏苏当头一棒:"小方,你……你,你无耻!"

高大霞还没回过味儿来,只觉得受到了方若愚莫名的侮辱:"挽霞子,你住楼上,我住楼下,能叫一起吗? 你再满嘴跑火车,我做鬼也饶不了你!"

"你闭嘴!"方若愚瞪着高大霞。

麻苏苏的心情立时从大落到大起,语气介乎兴奋与癫狂之间:"小方,你表现得很好,你再也不用受她的气了,你快说,她就是假'老姨'!快说呀,我的小方,我都好急出猴儿疮来啦!"

此时的"虎头",好像在饶有趣味地看一场闹剧。

方若愚目光平静,口气平淡:"她是真的。"他看向高大霞。

高大霞和麻苏苏都惊住了。

"虎头"的枪口对准麻苏苏:"'老姨夫'认下'老姨'了,说到天边,都不冤枉你吧?"

麻苏苏脸孔扭曲,眼里喷射着愤怒:"方、若、愚!"她死死盯住这个男人,狰狞的面孔渐渐收起,却又急转直下,幻化成了慈祥的微笑,声音也柔和起来,"小方,下辈子,我还等着你哈。"

这句话点燃了方若愚心底的怒火,过去林林总总的屈辱与怨恨在眼前浮现,他一把夺过"虎头"的枪,对准麻苏苏,咬牙切齿地吼道:"臭老娘们儿,你先把这辈子过完吧!"

一声枪响,一缕鲜血飞溅而出,洞里的蝙蝠纷纷扬扬飞了起来。

暗道里,一瘸一拐的万德福推着小推车艰难前行,小推车里一边是装有苏军通用券的麻布袋,一边是昏迷的万春妮。

"虎头"在苏军通用券上盖着印章,向方若愚确认剩下的苏军通用券是否都在剧场的仓库里,方若愚不假思索地点点头。

"弟兄们,苏军通用券'老姨夫'都拉来了,只要我们炸完火车,马上分钱!"

山洞里充斥着一片欢呼声,"虎头"抬手看看手表,已经八点半了。

"虎头"大手一挥:"弟兄们,干活!"

洞里的松油灯灭掉了,四下里漆黑一片,"虎头"拧开手电筒,用一块布罩住,洞里只剩下微弱的光亮,几名土匪合力推开一块大石头,洞壁居然动了起来。强劲的山风灌了进来,清澈的夜空显露出来。顺着山势,隐蔽的洞口外,居然直直对着一座铁路大桥。

土匪们搬起地上的炸药,送到了洞口,洞口下,是湍急的河流,而从洞口推出的一块踏板,延伸到桥墩之下。在黑色帷幔的掩护下,土匪们踩着踏板往桥墩上递放着炸药。

高大霞心急如焚,按照时间推测,刘有为的情报如果送了出去,公安干警应该有所行动了,这时候还没有动静,十之八九是刘有为出了意外。高大霞想摸着黑借机逃走,又怕即便把消息送出去,带着人再赶回来,已经晚了,自己留下,好歹还能随机应变。

方若愚过来,低声说:"大霞,我也算对得起你了。你给我句实话,他们真的没抓飞燕吗?"

"真没抓。"高大霞说。

方若愚点了点头,刚要走开,被高大霞一把拽住了胳膊。

方若愚回头,正对上一双怒不可遏的眼睛:"你果然是'老姨夫',我到底还是让你骗了!"

方若愚叹了口气:"我要不是'老姨夫',今天死的就是你了。"

李云光从复州湾地图上看出了端倪。他指着一座铁路桥,问这里离剧场有多远,复州湾公安局长闻旭说,直线距离差不多有 60 米。

"敌人会不会在铁路线上做文章?"傅家庄反应过来。

"不可能。"闻旭说,"按照大连市委的部署,为执行一号任务,这条铁路线已经完全封锁了。"

傅家庄仔细观察着地图,指向一处区域:"这里有座桥,桥下也封锁了吗?"

"桥底下是条大河,没有必要吧。"闻旭有点儿拿不准。

"这座桥和陆地有没有连接的地方?"傅家庄问。

闻旭想了想,说应该没有。

"找到袁飞燕了!"闯进来的是高守平,他带着人排查到后院时,发现了物资公司的汽车,后备箱里的响声引起了高守平的怀疑,打开后备箱以后,见到了被捆绑的袁飞燕,虚弱的袁飞燕说出万德福就是特务头子"大姨"时,震惊了所有人。在所有人还没有反应过来的时候,袁飞燕又爆出另一个惊天消息,"虎头"要炸桥。

"我知道'龙兵过'是什么了!"傅家庄脸色煞白。

"他们的目标,是运送开国大典礼炮和焰火的特别列车。"李云光大惊,他抬手看表,还有15分钟,特别列车便要经过剧场大桥,他命令闻旭立即调拨公安干警,守护住大桥。闻旭为难地说,15分钟要调集人员绕道赶到桥下,根本做不到。就在大家几近绝望之际,袁飞燕说,她隐约听万德福说过,仓库里有个暗道,直通桥下。

万德福见时间来不及了,只好放下推车,把万春妮扶到一块干净的地方放下:"春妮,你在这儿等着我,等爸炸了大桥,再回来接你。"

一条长长的导火索,从洞里引到了桥墩下。土匪们安放好炸药,又退回洞里,推上石头,洞口的暗门关闭,山洞里才又燃起了松油灯。

高大霞焦急地看表,方若愚看出高大霞的焦灼,说自己会保证她的安全,等"龙兵过"之后,他就设法把高大霞送走,以后,两人互不相欠。

高大霞看着方若愚:"你从来没有欠过我什么,你欠的是对人民一个交代,对你亲生女儿的一个交代。"

方若愚摆摆手:"咱们不争论这个事情了,我只想劝你一句,以后你也好自为之,为了你们的那个党,你受了那么多的委屈,不值当。"

"我这点儿委屈算什么,毛主席也受过委屈,他都从来没有放弃对党的信心。"

方若愚笑了："毛泽东那是百年千年不遇的人物,你高大霞比得了?"

"就因为比不了,我才要听毛主席的话。"高大霞说,"毛主席让我们共产党既要像'柳树',也要像'松树'。"

"这是什么意思?"方若愚不解。

"柳树放到哪里都能活,但柳树容易顺风倒,所以还要学松树,挺直有劲。我高大霞就既要做党的柳树,又要做党的松树,当初我受了委屈,被放到文工团食堂,我不还继续和你这样的坏蛋做斗争嘛。"

方若愚苦笑说:"高大霞,你这个被理论武装了头脑的共产党太可怕了。这些年,我方若愚生生叫你高大霞逼成了一个好人,听了你这一席话,再想想今天这个结果,我认!"

"那你就再做一回好人吧。"高大霞说,"你跟'虎头'说,你去剧场仓库把通用券拉回来,好分给大家,赶紧让我们的人赶过来。"

方若愚看看表:"来不及了。"

高大霞下了决心:"你帮我拖住'虎头',我去护住大桥,只要火车一过,他们的'龙兵过'就完蛋了。"

方若愚吃惊:"那你也活不成了,你这分明是找死!"

"'人固有一死,或重于泰山,或轻于鸿毛。'为人民的利益而死,就比泰山还重;替法西斯卖力,替剥削人民和压迫人民的人去死,就比鸿毛还轻。"高大霞抓住方若愚的手,紧紧地握了一下,朝墙壁下的导火索走去。

方若愚看着高大霞的背影,红了眼圈,他稳定了一下情绪,拿起旁边的酒杯朝'虎头'走去:"汪团长,弟兄们,我去剧院仓库把通用券全部取过来,只要汪团长手里的印章一盖,大把的钞票就成了弟兄们的啦!"

众人欢呼起来,方若愚豪迈地举起酒杯:"来,干了!"

　　不为人注意的角落里,高大霞握着一块石片,不动声色地切割着脚下粗厚的导火索。还有 10 分钟,特别列车就要驶上大桥了。

　　一个人影罩住高大霞,她抬头一看,顿时怔住了,阴影下站立的,竟然是万德福。

　　"大霞?"万德福脱口而出,他是真没想到,能在这里看见高大霞。

　　"虎头"不知万德福的身份,拔枪过来:"今晚的不速之客真不少,你又是哪位?"

　　万德福挺直身体,目光如剑般锐利:"我是国民党东北行营辽宁先遣军第一军司令万德福,代号:'大姨'。"

　　在场的众人都愣住了,高大霞更是惊得合不拢嘴巴。

　　"意外吗?"万德福笑着,"为瞒住你高大霞,我可遭了不少罪,甚至都瘸了一条腿。"

　　"不可能,这不可能。"高大霞不可置信,"老万,你忘了咱们把脑袋系在腰带上打鬼子的事了? 那时候,咱俩出生入死,我可以把我的命交给你,你可以把你的命交给我,为的就是要了小鬼子的命,你怎么会是'大姨'?"

　　万德福的目光里多了几分怜悯:"高大霞,你还是在梦里没醒呀。"

　　"对,我在梦里。"高大霞眼角泛着泪花,"老万,我知道,梦都是反着来的。"

　　"可这回,梦是真的了。"

　　高大霞像是被刺了一下,周身颤了颤:"你什么时候成了'大姨'? 老万,你可别骗我。"

　　"我没骗你,我万德福从来就是'大姨',打鬼子的时候,我万德福是'大姨',打共产党的时候,我万德福还是'大姨'。"万德福缓缓说道,"既然你高大霞就要死了,看在咱俩浴血奋战打过鬼子,你帮过我不少忙的份上，我就让你死个明白。"

"我帮过你忙？"高大霞怔住了。

"对呀。当年，你借着做海麻线包子的机会，接近特高课的人，咱俩才配合默契，拿到了关东军的'关特演'计划。这份情报你们交给了苏联人，帮了苏联人的大忙。我呢，则通过重庆转交给了美国，美国人据此做出决定，冻结日本在美国的资产，禁止向日本出口石油等战略物资，从而夯实了党国和美国的盟友关系。也就是从那时候起，重庆才高看我一眼，让我成了'大姨'。"他顿了顿，"其实，早在抗战之前，军统还不叫军统，叫蓝衣社的时候，我就潜入了东北，那时候，我的任务是监视张学良的东北军。遗憾的是，第二年，小鬼子就突袭了北大营，不争气的张学良撒腿就跑，把东北军撤到了关内。"万德福从怀里掏出证件，里面夹着一张照片，"这是当年我来东北前，戴笠戴雨农为我践行时的合影。"

"虎头"接过照片，打量着照片上穿着中山装的两个年轻人，一个是戴笠，另一个是万德福。

"对，是你。""虎头"带着巴结，"'大姨'，那时候你和戴局长可真年轻。"

"当然年轻，那时候，我和戴雨农都是三十多岁。"万德福叹道，"可世事弄人，戴雨农成了呼风唤雨的戴局长。我呢？不争气的东北军跑了，我万德福留了下来。当时，上峰给我的任务就是潜伏在大连港码头，利用在码头开小火车的身份做掩护，掌握小鬼子的军用物资进出情况。通过这些物资的进出，上峰就可以分析出日军的兵力配备和调动。"

"也就是这时候，我认识了你。"高大霞声音颤抖，"那时我们放火烧了鬼子的仓库无处藏身，是你用小火车把我们拉了出去。"

"就是这次偶然的帮忙,让我这个'大姨'和你们共产党有了这么些年的缘分。"万德福意味深长地笑了笑,"救了你们,我就成了放火团的一员,救了你们,我才被戴局长更为倚重。因为谁都知道,撵跑了日本鬼子,国共必有一场死战。"

高大霞失望地说:"老万呀,老万,你心机可够深的,看来,你打鬼子的目的,就是想混进我们放火团。"

"高大霞,你太小看我万德福了。我也是堂堂七尺男儿,打鬼子也是我义不容辞的责任!"

"老万,打鬼子你连命都不要了,又何苦为蒋介石卖命呢?还是赶紧回头吧,党和人民一定会看在你打鬼子的份上,宽大你。"高大霞语重心长。

"宽大我?"万德福笑了,"你们会宽大一个手上沾满共产党鲜血的人吗?即便你能宽大,死去的那些放火团的兄弟能宽大我吗?"

高大霞猛然脸色一变:"难道放火团的人是你出卖的?"

"不错。"万德福点头。

高大霞涨红了双眼,不顾一切地扑了上去:"万德福,你个混蛋!"

"虎头"的枪口对准高大霞,冰冷的枪口让高大霞冷静下来,她的脚尖在缓慢有力地狠劲搓捻着地上的导火索。

"一山不容二虎,当蒋委员长发现共产党的实力在抗战期间日益壮大的时候,就已经把抗战初期的'政治限共'调整为'军事限共',直至反共。"万德福的声音变得冰冷,"也就是这期间,放火团烧了小鬼子的飞机,不幸的是,我在把这个消息用电报发给上峰的时候,被放火团的弟兄发现了,为了隐藏我的身份,不得不对他们灭口。"

"你混蛋!"高大霞骂道。

"要不是你跑得快,你也死了。"万德福蓦地注意到高大霞脚下的动作,上前撞开了她,"高大霞,都这时候了,你还敢耍花招!"

"虎头"看看表,还有 5 分钟的时间,朝土匪们喊道:"都精神点啊,快干活了!"

万德福想起自己从进了山洞就没有见到麻苏苏,他问"虎头":"'老姨'哪去了,""虎头"讪讪地向角落看去,万德福疑惑地过去,看见杂物后麻苏苏的尸体,大惊。

"虎头"慌忙上前做着解释:"'大姨',这不怪我呀,"他指了下高大霞,"这个麻苏苏说她是'老姨'……"

"什么麻苏苏,她是死心眼子的共产党员高大霞!"

"虎头"一副可怜相:"司令,都怪我中了共产党的圈套。"

"愚蠢!"万德福朝着"虎头"甩出重重一记耳光,他感到愤怒,党国兵败如山倒,就是因为党内像麻苏苏这样的忠诚之士太少,像"虎头"这样浑浑噩噩的蠢货太多。

"虎头"恶狠狠地指着方若愚:"都是他,他说这个'老姨'是假的!"

万德福恼怒地盯着方若愚:"你……你让高大霞鬼迷了心窍!"他举枪对准方若愚。

千钧一发之际,高大霞突然发出一声惊呼:"春妮——"

万德福举枪的手一颤,看向洞口,只见傅家庄、高守平与万春妮冲了进来,向着满堂的悍匪发出如钟声轰鸣般的怒吼:"举起手来! 缴枪不杀!"

万德福抬手一枪打灭松油灯,四下瞬间笼罩在一片黑暗中,一众土匪迅速散开,奔向了最近的掩体。

枪声大作,火花四溅,高大霞拉扯着导火索。

激烈的交火声中,火车的嘶鸣声传来,万德福大喊着:"'虎头',准备炸桥!"

"虎头"和两个土匪推动石头,洞壁缓缓开启,远处列车射来的刺眼光亮冲进了山洞,照得四下亮如白昼。土匪们向洞口涌去。

高大霞钻出掩体大喊:"刺锅子,别让他们过去!"

密集的火力网封锁了洞口,土匪们只得退回身去。

"点火,点火!"万德福声嘶力竭地喊着,他知道,这是他的最后一战,他要用这一战,捍卫"大姨"的尊严。

土匪点燃了导火索,高大霞不顾一切地冲了上去,与土匪缠斗在一起。混乱中,万德福朝高大霞开枪,角落里的方若愚突然爆发出巨大的勇气,不顾一切地扑了上去,呼啸而来的子弹,打在方若愚的腿上。

导火索的火苗蹿了出去,高大霞起身要追,被万德福的火力压住。方若愚死死拽住高大霞的衣袖,那一瞬间,他竟然怕她死了。

"你放手,放手呀!"高大霞喊着。

火车呼啸驶来,"滋滋"燃响的火苗顺着导火索爬到了洞口外,踩着踏板向桥墩下堆放的炸药冲刺,傅家庄瞄准射击,子弹精准地击打断导火索,蹿跳的火苗骤然停下,慢慢熄灭下来。

万德福朝"虎头"大吼:"点火,点火!"

"虎头"向洞口冲去,在踩上踏板的瞬间,被高守平击毙,"虎头"跌入河里。

被切断的导火索悬挂在踏板上,高守平冲到洞口,试图搬开踏板,万德福开枪,没有了子弹,他不顾一切地冲来,撞开高守平,跃上桥墩,再次点燃了导火索。

傅家庄的枪里也没有了子弹,他起身扑了上去,守住踏板的万德福一脚踢来,傅家庄掀翻了万德福,顾不上和他纠缠,冲上踏板跃到了桥墩上,抓住燃烧的导火索奋力拉扯。万德福也踩着踏板到了桥墩下,挥起拳头雨点般地击打在傅家庄头上。傅家庄顾不上还手,死死拉扯撕咬着导火索,万德福疯了一样一拳紧似一拳地打下来,血水从傅家庄嘴里流淌下来。

列车呼啸而来,映亮了缠斗的两个人。

"刺锅子,刺锅子,刺锅子!"夜幕下传来高大霞声嘶力竭的哭喊。

"爸,你放手,放手呀!"万春妮撕心裂肺哀求着万德福。

高大霞捡起一把手枪,手却在笨拙地颤抖起来,方若愚大喊:"开枪,开枪呀!"

高大霞扣动扳机,子弹却不知飞向了何处。

"你不是会开枪吗?"方若愚急了。

高大霞哭着摇头:"我不会,我没开过!"

"那你成天吹牛!"方若愚爬了起来。

列车离大桥越来越近,导火索的火苗越蹿越快。

万德福的拳头还在疯狂地捶打着傅家庄。

方若愚忍着剧痛站直身子,一把抓住高大霞握枪的手,对准前方,扣动下了扳机。

子弹呼啸而出,精准地贯穿万德福的太阳穴,他的身子一震,栽倒在桥墩之上,一双惊愕的眼睛,倒映着黑色的夜空。

火苗蹿到了傅家庄面前,他已经放弃了扯断导火索的打算,将导火索死死抓在手里,他要用奔涌的热血,浇灭火苗。

火车呼啸而过,穿过了大桥……

剧场里,大幕最后一次拉开,在《太阳出来了》的音乐声中,走上舞台,纵情高歌的人,是高大霞。

南山洋楼的客厅里,高守平、万春妮、袁飞燕挤在收音机前,激动地听着里面的实况广播,3点整,毛泽东主席充满激情的湖南乡音从电波里传出，他用洪亮的声音向全中国、向全世界庄严宣告："中华人民共和国，中央人民政府，今天成立了！"

初秋的监狱牢房里，方若愚望着窗外，默默聆听着雄壮的《义勇军进行曲》，目光所及之处，是湛蓝的天空和无暇的白云。

天安门广场上，伴随着庄严的旋律，五星红旗冉冉升起，胸前戴着大红花的高大霞和傅家庄仰望红旗举手敬礼，眼眶中噙满激动的泪水。

从大连运到北平的礼炮响了，五十四门礼炮齐鸣了二十八响，象征着中国共产党领导中国各族人民艰苦奋斗的二十八年历程。一声声礼炮，也让高大霞想起了与自己并肩战斗过的一个个战友。不知怎么，她的脑子里突然蹦出了方若愚，这个人显然是不能算在战友的行列里，那他算好人还是坏人，高大霞一时犯了难，脑袋里一片空白。